Kara Ben Nemsi
im Reiche
des Großherrn
Reiseweg
RUSSLAND
Rostow
Don
Dnjepr
Asowsches Meer
Astrachan
Elbrus
Sebastopol
SCHWARZES MEER
Batum
Tiflis
Eregli
Amasia
Trapezunt
Angora
Sileh
Ararat
Erserum
(Engyrije)
Kisil Irmak
Kaisarije
Wan
Malatije
Diarbekr
Konia (Konieh)
Lisan
Amadije
Adana
Khabur
Mossul
Alaja
Alexandrette
Anamur
Aleppo
Rakka
Antiochia
Ed Der
(Deir)
Circesium
Cypern
Tripolis
Palmyra
PERSIEN
Beirut
Saida
Es Sur
Damaskus
Hit
Bagdad
Khorremabad
Isfahan
Akka
Haifa
Jaffa
Dsch. Hauran
Syrische Wüste
Hille
Tigris
Disful
Jesd
Jerusalem
El Hammada
Euphrat
Korna
Port Said
Sues
Basra
Schiras
Niris-See
Kairo
El Dschuf
Buschir
(Abuschehr)
SINAI
Große Nefud
Persischer Golf
Ras Nayaset
Kloster
Tur
Tebuk
Dsch. Schammar
Hail
Dsch. Gharib
Bereïdah
Siut
O. Duchan
Schakra
NEDSCHD
Er Riad
ARABIEN
HEDSCHAS
Dschanbo
Medina
WAHHABITEN
nach Maskat
OMAN
Nil
Assuan
Kertassi
Abrahim Mamur
Korosko
BISCHARIN
Dsch. Ejub
ÄGYPTEN
Dachel
Oschidda
Mekka
El Bakarra
Wadi Halfa
O. Selimeh
Bir Murat
Taif
Atafrah
Ras Rauai
NUBIEN
ROTES MEER
Abu Hammed
Suakin
El Ahkaf
Dongola
KABABISCH
Berber
Atbara
JEMEN
W. Hadramaut
Hadramaut
Massaua
Kassala
Et Tehama
Sana
Makalla
Khartum
Tigre
B. ISSA
Kara
Wadi Melk
Es Serir
Weißer Nil
Blauer Nil
Setit
Adua
Hegasi
Tomat
Aden
Kordofan
Sennar
El Obeïd
Amhara
HABESCH
Tadschura
Bab el Mandeb
Nil el Nil
Famaka
Seila
Fasogli
Gesan
Beni
(ABESSINIEN)
Schoa
O. Elmes
Gorad
SOMALI
Faschodah
Harar
Berbera
Bahr el Ghasal
Schangul
Ankober
Elaoda

MEIN HENGST RIH

AUS KARL MAYS
REISEERZÄHLUNGEN

ZUSAMMENFASSUNG
VON
CARL-HEINZ DÖMKEN

10. TAUSEND

KARL-MAY-VERLAG
BAMBERG · RADEBEUL

INHALT

Die vorliegende Erzählung
spielt in den 70er Jahren des 19. Jahrhunderts.
Herausgegeben von Lothar und Bernhard Schmid

Deckelbild: Carl-Heinz Dömken

Satz: Oldenbourg Informations Management, München
Druck: SOV Graphische Betriebe, Bamberg
ISBN 3-7802-0151-8

1. Vorwort

Die liebe Leserin und der liebe Leser wissen sicherlich, wie sehr mein Leben mit Abenteuern in aller Welt ausgefüllt ist, und kennen wohl viele Schilderungen, die ich niederschrieb, um alle daran teilhaben zu lassen. Meine Erlebnisse füllen viele Bände.

Unvergängliche und unvergessene Begegnungen mit Menschen aller Rassen und Kontinente haben mein Leben geprägt. Mein Blutsbruder Winnetou, der edle Häuptling der Apatschen, die Westmänner Old Firehand, Old Surehand, Sam Hawkens, Will Parker, Dick Stone, der lange Davy, der dicke Jemmy, Dick Hammerdull, Pitt Holbers, die ‚Tante' Droll, der Hobble-Frank und all die anderen sind auch gute Freunde der Leser meiner Abenteuer aus den ‚dark and bloody grounds' – aus dem Wilden Westen – geworden, in dem ich als Old Shatterhand einen guten Namen habe.

Im Orient bin ich als Kara ben Nemsi, als Karl, der Sohn der Deutschen, bekannt geworden, und dort war zumeist mein guter Hadschi Halef Omar Ben Hadschi Abul Abbas Ibn Hadschi Dawud al Gossarah mein Begleiter, den ich als Diener engagiert hatte, der aber bald mein Freund und ‚Beschützer' wurde, ein liebenswertes Kerlchen mit dem Mut des Löwen, mit der Kunst der farbenprächtigen Rede des Orientalen begabt und mit der Aufopferung für mich, seinen Sihdi – den ‚Herrn' und Effendi.

Unvergeßlich aber wie der Hadschi Halef Omar ist mir mein Rih, das herrlichste Pferd, das ich je zwischen meinen Schenkeln hatte und das mir - obwohl ‚nur' ein Tier - zu einem Freund wurde, wie ich ihn nur selten in meinem Leben fand, das ganz bestimmt nicht gerade arm an Freundschaften war.

Rih war der edelste Hengst arabischer Züchterkunst. Wie er in meine Hände kam, davon werde ich meinen Lesern in der nachfolgenden Geschichte erzählen. Vorweggenommen sei nur, daß die Beduinen nur wenige Rappen züchteten - es waren die Edelsteine ihrer Zucht, weil die Rappfarbe bei orientalischen Pferden so selten ist.

Als Fohlen sind Rappen mausgrau oder bräunlich. Der Rappglanz zeigt sich beim ersten Fellwechsel innerhalb des ersten Lebensjahres des jungen Pferdes.

Die Schimmelfarbe ist die eigentliche Farbe des arabischen Pferdes. Braune und Füchse sind seltener, Rappen Kostbarkeiten.

Der Araber hält viel auf sein Pferd. Am berühmtesten sind die Nachkommen jener Tiere, die sich bei einem Feldzug des Propheten auszeichneten. Eine Stute, die von einer dieser Urahninnen abstammt, hat höheren Wert als eine andere von gleich altem Stamm, die vielleicht alle Vorzüge besitzt. Jeder Beduine hält den Stammbaum seines Pferdes heilig. Die Namen berühmter Tiere sind weithin bekannt, so daß zum Beispiel von einer Stute, die ihre Datteln im westlichen Marokko, also im fernen Maghreb, frißt, im fernen Ostarabien, ja in Kurdistan und Persien gesprochen wird.

Man erzählt sich, daß der Prophet, als er noch sehr wenige Anhänger hatte, in ein arabisches Zeltdorf kam, um sich ein Pferd zu kaufen. Er wurde nach dem Weideplatz geführt, und als er dort anlangte, scheuten alle Tiere, als ob sie von seiner Herrlichkeit geblendet wären. Nur das einzige graue unter ihnen kam herbei und beugte seine Knie vor dem Gesandten Allahs, um ihm zu huldigen. Der aber stieg sofort auf und sagte:

„Gesegnet sei dieses Roß! Es soll den ersten Diener Allahs tragen, und verflucht sei, wer an seinen Nachkommen einen Fehler findet!"

Seit jenen längst vergangenen Tagen tragen alle Abkömmlinge dieses Pferdes die graue Farbe. Sie werden heilig gehalten, nur selten, und dann zu unglaublich hohen Preisen, verkauft, und auf ihre Zucht verwendet man solche Sorgfalt und Mühe, daß ihr Stammbaum niemals einen Makel zeigt.

Mohammed, der Prophet, hatte einen langen, beschwerlichen Marsch in glühender Sonnenhitze zurückgelegt. Weder Reiter noch Pferd hatten sich an einem Tropfen Wasser laben können; Menschen und Tieren klebte die Zunge am Gaumen, der Durst war fürchterlich, und viele fühlten sich dem Verschmachten nahe. Da endlich kam man an einen kleinen Bach. Alles stürzte sich an das Wasser. Nur dreißig Pferde, alles edle Stuten, blieben stehen, um zu warten, bis ihre Herren ihnen das Trinken erlauben würden. Mohammed segnete sie und schrieb ihre Namen eigenhändig auf Pergamenttafeln, die er den Besitzern dieser Pferde aushändigte. So entstanden die Stammbäume für die Nachkommenschaft dieser Stuten.

Wer noch nie auf einem solchen Pferd saß, und das wird wohl bei den meisten Menschen der Fall sein, der hat keine Ahnung von der Schnelligkeit eines echten und in der freien Wüste aufgewachsenen arabischen Rosses. Man sage, was man wolle, ich behaupte doch immer und immer wieder, es kommt ihm keines unserer berühmtesten Rennpferde gleich.

Winnetou, mein Blutsbruder, war ein erlesener Kenner edler Pferde, und die Apatschen züchteten hochklassige Renner. Wir ritten im Wilden Westen die weitaus besten Pferde. Hatatitla hieß mein Rapphengst, was Blitz heißt. Hatatitlas Bruder war Winnetous Lieblingspferd und trug den Namen Iltschi, das bedeutet

Wind. Meine Leser werden sich erinnern, daß Winnetou nur einmal die Jagdgründe seiner amerikanischen Heimat verließ, um mir zu helfen, die verbrecherischen Brüder Melton zu jagen und zur Strecke zu bringen. Wir hatten die Meltons – Satan und Ischariot – in Amerika verfolgt, doch ihre Spur führte mich dann in den Orient. Dort kam mir Winnetou, für mich völlig überraschend, zu Hilfe, und wir waren beide auf arabischen Pferden beritten, die indes mit Rih nicht zu messen waren. Winnetou war, was selten bei ihm vorkam, begeistert:

„Scharlih", rief er mir zu, „denkst du an deinen Hatatitla?"

„Und du an deinen Iltschi?" nickte ich.

Das waren die beiden Indianerhengste, die wir drüben in der Savanne geritten hatten, die zwei vortrefflichsten Pferde, die mir drüben vor die Augen und unter die Hände gekommen waren, und dennoch jauchzte er:

„Hundert solche Hatatitla und hundert solche Iltschi für ein einziges von den Pferden, die wir jetzt reiten. Selbst der große Manitou reitet in den ewigen Jagdgründen kein besseres!"

Arabische Pferde sind ungemein gelehrig und vertrauen sich im Leben nur einem Menschen an: ihrem Herrn.

Natürlich sind nicht alle Araberpferde von vorzüglicher Rasse und Abstammung. Als Kenner des edelsten Blutes mußte ich meinem Freund Halef einmal eine große Enttäuschung bereiten, als er mir voller Stolz einen Rapparaberhengst vorstellte:

„Du hast ihn noch nicht gesehen, ich wollte dich überraschen. Es ist ein echter Nedschdhengst, dessen Stammbaum ich leider nicht besitze."

„Unmöglich! Ein so kostbares Pferd – ohne den Stammbaum?"

„Es ist so! Als die Abu Hammed sich zum letztenmal gegen uns erhoben, mußten sie den Frieden mit Pferden und Kamelen bezahlen, unter denen ich selbst die Auswahl traf. Das beste ihrer Pferde war der Rapphengst, den ich meine. Ich nahm ihn für mich, das war die schwerste Strafe, die sie treffen konnte, und ich weiß, daß sie diesen Verlust selbst heute noch nicht verwunden haben. Der Hengst wurde von einem Raubzug mitgebracht, und es war von niemand zu erfahren, wer der frühere Besitzer des Tieres gewesen ist. So kommt es, daß ich einen echten Nedschdhengst, aber nicht auch seinen Stammbaum besitze."

„Aber einen Namen hat er doch?"

„Wie er früher geheißen hat, weiß ich nicht. Bei den Abu Hammed wurde er El Atim[1] genannt, seiner Farbe wegen. Das war mir nicht genug, denn er verdient einen edleren Namen. Da fiel mir der Rapphengst ein, den dir, wie du mir erzähltest, dein Freund Winnetou, der rote Scheik, geschenkt hat. Sag, wie war der Name dieses Pferdes?"

„Hatatitla."

„Bedeutet das nicht soviel wie Barkh[2] in meiner Sprache?"

„Ja."

„Das wußte ich noch, du hast es mir gesagt, und darum habe ich das Pferd El Barkh genannt, weil dir der Hengst deines roten Freundes stets so teuer gewesen ist. Komm und sieh dir seinen Namensbruder an!"

Halef führte mich ein großes Stück in die Steppe hinein, bis dahin, wo die Kamelhirten ihre Tiere beaufsichtigten. Es befand sich nur ein einziges Pferd dort, der Nedschdi, den ich sehen sollte. Als er uns bemerkte, kam er auf uns zu und ließ sich von Halef liebkosen.

„Nun, Sihdi, wie gefällt er dir?" fragte dieser.

Der Rappe hatte eine kleine, schmale Blesse unter der breiten Stirn. Der schön gebogene, feine Hals trug einen kleinen Kopf mit spitzen, geradestehenden Ohren. Die

[1] „Der Dunkle" [2] Blitz

Nase war sanft zugespitzt, das Auge hervorstehend und feurig, die Brust breit, der Widerrist scharf, der Rumpf kurz, das Bein sehnig und der Huf klein, rund und hart. Lobenswert war der schöne Schweifansatz, weniger aber das lange und dichte Mähnenhaar.

Ohne die Frage des Hadschi gleich zu beantworten, unterwarf ich das Pferd einer genauen Prüfung, mit der Besichtigung der Augen beginnend und mit der Untersuchung des Hufs aufhörend. Dann mußte Halef es mir in allen Gangarten vorreiten. Als er abstieg, wiederholte er seine Frage:

„Nun, wie gefällt er dir? Hast du Fehler gefunden?"

„Sag vorher, ob auch du Barkh schon auf Fehler untersucht hast?"

„Ja. Er ist fehlerfrei."

„Lieber Halef, glaubst du, daß es überhaupt ein fehlerfreies Pferd geben kann?"

„Das verstehst du besser als ich."

„Eigentlich solltest du als Bedawi das besser verstehen als ich, dessen Beruf es ist, möglichst viel Federn und Tinte zu verbrauchen."

„Allah! Sag aufrichtig: Hat dieser Hengst Fehler?"

„Ja."

„Wenn das wahr ist, muß ich blind gewesen sein!"

„O nein! Es handelt sich nur um Kleinigkeiten, die den Wert des Pferdes nicht vermindern. Zunächst sind die Hinterhufe ungleich groß, aber der Unterschied ist so unbedeutend, daß du ihn noch gar nicht bemerkt hast. Sodann sollte das Vorderteil etwas tiefer sein, und endlich ist die Stirn zwar breit, aber zwischen den Augen zu flach. Sie sollte da gewölbter sein."

„Allah kerihm!" seufzte er. „Eine solche Menge Fehler sind vorhanden? Aber du gibst doch sicher zu, daß er dennoch ‚hörr' zu nennen ist?"

‚Hörr' bedeutet hochedel und wird bei solchen Pferden gebraucht, deren Eltern beide fehlerfrei waren.

„Nein, es ist nicht ‚hörr', sondern nur ‚mekueref', lieber Halef."

‚Mekueref' bezeichnet ein Pferd, dessen Mutter edel, der Vater aber unedel war.

„Beweise es!" forderte mich der Hadschi auf.

„Die Ohren stehen zu gerade. Bei einem hochedlen Pferd müßten sich ihre Spitzen fast berühren. Und sodann ist eine so dichte Mähne stets ein Zeichen gemischten Blutes. Ich kann dir dieses Urteil nicht ersparen, doch hast du keinen Grund, darüber zu trauern. Hat Barkh auch ein Geheimnis?"

„Ob sein erster Besitzer ihm eins gegeben hat, kann ich nicht wissen. Aber ich habe dem Rappen ein heimliches Zeichen eingeübt. Ich bin der einzige, der es kennt. Selbst mein Sohn und Hanneh wissen nichts davon. Dir aber, Sihdi, will ich es sagen. Wenn wir miteinander reiten, kann leicht der Fall eintreten, daß du zu unserer Rettung das Geheimnis wissen mußt. Es besteht nämlich darin, daß ich mich in den Bügeln hebe und dreimal hintereinander stark niese."

„Lieber Halef", lachte ich, „du bleibst doch stets der gleiche!"

„Wie meinst du das? Worüber lachst du so?"

„Darüber, daß du selbst dem ernstesten Ding eine lustige Seite abzugewinnen weißt."

„Ernst? Lustig?"

„Ja. Das Geheimnis eines Pferdes ist doch eine sehr ernste Sache, denn man wendet es nur dann an, wenn man sich in großer Gefahr oder gar in Todesnot befindet. Nun sehe ich dich jetzt im Geist von Feinden umgeben oder von ihnen verfolgt. Die Kugeln pfeifen, die Speere sausen, die Messer blinken, und da fängst du an zu niesen, und..."

„Schweig, Sihdi!" unterbrach er mich. „Es ist gleich, was man in einer solchen Gefahr zu seiner Rettung tut, wenn es nur Hilfe bringt. Wenn ich durch dreimaliges Niesen dem Tod entgehe, so ist das wohl besser für mich, als wenn ich durch zehnmaliges Husten das Leben verliere. Wie du darüber lachen kannst, ist mir unbegreiflich."

„So will ich mich jetzt des Ernstes befleißigen und dich fragen: Hast du dem Nedschdi eine Sure angewöhnt, die du ihm abends ins Ohr flüsterst?"

„O Sihdi, verlange nicht zuviel von mir!"

„Wie schade! Mein Rih war gewöhnt, daß ich bei ihm schlief. Sein Hals war mein Kopfkissen, und ehe ich einschlief, sagte ich ihm seine Sure leise ins Ohr. Er war gewohnt, nur dem, der das tat, zu gehorchen. Nun hat wohl auch Assil Ben Rih keine Sure?"

„Sihdi, wie kannst du fragen! Der Nachkomme deines herrlichen Rih mußte unbedingt eine haben. Kennst du die Sure Abu Laheb?"

„Ja. Es ist die Hundertelfte."

„Sage sie!"

„Sie lautet: ‚Untergehen sollen die Hände des Abu Laheb; untergehen soll er selbst. Sein Vermögen und alles, was er sich erworben hat, soll ihm nichts helfen. Zum Verbrennen wird er ins flammende Feuer kommen und mit ihm sein Weib, das Holz herbeischleppen muß, und an ihrem Hals soll ein Seil hängen, das aus den Fasern eines Palmbaums geflochten ist!'"

„Ja, das ist die Sure Abu Laheb, die du deinem Pferd des Abends ins Ohr flüstern mußt."

„Warum gerade diese?"

„Weil sie so kurz ist. Ich habe sie auswendig lernen müssen, um sie dem Rappen vorzusagen. Soll ich dir auch noch sein Geheimnis des Herunterwerfens sagen?"

„Hat er eins? Das wäre mir willkommen."

„Assil und Barkh, beide haben eins. Ich habe es ihnen heimlich eingelernt. Es ist für beide Pferde gleich, weil die Abrichtung dadurch vereinfacht wurde. Wenn du zweimal das Wort ‚Litaht'[1] rufst und dazwischen einen scharfen Pfiff hören läßt, wird sofort jeder Reiter abge-

[1] „Herunter!"

worfen, dem du nicht erlauben willst, im Sattel sitzenzubleiben. Merke dir das, Sihdi, denn es ist leicht möglich, daß du dadurch einmal Vorteile über einen Feind gewinnst!“

Es verstand sich von selbst, daß ich diese Vorteile für wahrscheinlich hielt, denn nicht bloß Rih, sondern auch die beiden Hengste Winnetous waren geübt gewesen, jeden fremden Reiter auf ein bestimmtes Zeichen abzuwerfen, und ich hatte den Nutzen dieser Abrichtung wiederholt erlebt.

Ich will nun meine Leser nicht mehr weiter mit einem Vorwort aufhalten. Es schien mir nur geboten, ihnen von arabischen Pferden zu berichten, um ihnen klarzumachen, welch Glück es für mich bedeutete, einen Hengst wie Rih zu besitzen, und ich will ihm in der nachfolgenden Erzählung ein Denkmal setzen.

2. Die Löwenjagd

Die abenteuerliche Jagd auf den Schut fing, wie bei mir üblich, eigentlich nur mit einer Reise an, während derer ich Land und Leute kennenlernen wollte, um über sie zu schreiben.

Die Reise begann in Algier, führte durch Algerien, Tripolitanien, durch die Sahara und Ägypten und mitten durch die arabische Halbinsel. Wir ritten an Persiens Grenze vorbei, gelangten in das Reich der Türken und das der Albaner, begegneten Skipetaren und Palästinensern und lernten gute und böse Menschen kennen. Wir halfen den Unterdrückten, entlarvten einen Geheimbund, der das Land mit Übeltaten tyrannisierte, und ritten Tausende von Kilometern, wobei mich einer nie im Stich ließ: mein Rih!

Ich war in Algier an Land gegangen und hatte mir einen spindeldürren, winzigen Araber zum Führer ausgewählt und engagiert. Er nannte sich Hadschi Halef Omar Ben Hadschi Abul Abbas Ibn Hadschi Dawud al Gossarah.

Unser gemeinsamer Weg führte uns in die Gegend eines großen Salzsees, über den es nur einen für das Auge des Ungeübten schmalen Pfad gab. Ein Araber namens Sadek kannte diesen Weg, und Sadek wurde unser Begleiter. Mitten auf dem Weg über den Schott Dscherid wurde er erschossen, und Halef und ich erreichten mit Mühe das jenseitige Ufer des Salzsees. Dort trafen wir auf den Sohn des Ermordeten, der meinte, den Namen des Mörders zu kennen: Hamd el

Amasat. Omar Ben Sadek also schloß sich uns an, um den Mörder seines Vaters zu töten. Doch bald trennten sich unsere Wege.

Hamd el Amasat hatte nicht nur Omars Vater ermordet – er war auch sicherlich der Mörder eines Mannes, dessen Leiche Halef und ich gefunden hatten. Daß sich eines Tages all diese schrecklichen Erlebnisse miteinander verwinden sollten, davon ahnten wir noch nichts.

Wir ritten weiter, befreiten Senitza aus dem Harem des Ägypters Abrahim Mamur und führten sie ihrem Verlobten, Isla Ben Maflei, zu, der überglücklich war.

Im weiteren Verlauf unserer Reise trafen wir auf einen kleinen Beduinenstamm, die Ateïbeh, Ausgestoßene und Verfluchte, deren Angehörigen es verboten war, in die heilige Stadt Mekka zu pilgern.

Mit dem Ateïbeh-Scheik Malek schlossen wir schnell Freundschaft, und mein guter Halef verliebte sich in seine Enkelin Hanneh, die Tochter Amschas, die einstmals von Abu Seïf, dem Vater des Säbels, geraubt worden war. Amscha haßte Abu Seïf, dem sie mit ihrer Tochter Hanneh entfliehen konnte.

Mein lieber Halef ging mit Freuden auf den Vorschlag Maleks ein, Hanneh nur zum Schein zu heiraten, um als ihr Begleiter eine Wallfahrt nach Mekka unternehmen zu können.

Während dieser Reise begleitete ich Halef und Hanneh und gelangte als ‚Ungläubiger' in die Heilige Stadt.

Im Wirbel der Ereignisse geriet Abu Seïf in unsere Hände. Er wurde Gefangener der Ateïbeh. Doch gelang ihm die Flucht, aber es war Halef, der den Flüchtigen stellte und im Kampf mit dem Messer erstach. Wegen dieser Heldentat wurde mein Halef in den Stamm der Ateïbeh aufgenommen, und Hanneh wurde ihm zum richtigen Weib gegeben, worüber beide – Halef und Hanneh – überglücklich waren. Trotzdem ließ es sich

Halef nicht nehmen, mit mir die Reise allein weiterzumachen, während sich die Ateïbeh zu den Haddedihn vom großen Stamm der Schammar aufmachen wollten, um in ihren Stamm aufgenommen zu werden.

In Maskat lernten Halef und ich einen spleenigen Engländer kennen, einen Angehörigen des Londoner Traveller Clubs, der es sich zur Aufgabe gestellt hatte, seltene Ausgrabungen für das britische Museum mit nach Hause zu bringen. Sein Name war Sir David Lindsay. Wir fanden sofort Gefallen aneinander, und der Verlauf meiner weiteren Erzählung wird zeigen, daß sich unsere Wege von nun an immer wieder kreuzen sollten.

Mit ihm zusammen gelangten wir zu den Haddedihn, wo wir Maleks Ateïbeh wiedertrafen. Haddedihn-Scheik Mohammed Emin berichtete mir voller Sorge, daß der britische Gouverneur von Mossul einen Kriegszug gegen die Haddedihn mit Hilfe einiger arabischer Stämme vorbereite. Die verfeindeten Stämme der Obeïde, Abu Hammed und Dschowari wären dreimal so stark wie die Haddedihn. Als Fremder hätte ich mit der ganzen Sache nichts zu tun gehabt. Aber mein Halef war nun – als Angehöriger des Stammes der Ateïbeh – ein Haddedihn geworden, und so lag für mich nichts näher, als ‚seinem' Stamm zu helfen, zumal mir klar wurde, daß der Gouverneur von Mossul im Unrecht war.

Mohammed Emin nun versuchte, mich für seine verzweifelte Lage zu gewinnen. Ich sollte ihm als Kundschafter gegen die feindlichen Stämme dienen.

Mohammed Emin hatte mir allerlei aus der Stammesgeschichte erzählt und war erstaunt, daß ich selbst soviel davon wußte. In seiner Rede fuhr er fort:

„Hast du von dem Stamm der Dschehesch gehört?"

„Ja. Es ist ein treuloser Stamm. Er verbindet sich sehr oft mit den Abu Salman und den Tai-Arabern, um die Nachbarstämme zu berauben."

„Du weißt es. Er fiel über den meinigen her und raubte uns mehrere Herden; wir aber eilten ihm nach und nahmen ihm alles wieder. Nun hat uns der Scheik der Dschehesch beim Gouverneur verklagt und ihn bestochen. Dieser schickte zu mir und entbot mich mit den vornehmsten Kriegern meines Stammes zu einer Besprechung nach Mossul. Ich hatte eine Wunde erhalten und konnte weder reiten noch gehen. Darum sandte ich meinen Sohn mit fünfzehn Kriegern zu ihm. Er war treulos, nahm sie gefangen und schickte sie an einen Ort, den ich noch nicht erfahren habe."

„Hast du dich nach ihnen erkundigt?"

„Ja, aber ohne Erfolg, da kein Mann meines Stammes sich nach Mossul wagen kann. Die Stämme der Schammar waren entrüstet über diesen Verrat und töteten einige Soldaten des Gouverneurs. Nun rüstet er gegen sie und hat zugleich die Obeïde, die Abu Hammed und die Dschowari gegen mich gehetzt, obgleich sie nicht unter seine Hoheit, sondern nach Bagdad gehören."

„Wo lagern deine Feinde?"

„Sie rüsten erst."

„Willst du dich nicht mit den anderen Schammarstämmen vereinigen?"

„Wo sollten da unsere Herden Weide finden?"

„Du hast recht. Ihr wollt euch teilen und den Gouverneur in die Wüste locken, um ihn zu verderben?"

„So ist es. Er mit seinem Heer kann den Schammar nichts tun. Anders aber ist es mit meinen Feinden; sie sind Araber; ich darf sie nicht bis zu meinen Weideplätzen kommen lassen."

„Wie viele Krieger zählt dein Stamm?"

„Elfhundert"

„Und deine Gegner?"

„Mehr als dreimal soviel."

„Wie lange dauert es, die Krieger deines Stammes zu versammeln?"

„Einen Tag.“

„Wo haben die Obeïde ihr Lager?“

„Am untern Lauf des Zab-asfal.“

„Und die Abu Hammed?“

„In der Nähe von El Fattha, an der Stelle, wo der Tigris durch die Hamrinberge bricht.“

„Auf welcher Seite?“

„Auf beiden.“

„Und die Dschowari?“

„Zwischen dem Dschebel Kernina und dem rechten Ufer des Tigris.“

„Hast du Kundschafter ausgesandt?“

„Nein.“

„Das hättest du tun sollen.“

„Es geht nicht. Jeder Schammar ist sofort zu erkennen und wäre verloren, wenn man ihm begegnete. Aber...“

Er hielt inne und blickte mich forschend an. Dann fuhr er fort:

„Emir, du bist wirklich der Freund von Malek, dem Ateïbeh?“

„Ja.“

„Und auch unser Freund?“

„Komm mit mir; ich werde dir etwas zeigen!“

Er verließ das Zelt. Ich folgte ihm mit dem Engländer und allen anwesenden Arabern. Neben dem großen Zelt hatte man während unseres Mahls ein kleineres für die beiden Diener aufgeschlagen, und im Vorübergehen bemerkte ich, daß man auch sie mit Speise und Trank bedacht hatte. Außerhalb des Zeltkreises standen die Pferde des Scheik angebunden; zu ihnen führte er mich. Sie waren alle ausgezeichnet, zwei aber entzückten mich förmlich. Eines war eine junge Schimmelstute, das schönste Geschöpf, das ich jemals gesehen hatte. Ihre Ohren waren lang, dünn und durchscheinend, die Nasenlöcher hoch, aufgeblasen und tiefrot, Mähne und Schweif wie Seide.

„Herrlich!" rief ich unwillkürlich.

„Sage Maschallah!" bat mich der Scheik.

Der Araber ist nämlich in Beziehung auf das sogenannte ‚Beschreien' sehr abergläubisch. Wem irgend etwas sehr gefällt, der hat ‚Maschallah' zu sagen, wenn er nicht sehr anstoßen will.

„Maschallah!" antwortete ich.

„Glaubst du, daß ich auf dieser Stute den wilden Esel des Sindschar müde gejagt habe, bis er zusammenbrach?"

„Unmöglich."

„Bei Allah, es ist wahr! Ihr könnt es bezeugen!"

„Wir bezeugen es!" riefen die Araber wie aus einem Munde.

„Diese Stute geht nur mit meinem Leben von mir", erklärte der Scheik. „Welches Pferd gefällt dir noch?"

„Dieser Hengst. Sieh diese Gliederung, diese Symmetrie, diesen Adel und diese wunderseltene Färbung, ein Schwarz, das ins Blau übergeht!"

„Das ist noch nicht alles. Der Hengst hat die drei höchsten Tugenden eines guten Pferdes."

„Welche?"

„Schnellfüßigkeit, Mut und einen langen Atem."

„An welchen Zeichen erkennst du dies?"

„Die Haare wirbeln sich an der Kruppe; das zeigt, daß er schnellfüßig ist. Sie wirbeln sich am Beginn der Mähne; das zeigt, daß er einen langen Atem hat. Und sie wirbeln sich ihm in der Mitte der Stirn; das zeigt, daß er einen feurigen, stolzen Mut besitzt. Er läßt seinen Reiter nie im Stich und trägt ihn durch tausend Feinde. Hast du einmal ein solches Pferd besessen?"

„Ja."

„Ah! So bist du ein sehr reicher Mann."

„Es kostete mich nichts – es war ein Mustang."

„Was ist ein Mustang?"

„Ein wildes Pferd, das man sich erst einfangen und zähmen muß."

„Würdest du diesen Rapphengst kaufen, wenn ich wollte und wenn du könntest?"

„Ich würde ihn auf der Stelle kaufen."

„Du kannst ihn dir verdienen!"

„Ah! Unmöglich!"

„Ja, du kannst ihn zum Geschenk erhalten."

„Unter welcher Bedingung?"

„Wenn du uns sichere Kundschaft bringst, wo die Obeïde, Abu Hammed und Dschowari sich vereinigen werden."

Beinahe hätte ich ein ‚Juchhei!' hinausgejubelt. Der Preis war hoch, aber das Roß war noch mehr wert. Ich besann mich nicht lange und fragte:

„Bis wann verlangst du diese Nachricht?"

„Bis du sie bringen kannst."

„Und wann erhalte ich das Pferd?"

„Wenn du zurückgekehrt bist."

„Du hast recht; ich kann es nicht eher verlangen; aber dann kann ich deinen Auftrag auch nicht ausführen."

„Warum?"

„Weil vielleicht alles darauf ankommt, daß ich ein Pferd reite, auf das ich mich in jeder Beziehung verlassen kann."

Er blickte zu Boden.

„Weißt du, daß bei einem solchen Vorhaben der Hengst sehr leicht verlorengehen kann?"

„Ich weiß es; es kommt auch auf den Reiter an. Aber wenn ich ein solches Pferd unter mir habe, so wüßte ich keinen Menschen, der mich oder das Tier fangen könnte."

„Reitest du so gut?"

„Ich reite nicht so wie ihr; ich müßte das Pferd eines Schammar erst an mich gewöhnen."

„So sind wir dir überlegen!"

„Überlegen? Seid ihr gute Schützen?"

„Wir schießen im Galopp die Taube vom Zelt."

„Gut. Leihe mir den Hengst und schicke zehn Krieger hinter mir her. Ich werde mich nicht auf tausend Lanzenlängen von deinem Lager entfernen und gebe ihnen die Erlaubnis, auf mich zu schießen, so oft es ihnen beliebt. Sie werden mich nicht fangen und mich auch nicht treffen."

„Du sprichst im Scherz, Emir!"

„Ich rede im Ernst."

„Und wenn ich dich beim Wort nehme?"

„Gut!"

Die Augen der Araber leuchteten vor Vergnügen. Gewiß war ein jeder von ihnen ein vortrefflicher Reiter; sie brannten vor Verlangen, daß der Scheik auf mein Anerbieten eingehen werde.

Dieser aber blickte sehr unschlüssig vor sich nieder.

„Ich weiß, welcher Gedanke dein Herz bewegt, o Scheik", sagte ich ihm. „Sieh mich an! Trennt ein Mann sich von solchen Waffen, wie ich sie trage?"

„Nie!"

Ich entledigte mich derselben und legte sie vor ihm nieder.

„Sieh, hier lege ich sie dir zu Füßen, als Pfand, daß ich nicht gekommen bin, dir den Hengst zu rauben; und wenn dies noch nicht genug ist, so sei mein Wort und auch hier mein Freund dir zum Pfand."

Jetzt lächelte er beruhigt.

„Es sei, also zehn Mann?"

„Ja, auch zwölf oder fünfzehn."

„Die auf dich schießen dürfen?"

„Ja. Wenn ich erschossen werde, wird sie kein Vorwurf treffen. Wähle deine besten Reiter und Schützen!"

„Du bist tollkühn, Emir!"

„Das glaubst du nur."

„Sie haben sich nur hinter dir zu halten?"

„Sie können reiten, wie und wohin sie wollen, um mich zu fangen oder mit ihrer Kugel zu treffen."

„Allah kerihm, so bist du bereits jetzt ein toter Mann!"

„Aber sobald ich hier an diesem Ort haltenbleibe, ist das Spiel zu Ende!"

„Wohl, du willst es nicht anders. Ich werde meine Stute reiten, um alles sehen zu können."

„Erlaube mir zuvor, den Hengst zu probieren!"

„Tu es!"

Ich saß auf, und während der Scheik diejenigen bestimmte, die mich fangen sollten, merkte ich, daß ich mich auf den Hengst ganz und gar verlassen konnte. Dann sprang ich wieder ab und entfernte den Sattel. Das stolze Tier merkte, daß etwas Ungewöhnliches im Gange sei; seine Augen funkelten, seine Mähne hob sich, und seine Füßchen gingen wie die Füße einer Tänzerin, die versuchen will, ob das Parkett des Saales ‚wichsig' genug sei. Ich schlang ihm einen Riemen um den Hals und knüpfte eine Schlinge an die eine Seite des fest angezogenen Bauchgurts.

„Du entfernst den Sattel?" fragte der Scheik. „Wozu diese Riemen?"

„Das wirst du sehr bald sehen. Hast du die Wahl unter deinen Kriegern getroffen?"

„Ja; hier sind zehn!"

Sie saßen bereits auf ihren Pferden; ebenso stiegen alle Araber auf, die sich in der Nähe befanden.

„So mag es beginnen. Seht ihr das einzelne Zelt, sechshundert Schritte von hier?"

„Wir sehen es."

„Sobald ich es erreicht habe, könnt ihr auf mich schießen; auch sollt ihr mir gar keinen Vorsprung lassen. Vorwärts!"

Ich sprang auf – der Hengst schoß wie ein Pfeil davon. Die Araber folgten ihm hart auf den Hufen. Es war ein Prachtpferd. Noch hatte ich die Hälfte der angegebenen Entfernung nicht zurückgelegt, als der vorderste Verfolger bereits um fünfzig Schritte zurückgeblieben war.

Jetzt bog ich mich nieder, um den Arm in den Halsriemen und das Bein in die Schlinge zu stecken. Kurz vor dem angegebenen Zelt blickte ich mich um; alle zehn hielten ihre langen Flinten oder ihre Pistolen schußfertig. Jetzt warf ich das Pferd in einem rechten Winkel herum. Einer der Verfolger parierte sein Pferd mit jener Sicherheit, wie es nur ein Araber zustande bringt; es stand, als sei es aus Erz gegossen. Er hob die Flinte empor; der Schuß krachte.

„Allah il Allah, ia Aallah, Wallah, Tallah!" rief es.

Sie glaubten, ich sei getroffen, denn ich war nicht mehr zu sehen. Ich hatte mich nach Art der Indianer vom Pferd geworfen und hing nun mittels des Riemens und der Schlinge an der Seite, die den Verfolgern abgewendet war. Ein Blick unter dem Hals des Rappen hindurch überzeugte mich, daß niemand mehr zielte, und sofort richtete ich mich wieder im Sattel empor, drückte das Pferd wieder nach rechts hinüber und jagte weiter.

„Allah akbar, Maschallah, Allah il Allah!" brauste es hinter mir. Die guten Leute konnten sich die Sache noch nicht erklären.

Sie vermehrten ihre Schnelligkeit und hoben ihre Flinten wieder empor. Ich zog den Rappen nach links, warf mich wieder ab und ritt in einem spitzen Winkel an ihrer Flanke vorüber. Sie konnten nicht schießen, wenn sie nicht das Pferd treffen wollten.

Trotzdem die Jagd gefährlich aussah, war sie bei der Vortrefflichkeit meines Pferdes doch nur wie ein Kinderhaschen, das ich Indianern gegenüber allerdings nicht hätte wagen dürfen. Wir jagten einigemal um das außerordentlich ausgedehnte Lager herum; dann galoppierte ich, immer an der Seite des Pferdes hängend, mitten zwischen den Verfolgern hindurch, zu dem Ort, an dem der Ritt begonnen hatte.

Als ich abstieg, zeigte der Rappe nicht eine Spur von Schweiß oder Schaum. Er war wirklich kaum mit Geld zu bezahlen. Nach und nach kamen auch die Verfolger an. Es waren im ganzen fünf Schüsse auf mich gefallen, natürlich aber hatte keiner getroffen. Der alte Scheik faßte mich bei der Hand.

„Hamdullilah! Preis sei Allah, daß du nicht verwundet bist! Ich habe Angst um dich gehabt. Es gibt im ganzen Stamm El Schammar keinen solchen Reiter, wie du bist!"

„Du irrst. Es gibt in deinem Stamm sehr viele, die besser reiten als ich, viel besser; aber sie haben es nicht gewußt, daß sich der Reiter hinter seinem Pferd verbergen kann. Wenn ich von keiner Kugel und von keinem Mann erreicht wurde, so habe ich es nicht mir, sondern diesem Pferd zu danken. Aber erlaubst du vielleicht, daß wir das Spiel einmal verändern?"

„Wie?"

„Es soll so bleiben wie vorhin, nur mit dem Unterschied, daß ich auch ein Gewehr zu mir nehmen und auf diese zehn Männer schießen kann."

„Allah kehrim, Allah ist gnädig; er verhüte ein solches Unglück, denn du würdest sie alle vom Pferd schießen!"

„So glaubst du nun also wohl, daß ich mich weder vor den Obeïden noch vor den Abu Hammed und den Dschowari fürchte, wenn ich diesen Hengst unter mir habe?"

„Emir, ich glaube es."

Er rang sichtlich mit einem Entschluß, dann aber setzte er hinzu:

„Du bist Hadschi Kara Ben Nemsi, der Freund meines Freundes Malek, und ich vertraue dir. Nimm den Hengst und reite gegen Morgen. Bringst du mir keine Botschaft, so bleibt er mein; bringst du mir aber genügende Kunde, so ist er dein. Dann werde ich dir auch sein Geheimnis sagen."

Jedes arabische Pferd nämlich hat, wenn es besser als mittelmäßig ist, sein Geheimnis; das heißt: Es ist auf ein gewisses Zeichen eingeübt, auf das hin es den höchsten Grad seiner Schnelligkeit entwickelt und diese nicht eher mindert, als bis es entweder zusammenbricht oder von seinem Reiter angehalten wird. Dieser Reiter verrät das geheime Zeichen selbst seinem Freund, seinem Vater oder Bruder, seinem Sohn und seinem Weib nicht und wendet es erst dann an, wenn er sich in der allergrößten Todesgefahr befindet.

„Erst dann?“ antwortete ich. „Kann nicht der Fall eintreten, daß nur das Geheimnis mich und das Pferd zu retten vermag?“

„Du hast recht; aber du bist noch nicht der Besitzer des Rappen.“

„Ich werde es!“ rief ich zuversichtlich. „Und sollte ich es nicht werden, so wird das Geheimnis in mir vergraben sein, daß keine Seele es erfahren kann.“

„So komm!“

Er führte mich auf die Seite und flüsterte mir zu:

„Wenn der Rappe fliegen soll wie der Falke in den Lüften, so lege ihm die Hand leicht zwischen die Ohren und rufe laut das Wort ‚Rih‘!“

„Rih, das heißt Wind.“

„Ja, Rih, das ist der Name des Pferdes, denn es ist noch schneller als der Wind; es ist so schnell wie der Sturm!“

„Ich danke dir, Scheik. Ich werde deine Botschaft so gut ausführen, als ob ich ein Sohn der Haddedihn oder als ob ich du selbst wäre. Wann soll ich reiten?“

„Morgen mit Anbruch des Tages, wenn es dir beliebt.“

„Welche Datteln nehme ich mit für den Rappen?“

„Er frißt nur Balahat. Ich brauche dir nicht zu sagen, wie ein so kostbares Pferd zu behandeln ist?“

„Nein.“

„Schlafe heute auf seinem Leib und sage ihm die hundertste Sure, die von den schnelleilenden Rossen handelt, in die Nüstern, so wird er dich lieben und dir gehorchen bis zum letzten Atemzug. Kennst du diese Sure?“

„Ja.“

„Sag sie her!“

Er war wirklich sehr besorgt um mich und sein Pferd. Ich gehorchte seinem Willen:

„Im Namen Allahs, des Allbarmherzigen! Bei den schnelleilenden Rossen mit lärmendem Schnauben und bei denen, die stampfend Feuerfunken sprühen, und bei denen, die wetteifernd des Morgens früh auf den Feind einstürmen, die den Staub aufjagen und die feindlichen Scharen durchbrechen! Wahrlich, der Mensch ist undankbar gegen seinen Herrn, und er selbst muß solches bezeugen. Zu unmäßig hängt er der Liebe zu irdischen Gütern an. Weiß er denn nicht, daß dann, wenn alles herausgenommen ist, was in den Gräbern liegt, und an das Licht gebracht wird, was in des Menschen Brust verborgen war, daß dann an diesem Tage der Herr sie vollkommen kennt?"

„Ja, du kannst diese Sure. Ich habe sie dem Rappen tausendmal des Nachts vorgesagt; tue dasselbe, und er wird merken, daß du sein Herr geworden bist. Jetzt aber komm in das Zelt zurück!"

Der Engländer war bisher ein stiller Zuschauer gewesen; nun trat er an meine Seite.

„Warum auf Euch geschossen?"

„Ich wollte ihnen etwas zeigen, was sie noch nicht kennen."

„Ah, schön, Prachtpferd!"

„Wißt Ihr, Sir, wem es gehört?"

„Dem Scheik!"

„Nein."

„Wem sonst?"

„Mir."

„Pah!"

„Mir, wirklich!"

„Sir, mein Name ist David Lindsay, und ich lasse mir nichts weismachen; merkt Euch das!"

„Gut, so behalte ich alles andere für mich!"

„Was?"

„Daß ich Euch morgen früh verlasse."

„Warum?"

„Um auf Kundschaft auszureiten. Von der Feindseligkeit wißt Ihr bereits. Ich soll zu erkunden suchen, wann und wo die feindlichen Stämme zusammentreffen, und dafür bekomme ich, wenn es mir gelingt, eben diesen Rappen geschenkt."

„Glückskind! Werde mitreiten, mithorchen, mitkundschaftern!"

„Das geht nicht."

„Warum nicht?"

„Ihr könnt mir nichts nützen, sondern nur schaden. Eure Kleidung..."

„Pah, ziehe mich als Araber an!"

„Ohne ein Wort Arabisch zu verstehen?"

„Richtig! Wie lange ausbleiben?"

„Weiß noch nicht. Einige Tage. Ich muß weit über den kleinen Zab hinunter, und der ist ziemlich weit von hier."

„Böser Weg! Schlechtes Volk von Arabern!"

„Werde mich in acht nehmen."

„Werde dableiben, wenn mir einen Gefallen tun."

„Welchen?"

„Nicht bloß nach Beduinen forschen."

„Nach wem sonst noch?"

„Nach schönen Ruinen. Muß nachgraben, Fowlingbull finden, nach London ins Museum schicken!"

„Werde es tun, verlaßt euch drauf!"

„Well! Fertig; eintreten!"

Wir nahmen unsere früheren Plätze im Zelt ein und verbrachten den Rest des Tages mit allerlei Erzählungen, wie sie der Araber liebt. Am Abend wurde Musik gemacht und gesungen, wobei es nur zwei Instrumente gab: die Rubabah, eine Art Zither mit nur einer Saite, und die Tabl, eine kleine Pauke, die aber doch im Verhältnis zu den leisen, einförmigen Tönen der Rubabah einen ganz entsetzlichen Lärm machte. Dann wurde das Nachtgebet gesprochen, und wir gingen zur Ruhe. Der Engländer schlief im Zelt des Scheik, ich aber ging zu dem Hengst, der auf der Erde lag, und nahm Platz zwischen seinen Füßen. Habe ich ihm die hundertste Sure wirklich in die Nüstern gesagt? Versteht sich! Dabei hat mich nicht etwa der Aberglaube geleitet, bewahre! Das Pferd war an diesen Vorgang gewöhnt, wir wurden also durch denselben schnell vertraut miteinander; und indem ich beim Rezitieren der Worte hart an seinen Nüstern atmete, lernte es, wie man sich auszudrücken pflegt, die Witterung seines neuen Gebieters kennen. Ich lag zwischen seinen Füßen, wie ein Kind zwischen den Beinen eines treuen, verständigen Neufundländers. Als der Tag eben graute, öffnete sich das Zelt des Scheik, und der Engländer trat heraus.

„Geschlafen, Sir?" fragte er.

„Ja."

„Ich nicht."

„Warum?"

„Sehr lebendig im Zelt."

„Die Schläfer?"

„Nein."

„Wer sonst?"

„Die Fleas, Lice und Gnats!"

Wer Englisch versteht, weiß, wen oder was er meinte; ich mußte lachen.

„An solche Dinge werdet Ihr Euch bald gewöhnen, Sir Lindsay."

„Nie. Konnte auch nicht schlafen, weil ich an Euch dachte."

„Warum?"

„Konntet fortreiten, ohne mich noch zu sprechen."

„Ich hätte auf jeden Fall Abschied von Euch genommen."

„Wäre vielleicht zu spät gewesen."

„Warum?"

„Habe Euch viel zu fragen."

„So fragt einmal zu!"

Ich hatte ihm schon im Laufe des verflossenen Abends allerlei Auskünfte erteilen müssen; jetzt zog er sein Notizbuch hervor.

„Werde mich führen lassen an Ruinen. Muß arabisch reden. Mir sagen verschiedenes. Was heißt Freund?"

„Aschab."

„Feind?"

„Kiman."

„Muß bezahlen. Was heißt Dollar?"

„Rijahl fransch."

„Was heißt Geldbeutel?"

„Surrah."

„Werde Steine graben. Was heißt Stein?"

„Hadschar und auch Hadschr oder Chadschr."

So fragte er mich nach einigen hundert Wörtern, die er sich alle notierte. Dann wurde es im Lager rege, und ich mußte in das Zelt des Scheik kommen, um das Sahur, das Frühmahl, einzunehmen.

Dabei wurde noch vieles beraten; dann nahm ich Abschied, stieg zu Pferde und verließ den Ort, an den ich vielleicht nimmer zurückkehren konnte.

Ich hatte mir vorgenommen, zunächst den südlichen Stamm, die Dschowari, aufzusuchen. Der beste Weg zu ihnen wäre gewesen, dem Thatharfluß zu folgen, der fast stets parallel mit dem Tigris fließt; leider aber war sehr zu vermuten, daß just an seinen Ufern die Obeïde ihre Herden weideten, und so hielt ich mich weiter westlich. Ich hatte mich so einzurichten, daß ich etwa eine Meile oberhalb Tekrit den Tigris erreichte; dann traf ich sicher auf den gesuchten Stamm.

Mit Proviant war ich reichlich versehen; Wasser brauchte ich für mein Pferd nicht, da der Pflanzenwuchs im vollen Saft stand. Und so hatte ich weiter keine Sorge, als die Richtung beizubehalten und jede feindliche Begegnung zu vermeiden. Für das erstere hatte ich den Ortssinn, die Sonne und den Kompaß und für das letztere das Fernrohr, mit dessen Hilfe ich alles erkennen konnte, bevor ich selbst gesehen wurde. Der Tag verging ohne irgendein Abenteuer, und am Abend legte ich mich hinter einem einsamen Felsen zur Ruhe. Bevor ich einschlief, kam mir der Gedanke, ob es nicht vielleicht besser sei, ganz bis Tekrit zu reiten, da ich dort ja ohne Aufsehen vieles erfahren konnte, was mir zu wissen notwendig war. Es war dies ein sehr überflüssiges Überlegen, wie ich am andern Morgen sehen sollte. Ich hatte nämlich sehr fest geschlafen und erwachte durch das warnende Schnauben meines Pferdes. Als ich aufblickte, sah ich fünf Reiter von Norden her grade auf die Stelle zukommen, an der ich mich befand. Sie waren so nahe, daß sie mich bereits gesehen hatten. Flucht lag nicht in meinem Sinn, obgleich mich der Rappe wohl schnell davongetragen hätte. Ich erhob mich also, saß auf, um für alles gerüstet zu sein, und nahm den Stutzen nachlässig zur Hand.

Sie kamen im Galopp herbei und parierten ihre Pferde einige Schritte vor mir. Da in ihren Mienen nicht die geringste Feindseligkeit zu finden war, konnte ich mich einstweilen beruhigen.

„Sallam aaleikum!“ grüßte mich der eine.

„Aaleikum!“ antwortete ich.

„Du hast hier diese Nacht geschlafen?“

„So ist es.“

„Hast du kein Zelt, unter dem du dein Haupt zur Ruhe legen könntest?“

„Nein. Allah hat seine Gaben verschieden ausgeteilt. Dem einen gibt er ein Dach von Filz und dem andern den Himmel zur Decke.“

„Du aber könntest ein Zelt besitzen; hast du doch ein Pferd, das mehr wert ist, als hundert Zelte.“

„Es ist mein einziges Besitztum.“

„Verkaufst du es?"
„Nein."
„Du mußt zu einem Stamm gehören, der nicht weit von hier sein Lager hat."
„Warum?"
„Dein Hengst ist frisch."
„Und dennoch wohnt mein Stamm viele, viele Tagreisen von hier, weit, weit noch hinter den heiligen Städten im Westen."
„Wie heißt dein Stamm?"
„Uëlad German."
„Ja, da drüben im Maghreb sagt man meist Uëlad statt Beni oder Abu. Warum entfernst du dich so weit von deinem Land?"
„Ich habe Mekka gesehen und will nun auch noch die Duars und Städte sehen, die gegen Persien liegen, damit ich den Meinen viel erzählen kann, wenn ich heimkehre."
„Wohin geht zunächst dein Weg?"
„Immer nach Aufgang der Sonne, wohin mich Allah führt."
„So kannst du mit uns reiten."
„Wo ist euer Ziel?"
„Oberhalb der Kernina-Klippen, wo unsere Herden am Ufer und auf den Inseln des Tigris weiden."
Hm! Sollten diese Leute etwa gar Dschowari sein? Sie hatten mich gefragt; es war also nicht unhöflich, wenn auch ich mich erkundigte.
„Welchem Stamm gehören diese Herden?"
„Dem Stamm Abu Mohammed."
„Sind noch andere Stämme in der Nähe?"
„Ja. Abwärts die Alabeïden, die dem Scheik von Kernina Tribut bezahlen, und aufwärts die Dschowari."
„Wem bezahlen diese den Tribut?"
„Man hört es, daß du aus fernen Landen kommst. Die Dschowari zahlen nicht, sondern sie nehmen sich Tribut.

Es sind Diebe und Räuber, vor denen unsere Herden keinen Augenblick sicher sind. Komm mit uns, wenn du gegen sie kämpfen willst!"

„Ihr kämpft mit ihnen?"

„Ja. Wir haben uns mit den Alabeïden verbunden. Willst du Taten tun, so kannst du es bei uns lernen. Aber warum schläfst du hier am Hügel des Löwen?"

„Ich kenne diesen Ort nicht. Ich war müde und habe mich zur Ruhe gelegt."

„Allah kerihm, Gott ist gnädig; du bist ein Liebling Allahs, sonst hätte dich der Würger der Herden zerrissen. Kein Araber möchte hier eine Stunde ruhen, denn an diesem Felsen halten die Löwen ihre Zusammenkünfte."

„Es gibt hier am Tigris Löwen?"

„Ja, am unteren Lauf des Stroms; weiter oben aber findest du nur den Leopard. Willst du mit uns reiten?"

„Wenn ich euer Gast sein soll."

„Du bist es. Nimm unsere Hand und laß uns Datteln tauschen!"

Wir legten die flachen Hände ineinander, und dann bekam ich von jedem eine Dattel, die ich aß, während ich fünf andere dafür gab, welche auch aus freier Hand verzehrt wurden. Dann schlugen wir die Richtung nach Südosten ein. Einige Zeit später passierten wir den Thathar, und die ebene Gegend wurde nach und nach bergiger. Ich lernte in meinen Begleitern fünf ehrliche Nomaden kennen, in deren Herzen kein Falsch zu finden war. Sie hatten zur Feier einer Hochzeit einen befreundeten Stamm besucht und kehrten nun zurück voll Freude über die Festlichkeiten und Gelage, denen sie beigewohnt hatten.

Das Terrain hob sich mehr und mehr, bis es sich plötzlich wieder senkte.

Zur Rechten wurden in weiter Ferne die Ruinen von Alt-Tekrit sichtbar, zur Linken, auch weit entfernt, der Dschebel Kernina, und vor uns breitete sich das Tal des

Tigris aus. In einer halben Stunde war der Strom erreicht. Er hatte hier die Breite von wohl einer englischen Meile, und seine Wasser wurden von einer großen, langgestreckten, grün bewachsenen Insel geteilt, auf der ich mehrere Zelte erblickte.

„Du gehst mit hinüber? Du wirst unserem Scheik willkommen sein!"

„Wie kommen wir hinüber?"

„Das wirst du gleich sehen, denn wir sind bereits bemerkt worden. Komm weiter aufwärts, wo das Kellek landet."

Ein Kellek ist ein Floß, das gewöhnlich zweimal so lang als breit ist. Es besteht aus aufgeblasenen Ziegenfellen, die durch Querhölzer befestigt sind, über welche Balken oder Bretter gelegt werden, auf denen sich die Last befindet. Das einzige Bindemittel besteht aus Weiden. Regiert wird so ein Floß durch zwei Ruder, deren Riemen aus gespaltenen und wieder zusammengebundenen Bambusstücken gefertigt sind. Ein solches Floß stieß drüben von der Insel ab. Es war so groß, daß es mehr als sechs Reiter tragen konnte, und brachte uns wohlbehalten hinüber.

Wir wurden von einer Menge von Kindern, einigen Hunden und einem alten, ehrwürdig aussehenden Araber bewillkommt, welcher der Vater eines meiner Gefährten war.

„Erlaube, daß ich dich zum Scheik führe", sagte der bisherige Wortführer.

Auf unserem Weg gesellten sich mehrere Männer zu uns, die sich aber bescheiden hinter uns hielten und mich durch keine Frage belästigten. Ihre Blicke hingen voll Bewunderung an meinem Pferd. Der Weg ging nicht weit. Er endete vor einer ziemlich geräumigen Hütte, die aus Weidenstämmen gefertigt, mit Bambus gedeckt und von innen mit Matten bekleidet war. Als wir eintraten, erhob sich ein stark und kräftig gebauter Mann von dem

Teppich, auf dem er gesessen hatte. Er war beschäftigt gewesen, sein Scharay[1] auf einem Stein zu schärfen.

„Sallam aaleikum!" grüßte ich.

„Aaleikum!" antwortete er, indem er mich scharf musterte.

„Erlaube mir, o Scheik, dir diesen Mann zu bringen", bat mein Begleiter. „Er ist ein vornehmer Krieger, so daß ich ihm mein Zelt nicht anzubieten wage."

„Wen du bringst, der ist mir willkommen", lautete die Antwort.

Der andere entfernte sich, und der Scheik reichte mir die Hand.

„Setze dich, o Fremdling. Du bist müde und hungrig, du sollst ruhen und essen; erlaube aber zuvor, daß ich nach deinem Pferd sehe."

Das war ganz das Verhalten eines Arabers: erst das Pferd und dann der Mann. Als er wieder eintrat, sah ich es ihm sofort an, daß ihm der Anblick des Rappen Achtung für mich eingeflößt hatte.

„Du hast ein edles Tier, Maschallah; möge es dir erhalten bleiben! Ich kenne es."

Ah, das war allerdings schlimm! Vielleicht aber auch nicht.

„Woher kennst du es?"

„Es ist das beste Roß der Haddedihn."

„Auch die Haddedihn kennst du?"

„Ich kenne alle Stämme. Aber dich kenne ich nicht."

„Kennst du den Scheik der Haddedihn?"

„Mohammed Emin?"

„Ja. Von ihm komme ich."

„Wohin willst du?"

„Zu dir."

„Er hat dich zu mir gesandt?"

„Nein, und dennoch komme ich als sein Bote zu dir."

„Ruhe dich erst aus, bevor du erzählst."

[1] scharfes afghanisches Messer

„Ich bin nicht müde, und was ich dir zu sagen habe, ist so wichtig, daß ich es gleich sagen möchte."

„So sprich!"

„Ich höre, daß die Dschowari deine Feinde sind."

„Sie sind es", antwortete er mit finsterer Miene.

„Sie sind auch die meinigen; sie sind auch die Feinde des Haddedihn."

„Ich weiß es."

„Weißt du auch, daß sie sich mit den Abu Hammed und Obeïden verbunden haben, die Haddedihn in ihren Weidegründen anzugreifen?"

„Ich weiß es."

„Ich höre, daß du dich mit den Alabeïden vereinigt hast, sie zu strafen?"

„Ja."

„So komme ich zu dir, um das Nähere mit dir zu besprechen."

„So sage ich nochmals: Sei mir willkommen! Du wirst dich erquicken und uns nicht eher verlassen, als bis ich meine Ältesten zusammengerufen habe."

Nach kaum einer Stunde saßen acht Männer um mich und den Scheik herum und rissen große Fetzen Fleisches von dem Hammel, der aufgetragen worden war. Diese acht Männer waren die Ältesten der Abu Mohammed. Ich erzählte ihnen offen, wie ich zu den Haddedihn gekommen und der Bote ihres Scheiks geworden war.

„Was willst du uns für Vorschläge machen?" fragte der Scheik.

„Keine. Über eure Häupter sind mehr Jahre gezogen als über mein Haupt. Es ziemt dem Jüngeren nicht, dem Alten die Wege vorzuschreiben."

„Du sprichst die Sprache der Weisen. Dein Haupt ist noch jung, aber dein Verstand ist alt, sonst hätte Mohammed Emin dich nicht zu seinem Gesandten gemacht. Rede! Wir werden hören und dann entscheiden."

„Wie viele Krieger zählt dein Stamm?"

„Neunhundert."
„Und die Alabeïde?"
„Achthundert."
„Das sind siebzehnhundert. Genau halb soviel, als die Feinde zusammen zählen."
„Wie viele Krieger haben die Haddedihn?"
„Elfhundert. Doch auf die Zahl kommt es oftmals weniger an. Wißt ihr vielleicht, wann die Dschowari sich mit den Abu Hammed vereinigen wollen?"
„Am Tag nach dem nächsten Jaum el Dschema[1]."
„Weißt du das genau?"
„Wir haben einen treuen Verbündeten unter den Dschowari."
„Und wo soll diese Vereinigung geschehen?"
„Bei den Ruinen von Khan Kernina."
„Und dann?"
„Dann werden sich diese beiden Stämme mit den Obeïden vereinigen."
„Wo?"
„Zwischen dem Wirbel Kelab und dem Ende der Kanuzaberge."
„Wann?"
„Am dritten Tag nach dem Versammlungstag."
„Du bist außerordentlich gut unterrichtet. Wohin werden sie sich nachher wenden?"
„Grad nach den Weideplätzen der Haddedihn."
„Was wolltet ihr tun?"
„Wir wollten die Zelte überfallen, in denen sie ihre Frauen und Kinder zurücklassen, und dann ihre Herden wegführen."
„Würde dies klug sein?"
„Wir nehmen uns das wieder, was uns geraubt wurde."
„Ganz richtig. Aber die Haddedihn sind elfhundert, die Feinde aber dreitausend Krieger. Sie hätten gesiegt,

[1] Tag der Versammlung = Freitag

wären als Sieger zurückgekehrt und euch nachgejagt, um euch mit dem Raub auch eure jetzige Habe wegzunehmen. Wenn ich unrecht habe, so sagt es."

„Du hast recht. Wir dachten, die Haddedihn würden durch andere Stämme der Schammar verstärkt werden."

„Diese Stämme werden vom Gouverneur von Mossul angegriffen."

„Was rätst du uns? Würde es nicht am besten sein, die Feinde einzeln zu vernichten?"

„Ihr würdet einen Stamm besiegen und die anderen beiden aufmerksam machen. Sie müssen kurz nach ihrer Vereinigung, also bei dem Wirbel El Kelab angegriffen werden. Wenn es euch recht ist, wird Mohammed Emin am dritten Tag nach dem Jaum el Dschema mit seinen Kriegern von den Kanuzabergen herabsteigen und sich auf die Feinde werfen, während ihr sie von Süden angreift und sie somit in den Strudel Kelab getrieben werden."

Dieser Plan wurde nach längerer Beratung angenommen und dann noch auf das eingehendste besprochen. Darüber war ein großer Teil des Nachmittags vergangen, und der Abend rückte heran, so daß ich mich veranlaßt sah, für die Nacht noch zu bleiben. Am anderen Morgen aber wurde ich beizeiten wieder an das Ufer gesetzt und ritt denselben Weg zurück, den ich gekommen war.

Meine Aufgabe, die ein so schwieriges Aussehen gehabt hatte, war auf eine so leichte und einfache Weise gelöst worden, daß ich mich fast schämen mußte, es zu erzählen. Der Rappe durfte nicht so billig verdient werden. Was konnte ich aber noch tun? Ja, war es nicht vielleicht besser, den Kampfplatz vorher ein wenig zu studieren? Diesen Gedanken wurde ich nicht wieder los. Ich setzte also gar nicht über den Thathar zurück, sondern ritt an seinem linken Ufer nach Norden hinauf, um die Kanuzaberge zu erreichen. Erst als der Nachmittag beinahe zur Hälfte verflossen war, kam mir der Gedanke, ob nicht das Wadi Dschehennem, wo ich mit dem Engländer die Pferdediebe getroffen hatte, ein Teil dieser Kanuzaberge sei. Ich wußte diese Frage nicht zu beantworten, setzte meinen Weg fort und hielt mich später mehr nach rechts, um in die Nähe des Dschebel Hamrin zu kommen.

Die Sonne war beinahe bis zum Horizont niedergesunken, als ich zwei Reiter bemerkte, die am westlichen Gesichtskreis erschienen und mit großer Schnelligkeit näher kamen. Als sie mich sahen, hielten sie einen Augenblick an, kamen aber dann auf mich zu. Sollte ich fliehen? Vor zweien? Nein? Ich parierte also mein Pferd und erwartete sie. Es waren zwei Männer, die im rüstigsten Alter standen. Sie hielten vor mir an.

„Wer bist du?“ fragte der eine mit einem lüsternen Blick auf den Rappen.

So eine Anrede war mir unter Arabern noch nicht vorgekommen.

„Ein Fremdling“, antwortete ich kurz.

„Woher kommst du?“

„Von Westen, wie ihr seht.“

„Wohin willst du?“

„Wohin das Kismet mich führt.“

„Komm mit uns, du sollst unser Gast sein.“

„Ich danke dir. Ich habe bereits einen Gastfreund, der für ein Lager sorgt.“

„Wen?“

„Allah. Lebt wohl!“

Ich war zu sorglos gewesen, denn noch hatte ich mich nicht abgewandt, so langte der eine in den Gürtel, und im nächsten Augenblick flog mir seine Wurfkeule so an den Kopf, daß ich sofort vom Pferd glitt. Zwar dauerte die Betäubung nicht lange, aber die Räuber hatten mich doch unterdessen binden können.

„Sallam aaleikum“, grüßte jetzt der eine. „Wir waren vorher nicht höflich genug, und daher war dir unsere Gastfreundschaft nicht angenehm. Wer bist du?“

Ich antwortete natürlich nicht.

„Wer bist du?“

Ich schwieg, trotzdem er seine Frage mit einem Fußtritt begleitete.

„Laß ihn“, meinte der andere. „Allah wird Wunder tun und ihm den Mund öffnen. Soll er reiten oder gehen?“

„Gehen!“

Sie lockerten mir die Riemen um die Beine und banden mich an den Steigbügel des einen Pferdes. Dann nahmen sie meinen Rappen beim Zügel - und fort ging es, scharf nach Osten. Ich war trotz meines guten Pferdes ein Gefangener. Der Mensch ist oft ein sehr übermütiges Geschöpf.

Das Terrain erhob sich nach und nach. Wir kamen zwischen Bergen hindurch, und endlich sah ich aus einem Tal mehrere Feuer uns entgegenleuchten. Es war nämlich mittlerweile Nacht geworden. Wir lenkten in dies Tal ein, kamen an mehreren Zelten vorüber und hielten endlich vor einem derselben, aus dem in diesem Augenblick ein junger Mann trat. Er sah mich und ich ihn - wir kannten einander.

„Allah il Allah! Wer ist dieser Gefangene?“ fragte er.

„Wir fingen ihn draußen in der Ebene. Er ist ein Fremder, der uns keine Thar[1] bringen wird. Sieh dieses Tier an, das er ritt!“

Der Angeredete trat zu dem Rappen und rief erstaunt:

„Allah akbar, das ist ja der Rappe von Mohammed Emin, dem Haddedihn! Führt diesen Menschen hinein zu meinem Vater, dem Scheik, daß er verhört werde. Ich rufe die andern zusammen.“

„Was tun wir mit dem Pferd?“

„Es bleibt vor dem Zelt des Scheik.“

„Und seine Waffen?“

„Werden in das Zelt gebracht.“

Eine halbe Stunde später stand ich abermals vor einer

[1] Blutrache

Versammlung, aber vor einer Versammlung von – Richtern. Hier konnte mein Schweigen nichts nützen, und ich beschloß daher, zu sprechen.

„Kennst du mich?" fragte der Älteste der Anwesenden.

„Nein."

„Weißt du, wo du dich befindest?"

„Nein."

„Kennst du diesen jungen, tapferen Araber?"

„Ja."

„Wo hast du ihn gesehen?"

„Am Dschebel Dschehennem. Er hatte mir vier Pferde gestohlen, die ich mir wiederholte."

„Lüge nicht!"

„Wer bist du, daß du so zu mir sprichst?"

„Ich bin Zedar Ben Huli, der Scheik der Abu Hammed."

„Zedar Ben Huli, der Scheik der Pferderäuber!"

„Mensch, schweig! Dieser junge Krieger ist mein Sohn."

„Du kannst stolz auf ihn sein, o Scheik!"

„Schweig, sage ich dir abermals, sonst wirst du es bereuen. Wer ist ein Pferderäuber? Du bist es. Wem gehört das Pferd, das du geritten hast?"

„Mir."

„Lüge nicht!"

„Zedar Ben Huli, danke Allah, daß mir die Hände gebunden sind. Wenn das nicht wäre, so würdest du mich niemals wieder einen Lügner heißen!"

„Bindet ihn fester!" gebot er.

„Wer will sich an mir vergreifen, an dem Hadschi, in dessen Tasche sich das Wasser des Zem-Zem befindet!"

„Ja, ich sehe, du bist ein Hadschi, denn du hast das Hamail umhängen. Aber hast du wirklich das Wasser des heiligen Zem-Zem bei dir?"

„Ja."

„Gib uns davon."

„Nein."
„Warum nicht?"
„Ich trage das Wasser nur für Freunde bei mir."
„Sind wir deine Feinde?"
„Ja."
„Nein. Wir haben dir noch kein Leid getan. Wir wollen nur das Pferd, das du geraubt hast, seinem Eigner wiederbringen."
„Der Eigner bin ich."
„Du bist ein Hadschi mit dem heiligen Zem-Zem, und dennoch sagst du die Unwahrheit. Ich kenne diesen Hengst ganz genau; er gehört Mohammed Emin, dem Scheik der Haddedihn. Wie kommst du zu diesem Pferd?"
„Er hat es mir geschenkt."
„Du lügst. Kein Araber verschenkt ein solches Pferd."
„Ich sagte dir bereits, daß du Allah danken sollst dafür, daß ich gefesselt bin!"
„Warum hat er es dir geschenkt?"
„Das ist seine Sache und die meinige; Euch aber geht das nichts an!"
„Du bist ein sehr höflicher Hadschi! Du mußt dem Scheik der Haddedihn einen großen Dienst erwiesen haben, da er dir ein solches Geschenk gibt. Wir wollen dich nicht weiter darüber fragen. Wann hast du die Haddedihn verlassen?"
„Vorgestern früh."
„Wo weiden ihre Herden?"
„Ich weiß es nicht. Die Herden des Arabers sind bald hier, bald dort."
„Könntest du uns zu ihnen führen?"
„Nein."
„Wo warst du seit vorgestern?"
„Überall."
„Gut; du willst nicht antworten, so magst du sehen, was mit dir geschieht. Führt ihn fort!"
Ich wurde in ein kleines, niedriges Zelt geschafft und

dort angebunden. Zu meiner Rechten und zu meiner Linken kauerte sich je ein Beduine nieder, die dann später abwechselnd schliefen. Ich hatte geglaubt, die Entscheidung über mein Schicksal noch heute zu vernehmen, sah mich aber getäuscht, denn die Versammlung ging später, wie ich hörte, auseinander, ohne daß mir etwas über ihren Beschluß gesagt worden wäre. Ich schlief ein. Ein unruhiger Traum bemächtigte sich meiner. Ich lag nicht hier in dem Zelt am Tigris, sondern in einer Oase der Sahara. Das Wachtfeuer loderte, der Lagmi[1] kreiste von Hand zu Hand, und die Märchen gingen von Mund zu Mund. Da plötzlich ließ sich jener grollende Donner vernehmen, den keiner vergessen kann, der ihn einmal gehört hat, der Donner der Löwenstimmen. Assad-Bei, der Herdenwürger, nahte sich, um sein Nachtmahl zu holen. Wieder näher ertönte seine Stimme – ich erwachte.

War das ein Traum gewesen? Neben mir lagen die beiden Abu-Hammed-Araber, und ich hörte, wie der eine die heilige Fatcha betete. Da grollte der Donner zum drittenmal. Es war Wirklichkeit – ein Löwe umschlich das Lager.

„Schlaft ihr?“ fragte ich.

„Nein.“

„Hört ihr den Löwen?“

„Ja. Heute ist es das dritte Mal, daß er sich Speise holt.“

„Tötet ihn!“

„Wer soll ihn töten, den Mächtigen, den Erhabenen, den Herrn des Todes?“

„Feiglinge! Kommt er auch in das Innere des Lagers?“

„Nein. Sonst ständen die Männer nicht vor ihren Zelten, um seine Stimme vollständig zu hören.“

„Ist der Scheik bei ihnen?“

„Ja.“

„Geh hinaus zu ihm und sage ihm, daß ich den Löwen töten werde, wenn er mir mein Gewehr gibt.“

„Du bist wahnsinnig!“

[1] Dattelpalmensaft

„Ich bin vollständig bei Sinnen. Geh hinaus!"

„Ist es dein Ernst?"

„Ja; pack dich!"

Es hatte sich eine ganz bedeutende Aufregung meiner bemächtigt; ich hätte meine Fessel zersprengen mögen. Nach einigen Minuten kehrte der Mann zurück. Er band mich los.

„Folge mir!" gebot er.

Draußen standen viele Männer mit den Waffen in der Hand, aber keiner wagte es, aus dem Schutz der Zelte zu treten.

„Du hast mit mir sprechen wollen. Was willst du?" fragte der Scheik.

„Erlaube mir, diesen Löwen zu erlegen."

„Du kannst keinen Löwen töten! Zwanzig von uns reichen nicht aus, ihn zu jagen, und mehrere würden sterben dabei."

„Ich töte ihn allein; es ist der erste nicht."

„Sagst du die Wahrheit?"

„Ich sage sie."

„Wenn du ihn erlegen willst, so habe ich nichts dagegen. Allah gibt das Leben und Allah nimmt es wieder; es steht alles im Buch verzeichnet."

„So gib mir mein Gewehr!"

„Welches?"

„Das schwere, und mein Messer."

„Bringt ihm beides", gebot der Scheik.

Der gute Mann sagte sich jedenfalls, daß ich ein Kind des Todes und er dann unbestrittener Erbe meines Pferdes sei. Mir aber war es um den Löwen, um die Freiheit und um das Pferd zugleich zu tun, und diese drei konnte ich haben, wenn ich in den Besitz meiner Büchse gelangte.

Sie wurde mir nebst dem Messer gebracht.

„Willst du mir nicht die Hände frei machen lassen, o Scheik?"

„Du willst wirklich nur den Löwen erschießen?“

„Ja.“

„Beschwöre es. Du bist ein Hadschi; beschwöre es bei dem heiligen Zem-Zem, den du in der Tasche hast.“

„Ich schwöre es!“

„Löst ihm die Hände!“

Jetzt war ich frei. Die anderen Waffen lagen im Zelt des Scheik, und vor demselben war der Rappe. Ich hatte keine Besorgnis mehr.

Es war die Stunde, in welcher der Löwe am liebsten um die Herden schleicht, die Zeit kurz vor dem Morgengrauen. Ich fühlte an meinem Gürtel, ob der Patronenbeutel noch vorhanden sei, dann schritt ich bis zum ersten Zelt vor. Hier blieb ich eine Weile stehen, um mein Auge an die Dunkelheit zu gewöhnen. Vor mir und zu beiden Seiten gewahrte ich einige Kamele und zahlreiche Schafe, die sich zusammengedrängt hatten. Die Hunde, die sonst des Nachts Wächter dieser Tiere sind, waren entflohen und hatten sich hinter oder in die Zelte verkrochen.

Ich legte mich auf den Boden nieder und kroch leise und langsam vorwärts. Ich wußte, daß ich den Löwen noch eher riechen würde, als ich ihn bei dieser Dunkelheit zu Gesicht bekommen konnte. Da - es war, als ob der Boden unter mir erbebte - erscholl der Donner dieser Stimme seitwärts von mir, und einige Augenblicke darauf vernahm ich einen dumpfen Schall, wie wenn ein schwerer Körper gegen einen andern prallt - ein leises Stöhnen, ein Knacken und Krachen wie von zermalmt werdenden Knochen - und da, höchstens zwanzig Schritte vor, mir funkelten die beiden Feuerkugeln - ich kannte dieses grünliche, rollende Licht. Ich hob das Gewehr trotz der Dunkelheit, zielte, so gut es gehen wollte, und drückte ab.

Ein gräßlicher Laut durchzitterte die Luft. Der Blitz meines Schusses hatte dem Löwen seinen Feind gezeigt;

auch ich hatte ihn gesehen, der auf dem Rücken eines Kamels lag und den Halswirbel desselben mit seinen Zähnen zermalte. Hatte ich ihn getroffen? Ein großer dunkler Gegenstand schnellte durch die Luft und kam höchstens drei Schritte vor mir auf den Boden nieder. Die Lichter funkelten abermals. Entweder war der Sprung schlecht berechnet gewesen, oder das Tier war doch verwundet. Ich kniete noch fast im Anschlag und drückte den zweiten und letzten Schuß los, nicht mitten zwischen die Augen, sondern gerade in das eine Auge hinein. Dann ließ ich die Büchse blitzschnell fallen und nahm das Messer zur Hand - der Feind kam nicht über mich; er war von dem tödlichen Schuß förmlich zurückgeworfen worden. Trotzdem aber zog ich mich einige Schritte zurück, um wieder zu laden. Ringsum herrschte Stille, auch im Lager war kein Hauch zu hören. Man hielt mich wohl für tot.

Sobald aber der schwächste Schimmer des Tages den Körper des Löwen einigermaßen erkennen ließ, trat ich hinzu. Er war tot, und nun machte ich mich daran, ihn aus der Haut zu schälen. Ich hatte meine Gründe, nicht lange damit zu warten. Es fiel mir gar nicht ein, diese Trophäe zurückzulassen. Die Arbeit ging mehr nach dem Gefühl als nach dem Gesicht vor sich, war aber doch beendet, als der Morgenschimmer etwas kräftiger wurde.

Jetzt nahm ich das Fell, schlug es mir über die Schulter und kehrte in das Lager zurück. Es war jedenfalls nur ein kleines Zweiglager der räuberischen Abu Hammed. Die Männer, Frauen und Kinder saßen erwartungsvoll vor ihren Zelten. Als sie mich erblickten, erhob sich ein ungeheurer Lärm. Allah wurde in allen Tönen angerufen, und hundert Hände streckten sich nach meiner Beute aus.

„Du hast ihn getötet?“ rief der Scheik. „Wirklich? Allein?“

„Allein!“

„So hat dir der Scheitan beigestanden!"
„Steht der Scheitan einem Hadschi bei?"
„Nein; aber du hast einen Zauber, ein Amulett, einen Talisman, mit Hilfe dessen du diese Tat vollbringst?"
„Ja."
„Wo ist er?"
„Hier!"
Ich hielt ihm die Büchse vor die Nase.
„Das ist es nicht. Du willst es uns nicht sagen. Wo liegt der Körper des Löwen?"
„Draußen rechts vor den Zelten. Holt ihn euch!"
Die meisten der Anwesenden eilten fort. Das hatte ich gewünscht.
„Wem gehört die Haut des Löwen?" fragte der Scheik mit lüsternem Blick.
„Darüber wollen wir in deinem Zelt beraten. Tretet ein!"
Alle folgten mir, es waren wohl nur zehn oder zwölf Männer da. Gleich beim Eintritt erblickte ich meine anderen Waffen; sie hingen an einem Pflock. Mit zwei Schritten stand ich dort, riß sie herab, warf die Büchse über die Schulter und nahm den Stutzen in die Hand. Die Löwenhaut war mir infolge ihrer Größe und Schwere sehr hinderlich; aber es mußte doch versucht werden. Rasch stand ich wieder unter dem Eingang des Zeltes.
„Zedar Ben Huli, ich habe dir versprochen, mit dieser Büchse nur auf den Löwen zu schießen."
„Ja."
„Aber auf wen ich mit diesem anderen Gewehr schießen werde, das habe ich nicht gesagt."
„Es gehört hierher. Gib es zurück."
„Es gehört in meine Hand, und die wird es behalten."
„Er wird fliehen – haltet ihn!"
Da erhob ich den Stutzen zum Schuß.
„Halt. Wer es wagt, mich zu hindern, der ist eine Leiche! Zedar Ben Huli, ich danke dir für die Gastfreund-

schaft, die ich bei dir genossen habe. Wir sehen uns wieder!"

Ich trat hinaus. Eine Minute lang wagte es keiner, mir zu folgen. Diese kurze Zeit genügte, den Rappen zu besteigen und die Haut vor mich hinzunehmen. Als sich das Zelt wieder öffnete, galoppierte ich bereits am letzten Zelt vorbei.

Hinter mir und zur Seite, wo der Körper des Löwen lag, erscholl ein wütendes Geschrei, und ich bemerkte, daß alle zu den Waffen und zu den Pferden rannten. Als ich das Lager hinter mir hatte, ritt ich nur im Schritt. Der Rappe scheute vor dem Fell; er konnte den Geruch des Löwen nicht vertragen und schnaubte ängstlich zur Seite. Jetzt blickte ich rückwärts und sah die Verfolger zwischen den Zelten förmlich hervorquellen. Nun ließ ich den Hengst traben, und erst als der vorderste Verfolger in Schußweite gekommen war, wollte ich den Rappen weiter ausgreifen lassen; ich besann mich aber anders. Ich hielt, drehte mich um und zielte. Der Schuß krachte, und das Pferd brach unter seinem Reiter tot zusammen. Diesen Pferdedieben konnte eine solche Lehre nichts schaden. Nun erst ritt ich Galopp, wobei ich den abgeschossenen Lauf wieder lud.

Als ich mich abermals umwandte, waren mir zwei wieder nahe gekommen; ihre Flinten freilich hätten mich nicht zu erreichen vermocht. Ich hielt wieder, drehte mich um und zielte - zwei Schüsse knallten nacheinander, und zwei Pferde stürzten nieder. Das war den andern doch zuviel; sie stutzten und blieben zurück. Als ich mich nach längerer Zeit wieder umschaute, erblickte ich sie in weiter Ferne, wo sie bloß noch meinen Spuren zu folgen schienen.

Jetzt jagte ich, um sie irrezuleiten, beinahe eine Stunde lang stracks nach Westen fort; dann bog ich auf einem steinigen Boden, wo die Hufspuren nicht zu sehen waren, nach Norden um und hatte bereits gegen

Mittag den Tigris beim Strudel Kelab erreicht. Er liegt kurz unter dem Einfluß des Zab-asfal, und nur wenige Minuten unterhalb ist die Stelle, an der die Kanuzaberge in das Gebirge von Hamrin übergehen. Dieser Übergang geschieht durch einzelne isolierte Erhöhungen, die durch tiefe und nicht sehr breite Täler getrennt werden. Das breiteste Tal von ihnen wurde jedenfalls von den Feinden zum Durchzug gewählt, und so prägte ich mir das Terrain und die Zugänge zu demselben mit der möglichsten Genauigkeit ein; dann eilte ich dem Thathar wieder entgegen, den ich am Nachmittag erreichte und überschritt. Das Verlangen trieb mich zu den Freunden; aber ich mußte das Pferd schonen und hielt daher noch eine Nachtruhe.

Am anderen Mittag kam mir die erste Schafherde der Haddedihn wieder vor Augen, und ich ritt im Galopp auf das Zeltlager los, ohne auf die Zurufe zu achten, die von allen Seiten erschollen. Der Scheik hatte aus ihnen geschlossen, daß etwas Ungewöhnliches vorgehe, und trat eben aus dem Zelt, als ich vor demselben anlangte.

„Hamdulillah, Preis sei Gott, daß du wieder da bist!" begrüßte er mich. „Wie ist es gegangen?"

„Gut."

„Hast du etwas erfahren?"

„Alles!"

„Alles? Was?"

„Rufe die Ältesten zusammen; ich werde euch Bericht erstatten."

Jetzt erst bemerkte er die Haut, die ich auf der anderen Seite des Pferdes herabgeworfen hatte.

„Maschallah, Wunder Gottes, ein Löwe! Wie kommst du zu diesem Fell?"

„Ich habe es ihm abgezogen."

„Ihm? Dem Herrn selbst?"

„Ja."

„So hast du mit ihm gesprochen?"

„Kurze Zeit."
„Wie viele Jäger waren dabei?"
„Keiner."
„Allah sei mit dir, daß dich dein Gedächtnis nicht verlasse!"
„Ich war allein!"
„Wo?"
„Im Lager der Abu Hammed."
„Die hätten dich erschlagen!"
„Sie haben es nicht getan, wie du siehst. Sogar Zedar Ben Huli hat mir das Leben gelassen."
„Auch ihn hast du gesehen?"
„Auch ihn. Ich habe ihm drei Pferde erschossen."
„Erzähle!"
„Nicht jetzt, nicht dir allein, denn sonst muß ich alles öfters erzählen. Rufe die Leute, und dann sollst du alles ausführlich hören!"
Er ging. Ich wollte eben in sein Zelt treten, als ich den Engländer im vollsten Galopp daherstürmen sah.
„Habe soeben gehört, daß Ihr da seid, Sir", rief er schon von weitem. „Habt Ihr gefunden?"
„Ja, die Feinde, das Schlachtfeld und alles."
„Pah! Auch Ruinen mit Fowling-bull?"
„Auch!"
„Schön, sehr gut! Werde graben, finden und nach London schicken. Erst aber wohl kämpfen?"
„Ja."
„Gut, werde fechten wie Bayard. Ich auch gefunden."
„Was?"
„Seltenheit, Schrift."
„Wo?"
„Loch hier in der Nähe. Ziegelstein."
„Eine Schrift auf einem Ziegelstein?"
„Yes! Keilschrift. Könnt Ihr lesen?"
„Ein wenig."
„Ich nicht. Wollen sehen?"

„Ja. Wo ist der Stein?“

„Im Zelt. Gleich holen!“

Er ging hinein und brachte seinen kostbaren Fund zum Vorschein.

„Hier, ansehen, lesen!“

Der Stein war beinahe vollständig zerbröckelt, und die wenigen Keile, welche die verwitterte Inschrift noch zeigte, waren kaum mehr zu unterscheiden.

„Nun?“ fragte Master Lindsay neugierig.

„Wartet nur. Das ist nicht so leicht, wie Ihr denkt. Ich finde nur drei Worte, die vielleicht zu entziffern wären. Sie heißen, wenn ich nicht irre: ‚Tetuda Babrut esis.‘“

„Was heißt das?“

„‚Zum Ruhme Babylons aufgeführt.‘“

Der gute Master David Lindsay zog seinen parallelogrammen Mund bis hinten an die Ohren.

„Lest Ihr richtig, Sir?“

„Ich denke es.“

„Was daraus nehmen?“

„Alles und nichts!“

„Hm! Hier doch gar nicht Babylon!“

„Was sonst?“

„Niniveh!“

„Meinetwegen Rio de Janeiro! Reimt Euch das Dingsda selbst zusammen oder auseinander; ich habe jetzt keine Zeit dazu.“

„Aber warum ich Euch mitgenommen?“

„Gut! Hebt den Ziegelkloß auf, bis ich Zeit habe!“

„Well! Was habt Ihr zu tun?“

„Es wird gleich Sitzung sein, in der ich meine Erlebnisse zu erzählen habe.“

„Werde auch mittun!“

„Und übrigens muß ich vorher essen. Ich habe Hunger wie ein Bär.“

„Auch da werde mittun!“

Er trat mit mir in das Zelt.

„Wie seid Ihr mit Eurem Arabisch fortgekommen?"

„Miserabel! Verlange Brot - Araber bringt Stiefel; verlange Hut - Araber bringt Salz; verlange Flinte - Araber bringt Kopftuch. Schauderhaft, schrecklich! Lasse Euch nicht wieder fort!"

Nach der Rückkehr des Scheik brauchte ich nicht lange auf das Mahl zu warten. Während desselben stellten sich die Geladenen ein. Die Pfeifen wurden angezündet, der Kaffee ging herum, und dann drängte Lindsay:

„Anfangen, Sir! Bin neugierig."

Die Araber hatten wortlos und geduldig gewartet, bis mein Hunger gestillt war; dann aber begann ich:

„Ihr habt mir eine schwere Aufgabe gestellt, aber es ist mir wider alles Erwarten sehr leicht geworden, sie zu lösen. Und dabei bringe ich Euch eine so ausführliche Nachricht, wie Ihr sie sicherlich nicht erwartet habt."

„Rede!" bat der Scheik.

„Die Feinde haben ihre Rüstungen bereits vollendet. Es sind die Orte bestimmt, wo die drei Stämme sich vereinigen, und ebenso ist die Zeit angegeben, in der dies geschehen wird."

„Aber du hast es nicht erfahren können!"

„Doch! Die Dschowari werden sich mit den Abu Hammed am Tag nach dem nächsten Jaum el Dschema bei den Ruinen von Kahn Kernina vereinigen. Diese beiden Stämme stoßen dann am dritten Tag nach dem Jaum el Dschema zwischen dem Wirbel El Kelab und dem Ende der Kanuzaberge mit den Obeïde zusammen."

„Weißt du das gewiß?"

„Ja."

„Von wem?"

„Von dem Scheik der Abu Mohammed."

„Hast du mit ihm gesprochen?"

„Ich war sogar in seinem Zelt."

„Die Abu Mohammed leben mit den Dschowari und Abu Hammed nicht in Frieden."

„Er sagte es. Er kannte deinen Rappen und ist dein Freund. Er wird dir mit dem Stamm der Alabeïden zu Hilfe kommen.“

„Sagst du die Wahrheit?“

„Ich sage sie.“

Da sprangen alle Anwesenden auf und reichten sich jubelnd die Hände. Ich wurde von ihnen beinahe erdrückt. Dann mußte ich alles so ausführlich wie möglich erzählen. Ich tat es. Sie glaubten alles, nur, daß ich den Löwen so ganz allein und noch dazu bei stockfinsterer Nacht erlegt haben wollte, das schienen sie sehr zu bezweifeln. Der Araber ist gewohnt, dieses Tier nur am Tag, und zwar in möglichst zahlreicher Gesellschaft, anzugreifen. Ich legte ihnen endlich das Fell vor.

„Hat diese Haut ein Loch?“

Sie besahen es höchst aufmerksam.

„Nein“, lautete dann der Bescheid.

„Wenn Araber einen Löwen töten, so hat die Haut sehr viele Löcher. Ich habe ihm zwei Kugeln gegeben. Seht her! Die erste Kugel war zu hoch gezielt, weil er zu entfernt von mir war und ich in der Finsternis nicht ganz genau zu zielen vermochte. Die hat die Kopfhaut gestreift und das Ohr verletzt. Hier seht ihr es. Die zweite Kugel gab ich ihm, als er zwei oder drei Schritte von mir war; sie ist ihm in das linke Auge gedrungen. Ihr seht dies hier, wo das Fell versengt ist.“

„Allah akbar, es ist wahr! Du hast dieses furchtbare Tier so nahe an dich herankommen lassen, daß dein Pulver seine Haare verbrannte. Wenn es dich nun gefressen hätte?“

„So hätte es so im Buch gestanden. Ich habe diese Haut mitgebracht für dich, o Scheik. Nimm sie von mir an und gebrauche sie als Schmuck deines Zeltes!“

„Ist dies dein Ernst?“ fragte er erfreut.

„Mein Ernst.“

„Ich danke dir, Emir Hadschi Kara Ben Nemsi! Auf diesem Fell werde ich schlafen, und der Mut des Löwen wird in mein Herz einziehen."

„Es bedarf dieser Haut nicht, um deine Brust mit Mut zu erfüllen, den du übrigens auch bald brauchen wirst."

„Wirst du mitkämpfen gegen unsere Feinde?"

„Ja. Sie sind Diebe und Räuber und haben auch mir nach dem Leben getrachtet; ich stelle mich unter deinen Befehl, und hier mein Freund wird dasselbe tun."

„Nein. Du sollst nicht gehorchen, sondern befehlen. Du sollst der Anführer einer Abteilung sein."

„Davon laß uns später sprechen; für jetzt aber erlaube mir, an eurer Beratung teilzunehmen."

„Du hast recht; wir müssen uns beraten, denn wir haben nur noch fünf Tage Zeit."

„Hast du mir nicht gesagt, daß es eines Tages bedürfe, um die Krieger der Haddedihn um dich zu versammeln?"

„So ist es."

„So würde ich an deiner Stelle heute die Boten aussenden."

„Warum noch heute?"

„Weil es nicht genug ist, die Krieger beisammen zu haben. Sie müssen auf diesen Kampf eingeübt werden."

Er lächelte stolz.

„Die Söhne der Haddedihn sind seit ihren Knabenjahren bereits den Kampf gewöhnt. Wir werden unsere Feinde überwinden. Wie viele streitbare Männer hat der Stamm der Abu Mohammed?"

„Neunhundert."

„Und die Alabeïde?"

„Achthundert."

„So zählen wir achtundzwanzighundert Mann, dazu kommt die Überraschung, da uns der Feind nicht erwartet; wir müssen siegen!"

„Oder wir werden besiegt!"

„Maschallah, du tötest den Löwen und fürchtest den Araber?"

„Du irrst. Du bist tapfer und mutig; aber der Mut zählt doppelt, wenn er vorsichtig ist. Hältst du es nicht für möglich, daß die Alabeïde und Abu Mohammed zu spät eintreffen?“

„Es ist möglich.“

„Dann stehen wir mit elfhundert gegen dreitausend Mann. Der Feind wird erst uns und dann unsere Freunde vernichten. Wie leicht kann er erfahren, daß wir ihm entgegenziehen wollen! Dann fällt auch die Überraschung weg. Und was nützt es dir, wenn du kämpfst und den Feind nur zurückschlägst? Wäre ich der Scheik der Haddedihn, ich schlüge ihn so darnieder, daß er auf lange Zeit sich nicht wieder erheben könnte und mir jährlich einen Tribut bezahlen müßte.“

„Wie wolltest du dies beginnen?“

„Ich würde nicht wie die Araber, sondern wie die Franken kämpfen.“

„Wie kämpfen diese?“

Jetzt erhob ich mich, um eine Rede zu halten, eine Rede über europäische Kriegskunst, ich, der Laie im Kriegswesen. Aber ich mußte mich ja für diesen braven Stamm der Haddedihn interessieren. Ich hielt es keineswegs für eine Versündigung am Leben meiner Mitmenschen, wenn ich mich hier beteiligte; es lag vielmehr wohl in meiner Hand, die Grausamkeiten zu mildern, welche bei diesen halbwilden Leuten ein Sieg stets mit sich bringt. Ich beschrieb also zunächst ihre eigene Fechtart und schilderte die Nachteile derselben; dann begann ich die eigentliche Auseinandersetzung. Sie hörten mir aufmerksam zu, und als ich geendet hatte, bemerkte ich den Eindruck meiner Worte an dem langen Schweigen, das nun folgte. Der Scheik ergriff zuerst wieder das Wort:

„Deine Rede ist gut und wahr; sie könnte uns den Sieg bringen und vielen der Unsrigen das Leben erhalten, wenn wir Zeit hätten, uns einzuüben.“

„Wir haben Zeit.“

„Sagtest du nicht, daß es lange Jahre erfordere, ein solches Heer fertig zu machen?"

„Das sagte ich. Aber wir wollen ja nicht ein Heer bilden, sondern wir wollen bloß die Obeïde in die Flucht schlagen, und dazu bedürfte es einer Vorbereitung von nur zwei Tagen. Wenn du heute noch deine Boten aussendest, so sind die Krieger morgen beisammen; ich lehre sie den geschlossenen Angriff zu Pferd, der die Feinde über den Haufen werfen wird, und den Kampf zu Fuß mit dem Feuergewehr."

Ich nahm ein Kamelstöckchen von der Wand und zeichnete auf den Boden.

„Schau hierher! Hier fließt der Tigris; hier ist der Wirbel; hier liegen die Hamrin- und hier die Kanuzaberge. Der Feind trifft hier zusammen. Die beiden ersten Stämme kommen am rechten Ufer des Flusses heraufgezogen, hinter ihnen im stillen unsere Verbündeten, und die Obeïde setzen vom linken Ufer herüber. Um zu uns zu gelangen, müssen sie zwischen diesen einzelnen Bergen hindurch; diese Wege führen aber alle in das große Tal Deradsch, das ‚Tal der Stufen' heißt, weil seine steilen Wände wie Stufen emporsteigen. Es hat nur einen Eingang und einen Ausgang. Hier müssen wir sie erwarten. Wir besetzen die Höhen mit Schützen, die den Feind niederschießen, ohne daß ihnen selbst ein Leid geschehen kann. Den Ausgang verschließen wir mit einer Brustwehr, die auch von Schützen verteidigt wird, und hier in diesen zwei Seitenschluchten hüben und drüben verbergen sich die Reiter, die in dem Augenblick hervorbrechen, wenn der Feind sich vollständig im Tal befindet. Am Eingang wird er dann von unseren Verbündeten im Rücken angegriffen, und sollten diese ja nicht zur rechten Zeit eintreffen, so wird er ihnen auf der Flucht entgegengetrieben."

„Maschallah, deine Rede ist wie die Rede des Propheten, der die Welt erobert hat. Ich werde deinen Rat befolgen, wenn die anderen hier damit einverstanden sind. Wer dagegen ist, der mag sprechen!"

Es widersprach keiner; darum fuhr der Scheik fort:

„So werde ich gleich jetzt die Boten aussenden."

„Sei vorsichtig, o Scheik, und laß deinen Kriegern nicht sagen, um was es sich handelt; es wäre sonst sehr leicht möglich, daß der Feind von unserem Vorhaben Nachricht erhält."

Er nickte zustimmend und entfernte sich. Sir David Lindsay hatte dieser langen Unterredung mit sichtbarer Ungeduld zugehört; jetzt ergriff er die Gelegenheit zum Sprechen:

„Sir, ich bin auch hier!"

„Ich sehe Euch!"

„Wollte auch was hören!"

„Meine Erlebnisse?"

„Yes."

„Konntet denken, daß ich meinen Vortrag nicht in englischer Sprache halten würde. Sollt aber jetzt das Nötige erfahren."

Ich teilte ihm in aller Kürze meine Erzählung und dann den Inhalt der darauf folgenden Besprechung mit. Er war wie elektrisiert.

„Ah! Kein wilder Angriff, sondern militärische Körper! Evolution! Taktik! Strategie! Feind umzingeln! Barrikade! Prächtig! Herrlich! Ich auch mit! Ihr seid General, ich bin Adjutant!"

„Würden uns beide wundervoll ausnehmen in diesen Stellungen! Ein General, der von der Kriegführung soviel versteht wie das Flußpferd vom Filetstricken, und ein Adjutant, der nicht reden kann! Übrigens wird es für Euch geratener sein, wenn Ihr Euch von der Sache fernhaltet."

„Warum?"

„Wegen des Vizekonsuls in Mossul."

„Ah! Wie?"

„Man vermutet, daß er hierbei seine Hand im Spiel habe.“

„Mag die Hand wegnehmen! Was geht mich Konsul an? Pah!“

Jetzt kam der Scheik wieder. Er hatte die Boten ausgesandt und brachte allerlei neue Gedanken mit:

„Hat der Scheik der Abu Mohammed gesagt, welchen Teil der Beute er erwartet?“

„Nein.“

„Was fordern die Alabeïden?“

„Ich weiß es nicht.“

„Du hättest fragen sollen!“

„Ich habe nicht gefragt, weil ich als Scheik der Haddedihn nicht nach Beute fragen würde.“

„Maschallah! Wonach sonst? Wer ersetzt mir meinen Schaden?“

„Der besiegte Feind.“

„Also muß ich doch in seine Weideplätze einbrechen und seine Weiber und Kinder nebst seinem Vieh fortführen!“

„Das ist nicht notwendig. Willst du gegen Frauen Krieg führen? Du gibst die Gefangenen, die wir machen werden, wenn wir glücklich sind, nicht eher frei, als bis du erhalten hast, was du forderst. Ist unser Sieg vollständig, so verlangst du einen jährlichen Tribut und behältst den Scheik oder einige Anverwandte von ihm als Geiseln zurück.“

Es wurde nun über diesen Punkt beraten. Man nahm ihn an.

„Und nun noch das letzte“, bemerkte ich dann. „Es ist notwendig, daß wir von allen Bewegungen unserer Feinde und unserer Verbündeten Kenntnis erhalten. Wir müssen daher von hier bis nach El Deradsch eine Postenlinie ziehen.“

„Wie meinst du das?“

„In El Deradsch verstecken sich zwei unserer Krieger,

von denen du überzeugt bist, daß sie treu sind. Sie lassen sich nicht sehen und beobachten alles. Von El Deradsch bis hierher stellst du in gewissen Entfernungen andere auf; es genügen vier Mann, die darauf zu achten haben, daß sie mit keinem Fremden zusammenkommen, und uns alles berichten, was die ersten zwei erkunden. Einer trägt die Kunde zum andern und kehrt dann auf seinen Posten zurück."

„Dieser Plan ist gut; ich werde ihn befolgen."

„Eine ebensolche Linie, nur etwas weitläufiger, stellst du auf zwischen hier und den Weideplätzen der Abu Mohammed. Ich habe das mit ihrem Scheik bereits besprochen. Er wird die Hälfte dieser Linie mit seinen Leuten bilden. Kennst du die Ruine El Farr? Dort wird sein äußerster Posten zu treffen sein."

„Wie viele Männer werde ich dazu brauchen?"

„Nur sechs. Die Abu Mohammed stellen ebenso viele. Wie viele Krieger hast du hier im Lager?"

„Es können vierhundert sein."

„Ich bitte dich, sie zu versammeln. Du mußt noch heute Musterung über sie halten, und wir können unsere Übungen heute noch beginnen."

Das brachte reges Leben in die Versammlung. Binnen einer halben Stunde waren die vierhundert Mann beisammen. Der Scheik hielt ihnen eine lange, blühende Rede und ließ sie am Ende derselben auf den Bart des Propheten schwören, die Rüstung gegen keinen Unberufenen zu erwähnen; dann befahl er ihnen, sich in Reih und Glied aufzustellen.

Wir ritten die lange Reihe hinab. Alle waren zu Pferd; ein jeder hatte Messer, Säbel und die lange, befiederte Lanze, die bei besserer Schulung eine fürchterliche Waffe sein könnte. Viele trugen auch den gefährlichen Nibat[1] oder die kurze Wurflanze nebenbei. Die Schießwaffen ließen viel zu wünschen übrig. Einige Krieger hatten

[1] Keule

noch den alten Lederschild nebst Köcher, Pfeil und Bogen. Andere besaßen Luntenflinten, die ihrem Eigentümer gefährlicher waren als dem Feind, und die übrigen hatten Perkussionsgewehre mit überlangen Läufen.

Letztere ließ ich vortreten, die andern aber schickte ich fort, mit der Bemerkung, morgen in aller Frühe wiederzukommen. Die Zurückgebliebenen hieß ich absitzen und Proben ihrer Fertigkeit im Schießen ablegen. Im allgemeinen konnte ich mit ihnen zufrieden sein. Es waren gegen zweihundert Mann. Ich bildete zwei Kompanien aus ihnen und begann meinen Instruktionsunterricht. Dieser war allerdings nicht weit her. Die Leute sollten im Takt marschieren und laufen können und ein Schnellfeuer unterhalten lernen. Sie waren gewohnt, nur zu Pferd anzugreifen und den Feind zu necken, ohne ihm ernstlich standzuhalten; jetzt kam alles darauf an, sie soweit zu bringen, daß sie zu Fuß einen Angriff aushalten lernten, ohne die Fassung zu verlieren.

3. Verratene Gastfreundschaft

Am andern Morgen nahm ich die andern vor. Bei ihnen galt es, sie zu einem geschlossenen Angriff mit der Lanze zu befähigen, nachdem sie ihre Gewehre abgeschossen hatten. Ich kann sagen, daß die Leute sehr schnell begriffen und überaus begeistert waren.

Gegen Abend hörten wir, daß die Verbindung mit den Abu Mohammed hergestellt sei, und bekamen zu gleicher Zeit die Nachricht, daß ihr Scheik von meinem Abenteuer bei den Abu Hammed bereits gehört habe. Es ging Antwort zurück, und von diesem Augenblick an wurde ein durch die Posten vermittelter unausgesetzter Verkehr unterhalten.

Schon war es beinahe dunkel, als ich nochmals den Rapphengst bestieg, um einen Schnellritt hinein in die Savanne zu machen. Ich war noch gar nicht weit gelangt, so kamen mir zwei Reiter entgegen. Der eine hatte eine gewöhnliche, mittelmäßige Gestalt, der andere aber war sehr klein von Statur und schien von der Unterhaltung mit seinem Begleiter ganz außerordentlich in Anspruch genommen zu sein, denn er focht mit Arm und Beinen in der Luft, als wolle er Mücken morden. Ich mußte unwillkürlich an meinen kleinen Halef denken. Ich galoppierte auf sie zu und parierte vor ihnen mein Pferd.

„Maschallah, Sihdi! Bist du es wirklich?"

Er war es wirklich, der kleine Hadschi Halef Omar!

„Ich bin es. Ich habe dich bereits von weitem erkannt."

Er sprang vom Pferd herab und faßte mein Gewand, um es vor Freude zu küssen.

„Hamdulillah, Preis sei Gott, daß ich dich wiedersehe, Sihdi! Ich habe mich nach dir gesehnt wie der Tag nach der Sonne."

„Wie geht es dem würdigen Scheik Malek?"

„Er ist wohlauf."

„Amscha?"

„Ebenso."

„Hanneh, deine Freundin?"

„O Sihdi, sie ist wie eine Houri des Paradieses."

„Und die andern?"

„Sie sagten mir, daß ich dich grüßen solle, wenn ich dich fände."

„Wo sind sie?"

„Sie sind am Abhang des Schammargebirges zurückgeblieben und haben mich an den Scheik der Schammar vorausgesandt, damit ich bei ihm um Aufnahme bitten solle."

„Bei welchem Scheik?"

„Es ist ganz gleich; bei dem, auf den ich zuerst treffe."

„Ich habe bereits für euch gesorgt. Da drüben ist das Lager der Haddedihn."

„Das sind Schammar. Wie heißt ihr Scheik?"

„Mohammed Emin."

„Wird er uns aufnehmen? Kennst du ihn?"

„Ich kenne ihn und habe bereits mit ihm von euch gesprochen. Sieh diesen Hengst! Wie gefällt er dir?"

„Herr, ich habe ihn bereits bewundert; er ist sicher der Abkömmling einer Stute von Koheli."

„Er gehört mir; er ist ein Geschenk des Scheik. Nun kannst du sehen, daß er mein Freund ist!"

„Allah gebe ihm dafür ein langes Leben! Wird er auch uns aufnehmen?"

„Ihr werdet ihm willkommen sein. Kommt und folgt mir jetzt."

Wir setzten uns in Marsch.

„Sihdi", meinte Halef, „die Wege Allahs sind unerforschlich. Ich glaubte, lange nach dir fragen zu müssen, ehe ich eine Kunde bekäme, und nun bist du der erste, dem ich begegne. Wie bist du zu den Haddedihn gekommen?"

Ich erzählte ihm das Nötigste in Kürze und fuhr dann fort:

„Weißt du, was ich jetzt bei ihm bin?"

„Nun?"

„General."

„General?"

„Ja."

„Hat er Truppen?"

„Nein. Er hat aber Krieg."

„Gegen wen?"

„Gegen die Obeïde, Abu Hammed und Dschowari."

„Das sind Räuber, die am Zab und Tigris wohnen; ich habe sehr viel von ihnen gehört, was nicht gut ist."

„Sie rüsten gegen ihn. Sie wollten ihn unversehens überfallen; wir aber haben davon gehört, und nun bin ich sein General, der seine Krieger unterrichtet."

„Ja, Sihdi, ich weiß, daß du alles verstehst und alles kannst, und es ist ein wahres Glück, daß du kein Giaur mehr bist!"

„Nicht?"

„Nein. Du hast dich ja zum wahren Glauben bekehrt."

„Wer sagt dir das?"

„Du warst in Mekka und hast den heiligen Brunnen Zem-Zem bei dir; folglich bist du ein guter Moslem geworden. Habe ich dir nicht stets gesagt, daß ich dich bekehren würde, du magst wollen oder nicht?" –

Wir erreichten das Lager und stiegen vor dem Zelt des Scheik ab. Als wir eintraten, hatte er seine Räte bei sich.

„Sallam aaleikum!" grüßte Halef. Sein Begleiter tat dasselbe. Ich übernahm es, sie vorzustellen.

„Erlaube mir, o Scheik, dir diese Männer zu bringen, die mit dir sprechen wollen. Dieser hier heißt Nasar Ibn

Mothalleh, und dieser ist Hadschi Halef Omar Ben Hadschi Abbul Abbas Ibn Hadschi Dawud al Gossarah, von dem ich dir bereits erzählt habe."

„Von ihm?"

„Ja. Ich habe ihn nicht bei seinem vollen Namen, sondern kurz nur Hadschi Halef Omar genannt."

„Dein Diener und Begleiter? Der Abu-Seïf, den Vater des Säbels, erschlagen hat?"

„Ja. Er gehört jetzt zum Stamm der Ateïbeh, dessen Scheik dein Freund Malek ist."

„Seid mir willkommen, ihr Männer von Ateïbeh! Sei mir willkommen, Hadschi Halef Omar! Deine Gestalt ist klein, aber dein Mut ist groß und deine Tapferkeit erhaben. Möchten alle Männer so sein, wie du! Bringst du mir Kunde von Malek, meinem Freund?"

„Ich bringe sie. Er läßt dich grüßen und fragen, ob du ihn und die Seinigen in den Stamm der Haddedihn aufnehmen magst."

„Ich kenne sein Schicksal, aber er soll mir willkommen sein. Wo befindet er sich jetzt?"

„Am Abhang des Schammargebirges, eine und eine halbe Tagreise von hier. Ich höre, daß du Krieger brauchst?"

„So ist es. Es ist Feindschaft ausgebrochen zwischen mir und denen, die neben uns wohnen."

„Ich werde dir sechzig tapfere Leute bringen."

„Sechzig? Hier mein Freund Hadschi Kara Ben Nemsi hat mir doch gesagt, daß ihr weniger seid!"

„Wir haben auf unserer Reise die Reste des Stammes Al Hariel bei uns aufgenommen."

„Was tragt ihr für Waffen?"

„Säbel, Dolch, Messer und lauter gute Flinten. Mehrere haben sogar auch Pistolen. Wie ich mit den Waffen umzugehen verstehe, wird dir mein Sihdi sagen."

„Ich weiß es bereits. Aber dieser Mann ist kein Sihdi, sondern ein Emir; merke es dir!"

„Ich weiß es, Herr; aber er hat mir erlaubt, ihn Sihdi zu nennen. Soll einer von uns sofort aufbrechen und Scheik Malek mit den Seinen herholen, da ihr Krieger braucht?“

„Ihr seid müde.“

„Wir sind nicht ermüdet. Ich reite sofort zurück.“

Sein Begleiter fiel ihm in die Rede:

„Du hast deinen Sihdi hier gefunden und mußt bleiben; ich werde zurückkehren.“

„Nimm zuvor Speise und Trank zu dir“, meinte der Scheik.

„Herr, ich habe einen Schlauch und auch Datteln auf meinem Pferd.“

Der Scheik wandte sich ihm zu:

„Aber dein Pferd wird müde sein. Nimm das meinige; es hat mehrere Tage ausgeruht und wird dich schnell zu Malek bringen, den du von mir grüßen magst!“

Dies nahm er an, und bereits nach wenigen Minuten befand er sich auf dem Rückweg nach den Bergen von Schammar.

„Emir“, sagte der Scheik zu mir, „weißt du, was meine Krieger von dir sagen?“

„Nun?“

„Daß sie dich lieben.“

„Ich danke dir!“

„Und daß sie den Sieg gewinnen müssen, wenn du bei ihnen bist“

„Ich bin jetzt mit ihnen zufrieden. Wir werden morgen ein Manöver veranstalten.“

„Wie? Was?“

„Ich habe bis heute achthundert Mann beisammen. Die letzten werden morgen früh nachkommen. Sie sind schnell eingeübt, und dann stellen wir den Kampf vor, den wir mit den drei Stämmen haben werden. Die Hälfte sind die Haddedihn, die andere Hälfte sind die Feinde. Drüben die alten Ruinen gelten als die Berge von Hamrin und Kanuza, und so werde ich es deinen Kriegern zeigen, wie sie dann gegen die wirklichen Feinde zu kämpfen haben."

Diese Ankündigung steigerte die bereits vorhandene Begeisterung um das Doppelte, und als sich die Kunde davon hinaus vor das Zelt verbreitete, erhob sich ein lauter Jubel über das ganze Lager, das sich während des heutigen Tages infolge der unausgesetzten Zuzüge bedeutend vergrößert hatte.

Was ich vorausgesagt hatte, das geschah: Am anderen Mittag waren wir vollzählig. Ich hatte Offiziere und Unteroffiziere ernannt, die jeden Neuangekommenen, nachdem ich ihm seinen Platz angewiesen hatte, sofort einübten. Am Spätnachmittag begann das Manöver und fiel zur allgemeinen Zufriedenheit aus. Das Fußvolk schoß exakt, und die Bewegungen der einzelnen berittenen Körper wurden mit eleganter Sicherheit ausgeführt.

Noch während des Manövers kam das letzte Glied unserer Postenkette herbeigeritten.

„Was bringst du?" fragte der Scheik, dessen Antlitz vor Zufriedenheit glänzte.

„Herr, gestern haben sich die Dschowari mit den Abu Hammed vereinigt."

„Wann?"

„Gegen Abend."

„Und die Abu Mohammed?"

„Sind bereits hinter ihnen her."

„Haben sie Kundschafter vor sich her gesandt, damit ihr Marsch nicht verraten wird, wie ich es angeraten habe?"

Der Mann hielt noch bei uns, als ein anderer angeritten kam. Es war das diesseitige Glied der Kette nach dem Tal von Deradsch hinüber.

„Ich bringe eine wichtige Nachricht, Emir."

„Welche?"

„Die Obeïde haben Leute vom Zab herübergesandt, um die Gegend zu untersuchen."

„Wie viele Männer sind es gewesen?“
„Acht.“
„Wie weit sind die gekommen?“
„Bis durch El Deradsch hindurch.“
„Haben Sie unsere Leute gesehen?“
„Nein, denn diese hielten sich sehr verborgen. Dann haben sie im Tal gelagert und vieles miteinander gesprochen.“
„Ah! Hier hätte es möglich sein sollen, sie zu belauschen!“
„Es war möglich, und Ibn Nazar hat es getan.“
Ibn Nazar war einer von den beiden Posten, die das Tal Deradsch bewachen sollten.
„Was hat er gehört? Wenn es wichtig ist, soll er eine Belohnung erhalten.“
„Sie haben gesagt, daß morgen genau zur Mittagszeit die Obeïde übersetzen wollen, um die Abu Hammed und Dschowari zu treffen, die dann ihrer bereits warten werden. Sie wollen hierauf bis nach El Deradsch vordringen und dort während der Nacht lagern, weil sie glauben, dort nicht gesehen zu werden. Am nächsten Morgen nachher wollen sie über uns herfallen.“
„Sind diese acht Männer wieder fortgeritten?“
„Nur sechs von ihnen. Zwei mußten zurückbleiben, um das Tal zu bewachen.“
„Reite zurück und sage Ibn Nazar und seinem Gefährten, daß ich heute noch selbst zu ihnen kommen werde. Einer soll zurückbleiben, um die beiden zu bewachen, und der andere mag mich beim letzten Posten erwarten, um mir den Weg zu zeigen, wenn ich komme.“
Der Mann ritt ab. Der vorige wartete noch auf Antwort.
„Du hast gehört, was jener meldete?“ fragte ich ihn.
„Ja, Emir.“
„So trage unsere Bitte weiter an den Scheik der Abu Mohammed. Er soll sich hart hinter dem Feind halten und

sich nicht sehen lassen. Ist derselbe in das Tal Deradsch eingedrungen, so soll er ihn sofort im Rücken angreifen und ihn ja nicht wieder herauslassen. Alle Täler zwischen El Hamrin und El Kanuza sind zu besetzen. Das übrige wird unsere Sorge sein."

Er jagte davon. Wir aber brachen unsere Übung ab, um den Leuten Ruhe zu gönnen.

„Du willst nach Deradsch?" fragte der Scheik auf dem Rückweg.

„Ja."

„Warum?"

„Um die beiden Spione gefangenzunehmen."

„Kann dies kein anderer verrichten?"

„Nein. Die Sache ist so wichtig, daß ich sie selbst übernehme. Wenn diese zwei nicht ganz ruhig und sicher aufgehoben werden, so ist unser schöner Plan vollständig verdorben."

„Nimm dir einige Männer mit."

„Dies ist nicht nötig. Ich und unsere beiden Posten, das ist genug."

„Sihdi, ich gehe mit!" meinte Halef, der nicht von meiner Seite gewichen war.

Ich wußte, daß er auf der Erfüllung dieses Wunsches bestehen werde, und nickte ihm also Gewährung.

„Ich weiß nur nicht, ob dein Pferd einen so schnellen Ritt aushalten wird. Ich muß während der Nacht hin und zurück."

„Ich werde ihm eines von meinen Pferden geben", meinte der Scheik.

Eine Stunde später waren wir unterwegs: ich auf dem Rappen und Halef auf einem Goldbraunen, der seinem Herrn alle Ehre machte. Wir legten die Strecke bis zum letzten Posten in sehr kurzer Zeit zurück. Dort erwartete uns Ibn Nazar.

„Du hast die beiden Männer belauscht?" fragte ich ihn.

„Ja, Herr."

„Du sollst eine Extragabe von der Beute erhalten. Wo ist dein Gefährte?“

„Ganz in der Nähe der beiden Kundschafter.“

„Führe uns!“

Der Ritt ging weiter. Die Nacht war halbdunkel, und bald erblickten wir den Höhenzug, hinter dem El Deradsch lag. Ibn Nazar bog seitwärts ein. Wir mußten ein Felsengewirr erklimmen und gelangten an den Eingang einer dunklen Vertiefung.

„Hier sind unsere Pferde, Herr.“

Wir stiegen ab und brachten auch unsere Pferde hinein. Sie standen so sicher, daß wir sie gar nicht zu bewachen brauchten. Dann schritten wir auf dem Kamm des Höhenzugs weiter, bis sich das Tal zu unseren Füßen öffnete.

„Nimm dich in acht, Herr, daß kein Stein hinabfällt, der uns verraten könnte!“

Wir stiegen vorsichtig hinab; ich hinter dem Führer und Halef hinter mir, immer einer in den Fußstapfen des andern. Endlich langten wir unten an. Eine Gestalt kam uns entgegen.

„Nazar?“

„Ich bin es. Wo sind sie?“

„Noch dort.“

Ich trat hinzu.

„Wo?“

„Siehst du die Ecke des Felsens dort rechts?“

„Ja.“

„Sie liegen dahinter.“

„Und ihre Pferde?“

„Haben sie etwas weiter vorwärts angebunden.“

„Bleibt hier und kommt, wenn ich euch rufe. Komm, Halef!“

Ich legte mich zur Erde nieder und kroch vorwärts. Er folgte mir. Wir gelangten unbemerkt an die Ecke. Ich spürte Tabaksgeruch und hörte zwei halblaute Stimmen miteinander reden. Nachdem ich bis hart an die Kante vorgedrungen war, konnte ich die Worte verstehen:

„Zwei gegen sechs!"

„Ja. Der eine hat schwarz und grau ausgesehen, ist lang und dünn gewesen wie eine Lanze und hat ein graues Kanonenrohr auf dem Kopf gehabt."

„Der Scheitan!"

„Nein, sondern nur ein böser Geist, ein Dschin."

„Der andere aber ist der Teufel gewesen?"

„Wie ein Mensch, aber fürchterlich! Sein Mund hat geraucht, und seine Augen haben Flammen gesprudelt. Er hat nur die Hand erhoben, und da sind alle sechs Pferde tot zusammengestürzt, mit den andern vier aber sind die zwei Teufel - Allah möge sie verfluchen - durch die Luft davongeritten."

„Am hellen Tag?"

„Am hellen Tag."

„Gräßlich! Allah behüte uns vor dem dreimal gesteinigten Teufel! Und dann ist er gar in das Lager der Abu Hammed gekommen?"

„Gekommen nicht, sondern sie haben ihn gebracht"

„Wie?"

„Sie haben ihn für einen Mann gehalten und sein Pferd für den berühmten Rappen des Scheik Mohammed Emin el Haddedihn. Sie wollten das Pferd haben und nahmen ihn gefangen. Als sie ihn aber in das Lager brachten, erkannte ihn der Sohn des Scheik."

„Er hätte ihm die Freiheit geben sollen."

„Er glaubte immer noch, daß er vielleicht doch ein Mensch wäre."

„Hatten sie ihn gefesselt?"

„Ja. Aber da kam ein Löwe in das Lager, und der Fremde sagte, er wolle ihn ganz allein erlegen, wenn man ihm seine Büchse gäbe. Man gab sie ihm, und er ging in die dunkle Nacht hinaus. Nach einiger Zeit fielen Blitze vom Himmel, und es krachten zwei Schüsse. Nach einigen Minuten kam er. Er hatte das Fell des Löwen umgeworfen, stieg auf sein Pferd und ritt durch die Luft davon."

„Hat ihn keiner halten wollen?"

„Doch, aber die Männer griffen in die Luft. Und als man ihm nachjagte, fielen drei Kugeln vom Himmel, welche die drei besten Pferde töteten."

„Woher weißt du das?"

„Der Bote erzählte es, den Zedar Ben Huli an unseren Scheik sandte. Glaubst du nun, daß es der Scheitan war?"

„Er war es."

„Was würdest du tun, wenn er dir erschiene?"

„Ich würde auf ihn schießen und dazu die heilige Fatcha beten."

Ich trat um die Ecke und stand vor ihnen.

„So bete sie!" gebot ich ihm.

„Allah kerihm!"

„Allah il Allah, Mohammed rasuhl Allah!"

Diese beiden Ausrufe waren alles, was sie hervorbrachten.

„Ich bin der, von dem du erzählt hast. Du nennst mich den Scheitan; wehe dir, wenn du ein Glied regst, um dich zu verteidigen! Halef, nimm ihnen die Waffen!"

Sie ließen dies ruhig geschehen; ich meinte, ihre Zähne klappern zu hören.

„Binde ihnen die Hände mit ihren eigenen Gürteln!"

Damit war Halef bald fertig, und ich konnte fest überzeugt sein, daß die Knoten nicht aufgehen würden.

„Jetzt beantwortet mir meine Fragen, wenn euch euer Leben lieb ist! Von welchem Stamm seid ihr?"

„Wir sind Obeïde."

„Euer Stamm geht morgen über den Tigris?"

„Ja."

„Wie viele Krieger habt ihr?"

„Zwölfhundert."

„Womit sind sie bewaffnet?"

„Mit Pfeilen und Flinten mit der Lunte."
„Habt ihr auch andere Flinten und vielleicht Pistolen?"
„Nicht viele."
„Wie setzt ihr über - auf Kähnen?"
„Auf Flößen; wir haben keine Kähne."
„Wie viele Krieger haben die Abu Hammed?"
„So viele wie wir."
„Wie sind diese bewaffnet?"
„Sie haben mehr Pfeile als Flinten."
„Und wie viele Männer bringen euch die Dschowari?"
„Tausend."
„Haben diese Pfeile oder Flinten?"
„Sie haben beides."
„Kommen bloß eure Krieger herüber, oder werdet ihr diese Gegend auch mit euren Herden überziehen?"
„Nur die Krieger kommen."
„Warum wollt ihr die Haddedihn bekriegen?"
„Der Gouverneur hat es uns befohlen."
„Er hat euch nichts zu befehlen, ihr gehört unter den Statthalter von Bagdad. Wo sind eure Pferde?"
„Dort."
„Ihr seid meine Gefangenen. Bei jedem Versuche, zu entkommen, werde ich euch niederschießen. Nazar, kommt!"
Die beiden anderen kamen herbei.
„Bindet diese beiden Männer hier fest auf ihre Pferde!"
Die Obeïde ergaben sich in ihr Schicksal; sie stiegen ohne Weigerung auf und wurden auf ihren Tieren so befestigt, daß an eine Flucht gar nicht zu denken war.
Hierauf gab ich den Befehl:
„Jetzt holt unsere Pferde drüben herab und bringt sie an den Eingang zum Tal. Ibn Nazar, du bleibst hier in El Deradsch zurück, der andere aber mag Halef die Gefangenen nach dem Lager transportieren helfen."
Die beiden Haddedihn verschwanden, um unsere Pferde am äußersten Abhang des Tals hinabzuleiten.

Dann stiegen wir auf und kehrten zurück, während Ibn Nazar auf seinem Posten verblieb.

„Ich werde euch voraneilen; kommt so schnell wie möglich nach."

Mit dieser Weisung gab ich meinem Pferd die Schenkel. Ich tat dies aus zwei Gründen: Erstens war meine Gegenwart im Lager nötig, und zweitens hatte ich heute einmal Gelegenheit, das Geheimnis und den höchsten Leistungsgrad meines Rappen zu probieren. Er flog leicht wie ein Vogel über die Ebene dahin; der schnelle Lauf schien ihm sogar Vergnügen zu machen, denn er wieherte einigemal freudig auf. Plötzlich legte ich ihm die Hand zwischen die Ohren.

„Rih!"

Auf diesen Ruf legte er die Ohren zurück; er schien länger und dünner zu werden, schien zwischen den Luftteilchen hindurchschießen zu wollen. Dem bisherigen Galopp hätten hundert andere auch gute Pferde nicht zu folgen vermocht, aber gegen das, was nun erfolgte, war er wie die Windstille gegen eine rasende Bö, wie der Gang einer Ente gegen den Flug einer Schwalbe. Die Geschwindigkeit einer Lokomotive oder eines Eilkamels hätte nicht vermocht, diejenige dieses Pferdes zu erreichen, und dabei war sein Lauf überaus glatt und gleichmäßig. Es war wirklich nicht zuviel, was Mohammed Emin zu mir gesagt hatte:

„Dieses Pferd wird dich durch tausend Reiter hindurchtragen, und ich fühle mich unendlich stolz, der Besitzer dieses ausgezeichneten Renners zu sein."

Doch ich mußte daran denken, diese äußerste Anspannung aller Kräfte zu beenden; ich ließ den Rappen in Gang fallen und legte ihm liebkosend die Hand an den Hals. Das kluge Tier wieherte freudig bei diesem Beweis meiner Anerkennung und trug stolz den Hals. Als ich das Lager erreichte, hatte ich vom Wadi Deradsch nur den vierten Teil der Zeit gebraucht, die zum Hinweg notwendig gewesen war. In der Nähe des Zeltes, das der Scheik bewohnte, hielt auf Kamelen und Pferden eine Menge dunkler Gestalten, die ich wegen der Dunkelheit nicht genau zu erkennen vermochte, und im Zelt selbst wartete meiner eine sehr angenehme Überraschung: Malek stand vor dem Scheik, der soeben im Begriff war, Worte der freundlichsten Begrüßung auszusprechen.

„Sallam!" begrüßte mich der Ateïbeh, indem er mir beide Hände entgegenstreckte. „Meine Augen freuen sich, dich zu sehen, mein Ohr ist entzückt, die Schritte deines Fußes zu vernehmen!"

„Allah segne deine Ankunft, Freund meiner Seele! Er hat ein Wunder getan, um dich heute schon zu uns zu bringen."

„Welches Wunder meint deine Zunge?"

„Wir konnten dich heute unmöglich erwarten. Es sind ja drei Tagreisen von hier bis zum Dschebel Schammar und zurück!"

„Du sagst die Wahrheit. Aber dein Bote brauchte nicht bis zum Berg der Schammar zu reiten. Nachdem er mit Halef uns verlassen hatte, erfuhr ich von einem verirrten Hirten, daß die Krieger der Haddedihn hier ihre Herden weiden. Ihr Scheik, der berühmte und tapfere Mohammed Emin, ist mein Freund; Hadschi Halef konnte nur auf ihn und keinen anderen getroffen sein, und so berieten wir uns, nicht auf seine Rückkehr zu warten, sondern seiner Botschaft zuvorzukommen."

„Dein Entschluß war gut, denn ohne ihn hätten wir dich heute nicht begrüßen können."

„Wir trafen den Boten auf der Mitte des Weges, und mein Herz freute sich, als ich erfuhr, daß ich dich, o Hadschi Kara Ben Nemsi, bei den Kriegern der Haddedihn finden werde. Allah liebt dich und mich; er leitet unsere Füße auf Pfade, die sich wieder begegnen. Doch sage, wo ist Hadschi Halef Omar, der Sohn meiner Achtung und meiner Liebe?"

„Er befindet sich unterwegs hierher. Ich ritt voraus und ließ ihn mit zwei Gefangenen zurück; in kurzer Zeit wirst du ihn sehen."

„Es ist dir gelungen?" fragte mich Mohammed Emin.

„Ja. Die Kundschafter sind in unserer Hand; sie können uns nicht schaden."

„Ich höre", meinte Malek, „daß Feindschaft ausgebrochen ist zwischen den Haddedihn und den Räubern am Tigris?"

„Du hast recht gehört. Morgen, wenn die Sonne am höchsten gestiegen ist, werden unsere Gewehre donnern und unsere Säbel blitzen."

„Ihr werdet sie überfallen?"

„Sie wollen uns überfallen, wir aber werden sie empfangen."

„Dürfen euch die Männer der Ateïbeh ihre Säbel leihen?"

„Ich weiß, daß dein Säbel ist wie Dsu al Fekar[1], dem niemand widerstehen kann. Du bist uns hoch willkommen mit allen, die bei dir sind. Wie viele Männer sind bei dir?"

„Einige mehr als fünfzig."

„Sie sind müde?"

„Ist der Araber müde, wenn er den Schall der Waffen hört und das Getöse des Kampfes vernimmt? Gib uns frische Pferde, und wir werden euch überall folgen, wohin ihr uns führen mögt!"

„Ich kenne euch. Eure Kugeln treffen sicher, und die Spitzen eurer Lanzen verfehlen nie ihr Ziel. Du wirst mit deinen Männern die Schanze verteidigen, die den Ausgang des Schlachtfeldes verschließen soll!"

Während dieser Unterredung saßen seine Leute draußen ab; ich hörte, daß ihnen ein Mahl aufgetragen wurde, und auch das Zelt des Scheik wurde reichlich mit Speise

[1] „Der Blitzende", Mohammeds Degen, der noch heute aufbewahrt wird

versehen. Wir hatten das Abendessen noch nicht beendet, als der kleine Halef eintrat und die Ankunft der Gefangenen meldete. Diese wurden dem Scheik vorgeführt. Er sah sie verächtlich an und fragte:

„Ihr seid vom Stamm der Obeïde?"

„So ist es, o Scheik."

„Die Obeïde sind Feiglinge. Sie fürchten sich, die tapferen Krieger der Haddedihn allein zu bekämpfen, und haben sich deshalb mit den Schakalen der Abu Hammed und der Dschowari verbunden. Ihre Übermacht sollte uns erdrücken; wir aber werden sie auffressen und verzehren. Wißt ihr, was die Pflicht eines tapferen Kriegers ist, wenn er einen Feind bekämpfen will?"

Sie sahen zu Boden und antworteten nicht.

„Ein tapferer Ben Arab kommt nicht wie ein Meuchelmörder; er sendet einen Boten, um den Kampf zu verkündigen, damit der Streit ein ehrlicher sei. Haben eure Anführer dies getan?"

„Wir wissen es nicht, o Scheik!"

„Ihr wißt es nicht? Allah verkürze eure Zungen! Euer Mund trieft von Lüge und Falschheit! Ihr wißt es nicht und hattet doch den Auftrag, daß Tal Deradsch zu bewachen, damit ich keine Kunde von eurem Einfall erhalten könne! Ich werde euch und die euren so behandeln, wie sie es verdienen. Man rufe Abu Mansur, den Besitzer des Messers!"

Einer der Anwesenden entfernte sich und kehrte bald darauf mit einem Mann zurück, der ein Kästchen bei sich trug.

„Man binde sie, daß sie sich nicht regen können, und nehme ihnen das Marameh[1] ab!"

„Was ist die Zierde des Mannes und Kriegers, o Abu Mansur?"

„Das Haar, das sein Angesicht verschönt."

„Was gehört einem Mann, der sich fürchtet wie ein

[1] Tuch, das anstatt des Turbans auf dem Kopf getragen wird

Weib, und der die Unwahrheit sagt wie die Tochter eines Weibes?"

„Er soll wie ein Weib und wie die Tochter eines Weibes behandelt werden."

„Diese beiden Männer tragen Bärte, aber sie sind Weiber. Sorge dafür, Abu Mansur, daß man sie als Weiber erkenne!"

„Soll ich ihnen den Bart nehmen, o Scheik?"

„Ich gebiete es dir!"

„Allah segne dich, du Tapferer und Weiser unter den Kindern der Haddedihn! Du bist freundlich und milde gegen die Deinen und gerecht gegen die Feinde deines Stammes. Ich werde deinem Befehl gehorsam sein."

Er öffnete sein Kästchen, das verschiedene Instrumente enthielt, und nahm einen Schambijeh[1] hervor, dessen blanke Klinge im Schein des Zeltfeuers funkelte. Er war der Barbier des Stammes.

„Warum nimmst du nicht das Bartmesser?" fragte ihn der Scheik.

„Soll ich mit dem Messer den Bart dieser Feiglinge wegnehmen und dann mit ihm den Scheitel und die Schuschah[2] der tapferen Haddedihn berühren, o Scheik?"

„Du hast recht; tu, wie du es dir vorgenommen hast!"

Die gebundenen Obeïde wehrten sich nach Möglichkeit gegen die Manipulation, mit der die allergrößte Schande für sie verbunden war; ihr Sträuben half ihnen nichts. Sie wurden festgehalten, und der Dolch Abu Mansurs war so scharf, daß die Barthaare vor ihm wie vor der Schneide eines Rasiermessers wichen.

„Nun schafft sie hinaus", gebot der Scheik. „Sie sind Weiber und sollen von den Weibern bewacht werden. Man gebe ihnen Brot, Datteln und Wasser; versuchen sie aber, zu entkommen, so gebe man ihnen eine Kugel!"

Das Abscheren des Bartes war nicht nur eine Strafe, sondern wohl auch ein gutes Mittel, die Gefangenen an

[1] krummer Dolch [2] Haarbüschel auf dem Scheitel

einem Fluchtversuch zu hindern. Sie wagten es jedenfalls nicht, sich bei den Ihrigen ohne Bart sehen zu lassen. Jetzt erhob sich der Scheik und zog sein Messer. Ich sah es seiner Miene an, daß nun etwas Ungewöhnliches erfolgen und daß er dabei vielleicht eine Rede halten werde.

„Allah il Allah", begann er, „es gibt keinen Gott außer Allah. Alles, was da lebt, hat er geschaffen, und wir sind seine Kinder. Warum sollen sich hassen, die sich lieben, und warum sollen sich entzweien, die einander angehören? Es rauschen viele Zweige im Walde, und auf der Ebene stehen viele Halme und viele Blumen. Sie sind einander gleich, darum kennen sie sich und trennen sich nicht. Sind wir einander nicht auch gleich? Scheik Malek, du bist ein großer Krieger, und ich habe zu dir gesagt: ‚Nanu malihin - wir haben Salz miteinander gegessen.' Hadschi Emir Kara Ben Nemsi, auch du bist ein großer Krieger, und ich habe zu dir gesagt: ‚Nanu malihin.' Ihr wohnt in meinem Zelt; ihr seid meine Freunde und meine Gefährten; ihr sterbt für mich, und ich sterbe für euch. Habe ich die Wahrheit gesagt? Habe ich recht gesprochen?"

Wir bejahten durch ein ernstes, feierliches Kopfnikken.

„Aber das Salz löst sich auf und vergeht", fuhr er fort. „Das Salz ist das Zeichen der Freundschaft; wenn es sich aufgelöst hat und aus dem Körper verschwunden ist, so ist die Freundschaft zu Ende und muß wieder erneuert werden. Ist das gut, ist das genügend? Ich sage nein! Tapfere Männer schließen ihre Freundschaft nicht durch das Salz. Es gibt einen Stoff, der nie im Körper vergeht. Weißt du, Scheik Malek, was ich meine?"

„Ich weiß es."

„So sage es."

„Das Blut."

„Du hast recht gesagt. Das Blut bleibt bis zum Tode, und die Freundschaft, die durch das Blut geschlossen wird, hört erst auf, wenn man stirbt Scheik Malek, gib mir deinen Arm!"

Malek merkte ebensogut wie ich, um was es sich handelte. Er entblößte seinen Unterarm und hielt ihn Mohammed Emin dar; dieser ritzte ihn leicht mit der Spitze seines Messers und ließ die hervorquellenden Tropfen in einen kleinen, mit Wasser gefüllten, hölzernen Becher fallen, den er darunter hielt. Dann winkte er mich herbei.

„Emir Hadschi Kara Ben Nemsi, willst du mein Freund sein und der Freund dieses Mannes, der sich Scheik Malek el Ateïbeh nennt?"

„Ich will es."

„Willst du es sein bis zum Tode?"

„Ich will es."

„So sind deine Freunde und Feinde auch unsere Freunde und Feinde, und unsere Freunde und Feinde sind auch deine Freunde und Feinde?"

„Sie sind es."

„So gib mir deinen Arm!"

Ich tat es; er schnitt leicht durch die Haut und ließ die wenigen Blutstropfen, die hervorquollen, in den Becher fallen. Dann tat er dasselbe an seinem Arm und schwenkte zuletzt den Becher, um das Blut gut mit dem Wasser zu vermischen.

„Jetzt teilt den Trank der Freundschaft in drei Teile und genießt ihn mit dem Gedanken an den Allwissenden, der unsere geheimsten Gedanken kennt. Wir haben sechs Füße, sechs Arme, sechs Augen, sechs Ohren, sechs Lippen, und dennoch sei es nur ein Fuß, ein Arm, ein Auge, ein Ohr und eine Lippe. Wir haben drei Herzen und drei Köpfe, aber dennoch sei es nur ein Herz und ein Kopf. Wo der eine ist, da wandeln die andern, und was der eine tut, das tue der andere so, als ob seine Gefährten es täten. Preis sei Gott, der uns diesen Tag gegeben hat!"

Er reichte mir den Becher dar.

„Hadschi Emir Kara Ben Nemsi, dein Volk wohnt am weitesten von hier; trink deinen Teil zuerst und reiche dann den Becher unserem Freund."

Ich hielt eine kurze Anrede und tat einen Schluck; Malek folgte mir, und Mohammed Emin trank den Rest aus. Dann umarmte und küßte er uns, während er jedem sagte:

„Jetzt bist du mein Rasik[1], und ich bin dein Rasik; unsere Freundschaft sei ewig, wenn auch Allah unsere Wege scheiden mag!"

Die Kunde von diesem Bund verbreitete sich schnell durch das ganze Lager, und wer auch nur das kleinste Vorrecht oder die geringste Vergünstigung zu besitzen glaubte, der kam in das Zelt, um uns zu beglückwünschen. Dies nahm eine nicht geringe Zeit in Anspruch, so daß wir erst spät wieder nur zu dreien beieinander saßen.

Wir mußten Scheik Malek eine Beschreibung des Terrains liefern, auf dem der Kampf voraussichtlich stattfinden werde, und ihn mit unserem Verteidigungsplan bekannt machen. Er billigte denselben vollständig und fragte zuletzt:

„Können die Feinde nicht nach Norden entweichen?"

„Sie könnten zwischen dem Fluß und dem Dschebel Kanuza, das ist also längs des Wadi Dschehennem, durchbrechen; aber wir werden ihnen auch diesen Weg verlegen. Scheik Mohammed, hast du angeordnet, daß Werkzeuge vorhanden sind, um eine Brustwehr zu errichten?"

„Es ist geschehen."

„Sind die Frauen ausgewählt, die uns begleiten sollen, um die Verwundeten zu verbinden?"

„Sie sind bereit."

Ich will meine Leser nicht langatmig mit dem Kampfesgetümmel, das sich bei der Schlacht im Tal der Stufen entwickelte, auf die Folter spannen. Ich komman-

[1] Freund, Blutsbruder. Ein solcher gilt mehr als alle Aschab (= Gefährten).

dierte die von mir wohlvorbereitete Schlacht und gewann sie zusammen mit den Haddedihn. Wir hatten alle Feinde nach und nach eingekesselt und zur Aufgabe gezwungen.

Die Stämme wurden unterworfen, Geiseln für einen dauerhaften Frieden genommen und die Feinde durch Abgaben von Kriegsmaterial und Tieren so geschwächt, daß sie sich nie wieder gegen die Haddedihn würden erheben können.

Sir David entschloß sich, bei den Haddedihn zu bleiben, um weiter nach versunkenen Schätzen zu graben. Mohammed Emin jedoch bat mich, seinen Sohn Amad el Ghandur aus der Gefangenschaft zu befreien, in der er in Amadijah vom Pascha von Mossul gehalten wurde. Ich erklärte mich mit Freuden dazu bereit, denn die Haddedihn waren inzwischen meine besten Freunde geworden, und Freunden hilft man gern allzeit.

Auch war ich froh, daß die Schlacht, die Tausende von Toten hätte kosten können, durch List und Nachgiebigkeit größtenteils so unblutig verlaufen war. Wie hätte ich denken können, daß mich mein ‚Feldherrngenie' über lange Zeit so berühmt machen würde?

Ich war glücklich, denn ich hatte mir Rih wirklich verdient. Er hatte sich bei all unseren Ritten als unübertrefflich erwiesen – er, das Pferd der Wüste, das, wie alle Schammarpferde, auch ein ausgezeichneter Kletterer war, eine Eigenschaft, die ich im weiteren Verlauf meiner Ritte noch sehr schätzen lernen würde!

Auf dem Weg nach Amadijah lernten wir die ‚Teufelsanbeter' kennen, eine Sekte, die das Licht als Symbol des reinen Gottes verehrt und sich mit geweihtem Feuer heiligt. Bei diesen Dschesidi erlebten wir ein großartiges Fest, in dessen Verlauf ich indes erfuhr, daß sie von den Türken bedrängt und besiegt werden sollten. Mein Erfolg für die Haddedihn brachte die

Dschesidi zu der Bitte, mich auch für sie zu verwenden, und es gelang mir in der Tat, meinen neuen Freunden behilflich zu sein, sich ihre Freiheit zu erhalten und die Türken zu besiegen.

In Spandareh, einem Kurdendorf, trafen wir Sir David wieder. Er hatte keine Kunstschätze gefunden und war uns nachgereist. Nun wollte er sich weiter anschließen, und ich mußte ihn überreden, seinen auffälligen, graukarierten Anzug mit der Tracht der Kurden zu vertauschen, um uns bei unserer weiteren Reise nicht zu auffällig zu machen.

Inzwischen war mein Ruf als Feldherr so groß geworden, daß der Vorsteher von Spandareh meinte, mir zu Ehren ein Fest geben zu müssen. Früh am Nachmittag begann es.

Die Zeit des Abends verbrachten wir mit den Kurden in lebhafter Unterhaltung, die mit einem Tanz schloß, der uns zu Ehren veranstaltet wurde. Man lud uns ein, in den Hof zu kommen. Dieser bildete ein Viereck, das von einem niederen Dach eingeschlossen wurde, auf dem sämtliche anwesenden Männer Platz nahmen. Hier lagen, hockten und knieten sie in den malerischsten Stellungen, während sich gegen dreißig Frauen im Hofraum zum Tanz versammelt hatten.

Sie bildeten einen doppelten Kreis, in dessen Mitte ein Vortänzer stand, der einen Wurfspieß schwang. Das Orchester bestand aus einer Flöte, einer Art von Geige und zwei Tamburins. Der Vortänzer gab das Zeichen zum Beginn durch einen lauten Ruf. Seine Tanzkunst bestand aus den mannigfaltigsten Arm- und Beinbewegungen, die er immer auf ein und derselben Stelle ausführte. Der Kreis der Frauen ahmte dieselben nach. Ich fand nicht, daß diesem einfachen Tanz irgendein Gedanke, irgendeine Idee zugrunde liege; aber dennoch gewährten diese Frauen mit ihren eckigen Turbanmützen, von denen lange, über den Rücken geschlungene Schleier herabwallten, bei der ungewissen Fackelbeleuchtung einen ganz hübschen Anblick.

Als dieser einfache Tanz beendet war, gaben die Männer ihre Zufriedenheit durch ein lautes Murmeln zu erkennen, ich aber zog ein Armband hervor und rief die Tochter des Vorstehers, die mich beim Essen bedient hatte und sich jetzt mit unter den Tänzerinnen befand, zu mir herauf. Das Band bestand aus gelben Glasstücken und hatte das täuschende Ansehen jenes rauchigen, halbdurchsichtigen Bernsteins, der im Orient so beliebt, gesucht und teuer ist. Bei einem deutschen Krämer hätte ich dieses Armband mit fünfzig bis sechzig Pfennigen bezahlt; hier aber richtete ich voraussichtlich eine Freude damit an, die mir bedeutend höher angerechnet wurde.

Das Mädchen kam herbei. Alle Männer hatten gehört, daß ich sie zu mir verlangte, und wußten, daß es sich um eine Belobigung handeln werde. Ich mußte der Höflichkeit meiner Erzieher Ehre zu machen suchen.

„Komm herbei, du lieblichste Tochter der Kurden von Missuri! Auf deinen Wangen glänzt das Licht Schefag[1], und dein Antlitz ist lieblich wie der Kelch Sumbul[2]. Deine langen Locken duften wie der Hauch Gulilik[3] und deine Stimme klingt wie der Gesang Bulbuli[4]. Du bist das Kind der Gastfreundschaft, die Tochter eines Helden und wirst die Braut eines weisen Kurden und eines tapferen Kriegers werden. Deine Hände und Füße haben mich erfreut wie der Tropfen, der den Durstigen labt. Nimm dieses Bazihn[5] und denke meiner, wenn du dich damit schmückst!"

Sie errötete vor Freude und Verlegenheit und wußte nicht, was sie antworten sollte.

„Az khorbane ta, Hodia- ich bin dein eigen[6], o Gebieter!" lispelte sie endlich.

[1] der Morgenröte [2] der Hyazinthe [3] der Blume
[4] der Nachtigall [5] Armband
[6] eigentlich wörtlich „Dein Opfer"

Dies ist ein gebräuchlicher Gruß der kurdischen Frauen und Mädchen einem vornehmen Mann gegenüber. Auch der Dorfälteste war so erfreut über die seiner Tochter gewordene Auszeichnung, daß er sogar die orientalische Zurückhaltung ganz vergaß und sich das Geschenk reichen ließ, um es zu betrachten.

„O wie herrlich, wie kostbar!“ rief er aus und ließ das Armband ringsum von Hand zu Hand gehen. „Das ist Bernstein, so guter, prächtiger Bernstein, wie ihn der Sultan nicht köstlicher an seiner Pfeife trägt! Meine Tochter, dein Vater kann dir keine solche Hochzeitsgabe schenken, wie sie dieser Emir dir gegeben hat. Aus seinem Mund ertönt die Stimme der Weisheit, und von den Haaren seines Schnurrbarts träufelt die Güte. Frage ihn, ob er es dir erlaubt, ihm so zu danken, wie eine Tochter ihrem Vater dankt!“

Sie errötete noch mehr als vorhin; aber sie fragte dennoch:

„Erlaubst du es, Herr?“

„Ich erlaube es.“

Da bog sie sich zu mir, der ich auf dem Boden saß, hernieder und küßte mich auf den Mund und auf die beiden Wangen; dann aber eilte sie schnell davon. Ich war über diese Art, seine Dankbarkeit zu beweisen, nicht erstaunt, denn ich wußte, daß es den Mädchen der Kurden erlaubt ist, Bekannte auch mit einem Kuß zu begrüßen. Einem Höherstehenden gegenüber würde eine solche Vertraulichkeit eine Beleidigung sein, und daher hatte ich eigentlich meine Güte verdoppelt, indem ich den Kuß gestattete. Dies sprach der Vorsteher auch sofort aus.

„Emir, deine Gnade erleuchtet mein Haus, wie das Licht der Sonne die Erde erwärmt Du hast meine Tochter begnadigt, damit sie sich deiner erinnern möge; erlaube, daß auch ich dir ein Andenken verehre, damit du Spandareh nicht vergessen mögest!“

Er bog sich über die Kante des Daches vor und rief das Wort „Dojan[1]“ in den Hof hinab. Sogleich ertönte ein freudiges Gebell; eine Tür wurde geöffnet, und ich bemerkte, daß die unten Stehenden einem Hund Platz machten, damit er über die Treppe herauf zu uns kommen könne. Nur einen Augenblick später stand derselbe vor dem Ältesten und liebkoste ihn. Es war einer jener kostbaren gelbgrauen und außergewöhnlich großen und starken Windhunde, die in Indien, Persien und Turkestan bis nach Sibirien hinein Slogi genannt werden. Bei den Kurden wird diese seltene Rasse Tazi genannt. Sie ereilen die flüchtigste Gazelle; sie holen oft selbst den wilden Esel und das windschnelle Tschiggetai ein und fürchten sich vor keinem Panther und vor keinem Bären. Ich muß gestehen, daß mich der Anblick dieses Tieres mit lebhafter Bewunderung erfüllte. Er war als Hund ebenso kostbar wie mein Rappe dieses Prädikat als Pferd verdiente.

„Emir“, meinte der Vorsteher, „die Hunde der Missuri-Kurden sind berühmt weit über unsere Berge hinaus. Ich habe manchen Tazi erzogen, auf den ich stolz sein konnte; keiner aber hat diesem hier geglichen. Er sei dein!“

„Nezanum, diese Gabe ist so wertvoll, daß ich sie nicht annehmen kann“, antwortete ich ihm.

„Willst du mich beleidigen?“ fragte er sehr ernst.

„Nein, das will ich nicht“, lenkte ich ein. „Ich wollte nur sagen, daß deine Güte größer ist als die meinige. Erlaube, daß ich den Tazi annehme, aber gestatte mir auch, dir dieses Fläschlein zu geben!“

„Was ist es? Ein Wohlgeruch aus Persien?“

„Nein. Es ist von mir gekauft worden beim Beith Allah in der heiligen Stadt Mekka und enthält das Wasser vom Brunnen Zem-Zem.“

Ich machte es vom Hals los und reichte es ihm. Er war so gewaltig erstaunt, daß er vergaß, zuzugreifen. Ich legte es in seinen Schoß.

[1] Falke

„O Emir, was tust du!“ rief er endlich entzückt. „Du bringst in mein Haus die herrlichste Gabe, die Allah der Erde verliehen hat. Ist es dein Ernst, daß du sie mir schenkst?“

„Nimm sie hin, ich gebe sie dir sehr gern!“

„Gesegnet sei deine Hand, und stets weile das Glück auf deinem Pfad! Kommt her, ihr Männer, und befühlt diese Flasche, damit die Güte des großen Emir auch euch beglücken möge!“

Die Flasche ging von Hand zu Hand. Ich hatte mit ihr die größte Freude gestiftet, die es nur geben kann. Als sich das Entzücken des Vorstehers einigermaßen gelegt hatte, wandte er sich wieder zu mir:

„Herr, dieser Hund ist nun dein. Spucke ihm dreimal in das Maul und nimm ihn heut unter deinen Mantel, wenn du schlafen gehst, so wird er dich nie wieder verlassen!“

Der Engländer hatte das alles mit angesehen, ohne den Vorgang recht zu verstehen. Er fragte mich:

„Zem-Zem verschenkt, Master?“

„Ja.“

„Well! Immer fort damit! Wasser ist Wasser!“

„Wißt ihr, was ich dafür bekommen habe?“

„Was?“

„Diesen Hund.“

„Wie? Was? Nicht möglich!“

„Warum nicht?“

„Zu kostbar. Kenne die Hunde! Dieser ist fünfzig Pfund wert!“

„Noch mehr. Aber dennoch gehört er mir.“

„Warum?“

„Weil ich der Tochter des Ortsvorstehers das Armband geschenkt habe.“

„Schrecklicher Kerl! Kolossales Glück! Erst Pferd von Mohammed Emin, gar nicht zu bezahlen, und nun auch Windhund! Ich Pech dagegen. Nicht einen einzigen Fowling-bull gefunden. Schauderhaft!“

Auch Mohammed bewunderte den Hund, und ich glaube gern, daß er ein klein wenig eifersüchtig auf mich war. Ich muß gestehen, ich hatte Glück. Kurz bevor ich mich zur Ruhe begab, ging ich noch einmal zu den Pferden.

Am nächsten Tag ritten wir weiter. Mein Rappe hatte sich weidlich ausruhen können. Er hatte früher nur Balahat-Datteln gefressen und sich jetzt an anderes Futter gewöhnen müssen, war mir aber doch fast ein wenig zu fleischig geworden und zeigte einen Überschuß an Kräften, so daß ich ihn derb zwischen die Schenkel nehmen mußte. Ich war übrigens halb neugierig und halb besorgt, wie er sich bewähren würde, wenn es galt, die Schneeberge Kurdistans zu überwinden.

Wir kamen in Amadijah an, und es gelang mir schnell, mich mit dem Gefängnisaufseher Selim Agha und seiner Frau Mersinah bekanntzumachen. Selim war etwas trunksüchtig. Da ihm aber die Lehre des Propheten den Alkohol verbot, mischte ich ihm eine ‚Arznei', die er und der Mutesselim, ein Vorgesetzter, gern zu sich nahmen.

Um es kurz zu machen: Die ‚Arznei' machte sie trunken, und trickreich gelang es mir dadurch, Mohammed Emins Sohn Amad el Ghandur aus der Gefängnisfeste zu befreien.

Wir verließen nach geglückter Tat den Ort.

Von der Höhe hinter Amadijah führte der Pfad bergab nach der Ebene Newdascht. Auf derselben angekommen, gaben wir den Pferden die Sporen, so daß wir über den dürren Boden, der diese Ebene kennzeichnet, mit vogelhafter Schnelligkeit dahinflogen.

Wir kamen in das Dorf Maglana, das von lauter Kurden bewohnt wird, die mit den umliegenden chaldäischen Christen in steter Feindschaft leben. Wir hielten nur an, um uns nach dem Weg zu erkundigen, und dann ging es wieder vorwärts. Wir kamen durch verfallene Ortschaften, bei deren Untergang die Feuersbrunst der Hütten das Blut der Bewohner aufgeleckt hatte. Die Trümmer lagen zerstreut; die Tiere des Waldes hatten die Knochen, die wir hier und da liegen sahen, abgenagt.

Mich schauderte.

In der Ferne, rechts oder links, sahen wir zuweilen Rauch aufsteigen; es zeigte sich uns die unbeworfene Mauer eines Hauses; ein einzelner Reiter tauchte vor uns auf, bemerkte uns und schwenkte rasch zur Seite ab. Wir befanden uns auf keinem friedlichen Boden, und er sah, daß wir ihm an Zahl überlegen waren. Genauso geht es den Vögeln des Waldes, die bei jedem Flügelschlag eines Feindes gewärtig sein müssen und dann ihr einziges Heil in der Verborgenheit finden.

Nun dunkelte der Abend herein, und vor uns auf der Ebene sahen wir vielleicht dreißig Häuser zerstreut liegen. Es war das kleine Dorf Tiah, wo wir zu übernachten dachten. Wie der Empfang sein würde, das wußten wir allerdings noch nicht.

Man hatte uns von weitem erblickt, und eine Anzahl von Männern war zu Pferd gestiegen, um uns entweder als Feind zurückzuweisen oder als Freund zu empfangen. Eine Strecke von ungefähr zweitausend Schritten vor dem Dorf hielten sie an, um uns zu erwarten.

„Bleibt ein wenig zurück!“ sagte ich und ritt voran.

Ich sah, wie sie bei dem Anblick meines Pferdes einander die Köpfe zukehrten, und so stolz mich diese Bewunderung machte, so bedenklich mußte sie mir auch sein. Ein gutes Pferd, schöne Waffen und Geld – wer eines von diesen drei Dingen besitzt, kann es bei diesen räuberischen Völkerschaften verlieren, und das Leben dazu.

Einer von ihnen ritt einige Schritte vor.

„Ivari 'l kher – guten Abend!“ grüßte ich ihn.

Nachdem er gedankt hatte, ließ er seinen Blick von meinem Turban bis zu den Hufen meines Pferdes herabgleiten und begann ein Verhör.

„Woher kommst du?"
„Von Amadijah."
„Wohin willst du?"
„Nach Kalah Gumri."
„Was bist du? Ein Türke oder Araber?"
„Nein, ich bin..."

„Schweig!" gebot er mir. „Ich frage dich, und du antwortest! Du redest Kurdisch, aber ein Kurde bist du nicht. Bist du ein Grieche oder Russe oder ein Perser?"

Ich verneinte, und jetzt war er mit seinen Kenntnissen zu Ende. Dieser Mann empfing mich ja wie ein russischer Grenzaufseher! Ich durfte nicht sagen, welchem Volk ich angehörte, sondern er wollte so scharfsinnig sein, es zu erraten. Da ihm dies nicht gelungen war, gab er vor Ärger seinem Pferd mit der Faust einen Schlag über das Auge, daß es vor Schmerz aufwieherte.

„Was bist du denn?" fragte er endlich.

„Ein Tschermaka[1]", antwortete ich mit Stolz.

„Ein Tschermaka?" wiederholte er. „Die Tschermaki kenne ich. Ihr Stamm wohnt an den Ufern des Sees von Urmiah und hat elende Hütten von Schilf."

Diese Worte waren in einem sehr verächtlichen Ton gesprochen.

„Du irrst", entgegnete ich. „Die Tschermaki wohnen nicht am Ufer des Urmiahsees und wohnen auch nicht in elenden Schilfhütten."

„Schweig! Ich kenne die Tschermaki, und wenn du nicht weißt, wo sie wohnen, so gehörst du nicht zu ihnen. Wer ist der Kurde dort?" – Und er deutete auf den Engländer.

„Er ist kein Kurde, er trägt nur kurdische Kleidung."

„Wenn er nur kurdische Kleidung trägt, so ist er ja kein Kurde!"

„Das habe ich ja bereits gesagt."

„Und wenn er kein Kurde ist, so darf er auch keine kur-

[1] Deutscher

dische Kleidung tragen, das verbieten wir ihm. Was ist er?"

„Ein Inglo", antwortete ich kurz.

„Ein Inglo? Ich kenne die Ingli. Sie wohnen jenseits des Berges Ararat, sind Karawanenräuber und fressen Gumgumuku gaurana[1]."

„Du irrst wieder! Die Ingli wohnen nicht am Ararat, sie sind keine Räuber und fressen auch keine Eidechsen."

„Schweig! Ich war im Lande der Ingli und habe selbst auch mit ihnen Gumgumuku gaurana und sogar Gumgumuku felana gefressen. Wenn er keine frißt, so ist er kein Inglo. Wer sind die drei andern Reiter?"

„Der eine ist mein Diener, und die andern sind Araber."

„Von welchem Stamm?"

„Sie gehören zum großen Stamm der Schammar."

Ich sagte die Wahrheit, weil ich mich auf die Feindschaft zwischen den Türken und den Schammar verließ. Ein Feind der Türken mußte ein Freund der Kurden sein. Zwar wußte ich, daß die südlichen Stämme der Schammar mit den südlichen Stämmen der Kurden auch in Feindschaft leben, doch nur infolge der räuberischen Streitereien der Kurden, die ja selbst auch wieder mit anderen Kurdenstämmen im Zustand der Blutrache und des ewigen Streits leben. Hier befanden wir uns in der Mitte Kurdistans, wo es sicher noch keinen feindlichen Araber gegeben hatte, und daher gab ich meine Antwort in der festen Überzeugung, daß sie uns keinen Schaden bringen werde.

„Ich kenne die Schammar", hob der Kurde an. „Sie wohnen an der Mündung des Phrath, trinken das Wasser des Meeres und haben böse Augen. Sie heiraten ihre eigenen Mütter und machen Rollen[2] aus dem Fleisch der Schweine."

„Du irrst abermals. Die Schammar wohnen nicht am Meer und essen niemals Schweinefleisch."

„Schweig! Ich selbst bin bei ihnen gewesen und habe

[1] Eidechesen [2] Würste

das alles gesehen. Wenn diese Männer ihre Mütter nicht geheiratet haben, so sind sie keine Schammar. Auch leben die Schammar in Blutfehde mit den Kurden von Sar Hasan und Zibar, und darum sind sie unsere Feinde. Was wollt ihr hier?"

„Wir wollen fragen, ob ihr eine Hütte habt, in der wir heute nacht ruhen können."

„Wir haben keine Hütten. Wir sind Berwari-Kurden und haben Häuser. Ihr sollt ein Haus haben, wenn ihr uns beweist, daß ihr nicht unsere Feinde seid."

„Womit sollen wir dies beweisen?"

„Dadurch, daß ihr uns eure Pferde und eure Waffen übergebt."

O du alter Lügner und Eidechsenfresser! Du hältst die Leute, die Würste machen, für recht dicke Dummköpfe! Das dachte ich, aber laut sagte ich:

„Ein Mann trennt sich nie von seinem Pferd und auch nicht von seinen Waffen."

„So dürft ihr nicht bei uns bleiben", sagte er barsch.

„So ziehen wir weiter", erwiderte ich kurzweg und ritt zu meinen Gefährten zurück; auch die Kurden schlossen nun einen Kreis um ihren Führer.

„Was sagte er?" fragte mich der Engländer.

„Er will unsere Waffen und Pferde haben, wenn wir hier bleiben wollen."

„Mag sie sich holen", knurrte er.

„Um Gottes willen, Sir, heute keinen Schuß! Die Kurden halten die Blutrache noch heiliger als die Araber. Wenn sie uns feindselig behandeln und wir verwunden oder töten einen von ihnen, so sind wir verloren, denn sie sind mehr als fünfmal so stark als wir."

„Was aber tun?" fragte er.

„Zunächst unsern Weg fortsetzen und, wenn sie uns daran hindern sollten, verhandeln."

Ich sagte das alles auch den übrigen, und sie gaben mir recht, obgleich kein Feigling unter ihnen war. Diese Kurden gehörten sicher nicht alle zum Dorf, das keine solche Anzahl erwachsener Krieger haben konnte; sie waren jedenfalls aus irgendeinem Grund hier zusammengekommen, und es schien, daß sie sich in einer sehr kriegerischen Stimmung befanden. Sie lösten jetzt den Kreis auf und bildeten nun einen scheinbar ungeordneten Haufen, der sich nicht von der Stelle bewegte und unsern Entschluß abzuwarten schien.

„Sie wollen uns den Weg versperren", meinte Mohammed, der Häuptling der Haddedihn.

„Es scheint so", stimmte ich ihm bei. „Also gebraucht die Waffen nicht, solange wir uns nicht in wirklicher Lebensgefahr befinden!"

„Wir wollen deshalb einen weiten Kreis um das Dorf herumreiten", schlug mein kleiner arabischer Diener Halef vor.

„Das müssen wir auch. Kommt!"

Wir schwenkten in einem Bogen ab, aber sogleich setzten sich die Kurden auch in Bewegung, und der Anführer kam wieder auf mich zugeritten.

„Wo willst du hin?" fragte er.

„Nach Gumri", antwortete ich mit Nachdruck.

Meine Antwort mochte dem Kurdenanführer nicht nach Wunsch sein, und er entgegnete:

„Es ist zu weit, und die Nacht bricht ein. Ihr werdet Gumri nicht erreichen."

„Wir werden andere Dörfer finden oder im Freien schlafen."

„Da werden euch die wilden Tiere anfallen, und ihr habt schlechte Waffen."

Das war jedenfalls nur auf den Busch geklopft. Vielleicht war es gut für uns, wenn ich ihn vom Gegenteil überzeugte, trotzdem dies auch das Gelüste, unsere Waffen zu besitzen, in gefährlicher Weise erregen konnte. Darum sagte ich:

„Wir haben sehr gute Waffen!"

„Das glaube ich nicht!" lautete seine Antwort.

„Oh, wir haben Waffen, von denen eine einzige genügt, um euch alle zu töten!"

Er lachte und sagte dann:

„Du hast ein sehr großes Maul. Zeige mir einmal eine solche Waffe!"

Ich nahm einen meiner Revolver heraus und fragte den Kurden:

„Siehst du dieses kleine Ding?" – Dann rief ich meinen Diener herbei und befahl ihm:

„Brich einen Ast von jenem Strauch, mache die Blätter weg bis auf sechs und halte ihn empor. Ich will danach schießen!"

Er tat es, und da nun die anderen Kurden merkten, um was es sich handelte, so kamen sie näher heran. Ich nahm mein Pferd auf die weiteste Distanz zurück und zielte. Die sechs Schüsse wurden schnell hintereinander abgegeben, und dann reichte Halef dem Kurden den Zweig hin.

„Katera Chodeh[1]" rief er, „sie sind alle sechs getroffen, die Blätter!"

„Das ist nicht schwer", prahlte ich, „das kann bei den Tschermaki ein jedes Kind. Aber das Wunder besteht darin, daß man mit diesem kleinen Ding so schnell und immerfort schießen kann, ohne zu laden."

Er gab den Zweig seinen Leuten, und während sie ihn betrachteten, nahm ich sechs Patronen heraus und lud wieder den Revolver hinter dem Hals des Pferdes, ohne daß er es bemerkte.

„Was hast du noch für Waffen?" fragte er nun.

„Siehst du jenen Tu[2]? Paß auf!"

Ich stieg ab und legte den Henry-Stutzen an. Einer, zwei, drei, fünf, acht, elf Schüsse krachten. Die Kurden erhoben bei einem jeden neuen Schuß einen Ausruf des höchsten Erstaunens, und nun setzte ich das Gewehr wieder ab.

[1] „Um Gottes willen" [2] Maulbeerbaum

„Geht hin und seht euch den Baum an!“

Alle eilten hin, und die meisten sprangen, um gut sehen zu können, vom Pferd. Ich erhielt somit Zeit zu neuem Laden. Dasselbe Experiment mit demselben Stutzen hatte mich einst bei den Komantschen in Respekt gesetzt, und auch jetzt erwartete ich eine ähnliche Wirkung mit Zuversicht. Da kam der Anführer wieder auf mich zu und rief:

„Chodih[1], alle elf Kugeln stecken im Baum, eine unter der andern!“

Daß er mich jetzt mit ‚Herr‘ anredete, schien ein gutes Zeichen zu sein.

„Du kennst nun einige von unsern Waffen“, sagte ich, „und wirst mir glauben, daß wir uns vor euren wilden Tieren nicht fürchten.“

„Zeige uns die andern Waffen auch!“

„Dazu habe ich keine Zeit. Die Sonne ist hinab, und wir müssen weiter.“

„Warte noch ein wenig!“

Er ritt wieder zu seinen Leuten und verhandelte mit ihnen. Dann kehrte er zurück und erklärte:

„Ihr dürft bei uns bleiben!“

„Wir geben weder unsere Waffen noch unsere Pferde ab“, erwiderte ich.

„Das sollt ihr auch nicht. Ihr seid fünf Männer, und fünf von den Unsrigen haben sich erboten, je einen von euch bei sich aufzunehmen. Du wirst bei mir wohnen.“

Hm, ich mußte vorsichtig sein. Warum gaben sie auf einmal nach? Warum ließen sie uns nicht weiterreiten?

„Wir werden dennoch weiterreiten“, erklärte ich ihm, „weil wir uns teilen sollen. Wir sind Gefährten und werden nur da bleiben, wo wir beisammen wohnen können.“

„So warte noch ein wenig!“

Wieder verhandelte er. Es dauerte etwas länger als

[1] Herr, Gebieter

vorher, und es schien mir, als ob sie uns mit Absicht hinhalten wollten, bis es zu dunkel zum Weiterreiten geworden sei. Endlich kam er wieder mit der Erklärung:

„Chodih, du sollst deinen Willen haben. Wir überlassen euch ein Haus, in dem ihr gemeinsam schlafen könnt."

„Haben auch unsere Pferde Platz?"

„Ja; es ist ein Hof an dem Haus, wo sie stehen können."

„Werden wir es allein bewohnen?"

„Es soll niemand darin bleiben dürfen. Sieh, da reitet schon einer fort, um diesen Befehl zu überbringen. Wollt ihr die Speisen geschenkt erhalten, oder werdet ihr sie bezahlen?"

„Wir wünschen, eure Gäste zu sein. Versprichst du mir das?"

„Ich verspreche es."

„Du bist wohl der Nezanum[1] dieses Dorfs?"

„Ja, ich bin es."

„So reiche mir deine beiden Hände und sage, daß ich dein Hemscher[2] bin!"

Er tat es, aber doch mit einigem Widerstreben. Jetzt fühlte ich mich sicher und winkte den Gefährten, heranzukommen. Wir wurden von den Kurden in die Mitte genommen, und dann galoppierten wir in das Dorf hinein, wo vor einem verhältnismäßig ansehnlichen Haus haltgemacht wurde.

„Das ist euer Haus für diese Nacht", erklärte der Nezanum. „Tretet ein!"

Ich besah mir das Gebäude, ehe ich abstieg, von außen. Es hatte nur das Erdgeschoß und auf dem platten Dach eine Art von kleinem Schuppen, in dem Heu aufbewahrt zu werden schien. Der an das Gebäude stoßende Hofraum wurde von einer breiten Mauer umgeben, die ungefähr drei Ellen hoch war und von einem schmalen

[1] Vorsteher [2] Freund, Genosse

Buschwerk überragt wurde, das sich an der hinteren Seite der Mauer hinzog. In diesen Hof konnte man nur durch das Haus gelangen.

„Wir sind zufrieden mit dieser Wohnung. Woher nehmen wir das Futter für unsere Pferde?“ fragte ich nun.

„Ich werde es euch senden“, lautete die Antwort.

„Da oben liegt aber ja Futter“, sagte ich und wies auf den Schuppen.

Er sah sichtlich verlegen empor und antwortete dann:

„Das ist nicht gut; es würde euren Tieren schaden.“

„Und wer besorgt uns die Speisen?“

„Ich selbst werde sie bringen nebst Licht. Wenn ihr etwas wünscht, so sagt es mir. Ich wohne in jenem Haus.“

Er zeigte auf ein Gebäude, das ziemlich in der Nähe stand. Wir stiegen ab und führten unsere Pferde in den Hof. Dann besahen wir uns das Innere des Hauses. Es bestand nur aus einem einzigen Gemach, das aber durch dünnes Flechtwerk von Weiden in zwei ungleiche Hälften geteilt war. Jede derselben hatte zwei Löcher, die als Fenster dienten und mit einer Matte verhängt werden konnten. Diese Löcher waren ziemlich hoch, aber so schmal, daß man kaum den Kopf hindurchstecken konnte. Die Diele bestand aus gestampftem Lehm und war an der hintern Seite eines jeden Gemachs mit einem Binsenteppich belegt. Eine weitere Ausstattung gab es nicht.

Die Türen konnten beide mit einem starken Balken fest verschlossen werden; hier wenigstens also war uns Sicherheit geboten. Im Hof lag einiges alte Holzwerk nebst etlichen Gerätschaften, deren Zweck ich nicht erraten konnte. –

Wir befanden uns allein, denn auch der Nezanum war draußen geblieben, und nun hielten wir großen Rat.

„Glaubst du, daß wir sicher sind?“ fragte mich der Scheich.

„Ich bin im Zweifel darüber. Der Nezanum hat mir alles versprochen und wird es auch halten. Wir sind seine Gäste und die Gäste des ganzen Dorfs. Aber es waren viele da, die nicht zu dem Dorf gehörten."

„Diese können uns nichts tun", erwiderte er. „Wenn sie einen von uns töteten, wären sie der Blutrache des ganzen Dorfs verfallen, dessen Gäste wir sind."

„Und wenn sie uns nicht töten, sondern nur bestehlen wollen?"

„Was können sie uns nehmen?"

„Die Pferde, vielleicht die Waffen, vielleicht noch mehr."

Der ernste Scheich Mohammed Emin streichelte jetzt lächelnd seinen Bart und sagte:

„Wir werden uns wehren."

„Und dabei der Blutrache verfallen", ergänzte ich.

„Warten wir es ab!" meinte er.

Da trat auch der Engländer ein, der draußen im Hof umhergestöbert hatte. Seine Nase lag auf der rechten und sein Mund auf der linken Seite des Gesichts, ein ganz sicheres Zeichen, daß ihm etwas Merkwürdiges passiert war.

„Hm!" räusperte er sich. „Habe etwas gesehen! - Interessant! - Yes!"

„Wo? So erzählt doch nur!"

„Pst! Nicht in die Höhe sehen! War im Hof. Schmutziger Platz das! Sah die Büsche an der Mauer und stieg hinauf. Schöner Überfall von draußen herein! Würde prächtig gehen. Blicke auch hinauf zum Dach und sehe ein Bein. Well! Eines Mannes Bein. Es guckt einen Augenblick lang aus der Hütte heraus, wo Futter ist"

„Habt Ihr auch recht gesehen, Sir?"

„Sehr recht! Yes!"

Jetzt erst fiel mir ein, daß ich weder eine Treppe noch eine Leiter gesehen hatte, um auf das Dach zu gelangen. Wir traten also hinaus in den Hof, um zu suchen. Es fand sich nichts. Auch im Innern des Gebäudes war nicht zu entdecken, ob man von hier aus auf das Dach gelangen könne, und dennoch wurde es Zeit, nachzusehen; denn die Nacht war schon ganz nahe.

Droben über der hinteren Tür ragte ein Dachbalken etwas aus der Mauer hervor, zwar nicht viel, aber es genügte. Ich nahm den Lasso, knüpfte ihn vierfach zusammen, bildete auf diese Weise eine einzige große Schlinge und warf sie empor. Sie hing am Balken, so daß ich sie unten fassen konnte. Nun zog ich mich an der Schlinge empor, trat in sie hinein und gelangte auf diese Weise auf das Dach. Nun ging ich auf das Behältnis zu, das bis zum Eingang mit Futter angefüllt war. Ich langte hinein, fühlte aber nichts Verdächtiges; als ich jedoch soweit hineinkroch, daß meine Arme bis ganz hinten langen konnten, faßte ich den Kopf eines Menschen, der sich in der fernsten Ecke verkrochen hatte.

„Wer bist du?" fragte ich.

„U -- ah!" erklang es gähnend.

Der Mann wollte mich glauben machen, daß er geschlafen habe.

„Komm heraus!" befahl ich ihm.

„U -- ah!" machte er noch einmal, dann schob er meine Hand von sich ab und kam langsam hervorgekrochen. Es war noch so licht, um deutlich zu sehen, daß dieser Mann nicht einen Augenblick geschlafen hatte. Er gaffte mich an und tat, als ob er erstaune.

„Ein Fremder! Wer bist du?" fragte er mich.

„Sage nur zuerst, wer du bist!"

„Dieses Haus ist mein!" antwortete er.

„So! Das ist mir lieb, denn dann kannst du mir sagen, wie du heraufgekommen bist."

„Auf der Leiter."

„Wo ist sie?"

„Im Hof."

„Da ist sie nicht."

Ich sah mich auf dem Dach erst jetzt näher um und gewahrte sie längs des Dachrandes liegen.

„Mensch, du bist verschlafen, denn du hast ganz vergessen, daß du die Leiter hinter dir heraufgezogen hast! Hier liegt sie!“

Er blickte sich verdutzt um und sagte dann:

„Hier? Ja. Ich habe geschlafen!“

„Nun wache aber. Komm hinab!“ – Mit diesen Worten schob ich die Leiter hinunter, und der Mann stieg mir voran und verließ hierauf das Haus, ohne ein Wort zu sagen. Erst tat er, als sei er sehr überrascht von der Gegenwart eines fremden Menschen, und nun lief er gemächlich zum Nezanum hinüber, ohne mich weiter über mein Recht, hier in seinem Haus zu sein, im mindesten zu inquirieren.

„Wer war es?“ fragte der Engländer.

„Der Besitzer dieses Hauses.“

„Was will er da oben?“

„Er tat, als habe er geschlafen.“

„Nicht geschlafen! Kenne den Kerl! War derselbe, der fortritt. Ihr konntet das nicht bemerken, weil ihr mit dem Schießen zu tun hattet. Yes!“

„So ist es sicher, daß man eine feindselige Absicht hegt!“

„Denke es auch. Aber welche?“

„Unser Leben wollen sie nicht, aber unser Eigentum.“

„Kerl wird hinaufgestiegen sein, um zu sehen, wann wir schlafen. Dann gibt er Zeichen, andere kommen, holen Pferde und alles.“

Derselben Ansicht waren auch die anderen Gefährten. Es war jetzt vollständig dunkel in den beiden Stuben, so daß man nicht erkennen konnte, ob man vom Dach aus auch in das Innere des Hauses gelangen könne; doch schien mir dies wahrscheinlich zu sein. Schon stand ich im Begriff, aus Mangel an irgendeiner Beleuchtung ein Stück Holz anzubrennen, als draußen an den Eingang geklopft wurde. Ich ging hinaus und öffnete. Der Nezanum war es mit noch zwei Männern, die Essen, Wasser und zwei Kerzen brachten. Die Kerzen waren sehr roh aus ungereinigtem Wachs bereitet und konnten nur wenig Helligkeit verbreiten. Ich zündete eine derselben an.

Noch hatte keiner der drei Männer ein anderes Wort gesprochen als die Namen der Gegenstände, die sie auf den Lehmboden legten. Nun aber fragte ich den Dorfvorsteher:

„Ich fand einen Mann auf dem Dach. War es wirklich der Besitzer dieses Hauses?"

„Ja", antwortete er einsilbig.

„Was wollte er oben?"

„Er schlief."

„Warum zog er die Leiter empor?"

„Er wollte nicht gestört sein."

„Du sagtest doch, daß wir allein hier wohnen sollen."

„Er lag da bereits oben! Das wußte ich nicht, und er wußte auch nicht, daß Gäste da sind."

„Er hat es gewußt."

„Woher?" fragte er barsch.

„Er war mit draußen vor dem Dorf, als wir uns trafen."

„Schweig! Er war daheim."

Dieser Mann verfiel wieder in seinen befehlshaberischen Ton. Ich aber ließ mich nicht einschüchtern und begann von neuem zu fragen:

„Wo sind die Männer, die nicht in dein Dorf gehören?"

„Sie sind nicht mehr da."

„Sage ihnen, daß sie ja nicht wiederkommen sollen!"

„Warum?"

„Das magst du erraten."

„Schweig! Ich rate nicht."

Nun ging er wieder fort, und die beiden anderen folgten ihm.

Das Abendessen war ein sehr frugales: getrocknete

Maulbeeren, Brot, in Asche gerösteter Kürbis und Wasser. Glücklicherweise aber hatten wir einigen Vorrat bei uns und brauchten also nicht zu hungern. Während Halef das Essen ordnete, ließ ich den jungen Haddedihn mit der angezündeten zweiten Kerze hinaus auf den Flur gehen. Die Tür führte nämlich gleich neben der Ecke des Hauses in dasselbe, und der Flur wurde also von der Grundmauer und der Zimmerwand gebildet. Als Amad mit dem Licht draußen stand, stieg ich auf das Dach und untersuchte den Fußboden desselben sehr genau. Endlich bemerkte ich über dem Flur, den das Licht Amads erhellte, eine sehr dünne Spalte, die ein regelmäßiges Viereck bildete. Ich fuhr mit dem Messer hinein und – hob einen viereckigen Deckel empor. Das Geheimnis war entdeckt.

Nach weiterem Suchen fand ich über den beiden Wohnräumen einige schadhafte Stellen, die es ermöglichten, hinabzusehen und nicht nur alles zu überblicken, sondern auch das Gespräch der darunter Befindlichen zu belauschen.

Jetzt stieg ich wieder hinab, machte kurzen Prozeß, faßte meinen Rappen beim Zügel und führte ihn in die Stube.

„Hallo!“ rief der Engländer. „Was ist los?“

„Holt eure Pferde auch herein, denn auf diese war es wohl abgesehen. Da draußen über dem Flur ist ein Loch, durch das man hinabsteigen und die Tür öffnen kann. Die Kurden hätten gewartet, bis wir schliefen, und wären dann mit unseren Pferden davongegangen.“

„Ist richtig, sehr richtig! Werden das tun! Yes!“

Auch die andern waren einverstanden. Die Fenster wurden verhangen, die Pferde in das hintere Gemach gebracht; dann zog ich die Leiter in den Flur und schaffte den Hund auf das Dach hinauf. Nun konnten die Kurden immerhin über die Mauer in den Hof steigen; sie fanden ihn leer und mußten wieder abziehen. Vielleicht irrte ich mich auch, und sie hegten gar keine diebischen Absichten, dann war es um so besser.

Jetzt konnten wir endlich auch über unsere weiteren Pläne sprechen. In Amadijah war dies nicht geschehen, weil uns da jeder Augenblick etwas Neues bringen konnte, und unterwegs waren wir nur bedacht gewesen, schnell vorwärts zu kommen. Es handelte sich natürlich um den Weg, der uns zurück nach dem Tigris führen sollte.

„Der kürzeste Pfad geht durch das Gebiet der Dschesidi", meinte Mohammed Emin.

„Den dürfen wir nicht nehmen", antwortete Amad. „Man hat mich da gesehen und würde mich erkennen."

„Er ist auch in anderer Beziehung nicht sicher", fügte ich hinzu, „besonders da wir nicht wissen, wie der Gouverneur von Mossul seinen Bericht abgefaßt hat. Direkt nach Westen können wir nicht."

„So bleiben uns zwei Wege", erklärte Mohammed. „Der eine geht durch Tijari nach dem Buthan und der andere führt uns auf den Zab hinunter."

„Beide sind gefährlich, weniger für den entflohenen Gefangenen als vielmehr im allgemeinen. Aber ich ziehe den Weg nach Süden vor, wenn er uns auch in das Gebiet der Abu Salman bringt."

Dieser Ansicht stimmten die anderen bei, und dem Engländer war alles recht. Es wurde daher beschlossen, über Gumri nach Lizan zu reiten, von da aus dem Fluß zu folgen, bis er seine große Wendung in das Land der Schirwan- und Zibar-Kurden macht, und diesen Bogen durch einen Ritt quer über die Berge von Tura Ghara und Haïr abzuschneiden. Dann mußten wir an die Ufer des Akra gelangen, der uns wieder an den Zab brachte.

Nachdem wir hierüber einig geworden waren, legten wir uns zur Ruhe. Ich schlief sehr fest und erwachte durch einen Stoß, den ich von dem neben mir liegenden Engländer erhielt.

„Master!“ flüsterte er. „Schritte draußen! Schleicht jemand!“

Ich horchte gespannt, aber die Pferde waren nicht sehr ruhig, so konnte man sich nicht auf das Gehör verlassen.

„Es wird nichts zu bedeuten haben“, meinte ich. „Wir sind doch nicht in einer offenen Wildnis, wo jedes Geräusch, von einem Menschen verursacht, das Nahen einer Gefahr verkündet. Man wird im Dorf wohl noch nicht schlafen gegangen sein.“

„Mögen es tun! Sich auf die Nase legen! Well! Gute Nacht, Master!“

Er drehte sich auf die andere Seite. Nach einiger Zeit aber horchte er wieder auf.

Auch ich hatte jetzt deutlich ein Geräusch vom Hof her vernommen.

„Sind im Hof“, raunte Lindsay mir zu.

„Es scheint so. Merkt Ihr, was für einen guten Hund ich habe? Er hat verstanden, daß er nur auf das Dach aufzupassen hat, und darum gibt er jetzt noch keinen Laut von sich.“

„Edle Rasse! Will die Kerls nicht verscheuchen, sondern fangen!“

Jetzt aber dauerte es lange, bis wir wieder einzuschlafen vermochten, vielleicht über eine halbe Stunde, da vernahm ich an der Vorderseite des Hauses leise Schritte. Ich stieß Lindsay.

„Höre es schon!“ meinte er. „Was aber haben sie vor?“

„Sie werden glauben, daß wir die Pferde in den Flur gezogen haben, und legen nun von außen eine Leiter an, um auf das Dach und durch dasselbe herunter zu den Tieren zu gelangen. Wenn ihnen dieses glückte, so brauchten sie nur die vordere Tür zu öffnen, um mit unseren Pferden davonzugehen.“

„Soll ihnen nicht gelingen!“

Kaum hatte er dies gesagt, so erscholl fast grad über

uns der laute Schrei einer menschlichen Stimme und das kurze, kräftige Anschlagen des Hundes.

„Hat ihn!“ jubelte Lindsay.

„Pst, leise!“ mahnte ich.

Auch die andern waren aufgewacht und lauschten.

„Werde nachsehen“, meinte der Engländer.

Er erhob sich und schlich hinaus. Es dauerte wohl fünf Minuten, bis er zurückkam.

„Sehr schön! Yes! Ausgezeichnet! War oben. Da liegt ein Kerl und über ihm der Hund. Wagt nicht, zu reden oder sich zu rühren. Und unten auf der Gasse viel Kurden. Sprechen auch nicht.“

„Solange der Hund nicht lauter wird, sind wir in Sicherheit. Aber wenn sie mehrere Leitern anlegen, so müssen wir hinauf.“

Wir lauschten wieder eine lange Zeit. Da erscholl ein fürchterlicher Schrei – es war ein Todesschrei, daran war gar nicht zu zweifeln – und sofort ein zweiter und gleich darauf wieder das laute, Sieg verkündende Bellen des Hundes.

Jetzt konnte es gefährlich werden. Wir erhoben uns. Ich rief Halef zu mir, denn seiner war ich am sichersten. Wir traten leise hinaus auf den Flur und stiegen die Leiter empor auf das Dach. Ein menschlicher Körper lag auf demselben. Ich untersuchte ihn, er war tot, der Hund hatte ihm das Genick zermalmt. Wo dieser sich jetzt befand, verriet mir ein leiser, leiser Ton, mit dem er mich bewillkommnete. Vielleicht fünf Schritte von dem Toten lag ein zweiter Körper, und auf demselben hatte sich der Hund ausgestreckt. Eine einzige Bewegung brachte dem unter ihm liegenden Menschen den sicheren Tod.

Wenn ich die Augen recht anstrengte, sah ich unten allerdings viele Leute stehen. Es war kein Zweifel, daß sich das ganze Dorf beteiligt hatte, den Pferdediebstahl oder gar noch etwas anderes auszuführen. Der erste, der das Dach erstiegen hatte, war von dem Hund niedergerissen worden, und sein Schrei hatte die andern zur Vorsicht gemahnt. Als aber der zweite heraufgekommen war, hatte sich der Hund nicht anders zu helfen gewußt, als daß er den vorigen erbiß, um den jetzigen packen zu können.

Was sollten wir tun!

Ich stieg hinab und ließ Halef als Wächter oben. Eine kurze Beratung ergab, daß wir uns vollständig schweigsam verhalten wollten, um am Morgen tun zu können, als ob wir gar nichts gehört hätten. Gefährlich war unsere Lage im höchsten Grad, obgleich wir uns selbst gegen einen noch zahlreicheren Feind recht gut hätten verteidigen können; aber wir hätten das ganze vor uns liegende Land in ein uns feindliches verwandelt, während es uns doch auch nicht möglich war, wieder umzukehren. Da klopfte es sehr laut an den Eingang des Hauses. Die Kurden hatten Beratung gehalten, und wir sollten nun das Ergebnis derselben erfahren. Wir zündeten eine der Kerzen wieder an und traten mit unseren Waffen hinaus auf den Flur.

„Wer klopft?" erkundigte ich mich.

„Chodih, öffne!" antwortete der Nezanum. Ich erkannte ihn an der Stimme.

„Was willst du?" fragte ich.

„Ich muß dir etwas Wichtiges sagen."

„Du kannst es so auch sagen."

„Ich muß drin bei euch sein!"

„So komm herein!"

Ich fragte ihn gar nicht erst, ob er allein sei, denn es sollte keinem zweiten gelingen, einzutreten. Die Gefährten legten ihre Gewehre an; ich zog den Balken weg und stellte mich so hinter die Tür, daß sie nur halb geöffnet werden und also auch nur einem einzelnen Mann den Eintritt lassen konnte. Als er die auf sich gerichteten Waffen sah, blieb er in der Türöffnung stehen.

„Chodih! Ihr wollt auf mich schießen?"

„Nein. Wir halten uns nur für alles bereit. Es könnte doch auch ein anderer, ein Feind sein!"

Er kam vollends herein, und ich schob den Balken wieder vor.

„Was willst du, daß du uns in unserer Ruhe störst?" begann ich nun.

„Ich will euch warnen", antwortete er.

„Warnen! Wovor?"

„Vor einer sehr großen Gefahr. Ihr seid meine Gäste, und daher ist es meine Pflicht, euch aufmerksam zu machen."

Sein Blick forschte ringsum und fiel auf die Leiter und auf das geöffnete Loch im Dach.

„Wo habt ihr eure Pferde?" fragte er.

„Drin in der Stube."

„In der Stube? Chodih, diese ist doch nur für Menschen gemacht!"

„Ein gutes Pferd ist dem Reisenden mehr wert als ein schlechter Mensch!"

„Der Besitzer dieses Hauses wird zornig sein, denn die Hufe der Tiere werden ihm seine Diele zerstampfen."

„Wir werden ihn entschädigen."

„Warum habt ihr die Leiter hereingenommen?"

„Sie gehört herein, da keine Treppe vorhanden ist."

„Habt ihr geschlafen?"

Ich bejahte und fragte weiter:

„Habt ihr Geräusche gehört?"

„Wir hörten draußen vor dem Haus Leute gehen, aber das können wir ihnen nicht verbieten. Doch wir hörten auch Leute in den Hof steigen, und das war uns nicht lieb. Der Hof ist unser. Wären unsere Pferde noch draußen gewesen, so hätten wir auf die Eindringlinge geschossen, da wir sie für Diebe hätten halten müssen."

„Pferde können nicht über die Mauer fortgeschafft werden, und du hast ja wohl auch den Hund im Hof, den ich heute bei dir gesehen habe."

Das war eine Wendung, auf die ich nicht einging.

„Das wissen auch wir, daß man die Pferde nicht über die Mauer bringt; aber man konnte sie hier durch den Flur führen."

„Man kann ja nicht herein!"

„Laß deine Gedanken etwas weiter reichen, Nezanum! Wenn man auf das Dach und von da hier herunter steigt, so kann man die Hof- und auch die Vordertür öffnen und alle Pferde entführen, zumal wenn man die Stubentür hier mit dem Riegel verschließt. Wir hätten dann drin gesteckt, ohne uns wehren zu können."

„Wer sollte auf das Dach steigen!"

„Oh, es hatte sich ja bereits ein Mann da oben versteckt und die Leiter mit emporgezogen. Das erweckte natürlich unsern Verdacht, und so haben wir die Pferde zu uns hereingenommen. Und wenn auch nun hundert auf das Dach steigen wollten, sie würden wohl hinauf, aber nicht in das Innere des Hauses kommen, und am Morgen würden ihre Leichen auf dem Dach liegen."

„Würdet ihr sie töten?"

„Nein, wir würden ruhig schlafen, denn wir wissen, daß wir uns auf meinen Hund, der oben ist, verlassen können."

„Aber ein Hund gehört doch nicht auf das Dach!"

„Ein Hund gehört überall dahin, wo es gilt, wachsam zu sein, und ich will dir sagen, daß die Hunde der Tschermaki des Nachts sehr gern auf den Dächern spazierengehen. Aber du wolltest uns ja warnen! Wovor? Du hast uns die Gefahr noch nicht genannt."

„Es wurde vorhin einem Bewohner des Dorfs seine Leiter gestohlen, und als er sie suchte, fand er sie an eurem Haus lehnen. Es standen einige fremde Leute dabei, die aber schnell entflohen. Da dachten wir, daß es Diebe seien, die in euer Haus eindringen wollten, und daher bin ich gekommen, um es euch zu sagen."

„Ich danke dir! Aber du kannst ruhig sein und wieder

gehen, und auch wir werden uns wieder niederlegen, denn der Hund wird keinen Dieb ins Haus kommen lassen."

„Aber wenn er einen Menschen tötet!"

„Einen einzelnen tötet er nicht; er hält ihn am Boden fest, bis ich komme. Aber wenn ein zweiter so unvorsichtig wäre, nachzusteigen, so wird er den ersten allerdings töten, um den zweiten packen zu können."

„Chodih, so ist bereits ein Unglück geschehen!"

„Inwiefern denn?"

„Es ist bereits ein zweiter emporgestiegen!"

„Weißt du das gewiß?"

„Ganz gewiß."

„O Nezanum, so bist du also dabeigewesen, als diese Diebe uns überfallen wollten! Was muß ich von dir und von eurer Gastfreundschaft denken!"

„Ich war nicht selber dabei, sondern man hat es mir gesagt."

„So ist jener dabeigewesen, der es dir sagte!"

„Nein, er hat es auch nur erst vernommen."

„Das bleibt sich gleich. Wer es zuerst gesagt hat, ist doch bei den Dieben gewesen. Aber was gehen mich diese an! Ich habe keinem Menschen erlaubt, auf mein Dach zu steigen, und wer es dennoch tut, der mag auch zusehen, wie er ohne mich wieder herunterkommt. Gute Nacht, Nezanum!"

„So willst du nicht nachsehen?"

„Ich habe keine Lust dazu!"

„Laß wenigstens mich hinauf!"

„Ich erlaube es dir, denn du bist kein Dieb und kommst erst zu mir, um mich darum zu fragen. Aber hüte dich vor dem Hund! Wenn er dich bemerkt, wird er dich fassen und vorher den andern totbeißen, falls schon einer oben ist."

„Ich habe Waffen!" meinte er.

„Er ist schneller als du, und töten darfst du ihn ja nicht,

denn du müßtest ein reicher Mann sein, um ihn mir bezahlen zu können!"

„Chodih, gehe mit hinauf! Ich bin der Nezanum, und meine Pflicht gebietet mir, nachzusehen."

„Wenn du deines Amtes zu walten hast, so werde ich dir diesen Gefallen erweisen. Komm herauf!"

Ich stieg voran, und er folgte. Droben angekommen, sah er sich um und bemerkte den Toten. Unten standen noch ebenso viele Leute, als ich vorhin gesehen hatte.

„Chodih, hier liegt einer!" rief er.

Ich trat hinzu. Er bückte sich und befühlte den Mann.

„Sere men[1], er ist tot! O Herr, was hat dein Hund getan!"

„Seine Pflicht. Klage nicht über ihn, sondern lobe ihn. Dieser Mann hat wohl den Besitzer dieses Hauses überfallen wollen und nicht geahnt, daß heute Leute hier wohnen, die sich von keinem Dieb oder Mörder überfallen lassen."

„Aber wo ist der Hund?" fragte er. Ich wies auf die Stelle, und er rief aus:

„O Chodih, es liegt einer unter ihm! Rufe den Hund weg!"

„Ich werde mich wohl hüten; aber sage diesem Mann, daß er sich ja nicht rühren und kein Wort sprechen soll, sonst ist er verloren."

„Du kannst ihn doch nicht während der ganzen Nacht hier liegen lassen!"

„Die Leiche werde ich dir übergeben; aber dieser Lebende bleibt mein."

„Warum soll er hier bleiben?"

„Wenn noch jemand wagt, dieses Haus oder diesen Hof zu betreten, so wird er von dem Hund zerrissen. Dieser Mann bleibt als Geisel hier."

„Und ich verlange ihn!" sagte der Nezanum barsch.

„Und ich behalte ihn!" lautete meine Antwort.

[1] „Bei meinem Haupt"

„Ich bin Nezanum und gebiete es dir!"

„Laß das Gebieten bleiben! Willst du die Leiche mitnehmen oder nicht?"

„Ich nehme beide, den Toten und den Lebendigen!"

„Ich will nicht grausam sein, sondern dir versprechen, daß dieser Mann nicht in dieser unbequemen Lage bleiben soll. Ich werde ihn mit herunter in die Stube nehmen. Aber jeder Angriff gegen uns würde seinen Tod zur Folge haben!"

Er legte die Hand auf meinen Arm und sagte ernst:

„Schon dieser eine hier, den der Hund erwürgt hat, fordert euern Tod. Oder kennen die Tschermaki die Blutrache nicht?"

„Was redest du von Blutrache? Ein Hund hat einen Dieb erbissen. Das ist kein Fall, der die Blutrache herausfordert!"

„Er fordert sie, denn Blut ist geflossen, und euer Tier hat es vergossen."

„Und wenn es so wäre, so geht es dich nichts an. Du hast selbst zu mir gesagt, daß diese Diebe Fremdlinge sind."

„Es geht mich sehr viel an, denn das Blut ist in meinem Dorf geflossen, und die Anverwandten des Toten werden die Rechenschaft auch von mir und von allen meinen Leuten fordern. Gib beide heraus!"

„Nur den Toten!"

„Schweig!" rief er nun laut, während wir bisher ziemlich leise gesprochen hatten. „Ich befehle es dir abermals. Und wenn du nicht gehorchst, so werde ich mir Gehorsam zu verschaffen wissen!"

„Wie wirst du das machen?"

„Die Leiter liegt noch am Haus. Ich laß meine Leute heraufkommen; sie werden dich wohl zwingen!"

„Du vergißt dabei die Hauptsache: Unten befinden sich vier Männer, die sich vor keinem Menschen fürchten, und hier oben bin ich mit meinem Hund."

„Auch ich bin oben!“

„Du würdest sofort unten sein. Paß auf!“

Ehe er es vermuten konnte, faßte ich ihn unter dem rechten Arm und beim linken Oberschenkel und hob ihn empor.

„Chodih!“ brüllte er.

Ich ließ ihn wieder nieder.

„Was hätte mich gehindert, dich hinabzuwerfen? Nun gehe und sage deinen Männern, was du gehört hast!“

„Du gibst diesen Mann nicht heraus?“

„Einstweilen noch nicht!“

„So behalte auch den Toten. Du wirst ihn bezahlen müssen!“

Er stieg nicht wieder in das Innere des Hauses, sondern gleich an der Leiter herab, die an der Außenseite lehnte.

„Und sage deinen Leuten“, rief ich ihm noch zu, „daß sie fortgehen und diese Leiter mitnehmen sollen. Ich wünsche, dieses Haus freizuhaben, und werde jedem, der vor demselben stehenbleibt, eine Kugel senden.

Er hatte die Erde erreicht und sprach leise mit den Männern. Ebenso leise wurde ihm geantwortet. Ich konnte kein Wort verstehen. Aber nach einiger Zeit wurde die Leiter weggenommen, und die Versammlung zerstreute sich.

4. Der Blutpreis

Erst jetzt rief ich dem Hund zu. Er ließ von dem Mann ab, trat aber nur einen Schritt von ihm weg.

„Steh auf!“ sagte ich zu dem Kurden.

Dieser erhob sich schwerfällig und holte tief Atem. Er war sehr schmächtig von Gestalt, und seine Stimme hatte einen jugendlichen Klang, als er rief: „Chodeh!“[1] Er sprach nur dieses eine Wort aus, aber es klang daraus die ganze Fülle der ausgestandenen Todesangst.

„Hast du Waffen bei dir?“

„Ich habe nur diesen Dolch.“

Ich trat zur Sicherheit einen Schritt zurück.

„Leg ihn zu Boden und geh zwei Schritte von der Stelle weg!“

Er tat es, und ich hob den Dolch auf und steckte ihn zu mir.

„Jetzt komm herunter!“

Der Hund blieb oben, und wir stiegen hinab, wo die andern meiner warteten. Ich erzählte ihnen nun, was sich oben zugetragen hatte. Der Engländer betrachtete sich den Gefangenen, der höchstens im Anfang der zwanziger Jahre stehen konnte, und sagte dann:

„Master, dieser Kerl sieht sehr ähnlich! Dem Alten! Yes!“

Jetzt fand ich dies auch; vorher hatte ich es nicht bemerkt.

„Wahrhaftig! Sollte es sein Sohn sein?“

„Sicher! Sehr sicher! – Fragt ihn, den Schlingel!“

Verhielt es sich so, dann war allerdings die Sorge des

[1] „O Gott!“

Nezanum um diesen Menschen sehr begründet; aber dann lag auch ein ganz außerordentlicher Bruch der Gastfreundschaft vor.

„Wer bist du?“ fragte ich den Gefangenen.

„Ein Kurde“, antwortete er.

„Aus welchem Ort?“

„Aus Mia.“

„Du lügst!“

„Herr, ich sage die Wahrheit!“

„Du bist aus diesem Dorf!“

Er zögerte nur einen Augenblick, aber es war genug, um mir zu verraten, daß ich recht hatte.

„Ich bin aus Mia!“ wiederholte er.

„Was tust du hier so weit von deiner Heimat?“

„Ich bin als Bote des Nezanum von Mia hier.“

„Ich glaube, du kennst den Nezanum von Mia nicht so gut wie den hiesigen, denn du bist der Sohn des letzteren!“

Jetzt erschrak er förmlich, obgleich er sich Mühe gab, dies nicht merken zu lassen.

„Wer hat dir diese Lüge gesagt?“ fragte er.

„Ich lasse mich nicht belügen - weder von dir noch von anderen. Ich werde bereits in der Frühe wissen, wer du bist, und dann gibt es keine Gnade, falls du mich belogen hast!“

Er blickte verlegen vor sich nieder. Ich mußte ihm zu Hilfe kommen.

„Wie du dich verhältst, so wirst du behandelt. Bist du aufrichtig, so will ich dir verzeihen, weil du zu jung warst, um dir alles vorher zu überlegen. Verharrst du aber in deiner Verstocktheit, so gibt es keine andere Gesellschaft für dich als meinen Hund!“

„Chodih, du wirst es doch erfahren“, antwortete er nun. „Ja, ich bin der Sohn des Nezanum.“

„Was suchtet ihr in diesem Haus?“ fuhr ich in dem Verhör fort.

„Die Pferde!“

„Wie wolltest ihr sie fortbringen?“

„Wir hätten euch eingeriegelt und die beiden Türen geöffnet; dann wären die Pferde unser gewesen.“

Dieses Geständnis war gar nicht genug beschämend für ihn, denn bei den Kurden gilt der Pferdediebstahl ebenso wie der offene räuberische Überfall für eine ritterliche Tat.

„Wer ist der Tote, der oben liegt?“

„Der Besitzer dieses Hauses.“

„Sehr klug! Er mußte vorangehen, weil er die Schliche am besten kannte. Aber warum bist grad du ihm gefolgt? Es waren doch noch andere und stärkere Männer vorhanden!“

„Der Hengst, den du rittest, Chodih, sollte meinem Vater gehören, und ich mußte dafür sorgen, daß kein anderer ihm beim Zügel ergriff; denn wer ein Pferd zuerst ergreift, hat das Recht darauf.“

„Also dein Vater hat selbst den Diebstahl anbefohlen? Dein Vater, der mir die Gastfreundschaft zusagte!“

„Er hat sie dir zugesagt, aber ihr seid dennoch nicht unsere Gäste.“

„Warum nicht?“ fragte ich verwundert.

„Ihr wohnt allein in diesem Haus. Wo habt ihr den Wirt, dessen Gast ihr seid? Hättet ihr verlangt, daß der Besitzer dieser Wohnung in derselben bleiben solle, so wärt ihr unsere Gäste gewesen.“

Hier bekam ich eine Lehre, die mir später nützlich sein konnte.

„Aber dein Vater hat mir ja Sicherheit versprochen und gelobt!“

„Er braucht sein Versprechen nicht zu halten, da ihr nicht unsere Gäste seid.“

„Mein Hund hat den Wirt getötet. Ist dies bei euch ein Grund zur Blutrache?“

Er bejahte es, und ich examinierte weiter:

„Wer ist der Rächer?"

„Der Tote hat einen Sohn hier."

„Ich bin mit dir zufrieden. Du kannst nach Hause gehen!"

„Chodih", rief er freudig erstaunt, „ist dies dein Ernst?"

„Ja. Ich habe dir gesagt, daß du behandelt werden sollst, ganz so, wie du dich verhältst. Du bist aufrichtig gewesen, und so sollst du deine Freiheit haben. Sage deinem Vater, daß die Tschermaki sehr friedliche Leute sind, die zwar keinem Menschen nach dem Leben trachten, aber sich auch, wenn man sie beleidigt oder gar angreift, gehörig zu verteidigen wissen. Daß der Wirt gestorben ist, das tut mir leid, aber er selbst trägt die Schuld daran, und ich werde den Rächer seines Blutes nicht fürchten."

„Du könntest ihm ja den Preis bezahlen. Ich will mit ihm reden."

„Ich bezahle nichts. Hätte der Mann uns nicht berauben wollen, so wäre ihm nichts Übles geschehen."

„Aber Herr, man wird euch töten, einen wie den anderen, sobald der Tag anbricht!"

„Obschon ich dir die Freiheit und das Leben geschenkt habe?"

„Ja, dennoch! Du bist gut gegen mich, und darum will ich dich warnen. Man will eure Pferde, eure Waffen und auch euer Geld haben, und so wird man euch nicht erlauben, das Dorf zu verlassen, bis ihr dies alles hergegeben habt. Und außerdem wird der Rächer noch dein Blut verlangen."

„Man wird weder unser Geld noch unsere Waffen und Pferde erhalten, und mein Leben steht in der Hand Gottes, aber nicht in der Hand eines Kurden. Ihr habt unsere Waffen gesehen, als ich nach einem Baum und einem Zweig schoß; ihr werdet ihre volle Wirkung kennenlernen - erst dann, wenn wir auf Menschen zielen."

„Chodih, eure Waffen werden uns nichts tun, denn

wir werden uns in die beiden Häuser legen, die hier gegenüber stehen, und können euch durch die Fenster niederschießen, ohne daß ihr uns zu sehen bekommt."

„Also eine Belagerung!" bemerkte ich. „Sie wird nicht lange dauern."

„Das wissen wir. Ihr habt nichts zu essen und zu trinken und müßt doch endlich geben, was wir verlangen", meinte der junge Kurde.

„Das fragt sich sehr! Sag deinem Vater, daß wir Freunde des Bei von Gumri sind."

„Darauf wird er nicht hören. Ein Pferd ist mehr wert als die Freundschaft eines Bei."

„So sind wir fertig. Du kannst gehen; hier ist dein Dolch!"

„Chodih, wir werden euch die Pferde und alles andere nehmen, aber wir werden euch als wackere und gute Männer ehren!"

Das war so naiv, wie nur ein Kurde sein kann. Ich ließ ihn zur Tür hinaus, während sich hinter mir laute Stimmen erhoben.

„Master", rief Lindsay, „ihr laßt ihn frei?"

„Weil es besser für uns ist."

„So erzählt doch! Was sagte er? Muß alles wissen! Yes!"

Ich berichtete mein ganzes Gespräch mit dem Kurden, und die Nachricht, daß der Nezanum es sei, dem wir den Überfall zu verdanken hatten, brachte mir eine Flut der kräftigsten Ausdrücke zu Gehör.

„Und du hast diesen Dieb freigelassen, Emir!" sagte Mohammed Emin vorwurfsvoll. „Aber warum?"

„Zunächst aus Teilnahme für ihn, sodann aber auch aus Berechnung. Behalten wir ihn hier, so ist er uns hinderlich, und wir müssen ihn speisen, während wir selbst Mangel haben. Nun aber ist er voll von Dankbarkeit gegen uns und wird eher zur Sühne als zum Streit raten. Wir wissen nicht, was vorkommen kann, und werden nur dann sicher sein und ohne Erschwerung handeln können, wenn wir unter uns allein sind."

Diese Ansicht erhielt die Zustimmung aller. Von Schlaf war ohnehin keine Rede mehr, und so beschlossen wir, auf unserer Hut zu sein.

Da stieß mich Halef am Arm und sagte:

„Sihdi, da hast du doch nun Zeit, an das Geschenk zu denken, das mir der Mann in Amadijah für dich gegeben hat."

Ja richtig, an das Etui hatte ich ja gar nicht mehr gedacht.

„Bring es her!"

Ich öffnete und konnte einen Ruf der Bewunderung nicht unterdrücken. Das Etui war von sehr schöner, sauberer Arbeit, aber was war es im Vergleich zu seinem Inhalt! Ein persisches Kaliuhn[1] zum Tabakrauchen beim Reiten befand sich darin. Es war eine teure Pfeife, um deren Besitz mich sogar der Engländer beneiden wollte. Schade, daß ich sie nicht gleich anrauchen konnte, da wir nur einige Schlucke Wasser hatten!

„Gab er dir auch etwas, Halef?" fragte ich den Diener.

„Ja, Sihdi. Fünf goldene Medschidje. Sihdi, es ist doch manchmal gut, daß Allah auch tolle Kirschen wachsen läßt, wie du jene Beere nennst. Allah illa Allah! Er weiß am besten, was er tut!" –

Als der Tag zu grauen begann, begaben wir uns auf das Dach, von wo aus wir den größten Teil des Dorfs überblicken konnten. Wir sahen nur in der Ferne einige Männer stehen, die unser Haus zu beobachten schienen; in der Nähe aber regte sich niemand. Nach kurzer Zeit tat sich jedoch die Tür eines der gegenüberliegenden Häuser auf, und es traten zwei Männer hervor, die zu uns herüberkamen. Auf der Mitte des Weges blieben sie stehen.

„Werdet ihr schießen?" fragte der eine.

„Nein. Ihr habt uns ja noch nichts getan", antwortete ich.

[1] Wasserpfeife

„Wir sind ohne Waffen. Dürfen wir den Toten holen?"
„Kommt herauf!"
Halef stieg hinab, um die Tür zu öffnen, und die beiden Kurden kamen auf das Dach.
„Seid ihr verwandt mit dem Toten?" redete ich sie an.
„Nein. Wenn wir Verwandte desselben wären, kämen wir nicht herauf zu dir, Chodih."
„Warum nicht?"
„Wir könnten ihn besser rächen, wenn du uns nicht kennst"
Wieder eine Lehre, die mir bewies, wieviel ein Mensch zu lernen hat.
„Schafft ihn fort!" sagte ich.
„Wir haben dir zuvor eine Botschaft von dem Nezanum auszurichten."
„Was läßt er uns sagen?"
„Er sendet dir seinen Dank, daß du ihm den Sohn geschickt hast, der doch in deinen Händen war."
„Ist dies alles?"
„Sodann fordert er von euch die Pferde, die Waffen und alles Geld, das ihr bei euch habt. Dann sollt ihr in Frieden ziehen dürfen. Eure Kleider hat er nicht verlangt, weil du barmherzig gegen seinen Sohn gewesen bist."
„Sagt ihm, daß er nichts bekommen wird."
„Du wirst es dir anders überlegen, Chodih! Aber wir haben dir auch noch eine andere Botschaft zu bringen."
„Von wem?"
„Vom Sohn dieses Toten."
„Was läßt er mir sagen?"
„Du sollst ihm dein Leben geben."
„Ich will es ihm geben."
„Herr, ist dies wahr?" fragte der Mann erstaunt.
„Ja. Sag ihm, er soll zu mir kommen und es sich mitnehmen!"
„Herr, du scherzt in einer ernsten Sache. Wir haben den Auftrag, dein Leben oder den Blutpreis zu fordern."

„Wieviel verlangt er?"

„Vier solche Gewehre, wie du hast, mit denen man immerfort schießen kann, und fünf solche kleinen Pistolen, aus der du sechs Schüsse tatest. Sodann drei Pferde und zwei Maultiere."

„Ich habe diese Sachen nicht!"

„So schickst du nach ihnen und bleibst so lange hier bis sie kommen."

„Ich gebe nichts!"

„So wirst du sterben müssen. Siehst du den Gewehrlauf dort aus dem Fenster ragen? Das ist sein Gewehr. Von dem Augenblick an, da ich ihm deine Antwort bringe, wird er auf dich schießen."

„Er mag es tun."

„Und ihr wollt auch das andere nicht geben?"

„Nein. Holt euch selbst unsere Habe!"

„So mag der Kampf beginnen!"

Sie hoben ihren Toten auf und trugen ihn auf der Leiter hinab und zum Haus hinaus. Wir verriegelten hinter uns die Tür. Natürlich mußte ich den Gefährten die Forderung der beiden Abgesandten verdolmetschen. Die Araber waren sehr ernst; sie kannten die Tücken und Grausamkeiten der Blutrache zu genau; aber der Engländer schnitt ein vergnügtes Gesicht.

„Oh, herrlich! Belagerung! Bombardement! Bresche schießen! Sturm laufen! Well! Werden es aber nicht tun!"

„Sie werden es tun, Master Lindsay; sie werden uns bombardieren und auf uns schießen, sobald wir uns sehen lassen, denn..."

Als augenblickliche Bestätigung meiner Worte fiel ein Schuß, noch einer, drei vier – und dazu hörten wir Dojan laut auf dem Dach bellen. Ich eilte zur Leiter empor und steckte den Kopf vorsichtig aus der Bodenöffnung heraus. Es bot sich mir ein spaßhafter Anblick. Man schoß aus den beiden Häusern da drüben auf den Hund. Dieser merkte das und bellte die an ihm vorüberfliegenden

Kugeln an. Ich rief ihn zu mir her, nahm ihn auf die Arme und trug ihn hinab.

„Seht Ihr's, Master, daß ich recht habe? Sie schossen bereits auf den Hund."

„Well! Werde probieren, ob auch auf Menschen!"

Er öffnete die Tür des Hauses und trat zwei Schritte vor dasselbe hinaus.

„Was fällt euch ein, Sir! Wollt Ihr gleich hereinkommen?"

„Pshaw! Haben schlechtes Pulver. Hätten sonst den Hund getroffen!"

Drüben krachte ein Schuß, und die Kugel flog in die Mauer. Lindsay sah sich um und deutete mit dem Zeigefinger auf das Loch, das sie gebohrt hatte, um dem Schützen zu zeigen, daß er auf beinahe vier Ellen weit gefehlt habe. Eine zweite Kugel hätte ihn beinahe getroffen; da trat ich hinaus, faßte ihn und schob ihn hinein. Nun erscholl drüben ein lauter Schrei; ein dritter Schuß krachte, und die Kugel traf ganz in der Nähe meiner Achsel an die Kante der Tür. Das war sicher des Toten Sohn gewesen, der mir durch seinen Ruf andeuten wollte, daß die Kugel aus dem Gewehr des Bluträchers komme. Es war also nun wirklich Ernst geworden.

„Sihdi", meinte Halef, „schießen wir nicht auch?"

„Jetzt noch nicht."

„Warum jetzt nicht? Wir schießen besser als sie, und wenn wir auf ihre Fenster zielen, so werden sie sich sehr in acht zu nehmen haben."

„Das weiß ich. Aber wir wollen zunächst sehen, ob wir ihnen nicht entrinnen können, ohne einen von ihnen töten zu müssen. Es ist genug an dem Erbissenen."

„Wie wollen wir entrinnen? Sobald wir mit den Pferden vor die Tür kommen, werden wir Kugeln erhalten."

„Aber diese Leute wollen ja die Pferde haben und werden diese also nicht treffen wollen. Wenn wir uns hinter die Tiere verstecken, schießen sie vielleicht nicht"

„O Sihdi, ehe sie uns mit den Pferden entkommen lassen, werden sie dieselben lieber töten!“

Das war allerdings wahr. Ich sann und sann, um ein Mittel zu finden, uns ohne Blutvergießen aus dieser fatalen Lage zu befreien; vergeblich! Da erbarmte sich der Engländer meiner.

„Worüber nachdenken, Sir?“

Ich sagte es ihm.

„Warum sollen wir nicht schießen, wenn sie schießen? Dann sind einige kurdische Diebe weniger! Was weiter? Könnten fortkommen, ganz gut! Ohne einen Schuß! - Hm! Geht aber nicht!“

„Warum nicht?“

„Blamieren uns! Würde aussehen wie Flucht! Wäre skandalös!“

„Das kann uns gleichgültig sein. Ihr wißt, Sir, daß ich mich gewiß nicht zu etwas entscheiden werde, was uns in Wirklichkeit blamiert. Also sagt mir Euren Plan.“

„Müssen erst wissen, ob wir auch von hinten belagert werden.“

„Da gibt es kein Gebäude.“

„Aber vom Feld aus!“

„Nun weiter!“

„Könnten ja ein Loch in die Mauer machen!“

„Ah, wirklich; das ist kein übler Gedanke!“

„Well! Sehr gut! Ausgezeichnet! Kommt von Master Lindsay! Yes!“

„Aber die Werkzeuge fehlen uns!“

„Habe ja meine Hacke!“

Allerdings hatte er sein ‚Häcklein‘ stets am Sattel mit sich geführt; das Ding aber paßte wohl, um das Loch für eine Pflanze in ein Gartenbeet zu machen, nicht aber, um eine Mauer einzureißen.

„Diese Hacke ist zu schwach, Sir. Vielleicht ist im Hof ein Werkzeug zu finden. Kommt heraus!“

Ich teilte den anderen den Plan des Engländers mit,

und sie begleiteten uns. Ich stieg auf die Mauer und sah, daß man dieser Seite des Hauses gar keine Beachtung geschenkt hatte, denn nirgends war ein Mensch zu sehen. Die Kurden nahmen jedenfalls an, daß wir der Pferde wegen das Haus nur durch den vorderen Eingang verlassen könnten, und daß sie infolgedessen nur diesen zu blockieren brauchten, um uns in der Falle zu haben.

„Hier!" hörte ich Lindsay rufen. „Hier ist etwas, Sir!"

Das Ding, das er triumphierend in die Höhe hob, glich einem an seiner Spitze mit Eisen beschlagenen Hebebaum und war ganz geeignet, in ein Stück der alten Mauer eine Bresche zu schlagen.

„Das geht! Nun haben wir dafür zu sorgen, daß wir ungestört arbeiten können und bei den Schützen da drüben keinen Verdacht erwecken. Halef mag die Pferde in den Hof schaffen; Amad legt sich auf das Dach, um Wache zu halten, damit niemand bemerkt, was wir hier tun. Ich und Lindsay werfen die Mauer um, und Mohammed mag zuweilen durch das Fenster einen Schuß abgeben, damit sie denken, daß wir uns alle in der Stube befinden. Gelingt es uns, auf diese Weise hinauszukommen, so brauchen wir doch darum noch keine ehrlose Flucht zu ergreifen, sondern reiten in Parade an ihnen vorüber. Sie werden vor Erstaunen ganz sicher das Schießen vergessen."

Diese Arbeitseinteilung bewährte sich ganz vortrefflich. Halef beschäftigte sich mit den Pferden, der Haddedihn hielt in aller Gemütsruhe seine Schießübungen, und der Engländer bohrte energisch an der Mauer herum. Es galt dabei, das Zerstören der Mauer nicht oben, wo es sehr leicht geworden wäre, zu beginnen, denn das hätte uns verraten können. Wir mußten von innen und unten arbeiten, damit man unsere Absicht erst dann bemerken konnte, wenn einige kräftige Stöße genügten, das Werk zu vollenden.

Endlich hatten wir den ersten großen Stein heraus,

und nun folgten die anderen Steine bald nach. Als wir fast zu Ende waren, wurden die beiden Haddedihn gerufen. Ein jeder stellte sich an sein Pferd. Master Lindsay ergriff den Hebebaum zum letzten Stoß.

„Jetzt alles umrennen! Yes!"

Er nahm einen Anlauf, stürzte vorwärts und prallte mit solcher Wucht an die Mauer, daß er niederstürzte; aber die letzten Steine prasselten auch zu Boden. Nun wurde in dem Schutt noch ein wenig Bahn gebrochen, dann stiegen wir auf die Pferde. Ein tüchtiger Satz brachte uns über das Geröll hinweg und durch die Bresche hinaus ins Freie. Die Not war zu Ende, noch ehe sie begonnen hatte, und wir verließen eine Herberge, ohne die Rechnung begleichen zu müssen.

„Wohin jetzt?" fragte Lindsay.

„Im langsamen Trab um die Ecke des Hauses herum und dann im Schritt durch das Dorf. Reitet ihr voran!"

Er tat es. Ihm folgten die drei Araber, und ich machte den Schluß. Wir kamen zwischen unserer verlassenen Wohnung und den beiden Häusern, aus denen man auf uns geschossen hatte, hindurch, und meine Voraussetzung traf wirklich ein: Es fiel kein einziger Schuß auf uns. Aber wir waren noch gar nicht weit gekommen, so erhoben sich hinter uns laute Rufe. Jetzt gaben wir den Pferden die Sporen und jagten zum Dorf hinaus.

Hier sahen wir, daß die sämtlichen Pferde des Dorfs sich auf der Weide befanden. Sie grasten in ziemlicher Entfernung vom Dorf, so daß wir hoffentlich einen guten Vorsprung gewannen, ehe sie von ihren Reitern bestiegen werden konnten.

Der Weg ging durch ebenes, aber wohl bewässertes Land, das uns Gelegenheit gab, die Schnelligkeit unserer Pferde vollständig zur Entfaltung zu bringen; nur nicht in Beziehung auf meinen Rappen, der verlangend in die Zügel knirschte und doch gezügelt wurde, weil sonst die andern weit zurückgeblieben wären.

Endlich bemerkten wir hinter uns eine breite Linie von Reitern, die uns verfolgten.

Mohammed Emin warf jetzt einen besorgten Blick auf das Pferd, das sein Sohn ritt, und sagte:

„Wenn wir dieses Pferd nicht hätten, so würden sie uns wohl nicht erreichen."

Er hatte recht. Es war das beste Pferd, das in Amadijah überhaupt zu bekommen gewesen, und dennoch hatte es einen harten Gang und eine so mühsame Atmung, daß es bei einem langen Schnellritt sicherlich sehr bald zusammengebrochen wäre.

„Sihdi", fragte Halef, „du willst keinen Kurden töten?"

„Solange es zu vermeiden ist, nein."

„Aber auf ihre Pferde können wir doch wohl schießen?"

„Es wird uns nichts anderes übrigbleiben."

Er nahm seine lange, arabische Flinte von der Schulter und sah nach dem Schloß. Auf fünfhundert Schritt Entfernung hatte er mit diesem Gewehr sein Ziel noch nie verfehlt, und meine Büchse trug noch weiter.

Die Verfolger kamen uns immer näher. Ihr lautes Geschrei klang ganz anders als jenes, das man bei einer Fantasia, einem Dscheridwerfen, einem Scheingefecht zu hören bekommt: Sie machten Ernst. Einer ritt allen anderen voran. Sie näherten sich auf vielleicht fünfhundertfünzig Schritte; er aber jagte näher, hielt sein Roß an, zielte und schoß. Dieser Mann besaß eine gute Flinte. Wir sahen ganz in der Nähe von einem Stein, den die Kugel getroffen hatte, einige Splitter abfliegen. Es war ein noch junger Kurde, vielleicht der Bluträcher.

„Well!" meinte der Engländer, indem er seine Büchse nahm und das Pferd herumwandte. „Geh herunter, Boy!"

Er legte an und drückte ab. Das Pferd des Kurden tat einen Satz, taumelte und brach zusammen.

„Kann nach Hause gehen! Yes!"

Diesem kaltblütigen, sicheren Schuß folgte ein lautes

Schreien der Kurden. Sie hielten an und sprachen miteinander, folgten uns aber alsbald wieder nach. In kurzer Zeit erreichten wir einen breiten Bach, über den es keine Brücke gab. Er war reißend und tief, so daß wir eine Stelle suchen mußten, an welcher der Übergang sich am besten bewerkstelligen ließ. Dies gab uns natürlich Blößen. Die Kurden hielten. Einige von ihnen aber ritten etwas vor, saßen ab und stellten sich hinter ihre Pferde. Wir sahen, daß sie die Läufe ihrer Flinten über die Rükken ihrer Pferde legten.

Schnell waren wir auch von unseren Tieren und taten dasselbe. Einen Augenblick nach ihren Schüssen - nur ich schoß noch nicht - krachten auch die unsrigen, die zeigten, daß wir die besseren Schießeisen besaßen. Von unseren vier Schüssen erreichten drei ihr Ziel, während nur eine einzige Kurdenkugel das Pferd des Engländers am Schwanz gestreift hatte. Lindsay schüttelte den Kopf.

„Haben schlechte Begriffe!“ meinte er. „Miserable Begriffe! Wollen ein Pferd von hinten erschießen! Kann nur Kurden passieren!“

„Sucht eine Furt!“ riet ich nun. „Halef und ich werden die Kerle in Respekt halten!“

Die Besitzer der getroffenen Pferde waren eilig zu den Ihrigen zurückgekehrt. Zwei aber hielten noch stand. Ich sah, daß sie wieder luden.

„Sihdi, schieße nicht“, bat Halef. „Laß mir allein die Ehre!“

„Gut so!“

Er lud seinen abgeschossenen Flintenlauf wieder und legte an. Gleichzeitig mit ihren Schüssen ließ er es auch zweimal hintereinander krachen. Der kleine Hadschi hatte ganz gut getroffen. Eines der Pferde brach an Ort und Stelle zusammen - er hatte es wohl durch den Kopf geschossen - und das andere sprang wiehernd in langen Sätzen über die Ebene dahin. Von den Kugeln der beiden Kurden hatten wir nichts gespürt.

„Wenn das so fortgeht, Sihdi", lachte Halef, „so haben sie sehr bald keine Pferde mehr und tragen das Sattelzeug selbst nach Hause. Siehst du, wie sie zurücklaufen zu den andern? Sag diesen doch, daß auch sie sich zu nahe herangewagt haben!"

„Eine Warnung sollen sie allerdings haben."

Sie hielten wieder beisammen, und einige Schritte vor ihnen befand sich der Nezanum, der eifrig mit ihnen sprach. Sie hatten wohl noch kein Gewehr gekannt, dessen Kugel eine solche Strecke wie die zwischen uns liegende zu durchfliegen vermochte, und hielten sich also für vollständig sicher. Sie sahen daher auch erstaunt nach mir, als ich hinter meinem Pferd hervortrat und die Büchse anlegte. Ein Knall - und im nächsten Moment lag der Nezanum am Boden, und sein Pferd wälzte sich über ihm. Ich zielte etwas weiter nach rechts und traf auch das nächste Pferd. Die Kurden jagten nun mit einem lauten Geschrei weit zurück, und die pferdelosen Reiter sprangen unter Verwünschungen hinter ihnen drein. Diese Leute hatten von gestern her zuviel Respekt vor unseren Waffen, sonst wären wir doch verloren gewesen.

Jetzt ließen sie uns Muße, eine Furt zu suchen, die wir auch bald fanden. Wir gingen über den Bach und eilten dann so schnell vorwärts, wie das Pferd Amads laufen konnte.

Das Tal von Berwari wird durch viele Flüßchen bewässert, die vom Gebirge herabströmen und sich mit einem Arm des Khabur vereinigen, der in den großen Zab mündet. Diese Wasserläufe sind mit Gebüsch umsäumt und die zwischen ihnen liegenden Ebenen von zahlreichen Eichen, Pappeln und anderen Laubbäumen bestanden. Bewohnt wird das Tal teils von Berwari-Kurden, teils von nestorianischen Christen, doch sind die Dörfer der letzteren meist verlassen.

Wir hatten die Verfolger aus dem Gesicht verloren und kamen zu einigen Dörfern, die wir aber in einem möglichst weiten Bogen umritten, da wir nicht wissen konnten, wie man uns begegnen werde. Einige einzelne Männer, die im Freien beschäftigt waren, bemerkten uns aber doch. Wir ritten rasch weiter.

Leider kannten wir den Weg nicht genau, den wir einzuschlagen hatten. Ich wußte nur, daß Gumri im Norden liege; dies war die einzige Kenntnis, die uns als Führer dienen konnte. Die vielen Wasserläufe, die wir passierten, hielten uns auf und nötigten uns zu manchem Umweg. Endlich gelangten wir an ein Dorf, das nur aus einigen Häusern bestand. Es war nicht gut zu umreiten, weil es auf der einen Seite an das tiefe Bett eines Bachs und auf der anderen Seite an ein ziemlich dichtes Gehölz stieß. Das Dorf schien ganz verödet zu sein, und wir ritten völlig unbesorgt darauf los.

Schon waren wir an dem ersten Haus vorbei, da krachten Schüsse. Sie kamen aus den Fensteröffnungen der Häuser.

„Zounds!" rief der Engländer und griff sich an den linken Oberarm.

Eine Kugel hatte ihn getroffen. Ich selbst lag am Boden, und mein Pferd rannte im Galopp davon. Ich stand auf und eilte ihm nach und kam glücklich zum Dorf hinaus, obgleich auch aus den anderen Häusern mehrere Schüsse auf mich fielen. Eine Blutspur zeigte mir, daß mein Rappe verwundet worden war. Da dachte ich nicht mehr an die Gefährten; ohne umzublicken, rannte ich vorwärts und fand das Pferd am Rand jenes Gehölzes, wo es stehengeblieben war. Die Kugel hatte es hart hinter dem Genick am oberen Hals gestreift und eine zwar nicht gefährliche, aber doch schmerzhafte Wunde gerissen. Ich war noch mit der Untersuchung derselben beschäftigt, als die Gefährten mich erreichten. Sie hatten einige unnütze Kugeln verschossen und waren mir dann gefolgt, ohne weiteren Schaden zu erleiden. Der Engländer blutete am Oberarm.

„Ist's gefährlich, Sir?“ fragte ich ihn.

„Nein. Ging nur ins Fleisch. Wißt Ihr, wer es war? Der Nezanum!“

„Nicht möglich!“

„Schoß vom Dach herab. Habe ihn deutlich gesehen!“

„So haben sie uns den Weg abgeschnitten und uns in diesem verlassenen Dorf einen Hinterhalt gelegt. Ein Glück für uns, daß sie sich nicht alle auf die Dächer postierten! Wir wären verloren gewesen. Aus den Fensterspalten aber kann man auf Vorüberreitende keinen sicheren Schuß haben.“

„Seid schön heruntergeflogen, Master!“ neckte er mich. „War sehr interessant, als man Euch dem Gaul nachlaufen sah! Yes!“

„Ich gönne Euch diese Freude, Sir. Doch vorwärts jetzt!“

„Vorwärts? Ich denke, wir müssen ihnen vorher unseren Dank abstatten!“

„Damit würden wir uns in neue Gefahr begeben, und übrigens ist es notwendig, Euch zu verbinden, und dies muß doch nicht hier in so unmittelbarer Nähe des Feindes geschehen!“

„Well! So kommt!“

Der kleine Hadschi Halef Omar war damit nicht einverstanden.

„Sihdi“, meinte er, „wollen wir diesen Kurden nicht eine Lehre geben und es ihnen unmöglich machen, uns weiter zu verfolgen?“

„Wie willst du dies tun?“

„Wo glaubst du, daß sie ihre Pferde haben?“

„Einige davon vielleicht in den Häusern, die anderen aber ganz sicher außerhalb des Dorfs in irgendeinem Versteck.“

„So laß uns dieses Versteck suchen und ihnen die Tiere wegnehmen! Schwer wird dies nicht sein; sie getrauen sich im offenen Feld sicher nicht an uns heran und haben wohl auch keine zahlreiche Bewachung bei den Pferden gelassen."

„Willst du ein Pferdedieb werden, Halef?"

„Nein, Sihdi. Aber willst du das, was ich dir vorschlage, einen Diebstahl nennen?"

„In diesem Fall der Notwehr wohl nicht; doch wäre es wenigstens sehr unvorsichtig gehandelt. Wir würden Zeit brauchen, um das Versteck zu finden, und müßten vielleicht mit den Wächtern kämpfen, was ganz unnötig ist, da wir Gumri bald erreichen werden und uns alsdann in Sicherheit befinden."

Wir setzten also unseren Ritt fort und bemerkten nach einiger Zeit, daß die Kurden uns wieder folgten. Sie hielten sich so weit von uns entfernt, daß wir uns in vollständiger und gegenseitiger Sicherheit befanden. Später verloren wir sie an einer Krümmung aus dem Auge und erblickten sie dann wieder vor uns. Sie hatten uns umritten, um uns entweder abermals den Weg zu verlegen, oder um uns in Gumri zuvorzukommen. Wir bemerkten sehr bald, daß letzteres beabsichtigt sein müsse, denn vor uns stiegen nun, allerdings in noch weiter Entfernung, die Umrisse des isolierten Felsens empor, auf dem Kalah Gumri liegt. Dieses ist eigentlich nur ein schwaches, aus Lehm erbautes Fort, mit dem einige wenige Geschütze leicht fertig werden können; es wird aber von den Kurden für eine sehr starke Festung gehalten.

Wir hatten uns diesem Ort auf eine Entfernung von vielleicht einer englischen Meile genähert, als uns plötzlich ein wildes Geschrei umtobte und aus den nahen Büschen mehrere hundert kurdische Krieger hervorsprangen und auf uns eindrangen. Lindsay riß die Büchse empor.

„Um Gottes willen, Sir, nicht schießen!" rief ich ihm zu und schlug ihm den Lauf des Gewehres nieder.

„Warum?" fragte er. „Fürchtet Ihr Euch, Master?"

Ich hatte keine Zeit zur Antwort. Die Kurden waren

schon bei uns und zwischen uns und drängten uns auseinander. Ein junger Mensch trat auf meinen im Steigbügel ruhenden Fuß, schwang sich empor und holte mit dem Dolch zum Stoß aus. Ich riß ihm die Waffe aus der Hand und schleuderte ihn hinab. Dann packte ich einen anderen beim Arm.

„Du bist mein Beschützer!" rief ich ihm zu. Er schüttelte den Kopf.

„Du bist bewaffnet!" antwortete er.

„Ich vertraue dir alle Waffen an. Hier, nimm sie!"

Er nahm meine Waffen an und legte dann die Hand auf mich.

„Dieser ist mein auf den ganzen Tag", erklärte er laut.

„Und die anderen auch", fügte ich hinzu.

„Sie haben nicht um Schutz gebeten", wehrte er ab.

„Ich tue es an ihrer Stelle. Sie reden eure Sprache nicht."

„So mögen sie ihre Waffen ablegen, dann will ich ihr Hal-amm[1] sein."

Die Entwaffnung ging sehr schnell vor sich, obgleich keiner der Gefährten mit meinem Verfahren zufrieden war. Ausgenommen den einen, der den Dolch auf mich gezückt hatte, schien es, als ob die Kurden jetzt weniger nach unserem Leben als vielmehr danach trachteten, unsere Personen in ihre Gewalt zu bekommen. Jener eine aber fixierte mich mit so grimmigen Blicken, daß ich in ihm den Bluträcher vermuten mußte, und dies bestätigte sich auch sehr bald; denn als wir uns in Bewegung setzten, ersah er die Gelegenheit, zog den Dolch und warf sich auf meinen Hund. Doch dieser war schneller als der Mann. Er fuhr zurück, um dem Stoß auszuweichen, und faßte dann den Feind gleich über dem Griff des Dolchs am Handgelenk. Wir hörten zwischen den gewaltigen Zähnen des Tieres die Knochen knirschen. Der

[1] „Hal" = Onkel von mütterlicher Seite, „Amm" = Onkel von väterlicher Seite; die Zusammenziehung dieser beiden Worte bedeutet Beschützer.

Kurde stieß einen Schrei aus und ließ den Dolch fallen. Sofort riß ihn der Hund zu Boden und packte ihn an der Kehle. Einige Dutzend Flinten richteten sich auf das mutige Tier.

„Katera Chodeh!" rief ich. „Um Gottes willen die Flinte weg, sonst erwürgt er ihn!"

Eine Kugel, die den Hund nicht augenblicklich tötete, hätte den Tod des Kurden unweigerlich zur Folge gehabt. Die Krieger sahen das ein, und da keiner von ihnen seines Schusses ganz sicher sein mochte, so senkten sie die Gewehre.

„Ruf den Hund weg!" gebot mir einer.

„Diese Bestie war es, die meinen Nachbar tötete!" rief eine andere Stimme. Sie gehörte dem Nezanum, der hinter einem Strauch hervortrat. Er hatte die weise Vorsicht gebraucht, sich bis jetzt in gehöriger Entfernung zu halten.

„Du hast recht, Nezanum", antwortete ich. „Und er wird auch das Genick dieses Mannes zermalmen, wenn ich es ihm gebiete."

„Ruf ihn weg!" wiederholte der vorige Sprecher.

„Sag mir zuvor, ob dieser Mann da der Rächer ist!"

„Er ist es, der den Heif[1] hat."

„So will ich euch zeigen, daß ich ihn nicht fürchte. – Dojan, geri – zurück!"

Der Hund ließ von dem Kurden ab. Dieser erhob sich. Der Schmerz seiner Hand war so groß, daß er ihn kaum verwinden konnte; noch größer aber war seine Wut. Er trat hart zu mir heran und schüttelte drohend das verwundete Glied.

„Dein Hund hat mir die Kraft meines Armes genommen", knirschte er. „Aber glaube ja nicht, daß ich nun die Rache einem anderen überlassen werde. Ez heïfi cho-e desti cho-e bigerim tera – ich werde mit eigener Hand an dir Rache nehmen!"

[1] Rache

„Du redest wie ein Bak[1], vor dessen Quaken sich niemand fürchten kann!" antwortete ich. „Reiche mir deinen Arm, daß ich ihn untersuche und verbinde!"

„Du bist ein Arzt? Ich mag von dir kein Derman[2] haben und wenn ich sterben müßte. Aber du wirst Derman von mir erhalten, und zwar so viel, daß du genug daran haben sollst. Das verspreche ich dir!"

„Ich höre, daß dich bereits das Ta[3] ergriffen hat, sonst würdest du deine Hand zu retten suchen."

„Die Deka[4] von Gumri wird mir helfen. Sie ist ein größerer Arzt als du!" antwortete er verächtlich. „Du und dieser Tazi, ihr seid zwei Hunde und sollt auch wie Hunde sterben!"

Er wickelte die Hand in einen Zipfel seines Gewandes und hob den Dolch auf. Wir wurden in die Mitte genommen, und der Zug setzte sich in Bewegung. Keiner der Kurden hatte ein Pferd bei sich; die Tiere waren in Gumri zurückgelassen worden. Ich war ein wenig besorgt um uns, aber wirkliche Angst empfand ich nicht. Schweigend schritten die Kurden neben uns her und waren augenscheinlich nur darauf bedacht, uns nicht entfliehen zu lassen. Auch mein kleiner Halef und die beiden Araber sprachen kein Wort, aber der Engländer konnte seinen Ärger nicht ganz verwinden.

„Schöne Suppe, Sir, die Ihr uns eingebrockt habt!" brummte er. „Hätten die Kerle alle erschießen sollen!"

„Das hätten wir nicht fertiggebracht, Sir. Sie kamen zu schnell über uns."

„Yes! Und nun sind sie um uns herum und wir in ihnen drin. Die Waffen abgegeben! Fatale Geschichte! Schauderhaft! Werde mit Euch wieder einmal nach Kurdistan gehen. Wie heißt Esel auf Kurdisch, Master?"

„Ker. Und ein junger, kleiner Esel heißt Daschik."

[1] Frosch
[2] Derman heißt im Kurmangdschi Schießpulver, aber auch Medizin.
[3] Wundfieber [4] Hebamme

„Well! So haben wir vier wie Daschiks und Ihr habt wie ein sehr alter und großer Ker gehandelt. Verstanden?“

„Sehr verbunden, Master Lindsay! Nehmt meinen innigsten Dank für die Anerkennung! Wollt Ihr denn nicht bedenken, daß es geradezu ein Wahnsinn genannt werden müßte, wenn fünf Männer sich einbildeten, mit zweihundert, die ihnen bereits bis auf den Frack gerückt sind, fertig zu werden?“

„Wir hatten bessere Waffen als sie!“

„Konnten wir sie in solcher Nähe gebrauchen? Und hätten wir uns diese Kurden damit vom Leibe gehalten, so wäre jedenfalls viel Blut geflossen; das unsrige wohl auch mit. Und dann die Blutrache! Wo denkt Ihr hin!“

Da bemerkten wir einen Reiter, der uns im Galopp entgegenkam. Als er sich soweit genähert hatte, daß seine Gesichtszüge zu sehen waren, erkannte ich Dohub, den Kurden, dessen Verwandte in Amadijah gefangen gewesen waren. Unser Trupp hielt bei seinem Erscheinen an. Er drängte sich ungestüm bis zu mir hindurch und reichte mir die Hand.

„Chodih, du kommst; du bist gefangen!“

„Wie du siehst!“

„Oh, verzeih! Ich war fort von Gumri, und als ich jetzt heimkehrte, erfuhr ich, daß man fünf fremde Männer fangen wolle. Ich dachte gleich an dich und bin eilig herbeigekommen, um zu sehen, ob meine Gedanken richtig gewesen sind. Chodih, az kolame ta– Herr, ich bin dein Diener. Befiehl, was du von mir wünschst!“

„Ich danke dir! Aber ich bedarf deiner Hilfe nicht, denn dieser Mann ist bereits mein Beschützer.“

„Für welche Zeit?“

„Für einen Tag.“

„Emir, erlaube mir, daß ich es sei für alle Tage, solange ich lebe!“

„Wird er es dir gestatten?“

„Ja. Du bist unser aller Freund, denn du wirst der Mivan[1] des Bei sein. Er hat auf dich geharrt und freut sich, dich und die Deinen willkommen zu heißen."

„Ich werde nicht zu ihm gehen können."

„Warum nicht?"

„Kann ein Emir sich ohne Waffen sehen lassen?"

„Ich sah bereits, daß man sie euch genommen hat." Und er wandte sich zu unserer Eskorte mit den Worten: „Gebt die Waffen zurück!"

Dagegen erhob der verwundete Kurde Einspruch.

„Sie sind Gefangene und dürfen keine Waffen tragen!"

„Sie sind frei, denn sie sind die Gäste des Bei!" lautete die Gegenrede.

„Der Bei hat uns selbst befohlen, sie gefangenzunehmen und zu entwaffnen!"

„Er hat nicht gewußt, daß es die Männer sind, die er erwartet."

„Sie haben mir den Vater ermordet. Und sieh diese Hand. Ihr Hund hat sie mir zerbissen!"

„So mach das mit ihnen ab, sobald sie nicht mehr Gäste des Bei sind. Komm, Chodih, nimm deine Waffen und erlaube, daß ich dich führe!"

Wir erhielten alles zurück, was wir abgegeben hatten; dann trennten wir uns von den anderen und ritten in raschem Tempo nach Gumri hinauf.

„Nun, Sir", fragte ich Lindsay, „was denkt Ihr jetzt von dem Ker und dem Daschik?"

„Habe von Eurem Gerede nichts verstanden!"

„Aber die Waffen habt ihr doch bereits zurück!"

„Well! Und was weiter?"

„Wir werden die Gäste des Bei von Gumri sein."

„Will euch Satisfaktion geben, Master; der Esel, der war ich!"

„Danke, Sir! Gratuliere zu dieser edlen Selbsterkenntnis!"

[1] Gast

Jetzt war alle Besorgnis verschwunden, und mit erleichtertem Herzen ritt ich durch das enge Tor des Ortes ein. Dennoch aber konnte ich mich eines Grauens nicht erwehren bei dem Anblick der Residenz des berüchtigten Abd el Summit Bei, der in Verbindung mit Beder Khan Bei und Nur Ullah Bei die christlichen Bewohner von Tijari zu Tausenden hingemordet hatte. Der Ort sah sehr kriegerisch aus. Die engen Gassen waren von bewaffneten Kurden so belebt, daß die Mehrzahl dieser Leute wohl nicht zu den Bewohnern von Gumri gehören konnte. In dieser Beziehung machte die kleine Berwari-Festung einen ganz anderen Eindruck als das öde, leblose Amadijah.

Da schritt, die lange Schilflanze in der Hand, der Kurde von Serdascht uns entgegen. Er machte den Eindruck eines armen Schluckers gegenüber den Balani und Schadi, die ich hier nicht vermutet hätte. Ein Alegan-Kurde vom Bohtangebirge plauderte mit einem Omerigan, der aus der Gegend von Diarbekr herbeigekommen war. Dann begegneten uns zwei Angehörige des Amadimanan-Stamms, zwischen denen ein Dilmamikan-Kurde aus Esi schritt. Da gab es Krieger vom Stamm der Bulanuh, der Hadir-sohr, der Hasananluh, der Delmamikan, der Karatschiur und Kartuschi-baschi. Sogar Leute aus Kazikan, Semsat, Kurduk und Kendali waren zu sehen.

„Wie kommen diese Fremden nach Gumri?“ fragte ich Dohub.

„Es sind meist Bluträcher, die hier zusammenkommen, um sich gegenseitig auszugleichen, und Boten aus vielen Gegenden, in denen man einen Aufstand der Christen befürchtet.“

„Habt ihr hier eine ähnliche Befürchtung zu hegen?“

„Ja, Emir. Die Christen in den Tijaribergen heulen wie die Hunde, die man angekettet hatte. Sie wollen gern los sein, aber ihr Bellen hilft ihnen nichts. Wir haben vernommen, daß sie in das Tal von Berwari einfallen wollen;

ja, sie haben bereits einige Männer unseres Stamms getötet; aber das Blut derselben wird sehr bald über sie kommen. Ich war heute in Mia, wo morgen eine Bärenjagd abgehalten werden soll, und fand das ganze untere Dorf verlassen."

„Es gibt wohl zwei Dörfer namens Mia?"

„Ja, sie gehören unserem Bei. Das obere Dorf wird nur von echten Moslemim und das untere nur von christlichen Nestorah bewohnt Diese letzteren sind plötzlich verschwunden."

„Warum?"

„Man weiß es nicht. Aber, Chodih, hier ist die Wohnung des Bei. Steig ab mit den Deinen und erlaube, daß ich dem Bei deine Ankunft verkündige!"

Wir hielten vor einem langen, unscheinbaren Gebäude, dessen Ausdehnung allein verriet, daß es die Wohnung eines Anführers sei. Auf ein Wort Dohubs kamen einige Kurden herbei, um unsere Pferde in Empfang zu nehmen und in den Stall zu führen. Er selbst aber kehrte bereits nach wenigen Augenblicken zurück und führte uns zu dem Bei. Wir fanden denselben in einem großen Empfangsraum, bis zu dessen Tür er uns entgegenkam. Einige Dutzend Kurden, die sich bei unserem Eintritt erhoben, waren bei ihm. Er war ein Mann am Ende der zwanziger Jahre, hoch und breit gewachsen; sein edles Angesicht zeigte den reinen kaukasischen Typus und wurde von einem starken, schwarzen Vollbart eingerahmt. Sein Turban hatte wenigstens zwei Ellen im Durchmesser, an seinem Hals hingen an einer silbernen Kette verschiedene Talismane und Amulette, seine Jacke war ebenso wie seine Hose mit reicher Stickerei versehen, und in seinem Gürtel funkelte neben einem Dolch und zwei mit Silber ausgelegten Pistolen ein wunderschön damaszierter Schyur[1] ohne Scheide. Der Bei machte nicht den Eindruck eines halbwilden Anführers

[1] Säbel, Schwert

von Räubern und Pferdedieben, seine Züge waren bei aller Männlichkeit doch weich und sanft, und seine Stimme klang freundlich und angenehm, als er uns begrüßte.

„Sei mir willkommen, Emir! Du bist mein Bruder, und deine Gefährten sind meine Freunde."

Er reichte uns allen die Hand. Auf seinen Wink wurden beinahe sämtliche Kissen, die sich in dem Raum befanden, zusammengetragen, um uns als Sitz zu dienen. Wir nahmen Platz, während die anderen stehen blieben.

„Ich habe gehört, daß ich mit dir in kurdischer Sprache reden kann?" fragte er.

„Diese Sprache ist mir nur sehr wenig verständlich, und meine Freunde verstehen sie gar nicht", antwortete ich.

„So erlaube, daß ich türkisch oder arabisch mit dir spreche!"

„Bediene dich derjenigen Sprache, die deine Leute hier verstehen", sagte ich zu ihm aus Höflichkeit.

„O Emir, ihr seid meine Gäste, und so wollen wir so sprechen, daß deine Freunde mitreden können. Welche Sprache reden sie am liebsten?"

„Die arabische. Aber Bei, befiehl vorher deinen Leuten, daß sie sich setzen! Sie sind nicht Türken und Perser, sondern freie Kurden, die sich nur zum Gruß zu erheben brauchen."

„Chondekar[1], ich sehe, daß du ein Mann bist, der die Kurden kennt und ehrt; ich werde ihnen erlauben, sich niederzulassen."

Er gab ihnen ein Zeichen, und die Blicke, die sie sich beim Niedersetzen zuwarfen, sagten mir, daß sie meine Höflichkeit anerkannten. Ich hatte es hier jedenfalls mit einem intelligenten Häuptling zu tun, denn im Innern von Kurdistan ist ein Mann, der neben einigen Dialekten seiner Muttersprache auch das Türkische und Arabische

[1] „Herrscher", eine Höflichkeitssteigerung von Chodih, Herr

versteht, eine Seltenheit. Es ließ sich erwarten, daß der Bei sich auch noch des Persischen zu bedienen verstand, und im Verlauf meines leider nur sehr kurzen Beisammenseins mit ihm erfuhr ich, daß ich mit dieser Vermutung das Richtige getroffen hatte.

Es wurden Pfeifen gebracht, zu denen man uns einen lieblich schmeckenden Reisbranntwein kredenzte, dem die Kurden mit großem Eifer zusprachen.

„Was denkst du von den Kurden von Berwari?" fragte mich der Bei.

Diese Frage sollte wohl ohne alle Verfänglichkeit nur als Einleitung dienen.

„Wenn alle so sind wie du, dann werde ich von ihnen nur Gutes erzählen können."

„Ich weiß, was du mir sagen willst. Du hast bisher nur Übles von ihnen erfahren", bemerkte er.

„O nein! Habe ich nicht an Dohub und seinen beiden Verwandten nur Freunde gefunden?"

„Du hast dir ihre Freundschaft und auch die meinige sehr reichlich verdient. Wir aber haben dir mit Undank vergolten. Willst du mir verzeihen? Ich wußte nicht, daß du es warst."

„Verzeihe auch du mir! Es hat einer von deinen Leuten sein Leben eingebüßt; aber wir tragen keine Schuld daran."

„Erzähle mir, wie es zugegangen ist!"

Ich gab ihm einen ausführlichen Bericht und fragte ihn dann, ob hier ein Grund zur Blutrache vorliege.

„Nach der Sitte dieses Landes muß er allerdings den Tod seines Vaters rächen, wenn er sich nicht die Verachtung aller erwerben will."

„Es wird ihm wohl schwer gelingen!"

„Du bist mein Gast, und solange du dich bei mir und in meinem Land befindest, bist du vollständig sicher. Aber er wird dir später folgen auf Schritt und Tritt, auch wenn du bis an das Ende der Erde gehen wolltest."

„Ich fürchte ihn nicht."

„Du magst stark genug sein, um ihn im offenen Kampf zu überwinden; dann aber würden neue Rächer erstehen. Und kannst du dich gegen eine Kugel wehren, die aus dem Verborgenen abgeschossen wird? Willst du nicht den Preis bezahlen?"

„Nein!" antwortete ich mit Nachdruck.

„Allah gab dir viel Mut, einen Rächer zu verachten. Ich werde dafür sorgen, daß dieser Mut dich nicht in das Verderben bringt. – Du warst bei dem Vater meines Weibes in Spandareh?"

„Ich war sein Gast und wurde sein Freund."

„Ich weiß es. Wärest du nicht sein Freund, so hätte er dir nicht das Geschenk für uns anvertraut. Allah hat Wohlgefallen an dir, denn er läßt dich überall Freunde finden."

„Allah gibt Gutes und Böses; er erfreut die Seinen und betrübt sie auch zuweilen, um sie zu prüfen. Ich habe auch Feinde in Amadijah gefunden."

„Wer war dein Feind? Der Mutesselim?"

„Dieser war mir weder Freund noch Feind, er fürchtete mich. Aber es kam ein Mann zu ihm, der mich haßte und die Schuld trug, daß ich sogar gefangengenommen werden sollte."

„Wer war es?"

„Der Makredsch von Mossul."

„Der Makredsch?" fragte der Bei sehr aufmerksam. „Er ist ein Feind der Kurden, er ist ein Feind aller Menschen, was wollte er in Amadijah?"

„Er befand sich auf der Flucht nach Persien, denn der Anadoli Kasi Askeri ist gekommen, um ihn und den Mutessarif von Mossul abzusetzen."

Diese Kunde erregte die allergrößte Überraschung bei dem Bei. Er teilte die Neuigkeit sofort den Seinigen mit, von denen sie mit demselben Erstaunen aufgenommen wurde. Ich mußte alles sehr ausführlich erzählen.

„So wird der Mutesselim wohl auch abgesetzt?“ fragte der Bei.

„Das kann man nicht wissen. Er war der Kerkermeister des Mutessarif, der einen jeden, der aus Mossul verschwinden sollte, nach Amadijah sandte.“

„Doch wohl nur Verbrecher?“

„Nein. Hast du nicht gehört von Amad el Ghandur, dem Sohn des Scheich der Haddedihn?“

„Ist er auch gefangengenommen und nach Amadijah geschickt worden?“

„Ja. Er hat nichts von ihrer Hinterlist geahnt.“

„Wäre ich ein Haddedihn, so zöge ich nach Amadijah, um den Sohn meines Scheichs zu befreien.“

„Bei, das ist eine schwere Sache!“

„Und dennoch würde ich es tun. Die List ist oft eine bessere Waffe als die Gewalt.“

„So wisse denn, daß es einen Haddedihn gibt, der nach Amadijah gegangen ist.“

„Einen einzigen?“

Ich bejahte es.

„So kann ihm nichts gelingen“, meinte der Bei. „Zu einem solchen Werk gehören viele.“

„Und dennoch ist es ihm gelungen“, entgegnete ich.

„Tu katischt nezani - was du nicht weißt! Er hat den Sohn des Scheichs wirklich befreit? Durch List oder Gewalt?“

„Durch List.“

„So ist er ein tapferer und entschlossener, aber auch ein kluger Mann gewesen. War er ein einfacher Krieger?“

„Nein. Es war der Scheich Mohammed Emin selbst.“

„Chodih, du berichtest mir ein Wunder! Aber ich glaube es, weil du es sagst. Werden sie unangefochten nach ihren Weideplätzen kommen?“

„Das weiß nur Allah - und du.“

„Ich? Wie meinst du das?“

„Ja, du. Ich habe gehört, daß sie sich nicht nach

Westen, sondern in das Land Berwar wenden werden, um den Zab zu erreichen und auf ihm hinabzufahren."

„Emir, das ist ein großes Abenteuer. Die beiden Helden sollten mir willkommen sein, wenn sie zu mir kämen. Wann ist die Flucht gelungen?"

„In der Nacht vorgestern."

„Woher weißt du dies so genau? Hast du sie gesehen?"

„Beide. Auch du siehst sie, denn sie sitzen an deiner Seite. Dieser Mann ist Mohammed Emin, der Scheich der Haddedihn, und dieser ist Amad el Ghandur, sein Sohn."

Der Kurdenhäuptling sprang auf und fragte:

„Wer ist dieser andere?"

„Mein Diener."

„Und dieser?"

„Mein Freund, ein Mann aus dem Abendland. Wir haben uns vereinigt und den Gefangenen aus Amadijah geholt", sagte ich ohne Prahlerei.

Jetzt entstand ein vollständiges Redegewirr von kurdischen Erklärungen, türkischen Ausrufen und arabischen Begrüßungen. Es kam alles zur Sprache, was die Kurden von den Haddedihn gehört hatten, auch ihr Kampf im Tal der Stufen. Ich mußte dabei den Dolmetscher machen, gestehe aber gern, daß mir bei dieser Arbeit der Schweiß in hellen Tropfen von der Stirn schoß. Meine Kenntnis des Kurdischen war gering, und das Arabische wurde ebenso wie das Türkische in einem Dialekt gesprochen, bei dem ich die Bedeutung der Worte und der Wortverbindungen mehr erraten als verstehen mußte. Dies gab Veranlassung zu zahlreichen Verwechslungen und Verdrehungen, über die trotz aller unserer Würde lebhaft gelacht wurde.

Am Schluß dieser außerordentlich angeregten Unterhaltung gab uns der Bei die Versicherung, daß er alles tun werde, um unser Fortkommen zu ermöglichen. Er versprach uns die zu mehreren Flößen notwendigen Häute, einige sichere Führer, die den Wasserlauf des Khabur und des oberen Zab Ala genau kannten, und auch Empfehlungen an die Schirwan- und Zibar-Kurden, durch deren Gebiet wir auf dieser Fahrt kommen mußten. Von einem Ritt über das Tura-Gharagebirge zum Akrafluß wollte er nichts wissen, da nach dieser Gegend hin sein Schutz uns mehr Schaden als Nutzen bringen würde.

„Dort gibt es“, fügte er hinzu, „sehr viele christliche Nestorah, auch Teufelsanbeter und kleine Kurdenstämme, mit denen die Berwari in Feindschaft leben. Diese Leute sind lauter Räuber und Mörder, und die Gebirge sind so wild und unzugänglich, daß ihr nie den Zab erreichen würdet. Nun aber ruht euch aus und erlaubt mir, hier meines Amtes zu walten, bevor wir das Mahl einnehmen. Ich habe heute viel zu verhandeln, da ich morgen nicht in Gumri sein werde.“

„Du willst nach Mia gehen?“ fragte ich.

„Ja. Wer sagte es dir?“

„Ich habe von Dohub gehört, daß du dort einen Bären jagen willst.“

„Einen? Es sind zwei ganze Familien, die den dortigen Herden sehr viel Abbruch tun. Du mußt nämlich wissen, daß es im Land der Kurden zahlreiche Bären gibt, und“, fügte er mit einigem Stolz hinzu, „die Giaurs dieses Landes sagen, daß es zwei große Plagen für sie gebe, von denen die eine grad so schlimm sei wie die andere, nämlich die Kurden und die Bären.“

„Wirst du uns erlauben, mitzugehen?“

„Ja, wenn du es wünschst. Ihr sollt zusehen können, ohne dabei in Gefahr zu kommen.“

„Wir wollen nicht zusehen, sondern mitkämpfen!“

„Emir, der Bär ist ein gefährliches Tier!“

„Du irrst. Der Bär, der die kurdischen Schluchten und Wälder bewohnt, ist ein sehr unschädliches Wild. Es gibt Länder, in denen die Bären doppelt so groß und stark sind, wie die eurigen.“

„Ich habe davon gehört. Es soll ein Land geben, wo

man nur Eis und Wasser findet, und dort haben die Bären ein weißes Fell und werden von den dortigen Arabern Hirtsch el Buz[1] genannt. Hast du solche weiße Bären gesehen?"

„Ja, obgleich ich nicht in jenen Ländern gewesen bin. Man fängt dort die Bären, um sie in anderen Gegenden für Geld sehen zu lassen. Aber es gibt noch ein Land mit fürchterlich großen Bären, die ein graues Fell besitzen; das sind die stärksten und gefährlichsten. Ein solcher Bär ist gegen einen kurdischen wie ein Pferd gegenüber einem Hund, vor dem man sich hütet, ohne ihn grad zu fürchten."

„Und diesen hast du auch gesehen?" fragte der Bei verwundert.

„Ich habe mit ihm gekämpft."

„So bist du Sieger geblieben, denn du lebst noch. Ihr sollt auch mit unsern Bären kämpfen."

Er führte uns jetzt in eine Stube, in deren Mitte ein niedriges Sufra[2] stand, um das fünf Kissen gelegt waren. Nachdem er uns verlassen hatte, erschien eine Frau, und hinter ihr kamen einige Dienerinnen, die ein kleines Vorgericht auftrugen, für den Fall, daß wir zu sehr Hunger hätten, um bis zum eigentlichen Mahl warten zu können. Es bestand aus einem Zicklein, das zuerst gebraten und dann in Sahne gebacken war; dazu kamen getrocknete Weintrauben, eingelegte Maulbeeren und ein Salat von Pflanzenblättern, die ich nicht kannte; es schien eine Nesselart zu sein.

„Ser sere men at- ihr seid mir willkommen!" grüßte sie. „Wie habt ihr meinen Vater verlassen, den Nezanum von Spandareh?"

„Wir haben ihn bei gutem Wohlsein verlassen, und auch die andern hat Allah gesund erhalten", antwortete ich.

„Nehmt und eßt einstweilen und habt die Güte, mir

[1] Wörtlich: Bär des Eises [2] Tisch

von Spandareh zu erzählen. Es ist lange Zeit her, daß ich etwas gehört habe."

Ich erfüllte ihr den Wunsch so ausführlich wie möglich. Sie war ganz glücklich, mit mir über ihre Heimat plaudern zu können, und ließ sogar den Windhund aus dem Stall holen, um ihm mit den Resten des Zickleins einen Beweis ihrer Freundschaft zu geben. Es gab hier ein Zusammenhalten der Familienglieder, das mich sehr angenehm berührte.

Als wir ihrer Dienste nicht mehr bedurften, verließ sie uns, und wir machten es uns auf den an die Wand geschobenen Kissen so bequem wie möglich. In diesem süßen Nichtstun wurden wir durch den Eintritt eines Mannes gestört, den wir nicht erwartet hätten. Es war der verwundete Kurde. Er trug den Arm in einer Binde, die er sich um den Hals befestigt hatte.

„Was willst du?" fragte ich ihn.

„Ein Bakschisch, Herr!"

„Ein Bakschisch? Wofür?"

„Daß ich dich nicht töten werde."

„Ich höre, daß dich das Fieber noch nicht verlassen hat. Wenn einer von uns beiden aus dem Grund, den du angibst, ein Bakschisch verdient hat, so bin nur ich es allein. Ich habe dir nicht bloß versprochen, dich nicht zu töten, sondern dir bereits das Leben erhalten, als du dich unter den Zähnen meines Hundes befandest. Was aber hast du für mich getan? Nach mir geschossen und gestochen hast du. Und dafür verlangst du ein Bakschisch? Geh schnell fort, damit du nicht hörst, daß wir über dich lachen müssen!"

„Herr, nicht dafür, daß ich auf dich geschossen und nach dir gestochen habe, verlange ich ein Bakschisch, sondern dafür, daß ich den Blutpreis angenommen habe."

„Den Blutpreis? Von wem?"

„Vom Bei. Er hat ihn bezahlt."

„Wieviel hat er gegeben?“

„Ein Pferd, eine Luntenflinte und fünfzig Schafe.“

„Also bedeutend weniger, als du von mir verlangtest.“

„Er ist mein Scheich; ich mußte auf ihn hören. Aber weil es so wenig ist, darum sollst du mir ein Bakschisch geben.“

„Wäre ich ein freier, stolzer Kurde, ich würde nicht wie ein türkischer Hammal[1] um ein Bakschisch betteln. Da du es aber dennoch tust, so sollst du es erhalten, aber nicht jetzt, sondern erst dann, wenn wir Abschied nehmen.“

„Wieviel wirst du mir geben?“

„Das kommt darauf an, wie du dich gegen uns verhältst.“

„Und wird unser Nezanum auch etwas erhalten?“

„Hat er dir geboten, mich darüber zu fragen?“

„Ja, er tat es.“

„So sage ihm, daß ich nur dann einem Bettler etwas gebe, wenn er mich selbst bittet. Ist der Nezanum ein Mann, der von der Empfehlung des Propheten lebt, so soll er von jedem von uns gern eine Gabe erhalten; aber er mag dann selbst zu uns kommen. Übrigens habe ich ihm bereits das Leben seines Sohnes geschenkt, und das ist mehr als jede andere Gabe.“

Der Kurde ging. Er hatte den Blutpreis erhalten, aber sein Gesicht sah ganz so aus, als ob ich mich hüten müsse, ihm einmal unter anderen Umständen zu begegnen.

„Was wollte der Kerl?“ fragte Lindsay.

„Der Bei hat ihm an unserer Stelle den Blutpreis bezahlt, und nun...“

„Wie? Der Bei?“

„Aus Gastlichkeit!“

„Nobel! Sehr nobel! Yes! Wieviel?“

„Ein Pferd, eine Luntenflinte und fünfzig Schafe.“

„Wieviel ist dies an Geld?“

[1] Lastträger

„Nicht mehr als fünf Pfund oder hundert Mark."

„Werde es ihm wiedergeben."

„Das wäre eine große Beleidigung, Sir. Wir müssen das durch ein Geschenk auszugleichen suchen."

„Gut! Schön! Was geben wir?"

„Darüber wollen wir uns den Kopf jetzt noch nicht zerbrechen."

„Und nun verlangt dieser Mensch noch ein Bakschisch? - Master, was heißt auf Kurdisch ein Backenstreich, eine Ohrfeige oder eine Maulschelle?"

„Sileik."

„Well! Warum habt ihr ihm keine Sileiks gegeben?"

„Weil es nicht am Platze war. Ich habe ihm im Gegenteil ein Bakschisch versprochen, das er erhalten soll, sobald wir von hier fortgehen."

„So erlaubt, daß ich es ihm gebe. Soll ihm zugleich zur Erinnerung und zur Besserung dienen!"

Als der Bei seine Amtsgeschäfte erledigt hatte, kam er, um uns hinab in den Hof zu führen, wo das Mahl eingenommen werden sollte. Es waren zu demselben wohl an die vierzig Personen geladen, und außerdem kamen noch viele andere, um sich nach orientalischer Sitte ganz ungeniert selbst zu Gast zu bitten.

Gegen Ende des Mahls stellte es sich heraus, daß die Speisen nicht für alle langten, und so erhielten die ‚Trollgäste' ein lebendiges Schaf, das sie sich gleich selbst zubereiteten. Der eine machte ein Loch in die Erde, andere holten Steine und Holz zur Feuerung herbei. Derjenige, den die Wahl getroffen hatte, ergriff das Schaf, schnitt ihm die Kehle durch und hing es mit den zusammengebundenen Vorderbeinen an einen Balkenpflock auf. Die Eingeweide wurden nicht herausgenommen, sondern der Kurde nahm einen Mund voll Wasser, hielt die Lippen an den After des Tieres und blies das Wasser hinein. Er fuhr in dieser possierlichen Beschäftigung so lange fort, bis die Eingeweide vollständig aufgebläht und nach oben hinaus ausgespült waren. Dann wurden die Gedärme in so viele Stücke zerschnitten, wie Männer von dem Schaf essen sollten; auch das Fleisch des Schafs wurde in ebenso viele Teile zerlegt. Nun wickelte ein jeder sein Stück Darm um sein Fleisch und legte dieses Präparat in das mit den Steinen ausgekleidete Loch, über dem ein Feuer angemacht wurde. Schon nach kurzer Zeit wurde es wieder weggenommen, und die halbgaren Stücke gingen zwischen den Zähnen der Kurden ihrer nützlichen Bestimmung entgegen.

Nach dem Essen zeigte uns der Bei seinen Stall. Darin befanden sich über zwanzig Pferde, doch war unter ihnen nur ein Schimmel, der einer besonderen Aufmerksamkeit würdig war. Dann gab es Kampfspiele und Lieder, zu denen ein zweisaitiges Tambur[1] die Begleitung wimmerte, und endlich wurden von einem Mann Märchen und Geschichten, Tschiroka, erzählt: Bala ki mir - vom sterbenden Frosch, Gur bu schevan - der Wolf als Hirte, Schyeri kal - der alte Löwe, Ruvi u bizin - der Fuchs und die Ziege.

Die Versammlung hörte diesen Vorträgen mit größter Aufmerksamkeit zu, mir aber war es sehr lieb, als sie zu Ende waren und wir uns zur Ruhe begeben konnten. Zu diesem Zweck führte uns der Bei in eine große Stube, an deren Wänden rundum Diwans standen, die uns zum Lager dienen sollten. Da in diesem Raum gar nichts Merkwürdiges zu sehen war, so wunderte ich mich über die gespannten Blicke, mit denen der Bei uns beobachtete. Es waren ganz die Blicke eines Menschen, der erwartet, daß man bei ihm eine außerordentliche Entdeckung machen und bewundern werde. Endlich erkannte ich aus der so oft wiederkehrenden Richtung seiner Augen den Gegenstand, den wir entdecken und bewundern sollten, und natürlich brach ich sofort in das größtmögliche Erstaunen aus:

[1] Gitarre

„Was ist das! O Bei, mit welch einem großen Reichtum hat Allah dich gesegnet! Deine Schätze sind größer als diejenigen des Bei von Rewandoz oder des Beherrschers von Dschulamerik!“

„Was meinst du, Emir?“ fragte er mit einer gewissen Koketterie.

„Ich meine das kostbare Dscham[1], mit dem du deinen Palast geschmückt hast.“

„Ja, es ist sehr selten und teuer“, antwortete er mit stolzer Bescheidenheit.

„Von wem hast du es?“

„Ich kaufte es von einem Israel[2], der es aus Mossul brachte, um es dem Schah von Persien zu verehren.“

Es wäre unhöflich gewesen, nach dem Preis zu fragen. Der Jude hatte das Märchen vom persischen Schah erfunden und den Bei jedenfalls ganz tüchtig geprellt. Das Glas war nämlich ein kleines Stück einer zerbrochenen Fensterscheibe und hatte die Größe von kaum zwei Männerhänden. Es war als der größte Schmuck des Zimmers an das geölte Papier des Fensters geklebt worden und ließ den Raum nun allerdings über alle Nebenbuhlerschaft erhaben erscheinen. Der Bei wünschte uns eine gute Nacht in dem Bewußtsein, uns mit diesem Fenster außerordentlich imponiert zu haben.

Wir waren müde und sehnten uns nach Ruhe, die wir nun in vollkommener Sicherheit genießen konnten.

Am nächsten Tag lud uns der Bei zu einer Bärenjagd ein, und wir erlegten mehrere Exemplare im dichten Unterholz. Einige Männer wurden bei den erbeuteten Tieren zurückgelassen, wir anderen ritten weiter.

Wir verließen den Wald und kamen in eine Schlucht hinab, in der ein Bach floß, dessen Ufern wir zu folgen hatten. Der Bei ritt mit den beiden Haddedihn bei den Führern an der Spitze des Zugs, Halef befand sich im dichtesten Haufen der Kurden, mit denen er sich mittels

[1] Fensterglas [2] Juden

Gebärden zu unterhalten suchte, und ich ritt mit dem Engländer hinterher. Wir waren im Gespräch über irgendeinen Gegenstand vertieft und merkten nicht, daß wir soweit zurückgeblieben waren, daß wir die Kurden nicht mehr sehen konnten.

Da fiel ein Schuß vor uns.

„Was ist das?" fragte der Engländer. „Sind wir schon bei den Bären, Sir?"

„Wohl nicht."

„Wer schießt aber?"

„Werden es sehen; kommt!"

Da krachte eine ganze Salve, als ob der Schuß vorher nur als Signal gegolten habe. Wir setzten unsere Pferde in Galopp. Mein Rappe flog wie ein Pfeil über den schmierigen Boden, aber - da blieb er mit dem Huf an einer Schlingwurzel hängen; ich hatte sie gesehen und wollte ihn emporreißen, aber es war bereits zu spät. Er überschlug sich, und ich wurde weit aus dem Sattel geschleudert. Das war in zwei Tagen zum zweitenmal; aber ich fiel jetzt nicht so glücklich wie gestern. Ich mußte mit dem Kopf aufgefallen sein, oder ich hatte mir den Büchsenkolben an die Schläfe geschlagen - ich blieb völlig besinnungslos liegen.

Als ich wieder zu mir kam, fühlte ich eine Erschütterung, die mir den ganzen Körper schmerzen machte. Ich öffnete die Augen und sah mich zwischen zwei Pferden hängen. Man hatte Stangen an die Sättel befestigt und mich daraufgebunden. Vor und hinter mir ritten gegen dreißig kriegerische Gestalten, von denen mehrere verwundet zu sein schienen, und unter ihnen befand sich - Master Lindsay, aber gefesselt. Der Anführer der Schar ritt meinen Hengst und trug auch meine Waffen. Mir hatte man nur Hemd und Hose gelassen, während Lindsay außer diesen beiden notwendigen Kleidungsstücken auch noch seinen schönen Turban behalten durfte. Wir waren vollständig ausgeraubt und gefangen.

Da wendete einer der Reiter den Kopf und sah, daß ich die Augen geöffnet hatte.

„Halt!" rief er. „Er lebt!"

Sofort stockte der Zug. Alle hielten an und bildeten einen Kreis um mich. Der Anführer drängte meinen Hengst heran und fragte mich:

„Kannst du reden?"

Schweigen konnte zu nichts führen; ich antwortete daher mit einem Ja.

„Du bist der Bei von Gumri?" begann er das Verhör.

„Nein."

„Lüge nicht."

„Ich rede die Wahrheit."

„Du bist der Bei!"

„Ich bin es nicht!"

„Wer bist du sonst?"

„Ein Fremder."

„Woher?"

„Aus dem Abendland."

Er lachte höhnisch.

„Hört ihr's? Er ist ein Fremdling aus dem Abendland, geht mit den Leuten von Gumri und Mia auf die Bärenjagd und spricht die Sprache dieses Landes!"

„Ich war ein Gast des Bei, und daß ich eure Sprache nicht gut spreche, das müßt ihr hören. Seid ihr Nestorah?"

„So nennen uns die Moslemim."

„Auch ich bin ein Christ!"

„Du?" Er lachte wieder. „Du bist ein Hadschi, du hattest den Koran am Hals hängen; du trägst die Kleidung eines Moslems; du willst uns betrügen."

„Ich sage die Wahrheit!"

„Sage uns, ob Sidna Marryam die Mutter Gottes ist!"

„Sie ist es."

„Sage uns, ob ein Priester ein Weib nehmen soll!"

„Er soll unvermählt bleiben."

„Sage mir, ob es mehr oder weniger als drei Sakramente gibt!"

„Es gibt mehr!"

Es fiel mir trotz der Gefahr, in der ich schwebte, nicht ein, meinen Glauben zu verleugnen. Die Folge bekam ich sofort zu hören:

„So wisse, daß Sidna Marryam nur einen Menschen geboren hat, daß ein Priester sich verheiraten darf, und daß es nur drei Sakramente gibt, nämlich das Abendmahl, die Taufe und die Ordination. Du bist ein Moslem, und wenn du ja ein Christ bist, so bist du ein falscher Christ und gehörst zu jenen, die ihre Priester senden, um die Kurden, Türken und Perser gegen uns aufzuhetzen, und das ist noch schlimmer, als wenn du ein Anhänger des falschen Propheten wärst. Deine Leute haben einige von uns verwundet; du wirst diese Schuld mit deinem Blut bezahlen."

„Ihr wollt Christen sein und dürstet nach Blut! Was haben wir beide euch getan? Wir wissen nicht einmal, ob ihr den Bei angefallen habt, oder ob ihr von ihm angefallen worden seid."

„Er wurde von uns erwartet, denn wir wußten, daß er in die Schlucht auf die Jagd kommen würde; aber er ist uns mit all den Seinen entkommen. Das wollen wir dir sagen."

„Wohin führt ihr uns?"

„Das wirst du erfahren, wenn wir dort sind."

„So befreit mich wenigstens aus dieser Lage, und laßt mich auf einem Pferd sitzen."

„Das ist auch uns lieber. Aber wir werden dich anbinden müssen, damit du uns nicht entkommen kannst."

„Tut es immerhin!"

„Wer ist dein Gefährte? Er hat zwei Männer von uns verwundet und ein Pferd erschossen und redet in einer Sprache, die wir nicht verstehen."

„Er ist ein Engländer."

„Ein Engländer? Er trug ja kurdische Kleidung!"

„Weil sie in diesem Land die bequemste ist."
„Ist er ein Missionar?"
„Das ist er nicht."
„Was will er hier?"
„Wir reisen in Kurdistan, um zu sehen, was es hier für Menschen, Tiere und Pflanzen, für Städte und Dörfer gibt."
„Das ist sehr schlimm für euch, denn dann seid ihr Spione. Was habt ihr euch um dieses Land zu kümmern? Wir kommen auch nicht in das eurige, um eure Menschen, Städte und Dörfer auszukundschaften. - Setzt ihn auf das Pferd und bindet ihn mit dem Mann zusammen, der ein Engländer sein soll. Auch ihre beiden Tiere hängt ihr aneinander!"
Dem Befehl wurde Folge geleistet. Diese Leute führten so viele Stricke und Riemen bei sich, daß sie sicher auf einen viel größeren Fang ausgegangen waren, als sie mit uns gemacht hatten. Es wurden Stricke zwischen mir und Lindsay herüber und hinüber gezogen, so daß die Flucht eines einzelnen von uns gar nicht möglich war. Der Engländer sah diese Veranstaltungen mit einem unbeschreiblichen Blick über sich ergehen; dann wandte er sich mit einem Gesicht zu mir, an dem alle bitteren Gefühle der Welt herumzerrten. Der fest zusammengekniffene Mund bildete einen Halbkreis, dessen Enden das Kinn abknüpfen wollten, und die Nase hing farblos nieder, wie eine eingeschneite und steifgefrorene Trauerflagge.
„Nun, Sir?" fragte ich.
Er nickte sehr langsam zwei- oder dreimal und sagte dann:
„Yes!"
Er brauchte nicht mehr zu sagen, als dieses eine Wort, denn in dem Ton desselben lag eine ganze Welt voll Ausrufezeichen.
„Wir sind gefangen", hob ich an.
„Yes!"

„Und halb nackt."
„Yes!"
„Wie ist das gekommen?"
„Yes!"
„Geht zum Kuckuck mit Eurem Yes! Ich habe gefragt, wie es gekommen ist, daß wir gefangen werden konnten."
„Wie heißt Schelm oder Spitzbube auf Kurdisch?"
„Schelm heißt Heilebaz, und Spitzbube Herambaz."
„So fragt diese Heile- und Herambazes, wie es ihnen gelungen ist, uns wegzufischen!"
Der Anführer mußte die kurdischen Ausdrücke vernommen haben. Er drehte sich um und fragte:
„Was habt ihr zu reden?"
„Ich lasse mir von meinem Gefährten erzählen, wie wir in eure Hände geraten sind", erwiderte ich.
„So redet kurdisch, damit wir es auch hören!"
„Er versehtja das Kurdische nicht!"
„So redet ja nicht etwa Dinge, die wir nicht erlauben können!"
Er drehte sich wieder um, wohl in der Überzeugung, uns einen guten Befehl gegeben zu haben. Ich war jedoch sehr froh, daß er uns das Sprechen nicht überhaupt verboten hatte. Ein Kurde hätte dies sicherlich getan. Auch waren unsere Fesseln keineswegs beschwerlicher Art. Unsere Füße waren so zusammengebunden, daß der Strick unter dem Bauch des Pferdes hinweglief, und von meinem linken Arm und Bein führte je eine Leine zu den rechten Gliedmaßen des Engländers. Außerdem waren unsere Pferde zusammengekoppelt; die Hände aber hatten wir frei – man ließ uns die Zügel führen. Unsere jetzigen Herren hätten in einem Kursus bei den wilden Indianern sehr viel lernen können.
„Also, erzählt, Sir!" bat ich Lindsay.
„Well! Ihr schlugt einen Purzelbaum, grad wie gestern. Scheint überhaupt seit neuester Zeit in dieser Motion

etwas zu leisten! Ich ritt hinter Euch. Versteht Ihr wohl!"

„Verstehe sehr gut; fahrt fort!"

„Mein Pferd stürzte über Euren Rappen, der jetzt diesem Gentleman gehört, und ich... Hm! Yes!"

„Aha! Ihr schlugt auch einen Purzelbaum?"

„Well! Aber der meinige gelang besser als der Eurige."

„Vielleicht habt Ihr in dieser Motion eine größere Übung als ich!"

„Sir, was heißt Schnabel auf Kurdisch?"

„Nekul."

„Schön! Gebt also auf Euren Nekul besser acht, Master!"

„Danke für die Warnung, Sir! Eure Ausdrucksweise scheint sich, seit Ihr Euch mit dem Kurdischen beschäftigt, sehr verästhetisiert zu haben. Nicht?"

„Ist auch kein Wunder bei diesem Ärger! Also ich kam zur Erde zu liegen und konnte nur langsam wieder auf. Es mußte sich etwas in mir verbogen haben. Die Büchse war weit fortgeschleudert und der Gürtel aufgegangen; alle Waffen lagen an der Erde. Da kamen diese Herambaz und machten sich über mich her."

„Ihr wehrtet Euch?"

„Natürlich! Ich konnte aber nur das Messer und eine der Pistolen erwischen; darum gelang es ihnen, mich zu entwaffnen und zu binden."

„Wo blieb der Bei mit seinen Leuten?"

„Habe keinen von ihnen zu sehen bekommen, hörte aber weiter vor uns noch schießen."

„Sie werden zwischen zwei Abteilungen dieser Leute hier geraten gewesen sein."

„Wahrscheinlich. Als man mit mir fertig war, machte man sich an Euch. Ich dachte sehr, daß Ihr tot wärt. Man hat Beispiele, daß selbst ein schlechter Reiter einmal den Hals entzweifällt; nicht, Sir?"

„Möglich!"

„Ihr wurdet zwischen die zwei Mähren gebunden;

dann ging es fort, nachdem man unsere beiden Pferde annektiert hatte."

„Hat man Euch verhört?"

„Sehr! Habe auch geantwortet! Und wie! Yes!"

„Wir müssen zunächst aufmerken, in welche Richtung wir transportiert werden. Wo liegt die Schlucht, in der uns das Unglück passierte?"

„Grad hinter uns."

„Dort steht die Sonne; wir reiten also Ostsüdost. Gefällt es Euch noch so in Kurdistan wie vorhin, als ihr die Bären getroffen hattet?"

„Hm! Ein miserables Land zuweilen! Wer sind diese Leute?"

„Es sind Nestorianer."

„Vortreffliche christliche Sekte! Nicht, Sir?"

„Sie sind von den Kurden oft mit einer solchen unmenschlichen Grausamkeit behandelt worden, daß man sich nicht wundern darf, wenn sie Vergeltung üben."

„Konnten aber damit warten bis zu einer andern Zeit! Was ist nun zu tun, Sir?"

„Nichts, wenigstens jetzt."

„Nicht fliehen?"

„In dem Zustand, in dem wir uns befinden?"

„Hm! War ein schöner Anzug! Wunderschön! Nun ist er fort! In Gumri werden wir andere Kleider erhalten."

„Das wäre das wenigste. Aber ohne mein Pferd und meine Waffe fliehe ich nicht. Wie steht es mit Eurem Geld?" fragte ich.

„Fort! Und das Eurige?"

„Fort! Es war übrigens nicht sehr viel", lautete meine Antwort.

„Schöne Wirtschaft, Sir! Was glaubt Ihr, daß sie mit uns tun werden?"

„In Lebensgefahr befinden wir uns nicht. Sie werden uns früher oder später entlassen. Aber ob wir unser

Eigentum zurückerhalten, das ist sehr zu bezweifeln."

„Laßt Ihr Eure Waffen im Stich?"

„Nie, und müßte ich sie einzeln in Kurdistan wieder zusammensuchen!"

„Well, ich suche mit!"

Wir ritten durch ein breites Tal, das zwei Höhenzüge trennte, die sich von Nordwesten nach Südosten erstreckten; dann ging es links zwischen den Bergen empor, bis wir auf eine Hochebene gelangten, von der aus man im Osten die Häuser mehrerer Ortschaften und einen Fluß erblickte, in den sich mehrere Bäche ergossen. In dieser Gegend mußten Murghi und Lizan liegen, denn nach meiner Ansicht waren wir bereits über Seraruh hinaus.

Hier oben wurde unter Eichen haltgemacht. Die Reiter stiegen von den Pferden. Auch wir durften herab, wurden aber miteinander an den Stamm eines Baums gebunden. Ein jeder holte hervor, was er an Eßwaren bei sich hatte, und wir erhielten die Erlaubnis, zuzusehen.

„Wißt Ihr, worauf ich mich gefreut hatte, Sir?"

„Nun, auf was?"

„Auf Bärenschinken und Bärentatzen."

„Diese Gelüste laßt Euch vergehen! Habt Ihr Hunger?"

„Nein, bin satt vor Ärger! Schaut den Kerl! Kann sich mit den Revolvern nicht zurechtfinden!"

Die Leute konnten jetzt mit Ruhe alles betrachten, was sie uns abgenommen hatten. Wir sahen unser Eigentum durch alle Hände wandern, und nächst dem Geld, das aber sehr sorgfältig wieder aufgehoben wurde, erregten besonders unsere Waffen die Aufmerksamkeit der neuen Inhaber. Der Anführer hielt meine beiden Revolver in der Hand. Er konnte über sie nicht klug werden, drehte sie hin und her und wandte sich endlich an mich mit den Worten:

„Das sind Waffen?"

„Ja."

„Zum Schießen?“
„Ja.“
„Wie macht man es?“
„Das kann man nicht sagen, sondern man muß es zeigen.“
„Zeige es uns!“
Dem Mann kam es nicht in den Sinn, daran zu denken, daß das kleine Ding gefährlich werden könne.
„Du würdest es nicht begreifen“, sagte ich.
„Warum nicht?“
„Weil du zuvor den Bau und die Behandlung des anderen Gewehrs begriffen haben müßtest.“
„Welches Gewehr meinst du?“
„Das zu deiner Rechten liegt.“
Es war der Henrystutzen, den ich meinte. Er war ebenso wie die Revolver mit einer Sicherung versehen, die der Mann nicht zu behandeln verstand.
„So erkläre es mir!“ sagte er.
„Ich habe dir ja bereits gesagt, daß man es zeigen muß!“
„Hier hast du das Gewehr!“
Er reichte es mir, und sobald ich es in meiner Hand fühlte, war es mir, als ob ich nichts mehr zu befürchten brauche.
„Gib mir ein Messer, damit ich den Hahn öffnen kann“, sagte ich nun.
Er gab mir ein Messer, und ich nahm es, schob die Sicherung mit der Spitze desselben zurück, obgleich ich dies mit dem leisesten Druck meines Fingers hätte tun können, und behielt das Messer dann noch in der Hand.
„Sage mir, was ich dir schießen soll?“ hob ich nun an.
Er blickte sich um und sagte dann:
„Bist du ein guter Schütze?“
„Ich bin's!“
„So schieße mir einen jener Galläpfel herab!“
„Ich werde dir fünf herunterschießen und doch nur einmal laden.“

„Das ist unmöglich!“

„Ich sage die Wahrheit. Soll ich laden?“

„Lade!“

„So mußt du mir den Beutel geben, der an meinem Gürtel hing. Du hast ihn da an deinen eigenen Gürtel befestigt.“

Das Gewehr war vollständig geladen, aber es war mir um meine Patronen zu tun.

„Was sind das für kleine Dinger, die sich darin befinden?“ fragte er.

„Das werde ich dir zeigen. Wer so ein Ding hat, braucht weder Pulver noch Kugel, um schießen zu können.“

„Ich sehe, daß du kein Kurde bist, denn du hast Sachen, die es noch nie in diesem Land gegeben hat. Bist du wirklich ein Christ?“

„Ein guter Christ.“

„Sage mir das Vaterunser!“

„Ich spreche das Kurdische nicht gut, aber du wirst mir verzeihen, wenn ich einige kleine Fehler mache.“

Ich gab mir Mühe, die Aufgabe zu lösen. Er fiel zwar einige Male verbessernd ein, weil ich die Worte ‚Versuchung‘ und ‚Ewigkeit‘ nicht kannte, meinte aber dann doch befriedigt: „Du bist wirklich kein Moslem, denn ein solcher würde das Gebet der Christen niemals sagen. Du wirst das Gewehr nicht mißbrauchen, und darum will ich dir den Beutel geben.“

Seine Gefährten schienen sein Verfahren nicht anstößig und unvorsichtig zu finden. Sie gehörten alle einer Bevölkerungsklasse an, der durch die Gewalt ihrer Unterdrücker eine lange Zeit die Waffen aus der Hand gerungen gewesen waren, und verstanden darum den Wert derselben in den Händen eines entschlossenen Mannes kaum zu schätzen. Und übrigens waren alle wohl neugierig auf die Unterweisung, die ich geben sollte.

Ich nahm eine der Patronen heraus und tat, als ob ich

lud. Dann zielte ich in die Höhe und gab den Zweig an, von dem fünf Galläpfel verschwinden sollten. Ich drückte fünfmal los, und die Äpfel waren fort. Das Erstaunen dieser einfachen Leute war grenzenlos.

„Wievielmal kannst du mit diesem Gewehr schießen?" fragte mich der Anführer.

„Sovielmal, wie ich will."

„Und hier mit diesen kleinen Gewehren?"

„Auch sehr viele Male. Soll ich sie dir erklären?"

„Tue es!"

„Dann zeig sie einmal her!"

Ich legte den Stutzen neben mich und langte nach den beiden Revolvern, die er mir gab. Lindsay beobachtete eine jede meiner Bewegungen mit der größten Spannung.

„Ich habe euch gesagt, daß ich ein Christ aus dem Abendland bin. Wir töten niemals ungezwungen einen Menschen, aber wenn wir angegriffen werden, so kann man uns nie besiegen, denn wir haben wunderbare Waffen, gegen die es keine Rettung gibt. Ihr seid über dreißig tapfere Krieger; aber wenn wir zwei nicht an diesen Baum gebunden wären und euch töten wollten, so würden wir mit diesen drei Gewehren in drei Minuten damit fertig sein. Glaubst du das?"

„Wir haben auch Waffen!" antwortete er mit einem leisen Anflug von Besorgnis.

„Ihr würdet sie nicht brauchen können, denn der erste, der nach seiner Flinte, nach seiner Lanze oder nach seinem Messer griffe, wäre auch der erste, der sterben müßte. Versuchtet ihr aber keine Gegenwehr, so würden wir euch nichts zuleide tun, sondern in Frieden mit euch reden."

„Das alles könnt ihr nicht, denn ihr seid an den Baum gebunden."

„Du hast recht, aber wenn wir wollten, würden wir bald frei sein", antwortete ich in einem ruhigen, erklärenden Ton. „Dieser Strick geht nur um unseren Leib und um den Baum. Ich würde meinem Gefährten diese beiden kleinen Gewehre geben, so wie ich es jetzt tue, dann nähme ich mein Messer, und ein einziger Schnitt mit demselben zertrennt den Strick, und wir sind frei. Siehst du wohl?"

Grad so wie ich gesprochen, hatte ich es auch getan. Ich stand aufrecht am Baum mit dem Stutzen, Lindsay neben mir mit den Revolvern. Er nickte mir mit seinem breitesten Lächeln zu, gespannt auf alles, was ich tat, da er meine Worte nicht verstehen konnte.

„Du bist ein kluger Mann", sagte der Anführer, „aber diesen Strick brauchtest du uns nicht zu ruinieren. Setz dich wieder nieder und erkläre uns auch die beiden kleinen Gewehre!"

„Ich habe dir bereits zweimal gesagt, daß man das nicht erklären kann, sondern zeigen muß. Und zeigen werde ich es euch, wenn ihr nicht das tut, was ich von euch verlange."

Jetzt endlich begann ihm klar zu werden, daß ich Ernst machte. Er stand auf, und auch die anderen erhoben sich, nach ihren Waffen greifend.

„Was verlangst du?" fragte er drohend.

„Höre mich ruhig an! Wir sind keine gewöhnlichen Krieger, sondern Emire, denen man Achtung schuldig ist, selbst wenn sie in Gefangenschaft geraten. Ihr aber habt uns beraubt und gefesselt, als ob wir Diebe und Räuber seien. Wir verlangen, daß ihr uns alles zurückgebt, was ihr uns genommen habt!"

„Das werden wir nicht tun!"

„So werde ich deinen Wunsch erfüllen und dir den Gebrauch unserer Waffen zeigen. Merke wohl auf: Der erste, der auf uns schießen oder stechen will, wird auch der erste sein, der sterben muß! Es ist besser, wir sprechen in Frieden miteinander, als daß wir euch töten."

„Ihr werdet auch fallen!"

„Aber auch die meisten von euch vorher!“

„Wir müssen euch binden, denn wir müssen euch zu unserem Melek bringen.“

„Ihr bringt uns nicht zu eurem Melek, wenn ihr uns fesseln wollt, denn wir werden uns wehren. Aber wenn ihr uns alles wiedergebt, was uns gehört, so werden wir euch freiwillig folgen, denn wir können dann als Emire vor ihm erscheinen.“

Diese guten Leute waren gar nicht blutgierig und hatten eine große Angst vor unseren Waffen. Sie blickten einander an, flüsterten leise, und endlich fragte der Anführer:

„Was verlangst du zurück?“

„Die Kleider alle.“

„Die sollst du haben.“

„Das Geld und alles, was in unseren Taschen war.“

„Das müssen wir behalten, um es dem Melek zu geben.“

„Und die Waffen.“

„Auch sie müssen wir behalten, sonst gebraucht ihr sie gegen uns.“

„Und endlich verlangen wir unsere Pferde.“

„Du verlangst das Unmögliche!“

„Nun gut; so habt ihr allein die Schuld, wenn wir uns selbst nehmen, was uns gehört. Du bist der Anführer und hast unser Eigentum eingesteckt. Ich muß dich töten, um es wiederzubekommen.“

Ich erhob das Gewehr. Lindsay hielt seine beiden Läufe vor.

„Halt, schieße nicht!“ gebot der Mann. „Folgst du uns wirklich, wenn wir euch alles geben?“

„Ja“, erwiderte ich.

„Schwöre es uns!“

„Ich sage es. Das gilt wie ein Schwur!“

„Und wirst auch deine Waffen nicht gebrauchen?“

„Nein, es sei denn aus Notwehr.“

„So sollst du alles haben."

Er sprach wieder leise mit den Seinen. Es schien, als ob er ihnen erklärte, daß unser Eigentum ihnen ja sicher bleibe. Endlich wurde uns alles hingelegt, so daß wir nicht den geringsten Gegenstand zu vermissen hatten. Wir zogen unsere Kleider an, und während dieser Beschäftigung forderte mich Lindsay auf, ihm das Ergebnis meiner Verhandlung mitzuteilen. Als ich seiner Aufforderung nachgekommen war, legte sich sein Gesicht in sehr bedenkliche Falten.

„Was habt Ihr getan, Sir! Hatten unsere Freiheit so schön in den Händen!"

„Glaubt Ihr? Es hätte auf alle Fälle einen Kampf gegeben."

„Hätten sie alle erschossen!"

„Fünf oder zehn, dann aber wäre es aus mit uns gewesen. Seid froh, daß wir unsere Sachen wieder haben; das Weitere wird sich dann auch noch finden!"

„Wohin führen sie uns?"

„Das werden wir erst noch erfahren. Übrigens könnt Ihr versichert sein, Sir, daß uns unsere Freunde nicht verlassen werden. Von Halef weiß ich es ganz genau, daß er alles in Bewegung setzen wird, um uns nützlich zu sein."

„Glaube es auch. Braver Kerl!"

Als wir alles zu uns genommen hatten, stiegen wir auf und setzten unseren Ritt fort. Es hätte mich jetzt nur einen Schenkeldruck gekostet, um wieder frei zu sein; aber ich hatte mein Wort gegeben, und das mußte ich halten. Ich ritt an der Seite des Anführers, der seine besorgten Blicke nicht von uns wendete.

„Ich frage dich abermals, wohin du uns führst?" hob ich an.

„Das wird der Melek entscheiden."

„Wo befindet er sich?"

„Wir werden am Abhang des Gebirges auf ihn warten."

„Welcher Melek ist es?"
„Von Lizan."
„So ist er jetzt in Lizan und wird später kommen?"
„Er ist dem Bei von Gumri nachgejagt."
„Ah! Und darum habt ihr euch von ihm getrennt?"
„Er bedurfte unserer Hilfe nicht, weil er sah, daß der Bei so wenige Leute bei sich hatte, und als wir umkehrten, trafen wir auf euch."

Nun war das Rätsel gelöst. Der Feind war so zahlreich gewesen, daß es unseren Freunden nicht möglich geworden war, sich durchzuschlagen und zu uns zu kommen.

5. Der Wortbruch

Unser Weg führte sehr bald wieder bergab, und wir sahen das Tal des Zab in einer Länge von vielen Stunden vor uns liegen. Nach Verlauf von vielleicht zwei Stunden gelangten wir an einen einsamen Weiler, der nur aus vier Gebäuden bestand, von denen drei aus Lehm ausgeführt waren, während das vierte starke Steinmauern besaß. Es hatte ein Stockwerk über dem Erdgeschoß und einen ziemlich großen Garten an seiner hinteren Seite.

„Hier bleiben wir", meinte der Anführer.

„Wem gehört dieses Haus?"

„Dem Bruder des Melek. Ich werde dich zu ihm führen."

Wir hielten vor dem Gebäude still, und eben als ich am Absteigen war, vernahmen wir ein lautes, heulendes Schnaufen. Wir drehten uns um und sahen einen Hund, der in gewaltigen Sätzen den Abhang herabgesprungen kam. Es war mein Dojan, den ich kurz vor dem Überfall der Obhut Halefs übergeben hatte. Die Schnur, an der ihn der Diener geführt hatte, war zerrissen, und sein Instinkt hatte das brave Tier auf meine Spur geführt. Er sprang laut jauchzend an mir empor, und ich hatte alle Mühe, ihn zur Ruhe zu bringen. Ich gab ihm den Zügel meines Pferdes zwischen die Zähne und war nun sicher, daß niemand es mir unbemerkt entführen könne. Dann wurden wir in das Haus gewiesen. Der Anführer stieg mit uns eine Treppe empor und bedeutete uns, in einem Zimmerchen auf ihn zu warten. Es dauerte eine ganze Weile, bis er zurückkehrte.

„Ihr sollt kommen", meinte er. „Aber legt vorher die Waffen ab."

„Warum diese Zumutung?"

„Der Bruder des Melek ist ein Priester."

„Bei dem du selbst deine Waffen getragen hast!"

„Ich bin sein Freund."

„Ah! Er fürchtet sich vor uns?"

„So ist es."

„Du kannst ruhig sein. Wenn er es ehrlich meint, wird er sich bei uns in keiner Gefahr befinden."

Der Mann führte uns durch eine Tür in ein Gemach, in dem der Besitzer des Hauses sich befand. Es war ein schwacher, ältlicher Mann, dessen blatternarbiges Gesicht auf mich keinen sehr angenehmen Eindruck machte. Er winkte, und der Führer entfernte sich.

„Wer seid ihr?" fragte er, ohne uns zu begrüßen.

„Wer bist du?" fragte ich im selben Ton wie er.

Er runzelte die Stirn.

„Ich bin der Bruder des Melek von Lizan."

„Und wir sind Gefangene des Melek von Lizan."

„Dein Benehmen ist nicht so, als ob du ein Gefangener seist."

„Weil ich freiwillig ein Gefangener bin und sehr genau weiß, daß ich es nicht lange bleiben werde."

„Freiwillig? Man hat dich doch gefangengenommen!"

„Und wir haben uns wieder frei gemacht und sind euren Männern aus freiem Willen gefolgt, um nicht gezwungen zu sein, ihnen das Leben zu nehmen. Ist dir das nicht erzählt worden?"

„Ich glaube es nicht."

„Du wirst es glauben lernen."

„Du bist beim Bei von Gumri gewesen!" fuhr er fort. „Wie kommst du zu diesem?"

„Ich hatte ihm Grüße von einem Verwandten auszurichten."

„So bist du kein Vasall von ihm?"

„Nein. Ich bin ein Fremdling in diesem Land."

„Ein Christ, wie ich hörte?"

„Du hast die Wahrheit gehört."
„Aber ein Christ, der an die falsche Lehre glaubt!"
„Ich bin überzeugt, daß sie die wahre ist."
„Du bist kein Missionar?"
„Nein. Bist du ein Priester?" fragte ich dagegen.
„Ich wollte einst ein solcher werden", antwortete er.
„Wann wird der Melek hier ankommen?"
„Noch heute; die Stunde aber ist unbestimmt."
„Ich soll bis dahin in deinem Haus bleiben?"
Er nickte, und ich fragte weiter:
„Aber als was?"
„Als das, was du bist, als Gefangener."
„Und wer wird mich festhalten?"
„Meine Leute und dein Wort."
„Deine Leute können mich nicht halten, und mein Versprechen habe ich bereits erfüllt. Ich sagte, daß ich ihnen folgen würde; das habe ich getan."
Er schien zu überlegen.
„Du magst recht haben. So sollst du also nicht mein Gefangener, sondern mein Gast sein."
Er klatschte in die Hände, worauf ein altes Weib in dem Gemach erschien.
„Bringe Pfeifen, Kaffee und Matten!" gebot er ihr.
Die Matten wurden zuerst gebracht, und wir mußten zu beiden Seiten des Mannes Platz nehmen, der ein Priester genannt wurde, weil er einst gewillt gewesen war, ein solcher zu werden. Er wurde jetzt freundlicher, und als die Pfeifen mit dem Tabak gebracht wurden, hatte er sogar die Herablassung, sie uns selbst anzubrennen. Ich erkundigte mich bei ihm nach den Verhältnissen der nestorianischen Chaldäer und erfuhr allerdings Dinge, bei deren Erzählung einem sich die Haare sträuben konnten.

Die Krieger hatten sich um das Haus gelagert; es waren, wie ich erfuhr, arme, einfache Ackerbauern, also unangesehene Leute nach den Begriffen der Nomaden und anderer Bevölkerungsklassen, die das Kriegshandwerk betrieben. Sie kannten den Gebrauch der Waffen nicht, und einige unbedachte Andeutungen unseres Wirtes brachten mich zu der Überzeugung, daß von zehn ihrer Luntenflinten kaum fünf losgegangen wären.

„Nun aber werdet ihr ermüdet sein", meinte er, als auch der Kaffee eingenommen war. „Erlaubt, daß ich euch ein Zimmer anweise, das das eurige sein soll!"

Er erhob sich und öffnete eine Tür. Scheinbar aus Höflichkeit stellte er sich zur Seite, um uns zuerst eintreten zu lassen; kaum aber hatten wir die Schwelle überschritten, so warf er die Tür zu und schob den Riegel vor.

„Ah! Was ist das?" fragte Lindsay.

„Heimtücke. Was weiter!"

„Habt Euch übertölpeln lassen!"

„Nein. Ich ahnte so etwas!"

„Warum tratet Ihr ein, wenn Ihr es ahntet?"

„Weil ich mich ausruhen wollte. Mir tun die Glieder noch weh von dem Sturz."

„Das konnten wir woanders tun und nicht hier als Gefangene!"

„Wir sind nicht gefangen. Seht euch diese Tür an, die ich mir bereits während der Unterhaltung betrachtet habe. Einige Fußtritte oder ein guter Kolbenstoß reichen hin, sie zu zertrümmern."

„Wollen das sofort tun!"

„Wir befinden uns in keiner Gefahr."

„Wollt ihr warten, bis noch mehr Leute kommen? Jetzt fällt es uns nicht schwer, aufzusitzen und fortzureiten."

„Mich reizt dieses Abenteuer. Wir haben jetzt die beste Gelegenheit, die Verhältnisse dieser christlichen Sektierer kennenzulernen."

„Bin nicht sehr neugierig darauf; die Freiheit ist mir lieber!"

Da hörte ich meinen Hund zornig knurren und dann in jener bestimmten Weise anschlagen, die mir sagte, daß er sich gegen einen Angreifer zu wehren habe. Die einzige Fensteröffnung, die es in dem Raum gab, und die sehr klein war, befand sich an der anderen Seite. Ich konnte also nicht sehen, was es gab. Da hörte ich ein kurzes Bellen und bald darauf einen Schrei. Unter diesen Umständen war hier oben meines Bleibens nicht.

„Kommt, Sir!"

Ich stemmte mich mit der Achsel gegen die Tür - sie gab nur wenig nach.

„Nehmt den Kolben!" meinte Lindsay, indem er zugleich seine eigene Büchse ergriff.

Einige Schläge genügten, die Tür zu zertrümmern. In dem Raum, wo wir vorhin gesessen hatten, standen vier Männer, die jedenfalls die Aufgabe hatten, uns zu bewachen, denn sie traten uns mit erhobenem Gewehr entgegen, hatten aber gar nicht das Aussehen, als ob sie Ernst machen würden.

„Halt! Bleibt hier!" meinte der eine sehr freundlich.

„Tut dies einstweilen an unserer Stelle!"

Ich schob ihn beiseite und eilte hinab, wo die Anwesenden einen weiten Kreis um unsere Pferde geschlossen hatten. Bei denselben lag der gastfreundliche Wirt an der Erde und der Hund auf ihm.

„Fort, Sir?" fragte Lindsay.

„Ja."

Im nächsten Augenblick saßen wir auf.

„Halt! Wir schießen!" riefen mehrere Stimmen.

Es richteten sich allerdings mehrere Gewehre gegen uns, aber wir achteten nicht darauf.

„Dojan, geri!"

Der Hund sprang auf. Ich nahm die Büchse in die Hand, wirbelte sie um den Kopf, Lindsay tat dasselbe, und unsere Pferde schnellten durch den Kreis hindurch. Zwei einzelne Schüsse fielen hinter uns; sie schadeten uns nicht. Aber sämtliche Nestorah stiegen unter lautem Geschrei zu Pferd, um uns zu verfolgen. Das Abenteuer hatte seit dem Augenblick unserer Gefangennahme einen beinahe komischen Verlauf genommen; es bildete einen sehr überzeugenden Beleg dafür, daß die Tyrannei imstande ist, ein Volk zu entnerven. Was wären wir zwei gegen diese Übermacht gewesen, wenn die Nestorianer noch einiges Mark besessen hätten!

Wir achteten gar nicht weiter auf sie und ritten so schnell wie möglich den Weg zurück, auf dem wir gekommen waren. Als wir die Höhe erreicht hatten, waren die Verfolger weit hinter uns geblieben.

„Vor diesen sind wir sicher!" meinte Lindsay.

„Aber vor den anderen nicht."

„Warum nicht?"

„Sie können uns begegnen."

„So weichen wir ihnen aus!"

„Das ist nicht an jeder Stelle möglich."

„So hauen wir uns durch! Well."

„Sir, das würde uns wohl schwerlich gelingen. Ich habe nämlich die Ahnung, daß unsere Nestorianer in der Schar des Melek nur der überflüssige, mutlose und schlecht bewaffnete Troß gewesen sind, den er zurückgeschickt hat, um nicht gehindert zu sein. An uns haben sie sich gewagt, da wir nur zu zweien waren und uns in keiner verteidigungsfähigen Lage befanden."

„Lasse mich aber nicht wieder fangen! Yes!"

„Ich habe auch nicht Lust dazu, aber der Mensch kann nicht wissen, was ihm begegnet."

Wir kamen schnell über die Hochebene zurück, auf der wir vorher Rast gehalten hatten. An ihrem diesseitigen Rand hielten wir an, und ich zog das Fernrohr aus der Satteltasche, um die unter uns liegenden Täler und Abhänge zu betrachten. Ich konnte nichts Besorgniserregendes bemerken, und so setzten wir unseren Weg talwärts fort. Endlich gelangten wir nach langem Ritt auch an die Stelle, an der wir gefangengenommen worden waren. Lindsay wollte nach rechts abbiegen, weil dorthin

Mia und unser Jagdplatz lagen, aber ich hielt zaudernd an.

„Wollen wir nicht einmal hier links hinab, Sir?" fragte ich. „Dort sind die Unsrigen überfallen worden. Es ist beinahe notwendig, sich den Kampfplatz anzusehen."

„Wir werden alle in Mia oder Gumri treffen!" entgegnete er.

„Gumri liegt nach links. Kommt!"

„Ihr werdet Euch in neue Gefahr begeben, Sir!"

Ich schwenkte ohne weitere Antwort links ab, und er folgte mir ein wenig verdrossen. Hier sah ich die Wurzel, über die mein Pferd gestrauchelt war, und vielleicht achthundert Schritte weiter abwärts fanden wir ein getötetes Pferd daliegen, dem man Sattel und Zaum abgenommen hatte. Der spärliche Graswuchs und das niedrige Gestrüpp waren zertreten; auch das mit Blut bespritzte Gestein zeigte, daß hier ein Kampf stattgefunden hatte. Die Spuren desselben führten abwärts; die Kurden waren geflohen und die Nestorianer ihnen gefolgt. Das regte den Engländer auf. Er dachte nicht mehr an seine vorige Warnung und setzte sein Pferd in Trab.

„Kommt, Sir! Müssen sehen, wie es gegangen ist!" rief er mir zu.

„Vorsichtig!" warnte ich. „Das Tal ist breit und offen. Wenn der Feind grad jetzt zurückkehrt, wird er uns bemerken; dann ist es aus mit uns."

„Geht mich nichts an! Müssen den Unsrigen helfen!"

„Sie werden uns jetzt nicht mehr brauchen!"

Er aber ließ sich nicht halten, und ich war gezwungen, ihm auf das offene Terrain zu folgen, während ich mich lieber unter den Schutz der Bäume zurückgezogen hätte. Weit unten machte das Tal eine Krümmung. Die innere Ecke stieß beinahe bis an das Bachufer heran und hinderte uns, weiter zu sehen. Unweit davon lag ein nackter Leichnam. Es war ein toter Kurde; das sah man an dem Haarbüschel. Wir bogen um die Ecke. Kaum aber hatten wir hundert Schritte gemacht, so raschelte es in den Bäumen und Sträuchern der Talwand, und wir sahen uns augenblicklich von einer Menge bewaffneter Gestalten umringt. Zwei von ihnen hielten die Zügel meines Pferdes, und mehrere faßten mich an den Beinen und am Arm, um mich an der Gegenwehr zu hindern. So ging es auch dem Engländer, der in einem solchen Knäuel von Feinden steckte, daß sein Pferd sich kaum zu bewegen vermochte. Er wurde angerufen, konnte aber nichts verstehen und deutete auf mich.

„Wer seid ihr?“ fragte mich einer.

„Wir sind Freunde der Nestorah. Was wollt ihr von uns?“

„Wir sind keine Nestorah. So nennen uns nur unsere Feinde und Bedrücker. Wir sind Chaldäer. Aber ihr seid Kurden?“

„Wir beide sind weder Kurden, noch Türken, noch Araber. Wir tragen nur die Tracht dieses Landes. Wir sind Feringhis[1].“

„Woher seid ihr?“

„Ich bin ein Nemtsche, und mein Gefährte ist ein Inglis.“

„Die Nemtsche kenne ich nicht, aber die Inglis sind böse Menschen. Ich werde euch zum Melek führen, der über euch urteilen mag.“

„Wo ist er?“

„Weiter unten. Wir sind die Vorhut und sahen euch kommen.“

„Wir werden euch folgen. Laßt mich los!“

„Steige ab!“

„Erlaube mir, daß ich sitzen bleibe! Ich habe einen Sturz getan und kann nicht gut gehen.“

„So mögt ihr reiten, und wir werden eure Pferde führen. Aber sobald ihr versucht, zu fliehen oder eure Waffen zu gebrauchen, werdet ihr erschossen!“

Das klang sehr bestimmt und kriegerisch. Diese Män-

[1] Fremde

ner machten allerdings einen ganz anderen Eindruck als die, die uns vorher gefangengenommen hatten. Wir wurden talabwärts geführt. Mein Hund schritt, die Augen immer auf mich gerichtet, neben mir her; er hatte keinen der Feinde angegriffen, weil ich mich ruhig verhalten hatte.

Ein kleines Nebenwasser floß von rechts her in den Bach. Es kam aus einem Seitental, das bei seiner Mündung in das Haupttal eine ziemlich breite Einbuchtung bildete. Hier lagerten wohl gegen sechshundert Krieger in vielen Gruppen beieinander, während ihre Pferde in der Umgebung weideten. Unser Erscheinen erregte Aufsehen, aber niemand rief uns an.

Wir wurden zu einer der größten Gruppen geführt, in deren Mitte ein kräftig gebauter Mann saß, der unseren Begleitern zunickte.

„Ihr bringt sie?“ sagte er zu ihnen. „Kehrt wieder auf euren Posten zurück!“

Man hatte ihm also unser Kommen bereits gemeldet, als wir im Begriff waren, ihnen ahnungslos in die Hände zu laufen. Der Melek hatte einige Ähnlichkeit mit seinem Bruder, aber meine Augen richteten sich von ihm weg und auf eine andere Gruppe. Dort saßen der Bei von Gumri, Amad el Ghandur und Halef nebst mehreren Kurden unbewaffnet und rings von Wächtern umgeben; aber keiner von ihnen war gebunden. Sie hatten die Geistesgegenwart, sich bei unserem Anblick ruhig zu verhalten.

Der Melek winkte uns, abzusteigen.

„Kommt näher!“ gebot er.

Ich trat in den Kreis und setzte mich ungeniert neben ihm nieder. Auch der Engländer tat so. Der Anführer blickte uns etwas überrascht an, sagte aber nichts über unser dreistes Benehmen.

„Habt ihr euch bei eurem Ergreifen gewehrt?“ fragte er.

„Nein“, antwortete ich kurz.

„Ihr tragt doch Waffen!"

„Warum sollen wir die Chaldäer töten, da wir ihre Freunde sind? Sie sind Christen wie wir."

Er horchte auf und fragte dann:

„Ihr seid Christen? - Aus welcher Stadt?"

„Die Stadt, aus der wir stammen, kennst du nicht. Sie liegt weit von hier im Abend land, wohin noch kein Kurde gekommen ist."

„So seid ihr Franken? Vielleicht aus Inglistan?"

„Mein Gefährte stammt aus Inglistan. Ich aber bin ein Nemtsche."

„Ich habe noch keinen Nemtsche gesehen. Wohnen sie mit den Inglis in einem Land?"

„Nein, es liegt ein Meer zwischen ihnen."

„Das hast du wohl von anderen gehört, denn ein Nemtsche bist du nicht"

„Warum nicht?"

„Ich sehe, daß du einen Koran trägst, wie ihn die Hadschi tragen."

„Ich kaufte ihn nur, um zu sehen, was die Moslemim für einen Glauben und für eine Lehre haben."

„So handeltest du sehr unrecht. Ein Christ darf keine andere Lehre kennenlernen als nur die seinige. Aber wenn ihr Franken seid, warum kommt ihr in unser Land?"

„Wir wollen sehen, ob wir mit euch Handel treiben können."

„Welche Waren habt ihr mitgebracht?"

„Wir haben noch nichts mitgebracht. Wir wollen erst sehen, was ihr braucht, und es dann unseren Kaufleuten erzählen."

„Warum tragt ihr so viele Waffen, da ihr doch nur des Handels wegen zu uns kommt?"

„Die Waffe ist das Recht des freien Mannes; wer ohne Waffen reist, der wird für einen Knecht gehalten."

„So sagt euren Kaufleuten, daß sie uns Waffen senden sollen, denn hier gibt es sehr viele Männer, die frei werden wollen. Ihr müßt sehr mutige Männer sein, daß ihr euch in so ferne Länder wagt. Habt ihr jemanden, der euch hier beschützt?"

„Ja. Ich habe ein Bu-djeruldi des Großherrn bei mir."

„Zeige es her!"

Ich gab ihm den Paß, und ich sah, daß er lesen konnte. Dieser Melek war also ein unterrichteter Mann. Er gab mir das Schreiben wieder.

„Du stehst unter einem Schutz, der dir hier nichts helfen kann; aber ich sehe, daß ihr keine gewöhnlichen Krieger seid, und das ist gut für euch. Warum redest du allein und warum spricht nicht auch dein Gefährte?"

„Er versteht nur die Sprache seiner Heimat."

„Was tut ihr in dieser entlegenen Gegend?"

„Wir sahen die Spuren des Kampfes und sind ihnen gefolgt."

„Wo habt ihr die letzte Nacht geschlafen?"

„In Gumri", antwortete ich ohne Zögern.

Er erhob den Kopf mit einem überraschten, scharfen Blick.

„Das wagst du, mir zu sagen?"

„Ja, denn es ist die Wahrheit."

„So bist du ein Freund des Bei! Wie kam es, daß du nicht an seiner Seite kämpftest?"

„Ich war zurückgeblieben und konnte ihn in der Gefahr nicht mehr ereilen, denn deine Männer kamen zwischen ihn und uns."

„Sie griffen euch an?"

„Das taten sie."

„Ihr habt euch gewehrt?"

„Wenig. Wir beide waren in dem Augenblick, als sie kamen, mit unseren Pferden gestürzt; ich lag ganz ohne Besinnung, und mein Gefährte hatte die Waffen verloren. Es wurde ein Pferd getötet, und zwei Männer sind verwundet."

„Was geschah dann?"

„Wir wurden ausgezogen bis auf die Unterkleider, auf die Pferde gebunden und zu deinem Bruder geführt."

„Und jetzt seid ihr wieder hier! Wie ist das gekommen?"

Ich erzählte ihm alles genau vom ersten Augenblick unserer Gefangenschaft an bis zur gegenwärtigen Minute. Seine Augen wurden immer größer, und zuletzt brach er in einen Ausruf des größten Erstaunens aus:

„Katera Aïsa. – Um Jesu willen, Herr, das alles sagst du mir? Entweder bist du ein großer Held oder ein sehr leichtsinniger Mann, oder du suchst den Tod!"

„Es ist keines von diesen dreien der Fall. Ich sagte dir alles, weil ein Christ nicht lügen soll und weil mir dein Angesicht gefällt. Du bist kein Räuber und kein Tyrann, vor dem man zittern soll, sondern ein redlicher Fürst der Deinen, der die Wahrheit liebt und sie auch hören will."

„Chodih, du hast recht, und daß du so handeltest, wie du getan hast, das ist dein Glück. Hättest du die Unwahrheit gesprochen, so wärst du verloren gewesen, wie diese anderen verloren sind!"

Er deutete auf die Gruppe der Gefangenen.

„Woher hättest du gewußt, daß ich die Unwahrheit rede?"

„Ich kenne dich. Bist du nicht der Mann, der mit den Haddedihn gegen ihre Feinde kämpfte?"

„Ich bin es!"

„Bist du nicht der Mann, der mit den Dschesidi gegen den Mutessarif von Mossul kämpfte?"

„Du sagst die Wahrheit!"

„Bist du nicht der Mann, der Amad el Ghandur aus dem Gefängnis von Amadijah befreite?"

„Das tat ich!"

„Und der auch die Befreiung zweier Kurden von Gumri bei dem Mutesselim erzwang?"

„Es ist so!"

Ich war immer mehr erstaunt. Woher hatte dieser

nestorianische Anführer solche Kenntnis über meine Person?

„Woher weißt du dies alles, Melek?“ fragte ich jetzt.

„Hast du nicht ein Mädchen in Amadijah gesund gemacht, das Gift gegessen hatte?“

„Ja. Auch das weißt du?“

„Ihre Ahne heißt Mahra Durimeh?“

„Das ist ihr Name. Kennst du sie?“

„Sie war bei mir und hat mir viel von dir erzählt, was sie mit den Ihrigen von deinem Diener erfahren hat, der sich dort unter den Gefangenen befindet. Sie wußte, daß du vielleicht in unsere Gegend kommen würdest, und hat mich gebeten, dann dein Freund zu sein.“

„Wie kannst du wissen, daß gerade ich dieser Mann bin?“

„Hast du nicht gestern in Gumri von euch erzählt? Wir haben einen Freund dort, der uns alles berichtet. Darum wußten wir auch von der heutigen Jagd, und daß du dabei sein würdest. Und darum sandte ich auch, als ich im Hinterhalt lag und bemerkte, daß du zurückgeblieben warst, eine Abteilung der Meinigen, die dich gefangennehmen und fortführen sollten, damit dir im Kampf kein Leid geschehe.“

Das klang ja so abenteuerlich, daß es kaum zu glauben war. Und nun konnte ich auch das Verhalten der Männer, die uns gefangengenommen hatten, begreifen, obgleich sie mit der Wegnahme unserer Kleidungsstücke zu weit gegangen waren.

„Was wirst du nun tun?“ fragte ich den Melek.

„Ich werde dich mit nach Lizan nehmen, damit du mein Gast seist.“

„Und meine Freunde?“

„Dein Diener und Amad el Ghandur werden frei sein.“

„Aber der Bei?“

„Er ist mein Gefangener. Unsere Versammlung wird über ihn beschließen.“

„Werdet ihr ihn töten?"

„Das ist möglich."

„So kann ich nicht mit dir gehen!"

„Warum nicht?"

„Ich bin der Gast des Bei; sein Schicksal ist auch das meinige. Ich werde mit ihm kämpfen, mit ihm siegen oder unterliegen."

„Marah Durimeh hat mir gesagt, daß du ein Emir bist, also ein tapferer Krieger. Aber bedenke, daß die Tapferkeit sehr oft in das Verderben führt, wenn sie nicht auch besonnen ist. Dein Gefährte hat nicht verstanden, was wir sprechen. Rede mit ihm und frage ihn, was du beschließen sollst!"

Diese Aufforderung kam mir ungemein erwünscht, denn sie gab mir Gelegenheit, mich mit dem Engländer zu verständigen. Ich wandte mich also zu diesem:

„Sir, wir haben einen Empfang gefunden, wie ich ihn mir nicht träumen lassen konnte!"

„So! Schlimm?"

„Nein, freundlich. Der Melek kennt uns. Die alte Christin, deren Enkelkind ich in Amadijah heilte, hat ihm von uns erzählt. Wir sollen als seine Gastfreunde mit nach Lizan gehen."

„Well! Sehr gut! Vortrefflich!"

„Aber dann handeln wir, sozusagen, undankbar an dem Bei, denn er bleibt gefangen und wird vielleicht getötet."

„Hm! Unangenehm! Ist ein guter Kerl!"

„Freilich! Vielleicht wäre es möglich, mit ihm von hier zu entkommen."

„Wieso?"

„Die Gefangenen sind nicht gefesselt. Jeder von ihnen bedarf nur eines Pferdes. Wenn sie schnell aufspringen, sich auf die Gäule werfen, die ganz in ihrer Nähe grasen, und augenblicklich forteilen, so könnte ich ihnen vielleicht den Rückzug decken, da ich Grund habe, zu glauben, daß die Nestorianer nicht auf mich schießen werden."

„Hm! Schöner Coup! Ausgezeichnet!"

„Müßte aber schnell geschehen. Seid Ihr dabei?"

„Yes! Wird interessant!"

„Aber wir schießen nicht, Sir!"

„Warum nicht?"

„Das wäre undankbar gegen den Melek."

„Aber dann werden sie uns fangen!"

„Ich glaube nicht. Mein Pferd ist gut, das Eurige auch, und wenn die anderen Klepper schlecht sind, so entweicht man in die Büsche. Also seid Ihr bereit?"

„O yes!"

„So paßt auf!"

Ich drehte mich wieder zu dem Melek.

„Was habt ihr beschlossen?" fragte er.

„Wir bleiben dem Bei treu."

„So lehnt ihr meine Freundschaft ab?"

„Nein. Aber du wirst uns erlauben, unsere Pflicht zu tun. Wir werden jetzt gehen, doch ich sage dir aufrichtig, daß wir alles aufbieten werden, um ihn zu befreien."

Er lächelte und sagte:

„Und wenn ihr geht und alle seine Krieger ruft, so werden sie dennoch zu spät kommen, weil wir dann bereits fort sind. Aber ihr werdet gar nicht gehen, denn wenn ihr ihm helfen wollt, so muß ich euch zurückbehalten."

Ich hatte mich erhoben, und Lindsay stand bereits bei seinem Pferd.

„Zurückbehalten?" fragte ich, aber nur um Zeit zu gewinnen, denn ich hatte Halef einen Wink gegeben und dabei auf die in der Nähe grasenden Tiere und nach dem Ausgang des Tales hin genickt.

„Ich denke, ich soll nicht dein Gefangener sein?"

„Du zwingst mich, obgleich du dir sagen könntest, daß alle deine Bemühungen erfolglos sein werden."

Ich sah, daß Halef mich verstanden hatte, denn er flüsterte mit den anderen, die ihm zunickten, und sah dann bedeutungsvoll zu mir herüber.

„Melek, ich will dir etwas sagen", meinte ich, indem ich zu ihm trat und ihm die Hand auf die Achsel legte, denn ich sah, daß der Augenblick gekommen war. „Blicke einmal hier in das Tal hinauf!"

Er drehte sich um, so daß er den Gefangenen den Rükken zuwandte, und sagte: „Warum?"

„Während du nach dieser Seite blickst", erwiderte ich, „wird sich hinter deinem Rücken das begeben, was du für unmöglich hältst!"

„Was meinst du?" fragte er verwundert. Ich antwortete ihm nicht sogleich.

Wirklich waren in diesem Moment die Gefangenen auf und zu den Pferden gesprungen. Sie hatten dieselben bestiegen, noch ehe der erste Alarmruf erscholl. Auch der Engländer saß auf und folgte ihnen in der Weise, daß er eine Anzahl von Männern, die sich zur Verfolgung erhoben hatten, über den Haufen ritt.

„Deine Gefangenen entfliehen", antwortete ich jetzt gemächlich.

Es war eine sehr kindliche List gewesen, die ich anwandte, um seine Augen und auch diejenigen der Umsitzenden in dem entscheidenden Moment von den Gefangenen abzulenken, aber sie war gelungen. Er fuhr herum.

„Ihnen nach!" rief er und sprang zu seinem Pferd. Es war ein kurdischer Falbenhengst von ausgezeichneter Bauart. Mit diesem Tier wären die Flüchtlinge sehr bald eingeholt gewesen. Ich mußte das verhindern, sprang ihm nach und zog den Dolch. Eben wollte er zum Zügel greifen, als ich das Tier in den hinteren Oberschenkel stach und ihm einen derben Schlag versetzte. Es schlug wiehernd mit allen vieren aus und sprang davon.

„Verräter!" rief der Melek und drang auf mich ein.

Ich schleuderte ihn zurück, war mit einigen Sprüngen

bei meinem Rappen, schwang mich hinauf und sauste davon.

Die Flüchtlinge wußten, daß aufwärts im Tal ein Vortrupp stand, und hatten sich deshalb nach rechts abwärts gewandt. Ich eilte an den vordersten der Verfolger vorüber, bis ein Zwischenraum zwischen mir und ihnen lag; dann hielt ich an und legte das Gewehr an den Backen.

„Haltet an! Ich schieße!"

Sie hörten nicht; ich drückte also zweimal ab und schoß die beiden ersten Pferde nieder. Die anderen Reiter stutzten und blieben halten; aber die hinteren drängten, und so gab ich noch drei Schüsse ab. Der dadurch verursachte Aufenthalt hatte aber doch den Flüchtlingen Zeit gegeben, uns aus dem Gesicht zu kommen. Jetzt erschien der Melek auf seinem Falben, den er sich wieder eingefangen hatte. Er überblickte die Szene und riß seine Pistole heraus.

„Schießt ihn nieder!" rief er zornig und ritt auf mich ein.

Jetzt wandte ich mein Pferd und floh. Es kam alles auf die Schnelligkeit des Rappen an. Ich legte ihm die Hand zwischen die Ohren.

„Rih!"

Da bog er sich lang und flog dahin, als sei er von einer Sehne geschnellt. Seine lange Mähne wehte mir wie eine Fahne um das Knie. In einer Minute konnte mich der Melek mit keinem Gewehr mehr erreichen. Jetzt am hellen Tag war es noch ein ganz anderes Jagen als damals in dunkler Nacht vom Tal der Stufen zum Lager der Haddedihn zurück. Ich erreichte die erste Krümmung des Tals, als eben die Meinigen hinter der zweiten verschwanden. Da kam mir ein Gedanke. Ich machte mich so leicht wie möglich im Sattel, und der Hengst schoß dahin, daß sogar der Windhund weit dahinter blieb. In drei Minuten hatte ich die Gefährten erreicht, die ihre Pferde auf das möglichste anstrengten.

„Reitet schneller!“ rief ich. „Nur kurze Zeit noch schneller. Ich werde den Melek irreführen.“

„Wieso?“ fragte der Bei.

„Das kümmert euch nicht. Habe keine Zeit, es zu erklären. Aber heute abend treffen wir uns in Gumri.“

Ich hielt mein Pferd an, während sie fortgaloppierten. Bald waren sie hinter einer neuen Krümmung verschwunden. Ich ritt zur vorigen zurück und sah die Verfolger weit oben, den Melek ihnen allen voran. Ich rechnete mir den Augenblick, in dem sie meinen jetzigen Standort erreichen mußten, aufs Ungefähre aus und kehrte langsam wieder um, setzte mein Pferd in Trab und dann abermals in Galopp. Der Windhund erreichte mich wieder, und bald erschienen auch die Verfolger, die mich erblickten und natürlich glaubten, daß ich die Gefährten noch gar nicht erreicht habe, aber genau den Weg einschlagen werde, auf dem sie fortgeritten waren.

Wieder kam ein kleines Wasser aus einem Seitental hervor, und ich bog in dieses Tal ein. Es war sehr steinig und hatte sehr wenig Pflanzenwuchs. Ich mußte hier langsamer reiten und sah sehr bald, daß der Melek mir folgte. Jedenfalls ritten auch die Seinen ihm nach, und die Kurden waren gerettet.

Nun aber mußte ich sehr bald eine Bemerkung machen, die mir nicht angenehm sein konnte. Der Falbe des Melek war nämlich ein besserer Bergsteiger noch als mein Rappe. Diesen mußte ich immer mehr anstrengen, und dennoch verkleinerte sich die Distanz zwischen mir und dem Verfolger. Am beschwerlichsten war der obere Teil der Schlucht, wo es eine ziemliche Steilung zu überwinden gab, die aus losem Gestein bestand, das unter den Hufen des Pferdes nachgab. Ich streichelte und liebkoste das Tier; es stöhnte und schnaufte und tat sein möglichstes - endlich waren wir oben.

Da aber krachte hinter mir auch schon der Schuß des Melek; glücklicherweise traf er nicht.

Nun galt es vor allen Dingen, das Terrain zu überblikken. Ich sah nichts als unbewaldete, kahle Höhen, zwischen denen es keinen Pfad zu geben schien. Für am gangbarsten hielt ich eine Bergwand, die mir zur Rechten lag, und lenkte auf sie zu. Die Kuppe, auf der ich mich befand, war eine ziemliche Strecke lang beinahe eben; darum gewann ich wieder etwas Vorsprung.

Jetzt ging es bergab, wo sich mir eine natürliche Felsenbahn zeigte, die einem Weg glich. Ich erreichte denselben und ritt auf ihm rasch vorwärts.

Über mir ertönte ein lauter Schrei. Der Melek hatte ihn ausgestoßen. War es ein Ruf des Ärgers, mich entkommen zu sehen? Fast klang es aber wie ein Warnungsruf. Ich ritt vorwärts und sah den Melek mir vorsichtig folgen. Die Terrainverhältnisse wurden immer schwieriger. Zu meiner Rechten stieg der Fels steil in die Höhe, und zu meiner Linken fiel er beinahe lotrecht zur Tiefe hinab, und dabei wurde der Pfad immer schmaler. Mein Pferd war von den Schammarbergen her wohl solche Tiefen gewöhnt; es scheute nicht und schritt vorsichtig und langsam weiter, obgleich der Pfad eine Breite von nicht mehr über zwei Fuß hatte. Stellenweise allerdings war er breiter, und ich hoffte, als ich eine Krümmung des Berges vor mir sah, daß sich der Fels hinter derselben wieder gangbarer zeigen werde. Dort angelangt, blieb das Pferd stehen, ohne daß ich es anzuhalten brauchte.

Wir blickten, Roß und Reiter, in eine Tiefe von mehreren hundert Fuß hinab.

Ich befand mich in einer geradezu schauderhaften Lage. Vorwärts konnte ich nicht, umwenden auch nicht, und da hinten sah ich den Melek an der Felsenkante lehnen. Vielleicht hatte er diese Gelegenheit gekannt, denn er war abgestiegen und mir zu Fuß gefolgt. Hinter ihm sah ich mehrere seiner Leute ankommen.

Ich konnte allerdings hinter meinem Pferd herabrutschen und zurückkehren; aber dann war mein herrlicher

Rappe verloren. Darum beschloß ich, alles zu wagen. Ich redete ihm freundlich zu und ließ ihn rückwärts gehen. Er gehorchte und tastete sich mit ungeheurer Vorsicht, aber schnaubend und zitternd zurück. Wenn ihn nur ein kleiner Schwindel überfiel, so waren wir verloren. Aber der beruhigende und ermutigende Ton meiner Stimme schien ihm doppelten Scharfsinn zu verleihen. Wenn es auch langsam ging, so gelangten wir doch Schritt um Schritt weiter und endlich an eine Stelle, wo der Platz mehr als doppelt so breit war als bisher.

Hier ließ ich das Pferd ausruhen. Der Melek erhob sein Gewehr.

„Bleib dort, sonst schieße ich!" rief er mir zu.

Sollte ich es zum Schuß kommen lassen? Wenn mein Pferd erschrak, konnte es mit mir in die Tiefe springen. Oder es konnte sich eine Partie des Gesteins ablösen und uns zerschmettern. Aber bleiben konnte ich nicht. Daher beschloß ich, selbst zu schießen, denn wenn der Rappe die Vorbereitung dazu bemerkte, so erschrak er wahrscheinlich nicht.

Übrigens war die Entfernung zwischen mir und dem Melek immerhin so bedeutend, daß ich seine Kugel nicht zu fürchten brauchte. Erreichte sie uns aber dennoch, so brauchte sie nur das Pferd zu ritzen, um es scheu zu machen. Ich drehte mich also im Sattel um, legte die Büchse an und rief:

„Geh fort, sonst bin ich es, der schießt!"

Er lachte und erwiderte:

„Du machst wohl auch nur Spaß. So weit her trifft niemand."

„Ich werde dir ein Loch in den Turban machen!"

Ich schwenkte die Büchse noch einmal weit in die Luft und ließ den Hahn laut knacken, damit der Rappe vorbereitet sei. Dann zielte ich, drückte ab und wandte mich sofort wieder um. Diese letzte Vorsicht war unnötig, denn das Pferd stand still. Hinter mir aber erscholl ein

Ruf, und als ich mich wieder umdrehte, war der Melek verschwunden. Schon fürchtete ich, ihn erschossen zu haben; aber ich bemerkte bald, daß er sich nur in sichere Entfernung zurückgezogen hatte.

Ich lud den abgeschossenen Lauf wieder und ließ dann das Pferd abermals rückwärts gehen. Der Hund verhielt sich während dieser Zeit außerordentlich still. Er blieb stets in ziemlicher Entfernung von dem Pferd; es war, als ob er wisse, daß er es durch keinen Laut und keine Bewegung stören dürfe. Jetzt dauerte es sehr lange, ehe wir wieder eine Ruhestelle erreichten. Sie war vielleicht fünf Ellen lang und vier Fuß breit.

Sollte ich es wagen? Es war wohl besser, alles auf einen Augenblick zu setzen, als uns noch stundenlang zu quälen. Ich drängte den Rappen hart an den Felsen hinan, damit er rückwärts die Platte überblicken könne. Dann - Gnädiger Gott, hilf! - gab ich dem Tier die Schenkel, zog es empor und riß es herum.

Einen Augenblick lang schwebten seine Vorderhufe über der Tiefe, dann faßten sie festen Fuß; die gefährliche Wendung war geglückt. Aber das Tier zitterte am ganzen Leib, und es dauerte einige Zeit, ehe ich es ohne Besorgnis weitergehen lassen konnte. Nun aber war uns geholfen - Gott sei Dank! Wir legten den gefährlichen Pfad schnell zurück, dann jedoch sah ich mich gezwungen stehenzubleiben. In geringer Entfernung von mir stand der Melek mit vielleicht zwanzig seiner Leute. Alle hatten die Gewehre angelegt.

„Halt!“ gebot er mir. „Sobald du eine Waffe ergreifst, werde ich schießen!“

Hier wäre Widerstand ein Frevel gewesen.

„Was willst du?“ fragte ich.

„Steige ab!“ lautete seine Antwort.

Ich tat es.

„Lege deine Waffen ab!“ gebot er weiter.

„Das tue ich nicht.“

„So schießen wir dich nieder!"

„Schießt!"

Sie taten es doch nicht, sondern besprachen sich leise. Dann sagte der Melek:

„Emir, du hast mein Leben geschont, ich möchte dich auch nicht töten. Willst du uns freiwillig folgen?"

„Wohin?"

„Nach Lizan."

„Ja, aber nur dann, wenn du mir läßt, was ich besitze."

„Du sollst alles behalten."

„Du schwörst es mir?"

„Ich schwöre!"

Ich ritt nun auf sie zu, nahm aber den Revolver in die Hand, um auf eine etwaige Hinterlist gefaßt zu sein. Aber der Melek reichte mir seine Hand entgegen und sagte:

„Emir, war das nicht entsetzlich?"

„Ja, in der Tat."

„Und du hast den Mut nicht verloren?"

„Dann wäre auch ich verloren gewesen. Gott hat mich beschützt!"

„Ich bin dein Freund!"

„Und ich der deinige."

„Aber dennoch mußt du mein Gefangener sein, denn du hast als Feind an mir gehandelt."

„Aber doch hoffentlich mit Offenheit! Was wirst du in Lizan mit mir tun? Mich einsperren?"

„Ja. Aber wenn du mir versprichst, nicht zu fliehen, so kannst du als mein Gast bei mir wohnen."

„Ich kann jetzt noch nichts versprechen. Erlaube, daß ich es mir noch überlege!"

„Du hast Zeit dazu!"

„Wo sind deine andern Krieger?"

Er lächelte überlegen und erwiderte:

„Chodih, die Gedanken deines Kopfes waren klug, aber ich habe sie dennoch erraten."

„Welche Gedanken?"

„Glaubst du, daß ich denken kann, der Bei von Gumri werde zu Pferd in diese Berge fliehen, die er ebenso gut kennt wie ich? Er weiß, daß er hier nicht entkommen könnte."

„Was hat dies mit mir zu tun?"

„Du wolltest mich irreleiten. Ich folgte dir, weil ich des Bei sicher bin und auch dich zugleich wieder haben wollte. Diese wenigen Männer kamen mit mir; die andern aber haben sich geteilt und werden die Flüchtlinge sehr bald in ihre Gewalt bekommen."

„Sie werden sich wehren!" warf ich ein.

„Sie haben keine Waffen."

„Sie werden zu Fuß durch den Wald entkommen!"

„Der Bei ist zu stolz, ein Pferd zu verlassen, das noch laufen kann! Du hast dich umsonst in Gefahr begeben und umsonst unsere Tiere getötet und verwundet. Komm!"

Wir machten denselben Weg wieder zurück, den wir gekommen waren. Da, wo ich aus dem Hauptteil in die Seitenschlucht eingelenkt hatte, hielten einige Reiter.

„Wie ging es?" fragte sie der Melek.

„Wir haben nicht alle wieder."

„Wen habt ihr?"

„Den Bei, den Haddedihn, den Diener dieses Chodih und noch zwei Kurden."

„Das ist genug. Haben sie sich gewehrt?"

„Nein. Es hätte ihnen nichts geholfen, denn sie wurden umzingelt; aber einige der Kurden entschlüpften in die Büsche."

„Wir haben den Anführer, und das ist genug!"

Nun kehrten wir nach dem Ort zurück, an dem ich die Gefangenen zuerst getroffen hatte. Wunderbar war es mir, daß man den Engländer nicht erwischt hatte. Wie war er entkommen, und wohin hatte er sich gewendet? Er verstand kein Kurdisch. Was mußte da aus ihm werden!

Als wir den Lagerplatz erreichten, saßen die Gefangenen bereits wieder an ihrem vorigen Platz, waren aber jetzt gebunden.

„Willst du zu ihnen oder zu mir?" fragte mich der Melek.

„Zunächst zu ihnen."

„So werde ich dich ersuchen, deine Waffen vorher abzulegen!"

„So bitte ich dich, mich und die Gefangenen bei dir sein zu lassen. In diesem Fall verspreche ich dir, bis wir nach Lizan kommen, keinen Gebrauch von meinen Waffen zu machen und auch nicht zu fliehen."

„Aber du wirst den andern zur Flucht verhelfen!"

„Nein. Ich hafte auch für sie, stelle aber die Bedingung, daß sie ihr Eigentum behalten und nicht gefesselt werden."

„So sei es!"

Wir nahmen beieinander Platz, die meisten wohl, das gestehe ich, mit einem Gefühl der Beschämung, denn wir hatten uns alle wieder einfangen lassen. Da aber erscholl ein Ruf des Erstaunens. Es erschien ein Reiter, den zu erblicken man wohl nicht erwartet hätte: Master Lindsay.

Er blickte sich um, sah uns und kam auf uns zugeritten.

„Ah, Sir! Auch wieder da?" fragte er erstaunt.

„Ja. Good day, Master Lindsay!"

„Wie kommt Ihr wieder her? Wart ja über alle Berge."

„Wenigstens nicht so freiwillig wie Ihr."

„Freiwillig? Mußte ja!"

„Warum?"

„He! Schauderhafte Lage! Weiß nur, was Esel heißt und Maulschelle im Kurdischen, und soll ganz allein durch dieses Land reiten! Sah, daß alles wieder gefangen wurde, und bin langsam hinterhergeritten."

„Wo habt Ihr gesteckt, als man die andern erwischte?"

„War ein wenig vorangekommen, weil mein Pferd besser laufen konnte als die andern. Aber wohin wart Ihr verschwunden?"

„Sir, ich habe heute eine der gefährlichsten Stunden meines Lebens gehabt, das könnt Ihr mir glauben. Steigt ab. Ich werde es Euch erzählen!“

Er ließ sein Pferd laufen und setzte sich zu uns. Ich erzählte ihm meinen Ritt über den Felsensteig.

„Master“, meinte er, als ich fertig war, „das ist heut ein schlimmer Tag, ein sehr sehr schlimmer Tag! Well! Habe keine Lust, gleich wieder auf die Bärenjagd zu gehen! Yes!“

Wir waren fremd in diesem Land, wo sich offenbar jeder gegen jeden in Fehde befand: Stamm gegen Stamm, Kurden gegen Chaldani - und wir inmitten der kämpfenden Parteien.

Es gab noch viel zu verhandeln, und es bedurfte eines ‚Urlaubs auf Ehrenwort‘ aus der Gefangenschaft, um beim ‚Geist der Höhle‘, der sagenumwobenen Marah Durimeh, einen Frieden zwischen allen Parteien zu erreichen. Die alte Frau wurde von allen wie eine Heilige verehrt, und ihr Wort galt bei allen. Kurden, Nestorah und Chaldani gehorchten ihr, die meinen Bitten Gehör schenkte. Sie stiftete also Frieden, indem sie alle Verfeindeten zu sich befahl, und auch der Bei von Gumri erhielt seine Freiheit zurück.

So hatte denn unser Ritt durchs wilde Kurdistan doch noch ein gutes Ende genommen.

Unsere weitere Reise führte uns zu den Schirban-Kurden und von dort aus zu den Zirbar-Kurden. Unterwegs wurden wir von den Bebbeh-Kurden unter ihrem Scheik Gasahl Gaboya überfallen. Die Bebbeh wurden von uns besiegt. Aber ihren Scheik hatte ich, weil er mich einen Giaur, einen Ungläubigen, genannt hatte, deftig geohrfeigt. Mohammed Emin und seine uns begleitenden Krieger waren über den Sieg stolz. Aber sie schienen auch bedrückt.

„Habe ich recht oder unrecht gehandelt?“ fragte ich die Haddedihn während des Reitens.

„Emir“, antwortete Mohammed Emin, „du hast recht gehandelt; der Mann hat nicht nur dich, sondern auch uns beleidigt. Er darf kein Krieger mehr sein, denn er ist von einem Christen in das Gesicht geschlagen worden. Das ist schlimmer als der Tod und wird fürchterlich gerächt. Hüte dich, jemals in die Hände der Bebbeh zu fallen; du müßtest unter entsetzlichen Martern sterben!“

Wie recht Mohammed Emin mit seinen Befürchtungen hatte, das sollte ich später erfahren.

Bei unserem weiteren Ritt begegneten wir Allo, dem Köhler, einem struppigen, schmutzigen Kurden vom Stamm der Bannah, den wir als Führer zum Kiupri-See engagierten - auf dem Weg nach Bagdad. Jeden Tag sollte Allo zwei Piaster erhalten und für den gesamten Ritt ein Pferd - ein unschätzbarer Reichtum für einen so armen Schlucker, wie es der Köhler war.

Bei einem Bekannten, sagte Allo, wäre wohl ein Pferd feil. Wir suchten den Mann auf.

„Hat dieses Tier einen Fehler?“

„Keinen einzigen, Chodih!“ beteuerte er.

„Er hat einen, und es ist besser, wenn du ihn mir sagst. Das Pferd ist für deinen Freund Allo, den du nicht betrügen wirst.“

„Ich betrüge ihn nicht.“

„Nun wohl, so will ich versuchen, den Fehler zu entdecken. Nimm das Gepäck herab und lege einen Reitsattel auf!“

„Warum, Herr?“

Diese Frage verriet mir, daß ich auf der richtigen Fährte war.

„Weil ich es so haben will!“ antwortete ich kurz.

Er gehorchte, und dann hieß ich ihn aufzusteigen.

„Herr, ich kann nicht“, entschuldigte er sich.

„Warum nicht?“

„Ich habe das Gewitter[1] im Bein. Ich kann nicht reiten.“

[1] das Reißen

„So werde ich es selbst tun!"

Ich sah es ihm an, daß ich der Entdeckung jetzt nahe war. Das Pferd ließ mich herantreten, doch sobald ich den Fuß erhob, um in den Bügelschuh zu treten, wich es zur Seite. Es wollte mir nicht gelingen, in den Sattel zu kommen, bis ich es hart an die Mauer des Gebäudes stellte. Jetzt saß ich auf, sofort aber ging es hinten in die Höhe, daß es sich fast nach vorn überschlug; dann stieg es vorn empor, beinahe mehr als kerzengrade; es bockte zur Seite und machte so gewaltige Luftsprünge, daß ich die erste Gelegenheit ergriff, mich aus dem Sattel zu werfen. Ich tat dies mit Vorbedacht so, daß ich zur Erde fiel und es den Anschein hatte, als ob ich abgeworfen worden sei.

„Mann, dieses Pferd ist keinen Para, viel weniger zweihundert Piaster wert! Kein Mensch kann es reiten. Es ist verdorben worden."

„Herr, es ist gut. Vielleicht will es nur dich nicht dulden."

„Ich kenne das! Es hat lange Zeit unter einem schlechten Sattel und unter einem noch schlimmeren Reiter gelitten; das merkt sich so ein Tier. Wer soll es nun besteigen? Es ist höchstens noch als Packpferd zu verwenden."

„Brauchst du kein Packpferd, Herr?"

„Nein. Jetzt nicht, sondern erst später."

„So kaufe es, denn du wirst nicht gleich ein Pferd finden, wenn du es brauchst."

„Soll ich mich mit einem Tier abschleppen, das mir jetzt zur Last ist?"

„Du sollst es um hundertfünfzig Piaster haben!"

„Ich gebe dir hundert, und keinen Para mehr."

„Herr, du scherzt!"

„Behalte es! Ich finde in Banna ein anderes. Komm, Allo!"

Ich bestieg meinen Rappen, und der Köhler folgte mir

mit betrübter Miene. Wir hatten aber kaum fünfzig Schritte zurückgelegt, so hörten wir rufen:

„Gib hundertdreißig, Herr!“

Ich antwortete nicht.

„Hundertzwanzig!“

Ich ritt weiter, ohne mich umzublicken.

„Komm zurück, Herr, du sollst es für hundert haben!“

Jetzt blieb ich halten und fragte, ob er auch einen Reitsattel und eine Decke zu verkaufen habe. Als er bejahte, kehrte ich zurück und kaufte einen ganz passablen Sattel nebst Decke für vierzig Piaster. Und was das Vorteilhafteste war: Der Händler nahm den Preis ganz willig in altem Beschlik[1] an, der sich nach und nach in meiner Tasche angesammelt hatte. Ich legte, nachdem ich bezahlt hatte, dem Pferd den Sattel und das Zaumzeug an und nahm dann von dem Kurden Abschied.

„Leb wohl! Du wolltest deinen Freund betrügen, aber du wirst gleich sehen, daß er das Pferd für den dritten Teil seines Wertes hat.“

Der Mann antwortete mir nur mit einem schlauen, überlegenen Lächeln. Auch Allo verabschiedete sich von ihm und wollte dann sein Pferd besteigen. Sein behaartes Gesicht, oder vielmehr nur die Teile desselben, die man sehen konnte, erglänzten vor Freude und Entzücken darüber, daß er nun hoch zu Roß in die Welt hineinreiten konnte. Aber der Kurde ergriff ihn beim Arm.

„Um des Propheten willen, steig nicht auf! Das Pferd wird dich abwerfen, und du brichst den Hals.“

„Dieser Mann hat recht“, stimmte ich bei. „Steig du jetzt auf mein Pferd. Es wird dich sicher tragen, und ich will mich hier auf dieses setzen, um ihm zu zeigen, daß es zu gehorchen hat.“

Allo kletterte wirklich mit größtem Vergnügen auf den Rücken meines Hengstes, der sich dieses ehrenrührige Attentat ganz ruhig gefallen ließ, weil er mich in der

[1] geringes Metallgeld

Nähe wußte. Ich aber drängte den Klepper an die Mauer und kam glücklich in den Sattel. Wieder stieg er empor; ich ließ ihm einige Augenblicke lang den Willen, dann aber nahm ich ihn kurz und faßte ihn zwischen die Schenkel. Er wollte steigen - es ging nicht mehr; er brachte es bloß zu einem krampfhaften Spielen der Hufe, und endlich ging ihm der Atem aus, der Schweiß stand ihm auf allen Poren, und von seinem Maul tropfte der Schaum in großen Flocken - er stand, obwohl ich ihm die Schenkel wieder nahm.

„Er ist bezwungen, Mann", lachte ich vergnügt. „Paß auf, wie er sich reiten läßt, und versuche nicht wieder einen Freund zu übervorteilen! Allah sei mit dir!"

Ich ritt voran, und mein Rih folgte mit edler Bescheidenheit dem Klepper.

„Chodih", fragte der Köhler, „nun ist wohl dieser Schwarze mein?"

Hm! Auch eine Frage!

„Nein", antwortete ich.

„Warum nicht?"

„Dieser Schwarze würde dich abwerfen, sobald ich nicht mehr in seiner Nähe bin. Du sollst ihn nur heute reiten, denn morgen wird dieses Pferd hier gehorsam geworden sein."

„Und wird es mir auch dann gehören, wenn ich von euch scheide?"

„Ja, wenn wir nämlich mit dir zufrieden sind."

„Oh, ich werde alles tun, was du von mir forderst!"

Wir gelangten an das Dickicht, wo sich die Gefährten verborgen hielten. Sie schlossen sich uns wieder an und zeigten sich sehr zufrieden über den guten Handel, den ich gemacht hatte. Nur Halef war ungehalten.

„Sihdi", sagte er, „das wird dir Allah nie vergeben, daß du Rih eine solche Kröte tragen läßt. Er mag sich auf mein Pferd setzen, während ich den Rappen nehme."

„Laß ihn, Halef! Es würde ihn beleidigen."

„Maschallah, wie kann ein Kurde beleidigt werden, der Kohlen brennt und den Schmutz mit Fingern ißt!“

Es blieb trotzdem bei meiner Anordnung.

Am nächsten Tag beschloß ich, einen Versuch zu machen, ob das neu erworbene Pferd den Köhler nun aufsitzen lasse. Es gelang. Das Tier mochte gemerkt haben, daß es bei uns nicht gequält werde. So konnte ich meinen Rih wieder besteigen, und dies war ein Glück, wie ich bald einsehen sollte.

Die vorher so kahlen Höhen bewaldeten sich immer mehr, je weiter wir nach Süden kamen; es gab mehr Wasser hier. Infolgedessen wurde unser Ritt beschwerlicher. Von einem gebahnten Weg war keine Rede. Bald mußten wir eine schroffe Höhe erklettern, bald drüben wieder hinuntersteigen; bald ging es zwischen Felsen hindurch, bald durch sumpfiges Land oder über halb verfaulte Bäume hinweg. So gelangten wir am Nachmittag in ein schmales Tal, das nur in seiner Mitte einen wiesenähnlichen Streifen zeigte, hüben und drüben aber mit üppigem Baumwuchs bestanden war. In der Ferne erhob sich in bläulicher Färbung ein großer Berg, der uns mit seinen Vorhügeln den Weg zu verlegen schien.

„Kommen wir dort vorüber?“ fragte ich Allo.

„Ja, Herr. Links gehen wir an seinem Fuß hin.“

„Was sagt der Mann?“ fragte Lindsay.

„Daß unser Weg dort am linken Fuß des Berges vorübergehe.“

„Brauchen wir nicht zu wissen!“ brummte er mürrisch.

Er sollte sehr bald einsehen, daß diese Bemerkung des Führers für ihn von der größten Wichtigkeit gewesen war, denn kaum öffnete ich die Lippen, um eine Entgegnung auszusprechen, so krachten von beiden Seiten viele Schüsse, und zu gleicher Zeit sprangen mehr als fünfzig Reiter rechts und links unter den Bäumen hervor, um uns zu umzingeln.

Das war eine fürchterliche Überraschung! Die sämtlichen Pferde meiner Gefährten waren getroffen, und nur das meinige nicht. Ich hatte dies, wie ich später erfuhr, nicht dem Zufall zu verdanken. Die Reiter suchten sich von den Bügeln zu befreien und zu ihren Waffen zu kommen. Wir waren im Nu von allen Seiten umgeben, und grad auf mich zu kamen zwei Reiter, die ich augenblicklich wiedererkannte:

Scheik Gasahl Gaboya und der Bebbeh, mit dem ich während unserer Verfolgung die Friedensunterhandlung geführt hatte.

Man hatte nur auf unsere Pferde geschossen; man wollte uns also lebendig gefangennehmen. Infolgedessen ließ ich den Stutzen hängen und griff zur schweren Büchse.

„Wurm, jetzt hab ich dich!" rief der Scheik. „Du entkommst mir nicht wieder!"

Er holte mit der Keule aus, aber im selben Augenblick sprang Dojan an ihm empor und faßte mit seinen Zähnen den Oberschenkel des Feindes. Dieser stieß einen Laut des Schmerzes aus, und der Hieb, der mir gegolten hatte, traf den Kopf meines Pferdes. Es wieherte laut auf, schnellte sich mit allen Vieren in die Luft und ließ mir also Zeit, dem Bebbeh einen Kolbenschlag auf die Schulter zu versetzen – dann stürmte es davon, vor Schmerz keiner Führung mehr gehorchend.

„Dojan!" rief ich noch laut hinter mich, denn den braven Hund wollte ich nicht verlieren, dann streckten sich mir viele Lanzenspitzen entgegen; ich schlug sie mit der Büchse von mir ab, mehr wußte ich nicht; aber den Ritt, der nun kam, will ich mein Leben lang nicht vergessen. Kein Graben war zu tief, kein Stein zu hoch, kein Riß zu breit, kein Felsen zu glatt und kein Sumpf zu trügerisch – alles, alles, Bäume, Büsche, Felsen, Berg und Tal flogen an mir vorüber, bis ich nur nach und nach wieder die Herrschaft über das rasende Tier gewann. Dann befand ich mich allein in einer wilden, unbekannten Gegend; aber die Richtung hatte ich mir gemerkt, aus der ich gekommen war, und grad vor mir lag jener hohe Berg, von dem wir kurz vorher gesprochen hatten.

Was war zu tun? Den Gefährten beispringen? Das war nicht mehr möglich, sondern es stand vielmehr zu erwarten, daß die Bebbeh auch mich verfolgen würden. Aber wie kamen diese Kurden so tief zwischen die Berge herein? Wie hatten sie erfahren, daß wir diesen Weg einschlagen würden? Das war mir ein Rätsel.

Augenblicklich konnte ich für meine Kameraden nicht das mindeste tun. Sie waren entweder tot oder gefangen. Vor allem mußte ich mich versteckt halten und erst morgen sehen, was auf dem Kampfplatz zu entdecken sei. Dann erst konnte ich etwas für sie tun.

Zunächst untersuchte ich den Kopf meines Pferdes. Es war eine tüchtige Beule aufgelaufen. Ich führte den Hengst an ein nahes Wasser, wo er sich niederlegen mußte. Hier machte ich ihm Umschläge mit derselben Sorgfalt, mit der eine Mutter für ihr Kind bedacht wäre. Darüber war wohl eine Viertelstunde vergangen, als ich von fern her ein Geräusch vernahm. Es war ein Ächzen und Schnauben, als wenn jemand den Atem verlieren will – im nächsten Augenblick kam es dahergesaust, stieß ein lautes Freudengeheul aus und sprang mit solcher Gewalt auf mich ein, daß ich in das Gras stürzte.

„Dojan!“

Der Hund heulte und winselte – seine Freude war nicht zu bändigen. Er sprang einmal auf mich und das andere Mal wieder auf das Pferd ein; ich mußte ihn gewähren lassen, bis er sich allmählich von selbst beruhigte. Auch er war ohne alle Verletzung davongekommen.

Das kluge Tier schien sehr bald zu merken, weshalb ich mich um das Pferd bemühte, denn nachdem Dojan mir eine Weile zugesehen hatte, richtete er sich empor und begann die getroffene Stelle am Kopf seines Freundes sehr sorgsam zu belecken. Rih litt es ruhig und stieß sogar von Zeit zu Zeit ein freundliches Schnauben aus.

So lagen wir noch eine lange Zeit, bis ich es für geraten hielt, diesen Ort zu verlassen. Es war jedenfalls das beste, den Fuß jenes Berges aufzusuchen, von dem der Köhler gesprochen hatte. Ich saß also wieder auf und ritt diesem nahen Ziel entgegen.

Ich war frei, und Sir David war auch entkommen und gesellte sich zu mir. Bei meinen Nachforschungen nach meinen Gefährten ergriff ich den Bruder des Scheik Gasahl Gaboya. Der Bruder wollte, daß ich mit Gasahl Gaboya Frieden schließen möchte. Ich war, wie stets, dazu bereit. Es gelang mir, Gasahl Gaboya mitten aus seinen Kriegern heraus gefangenzunehmen. Wutentbrannt verweigerte er den Frieden und willigte in keines meiner Angebote ein, obwohl er mein Gefangener war.

Der Scheik lag gebunden am Boden und sprach kein Wort, aber seine Augen folgten jeder unserer Bewegungen. Man sah es ihm an, daß er niemals unser Freund sein könne.

Wir harrten mit Spannung auf den Bescheid, den wir von den Bebbeh erhalten würden. Sie hielten eng beieinander, und wir sahen aus der Lebhaftigkeit ihrer Gestikulationen, daß ihre Beratung eine stürmische war.

Endlich kehrte unser Bote zurück.

„Ich bringe den Frieden, Herr“, sagte er.

„Unter welcher Bedingung?“

„Unter keiner.“

„Das hatte ich nicht erwartet. Du scheinst sehr eifrig für uns gesprochen zu haben. Ich danke dir!“

„Verstehe mich wohl, ehe du mir dankst, Herr! Ich bringe dir zwar den Frieden, aber auch die Bebbeh gehen auf keine Bedingung ein.“

„Ah! Und das nennen sie einen Frieden! Gut, so werde

ich mich sicherstellen. Sage ihnen, daß ich den Scheik, deinen Bruder, als Geisel mit mir nehmen werde."

„Wie lange wirst du ihn behalten?"

„So lange, wie es mir gefällt; so lange, bis ich sicher bin, daß ich nicht verfolgt werde. Dann wird er unbeschädigt entlassen."

„Ich glaube dir. Erlaube, daß ich es meinen Brüdern sage!"

„Gehe hin und gebiete ihnen, sich bis an die Berge zurückzuziehen, die die Ebene dort begrenzen. Sobald ich merke, daß sie uns folgen, stirbt der Scheik."

Er ging, und bald sahen wir, daß alle Bebbeh, beritten, langsam nach Norden zogen. Er selbst aber kam wieder, um sein Pferd zu holen.

„Emir", sagte er, „ich war dein Gefangener, gibst du mich frei?"

„Ja. Du bist mein Freund. Hier nimm die Pistolen deines Bruders. Nicht ihm, sondern dir gebe ich sie zurück. Die Flinte aber bleibt das Eigentum des Mannes, dem ich sie geschenkt habe."

Er blieb bei uns, bis man den Scheik auf sein Pferd gebunden hatte und wir vollständig marschbereit waren. Dann reichte er mir die Hand.

„Leb wohl, Herr! Allah segne deine Hände und deine Füße. Du nimmst einen Mann mit dir, der dein Feind und nun auch der meinige ist, und dennoch empfehle ich ihn deiner Güte, denn er ist der Sohn meines Vaters."

Er sah uns lange nach, bis wir verschwunden waren; der Scheik aber hatte keinen Blick für ihn gehabt; es war sicher, daß sie Feinde geworden waren.

Wir behielten die südliche Richtung bei. Halef und Allo hatten den Scheik zwischen sich genommen, und außer einigen kurzen Bemerkungen, die zuweilen nötig waren, wurde der Weg mit Schweigsamkeit verfolgt. Ich merkte es den Gefährten an, daß mein Verhalten während der letzten Tage nicht ihren Beifall hatte. Es fiel zwar keine Bemerkung darüber, aber es war aus ihren Blicken, aus ihren Mienen und aus ihrem ganzen mürrischen Wesen zu erkennen. Ein offenes Aussprechen wäre mir lieber als diese Verschlossenheit gewesen. Auch die uns umgebende Natur war keine freundliche. Wir ritten über öde Bergkuppen, nackte Hänge, finstere Schluchten; es wurde am Abend so kalt und zugig wie im Winter, und die Nacht, die wir zwischen zwei gegeneinandergeneigten Felsen zubrachten, vermochte es nicht, eine andere Stimmung in uns zu erwecken.

Kurz vor Tagesgrauen nahm ich meine Büchse, um irgendein Wild zu beschleichen. Nach langem Suchen gelang es mir, einen armen Dachs zu schießen, den ich als einzige Beute zum Lager brachte. Die Gefährten waren bereits alle munter. Ein Blick, den Halef mir unbeobachtet zuwarf, sagte mir, daß während meiner Abwesenheit irgend etwas vorgegangen sei. Um zu erfahren, was es sei, brauchte ich gar nicht lange zu warten, denn ich hatte mich kaum niedergelassen, so fragte Mohammed Emin:

„Emir, wie lange sollen wir den Bebbeh noch mit uns schleppen?“

„Wenn du ein längeres Gespräch beabsichtigst“, antwortete ich, „so entfernt vorher den Gefangenen, der jedenfalls ebenso gut das Arabische versteht wie sein Bruder.“

„Allo mag ihn in seine Obhut nehmen.“

Ich folgte diesem Vorschlag, führte den Scheik an eine entferntere Stelle und ließ ihn da in der Obhut des Köhlers, dem ich bedeutete, daß er die größte Achtsamkeit auf den Gefangenen zu verwenden habe. Dann kehrte ich zu den anderen zurück.

„Jetzt sind wir unbelauscht“, meinte Mohammed Emin, „und ich wiederhole meine Frage, wie lange wir den Bebbeh mit uns herumschleppen sollen.“

„Warum tust du diese Frage?“

„Bin ich nicht berechtigt, sie zu tun, Effendi?"
„Du hast ein Recht dazu, das ich dir nicht bestreite. Ich wollte ihn bei mir behalten, bis ich sicher sein kann, daß wir nicht verfolgt werden."
„Wie willst du diese Sicherheit erhalten?"
„Dadurch, daß ich mich überzeuge. Wir setzen unsern Weg bis Mittag fort, dann nehmt ihr an einer geeigneten Stelle gleich Nachtlager, ich aber reite zurück und bin überzeugt, daß ich die Bebbeh sicher entdecken werde, falls sie uns folgen. Morgen am Vormittag bin ich wieder bei euch."
„Ist ein solcher Feind soviel Mühe wert?"
„Nicht er ist es wert, aber unsere Sicherheit erfordert es."
„Warum willst du es dir und uns nicht leichter machen?"
„Auf welche Weise könnte dies geschehen?"
„Du weißt, daß er unser Feind ist?"
„Sogar ein sehr schlimmer Feind."
„Der uns wiederholt nach dem Leben trachtete?"
„Allerdings."
„Der uns sogar verriet, als er sich in unsern Händen befand; denn er rief die Seinigen herbei, als du das Tal verlassen hattest, um den Hund zu verteidigen."
„Auch dies ist richtig."
„Nach den Gesetzen der Schammar hat er mehrfach den Tod verdient."
„Gelten diese Gesetze auch hier?"
„Überall, wo ein Schammar zu richten hat."
„Ah, ihr wollt den Gefangenen richten? - Ich denke, ihr habt ihm bereits das Urteil gesprochen! Wie lautet es?"
„Der Tod."
„Warum habt ihr dies Urteil nicht bereits vollstreckt?"
„Konnten wir dies ohne dich tun, Emir?"
„Ihr habt nicht den Mut, das Urteil ohne mich zu voll-

strecken, aber ihr habt das Herz, den Gefangenen ohne mich zu richten? O Mohammed Emin, du gehst auf falschem Wege, denn der Tod des Gefangenen wäre auch der deinige gewesen."

„Wie willst du mir das erklären?"

„Sehr leicht. Hier sitzt mein Freund David Lindsay-Bei, und hier mein tapferer Hadschi Halef Omar. Glaubst du, daß sie dir erlaubt hätten, in meiner Abwesenheit den Bebbeh zu töten?"

„Sie hätten uns nicht gehindert. Sie wissen, daß wir stärker sind als sie."

„Es ist wahr, ihr seid die tapfersten Helden der Haddedihn, aber diese beiden Männer haben noch niemals Furcht und Angst gefühlt. Was denkst du wohl, was ich getan hätte, wenn ich nach meiner Rückkehr Zeuge eures Tuns geworden wäre?"

„Du hättest es nicht mehr zu ändern vermocht."

„Das ist richtig, aber es wäre euer Tod gewesen. Ich hätte das Messer vor euch in die Erde gesteckt und mit euch gekämpft als Rächer dessen, der ermordet wurde, obgleich er sich unter meinem Schutz befand. Allah allein weiß, ob es euch gelungen wäre, mich zu überwinden."

„Emir, laß uns darüber schweigen. Du siehst ja, daß wir dich fragen, bevor wir handeln. Der Scheik hat den Tod verdient; laß uns über sein weiteres Schicksal beraten!"

„Beraten? Wißt ihr nicht, daß ich seinem Bruder versprochen habe, ihn unverletzt ziehen zu lassen, sobald ich überzeugt bin, daß wir nicht verfolgt werden?"

„Dies war ein voreiliges Versprechen. Du gabst es, ohne uns vorher zu fragen. Bist du etwa unser Gebieter, daß du dir jetzt angewöhnt hast, ganz aus eigener Macht zu handeln?"

Das war ein Vorwurf, den ich nicht erwartet hatte. Ich schwieg einige Zeit, um mein Gewissen zu prüfen, dann antwortete ich:

„Ihr habt recht, wenn ihr sagt, daß ich zuweilen gehandelt habe, ohne euch zu fragen. Dies geschah aber nicht, weil ich mich für den höchsten von euch halte, sondern aus anderen Gründen. Ihr versteht nicht Kurdisch, und ich war also stets der einzige, der mit den Kurden zu sprechen hatte. Konnte ich euch da bei jeder Frage, die ich erhielt, und vor jeder Antwort, die ich erteilte, die Worte übersetzen? Hat man bei einem Entschluß, der schnell gefaßt werden muß, bei einer Tat, die nicht den mindesten Aufschub erleiden darf, Zeit und Gelegenheit, sich mit Gefährten zu beraten, die nicht einmal eine und dieselbe Sprache reden? Ist es nicht immer zu unserm Nutzen gewesen, wenn ihr das tatet, was ich euch riet?"

„Seit wir mit den Bejat zusammengekommen sind, ist dein Rat niemals ein guter gewesen."

„Ich bin mir dessen nicht bewußt, obgleich ich nicht mit euch streiten will. Ich bin nicht Allah, sondern ich bin ein Mensch, der sich irren kann. Ihr habt mir bisher die Leitung freiwillig überlassen, weil ihr Vertrauen zu mir hattet; da ich nun aber sehe, daß dieses Vertrauen verschwunden ist, so trete ich ebenso freiwillig zurück. Mohammed Emin, du bist der Älteste von uns; es sei dir gern die Ehre gegönnt, unser Anführer zu sein."

Das hatten sie nicht erwartet, aber der letzte Satz schmeichelte dem alten Haddedihn zu sehr, als daß er mein Anerbieten unerörtert zurückgewiesen hätte.

„Ist dies dein fester Wille, Emir? Und du glaubst wirklich, daß ich euer Anführer sein kann?"

„Ja, denn du bist ebenso weise wie stark und tapfer."

„Ich danke dir! Aber ich kenne das Kurdische nicht."

„Ich werde dein Dolmetscher sein."

Der gute Mann begriff nicht, daß es infolge der eigentümlichen Zusammensetzung unserer kleinen Gesellschaft gar nicht möglich war, die absolute Führung in eine bestimmte Hand zu legen.

„Übrigens", fügte ich hinzu, „kommen wir ja sehr bald

in Gegenden, wo nur Arabisch gesprochen wird."

„Sind die anderen mit deinem Vorschlag einverstanden?" fragte Mohammed.

„Hadschi Halef Omar wird tun, was ich will, und den Engländer werde ich jetzt einmal fragen."

Nachdem ich dem Engländer die Sachlage erklärt hatte, entgegnete er trocken:

„Macht keinen Fehler, Master! Habe längst bemerkt, daß die Haddedihn irgend etwas auf dem Herzen haben. Wir sind Christen, wir sind ihnen viel zu human. Well!"

„Ihr werdet das rechte getroffen haben. Nun soll ich euch fragen, ob Ihr Scheik Mohammed als Führer anerkennt?"

„Yes, wenn er die Wege weiß. Im übrigen aber kümmere ich mich den Kuckuck um einen Führer. Ich bin Englishman und tue, was mir beliebt!"

„Soll ich ihm das sagen?"

„Sagt es ihm, und sagt ihm meinetwegen noch verschiedenes, was Euch beliebt. Ich bin es zufrieden, selbst wenn dieser Köhler Allo den Meister spielen will."

Ich machte diese Meinung dem Haddedihn bekannt mit den Worten:

„David Lindsay-Bei ist einverstanden. Ihm ist es gleich, wer Anführer ist, du oder Allo, der Kohlenbrenner. Er ist ein Emir aus Inglistan und tut nur das, was ihm gefällt."

Mohammed Emin zog die Brauen ein wenig zusammen; seine Herrschaft geriet gleich im Anfang ins Wanken.

„Wer Vertrauen zu mir hat, der wird mit mir zufrieden sein", meinte er. „Doch jetzt wollen wir über den Bebbeh sprechen. Er hat den Tod verdient. Soll er die Kugel oder den Strick erhalten?"

„Keines von beidem. Ich habe dir bereits gesagt, daß ich mich mit meinem Wort für sein Leben verbürgt habe."

„Emir, das gilt nichts mehr, denn ich bin Anführer

geworden. Was der Anführer sagt, das muß geschehen!"

„Was der Anführer sagt, das wird geschehen, wenn die anderen damit einverstanden sind. Ich werde nicht zugeben, daß mein Wort gebrochen wird."

„Effendi!"

„Scheik Mohammed Emin!"

Da zog der kleine Halef eine seiner Pistolen hervor und fragte mich:

„Sihdi, wünschst du, daß ich irgend jemandem eine Kugel durch den Kopf jage? Bei Allah, ich tue es sofort!"

„Hadschi Halef Omar, laß deine Waffe stecken, denn wir sind Freunde, obgleich die Haddedihn dies zu vergessen scheinen", antwortete ich ruhig.

„Herr, wir vergessen es nicht", verteidigte sich Amad el Ghandur, „du aber darfst auch nicht vergessen, daß du ein Christ bist, der sich in Gesellschaft von wahren Gläubigen befindet. Hier gelten die Gesetze des Koran, und ein Christ soll uns nicht hindern, sie auszuüben. Du hast schon den Bruder dieses Scheik verteidigt; ihn selbst lassen wir uns nicht entreißen. Warum gebietest du uns, nur auf die Pferde zu schießen? Sind wir Knaben, die ihre Waffen nur zum Spielen erhalten? Warum sollen wir Verräter schonen? Die Lehre, der du folgst, wird dich noch das Leben kosten!"

„Schweig, Amad el Ghandur, denn du bist allerdings noch ein Knabe, obgleich du einen Namen trägst, der ‚Held' bedeutet! Lerne erst Männer kennen, ehe du redest!"

„Herr", rief er zornig, „ich bin ein Mann!"

„Nein, denn wärst du ein Mann, so wüßtest du, daß ein solcher nie sich zwingen läßt, sein Wort zu brechen!"

„Du sollst es nicht brechen, denn nur wir sind es ja, die den Bebbeh bestrafen."

„Ich verbiete es!"

„Und ich befehle es!" rief Mohammed Emin, indem er sich zornig erhob.

„Hast du hier zu befehlen?“ fragte ich ihn.

„Hast du hier zu verbieten?“ antwortete er mir.

„Ja. Mein verpfändetes Wort gibt mir das Recht dazu.“

„Dein Wort gilt nichts bei uns. Wir sind es müde, uns von einem Mann regieren zu lassen, der unsere Feinde liebt. Du hast vergessen, was ich an dir tat. Ich nahm dich auf als Gast bei mir, ich beschützte dich, ich gab dir sogar das Pferd, das mir die Hälfte meines Lebens wert war. Du bist ein Undankbarer!“

Ich fühlte, wie mir das Blut aus den Wangen wich und daß die Hand nach dem Dolch zuckte, aber es gelang mir, mich zu bezwingen.

„Nimm das Wort wieder zurück“, antwortete ich kalt, indem ich mich erhob. Ich gab Halef einen Wink und schritt dann der Stelle zu, wo der gefangene Scheik mit dem Kohlenbrenner lag. Dort setzte ich mich nieder. Keine Minute später saß auch der Engländer bei mir.

„Was gibt es Master?“ fragte er. „Zounds, Ihr habt ja Wasser im Auge! Mensch, sagt mir, wen ich erschießen oder erwürgen soll!“

„Den, der diesen Gefangenen anzutasten wagt.“

„Wer ist es?“

„Die Haddidihn. Scheik Mohammed warf mir vor, daß ich undankbar sei. Ich habe ihm den Rappen wiedergegeben.“

„Den Rappen? Seid Ihr verrückt, Master, ein solches Tier zurückzugeben, nachdem es Euer festes Eigentum geworden war. Aber ich hoffe, daß es sich noch ändern läßt!“

Da kam Halef herbei, zwei Pferde führend; das eine war das seinige, und das andere war das überzählige, das ich dem Bebbeh genommen hatte. Er trug mein Sattelzeug, das Halef dem Rappen abgenommen hatte. Auch meinem kleinen Hadschi stand ein Tropfen im Auge, und seine Stimme zitterte, als er sagte:

„Du hast recht gehandelt, Herr! Der Scheitan ist in die

Haddedihn gefahren. Soll ich die Peitsche nehmen, um ihn wieder auszutreiben?"

„Ich verzeihe ihnen. Laßt uns aufbrechen!"

„Sihdi, was tun wir, wenn sie den Bebbeh töten wollen?"

„Wir schießen sie augenblicklich nieder."

„Das ist mir recht und lieb! Allah steinige diese Schurken!"

Der Gefangene wurde wieder auf sein Pferd gebunden, und wir stiegen auf, ich natürlich nicht auf den Rappen, sondern auf den Bläßfuchs, der in Deutschland ein Vierhunderttalerpferd gewesen wäre. Der kleine Zug setzte sich in Bewegung und kam an den Haddedihn vorüber, die noch im Gras saßen. Sie mochten gemeint haben, daß wir nachgeben würden. Jetzt aber, da sie sahen, daß ich Ernst machte, sprangen sie empor.

„Emir, wohin willst du?" fragte Mohammed Emin.

„Fort", antwortete ich kurz.

„Ohne uns?"

„Wie es euch beliebt!"

„Wo ist der Rappe?"

„Drüben, wo er angehobbelt war."

„Maschallah, er ist ja dein!"

„Er ist wieder dein. Salama - Allah gebe dir Friede!"

Ich gab meinem Pferd die Sporen, und wir sausten im Trab davon. Kaum aber hatten wir eine kleine englische Meile zurückgelegt, so kamen uns die beiden nach. Amad el Ghandur hatte den Rappen bestiegen und führte sein Pferd an der Hand. Jetzt war es ganz unmöglich geworden, den Hengst zurückzunehmen. Mohammed Emin kam an meine Seite, während sein Sohn zurückblieb.

„Ich denke, ich soll der Führer sein, Emir!" begann er.

„Wir brauchen einen Führer, aber keinen Tyrannen!"

„Ich will den Bebbeh bestrafen, der mich und meinen Sohn gefangennahm. Was aber habe ich dir getan?"

„Mohammed Emin, du hast dir die Liebe und Achtung

von drei Männern geraubt, die für dich und deinen Sohn ihr Leben wagten und bis heute für euch ohne Zaudern in den Tod gegangen wären."

„Effendi, verzeihe!"

„Ich zürne dir nicht."

„Nimm den Hengst zurück!"

„Niemals!"

„Willst du mein Alter züchtigen und meinen grauen Bart beschämen?"

„Grad dein Alter und der Schnee deines Bartes sollten dir gesagt haben, daß der Zorn nie Gutes tut."

„Soll unter den Kindern der Beni Arab allüberall erzählt werden, daß der Scheik der Haddedihn ein Geschenk zurückerhielt, weil er nicht würdig war, es zu geben?"

„Man wird es erzählen!"

„Emir, du bist grausam, denn du wirfst Schande auf mein Haupt."

„Du selbst hast es getan. Ich war dein Freund und ich liebte dich; auch heute verzeihe ich dir. Ich weiß, welche Schande es sein wird, wenn du zurückkehrst zu den Deinen und den Hengst wieder bringst; ich möchte dir helfen, aber ich vermag es nicht."

„Du vermagst es. Du brauchst ja nur den Hengst wieder anzunehmen."

„Ich würde es tun, dir zur Liebe und Ehre, aber es ist unmöglich geworden. Blicke zurück!"

Er sah sich um, schüttelte aber den Kopf.

„Ich sehe nichts. Was meinst du, Emir?"

„Siehst du nicht, daß der Rappe bereits einen Besitzer hat?"

„Jetzt verstehe ich dich, Effendi. Amad el Ghandur wird absteigen."

„Aber ich werde das Pferd nicht nehmen. Er hat seinen Sattel aufgelegt und das Tier bestiegen, dies ist ein Zeichen, daß ihr es von mir zurückgenommen habt. Brächtest du es mir so herbei, wie ich es dir zurückgelassen habe, ungesattelt und unberührt, so würde ich denken, daß wir Freunde waren, und ich könnte die Schmach von dir nehmen. Amad el Ghandur hat mir vorgeworfen, daß ich ein Christ bin und als solcher handle; nun wohl, er ist ein Moslem, ohne als solcher zu handeln, denn er besteigt ein Pferd, dessen Rücken einen Christen trug. Erzähle dies den Gläubigen, mit denen du zusammenkommst!"

„Allah il Allah! Was haben wir für Fehler begangen?"

Der alte Scheik dauerte mich, aber ich konnte ihm nicht helfen. Sollte ich eine Schande auf mich laden, um ihm die seine zu ersparen? Nein! Ich konnte gar nicht begreifen, was den beiden so verständigen Männern auf einmal in den Kopf gefahren war. Persönliche Rücksichten waren sicher nicht der Grund. Vielleicht war der Keim zu ihrem Verhalten schon lange Zeit in ihnen versteckt gewesen und von mir gepflegt worden durch die Nachsicht, mit der ich unsere Gegner behandelt wissen wollte. Die Schonung aber, die ich gegen die beiden Bebbeh gezeigt hatte, war dann der Tropfen gewesen, der das Gefäß überlaufen ließ. Aber trotzdem mir der Verlust des Hengstes zu Herzen ging, fiel es mir gar nicht ein, meine milden Anschauungen den rachsüchtigen Gewohnheiten dieser Nomanden zu opfern.

Der Haddedihn ritt lange schweigend neben mir her. Endlich fragte er zagend:

„Warum zürnst du so anhaltend?"

„Ich zürne dir nicht, Mohanned Emin, aber es betrübt mich, daß dein Herz sich nach dem Blut derjenigen sehnt, denen dein Freund verziehen hatte."

„Wohlan, so werde ich diesen Fehler wiedergutmachen!"

Er wandte sich um. Hinter mir ritt der Engländer mit Halef, dann kam Allo mit dem Gefangenen, zuletzt Amad el Ghandur. Ich wandte mich nicht zurück, weil ich glaubte, Mohammed Emin wolle mit seinem Sohn sprechen; auch Halef und Lindsay drehten sich aus demselben Grund nicht um. Wir taten es erst, als wir die laute Stimme des Haddedihn vernahmen:

„Reite zurück und sei frei!“

Der erste Blick überzeugte mich, daß er die Fesseln des Gefangenen zerschnitten hatte, der seinem Pferd sofort in die Zügel griff, um im Galopp davonzusprengen.

„Scheik Mohammed, was hast du getan!“ rief Halef.

„Thunderstorm, was fällt dem Menschen ein!“ schrie der Engländer.

„Habe ich recht gehandelt, Emir?“ fragte Mohammed.

„Wie ein Knabe hast du gehandelt!“ zürnte ich.

„Ich wollte deinen Willen tun“, entschuldigte er sich.

„Wer hat dir gesagt, daß ich wünsche, ihn so schnell frei zu sehen? Die Geisel ist verloren, nun sind wir wieder in Gefahr!“

„Allah istafer - Gott verzeih ihm!“ rief Halef. „Laßt uns dem Bebbeh nachjagen!“

„Wir werden ihn nicht einholen“, wandte ich ein. „Unsere Pferde sind ihm nicht überlegen, nur der Rapphengst ist schneller.“

„Amad, ihm nach!“ gebot Mohammed Emin seinem Sohn. „Bring ihn zurück oder töte ihn!“

Der Angerufene wandte den Rappen und sprengte davon. Er hatte kaum fünfhundert Schritte zurückgelegt, so weigerte sich sein Pferd, ihn weiter zu tragen, doch war er nicht der Mann, sich so leicht abwerfen zu lassen, er zwang das Tier vorwärts. Natürlich ritten wir ihm nach. Er war hinter einer Krümmung verschwunden. Als auch wir dieselbe hinter uns hatten, sahen wir ihn in ziemlicher Ferne abermals mit dem edlen Tier kämpfen. Er brachte alle seine Kraft und alle seine Geschicklichkeit zur Geltung, doch vergeblich, denn er flog endlich doch aus dem Sattel. Das Pferd aber wandte sich zurück, kam herbeigerannt und hielt an meiner Seite an, den schönen

Kopf unter zärtlichem Schnauben an meinem Schenkel reibend.

„Allah akbar - Gott ist groß!" meinte Halef, „er gibt einem Pferd ein besseres Herz, als viele Menschen es haben. Wie schade, Sihdi, daß deine Ehre nicht erlaubt, es wieder zurückzunehmen!"

Der Haddedihn hatte einen nicht leichten Fall getan, er konnte sich nur schwer erheben, doch als ich ihn untersuchte, zeigte es sich, daß er ohne wirkliche Verletzung davongekommen war.

„Dieser Hengst ist ein Teufel!" meinte er. „Er hat mich doch früher gern getragen!"

„Du vergißt, daß er später mich getragen hat", erklärte ich, „und ich habe es bisher immer verstanden, ein Pferd so zu gewöhnen, daß es nur denjenigen trägt, dem ich erlaube, es zu reiten."

„Ich besteige diesen Scheitan niemals wieder!"

„Du hättest klug getan, ihn bereits vorher nicht zu besteigen. Hätte ich in diesem Sattel gesessen, so wäre uns Gasahl Gaboya nicht entkommen."

„Steige auf, Emir, und reite ihm nach!" bat Mohammed Emin.

„Beleidige mich nicht!"

„So soll der Bebbeh entkommen?"

„Er wird es, doch nur durch deine Schuld!"

„Schauderhaft!" klagte der Engländer. „Dumme Geschichte! Höchst unangenehm! Yes!"

„Was ist zu tun, Sihdi?" fragte Halef.

„Um den Bebbeh wiederzuerlangen? Nichts. Ich hätte ihm den Hund nachgeschickt, wenn er mir nicht so wertvoll wäre. Nun aber gilt es, einen Entschluß zu fassen."

Mich an die Haddedihn wendend, fragte ich:

„Habt ihr heute früh, als ich fern war, um den Dachs zu schießen, in Gegenwart des Bebbeh von dem Weg gesprochen, den wir einschlagen wollen?"

Sie zögerten mit der Antwort, Halef aber sagte:

„Ja, Sihdi, sie sprachen davon."

„Aber nur arabisch", entschuldigte sich Mohammed. Wäre seine Erscheinung nicht so ehrwürdig gewesen, so wäre er einer geharnischten Zurechtweisung wohl nicht entronnen; so aber zwang ich mich zu einem ruhigen Ton:

„Ihr habt nicht klug gehandelt. Was habt ihr gesagt?"

„Daß wir nach Bistan gehen."

„Weiter nichts? Denk nach! Es kommt hier darauf an, jedes Wort zu wissen, das gesprochen worden ist. Eine Kleinigkeit, die ihr verschweigt, kann großen Schaden bringen."

„Ich sagte, daß wir von Bistan vielleicht nach Achmed Kulwan, jedenfalls aber nach Kizzeldschi reiten würden, um an den Kiupri-See zu kommen."

„Du warst ein Tor, Scheik Mohammed. Ich zweifle gar nicht, daß Scheik Gasahl Gaboya uns verfolgen wird. Glaubst du noch immer, unser Anführer sein zu können?"

„Emir, verzeih mir! Aber ich bin überzeugt, daß der Bebbeh uns nicht ereilen wird. Er hat zu weit zurückzureiten, um die Seinigen zu treffen."

„Meinst du? Ich bin bei vielen Völkern gewesen, deren Charakter ich kennengelernt habe, und darum ist es nicht so leicht, mich zu täuschen. Der Bruder des Scheiks ist ein ehrlicher Mann, aber er ist nicht der Anführer der Bebbeh. Er hat bei ihnen nur freien Abzug für uns erreichen können, und ich gebe meinen Kopf als Pfand, daß sie uns gefolgt sind, ohne sich sehen zu lassen. Solange der Scheik sich in unseren Händen befand, waren wir sicher, nun aber müssen wir Besorgnis hegen. Sie werden sich rächen wollen für alles, auch für die Pferde, die wir ihnen töteten."

„Wir brauchen sie nicht zu fürchten", tröstete Amad el Ghandur, „denn eben dieser Pferde wegen können uns nicht alle folgen. Und wenn sie kommen, werden wir sie mit unseren guten Gewehren empfangen."

„Das klingt gut, ist aber nicht so. Sie haben gesehen, daß wir ihnen im offenen Kampf überlegen sind; sie werden uns abermals einen Hinterhalt legen oder uns gar des Nachts überfallen."

„Wir stellen Wachen aus!"

„Wir sind nur sechs Mann, und wenigstens so viele Wachen brauchen wir, um uns leidlich sicher fühlen zu können. Wir müssen an etwas anderes denken."

Unser Führer, der Kohlenbrenner, hielt ein wenig seitwärts von unserer Gruppe. Er befand sich in Verlegenheit, denn er erwartete Vorwürfe darüber, daß er den Haddedihn nicht gehindert hatte, den Gefangenen zu befreien.

„Wie weit nach Süden reiten die Bebbeh?" fragte ich ihn.

„Bis zum See hinab", antwortete er.

„Kennen sie die Gegend genau?"

„Ganz genau. Sie kennen", sagte er, „so gut wie ich jeden Berg und jedes Tal zwischen Derghezin und Miek, zwischen Nweizgieh und Dschenawera."

„Wir müssen", fuhr ich fort, „einen andern Weg einschlagen, als wir vorher wollten. Nach Westen dürfen wir nicht. Wie weit ist es von hier nach Ost bis an die Hauptkette des Zagrosgebirges?"

„Acht Stunden, wenn wir durch die Luft reiten könnten."

„Da wir aber auf der Erde reiten müssen?"

„Das ist verschieden. Ich kenne weiter unten einen Paß. Wenn wir gegen Sonnenaufgang reiten, übernachten wir in einem sicheren Wald und erreichen morgen, wenn die Sonne am höchsten steht, das Zagrosgebirge."

„Dort muß aber wohl die persische Grenze sein, wenn ich nicht irre?"

„Ja, denn dort grenzt das kurdische Land Teratul an den persischen Distrikt von Sakiz, der nach Sinna gehört."

„Gibt es dort Kurden von Dschiaf?"

„Ja, aber sie sind sehr kriegerisch."

„Vielleicht nehmen sie uns dennoch gut auf, denn wir haben ihnen nichts getan. Auch ist es möglich, daß der Name des Khan Heider Mirlam uns bei ihnen als eine Empfehlung dienen kann. Führe uns zu dem Paß, von dem du sprachst. Wir reiten nach Osten!"

Dieses Gespräch war in kurdischer Sprache geführt worden; ich verdolmetschte es den Gefährten, und sie waren mit meiner Anordnung vollkommen einverstanden. Nachdem Amad el Ghandur wieder umgesattelt und sein voriges Pferd bestiegen hatte, setzten wir den Ritt fort. Mohammed Emin nahm den Hengst an die Seite.

Im Laufe dieser unangenehmen Verhandlungen und Begebenheiten war eine geraume Zeit vergangen, und es war ziemlich Mittag, als wir den erwähnten Paß erreichten. Wir befanden uns mitten in den Bergen und wandten uns nun nach Osten, nachdem wir dafür gesorgt hatten, daß keine Spur diese Veränderung unserer Reiserichtung verraten konnte. Bereits nach einer Stunde bemerkten wir, daß sich das Terrain wieder zu senken begann, und auf meine Erkundigung erfuhr ich von Allo, daß zwischen hier und der Zagroskette ein bedeutendes Längental quer zu durchreiten sei.

Der am Morgen vorgefallene Zwist hatte in unserem sonst so brüderlichen Kreis eine tiefe Verstimmung zurückgelassen, die auf meinem Gesicht wohl am deutlichsten zu lesen war. Ich durfte mein Auge gar nicht auf den Hengst richten. Der Bläßfuchs war zwar auch kein übles Pferd, aber die Kurden verstehen ein Pferd nur zuschanden zu reiten, und ich fühlte mich im Sattel wie ein Anfänger der edlen Turnkunst auf dem dürren Klepper, dessen verborgene Eigenschaften man erst zu studieren hat. Dem Hengst gönnte ich es freilich von ganzem Herzen, daß er jetzt so frei und leicht nebenher traben durfte.

Gegen Abend erreichten wir den Wald, in dem wir unser Lager aufschlagen sollten. Wir hatten bisher keinen einzigen Menschen getroffen, waren aber auf einiges Wild gestoßen, das uns das Material zum Abendessen lieferte. Dieses wurde unter außerordentlicher Schweigsamkeit verzehrt, und dann legten wir uns zur Ruhe.

Ich hatte die erste Wache und saß abseits der andern, an einen Baum gelehnt. Da kam Halef herbei, bückte sich über mich und fragte mit leiser Stimme:

„Sihdi, dein Herz ist betrübt, aber ist das Pferd dir lieber als dein treuer Hadschi Halef Omar?"

„Nein, Halef. Für dich würde ich zehn und noch mehr solcher Pferde hingeben."

„So tröste dich, mein guter Sihdi, denn ich bin bei dir und bleibe bei dir, und kein Haddedihn soll mich von dir wegbringen!"

Er legte seine Hand an seine Brust und streckte sich dann neben mir aus.

Da saß ich nun in stiller Nacht, und das Herz wurde mir groß und weit unter der Gewißheit, die Liebe eines Menschenkindes zu besitzen, eines Menschenkindes, dem auch meine Zuneigung gehörte. Wie glücklich muß ein Mann sein, der eine stille Heimat hat, die unerreicht ist von der Brandung der Schicksalswogen, ein Weib, dem er vertrauen darf, und ein Kind, in dem er sein veredeltes Ebenbild heranwachsen sieht. Auch das rauhe Herz eines Weltläufers fühlt zuweilen, daß es im Innern des Menschen hinter öden, einsamen Flächen auch Höhen gibt, die die Sonne mit ihrem Strahl vergolden darf.

Am andern Morgen setzten wir unsern Weg weiter fort, und es zeigte sich, daß Allo sich nicht getäuscht hatte, denn bereits noch vor Mittag lagen die Höhen des Zagros vor uns, und wir durften unseren ermüdeten Pferden eine kurze Ruhe gönnen. Wir lagerten in einem Tal, dessen steile Wände vollständig unzugänglich schienen.

Wir ließen die Pferde frei weiden und lagerten uns in das hohe Gras, das so frisch und saftig war, weil das Tal von einem kleinen Bach bewässert wurde.

Lindsay lag neben mir. Er knabberte an einem Knochen herum und brummte unverständliches Zeug dazu. Er war in übler Laune.

Jetzt richtete er sich halb empor und deutete mit der Hand in die Richtung, der ich den Rücken zukehrte. Ich drehte mich um und erblickte drei Männer, die sich uns langsam näherten. Sie waren in dünnes, gestreiftes Zeug gekleidet, hatten keine Schuhe und keine Kopfbedekkung und waren nur mit einem Messer bewaffnet. Solchen armseligen Figuren gegenüber war es wohl nicht nötig, nach den Waffen zu greifen. Sie blieben vor unserer kleinen Gruppe stehen und grüßten ehrerbietig.

„Wer seid ihr?“ fragte ich.

„Wir sind Kurden vom Stamme Mer Mamalli.“

„Was tut ihr hier?“

„Wir haben eine Blutrache und sind entflohen, um einen andern Stamm zu suchen, der uns Schutz gewährt. Wer seid ihr, Herr?“

„Wir sind fremde Wanderer.“

„Was tut ihr hier?“

„Wir ruhen aus.“

Der Sprecher schien diese kurzen Antworten gar nicht übelzunehmen, sondern sagte:

„In diesem Wasser sind Fische. Erlaubst du, daß wir uns einige fangen?“

„Ihr habt ja weder Netz noch Angel!“

„Wir sind geübt, sie mit den Händen zu fangen.“

Auch ich hatte bemerkt, daß hier Forellen standen, und da ich neugierig war, zu sehen, wie man sie mit den Händen fangen könne, sagte ich:

„Ihr habt gehört, daß wir fremd hier sind; wir können euch das Fischen nicht verwehren.“

Sofort begannen sie, mit ihren Messern Gras zu schneiden. Als sie die nötige Menge davon hatten, trugen sie Steine herbei, um eine bedeutende Krümmung des Baches abzudämmen. Zunächst wurde der untere und dann der obere Damm errichtet. Das Wasser lief ab, und nun konnte man allerdings leicht die trockengelegten Fische ergreifen. Da die Sache trotz ihrer Einfachheit Interesse hatte, so griffen wir selbst mit zu. Der Fang war reichlich, und da die schlüpfrigen Tiere uns immer wieder entkamen, so richteten wir unsere Aufmerksamkeit mehr auf sie als auf die drei Kurden, bis plötzlich ein lauter Ruf unseres Führers erscholl:

„Herr, paß auf, sie stehlen!"

Ich blickte empor und sah die drei Kerle bereits auf unseren Pferden sitzen: der eine auf dem Hengst, der andere auf meinem Bläß und der dritte auf Lindsays Pferd. Sie sprengten, ehe die Gefährten sich von ihrem Schrecken erholen konnten, davon.

„All devils, mein Pferd!" rief Lindsay.

„Allah kehrim - Gott sei uns gnädig, der Hengst!" schrie Mohammed Emin.

„Ihnen nach!" brüllte Amad el Ghandur.

Ich war der einzige, der ruhig blieb. Wir hatten es hier weder mit Pferdedieben noch sonst gewandten Männern zu tun, sonst hätten sie uns nicht die andern Pferde zurückgelassen.

„Halt! Wartet!" rief ich. „Mohammed Emin bekennst du, daß der Rapphengst wieder dein Eigentum ist?"

„Ja, Emir."

„Gut! Wiederschenken durfte ich ihn mir nicht lassen, aber leihen kann ich ihn einmal. Willst du ihn mir auf einige Minuten borgen?"

„Er ist ja fort!"

„Sag schnell, ob du ihn mir borgst?"

„Ja, Emir."

„So kommt mir langsam nach!"

6. Mohammed Emins Tod

Ich sprang auf das nächstbeste Pferd und galoppierte den Spitzbuben nach. Was ich erwartet hatte, war bereits geschehen: Eine Strecke weiter unten hing der eine Kurde mit Armen und Beinen auf dem Hengst, der die tollsten Sprünge machte, um den Dieb abzuwerfen. Ich war noch nicht ganz herangekommen, als der Kerl zu Boden flog. Der Rappe kam zurück und blieb auf meinen Zuruf bei mir halten. Schnell war ich im Sattel, ließ das andere Pferd stehen und trieb den Hengst vorwärts. Der Kurde hatte sich wieder aufgerafft und suchte zu entkommen. Ich zog eine Pistole hervor, faßte sie am Lauf und erhob die Hand. Hart an ihm vorbeisausend, bog ich mich nieder und schlug ihm den Kolben auf den bloßen Kopf, daß er niederstürzte. Nun steckte ich die Pistole wieder ein und wand den Lasso von der Hüfte. Weit unten sah ich die beiden andern reiten. Ich legte dem Rappen die Hand zwischen die Ohren:

„Rih!"

Er flog dahin, schneller als ein Vogel in der Luft.

In kaum einer Minute hatte ich den hintersten erreicht.

„Halt an! Herab vom Pferd!" gebot ich ihm.

Er blickte sich um, ich sah ihn erschrecken, aber er gehorchte nicht, sondern trieb sein Pferd zu größerer Eile an. Jetzt war ich bereits in gleicher Breite mit ihm und warf, an ihm vorüberschießend, den unfehlbaren Riemen. Ein Ruck erfolgte. Ich riß ihn eine Strecke mit vorwärts und hielt dann an, um abzuspringen. Der Mann lag regungslos am Boden. Trotz der außerordentlich kurzen Zeit war er infolge der Schnelligkeit meines Pferdes eine bedeutende Strecke mit fortgerissen worden, so daß er die Besinnung verloren hatte.

Ich wand den Lasso ab, machte eine neue Schlinge, ließ den Kurden liegen, stieg wieder auf und ritt dem dritten und letzten nach. Auch ihn hatte ich bald erreicht. Das Terrain war sehr günstig, da weder rechts noch links ein Ausweg blieb. Ich gebot auch ihm, anzuhalten, fand aber kein Gehör. Da schwirrte der Lasso, und die Schlinge legte sich fest um seine Arme, die an den Leib gezogen wurden. Noch ein paar Sprünge meines Pferdes, dann hielt ich es an, denn der Kurde lag ebenso wie der andere am Boden, nur daß er bei Besinnung war.

Ich sprang herab und schlang ihm den Riemen vollends um den Leib, dann richtete ich ihn empor. Sein Pferd war zitternd stehengeblieben.

„Das also waren die Fische, die ihr fangen wolltet! Wie ist dein Name?"

Er antwortete nicht.

„Du warst ja vorhin nicht stumm. Erwarte keine Gnade, wenn du nicht antwortest! Wie heißt du?"

Er schwieg auch jetzt.

„So bleibe liegen, bis man die beiden andern bringt!"

Ich gab ihm einen Stoß, daß er, weil er sich nicht zu rühren vermochte, steif zur Erde niederfiel. Auch ich setzte mich nieder, da ich die Gefährten von oben kommen sah. In kurzer Zeit waren wir wieder beisammen, hatten unsere Pferde wieder, die Diebe dazu, und - was uns das Willkommenste war - der wackere Allo war so weise gewesen, seine Decke abzuschnallen und, während wir Jagd auf die Kurden machten, die gefangenen Fische einzuwickeln. Er hatte sie mitgebracht, und nun wurde ein Loch in die Erde gemacht und ein Feuer darüber, um sie, wenn auch ohne Wasser und Fischgewürz, genießbar zu machen.

Der gute David Lindsay hatte darauf seine gute Laune

wiedergefunden. In einer desto schlechteren Stimmung aber schienen sich die drei armen Teufel zu befinden, die sich das Vergnügen einer so kurzen Reitpartie gemacht hatten. Sie wagten kein Auge zu erheben.

„Warum wolltet ihr uns die Pferde nehmen?“ fragte ich die Gefangenen.

„Weil wir sie so notwendig brauchen, da wir Flüchtlinge sind.“

Das war allerdings eine Entschuldigung, die ich desto mehr geneigt war zu berücksichtigen, als der Pferdediebstahl bei den Kurden ganz und gar nicht als ein ehrloses Gewerbe gilt.

„Du bist noch jung. Hast du Eltern zurückgelassen?“

„Ja, und die andern auch, dieser hier sogar sein Weib und ein Kind.“

„Warum sprechen sie nicht?“

„Herr, sie schämen sich!“

„Du aber nicht?“

„Muß nicht einer sein, der dir antwortet?“

„Du scheinst kein übler Bursche zu sein, und da ihr mich dauert, so will ich sehen, ob ich bei meinen Gefährten für euch bitten kann.“

Das war nun allerdings ein erfolgloses Bemühen, denn alle, auch Halef und der Engländer, bestanden darauf, daß eine Strafe unbedingt nötig sei. Lindsay wollte sie durchgeprügelt sehen, ließ aber diesen Antrag fallen, als ich ihm sagte, daß dies eine entehrende Handlung sei, während der Pferderaub als eine ritterliche Tat betrachtet werde.

„Also nicht prügeln“, meinte er. „Well! Dann Schnurrbärte wegsengen! Ausgezeichnet! Pittoresk! Yes!“

Ich mußte lachen und trug den andern den Plan Lindsays vor. Sie stimmten sofort ein. Die drei Männer wurden festgehalten und hatten nach Verlauf von zwei Minuten nur noch die Brandstummel ihrer Bärte im Gesicht. Dann durften sie gehen. Keiner von ihnen hatte sich gewehrt oder ein Wort gesprochen, aber als sie uns verließen, erschrak ich über die Blicke, mit denen sie Abschied von uns nahmen.

Nach längerer Zeit machten auch wir uns zum Aufbruch bereit. Da trat Mohammed Emin zu mir heran:

„Emir, willst du mir einen Gefallen tun?"

„Welchen?"

„Ich will dir für heute meinen Rappen borgen."

Der schlaue Mann! Er glaubte das Mittel gefunden zu haben, mich wieder mit sich auszusöhnen und mich nach und nach abermals in den Besitz des Pferdes zu bringen.

„Ich brauche ihn nicht", antwortete ich.

„Aber es kann in jedem Augenblick die Gelegenheit kommen, ihn wieder zu brauchen, wie vorhin."

„Dann werde ich dich bitten."

„Es kann leicht sein, daß dir keine Zeit zu dieser Bitte bleibt. Reite ihn, Effendi, da ihn kein anderer reiten darf."

„Unter der Bedingung, daß er dein Eigentum verbleibt!"

„Er soll es bleiben!"

Ich war versöhnlich gestimmt und erfüllte ihm seinen Wunsch, freilich nur mit dem festen Vorsatz, das Pferd niemals wieder anzunehmen. Ich ahnte nicht, daß es anders kommen würde.

Gasahl Gaboya war uns entkommen...

Am folgenden Tag erreichten wir den Djalah, der hinunter nach Bagdad führt. Plötzlich hörte ich ganz in der Nähe Schüsse.

„Wo sind die Haddedihn?" fragte ich.

Wieder knallten Schüsse.

„Um Gottes willen, schnell auf die Pferde!" rief ich. „Es gibt ein Unglück!"

Wir erreichten die Haddedihn, sie lagen in heftigem Kampf mit einer Übermacht von Kurden. Aber unsere Freunde waren nicht allein, mit ihnen zusammen erwehrte sich eine Handvoll Fremder der kurdischen Angreifer - dem flüchtigen Augenschein nach, den die Situation zuließ, handelte es sich um Perser.

Amad el Ghandur wehrte sich gegen einen Haufen von Feinden. Hart daneben lag Mohammed Emin wie tot am Boden.

Ich sprengte mitten hinein - mitten zwischen die Kurden.

„Da ist er, da ist er! Schont sein Pferd!" hörte ich eine Stimme rufen. Ich schaute mich um und erkannte - den Scheik Gasahl Gaboya. Er hatte sein letztes Wort gesprochen; Halef ritt auf ihn ein und schoß ihn nieder. Nun gab es einen Kampf, dessen Einzelheiten ich nicht zu beschreiben vermag, da ich mich derselben selbst nicht einmal sofort nach Beendigung des Handgemenges zu erinnern vermochte. Der Anblick des toten Haddedihn hatte eine fürchterliche Wirkung auf uns ausgeübt. Wir wären vor Wut gegen tausend Lanzen angestürmt, wenn man sie uns entgegengestreckt hätte. Ich weiß nur, daß ich blutete, daß mein Pferd blutete, daß Schüsse knallten und die Blitze derselben an meinem Auge vorüberzuckten, daß ich Hiebe und Stöße parierte und daß eine Gestalt an meiner Seite immer beschäftigt war, Streiche, die ich nicht bemerken konnte, von mir abzuwehren - der treue Halef. Dann bäumte sich mein Pferd gegen einen Stich, den es in den Hals erhielt - er hatte mir gegolten - es stieg hoch empor und überschlug sich; weiter sah, hörte und fühlte ich nichts.

Als ich erwachte, sah ich in das Auge meines kleinen Hadschi, es war voll Tränen.

„Hamdullillah - Allah sei Dank, er lebt! Er öffnet die Augen!" rief Halef ganz außer sich vor Entzücken. „Sihdi, hast du Schmerzen?"

Ich wollte antworten, konnte aber nicht. Ich war so matt, daß mir die Lider schwer wieder zufielen.

„Ïa Allah, ïa jazik, ïa waï- o weh, er stirbt!" hörte ich

ihn noch jammern, dann wußte ich abermals nichts von mir.

Später war es mir wie im Traum. Ich hatte mit Drachen und Lindwürmern, gegen Riesen und Giganten zu kämpfen; aber plötzlich waren diese wilden, unheimlichen Gestalten verschwunden, ein süßer Duft wehte um mich her, leise Töne drangen wie Engelsstimmen an mein Ohr, und vier weiche, warme Hände waren um mich bemüht. War dies immer noch Traum, oder war es Wirklichkeit? Ich öffnete abermals die Augen.

Die jenseitigen Höhen der Berge erglühten im letzten Strahl der untergehenden Sonne, und über das Tal breitete sich bereits ein Halbdunkel aus; noch aber war es hell genug, die Schönheit der zwei Frauenköpfe zu erkennen, die sich von beiden Seiten her über mich beugten.

„Dirigha, bija - o weh, fort!" rief es in persischer Sprache; die Schleier fielen über die Angesichter, und die beiden Frauen flohen davon.

Ich versuchte, mich in sitzende Stellung zu bringen, und es gelang, dabei aber bemerkte ich, daß ich unterhalb des Schlüsselbeines verwundet war. Wie ich später erfuhr, hatte mich eine Lanze getroffen. Auch der ganze übrige Körper schmerzte mich. Es war mir, als ob ich gerädert worden sei. Die Wunde war sehr sorgfältig verbunden, und der Duft, den ich vorhin empfunden hatte, umwehte mich auch noch jetzt.

Da kam Halef herbei und sagte:

„Allah kerihm - Gott ist gnädig; er hat dir das Leben zurückgegeben, er sei gelobt in Ewigkeit!"

„Wie bist du davongekommen, Halef?" fragte ich matt.

„Sehr glücklich, Sihdi. Ich habe einen Schuß im Oberschenkel, die Kugel hat ein Loch gemacht und ist durchgegangen."

„Der Engländer?"

„Er hat einen Streifschuß am Kopf, und es sind ihm zwei Finger der linken Hand abgeschnitten worden."

„Der arme Lindsay! Weiter!"

„Allo hat tüchtige Schläge erhalten, aber kein Blut verloren."

„Amad el Ghandur?"

„Er ist unverletzt, aber er redet nicht."

„Und sein Vater?"

„Ist tot. Allah gebe ihm das Paradies!"

Er schwieg und ich ebenso. Die Bestätigung des Todes meines alten Freundes erschütterte mich. Nach einer langen Pause erst fragte ich Halef:

„Wie steht es mit meinem Rapphengst?"

„Seine Wunden sind schmerzhaft, aber nicht gefährlich. Du weißt noch nicht, wie alles gekommen ist. Soll ich es dir erzählen?"

„Jetzt nicht. Ich will versuchen, zu den andern zu gehen. Warum lag ich entfernt von ihnen?"

„Weil die Frauen des Persers dich verbinden wollten. Er muß ein sehr vornehmer und reicher Herr sein. Wir haben bereits ein Feuer angemacht, du wirst ihn bei demselben finden."

Das Aufstehen verursachte mir zwar einige Schmerzen, aber mit Halefs Hilfe gelang es, und auch das Gehen brachte ich fertig. Unweit des Ortes, wo ich gelegen hatte, brannte ein Feuer, zu dem mich Halef führte. Die lange Gestalt des Engländers kam mir entgegen.

„Behold, da seid Ihr ja, Master! Habt einen famosen Sturz getan, habt aber ganz verteufelt feste Rippen, wie es scheint. Wir hielten Eure Betäubung für den Tod."

„Wie steht es mit Euch? Ihr habt den Kopf und die Hand verbunden?"

„Habe eine Schramme grad an der Stelle, wo die Phrenologen den Verstand vermuten. Es sind etliche Haare und ein Stück Knochen weg, hat aber nichts zu sagen. Yes! Freilich sind auch zwei Finger fort, war grad nicht notwendig!"

Mit dem Engländer hatte sich eine zweite Gestalt vom

Feuer erhoben. Es war ein Mann von stolzer Haltung und schönem ebenmäßigem Wuchs. Er trug lange und sehr weite, aus roter Seide gefertigte Sirdschame[1], ein weißseidenes Pirahan[2] und ein bis unter das Knie reichendes, enges Alkalik[3]. Darüber hatte er noch ein dunkelblauseidenes Kaba[4] an und ein fein wollenes Balapusch[5] von derselben Farbe. An einem feinen Kaschmir, der um die Hüften geschlungen war, hing ein kostbarer Säbel, neben dem die vergoldeten Griffe zweier Pistolen, eines Dolchs und eines Kinschals[6] funkelten. Seine Füße steckten in Saffian-Reitstiefeletten, und auf dem Kopf trug er die bekannte persische Lammfellmütze, um die ein kostbarer, weiß und blau gestreifter Schal gewunden war.

Er trat auf mich zu, verbeugte sich und sprach:

„Mi newahet kjerdem tura - ich mache dir mein Kompliment!"

„Mi scheker kjerdem tura - ich danke dir!" antwortete ich unter einer ebenso höflichen Verbeugung.

„Emir, neberd azmaï - Emir, du bist schlachtenkundig!"

„Mir pahawani - Herr, du bist ein Held!"

„Puradarem tu - ich bin dein Bruder!"

„Wafaldarem tu - ich bin dein Freund!"

Wir reichten einander die Hände, dann hatte er die Höflichkeit, zu sagen:

„Deinen Namen habe ich bereits gehört. Nenne mich Hassan Ardschir-Mirza und betrachte mich als deinen Diener!"

Er hatte den Titel ‚Mirza', den in Persien ein Prinz zu führen pflegt; er war also jedenfalls eine bedeutende Persönlichkeit.

„Nimm du auch mich unter deinen Befehl!" antwortete ich ihm.

[1] Hosen [2] Hemd [3] westenartiges Unterkleid
[4] Rock [5] Oberkleid
[6] krummes, messerartiges Schwert zum Kopfabschneiden

„Diese acht Männer sind mir untergeben; du wirst sie kennenlernen."

Er deutete dabei auf acht Gestalten, die respektvoll in der Nähe standen, und fuhr dann fort:

„Du bist der Herr des Lagers. Setze dich."

„Ich gehorche deinem Wunsch; erlaube mir aber vorher, meinen Freund zu trösten!"

Nicht weit vom Feuer lag die Leiche des Mohammed Emin. Bei ihr saß, uns den Rücken zukehrend, bewegungslos sein Sohn Amad. Ich trat zu ihm. Der alte Haddedihn war durch die Stirn geschossen, und sein langer, weißer Bart war rot gefärbt vom Blut einer weit klaffenden Halswunde. Ich kniete bei ihm nieder, sprachlos vor Herzensweh. Dann, nach längerer Zeit, als es mir gelungen war, meiner Bewegung Herr zu werden, legte ich Amad die Hand an den Arm.

„Amad el Ghandur, ich klage mit dir!"

Er antwortete nicht und regte sich nicht. Ich gab mir alle Mühe, ihn zu einer Äußerung zu bringen, aber vergebens. Es war, als habe ihn der Schmerz in eine Statue verwandelt. Ich kehrte also zum Feuer zurück, um an der Seite des Persers Platz zu nehmen. Dabei wäre ich fast über den Kohlenbrenner gestolpert, der auf dem Bauch lag und leise klagte.

Ich untersuchte ihn: Er hatte nicht eine einzige Verletzung, aber es waren ihm einige Hiebe oder Stöße zuteil geworden, die ihm noch Schmerzen verursachen mochten. Es gelang mir leicht, ihn zu trösten.

Auch Hassen Ardschir-Mirza war unverwundet, aber seine Leute fand ich übel zugerichtet; doch ließ keiner von ihnen im geringsten merken, daß er Schmerzen leide.

„Emir", sagte er, als ich neben ihm Platz genommen hatte, „du kamst zur rechten Zeit, du bist unser aller Retter!"

„Es freut mich, dir gedient zu haben!"

„Ich werde dir berichten, wie es geschehen ist."

„Erlaube mir vorher, mich nach dem Nötigsten zu erkundigen! Die Kurden sind geflohen?“

„Ja; ich habe ihnen zwei meiner Diener nachgesendet, die sie beobachten sollen. Es waren über vierzig. Sie haben sehr viele Leute verloren, während wir nur einen einzigen beklagen, deinen Freund. Wohin geht euer Weg, Emir?“

„Nach den Weidegründen der Haddedihn jenseits des Tigris. Wir waren zu einem Umweg gezwungen.“

„Der meinige führt nach Süden. Ich hörte, daß du in Bagdad gewesen bist?“

„Nur kurze Zeit.“

„Kennst du den Weg dorthin?“

„Nein, doch er ist leicht zu finden.“

„Auch der von Bagdad nach Kerbela?“

„Auch dieser. Willst du nach Kerbela?“

„Ja. Ich will das Grab Hosseins besuchen.“

Diese Nachricht erweckte meine Teilnahme im höchsten Grade. Er war ein Schiit; ich wünschte im stillen, die interessante Reise mit ihm machen zu können.

„Wie kommt es, daß du deinen Weg durch diese Berge nimmst?“ fragte ich.

„Um den räuberischen Arabern zu entgehen, die an dem gewöhnlichen Pilgerpfad auf Beute lauern.“

„So bist du dafür den Kurden in die Hände gefallen. Kommst du von Kirmanschah?“

„Von noch weiter her. Wir lagerten hier bereits seit gestern. Einer meiner Diener war in den Wald gegangen und sah von fern die Kurden kommen. Auch sie bemerkten ihn; sie folgten ihm und kamen so zu unserm Lager, das sie überfielen. Während des Kampfes, in dem wir unterliegen zu müssen glaubten, erschien der tapfere Greis, der dort an der Erde liegt. Er schoß sofort zwei Kurden nieder und stürzte sich in den Kampf. Dann kam sein Sohn, der gleich ihm tapfer ist; dennoch hätten wir unterliegen müssen, wenn nicht ihr noch erschienen wärt. Emir, dir gehört mein Leben und alles was ich habe! Laß deinen Weg so weit wie möglich mit dem meinigen gehen!"

„Ich wollte, daß es geschehen könnte. Aber wir haben einen Toten und sind verwundet. Er muß begraben werden und wir müssen bleiben, weil sich das Wundfieber einstellen wird."

„Auch ich werde bleiben, denn meine Diener sind verwundet."

Da, mitten im Gespräch, fiel mir endlich ein, daß Dojan nicht zu sehen war. Ich fragte den Engländer nach dem Hund, aber er konnte keine Auskunft geben. Halef hatte Dojan mitkämpfen sehen, doch wußte auch er nichts Näheres.

Die Diener des Persers brachten jetzt reichliche Speisevorräte herbei, mit denen am Feuer ein Mahl bereitet wurde. Nach dem Essen stand ich auf, um die Umgebung des Lagers zu rekognoszieren und nach Dojan zu suchen. Halef begleitete mich. Zunächst begaben wir uns zu den Pferden. Der arme Hengst lag an der Erde. Er hatte den bereits erwähnten Lanzenstich und einen ziemlich tiefen Streifschuß erhalten, war jedoch von Halef nach Kräften verbunden worden. In der Nähe lagerten die Kamele. Es waren ihrer fünf, sie wiederkäuten, und es war bereits zu dunkel, als daß ich sie hätte taxieren können. Neben ihnen lagen ihre Lasten, und in einiger Entfernung stand der Tachterwahn, die Wohnung der beiden Frauen, die entflohen waren, als ich die Augen geöffnet hatte.

„Du sahst mich stürzen, Halef. Wie ist es dann gegangen?"

„Ich dachte, du seist tot, Sihdi, und das gab mir die Kräfte des Grimms. Auch der Engländer wollte dich rächen, und so konnten sie nicht widerstehen. Der Perser ist ein tapferer Mann, und seine Diener gleichen ihm."

„Habt ihr keine Beute gemacht?"

„Waffen und einige Pferde, die du in der Dunkelheit gar nicht bemerkt hast. Die Toten ließ der Perser in das Wasser werfen."

„Waren vielleicht auch Verwundete dabei?"

„Ich weiß es nicht. Nach dem Kampf untersuchte ich dich und fühlte, daß dein Herz noch schlug. Ich wollte dich verbinden, aber der Perser erlaubte es nicht. Er ließ dich an den Ort tragen, an dem du erwachtest, und da verbanden dich die beiden Frauen."

„Was erfuhrst du über die Frauen?"

„Die eine ist das Weib und die andere die Schwester des Persers. Sie haben eine alte Dienerin, die dort beim Tachterwahn kauert und immer Datteln kaut."

„Und der Perser selbst? Was ist er?"

„Ich weiß es nicht, der Diener sagt es nicht; es muß ihm verboten sein, den Stand seines Herrn zu verraten, und ich denke..."

„Halt!" unterbrach ich ihn. „Horch einmal!"

Wir hatten uns so weit vom Lager entfernt, daß das Geräusch desselben nicht mehr zu hören war, darum herrschte die tiefste Stille ringsherum. Während der letzten Worte Halefs nun war es mir, als ob ich einen mir sehr wohlbekannten Laut gehört hätte. Wir blieben lauschend stehen. Ja, wirklich, jetzt war der zornige Anschlag deutlich zu hören, mit dem der Windhund zu melden pflegte, daß er einen Feind gefaßt habe. Aber die Richtung, aus der dieser Ton kam, blieb ungewiß.

„Dojan!" rief ich laut. Auf diesen Ruf erhielt ich eine sehr deutliche Antwort; sie kam aus den Büschen, die den Abhang bedeckten. Wir klommen langsam empor. Zur sicheren Orientierung rief ich zuweilen den Hund, der dann stets antwortete. Zuletzt vernahmen wir das kurze, pfeifende Winseln, mit dem er seine Freude zu erkennen zu geben pflegte; das führte uns vollends zu ihm. Ein Kurde lag am Boden, und über ihm stand der wackere Hund, zum tödlichen Biß bereit. Ich beugte mich nieder, um den Mann zu betrachten. Ich konnte seine Züge nicht erkennen, aber die Wärme seines Körpers bewies mir, daß er lebte, obgleich er es nicht wagte, sich zu rühren.

„Dojan, zurück!“

Der Hund gehorchte, und ich gebot dem Kurden, sich zu erheben. Er tat es unter einem schweren, tiefen Atemzug, der mir bewies, daß er eine nicht gewöhnliche Angst auszustehen gehabt hatte. Ich stellte nun ein Verhör mit ihm an, und er nannte sich einen Kurden vom Stamme der Soran. Da ich wußte, daß die Soran Todfeinde der Bebbeh sind, so argwöhnte ich, er sei ein Bebbeh und gebe sich für einen Soran aus, um sich zu retten.

Darum fragte ich:

„Wie kommst du hierher und in diese Lage, wenn du ein Soran bist?“

„Du scheinst ein Fremdling in diesem Land zu sein“, erwiderte er, „da du so fragen kannst. Die Soran waren groß und mächtig. Sie wohnten im Süden der Bulba, die aus den vier Stämmen der Rummok, Manzar, Piran und Namash bestehen, und hatten ihren Hauptort in Harir, der besten Residenz von Kurdistan. Aber Allah nahm die Hand von ihnen, so daß ihre Macht von ihnen ging, um sich ihren Feinden zuzuwenden. Ihr letztes Banner hatten sie in der Gegend von Keuy Sandschiak aufgeschlagen, da kamen die Bebbeh und rissen es zu Boden. Ihre Herden wurden geraubt, ihre Frauen und Mädchen fortgeführt und ihre Männer, Jünglinge und Knaben getötet. Nur wenige retteten sich, um sich in alle Welt zu zerstreuen oder in der Einsamkeit zu verbergen. Zu diesen letzteren gehöre ich. Ich wohne da oben zwischen den Felsen; mein Weib ist tot, meine Brüder und Kinder sind ermordet; ich habe nicht einmal ein Pferd, ich habe nur mein Messer und meine Flinte. Heute hörte ich Schüsse fallen und stieg hernieder, um dem Kampf zuzuschauen. Ich sah meine Feinde, die Bebbeh, und griff zu meiner Flinte. Hinter den Bäumen versteckt habe ich mehr als einen niedergeschossen; du kannst meine Kugeln noch in ihren Leibern finden. Ich tötete sie aus Haß und weil ich mir ein Pferd erkämpfen wollte. Da bemerkte dieser Hund die Blitze meines Gewehrs und hielt mich für einen Feind. Er griff mich an. Das Messer war mir entfallen, und das Gewehr war noch nicht wieder geladen. Ich versuchte, ihn mit dem Lauf der Flinte von mir abzuhalten, und ich wich zurück, er aber warf mich endlich doch zu Boden. Ich sah, daß er mich zerreißen würde, wenn ich es wagte, eine Bewegung zu machen, und so blieb ich bis jetzt ruhig liegen. Es waren fürchterliche Stunden!"

Dieser Mann sprach die Wahrheit, das hörte ich; aber ich mußte dennoch vorsichtig sein.

„Willst du uns deine Wohnung zeigen?" fragte ich.

„Ja. Es ist eine Hütte aus Moos und Zweigen, mit einem Lager aus Gras und Blättern; weiter seht ihr nichts."

„Wo ist dein Gewehr?"

„Es muß hier in der Nähe liegen."

„Suche es!"

Er entfernte sich suchend, während wir beide stehenblieben.

„Sihdi", flüsterte Halef, „er wird entfliehen."

„Ja, wenn er ein Bebbeh ist. Ist er jedoch wirklich ein Soran, so wird er wiederkommen, und dann dürfen wir ihm vertrauen."

Wir brauchten nicht lange zu warten, so rief es von unten:

„Kommt herab, Herr! Ich habe beides gefunden, das Messer und auch die Flinte."

Wir stiegen zu ihm hinab. Er schien also doch ein ehrlicher Mann zu sein.

„Du wirst uns zum Lager begleiten", sagte ich.

„Gern, Herr!" antwortete er. „Aber mit dem Perser werde ich nicht reden können, denn ich spreche nur Kurdisch und die Sprache der Hagari[1]."

[1] Araber

„Redest du das Arabische vollständig?“

„Ja, ich bin bis an das Meer herunter gekommen und bis weit zum Phrat hinüber und kenne diese Gegenden und ihre Wege.“

Ich freute mich dessen, denn es war sehr vorteilhaft für uns, diesen Mann gefunden zu haben. Sein Erscheinen erregte am Lagerfeuer Aufsehen; den meisten Eindruck aber machte es auf Amad el Ghandur, der sich beim Anblick des Kurden sofort aus seiner geistigen Erstarrung emporraffte.

Der junge Haddedihn-Scheik hielt den Soran-Kurden für einen Bebbeh und fuhr mit der Hand nach dem Dolch. Ich legte meine Hand auf seinen Arm und sagte ihm, der Fremde sei ein Feind der Bebbeh und stehe unter meinem Schutz.

„Ein Feind der Bebbeh! Kennst du sie und ihre Wege?“ fragte er nun hastig den Soran-Kurden.

„Ich kenne sie“, antwortete der Mann.

„So werde ich weiter mit dir reden.“

Nach diesen Worten drehte sich Amad el Ghandur um und nahm wieder bei der Leiche Platz. Ich aber erklärte dem Perser das Zusammentreffen mit dem Soran-Kurden, und er war damit einverstanden, daß dieser Mann in unserem Lager bleiben dürfe.

Einige Zeit später kehrten die Nuker[1] zurück und meldeten, daß die Bebbeh eine ziemliche Strecke gegen Süden geritten seien und sich dann auf einem Umweg rechts nach den Hügeln von Merivan zurückgewendet hätten. Wir durften nun wohl nichts mehr von ihnen befürchten, und die Perser begaben sich zur Ruhe, nachdem die nötigen Vorsichtsmaßregeln von ihnen und von uns gemeinschaftlich getroffen worden waren.

Ich suchte Amad el Ghandur auf und bat ihn, auch sich Ruhe zu gönnen.

„Ruhe?“ antwortete er. „Emir, Ruhe hat nur einer, die-

[1] Reitknechte

ser Tote hier. Leider wird er nicht ruhen in den Grabstätten der Haddedihn, in die Erde gebettet von den Kindern seines Stammes, die ihn beweinen; er wird liegen in dieser fremden Erde, über der der Fluch Amad el Ghandurs schwebt. Er war ausgezogen, mich zur Heimat zu bringen. Glaubst du, daß ich diese Heimat wiedersehen werde, ohne seinen Tod zu rächen? Ich habe beide gesehen: den, der ihn stach, und auch den, der ihm die Kugel in die hohe Stirn trieb. Sie sind beide entkommen, aber ich kenne sie und werden sie zum Scheitan senden!"

„Ich begreife deinen Zorn und verstehe deinen Schmerz, aber ich bitte dich, die Klarheit deines Auges zu bewahren. Du willst den Bebbeh nachreiten, um den Tod deines Vaters zu rächen. Hast du überlegt, was das heißt?"

„Die Thar, die Blutrache, gebietet es, und ich habe zu gehorchen. Du bist ein Christ, du begreifst uns nicht, Emir."

Er schwieg eine Weile, dann fragte er:

„Wirst du mich begleiten, Emir, zur Verfolgung der Bebbeh?"

Ich verneinte, und er senkte das Haupt mit den Worten:

„Ich wußte, daß Allah eine Erde geschaffen hat, auf der es keine wahre Freundschaft und Dankbarkeit gibt."

„Du hast wohl nur eine falsche Ansicht von Freundschaft und Dankbarkeit", erwiderte ich. „Denke zurück, so wirst du zugestehen, daß ich ein wahrer Freund deines Vaters gewesen bin, und dafür solltest du mir dankbar sein. Ich bin bereit, dich mit Gefahr meines eigenen Lebens nach den Weideplätzen der Schammar zu begleiten; aber eben als dein Freund muß ich dich abhalten, dich in eine Gefahr zu begeben, in der du notwendigerweise umkommen wirst."

„Ich sage noch einmal: Du bist ein Christ und du redest und handelst wie ein solcher. Selbst Allah will, daß ich den Vater räche, denn er hat mir heute abend durch dich die Gelegenheit dazu gesendet. Jetzt bitte ich dich, mich allein zu lassen!"

„Ich erfülle dir diesen Wunsch, fordere aber von dir, daß du nichts unternimmst, ohne es vorher mit mir besprochen zu haben."

Er wandte sich ab und antwortete nicht. Ich ahnte, daß er einen Entschluß gefaßt habe, an dessen Ausführung er von mir gehindert zu werden fürchtete, und ich beschloß, ihn sorgfältig zu beobachten.

Als ich am andern Morgen erwachte, saß er noch immer an derselben Stelle; aber der Soran-Kurde befand sich bei ihm, und sie sprachen sehr angelegentlich miteinander. Auch die anderen waren bereits munter. Der Perser saß neben dem Tachterwahn und sprach mit den tiefverschleierten Frauen.

„Emir, ich will den Vater begraben. Werdet ihr mir helfen?" fragte mich Amad el Ghandur.

„Ja. Wo soll er begraben werden?"

„Dieser Mann sagte, droben zwischen den Felsen sei ein Ort, den die Sonne begrüßt, früh, wenn sie kommt, und abends, wenn sie geht. Ich will mir diesen Ort ansehen."

„Ich werde dich begleiten", erwiderte ich.

Kaum bemerkte der Perser, daß ich mich erhoben hatte, so kam er herbei, um mir den Morgengruß zu bringen, und als er von unserm Vorhaben hörte, bot er sich zur Begleitung an. Wir fanden hoch droben auf dem Scheitel der Höhe einen mächtigen Felsblock und beschlossen, auf der Platte desselben das Grab zu errichten. In der Nähe lag die dürftige Hütte des Soran-Kurden, und etwas weiter fort befand sich ein ringsum abgeschlossener freier Platz, der sich ganz ausgezeichnet zu einem Lager eignete, zumal er einen Quell besaß. Wir berieten uns und wurden einig, hierzubleiben und unsere Tiere und Habseligkeiten herbeizuschaffen. Dieses letztere verursachte einige Schwierigkeiten, aber es gelang. Während die Unverletzten und weniger Verwundeten die schwere Arbeit an dem Grabmal übernahmen, errichteten die andern für die Frauen eine bedeckte Hütte, die von dem Aufenthalt der Männer durch eine undurchsichtige Wand aus Zweigen abgesondert wurde. Da die Pferde die Ausdünstung der Kamele nicht ertragen können, wurden sie von denselben getrennt.

Am Mittag war im Lager bereits alles in schönster Ordnung. Der Perser besaß einen guten Vorrat von Mehl, Kaffee, Tabak und anderen notwendigen Dingen. Fleisch konnten wir uns unschwer mit der Büchse verschaffen, und so brauchten wir nicht zu fürchten, Not zu leiden.

Das Grabmal wurde erst später fertig. Es bildete einen über acht Fuß hohen Steinkegel, in dem eine Höhlung gelassen war, um die Leiche aufzunehmen, die zur Zeit des Mogreb[1] beerdigt werden sollte. Amad el Ghandur selbst bereitete sie zum Begräbnis vor, obgleich er sich dadurch, nach den Regeln seines Glaubens, verunreinigte.

Die Sonne stand nahe am Horizont, als sich der kleine Trauerzug in Bewegung setzte. Voran schritten Allo und der Soran-Kurde, die auf einer aus Ästen gefertigten Bahre den Toten trugen, wir andern folgten paarweise, und Amad el Ghandur erwartete uns am Grab. Die Öffnung desselben wies nach Westsüdwest, genau die Kibbla von Mekka, und als man den Toten hineinsetzte, war sein Angesicht nach jenen Gegenden gerichtet, in denen der Prophet der Moslemim die Besuche und Offenbarungen der Engel empfing.

Amad el Ghandur trat bleichen Angesichts zu mir und fragte:

„Emir, du bist zwar ein Christ, aber du warst in der heiligen Stadt und kennst das heilige Buch. Willst du deinem toten Freund die letzte Ehre erweisen und über ihn die Sure des Todes sprechen?“

[1] Gebet beim Untergang der Sonne

„Gern, und auch die Sure des Verschließens."

„So laß uns beginnen!"

Jetzt hatte die Sonne ihren westlichen Horizont erreicht, und alle sanken nieder, um in der Stille das Mogreb zu beten. Dann erhoben wir uns wieder, einen Halbkreis um die Öffnung des Grabmals bildend.

Es war ein weihevoller Augenblick. Der Tote saß aufrecht in seiner letzten Wohnung. Die Abendröte warf purpurne Strahlen über sein marmorbleiches Angesicht, und der hier oben kräftigere Hauch des Windes ließ seinen langen weißen Bart erzittern.

Da wandte sich Amad el Ghandur nach der Richtung von Mekka, erhob seine ineinander verschlungenen Hände und sprach:

„Im Namen des allbarmherzigen Gottes! Lob und Preis sei Gott, dem Weltenherrn, der da herrschet am Tage des Gerichts. Dir wollen wir dienen, und zu Dir wollen wir flehen, auf daß du uns führest den rechten Weg, den Weg derer, die deiner Gnade sich erfreuen, und nicht den Weg derer, über welche du zürnest, und nicht den Weg der Irrenden!"

Jetzt erhob ich ebenso wie er die Hände und sprach aus der fünfundsiebzigsten Sure, die ‚die Auferstehung' betitelt ist, die Worte:

„Im Namen des allbarmherzigen Gottes! Ich schwöre bei dem Tage der Auferstehung, und ich schwöre bei der Seele, die sich selbst anklagt: Will der Mensch wohl glauben, daß wir seine Gebeine einst nicht zusammenbringen werden? Wahrlich, wir vermögen es, selbst die kleinsten Gebeine seiner Finger zusammenzufügen; doch der Mensch will selbst das, was vor ihm liegt, gern leugnen. Er fragt: Wann kommt denn der Tag der Auferstehung? Wenn das Auge sich verdunkelt und der Mond sich verfinstert und Sonne und Mond sich verbinden, dann wird der Mensch an diesem Tage fragen: Wo findet man einen Zufluchtsort? Aber vergebens, denn es gibt keinen Ort der Rettung. Ihr liebt das dahineilende Leben und achtet nicht auf das zukünftige. Einige Angesichte werden an diesem Tage leuchten und ihren Herrn anblicken, andere aber werden traurig aussehen, denn schwere Trübsal kommt über sie. Sicherlich! Einem solchen Menschen steigt in der Todesstunde die Seele bis an die Kehle, und die Umstehenden sagen: Wer bringt zu seiner Rettung einen Zaubertrank? Dann ist die Zeit der Abreise gekommen; er legt Bein an Bein und wird an diesem Tage hingetragen zu seinem Richter, da er nicht glaubte und nicht betete. Darum wehe dir, wehe! Und abermals wehe dir, wehe! Glaubt denn der Mensch, daß ihm volle Freiheit gelassen sei? Ist er nicht ein ausgeworfenes Samenkorn? Daraus bildete ihn Gott und machte einen Menschen aus ihm. Sollte der, der dies getan, nicht auch zu einem neuen Leben auferwecken können?"

Nun wandte ich mich wieder dem Toten zu und sprach:

„Allah il Allah! Es ist nur ein Gott, und wir alle sind seine Kinder. Er leitet uns mit seiner Hand und hält uns alle an seiner Rechten. Er machte uns zu Brüdern und sandte uns auf die Erde, ihm zu dienen und uns in Eintracht seiner Gnade und Barmherzigkeit zu erfreuen. Er läßt den Körper sich entwickeln und die Seele wachsen, bis sie sich nach dem Himmel sehnt. Dann sendet er den Engel des Todes, sie abzulösen und emporzutragen zum Brunnen, aus dem sie ewiges Leben trinkt. Sie ist dann frei von Schmerz und Leid und achtet nicht die Klagen derer, die um die tote Hülle trauern. Hier liegt Hadschi Mohammed Emin Ben Abdul Mutaher es Seim Ibn Abu Merwem Baschar esch Schohanah, der tapfere Scheik der Haddedihn vom Stamme esch Schammar. Er war ein Liebling Allahs; auf seiner Zunge wuchs niemals die Lüge, und aus seiner Hand floß Wohltat weithin über die Hütten, in denen Armut wohnte. Er war der weiseste im Rat, er war ein Held im Kampf, er war ein Freund dem Freunde, er wurde gefürchtet von seinen Feinden, aber geachtet von allen, die ihn kannten. Darum wollte Allah nicht, daß er abscheide im Dunkel des Zeltes, sondern er sandte Abu Dschajah[1], ihn abzurufen mitten im Kampf von der Seite der Krieger, die hier um ihn stehen. Nun geht der Staub zur Erde. Sein Angesicht wendet sich nach Mekka, der Goldenen, seine Seele aber steht vor dem Allerbarmer und schaut die Herrlichkeit, in die kein sterbliches Auge zu dringen vermag. Sein ist das Leben, unser aber der Trost, daß auch wir einst an seiner Seite stehen werden, wenn Isa Ben Marryam[2] einst kommen wird, zu richten die Lebendigen und die Toten!"

Jetzt traten Allo und der Soran-Kurde herzu, um das Grab zu verschließen. Schon wollte ich wieder das Wort ergreifen, als der Perser mir winkte. Er trat vor und sprach einige Sätze der zweiundachtzigsten Sure:

„Im Namen des allbarmherzigen Gottes! Wenn die Himmel sich spalten und die Sterne sich zerstreuen, die Meere sich vermischen und die Gräber sich umkehren, dann wird eine jede Seele wissen, was sie getan und was sie unterlassen hat. So ist es, und doch leugnen sie den Tag des Gerichts. Aber es sind Wächter über euch gesetzt, die da alles niederschreiben und alles sehen, was ihr tut. Die Gerechten werden erlangen die Wonne des Paradieses, die Missetäter aber die Qualen der Hölle. An diesem Tag vermag keine Seele etwas für die andere, denn an diesem Tag gehört die Herrschaft nur Gott allein!"

Jetzt war die Öffnung zugesetzt, und es bedurfte noch des Schlußgebets. Ich hätte auch das übernommen, aber Halef trat vor. Im Auge des wackeren kleinen Hadschi glänzten Tränen, und seine Stimme zitterte, als er sagte:

„Ich will beten!"

Er kniete nieder, faltete die Hände und sprach:

„Ihr habt gehört, daß wir alle Brüder sind und daß

[1] Engel des Todes [2] Jesus

Allah uns alle versammeln wird am Tage des Gerichts. Da drüben ist die Sonne gesunken, und morgen wird sie von neuem emporgestiegen sein; so werden auch wir da oben auferwachen, wenn wir hier gestorben sind. O Allah, laß uns da zu denen gehören, die deiner Gnade würdig sind, und scheide uns nicht von denen, die wir hier liebgehabt haben. Du bist der Allmächtige und kannst auch dieses Gebet erfüllen!"

Das war ein seltenes Begräbnis. Ein Christ, zwei Sunniten und ein Schiit hatten über dem Grab des Toten gesprochen, ohne daß Mohammed einen Blitz herniederfallen ließ. Was mich betrifft, so glaubte ich, keine Sünde zu tun, wenn ich von dem toten Freund Abschied nahm in der Sprache, die er im Leben gesprochen hatte; die Beteiligung des Persers aber war ein Beweis, daß er an Bildung des Geistes und Herzens den moslemischen Troß weit überragte. Halef hätte ich zum Dank für seine einfachen, kurzen Sätze gleich umarmen können.

Wir schickten uns an, den Felsblock zu verlassen. Da zog Amad el Ghandur seinen Dolch und schlug mit demselben von einem Stein des Grabmals ein Stück herab, das er einsteckte. Ich wußte, was das zu bedeuten hatte, und war nun überzeugt, daß ihn kein menschliches Wesen zu überreden vermochte, seine Rache aufzugeben. Er aß und trank im Verlauf des Abends nichts, nahm mit keinem Wort an unserer Unterhaltung teil und zeigte auch mir gegenüber keine Lust, sich in ein noch so kurzes Gespräch einzulassen. Nur auf eine einzige Bemerkung antwortete er.

„Du weißt", sagte ich nämlich zu ihm, „daß Mohammed Emin den Rappen zurückgenommen hat. Jetzt gehört er dir."

„So habe ich also jetzt das Recht, ihn wieder zu verschenken?"

„Ohne Zweifel."

„Ich schenke ihn dir."

„Ich nehme ihn nicht an."

„So werde ich dich zwingen, ihn zu behalten!"

„Wie willst du dies anfangen?"

„Du wirst es sehen. Leïlkum saaide – gute Nacht!"

Er wandte sich ab und ließ mich stehen. Ich merkte, daß es jetzt an der Zeit sei, in Beziehung auf ihn meine Aufmerksamkeit zu verdoppeln. Es sollte aber anders kommen. Es war heute überhaupt ein trüber, ja trauriger Abend. Der Perser hatte sich hinter die Zweigwand zurückgezogen, seine Leute hockten beieinander, und ich saß mit Halef und dem Engländer schweigsam an der Quelle, wo wir bemüht waren, unsere brennenden Wunden zu kühlen. Der Tod Mohammeds hatte einen jeden von uns mehr angegriffen, als er es den andern eingestehen wollte. Durch die Hitze, mit der mein Blut in den Adern flutete, zuckte zuweilen ein kalter, schüttelnder Schauer – es war das Nahen des Wundfiebers. Auch Halef fieberte bereits.

Ich hatte eine schlechte Nacht, aber meine kräftige Natur ließ es doch zu keinem ordentlichen Anfall kommen. Es war, als fühlte ich jeden einzelnen Tropfen meines Blutes durch die Adern rinnen; halb wach, halb träumend oder phantasierend schob ich mich hin und her; ich sprach mit allen möglichen Personen, die mir die Einbildungskraft vorführte, und wußte doch, daß es Täuschung sei, und erst am Morgen fiel ich in einen festern Schlaf, aus dem ich erst gegen Abend erwachte. Der bereits erwähnte Duft umflutete mich, aber anstatt der beiden schönen Augenpaare sah ich die mächtige Aleppobeule auf der Nase des Engländers mir entgegenleuchten.

„Wieder munter?" fragte er.

„Ich glaube. Was! Dort steht die Sonne? Es ist ja fast Abend!"

„Seid froh, Master! Die Ladies haben Euch in die Kur genommen. Sie schickten Tropfen für die Wunde. Halef hat sie aufgeträufelt. Dann kam die eine selbst und goß

Euch irgend etwas zwischen die Zähne. Ist wohl kein Porter gewesen, denke ich!"

„Welche war es?"

„Die eine. Die andere blieb dort. Es kann aber auch die andere gewesen sein, und die eine blieb dort. Weiß nicht!"

„Ich meine, die mit den blauen oder die mit den schwarzen Augen?"

„Habe keine Augen gesehen. Die wickeln sich ja ein wie Postpakete. Es wird aber wohl die Blaue gewesen sein."

„Warum vermutet ihr dies?"

„Weil ihr mit einem blauen Auge davongekommen seid. Ihr scheint Euch ja ganz wohl zu befinden!"

„Allerdings. Ich fühle mich wirklich ganz frisch und munter."

„Geht mir auch so. Habe die Tropfen auch an meine Wunden getan und fühle keinen Schmerz mehr. Ausgezeichnete Mixtur! Wollt Ihr essen?"

„Habt Ihr etwas? Ich hungere wie ein Wolf."

„Hier! Die Blaue hat es geschickt. Oder vielleicht war es die Schwarze."

Neben mir lag eine silberne Tabah[1], die kaltes Fleisch, gesäuertes Brot und allerlei Mazih[2] enthielt. Daneben stand ein Tschidan[3], der aber anstatt mit Tee mit einer kräftigen Fleischbrühe gefüllt war, die noch Wärme besaß.

„Die Ladies scheinen gewußt zu haben, daß ich erwache, bevor die Bouillon erkaltet", sagte ich.

„Dieser Topf wartet bereits seit Mittag auf Euch. Sobald er kalt geworden ist, lassen sie ihn durch die Alte holen und machen ihn wieder warm. Ihr scheint bei ihnen einen Stein im Brett zu haben."

Erst jetzt sah ich mich genauer um. In der Nacht lag

[1] präsentiertellerartige Pfanne [2] Leckerbissen
[3] Teetopf

Halef und schlief. Außer ihm war kein Mensch zu sehen.

„Wo ist der Perser?" fragte ich.

„Bei den Weibern. Er war heut morgen fort und hat eine Bergziege geschossen. Ihr trinkt also Ziegenbrühe."

„Aus solchen Händen schmeckt sie delikat!"

„Denke nur immer, die Alte wird sie gesotten haben! Yes!"

„Wo ist Amad el Ghandur?"

„Er ist heute sehr früh spazieren geritten."

Ich sprang auf und rief:

„So ist er fort, der Unbesonnene!"

„Mit dem Kohlenbrenner und dem Soran-Kurden. Yes!"

Ah, jetzt wußte ich, was er gemeint hatte, als er sagte, daß Allah selbst ihm ein Mittel gesendet habe, sich zu rächen. Der Soran-Kurde, selbst ein Todfeind der Bebbeh, konnte seinen Dolmetscher machen. Aber trotzdem war der unglückliche Haddedihn zu beklagen. Es war zehn gegen eins zu wetten, daß er seinen Stamm nie wieder erreichen werde. Ihm nachzureiten, davon konnte gar keine Rede sein. Erstens war sein Vorsprung zu groß, zweitens war ich ja Patient, und drittens konnte es nicht unsere Absicht sein, der Blutrache eines andern wegen geradezu nun selbst zu Mördern zu werden.

„Er reitet doch den Hengst?" fragte ich.

„Der Rappe? Der ist da", antwortete Lindsay.

Auch das noch! Auf diese Weise also zwang mich Amad el Ghandur, das Pferd von ihm als Geschenk anzunehmen! Ich wußte für den Augenblick wirklich nicht, ob ich mich darüber freuen oder ärgern sollte. Überhaupt war das Verschwinden des Haddedihn ein Ereignis, das mich nicht gleichgültig lassen konnte; es mußte innerlich verarbeitet werden, um mich darüber beruhigen zu können.

Nach diesen schrecklichen Erlebnissen hatte uns also Amad el Ghandur ohne Gruß verlassen.

Zusammen mit Hassan Ardschir Mirza, der sich mir als Flüchtling und als Opfer politischer Intrigen in Persien offenbarte, und seinem Gefolge brachen wir nach Ghadhim auf, das unweit von Bagdad liegt.

Unterwegs begegneten wir einer Leichenkarawane, die den Pesthauch um sich verbreitete. Die Pilger waren mit ihr auf dem Weg nach Kerbela, um die Toten in geheiligter Erde zu begraben.

Hassan Ardschir Mirza hatte einen Vertrauten in Bagdad, dem ich im Gegenteil sehr mißtraute, und dieser Mann - Mirza Selim Agha - verriet meinen persischen Freund an die Verfolger, die ihn und sein Gefolge - während ich auf einem Erkundungsritt war - umbrachten.

Ich konnte das Schreckliche nicht recht wahrnehmen, denn ich war an der Pest erkrankt. Allein der treue Halef war bei mir und versorgte mich, während ich im Fieber lag. Im Verlauf der gerade erwähnten Ereignisse waren wir auch von Sir David Lindsay getrennt worden.

Es war heute der vierte Tag der Krankheit, und ich hatte gehört, daß dieser Tag der entscheidende sei. Ich blieb dabei, Rettung vom Wasser und von der freien Luft zu erwarten, und obgleich mein Körper unter den Anstrengungen der letzten Zeit sehr gelitten hatte, glaubte ich, daß ich dem Rest meiner Kräfte mehr Vertrauen schenken dürfe als irgendeiner Arznei, über deren Anwendung und Wirkung ich nicht einmal im klaren war.

Gegen Abend ließ das Fieber nach, und auch in dem Abszeß verminderte sich die Heftigkeit des Schmerzes. Ich schlief des Nachts einige Zeit recht erquicklich, und als ich am nächsten Morgen Halef die Zunge zeigte, die wieder feucht zu werden begann, erklärte er, daß deren schwarze Färbung fast verschwunden sei. Jetzt begann ich auf Genesung zu hoffen, erschrak aber am Nachmittag nicht wenig, als der treue Diener nun selbst über Kopfweh, Schwindel und Frost zu klagen begann. Schon während der Nacht hatte ich die Gewißheit, daß ihn die Ansteckung ergriffen hatte. Ich sah ihn nach dem Wasser gehen, um mir einen Trunk zu holen; er taumelte.

„Halef, du fällst!" rief ich erschrocken.

„O Sihdi, es dreht sich alles mit mir herum!"

„Du bist krank! Es ist die Pest!"

„Ich weiß es."

„Ach, ich habe dich angesteckt!"

„Allah hat es gewollt, es stand im Buch verzeichnet. Ich werde sterben, du aber wirst zu Hanneh gehen und sie trösten."

„Nein, du wirst nicht sterben, ich werde dich pflegen."

„Du?" fragte er kopfschüttelnd. „Du ringst ja selbst noch mit dem Tod, der dich nicht freigeben will!"

„Ich bin bereits auf dem Wege der Besserung; ich werde nicht weniger an dir tun, als was du an mir getan hast."

„O Sihdi, was bin ich gegen dich! Laß mich hier liegen und sterben!"

Also so sehr hatte ihn die der Pest charakteristische Niedergeschlagenheit bereits ergriffen! Er hatte sich gewiß genug gewehrt, um mich so lange wie möglich über seinen Zustand in Unkenntnis zu erhalten. Jetzt gelang ihm dies nicht mehr, und einige Stunden später sprach er irre. Vielleicht hatte er schon mit mir den Stoff der Krankheit eingesogen, als wir in Bagdad das Nahen der Todeskarawane beobachteten, und nun entwickelte sich bei ihm die schwerste, die biliöse Form der Pest, in der alle Anfälle mit vermehrter Heftigkeit auftreten.

Ich konnte mich selbst nur mit äußerster Anstrengung auf kurze Zeit emporraffen, um ihm die Pflege zuteil werden zu lassen, derer ich selbst noch so sehr bedurfte. Es war eine Zeit, an die ich mit Schauder zurückdenke, obgleich ich sie hier am besten übergehe. Auch Halef wurde gerettet, doch befand er sich noch am zehnten Tag seiner Krankheit so schwach, daß ich ihn von Stelle zu Stelle heben mußte, und ich selbst konnte mit der schweren Büchse noch keinen sicheren Schuß aus freier Hand tun. Es war bei alldem ein Glück, daß unser Schmerzenslager unentdeckt blieb. Als ich mich zum ersten Mal im Wasser spiegelte, erschrak ich über den dicht bebarteten Totenkopf, der mir da entgegengrinste. Es war kein Wunder, daß Geier über uns ihre Kreise zogen und die Hyänen und Schakale, die aus den Ruinen, zwischen denen wir lagerten, zur Tränke kamen, durch das Schilf schauten, um zu sehen, ob wir nicht bald zu verspeisen seien. Sie mußten stets in höchster Eile abziehen, denn Dojan, der Windhund, war nicht sehr gastfreundlich gegen sie gesinnt.

Meinen ersten Ausgang unternahm ich zum Grab der Perser, das sich noch in unversehrtem Zustand befand. Ich war zu Fuß herbeigekommen und saß wohl eine Stunde lang am Turm, und die lebensvollen Bilder der Abgeschiedenen standen vor meinem geistigen Auge. Da gab der Hund, den ich bei mir hatte, Laut. Ich wandte mich um und erblickte einen Trupp von acht Reitern mit einigen Falken und einer Koppel Hunde. Sie hatten mich schon bemerkt und kamen nahe zu mir heran.

„Wer bist du?“ fragte der Mann, der der Anführer zu sein schien.

„Ein Fremder.“

„Was tust du hier?“

„Ich trauere um die Toten, die ich hier begraben habe.“

Dabei deutete ich nach dem Grab.

„Welcher Krankheit sind sie erlegen?“

„Sie wurden ermordet.“

„Von wem?“

„Von persischen Männern.“

„Ah! Von Persern und Zobeïde-Arabern! Wir haben davon gehört. Sie haben auch mehrere Männer getötet, die sich am Kanal befanden."

Ich erschrak, denn hier konnte nur Lindsay mit seinen Leuten gemeint sein.

„Weißt du dies gewiß?"

„Ja. Wir gehören zum Stamm der Schiat und geleiteten Pilger nach Kerbela. Da haben wir es gehört."

Das war jedenfalls eine Lüge. Die Schiat wohnen weit im Süden und dürfen sich hier nur mit Gefahr erblicken lassen. Übrigens sagte mir der Umstand, daß sie sich auf der Falkenjagd befanden, sehr deutlich, daß ihre Heimat in der Nähe sein müsse. Ich faßte also Mißtrauen und gab mir nur Mühe, dies nicht merken zu lassen.

Da trieb der Mann sein Pferd ganz zu mir heran und sagte:

„Was hast du für ein sonderbares Gewehr? Zeig es einmal her!"

Er streckte die Hand nach dem Stutzen aus, ich aber trat zurück und antwortete:

„Dieses Gewehr ist gefährlich für den, der es nicht anzufassen versteht!"

„So wirst du mir zeigen, wie es anzufassen ist!"

„Gern, wenn du absteigst und eine Strecke weiter mit mir gehst. Kein Mann gibt seine Flinte aus der Hand, wenn er nicht sicher ist, daß es ohne Gefahr geschehen kann."

„Her damit! Sie ist mein!"

Er streckte seine Hand abermals aus und nahm zu gleicher Zeit sein Pferd empor, um mich niederzureiten. Da aber tat Dojan einen Satz, faßte den Mann am Arm und riß ihn aus den Bügeln auf die Erde herab. Der Araber, der die Koppel hielt, stieß einen Schrei aus und ließ seine Hunde los, die sich sofort auf Dojan stürzten.

„Ruft die Hunde zurück", gebot ich, das Gewehr erhebend.

Man folgte meinem Ruf nicht, und so drückte ich ab, drei-, viermal hintereinander. Jeder Schuß tötete einen Hund; dabei aber gab ich zuwenig acht auf den Anführer; dieser erhob sich, faßte mich und riß mich von hinten zu Boden. Ich war viel zu schwach zu einer nachhaltigen Gegenwehr; er übermannte mich trotz seines zerbissenen Arms und hielt mich fest, bis die anderen ihm beistanden, mich vollends unschädlich zu machen. Das Gewehr wurde mir entrissen, das Messer auch, dann band man mich und lehnte mich gegen einen Backsteinhaufen.

Unterdessen biß sich Dojan mit den drei unverletzt gebliebenen Hunden herum. Sein Fell war zerbissen, er blutete aus mehreren Wunden, aber er hielt wacker stand, seinen Gegnern nie die Kehle bietend. Da nahm einer der Araber seine alte Flinte empor, zielte und drückte los. Die Kugel traf den wackeren Hund zwischen die Rippen, er brach tot zusammen und wurde von seinen halbwilden Feinden wörtlich in Stücke gerissen.

Ich hatte das Gefühl, als ob der treueste Freund mir an der Seite erschossen worden sei. Oh, diese Schwäche! Wäre ich bei meiner früheren Kraft gewesen, was hätte ich mir aus diesem alten Strick gemacht, der meine Arme zusammenhielt!

„Bist du allein hier?“ fragte jetzt der Anführer.

„Nein. Ich habe noch einen Gefährten.“

„Wo?“

„In der Nähe.“

„Was tut ihr da?“

„Wir wurden unterwegs von der Pest überfallen und sind da liegengeblieben.“

In dieser aufrichtigen Antwort bot sich mir die einzige Möglichkeit, diesen Leuten zu entkommen. Kaum hatte ich das letzte Wort gesprochen, so wichen sie mit lauten Schreckensrufen von mir zurück. Nur der Anführer blieb und meinte mit zornigem Lachen:

„Du bist ein schlauer Mann, mich aber betrügst du nicht! Wer mitten im Weg an der Pest liegenbleibt, der wird nie wieder gesund."

„Blicke mich an!" sagte ich einfach.

„Dein Anblick ist wie das Angesicht des Todes, aber du hast nicht die Pest, sondern das Fieber. Wo befindet sich dein Gefährte?"

„Er liegt am... Horch, da kommt er!"

Ich hörte nämlich von weitem eine Stimme, die stark sein wollte, aber nur in schrillen, sich überschnappenden Fisteltönen immerzu das Wort „Rih, Rih, Rih!" vernehmen ließ. Darauf ertönte der rasende Galopp eines Pferdes, und einen Augenblick später sah ich meinen Hengst über Schutt, Geröll und Trümmer heranstürmen. Auf ihm aber lag Halef, den linken Arm um den Hals des Pferdes geschlungen, und die rechte Hand zwischen dessen Ohren, wobei er eine seiner Doppelpistolen hielt, während die Flinte ihm an der Schulter hing.

Die Araber wandten sich alle dem Schauspiel zu. Wie war der todesmatte Hadschi auf das Pferd gekommen? Er hatte nicht die Kraft, es zum Stehen zu bringen, und sauste vorüber.

„Dur kawi, Rih - halt, Rih!" rief ich, so laut ich vermochte.

Sofort lenkte das kluge Pferd zurück.

„Die Hand weg von den Ohren, Halef!"

Er tat es, und nun blieb das Tier grad vor mir halten. Halef fiel zu Boden. Er konnte sich kaum zum Sitzen aufrichten, fragte aber doch mit zorniger Stimme:

„Ich hörte schießen. Sihdi, wen soll ich töten?"

Der Anblick dieses Kranken mußte den Arabern sofort beweisen, daß ich vorhin die Wahrheit gesagt hatte.

„Es ist die Pest! Allah schütze uns!" riefen sie.

„Ja, es ist die Pest!" rief auch der Anführer, indem er den Stutzen und das Messer von sich warf und auf sein Pferd sprang.

„Flieht, ihr Männer! Ihr aber, ihr Hunde, die ihr uns angesteckt habt, fahrt zur Hölle!"

Er zielte auf mich, und ein anderer auf Halef. Beide drückten ab, aber die Hand des ersten lähmte der Biß des Hundes, und die des anderen bebte aus Furcht vor der Pest; die Kugeln trafen nicht. Auch Halef schoß seine Pistole ab, aber seine Hand zitterte wie ein Zweig im Wind; auch er traf nicht, und als er die Flinte erheben wollte, war er zu schwach dazu, und die Araber ritten bereits in sicherer Entfernung von dannen.

„Dort entkommen sie! Der Scheitan hole sie ein!" rief er, aber es war kein Ruf, sondern mehr ein hastiges Murmeln, was er hervorbrachte. „Was taten sie dir, Sihdi?"

Ich erzählte es ihm und bat ihn dann, den Strick zu durchschneiden. Der Arme hatte kaum die Kraft, es zu tun.

„Aber, Halef, wie bist du auf das Pferd gekommen?" fragte ich.

„Sehr leicht, Sihdi", antwortete er. „Es lag am Boden, und ich legte mich auf seinen Rücken, nachdem ich den Riemen gelöst hatte. Ich wußte, wo du warst, und als ich Schüsse hörte, mußte ich dir zu Hilfe kommen. Der Knall deines Stutzens dringt sehr weit. Du hast mir das Geheimnis deines Pferdes offenbart, und darum hat es mich so rasch zu dir getragen."

„Dein bloßes Erscheinen genügte, mich zu befreien. Die Furcht vor der Pest ist stärker als alle Waffen. Diese Männer werden von dem Zusammentreffen erzählen, und darum glaube ich, daß wir nun vor weiteren Begegnungen sicher sind, solange wir uns noch hier befinden."

„Und Dojan? Das dort sind die Stücke seines Körpers?"

„Ja."

„O jazik – o weh! Herr, das ist genauso, als ob mir die Hälfte von dir selbst entrissen wäre! Ist er tapfer gefallen?"

„Ja. Er wäre Sieger geblieben, wenn man ihn nicht

erschossen hätte. Aber wir haben einen noch viel schmerzlicheren Verlust zu beklagen. Der Engländer ist mit seinen Leuten ermordet worden."

„Der Engländer? Allah il Allah! Wer sagte es?"

„Der Anführer dieser Araber. Er behauptete, davon gehört zu haben, aber vielleicht ist er selbst mit dabeigewesen."

„So müssen wir ihre Leichen finden. Wir werden suchen, sobald ich wieder gehen kann, um sie zu begraben. Dieser Engländer war ein Ungläubiger, aber er hatte dich lieb, und ich darum auch ihn. Herr, mach eine Grube für den Hund! Er soll hier in der Nähe der Perser ruhen; er hat ja auch zu ihrem Schutz gelebt. Es darf ihn kein Geier und kein Schakal fressen. Dann aber führe mich fort. Ich bin so matt, als ob auch mich eine Kugel getroffen hätte!"

Ich tat nach seinem Willen. Der treue Dojan kam vor das Grab zu liegen, als ob er selbst noch im Tode die Sicherheit der Abgeschiedenen verteidigen solle. Dann lud ich Halef auf das Pferd und kehrte mit ihm, nachdem ich auch die Waffen an mich genommen hatte, langsam an den Bach zurück, nicht ahnend, daß die Erzählung vom Tod des Engländers glücklicherweise nur die Folge eines Irrtums war. Es drängte mich, so bald wie möglich die Gegend zu verlassen, wo im Angesicht dieses Trümmerreiches auch so vieles von uns zu den Toten gebettet worden war.

Wieder gesund, ritten wir weiter in Richtung Bagdad. Dort selbst wußte niemand, wo unser Sir David verblieben war. Mich erfaßte große Sorge!

Wir ritten zu den Weidegründen der Haddedihn - und Halef erfuhr dort eine große Freude: Hanneh, die Frau der Frauen, die Köstliche, hatte ihm einen Sohn geboren, den er Kara Ben Halef nannte.

Wir hielten uns nur kurze Zeit auf und besuchten dann Damaskus. Beim Oheim Isa Ben Maflei kehrten wir ein. Meine Leser erinnern sich: Für Isa Ben Maflei hatten wir aus dem Harem Abrahim Mamurs einst Senitza entführt. Es waren Tage großer Freude.

Mich reizte es, einen Abstecher zu den Ruinen von Baalbek zu machen – und wen trafen wir bei den Ruinen? Unseren Freund David!

Sir David charterte für uns und die Pferde einen amerikanischen Segler nach Stambul, wo wir – die Welt ist klein! – Omar Ben Sadek wiedertrafen, der sich ja von uns getrennt hatte, um den Mörder seines Vaters zu suchen und zu finden. In Kairo hatte er ihn entdeckt, aber er war ihm entkommen. In Damaskus hatte er Hamd el Amasat noch einmal flüchtig zu Gesicht bekommen, und er war der Meinung, der Mörder sei nach Stambul entwischt.

Sir David trennte sich nun schweren Herzens wieder von uns, um nach Jerusalem zu reisen. Er erklärte mir das:

„War auf dem Konsulat und habe einen Vetter getroffen, auch ein Lindsay, aber kein David. Er will nach Jerusalem, versteht aber das Reisen nicht und hat mich gebeten, mitzugehen. Schade, daß Ihr nicht auch mitkönnt! Yes! Werde heute abend Maflei besuchen, um Abschied zu nehmen."

„Das ist es, was ich von Euch erbitten wollte, Sir. Wir haben im Verlauf einiger Monate durchgemacht, was andere während der ganzen Zeit ihres Daseins nicht erleben, und das kettet zusammen. Ich habe Euch sehr lieb gewonnen, und das Scheiden tut mir weh, aber man muß sich in das Unvermeidliche fügen; es bleibt ja doch die Hoffnung auf ein Wiedersehen!"

„Yes! Oh! Ah! Well! Wiedersehen! Miserables Scheiden! Gefällt mir ganz und gar nicht!" meinte er mit unsicherer Stimme, indem er mit der einen Hand seine Nase beruhigte und mit der andern nach dem Auge langte. „Aber da fällt mir ein: Was wird mit dem Pferd?"

„Mit welchem?“

„Mit dem Eurigen - Rih!“

„Was soll da werden? Ich reite es.“

„Hm! Immer? Nehmt Ihr es mit nach Deutschland?“

„Das weiß ich noch nicht!“

„Verkauft es, Sir! Das macht ein schönes Geld. Überlegt es! Wenn Ihr es auch jetzt noch braucht, so bringt es doch wenigstens später nach Old England. Ich handle nicht, sondern bezahle, was Ihr verlangt. Well!“

Dieses Thema war mir nicht sehr angenehm. Was konnte ich als armer Literat mit einem solchen Pferd tun? In der Heimat trat ich ja in Verhältnisse, die mir durchaus verboten, ein Reitpferd zu halten. Aber verkaufen? Das Geschenk des Scheiks der Haddedihn? Und welch einen Herrn würde mein wackerer Rappe bekommen! Nein, ich konnte ihn allerdings nicht behalten, aber verkauft wurde er sicherlich auch nicht, ich wußte, was ich zu tun hatte! Ich war dem herrlichen Tier, das mich durch so manche Gefahr getragen hatte, schuldig, ihm einen Herrn zu geben, der es zu behandeln verstand. Es sollte nicht im kalten Norden verkommen, es sollte die Weiden des Südens, es sollte sein Geburtsland, die Lagerplätze der Haddedihn wiedersehen.

Mit meinen Begleitern - Halef, Omar Ben Sadek und Osko, dem Vater der Senitza - reiste ich weiter nach Adrianopel, das die Türken Edreneh nennen.

Osko war immer noch auf der Suche nach Barud el Amasat, dem Bruder Hamd el Amasats. Barud hatte einst Senitza geraubt und an Abrahim Mamur verkauft. Darum galt Oskos Rache dem Entführer. Wider Erwarten entdeckten wir im Gewimmel der Stadt Abrahim Mamur. Omar verfolgte ihn und stürzte ihn nach einem heftigen Kampf von der Galerie des Turms von Galata. Ein Schurke weniger! Und auch Barud el Amasat wurde von uns entdeckt! Wir nahmen ihn gefangen, er wurde ins Gefängnis gesteckt - aber Manach el

Barscha befreite ihn daraus! Man kann sich Oskos Wut vorstellen. So nahe ist der Rächer seinem Opfer, und dann entweicht es der korrupten Gerichtsbarkeit des Orients. Wir beschlossen sofort, dem Flüchtigen zu folgen.

Auf der Balkanhalbinsel hat dem Räuberunwesen niemals gesteuert werden können; ja, grad in den gegenwärtigen Tagen berichten die Zeitungen fast ununterbrochen von Aufständen, Überfällen, Mordbrennereien und anderen Ereignissen, die auf die Haltlosigkeit der dortigen Zustände zurückzuführen sind. Da oben nun, in den Bergen des Schar-Dagh zwischen Prisrendi und Kakandelen, machte ein Skipetar von sich reden, der mit den Unzufriedenen, die er um sich versammelt hatte, bis hinüber zum Kurbecska-Planinagebirge und bis herab in die Täler des Babuna streifte. Man erzählt sich, daß er sogar in den Schluchten des Perin-Dagh gesehen worden sei und in der Einsamkeit des Despoto-Planina seine Anhänger habe.

Seinen eigentlichen Namen wußte niemand. El Aßfar, Sayrik, Schut, so wurde er genannt, je nach der Sprache, der man sich bediente. Diese drei Wörter bedeuten ‚der Gelbe'. Vielleicht hatte er diese Färbung infolge einer Gelbsucht erhalten.

Mir kam der Gedanke, ob nicht all unsere persönlichen Feinde gleichzeitig zum Geheimbund des Schut gehören könnten! Wir hatten uns offensichtlich - Zufall oder Vorsehung? - hineinbegeben in die Wirren eines unüberschaubaren räuberischen Treibens und uns in die Untaten einer wohlorganisierten Bande verwickelt - wir als Jäger, die Gesuchten als Gejagte!

Und so erschien es uns nicht sonderlich verwunderlich, daß viele, denen wir auf unseren Ritten begegneten, mißtrauisch waren, mundtot und schweigsam. Wie konnten sie auch wissen, ob wir zur Bande des Schut gehörten oder nicht? Mancher der Verschwiege-

nen war sicherlich ein Bandenmitglied. Aber auch er war vorsichtig und offenbarte sich uns nicht. Auf dem Weg von Mastanly über Koschikawak trafen wir auf Schimin, den Schmied, der uns ganz offen von der Geheimorganisation des Schut berichtete, die ihm schon übel mitgespielt hatte. Er erzählte auch davon, daß die Anhänger des Schut eine Koptscha am Turban trugen, ein Geheimzeichen, das jeden als ‚Vertrauten' ausweisen sollte - ein unauffälliges Kennzeichen der ‚Verlorenen', wie sich die Banditen selbst zu nennen pflegten.

Überall auf unserem Ritt begegneten wir aber auch Leuten, die große Pferdekenner waren. Rih zog aller Augen auf sich. Er zeigte auch trotz aller Strapazen keine Anzeichen von Ermüdung.

Mit ehrerbietigem Gruß verneigte sich vor mir unterwegs einmal ein Reiter.

„Ssabahhak bilcheer - Guten Morgen!" grüßte er mich, zu meinem Erstaunen in schönstem Arabisch.

Ich fragte ihn, wie er auf den Gedanken gekommen sei, mich arabisch anzureden. Er deutete, indem seine Augen blitzten, auf mein Pferd und antwortete:

„So einen Nedschi kann nur ein Araber reiten. Das ist ein echter Wüstenhengst! Bei Allah! Rote Nüstern! So ist die Mutter wohl gar eine Kohelistute gewesen?"

„Sie haben ein gutes Auge. Der Stammbaum weist allerdings nach, daß Sie recht haben."

„Sie glücklicher und Sie reicher Mann! Die Hufe und die Fesseln zeigen, daß dieses Pferd nicht in der Sand-, sondern in der Steinwüste geboren wurde."

„Auch das ist richtig. Ist die hiesige Gegend Ihre Heimat?"

„Ja."

„Wie kommen Sie da zu diesem Scharfblick für arabische Pferde?"

„Ich bin Hadschi. Nachdem ich in Mekka meine

Gebete absolviert hatte, ging ich nach Taïf, wo ich in die Reiterei des Großscherifs von Mekka trat."

Ich kannte diese Elite-Kavallerie und wußte, wie gut sie beritten war. Der Großscherif besitzt einen wahrhaft glänzenden Marstall. Kein Wunder also, daß dieser junge Mann seinen Blick hatte üben können.

Es war mir interessant, einen ehemaligen Kavalleristen des Großscherifs von Mekka vor mir zu sehen.

Und es war mir lieb, einmal jemandem begegnet zu sein, der nicht darauf aus war, mir meinen Rappen zu stehlen!

Ich hatte mich von meinen Gefährten getrennt, um unauffällig und als einzelner Reiter einen Erkundungsritt zu unternehmen. Bald wollten wir wieder zusammentreffen. Ich ritt durch das Dorf Dschnibaschlü und durch Mais- und andere Felder, als ich einen Reiter bemerkte, der von links her über die Ebene herangetrabt kam. Da ich langsamer ritt als er, hatte er mich bald erreicht.

„Allah bilindsche - Gott sei mit dir!" grüßte er.

„Müteschekkürüm - ich danke dir!" grüßte ich.

Er betrachtete mich prüfend, und ich tat dasselbe mit ihm, doch geschah dies von mir nicht so auffällig, wie von ihm. Es war nichts Besonderes an ihm zu bemerken. Sein Pferd war schlecht, seine Kleidung war schlecht, und sein Gesicht machte keinen viel besseren Eindruck. Nur die Pistolen und das Messer, die in seinem Gürtel steckten, schienen gut zu sein.

„Woher kommst du?" fragte er.

„Von Dschnibaschlü", antwortete ich bereitwillig.

„Und wohin reitest du?"

„Nach Kabatsch."

„Ich auch. Ist dir der Weg bekannt?"

„Ich hoffe, ihn zu finden."

„Du hoffst es? So bist du fremd?"

„Ja."

„Darf ich dein Gefährte sein? Wenn du es mir erlaubst, so kannst du dich nicht verirren."

Er machte keinen angenehmen Eindruck auf mich, aber dies war kein Grund, ihn zu beleidigen. Er konnte trotzdem ein braver Mann sein. Und selbst wenn das Gegenteil der Fall war, konnte es mir nichts nützen, ihn von mir zu weisen. Ich hätte höchstens seinen Zorn oder gar seine Rachsucht herausgefordert. Und er sah mir ganz so aus, als ob er in einem solchen Fall geneigt sein würde, mich von der Güte seiner Waffen zu überzeugen, darum antwortete ich:

„Du bist sehr freundlich. Bleiben wir beisammen!"

Er nickte befriedigt und lenkte sein Pferd an die Seite des meinigen.

Eine Weile ritten wir schweigend nebeneinander her. Er betrachtete mit sichtlichem Interesse meinen Rappen und meine Waffen. Dabei war es mir, als ob sein Blick zuweilen besorgt die Umgebung musterte. Gab es hier vielleicht etwas zu befürchten? Ich hielt es für angezeigt, keine Frage auszusprechen. Später freilich erfuhr ich den Grund dieser besorgten Blicke.

„Reitest du von Kabatsch dann weiter?" fragte er mich nun in freundlichem Ton.

„Nein."

„So besuchst du dort jemanden?"

„Ja."

„Darf ich wissen, wen? Du bist ja fremd, und vielleicht kann ich dir seine Wohnung zeigen."

„Ich reite zu Ali, dem Sahaf."

„Oh, den kenne ich! Wir kommen an seinem Haus vorüber. Ich werde dich darauf aufmerksam machen."

Wieder stockte das Gespräch. Ich fühlte keine Lust, auf eine Unterhaltung einzugehen, und er schien sich ganz in derselben Stimmung zu befinden. So legten wir eine große Strecke zurück, ohne daß ein weiteres Wort gefallen wäre.

Der Weg zog sich zwischen den Bäumen des Waldes mehr und mehr bergan. Wir erreichten die von dem Bäkker erwähnte Höhe und auch die Stelle, an der die Räderspuren sich nach Süden wendeten. Doch war zu bemerken, daß Leute auch nach Westen geritten waren. Dieser letzteren Richtung folgten wir, und dann zeigte sich auch bald der Bach, von dem die Rede gewesen war.

Nach kurzer Zeit erreichten wir eine kleine Lichtung, an deren Rand ich eine niedrige, länglich gebaute Hütte gewahrte. Sie war ganz roh aus Steinen errichtet und schindelähnlich mit gespaltenem Holz gedeckt. Ich bemerkte eine niedrige Tür und eine kleine Fensteröffnung. Im Dach befand sich eine Öffnung, die jedenfalls den Zweck hatte, den Rauch abziehen zu lassen. Mächtige Eichen streckten ihre knorrigen Zweige über dieses urwüchsige Bauwerk aus, das den Eindruck eines traurigen Verlassenseins machte.

Wie nur so nebenbei, deutete mein Begleiter nach der Hütte hinüber und sagte:

„Dort wohnt ein Bettler."

Er machte keine Miene, sein Pferd anzuhalten. Dieser Umstand ließ den Argwohn, den ich gehegt hatte, in mir verschwinden. Ich hielt meinen Rappen an und fragte:

„Wie heißt dieser Bettler?"

„Saban."

„Ist er nicht Besenbinder gewesen?"

„Ja."

„So muß ich auf einen Augenblick zu ihm hin. Ich habe ihm eine Gabe zu überbringen."

„Tue es! Er kann es brauchen. Ich reite einstweilen langsam weiter, immer am Bach dahin. Du kannst mich, wenn du mir dann folgst, gar nicht verfehlen."

Er ritt wirklich weiter. Wäre er gleichfalls abgestiegen, so hätte mich dies veranlaßt, meine Vorsicht zu verdoppeln. Jetzt fühlte ich mich beruhigt. Ich ritt also zu der Hütte hin und einmal um sie herum, um zu sehen, ob sich vielleicht jemand in der Nähe befände. Die Eichen und Buchen standen, obgleich sich ihre Äste berührten, so weit auseinander, daß ich zwischen den mächtigen Stämmen hindurch tief in den Wald hineinzublicken vermochte. Ich fand nicht die Spur eines menschlichen Wesens.

Fast schämte ich mich, Argwohn gehegt zu haben. Ein armer, kranker Bettler - was konnte er mir tun! Einen Hinterhalt gab es nicht, wenigstens nicht in der Umgebung der Hütte; davon glaubte ich überzeugt sein zu dürfen. Hatte ich ja noch Grund zu Befürchtungen, so konnte die Veranlassung dazu nur im Innern des armseligen Bauwerks zu suchen sein, und da war es nicht schwer, der Gefahr zu entgehen.

Ich stieg vor der größeren Öffnung, in der sich gar keine Tür befand, vom Pferd, band es aber nicht an, um nötigenfalls sofort aufsitzen und davonreiten zu können. Den Revolver schußbereit in der Hand, so trat ich langsam ein.

Die Vorsicht weiter zu treiben, schien gar nicht möglich zu sein, und - sie war auch gar nicht nötig, wie ich mich beim ersten Blick überzeugte.

Das Innere der Hütte bildete einen einzigen Raum, der so niedrig war, daß ich mit dem Kopf fast an die Decke stieß. Ich sah einen geschwärzten Stein, der jedenfalls als Herd diente, mehrere entfleischte Ochsen- und Pferdeköpfe, die wohl die Sessel bildeten, und in der linken hinteren Ecke ein aus Laub bestehendes Lager, auf dem eine bewegungslose menschliche Gestalt lag. Daneben auf der Erde ein Topf, eine zerbrochene Flasche, ein Messer und einige andere, armselige Kleinigkeiten - das war alles, was die Hütte enthielt. Was sollte hier für mich zu befürchten sein?

Ich holte das Paket herein und näherte mich damit dem Lager. Der Mann rührte sich noch immer nicht.

„Güniz chajir ola- guten Tag!" grüßte ich laut.

Da drehte er sich langsam zu mir herum, starrte mich an, als ob ich ihn aus dem Schlaf geweckt hätte, und fragte:

„Ne istersiz sultanum - was befehlen Sie, mein Herr?"

„Ad-in Saban - dein Name ist Saban?"

„Basch üstüne sultanum - zu Befehl, mein Herr!"

„Bojadschnjü Boschak tanimar-sen - kennst du den Färber Boschak?"

Da richtete er sich erfreut in sitzende Stellung empor und antwortete:

„Pek eï sultanum - sehr wohl, mein Herr!"

Dieser Mensch sah wirklich sehr krank und elend aus. Er trug nur Lumpen auf dem Leib und schien ein fleischloses Gerippe zu sein. Seine Augen waren begierig auf das Paket gerichtet, das ich in der Hand hielt.

„Er sendet dir Wein und Backwaren."

Bei diesen Worten kniete ich mitleidig an seinem Lager nieder, um das mit Bast umwickelte Paket zu öffnen.

„O Herr, o Herr, wie gut du bist! Ich habe Hunger!"

Seine Augen waren flammend auf mich gerichtet. War das wirklich Hunger, oder war es etwas anderes, für mich gefährliches? Ich hatte keine Zeit, diesen Gedanken auszudenken. Hinter mir gab es ein Geräusch. Ich wendete den Kopf. Zwei, vier, fünf Männer drängten sich durch die Türöffnung. Der vorderste hatte die Flinte verkehrt, wie zum Schlag, in der Hand. Er sprang auf mich zu.

Ich riß den Revolver heraus und - schnellte empor? - Nein, ich wollte mich emporschnellen, da warfen sich die langen, dürren Arme des Bettlers wie die Fänge eines Meerpolypen um meinen Hals und rissen mich wieder nieder. Ich weiß nur noch, daß ich den Lauf des Revolvers schnell nach dem Kopf des verräterischen Alten richtete und losdrückte - zielen aber konnte ich nicht. Dann erhielt ich von hinten einen fürchterlichen Schlag auf den Kopf. -

Ich war gestorben, ich besaß keinen Körper mehr, ich war nur Seele, nur Geist. Ich flog durch ein Feuer, dessen Glut mich verzehren wollte, dann durch donnernde Wogen, deren Kälte mich erstarrte, durch unendliche Wolken und Nebelschichten, hoch über der Erde, mit rasender, entsetzlicher Schnelligkeit. Dann fühlte ich nur, daß ich überhaupt flog, grad so, wie der Mond um die Erde wirbelt, ohne einen Gedanken, einen Willen zu haben. Es war eine unbeschreibliche Leere um mich und in mir. Nach und nach verminderte sich die Schnelligkeit. Ich fühlte nicht nur, sondern ich dachte auch. Aber was dachte ich? Unendlich dummes, ganz und gar unmögliches Zeug. Sprechen aber konnte ich nicht, so sehr ich mich auch anstrengte, einen Laut von mir zu geben.

Nach und nach kam Ordnung in das Denken. Mein Name fiel mir ein, mein Stand, mein Alter, in dem ich gestorben war; aber wo und wie ich den Tod gefunden hatte, das war mir nicht bekannt.

Ich sank nach und nach tiefer. Ich wirbelte nicht mehr um die Erde, sondern ich näherte mich ihr wie eine leichte Feder, die langsam, immer hin und her gehaucht, von einem Turm fällt. Und je tiefer ich sank, desto mehr vergrößerte sich die Erinnerung an mein nun beendetes irdisches Dasein. Personen und Erlebnisse fielen mir ein, mehr und mehr. Es wurde klarer in mir, immer klarer. Ich erinnerte mich, daß ich zuletzt eine weite Reise unternommen hatte; es fiel mir langsam ein, durch welche Länder - zuletzt war ich in Stambul gewesen, in Edreneh, hatte nach Hause gewollt und war unterwegs in einer steinernen Hütte auf einer Vorhöhe des Planinagebirges erschlagen worden. Die Mörder hatten mich dann gefesselt, obwohl ich schon eine Leiche war, und mich auf das Lager geworfen, auf dem vorher der Bettler gelegen hatte, und sich nachher um den Herd gesetzt und ein Feuer angezündet, über dem irgend etwas gebraten werden sollte. Ich war gestorben gewesen und hatte dies doch bemerkt. Ich hatte sogar die Stimmen der Mörder gehört, ja, ich hörte sie noch, indem ich jetzt wieder zur Erde niedersank, deutlicher und immer deutlicher, je mehr ich mich ihr näherte.

Und wunderbar! Ich sank durch das Dach der Hütte, auf das Laub des stinkenden Lagers, und da saßen sie noch, die Mörder. Ich hörte sie sprechen, ich roch den Duft von Fleisch, das sie über dem Feuer brieten. Ich wollte sie auch sehen, aber ich konnte die Augen nicht öffnen und konnte mich auch nicht bewegen.

War ich denn wirklich nur Seele, nur Geist? Da oben, wo ich früher den Kopf gehabt hatte, am hintern Teil desselben, brannte und schmerzte es wie eine ganze Hölle. Es war mir jetzt, als ob ich diesen Kopf noch besäße aber er war zehnmal, hundertmal, tausendmal größer als früher und umfaßte die unterirdische Flammensee des Erdinnern, auf deren Inseln Vulkan mit Millionen von Zyklopen hämmert und schmiedet.

Erst fühlte ich nur diesen Kopf, bald aber bemerkte ich, daß ich auch noch den Leib, die Arme, die Beine besaß. Doch rühren konnte ich kein Glied. Aber mit der größten Deutlichkeit hörte ich jedes Wort, das dort am Feuer gesprochen wurde. Ich vernahm sogar den Hufschlag einiger Pferde. Zwei Reiter stiegen draußen ab.

„Kalyndschi gelir - der Dicke kommt!“ sagte einer.

War das nicht die Stimme des Kerls, mit dem ich bis zur Hütte geritten war? Wie kam er hierher? Er war ja weitergeritten!

„We bir ikindschi - und noch einer!“ sagte eine andere Stimme.

„Kim-dir - wer ist's?“

„Jahu, bre Silahdschi Deselim Ismilandan - hallo, der Waffenschmied Deselim aus Ismilan!“

Ich hörte, daß die Insassen der Hütte hinauseilten und die beiden Angekommenen unter lebhaften Freudenrufen begrüßten.

„Achmaki tut-diniz - habt ihr den Dummkopf gefangen?“ fragte draußen eine fette Stimme.

Ich kannte sie, es war die des dicken Färber-Bäckers aus Dschnibaschlü. Was denn? Meinte er mit diesem Dummkopf etwa mich? Könnte ich diesen Menschen so ein wenig zwischen meine Hände bekommen, ich würde ihn... Ah, ich konnte jetzt plötzlich die Finger zur Faust ballen! Was doch der Ärger vermag!

„Ewwet, aldat-dik onu - ja, wir haben ihn übertölpelt.“

Diese Worte sagte der Bettler. Meine Kugel hatte ihn also nicht getroffen.

„Gene nerde dir - wo ist die Schaflaus!“

Das war stark! Wenn der Deutsche in handgreiflicher Weise einen recht dummen Menschen bezeichnen will, so nennt er ihn einen Schafskopf. Der Türke bedient sich zuweilen des Wortes Kojundschi, was ungefähr Schafskerl bedeutet. Mich aber hielt der gegenwärtige Sprecher für so unendlich albern, daß das Wort Kojundschi noch eine unverdiente Ehre für mich gewesen wäre. Er nannte mich also Gene, das ist Schaflaus.

Es kribbelte mir in den Händen, und siehe da: Ich konnte jetzt zwei Fäuste machen anstatt, wie vorher, nur eine. Es war mir ganz so, als ob ich noch lebe und gar nicht gestorben sei. Wenigstens war der Wunsch, den ich hatte, ein sehr irdischer; er bezog sich auf die keineswegs übersinnliche Tätigkeit, welche der Türke mit den drei gleichbedeutenden Wörtern döjmek, wurmak und dajak jedirmek, der Deutsche aber mit dem liebenswürdigen Ausdruck ‚prügeln‘ bezeichnet.

Wie kam es nur, daß mein Kopf jetzt nicht mehr so brannte und schmerzte? Auch schien seine vorhin beschriebene Ausdehnung außerordentlich abgenommen zu haben.

„Kulibede dir - er ist in der Hütte“, antwortete der Bettler.

„Zindschirde-a - doch gefesselt?“ fragte der Mann, der

mich Schaflaus genannt hatte und dessen Stimme ich nicht kannte.

„Ewwet, andschak dejil la iladsch – ja, aber nicht notwendigerweise."

„Nitschün – warum?"

„Tschünki dir mütewessa – weil er tot ist."

Die Stimmen sanken zu einem Gemurmel hernieder. Erst nach einiger Zeit hörte ich wieder den lauten Befehl:

„Onu bana giösteryn – zeigt ihn mir!"

Sie kamen herein in die Hütte, und der Bettler sagte:

„Bunda jatar – hier liegt er."

Eine Hand legte sich auf mein Gesicht und blieb da eine Weile prüfend liegen, sie roch wie Schusterpech und saure Milch.

Also ich hatte den Geruchsinn nicht verloren. Ich war am Ende doch nicht tot! Dann sagte der Besitzer der Hand:

„Sowuk ölümin gibi – kalt wie der Tod!"

„Ona namzyna bak – befühl ihm den Puls!" hörte ich den dicken Bäcker sagen.

Die Pech- und Milchhand glitt von meinem Gesicht hinweg und faßte mich am Handgelenk. Der Daumen legte sich prüfend auf den oberen Teil des Gelenks, wo von einer Pulsader kaum was zu fühlen ist Dann sagte der Mann nach einer Pause allgemeiner Spannung:

„Onun jok damar woruschu – er hat keinen Pulsschlag."

„El ile dokan jüreksijy – befühle sein Herz!"

Im nächsten Augenblick fühlte ich die Hand auf meiner Brust. Es schien gar nicht nötig gewesen zu sein, einen Knopf zu öffnen. War Jacke und Weste bereits geöffnet gewesen? Oder hatten mich die guten Menschen vielleicht von diesen Kleidungsstücken befreit?

Ich hätte mich gern davon überzeugt, aber ich konnte die Augen nicht öffnen, und selbst wenn ich dies vermocht hätte, so wäre es mir jetzt nicht eingefallen, es zu tun. Die Hand hatte mir nur einen Augenblick lang auf dem Herzen gelegen, dann glitt sie nach der Magengegend und blieb dort ruhen. Hierauf erklärte das Orakel:

„Gönnülü sessini tschikarmar - sein Herz schweigt still."

„Dir ölmüsch onun itschün - folglich ist er tot!" erklang es rund im Kreise.

„Kim onu öldürmisch - wer hat ihn getötet?" fragte der Mann, dessen Stimme ich nicht kannte.

„Ben - ich!" erklang es kurz.

„Nassyl - wie?"

„Tepelemisch onu - ich habe ihn erschlagen."

Dies sagte der Mann im einem Ton der Genugtuung, der mir die beruhigende Überzeugung brachte, daß mein Blut in Bewegung sei. Ich fühlte es nach den Schläfen steigen. Wer noch Blut hat, das sich in den Adern bewegt, der kann nicht tot sein. Ich lebte also noch, ich lag in Wirklichkeit auf dem Laubhaufen und war also nur besinnungslos gewesen.

Der dicke Bäcker schien doch noch einige Besorgnis zu hegen. Er wollte kein Mittel, sich von meinem Tod zu überzeugen, unversucht lassen, darum sagte er:

„Soluk malik olmar - hat er Atem?"

„Kulak asar-im - ich will horchen!"

Ich fühlte, daß sich jemand zu mir niederlegte. Dann rieb sich eine Nase an der meinigen. Ich bekam einen Duft von Knoblauch, Tabakschmirgel und faulen Eiern zu genießen, dann erklärte der Betreffende:

„Onun jok nefes - er hat keine Luft."

„Sabuscha-lum - entfernen wir uns!"

Dieser Befehl befreite mich endlich von der Sorge, daß man doch noch Leben in mir verspüren würde. Aber wäre es nicht vielleicht besser gewesen, wenn sie bemerkt hätten, daß ich nicht tot sei? Ich befand mich nicht im Gebrauch meiner Glieder, dafür aber in der fürchterlichen Gefahr, lebendig verscharrt zu werden.

Es befiel mich Angst. Ich fühlte, daß es mich erst eiskalt und dann glühend heiß überlief. Ich begann zu schwitzen. Die Leute hatten sich an das Feuer gesetzt. Sie verhielten sich schweigend. Vielleicht waren sie zunächst mit dem Fleisch beschäftigt, dessen Duft bis zu mir drang.

Meine Lage war hoffnungslos. Der Schlag mit dem Kolben hatte meinen Hinterkopf getroffen. Ich bin weder Anatom noch Pathologe, ich weiß die möglichen Wirkungen eines solchen Krafthiebes nicht aufzuzählen. Ich besaß Gehör und Geruch, vielleicht auch Gesicht und Geschmack, aber daß die Bewegungsnerven versagten, das schrieb ich diesem Hieb zu. Würden sie ihre Tätigkeit wieder aufnehmen, und zwar so schnell, wie es in meiner Lage notwendig war?

Und selbst wenn dies der Fall sein sollte, wozu ich bei meiner robusten Körperbeschaffenheit doch Hoffnung hatte, blieb mir sehr wenig Aussicht, mich dem mir drohenden Schicksal zu entziehen. Ja, wenn meine Gefährten in der Nähe gewesen wären! Wenn wenigstens mein braver Halef eine Ahnung von der mir drohenden Gefahr gehabt hätte! Aber dies war doch nicht der Fall.

Es überkam mich ein Gefühl, von dem ich nicht weiß, ob es Wut oder Verzweiflung zu nennen ist; vielleicht ist das erstere richtig, denn ich habe stets gewußt, daß Gott auch dann, wenn die Uhr zum zwölften Stundenschlag ausholt, noch helfen kann. Ich ballte die Fäuste; ich preßte den Atem in die Lungen zurück, als ob ich mich freiwillig ersticken wolle; ich spannte alle Fasern an, die ich überhaupt in der Gewalt hatte, und da – da ging es wie ein gewaltiger Ruck durch meinen Körper: Ich konnte die Arme bewegen, die Beine, den Nacken und – Gott sei Dank! – auch die Augenlider.

Zwar hütete ich mich sehr, dies merken zu lassen, aber ich prüfte nach und nach alle Glieder durch. Es ging nicht leicht, der Kopf war wie zerschlagen. Ich mußte mich wirklich anstrengen, um logisch zu denken, und in den Extremitäten hatte ich das Gefühl, als seien sie mit Blei angefüllt, aber ich hoffte doch, mich gegebenenfalls erheben und einigermaßen verteidigen zu können. Vielleicht wich die Lähmung schneller noch, als es jetzt den Anschein hatte. Und sodann vertraute ich dem Einfluß des Augenblicks und der Wirkung, die ein fester Wille auf den ungehorsamen Körper auszuüben pflegt. Soviel wenigstens stand fest, daß ich mich nicht lebendig begraben lassen würde.

Ich blieb lang ausgestreckt liegen und schielte hinüber nach dem Feuer, das auf dem Stein brannte. Dort saßen acht Männer, die mit ihren Messern das Fleisch von den Knochen eines Schafs lösten und in großen Stücken zwischen die Zähne steckten. Unter ihnen befanden sich der dicke Bäcker, der liebenswürdige Bettler und der ehrenwerte Urian, der sich mir als Führer nach Kabatsch angeboten hatte.

So also hatte der Bäcker es gemeint, als er schwor, daß wir uns wiedersehen würden! Freilich hatte er wohl nicht gemeint, daß man mich erschlagen würde. Warte, du Fleischkloß, ich hoffe, es dir ‚schlagend' beweisen zu können, daß ich noch am Leben bin.

Und mein famoser Führer hatte sich vortrefflich zu verstellen gewußt! Warum hatte er doch nur so besorgt zwischen die Bäume geblickt? Ah, da ging mir ein Licht auf!

Als ich mich wartend hinter dem Haus des Färbers befand, hatte sich der Geselle entfernt. Er war von seinem Herrn ausgesandt worden, um die hier anwesenden Gentlemen zusammenzutrommeln und den Bettler von meinem Kommen zu benachrichtigen. Mein Führer hatte mich im Feld erwartet und dann befürchtet, daß wir dem Boten oder einem der sauberen Herren begegnen könnten, in welchem Fall ich ja leicht Verdacht schöpfen konnte. Der Färber-Bäcker hatte nur aus schlauer Berechnung mich mit dem Auftrag an den Bettler betraut. So war es und nicht anders! Und nun war er mit dem Waffenschmied und Kaffeewirt Deselim aus Ismilan hier. Er hatte diesen für heute oder morgen erwartet, und dieser gute Mann, der Schwager des ‚Schut', war just zur richtigen Minute gekommen, um sich durch die Bemächtigung meiner Person aus der ihm drohenden Gefahr zu befreien.

7. *Rih wird geraubt*

Wie sollte ich ihnen entkommen? Acht gegen einen! Und dieser eine war gefesselt und gelähmt! Das Fensterloch war zu klein, kein Mensch konnte hindurchkriechen. Vorn in der Ecke lagen meine Waffen. Man hatte sie mir abgenommen und alles andere, was ich bei mir trug, natürlich dazu. Ich lag in Hemd und Hose auf dem Laubhaufen.

Jetzt prüfte ich behutsam die Fesseln. Sie bestanden aus Riemen und waren fest. Hier war nichts zu tun. Bei größerer Anstrengung hätten sie mir doch nur die Haut zerschnitten. Ich sann und grübelte, um einen Rettungsgedanken zu finden - vergebens. Es gab nur eine Hoffnung, und die war nicht viel wert: Ich mußte mich tot stellen. Jedenfalls schafften sie mich in den Wald, um mich einzuscharren. Vielleicht kamen sie da auf die Idee, die Riemen zurückzubehalten, die doch immerhin einen Wert hatten, wenn auch nur einen ganz geringen. Dann befand ich mich im freien Besitz meiner Glieder.

Vielleicht gönnten sie dem Grab die beiden Stücke nicht, mit denen ich noch bekleidet war. Wollten sie mir auch diese ausziehen, so mußten sie vorher die Fesseln entfernen. Auch in diesem Fall hatte ich wenigstens die Hoffnung, wenn auch nicht loszukommen, so doch nicht ohne Widerstand an diesem Ort meine irdische Wanderung zu beenden. Es blieb mir also nur übrig, in Geduld zu warten, was da kommen werde. Sicherlich blieben diese Menschen nicht ewig stumm. Ein Gespräch zwischen ihnen konnte einen brauchbaren Wink für mich enthalten.

Und eben jetzt legte jener Mann, dessen Stimme mir unbekannt gewesen war und den ich für den Waffenschmied aus Ismilan hielt, den letzten Knochen weg. Er wischte sich das Messer an seiner Hose ab, steckte es in den Gürtel und sagte:

„So! Jetzt haben wir gegessen, und nun können wir auch reden. Ich werde den Schöps bezahlen. Was hat er gekostet?"

„Nichts", antwortete der Bettler. „Ich habe ihn gestohlen."

„Desto besser. Der Tag fängt also sehr billig an. Ich komme, um euch lohnende Arbeit zu geben, und unterdessen habt ihr eine andere vollbracht, die vielleicht noch lohnender ist. Ich weiß noch nicht genau, wie es eigentlich zugegangen ist. Ich kam zu Boschak, als er im Begriff war, aufzubrechen, und wir sind so schnell geritten, daß er unterwegs nicht sprechen konnte."

„Allah il Allah! Ich bin in meinem Leben noch nicht so geritten!" klagte der Dicke. „Ich fühle selbst jetzt nicht, ob ich noch am Leben bin."

„Du lebst, Freund! Aber, konntest du nicht eher aufbrechen?"

„Nein. Ich habe nur das eine Reittier, und der Bote, den es fortgetragen hatte, kam so spät zurück."

„Also nun – wer ist dieser Fremde gewesen?"

„Ein Christ aus dem Frankenland."

„Allah verderbe seine Seele, wie ihr seinen Körper getötet habt! – Wie kam er zu dir?"

„Er hatte mein Weib unterwegs getroffen und nach mir gefragt. Er wußte alle unsere Geheimnisse und wollte mich bestrafen lassen, wenn ich meine Tochter nicht dem Sahaf zum Weib gäbe."

„Sie gehört Mosklan, unserem Verbündeten. Wer aber hat diesen Fremdling eingeweiht?"

„Ich weiß es nicht, er schwieg darüber. Er sprach von Msoklan, vom Schut, von allen; er kannte unser Dorngestrüpp im Feld und zwang mich mit seiner Drohung, ihm meine Einwilligung zu geben."

„Du aber hältst es nicht!"

„Einem Gläubigen halte ich mein Wort, aber er ist ein Christ. Geht nach Stambul und sprecht mit den Ungläubigen. Es gibt dort viele russische Christen, die sagen, daß niemand sein Wort zu halten brauche, der während des Versprechens im stillen zu sich gesagt hat, daß er es brechen werde. Warum soll ich an ihnen nicht das tun dürfen, was sie lehren und untereinander auch tun?"

„Du hast recht."

„Ich schickte also heimlich meinen Knecht an Saban und die Freunde hier und ließ ihnen sagen, was geschehen solle. Saban mußte sich krank stellen, Murad erwartete den Fremdling, um ihn sicher hierherzubringen, und die anderen versteckten sich hinter dicken Baumstämme, um dann nach ihm in die Hütte zu treten. Das ist's, was ich weiß, laß dir das weitere von ihnen erzählen."

„Nun, Saban, wie ist es dann gekommen?" fragte der Waffenschmied.

„Sehr gut und sehr leicht", antwortete der Bettler. „Der Fremde kam mit Murad, der sich den Anschein gab, als ob er weiterreiten wollte, und stieg ab. Ich beobachtete es durch das Fenster und legte mich sodann rasch auf das Lager. Der Fremde trat herein und brachte mir, was der Bäcker ihm für mich gegeben hatte."

„Den Wein gibst du mir aber wieder!" warf der Erwähnte ein. „Ich sandte ihn dir nur zum Schein und habe nur diese eine Flasche. Das Gebäck aber kannst du behalten."

„Was! Wein hast du ihm geschickt?" fragte der Ismilaner. „Den bekommst du nicht wieder!"

„Warum?"

„Weil wir ihn trinken werden."

„Wie könnt ihr ihn trinken? Ihr seid gläubige Söhne des Islam, und der Prophet hat den Wein verboten."

„Nein, er hat ihn nicht verboten. Er hat nur gesagt: ‚Alles, was trunken macht, sei verflucht!' Diese eine Flasche Wein aber wird uns nicht betrunken machen."

„Sie ist mein Eigentum!"

Der Ton, in dem er sprach, zeigte, daß der Dicke die feste Absicht hatte, seinen Wein zu retten, da aber bemerkte der Bettler lachend:

„Streitet euch nicht über die Gebote des Propheten. Der Wein kann nicht getrunken werden."

„Warum?" fragte der frühere Besitzer des umstrittenen Gegenstands.

„Weil er bereits getrunken worden ist."

„Mensch, was fällt dir ein! Wer gab dir das Recht dazu?" rief der Bäcker.

„Du selbst. Du hast ihn ganz ausdrücklich mir gesandt. Ich habe ihn mit den Gefährten geteilt. Wärst du eher gekommen, so hättest du mittrinken können. Dort liegt die Flasche, nimm sie mit und rieche daran, wenn deine Seele sich nach ihr sehnt."

„Sei ein Erbe des Teufels, du Spitzbube! Niemals im Leben wirst du wieder eine Gabe von mir erhalten."

„Ich brauche sie auch nicht, obgleich ich für einen Bettler gelte; das weißt du so gut wie ich."

„Jetzt fort mit dem Streit!" befahl der Waffenschmied. „Erzähl weiter, Saban!"

Der Genannte kam der Aufforderung nach. Er sagte: „Der Fremde mochte glauben, daß ich schlafe. Er trat zu mir und grüßte so laut, daß ich tat, als ob ich erwachte. Er fragte, ob ich Saban heiße und den Färber Boschak kenne, der mir hier diese Gabe sende. Er kniete neben mir nieder, um das Päckchen zu öffnen, das die Gaben Boschaks enthielt. Da sah ich die Gefährten, die leise eingetreten waren. Ich faßte ihn schnell, zog ihn zu mir nieder, und er bekam den Kolbenschlag, der ihn sofort tötete. Wir haben ihn entkleidet, und nun können wir alles teilen, was er bei sich trug."

„Ob wir sein Eigentum teilen, das steht noch sehr in Frage. Welche Gegenstände hatte er bei sich?"

Es wurde alles genannt. Man vergaß nicht die geringste Kleinigkeit. Selbst die Stecknadeln, von denen ich ein kleines Päckchen bei mir gehabt hatte, wurden gezählt. Für diese Gegend waren sie beinahe eine Seltenheit und bildeten infolgedessen eine ganz schätzbare Erwerbung.

Durch die nur ein klein wenig geöffneten Augenlider sah ich, daß der Waffenschmied aus Ismilan meine Büchse betrachtete.

„Dieses Gewehr ist nicht zehn Para wert", sagte er. „Wer soll es tragen? Es ist schwerer als fünf lange türkische Flinten, und es gibt hier bei uns nicht so große Patronen, wie sie zur Ladung erforderlich sind. Es ist ein alter Feuerspeier aus der Zeit vor zweihundert Jahren."

Der gute Mann hatte eben noch keinen Bärentöter in der Hand gehabt. Noch mehr aber schüttelte er den Kopf, als ihm nun auch der Henrystutzen gereicht wurde. Er drehte ihn nach allen Seiten, tastete und probierte eine Weile an ihm herum und gab dann unter einem verächtlichen Lächeln sein Gutachten ab:

„Dieser Fremdling muß Ratten im Kopf gehabt haben. Dieses Gewehr ist nichts als ein Spielzeug für Knaben, die das Exerzieren lernen sollen. Man kann es nicht laden, man kann damit gar nicht schießen. Hier ist der Schaft und da der Kolben, dazwischen eine eiserne Kugel mit vielen Löchern. Wozu soll die Kugel sein? Etwa um die Patronen aufzunehmen? Man kann sie nicht drehen! Wo ist der Hahn? Der Drücker läßt sich nicht bewegen. Wenn der Mensch noch lebte, würde ich ihn auffordern, einen Schuß zu tun. Er könnte es nicht und müßte sich schämen!"

So wurde ein jeder Gegenstand besprochen, und es kamen da Urteile zum Vorschein, die mich zum Lachen gebracht hätten, wenn dies mit meiner Lage zu vereinbaren gewesen wäre. Eben wollte der Ismilaner sich vom

Boden erheben, um sich auch mein Pferd zu betrachten, als ich den Hufschlag eines sich langsam nähernden Rosses vernahm. Auch die Männer hörten es, und der Bettler trat vor die Tür.

„Wer kommt da?“ fragte der lsmilaner.

„Ein Fremder“, antwortete der Gefragte. „Ein kleiner Kerl, den ich noch nie gesehen habe.“

Und da hörte ich auch bereits den Gruß.

„Neharak mu barak - Dein Tag sei gesegnet!“

„Neharak sa'id - Dein Tag sei beglückt! Wer bist du?“

„Ein Reisender aus der Ferne.“

„Woher kommst du?“

„Aus Assemnat.“

„Und wohin willst du?“

„Nach Gümürdschina, wenn du es erlaubst.“

„Du bist sehr höflich, denn du bedarfst meiner Erlaubnis ja gar nicht.“

„Ich bin höflich, weil ich wünsche, daß auch du es seist. Ich möchte eine Bitte an dich richten.“

„Sprich sie aus!“

„Ich bin ermüdet und sehr hungrig. Erlaubst du mir, in dieser Hütte auszuruhen und meine Mahlzeit bei dir zu verzehren?“

„Ich habe keine Speise für dich, ich bin arm.“

„Ich habe Brot und Fleisch bei mir, und du sollst auch davon haben. Es reicht für uns beide.“

Ich war äußerst gespannt, was der Bettler jetzt antworten werde. Man kann sich mein Entzücken denken; ich hatte die Stimme des Fremden sofort erkannt, es war die meines kleinen braven Hadschi Halef Omar.

Wo hatte er während der Nacht gesteckt? Wie kam er hierher? Auf welche Weise hatte er erfahren, daß ich in dieser Richtung zu suchen war? Diese und ähnliche Fragen gingen mir durch den Kopf. Auf alle Fälle mußte er annehmen, daß ich hier abgestiegen sei, denn er sah ja mein Pferd draußen stehen. Und ebenso mußte er erkennen, daß man mich feindselig behandelt hatte. Der Bettler hatte nämlich mein Bowiemesser in der Hand. Es war leicht zu schließen, daß man es mir abgenommen hatte.

Mir bangte für den Freund, und doch kam es wie ein Gefühl der Sicherheit über mich. Halef wagte gewiß und ohne Zaudern das Leben, um mich zu befreien.

Der Ismilaner war aufgestanden; er schob den Bettler beiseite, trat an den Eingang, betrachtete sich den Hadschi und sagte im Ton des Erstaunens:

„Was sehe ich, Fremdling! Du hast die Koptscha!"

„Ah! Du kennst dieses Zeichen?" fragte Halef.

„Siehst du nicht, daß ich es auch trage!"

„Ich sehe es. Wir sind also Freunde."

„Von wem hast du den Knopf?"

„Meinst du, daß man ein Geheimnis so leicht offenbart?"

„Du hast recht. Steig ab und sei uns willkommen, obgleich du in ein Haus der Trauer kommst!"

„Um wen trauert ihr?"

„Um einen Verwandten des Herrn dieser Hütte. Er starb in voriger Nacht an einem Schlaganfall. Seine Leiche liegt da in der Ecke, und wir sind versammelt, um die Gebete zu verrichten."

„Allah gebe ihm die Freuden des Paradieses!"

Bei diesen Worten schien Halef vom Pferd zu steigen. Dann hörte ich ihn sagen:

„Welch ein schönes Pferd! Wem gehört dieser Rapphengst?"

„Mir", antwortete der Waffenschmied.

„So bist du zu beneiden. Dieses Pferd stammt sicher von der Stute des Propheten, die Zeugin war, wenn ihm des Nachts die Boten Allahs erschienen."

Er trat ein, begrüßte die anderen und richtete dann den Blick in meine Ecke. Ich sah seine Hand nach dem Gürtel fahren, aber glücklicherweise besaß er genug Macht über sich, um sich nicht zu verraten.

„Dies ist der Tote?“ fragte er, nach mir zeigend. „Erlaubt, daß ich ihm seine Ehre gebe!“

Er wollte sich mir nähern. Da sagte der Bettler:

„Laß ihn ruhen! Wir haben bereits die Gebete des Todes über ihn gesprochen.“

„Aber ich nicht. Ich bin ein Orthodoxer und pflege die Gebote des Koran zu erfüllen.“

Er trat jetzt, ohne gehindert zu werden, herbei und kniete wie zum Gebet neben mir nieder, den Rücken gegen die anderen gewendet. Ich hörte das Knirschen seiner Zähne. Da ich mir wohl denken konnte, daß jetzt die Augen aller Anwesenden auf ihn und mich gerichtet seien, hielt ich die meinigen fest geschlossen, aber ich flüsterte, natürlich nur für ihn vernehmbar:

„Halef, ich lebe.“

Er holte tief, tief Atem, als sei eine große Last von ihm genommen, blieb noch eine Weile knien und erhob sich dann wieder, blieb aber bei mir stehen und sagte:

„Dieser Tote ist ja gefesselt!“

„Wundert dich das?“ fragte der Waffenschmied.

„Natürlich! Man fesselt ja nicht einmal die Leiche eines Feindes. Ein Toter kann keinem mehr schaden.“

„Das ist richtig, aber wir mußten diesen armen Menschen binden, denn als der Anfall über ihn kam, tobte er wie ein Wahnsinniger. Er rannte wütend hin und her, er schlug und stach um sich, so daß er unser Leben gefährdete.“

„Nun aber ist er tot. Warum nehmt ihr ihm die Bande jetzt nicht ab?“

„Wir dachten noch nicht daran.“

„Das ist Entweihung eines Abgeschiedenen. Seine Seele kann nicht von hinnen gehen. Gehört ihr etwa zu den Ausgetretenen?“

„Nein.“

„So müßt ihr ihm die Hände falten und sein Gesicht in die Richtung nach Mekka legen!“

„Weißt du nicht, daß man sich verunreinigt, wenn man eine Leiche berührt?“

„Ihr seit ja bereits unrein, da ihr euch mit ihr im selben Raum befindet. Ihr braucht den Toten gar nicht zu berühren. Schneidet die Fesseln mit einem Messer entzwei, und faßt ihn mit einem Tuch an. Hier habe ich mein Taschentuch. Soll ich es für euch tun?“

„Du bist ja sehr um seine Seele besorgt!“

„Nur um die meinige. Ich bin ein Anhänger der Lehre und des Ordens Merdisah und tue, was die Pflicht dem wahren Gläubigen gebietet.“

„Mach, was du willst!“

Er zog sein Messer. Zwei Schnitte - meine Hände und Füße waren frei.

Dann umwickelte er seine Rechte mit dem Taschentuch, um nicht in unmittelbare Berührung mit der angeblichen Leiche zu kommen, legte mir die Hände zusammen und drehte mich dann auf die Seite, so daß ich mit dem Gesicht gegen Osten zu liegen kam.

Da dies auch die Richtung war, in der sich die Anwesenden befanden, so war es mir nun leichter als vorher, sie zu beobachten.

„So!“ sagte er, das nun unrein gewordene Taschentuch von sich werfend. „Jetzt ist meine Seele befriedigt, und ich kann meine Mahlzeit halten.“

Er ging hinaus zu seinem Pferd. Die Männer flüsterten miteinander, bis er zurückkehrte und sich mit Fleisch und Brot zu ihnen setzte.

„Ich habe nicht viel“, meinte er, „aber wir wollen teilen.“

„Iß nur selbst. Wir sind satt“, sagte der Ismilaner. „Dabei kannst du uns sagen, wer du eigentlich bist, und was dich nach Gürmürdschina führt.“

„Ihr sollt es erfahren. Aber ich bin der Gast, und ihr wart vor mir hier. Ich werde also vorher erfahren, bei wem ich mich befinde.“

„Bei guten Freunden, das glaubst du wohl, da du es an dem Knopf erkennst."

„Ich mag nicht daran zweifeln, es wäre das nicht gut für euch!"

„Warum?"

„Weil es gefährlich ist, mich zum Feind zu haben."

„Wirklich?" lachte der Waffenschmied. „Bist du ein so gefährlicher und schrecklicher Mann?"

„Ja!" antwortete Halef ernsthaft.

„Meinst du, daß du ein Riese seist?"

„Nein, aber ich habe noch nie einen Feind gefürchtet. Da ihr jedoch Freunde seid, so braucht euch vor mir nicht bang zu sein."

Es antwortete ihm ein schallendes Gelächter, und einer sagte:

„Oh, wir würden auf keinen Fall Angst vor dir haben."

„So sagt mir, wer ihr seid!"

„Ich bin ein Bauer aus Kabatsch, und die anderen hier sind es auch. Und du?"

„Meine Heimat ist Kurdistan, ich bin ein Bärenjäger."

Es entstand eine kurze Pause, dann brachen sie alle abermals in ein schallendes Gelächter aus.

„Warum lacht ihr?" fragte er im allerernstesten Ton. „Es ist bereits das zweite Mal, daß ihr ein solches Gelächter aufschlagt. In der Nähe einer Leiche geziemt es dem wahren Gläubigen, den tiefsten Ernst zu zeigen."

„Ist dies denn hier möglich? Du ein Bärenjäger?"

Das Gelächter begann von neuem.

„Warum denn nicht?" fragte er.

„Du bist ja fast ein Zwerg. Der Bär würde dich verschlingen, sobald er dich erblickte. Aber satt wäre er doch noch nicht. Zehn Männer deiner Größe sind notwendig, um seinen Hunger zu stillen."

„Meine Kugel würde ihn treffen, nicht aber er mich!"

„Ist denn die Bärenjagd deine Profession?"

„Ja. Ich hatte zwei Tanten, die ich sehr liebte. Die eine

war meine Vaterschwester und die andere meine Mutterschwester. Ein Bär fraß sie alle beide. Da schwor ich den Bären Rache und bin ausgezogen, sie zu töten, wo ich sie nur treffe."

„Hast du denn schon einen getötet?"

„Ja, viele!"

„Mit der Kugel?"

„Ja. Meine Kugel geht niemals fehl."

„Bist du denn ein so großer Schütze?"

„Man sagt es von mir. Ich kenne alle Arten von Gewehren und treffe mit jedem mein Ziel."

Ah, jetzt merkte ich, warum der schlaue Hadschi sich für einen Jäger ausgegeben hatte. Er suchte nach einem Grund, auf gute Weise meine Gewehre in die Hand zu bekommen. Vielleicht war es auch seine Absicht, sie zu der Aufforderung an ihn zu bewegen, einen Probeschuß zu tun. In diesem Fall mußten sie ihm hinaus vor die Hütte folgen, und ich erhielt Gelegenheit, mich zu erheben.

„Was sagst du?" fragte der Waffenschmied. „Du willst alle Arten von Gewehren kennen?"

„Ja."

„Kennst du denn dieses hier?"

Er deutete dabei auf den Henrystutzen.

Halef nahm das Gewehr in die Hand, betrachtete es und antwortete dann:

„Sehr gut. Es ist ein Repetiergewehr aus Amerika."

„Wir haben noch nie ein solches Gewehr gesehen. Wir glaubten, daß es ein Spielzeug sei. Du aber meinst, daß man mehrere Male, ohne zu laden, damit schießen könne?"

„Fünfundzwanzigmal."

„Oejün-sen - du schneidest auf!" rief der Waffenschmied.

„Ich sage die Wahrheit. In dem Land, das ich genannt habe, gab es einen berühmten Waffenkünstler. Er erfand dieses Gewehr. Er war ein Sonderling. Er dachte, daß in kurzer Zeit alle jagdbaren Tiere ausgerottet sein würden, wenn es viele solcher Flinten gäbe. Darum nahm er kein Patent auf seine Erfindung. Er behielt das Geheimnis für sich und fertigte nur einige dieser Gewehre. Er starb bald. Andere wollten das Geheimnis ergründen, aber wer die Teile des Gewehrs auseinandernahm, der konnte sie nicht wieder zusammensetzen. Das Gewehr war unbrauchbar geworden. Die wenigen, die eines besaßen, kamen in der Wildnis um, und ihre Flinten gingen verloren. Dieses Gewehr hier ist vielleicht das einzige, das noch existiert. Es wird Henrystutzen genannt, und ich möchte wohl wissen, wie es in eure Hände gekommen ist."

„Ich habe es in Stambul von einem Amerikaly gekauft", erklärte der Waffenschmied.

„Es zu verkaufen, ist sehr unklug von ihm gewesen! Diese Kugel hier hinter dem Lauf nimmt die Patronen auf. Sie bewegt sich bei jedem Schuß von selbst, so daß das nächste Loch mit der Patrone sich an den Lauf legt. Soll ich es euch zeigen?"

„Ja, zeige es uns!"

„Wie aber kommt es, daß der Amerikaly dir das Gewehr verkauft hat, ohne dich von seiner Mechanik zu unterrichten?"

„Ich vergaß, ihn zu fragen."

„So bist du ein Mensch, den ich nicht begreifen kann. Bist du denn in Arkilik geboren, wo die Stiefel keine Sohlen, die Wagen keine Räder und die Töpfe keine Böden haben? Kommt heraus! Ich will euch zeigen, wie mit diesem Gewehr geschossen wird."

„Ist es denn geladen?"

„Ja. Ihr sollt mir ein Ziel nennen, und ich werde es zehnmal nacheinander treffen."

Er verließ die Hütte, und sie folgten ihm. Sie waren so gespannt auf das Experiment, daß sie gar nicht an mich dachten. Übrigens waren sie ja von meinem Tod überzeugt, sie brauchten sich also gar nicht um mich zu bekümmern.

„Also - was soll ich treffen?" hörte ich Halef draußen fragen.

„Schieß nach der Krähe, die dort auf dem Ast sitzt."

„Nein, sie würde tot herabfallen, und ich will ja mehrere Schüsse nach dem selben Ziel tun. Gehen wir weiter da hinüber. Ich will nach der Hütte schießen. Seht ihr die Schindel da oben, die der Wind fast abgerissen hat? Sie steht vom Dach ab und gibt ein gutes Ziel. Ich werde sie zehnmal treffen."

Ich hörte, wie ihre Schritte sich entfernten. Halef lockte sie möglichst weit von der Hütte fort, um mir mein Erwachen aus dem Todesschlaf zu erleichtern.

Dort lagen meine Kleider, das Messer, das der Bettler wieder hingelegt hatte, die Patronen, die Uhr, die Brieftasche, das Portemonnaie, alles, alles beisammen, und daneben hatte man die Büchse an die Mauer gelehnt

Ich sprang auf und reckte mich. Es lag mir zwar wie Blei in den Gliedern, sie waren schwer und ungehorsam, aber ich konnte sie bewegen. Der Kopf tat mir fürchterlich weh, und als ich die schmerzende Stelle mit der Hand berührte, fühlte ich eine umfangreiche Schwellung. Aber ich hatte keine Zeit, das zu beachten. Ich fuhr also möglichst schnell in die Kleider, steckte alles wieder zu mir und griff nach der Büchse.

Dazu brauchte ich natürlich mehr Zeit als gewöhnlich, aber Halef schoß in solchen Pausen, daß ich bereits beim fünften Schuß fertig war.

So oft er abgedrückt hatte, hörte ich die Beifallsrufe seiner erstaunten Zuschauer. Ich stand jetzt inmitten des Raums und konnte ihn durch die Fensteröffnung beobachten. Eben hatte er den sechsten Schuß abgegeben. Ich sah deutlich, daß er den Blick nicht nach der Dachschindel empor, sondern nach dem Fenster richtete.

Hoffte er, daß ich ihm da ein Zeichen geben werde? Schnell trat ich hin und erhob die Hand, nur zwei Sekunden lang, aber er hatte sie doch gesehen. Er nickte mit dem Kopf und wendete sich zu seinen Zuschauern.

Ich konnte nicht hören, was es sagte, aber er schulterte das Gewehr und kam auf die Hütte zu.

„Zehn Schüsse, zehn!" hörte ich den Waffenschmied rufen. „Du hast erst sechsmal geschossen!"

„Das ist genug", antwortete er, und er hatte sich jetzt so weit genähert, daß ich die Worte verstehen konnte. „Ihr habt gesehen, daß ich das Ziel mit jedem Schuß traf. Wir wollen die Kugeln nicht verschwenden, denn ich werde sie vielleicht notwendiger brauchen!"

„Wozu denn?"

„Um sie euch durch den Kopf zu jagen, ihr Halunken!"

Bei diesen Worten blieb er stehen und machte Front gegen sie. Der Augenblick des Handelns war gekommen. Wir beide gegen diese Übermacht? Aber der tapfere Kleine verriet keine Spur von Sorge oder gar Angst. Sie hatten ihre Gewehre in der Hütte gelassen und konnten also nur mit den Messern Widerstand leisten.

Sie waren verblüfft - sowohl von seinen Worten wie auch von der Haltung, die er gegen sie annahm. Sie glaubten wohl, daß es sich um einen Scherz handle, denn der Ismilaner sagte lachend:

„Wie? Uns willst du erschießen, Kleiner? Wenn du dir einen Spaß machen willst, so sinne dir etwas Besseres aus. Du bist ein sehr guter Schütze, uns aber würdest du doch nicht treffen, so nahe wir dir auch stehen!"

Halef streckte einen seiner Finger in den Mund und ließ einen lauten, schrillen Pfiff hören. Dann antwortete er:

„Spaß? Wer sagt euch, daß ich nur Spaß mache? Seht einmal dort hinüber! Da stehen zwei, die euch zeigen wollen, daß es mein Ernst ist."

Er zeigte nach dem der Hütte gegenüberliegenden

Rand der Lichtung. Ich folgte mit dem Blick. Dort standen in einiger Entfernung voneinander Osko, der Montenegriner, und Omar Ben Sadek, der Sohn des Führers, mit schußfertig an die Wangen gelegten Gewehren. Sie hatten sich also versteckt gehabt, und Halefs Pfiff war ein Zeichen für sie gewesen, hinter den Bäumen hervorzutreten.

„Dschümle bütün schejtanlar - bei allen Teufeln!" entfuhr es dem Waffenschmied. „Wer sind diese Menschen? Was wollen sie von uns?"

„Sie wollen die Leiche, die dort in der Hütte liegt."

„Was geht sie der Tote an?"

„Sehr viel. Der Tote ist nicht ein Verwandter dieses Bettlers, sondern er ist unser Anführer und Freund. Ihr habt ihn getötet, und wir sind gekommen, euch den Lohn dafür zu geben."

Sie griffen nach ihren Messern. Er aber sagte:

„Laßt die Messer stecken, sie helfen euch nichts. Ich habe in diesem Gewehr noch achtzehn Schüsse, und beim ersten Schuß, den ich abgebe, schießen auch die beiden dort. Ihr seid Leichen, ehe ihr an mich kommt!"

Er sagte dies in einem so entschlossenen, drohenden Ton, daß sie von seinem Ernst überzeugt sein mußten. Sie standen nur zehn bis fünfzehn Schritte von ihm entfernt. Er hielt den Gewehrlauf auf sie gerichtet. Wenn sie sich schnell auf ihn warfen, konnte er nur einen einzigen treffen, aber dieser eine wollte keiner von ihnen sein.

Sie blickten einander grimmig und verlegen an. Dann fragte der Ismilaner:

„Wer ist denn der Mann, den du euern Freund und Anführer nennst?"

„Er ist ein noch viel besserer Schütze und Jäger als ich. Er ist unverwundbar, und selbst wenn er getötet würde, so käme seine Seele wieder in die Leiche zurück. Wenn ihr dies nicht glaubt, so blickt nach der Hütte hin!"

Sie wandten sich nach der angegebenen Richtung.

Dort stand ich jetzt unter dem Eingang, mit erhobenem Gewehr. Sie erschraken. Osko aber und Omar ließen einen Ruf der Freude hören.

„Seht ihr nun, daß ihr verloren seid, wenn ihr euch einfallen laßt, Widerstand zu leisten?“ fuhr Halef fort.

„Baj! Bizim tüfenkler war isa idik - Ha! Wenn wir unsere Gewehre hätten!“ rief der Waffenschmied.

„Ihr habt sie aber nicht. Und wenn ihr sie hättet, würden sie euch nichts nützen. Ihr befindet euch in unserer Gewalt. Wenn ihr euch freiwillig ergebt, werden wir gnädig mit euch sein.“

„Wie kannst du feindselig gegen uns auftreten, da du doch den Knopf hast?“

„Ihr habt meinem Gefährten nach dem Leben getrachtet. Aber daß ich die Koptscha besitze, mag euch überzeugen, daß ihr auf Nachsicht rechnen könnt, wenn ihr euch ergebt. Tretet in die Hütte. Dort wollen wir weitersprechen.“

Der Ismilaner ließ den Blick nach dem Gebäude herübergleiten. Ich glaubte ein schnelles Aufleuchten zu bemerken, das über sein Gesicht glitt.

„Ja“, sagte er. „Treten wir in die Hütte. Dort wird sich alles aufklären. Ich bin unschuldig. Als ich kam, war der Fremdling bereits tot, wie wir glaubten. Geht hinein! Kommt, kommt!“

Er schob die andern vor sich her. Halef ließ das erhobene Gewehr sinken, und ich trat schnell zurück, um mich der Gewehre dieser Leute zu bemächtigen. Ich raffte sie zusammen und trug sie nach der Ecke. Ich beabsichtigte, dorthin keinen gehen zu lassen.

Noch mit den Gewehren beschäftigt, sah ich sie eintreten, vorne den dicken Färber-Bäcker mit einem wahren Armensündergesicht. Eben war ich im Begriff, von dem letzten Gewehr das Zündhütchen zu nehmen, als ich einen Schrei hörte. Draußen fielen zwei Schüsse, die Kugeln prallten an die Mauer, und zugleich hörte ich Halef rufen:

„Sihdi, Sihdi, heraus, heraus!“

Natürlich mußte ich diesem Ruf sofort folgen, da aber rief jener Mann, der mein Führer gewesen:

„Halt! Laßt ihn nicht hinaus!“

Sie stellten sich mir entgegen. Ich aber rannte dem einen Kerl den Büchsenlauf in den Leib, daß er mit einem Schmerzensschrei zurücktaumelte und stürzte, schlug dem Nächsten die Faust ins Gesicht und stand dann draußen. Das war das Werk nur dreier Sekunden gewesen, aber schon jagte der Waffenschmied über die Lichtung dahin – auf meinem Rappen und meinen Henrystutzen in der Hand schwingend.

Er hatte ganz unvermutet meinem Halef den Stutzen entrissen, ihm den Kolben an den Kopf geschlagen und sich dann blitzschnell auf meinen Rih geworfen. Osko und Omar hatten dies bemerkt und nach ihm geschossen, ihn aber nicht getroffen.

„Bleibt hier!“ rief ich ihnen zu. „Laßt keinen aus der Tür! Schießt jeden nieder, der entweichen will!“

Der Maulesel des dicken Bäckers und die Pferde Halefs und des Ismilaners standen da. Des letzteren Pferd schien das frischeste zu sein. Ich sprang auf, stieß dem Tier die Sporen ein, daß es mit allen vieren in die Luft ging, riß es herum und galoppierte dem Dieb nach.

Was hinter mir geschah, war gleichgültig. Ich mußte mein Pferd wiederhaben. Ich hatte die Büchse in der Hand und war entschlossen, den Kerl aus dem Sattel zu schießen, wenn es nicht anders gehen sollte.

Er hatte die Richtung nach Kabatsch genommen. Ich konnte ihn nicht sehen. Die Spur führte durch den Wald. Wenn ich ihm gleich im Anfang einen Vorsprung ließ, so war mir Rih verloren. Ich trieb also den Klepper, den ich ritt, zur größten Eile an.

Es war mir zwar, als ob ich Hufschlag vor mir hörte, sehen aber konnte ich wegen der Bäume nichts. So ging es wohl volle fünf Minuten lang unter den licht stehenden Bäumen dahin. Es war mir, als ob ich in dieser kurzen Zeit wenigstens drei englische Meilen zurückgelegt hätte. Und nun - keine Täuschung - hörte ich auch wirklich Hufschlag vor mir. Vor mir? Nein, das konnte nur hinter mir sein. Ich drehte mich um und erblickte Halef, der im sausenden Galopp mir nachkam. Er stand, weit vornübergeneigt, in den Bügeln und bearbeitete sein armes Pferd mit der Peitsche von Nilpferdleder, daß ich es klatschen hörte.

„Kudam! Khawam, bil' aghel! 'sa Rih chatirak - vorwärts! Rasch, schnell! Sonst Rih, leb wohl!" rief er.

Er sprach Arabisch, und das war ein Zeichen, daß er sich in großer Aufregung befand.

„Warum hast du die Hütte verlassen?" fragte ich zurück. „Nun werden sie entkommen!"

„Osko wa Omar hunak - Osko und Amar sind dort!" antwortete er, sich entschuldigend.

Weiter konnten wir nicht miteinander sprechen.

Jetzt wurde der Wald noch lichter. Die Bäume traten mehr und mehr zurück, und endlich jagten wir in freies Feld hinaus, das ungehindert Aussicht gewährte.

Wir befanden uns auf der Höhe. Unten lag ein Dorf, jedenfalls Kabatsch, ungefähr eine halbe Wegstunde entfernt. Von links kam ein breiter Bach, der sich hinter dem Dorf mit dem Flüßchen Söüdlü vereinigte. Oberhalb dieser Vereinigung gab es eine Holzbrücke.

Natürlich sahen wir auch den Ismilaner. Er befand sich weit vor uns. Es war unmöglich, ihn mit der Kugel zu erreichen. Rih war ja ein ausgezeichneter Renner. Er spielte aber nur. Wäre der Waffenschmied ein besserer Reiter gewesen, so hätte er bereits den dreifachen, fünffachen Vorsprung haben können.

Er hatte nicht die Richtung nach dem Dorf genommen. Er scheute sich wohl, sich dort sehen zu lassen. Er hielt unbegreiflicherweise auf den Bach zu. Getraute er sich wirklich, ihn zu überspringen?

Ich glaubte nicht daran. Der Bach war breit und hatte sehr hohe Ufer.

„Ihm nach!“ rief ich Halef zu. „Treib ihn nach der Brükke.“

Ich selbst lenkte nach dem Dorf ein. Dies war der geradeste Weg zur Brücke. Vielleicht gelang es mir, trotz meines schlechten Pferds dort eher anzukommen als der Dieb. Mein Tier war zu schwerfällig. Ich machte mich so leicht wie möglich - vergebens! Ich mußte zu einer Grausamkeit greifen, ich zog das Messer und stach das Pferd vielleicht einen Zoll tief in den Hals.

Es stöhnte laut auf und tat sein allermöglichstes. Ich flog dem Dorf völlig entgegen, aber das Tier schien nun auch ganz aus dem Häuschen geraten zu sein. Es wollte nicht mehr gehorchen. Es stürmte blind vorwärts, immer geradeaus, und da von einem Weg hier keine Rede war, so hatte ich meine liebe Not, einen Sturz zu verhüten, der gefährlich werden konnte.

Ganz links da drüben ritt der Ismilaner. Er hatte sich umgesehen und Halef erblickt, mich aber nicht. Er erhob sich im Sattel und hielt den gestohlenen Stutzen hoch auf. Ich konnte mir das höhnische Lachen, das er dabei wohl ausstieß, sehr gut denken. Sein Vorsprung vor Halef vergrößerte sich. Zum Glück aber raste mein fast toll gewordenes Pferd mit einer Geschwindigkeit, die sogar die meines Rappen jetzt übertraf, dem Dorf zu.

Man hatte uns von dort aus gesehen. Die Leute standen vor den Türen. In der Nähe der ersten Häuser lag ein langer, hoher Steinhaufen; ich fand nicht Zeit, ihn zu umreiten, und setzte über ihn hinweg. Das Pferd ließ bei dem Sprung einen grunzenden Baßton hören. Es schien nichts zu sehen, es wäre mit dem Kopf an die erste beste Mauer gerannt. Ich hatte zwar nicht die Gewalt über es verloren, aber vollständig zu lenken vermochte ich es doch nicht, ich konnte mich nur darauf beschränken, Unglück zu verhüten.

Jetzt flog ich am ersten Haus vorüber. Da stand ein plumper, zweirädriger Karren, mit Früchten - ich weiß nicht, mit welchen - beladen. Ausweichen, das ging nicht. Ein Druck, ein Sprung - wir waren darüber hinweg. Die Zuschauer schrien laut auf.

Eine Biegung kam, der ich folgen mußte. Das Pferd mühsam um die Ecke bringend, gewahrte ich einen Mann, der eine Kuh führte. Er sah mich, stieß einen Angstruf aus, ließ die Kuh stehen und sprang fort. Das Tier drehte sich nach ihm um, so daß es quer mir im Weg stand. Im nächsten Augenblick waren wir über die Kuh hinweg.

„Tschelebi, Effendi, Effendi!" hörte ich rufen.

Ich erblickte im Vorüberjagen den Mann, der mir dies zurief, an. Es war Ali, der Sahaf, der vor seinem Haus stand. Er hatte den Mund offen und schlug die Hände zusammen. Er hatte mich ja für einen schlechten Reiter erklärt und mochte glauben, das Pferd gehe mit dir durch.

So ging es weiter und weiter, zum Dorf hinaus. Da sah ich die Brücke, der Ismilaner war noch nicht da. Ich war ihm zuvorgekommen. Ich drehte mich um und sah ihn längs des Wassers daherkommen, Halef in ziemlicher Entfernung hinter ihm.

Es gelang mir, mein Pferd zum Stehen zu bringen, und ich nahm die Büchse vor. Mein Rappe war mir mehr wert als das Leben des Reiters. Gab er ihn nicht freiwillig auf, so war ihm die Kugel gewiß. Nur näher kommen mußte er.

Da aber erblickte auch er mich. Er stutzte. Er konnte es nicht begreifen, mich hier, vor sich, zu sehen. Dann nahm er sein Pferd rasch nach rechts. Mich und Halef vor und hinter sich, den Fluß zur Linken, blieb ihm nichts anderes übrig, als quer durch das Dorf zu fliehen.

Ich drehte augenblicklich um, versetzte meinem Pferd einen zweiten Stich und jagte zurück. Ich sah ihn hinter einem Haus hervorkommen. Er hatte die Absicht, an dem gegenüberliegenden Haus vorbeizureiten. Vier oder fünf Sprünge meines Rih, und Roß und Reiter wären verschwunden gewesen. Ich richtete mich also in den Bügeln auf, legte die Büchse an und zielte mitten im Galopp.

Aber ich setzte das Gewehr schnell wieder ab. Ich sah nämlich, daß sich dem Flüchtling ein Hindernis entgegenstellte, das er entweder vorher nicht gesehen oder doch unterschätzt hatte.

An dem Haus, an dem er vorüber wollte, befand sich ein hoher Zaun, aus Weiden bestehend. Ich an seiner Stelle hätte mich durch dieses Hindernis nicht zurückhalten lassen, kam man nicht hinüber, so kam man doch hindurch. Er aber hatte Angst und lenkte um, nach dem Dorfeingang zu, durch den ich gekommen war.

Ich folgte ihm nicht. Es war meine Aufgabe, ihm den Weg nach der freien Ebene zu verlegen und ihn vielmehr nach dem Wasser zu treiben. Zwar war ich ihm jetzt nahe genug, um ihn mit der Kugel zu treffen, aber er war doch ein Mensch, und ich mußte wenigstens den Versuch machen, ohne Vergießen von Menschenblut wieder zu meinem Eigentum zu gelangen.

Infolgedessen trieb ich mein Pferd grad gegen den Zaun, der ihn abgeschreckt hatte. Für Rih wäre der Sprung nicht zu hoch gewesen, der Klepper aber konnte den Satz nicht erzwingen. Ich nahm ihn so hoch wie möglich und brach hindurch. Es gab auf dem eingefriedeten Platz eine offene Grube – darüber hinweg und auf der anderen Seite durch den Zaun hinaus.

Mein Pferd raste jetzt wie vom Bösen besessen hinter dem Dorf hinab, und eben als ich mich parallel dem ersten Haus befand, kam auch der Ismilaner in Sicht.

Er sah den Weg verlegt und ritt nun in gerader Richtung rechterseits dem Bach entgegen, den er vorher hatte vermeiden wollen. Weiter unten kam auch Halef zum Vorschein, dem nichts übriggeblieben war, als gleichfalls umzukehren.

Nun folgte ich dem Fliehenden hart auf der Fährte. Er befand sich vielleicht fünfzig Pferdelängen vor mir und trieb den Rappen mit dem Sporn an, was dieser nicht gewohnt war. Rih bäumte sich auf und verweigerte den Gehorsam.

„Rih, waggif, waggif, ugaf - Rih, halt, halt, halt!" rief ich, in der Hoffnung, daß der Klang meiner Stimme das brave Pferd zur Fortsetzung seines Widerstands bewegen werde.

Aber der Ismilaner schlug es mit dem Gewehr auf den Kopf, daß es laut aufwiehernd wieder vorwärtsschoß, ich natürlich hinterdrein.

Der Rappe griff mächtig aus. Die Entfernung zwischen uns begann zu wachsen. Es war augenscheinlich, daß der geängstigte Reiter über den Bach setzen wollte, das letzte Mittel, zu entkommen. Gelang ihm der kühne Sprung, so war mir mein Rappe verloren, wenn ich nicht noch zur Büchse griff. Ich nahm sie also wieder auf und legte an.

So brausten wir vorwärts. Im Augenblick, in dem der Ismilaner drüben glücklich ankäme, wollte ich feuern. Noch fünf - vier - drei Pferdelängen war er vom Ufer entfernt. Rih griff mit den Hinterhufen vor die Vorderhufe und schoß in einem hocheleganten, weiten Bogen hinüber; der Reiter verlor Bügel und Sattel, schlug mit fürchterlicher Gewalt zur Erde nieder und blieb da unbeweglich liegen.

Ich hatte keine Zeit mehr, mein Pferd zu zügeln, es befand sich im rasenden Lauf. Es hatte eine schlechte Schulung, war aufgeregt und wäre mir doch in den Bach gerannt, um Hals und Beine zu brechen. Ein lauter, aufmunternder Zuruf von mir - es machte den Sprung, gelangte zwar hinüber, stolperte aber und überschlug sich.

Der Sattel, in dem ich saß, war ein arabischer Serdsch

mit hoher Vorderlehne und noch höherer Rückenlehne. Diese Sitze sind zwar bequemer als die englischen, aber auch gefährlicher, falls das Pferd zum Sturz kommt. Ich wagte bei dem Sprung über den Bach das Leben, das hatte ich gewußt. Darum zog ich während des Zurufs, mit dem ich das Pferd ermunterte, die Füße aus den Schuhen, die als Steigbügel dienten, stemmte mich, indem ich die Zügel behielt, mit beiden Händen auf die Brustlehne, hob mich über die Rückenlehne hinüber, so daß ich mit dem rechten Bein hinter dieselbe zu knien kam, und warf mich, als das Tier ins Stolpern geriet, von seinem Rücken herab.

Dieses Manöver wurde mir durch die Büchse erschwert, es gelang nicht so glatt, wie es bei einem andern Sattel der Fall gewesen wäre, und ich kam zum Sturz, so daß ich für einige Augenblicke bewegungslos liegenblieb.

„Allah il Allah!“ rief der kleine Halef hinter mir. „Sihdi, lebst du noch, oder bist du tot?“

Ich lag so, daß ich ihn sehen konnte. Er war nur mehr wenig vom Rand des Bachs entfernt und wollte sein Pferd zum Sprung antreiben. Er konnte den Hals brechen. Das gab mir augenblicklich die Bewegungsfähigkeit wieder. Ich erhob warnend den Arm und rief:

„Bleib drüben, Halef! Sei nicht dumm!“

„Dem Propheten sei Dank!“ antwortete er. „Er hält mich für dumm, er ist also nicht tot.“

„Nein, ich bin nur tüchtig hier aufgeschlagen.“

„Hast du etwas gebrochen?“

„Ich glaube nicht. Wollen sehen!“

Ich raffte mich auf und streckte mich. Meine Glieder waren ganz, aber der Kopf brummte wie eine Baßgeige. Halef stieg vom Pferd, kletterte die Uferböschung herab und sprang über das Wasser herüber. Dieses war nicht breit; nur daß es so tief zwischen weiten steilen Ufern floß, machte den Sprung im Sattel zu gefährlich.

„Allah ist groß!" meinte der Hadschi. „Das war eine Hetzjagd! Ich hätte nicht geglaubt, daß wir mit unsern beiden Pferden deinen Rih erreichen würden."

„Er hatte einen schlechten Reiter."

„Ja, dieser Mann saß auf dem Pferd wie der Affe auf dem Kamel, wie ich es in Stambul gesehen habe bei einem Mann, der einen Bären sehen ließ. Dort steht Rih. Ich werde ihn holen."

Der Rappe stand ruhig und ließ sich die saftigen Grashalme schmecken. Es war ihm keine Anstrengung anzusehen, während das Pferd des Ismilaners, das ich geritten hatte, schnaubend und mit schlagenden Flanken neben uns hielt. Es hatte sich wieder aufgerafft und keinen Schaden erlitten. Nur die Lehnen des Sattels waren zerbrochen, während es sich überschlug.

„Laß ihn stehen!" antwortete ich. „Wir müssen vor allen Dingen hier nach dem Reiter sehen."

„Ich wollte, er hätte das Genick gebrochen!"

„Das wollen wir nicht wünschen."

„Warum nicht? Er ist ein Räuber und Pferdedieb."

„Aber doch ein Mensch. Er rührt sich nicht. Die Besinnung ist von ihm gewichen."

„Vielleicht ist nicht nur die Besinnung, sondern seine ganze Seele von ihm gewichen. Sie möge in die Dschehenna fahren und mit dem Teufel Brüderschaft trinken!"

Ich kniete neben Deselim nieder und untersuchte ihn.

„Nun? Siehst du, wo seine Seele steckt?" fragte Halef.

„Sie ist nicht mehr bei ihm. Er hat wirklich das Genick gebrochen."

„Er ist selbst schuld daran und wird kein Pferd mehr stehlen, am allerwenigsten aber deinen Rappen. Allah lasse seine Seele in eine alte Mähre fahren, die täglich zehnmal geraubt wird, damit er erfahre, wie es ist, wenn ein Pferd einen Spitzbuben zu tragen hat!"

Dabei trat er näher und zeigte nach der Kopfbedekkung des Waffenschmieds.

„Nimm sie herab!“ sagte er.
„Was?“
„Die Koptscha.“
„Ah! Du hast recht. Daran hätte ich nicht gedacht.“
„Und doch ist dies notwendig. Wer weiß, ob ich dich hätte retten können, wenn ich den Knopf nicht gehabt hätte.“
„Von wem hast du ihn?“
„Von dem Gefangenen des Schmieds.“
„So warst du bei Schimin?“
„Ja. Doch das will ich dir nachher erzählen. Jetzt haben wir anderes zu tun. Da, sieh diese Leute!“
Die ganze Bewohnerschaft des Dorfs schien an den Bach gekommen zu sein. Männer, Frauen, Kinder standen in großer Zahl am Ufer und führten eine laute, schreiende Unterhaltung. Ein so seltenes Ereignis hatte natürlich ihr ganzes Interesse in Anspruch genommen.
Zwei von ihnen kamen herabgeklettert und sprangen über das Wasser. Der erste war Ali, der Sahaf.
„Herr, was ist geschehen?“ fragte er. „Warum habt ihr diesen Reiter verfolgt?“
„Hast du das nicht erraten?“
„Nein. Wie kann ich es wissen?“
„Hast du nicht gesehen, wessen Pferd er ritt?“
„Das deinige. Hattest du mit ihm eine Wette gemacht, oder wollte er es dir abkaufen und vorher die Schnelligkeit desselben probieren?“
„Keins von beiden. Er hat es mir gestohlen.“
„Und ihr seid ihm nachgejagt?“
„Ja, wie du gesehen hast.“
„Aber, Herr, ich weiß nicht, was ich denken soll! Du konntest doch nicht reiten!“
„Ich kann es auch jetzt nicht anders als vorher.“
„O doch! Du reitest wie der Stallmeister des Großherrn, und sogar noch besser. Kein Mensch hätte mit diesem Pferd den Sprung gewagt.“

„Nun, vielleicht habe ich unterdessen gelernt."

„Nein. Du hast mich getäuscht, du hast dir mit mir einen Scherz gemacht. Erst saßt du auf dem Pferd wie ein Schulknabe, und dann, als ich dich durch den Zaun dringen und über den Bach setzen sah, dachte ich, du müßtest den Hals brechen."

„Das letztere überlasse ich anderen, zum Beispiel diesem Mann da."

Dabei deutete ich auf den Ismilaner.

„Allah! Hat er ihn gebrochen?"

„Ja."

„So ist er tot?"

„Natürlich."

„So hat er den Diebstahl teuer bezahlt. Wer ist er?"

Er trat an den Toten heran, wandte dessen Gesicht zu sich, um es zu sehen, und rief erstaunt:

„Gott tut Wunder! Das ist ja der Waffenschmied Deselim aus Ismilan!"

„Kennst du ihn?"

„Ja. Er ist zugleich auch Kaffeewirt, und ich habe bei ihm manche Tasse geleert und manche Pfeife geraucht."

„So war er ein Freund von dir?"

„Nein, sondern nur ein Bekannter."

Da trat auch der andere herbei, der hinter ihm über das Wasser gesprungen war. Auch er hatte sich das Gesicht des Toten betrachtet. Jetzt fragte er mich:

„Du hast diesen Mann gejagt?"

„Ja."

„Und er hat dabei das Leben verloren?"

„Leider."

„So bist du der Mörder. Ich muß dich verhaften!"

„Das wirst du nicht tun!" fiel schnell der Sahaf ein. „Dieser Mann gehört nicht unter deine Gerichtsbarkeit."

Da nahm der andere eine würdevolle Miene an und sagte in ernstem Ton:

„Du bist Ali, der Sahaf, und hast zu schweigen; ich

aber bin der Kiaja dieses Ortes und habe zu sprechen. – Also, wer bist du?"

Diese Frage war an mich gerichtet.

„Ein Fremder", antwortete ich.

„Woher?"

„Aus Nemtsche memleketi."

„Ist das weit von hier?"

„Sehr weit."

„Stehst du auch unter einem Kiaja?"

„Ich stehe unter einem mächtigen König."

„Das ist gleich. Ich bin der König von Kabatsch, ich bin also dasselbe, was er ist. Komm und folge mir."

„Als Arrestant?"

„Natürlich! Du bist ein Mörder."

„Willst du mich nicht vorher fragen, wie es gekommen ist, daß ich diesen Mann verfolgt habe?"

„Das wird morgen geschehen, sobald ich Zeit und Sammlung gefunden habe."

„Ich habe schon jetzt Zeit und Sammlung, morgen aber habe ich sie nicht."

„Das geht mich nichts an. Vorwärts!"

Er deutete dabei mit gebieterischer Armbewegung auf den Bach. Da aber trat der kleine Halef zu ihm heran, zeigte ihm, wie es seine Gewohnheit war, die an seinem Gürtel hängende Nilpferdpeitsche und fragte:

„Also du bist der Kiaja dieses Dorfs?"

„Ja."

„Hast du schon einmal eine solche Peitsche gesehen?"

„Oft."

„Hast du auch bereits eine gekostet?"

„Wie meinst du das?"

„Oh, ich meine nur folgendes: Wenn du diesem Sihdi, Effendi und Emir, der mein Freund und Gefährte ist, noch ein einziges unhöfliches Wort sagst, so schlage ich dir diese Peitsche um das Gesicht, daß du deine neugierige Nase für die Moschee des Sultans Murad, den Allah segnen möge, halten sollst. Glaubst du etwa, wir seien nach Kabatsch gekommen, um uns an deiner Herrlichkeit zu weiden? Glaubst du, daß wir meinen, ein Kiaja sei der prächtigste Mann des Erdkreises? Wir haben blatternarbige Stallbuben und Betrüger mit abgeschnittenen Nasen gesehen, die schöner und ehrwürdiger waren als du! Warum hat Allah dir krumme Beine gegeben und eine rote Warze an die Nase? Etwa um dich auszuzeichnen vor den anderen Gläubigen? Hüte dich vor meinem Zorn und nimm dich in acht vor meinem Grimm! Ich habe noch ganz andere Kerle, als du bist, mit dieser meiner Peitsche höflich gemacht!"

Der Kiaja war mehr erstaunt als erschrocken. Er betrachtete den Kleinen vom Kopf bis zu den Füßen und fragte ihn dann:

„Mensch, bist du etwa wahnsinnig geworden?"

„Nein, aber wenn du einen Verrückten kennenlernen willst, so guck hier in dieses Wasser, da wirst du dich selbst sehen. Nur ein Verrückter kann es wagen, meinen Effendi, den mächtigen Emir Hadschi Kara Ben Nemsi, grob zu behandeln."

„Und wer bist du?"

„Ich bin Hadschi Halef Omar Bey, der Beschützer der Unschuldigen, der Rächer aller Ungerechtigkeit und der Herr und Meister aller Kiajas, so weit die Sonne scheint."

Jetzt wußte der gute Beamte wirklich nicht, wie er sich verhalten sollte. Die Aufschneiderei des Kleinen hatte Eindruck gemacht. Er wendete sich zu mir:

„Herr, bist du wirklich ein so vornehmer Mann?"

„Sehe ich etwa nicht so aus?" fragte ich ihn streng.

„Oh, du hast das Aussehen eines Emirs, aber du hast doch diesen Mann hier zu Tode gejagt."

„Er ist schuld daran."

„Warum?"

„Er stahl mir mein Pferd, und ich verfolgte ihn, um es ihm wieder abzunehmen."

„Deselim aus Ismilan sollte Pferde stehlen?"

„Glaubst du etwa nicht, was mein Effendi sagte?" fragte Halef, indem er näher an ihn herantrat und eine sehr bezeichnende Handbewegung nach dem Gürtel machte.

„Oh, ich zweifle nicht daran", meinte der Kiaja schnell. „Aber kann der Effendi auch beweisen, daß der Rappe sein wirkliches Eigentum war?"

„Hier ist der Beweis!"

Dabei schlug Halef mit der Hand an die Peitsche.

Ich aber deutete auf den Sahaf und sagte:

„Frag diesen! Er weiß, daß das Pferd mein Eigentum ist."

„Woher soll er es wissen? Er kennt dich doch nicht, du bist ja ein Fremder!"

„Er kennt mich und hat mich den Rappen reiten sehen."

„Ist das wahr?"

„Ja", antwortete der Sahaf, an den diese letztere Frage gerichtet gewesen war. Da machte mir der Kiaja eine Verbeugung und sagte:

„Ich glaube es. Dennoch aber, Effendi, wirst du mich nach meinem Haus begleiten müssen."

„Als Gefangener?"

„Nicht ganz, sondern nur halb."

„Gut! Welche Hälfte willst du arretieren? Die andere hat keine Zeit mitzugehen und wird weiterreiten."

Er blickte mich mit offenem Mund an. Die am andern Ufer versammelten Bewohner von Kabatsch aber ließen ein lautes Geschrei hören. Da rief er zornig zu ihnen hinüber:

„Was habt ihr zu lachen? Ihr Menschen, ihr Untertanen, ihr Sklaven! Wißt ihr nicht, daß ich der Bevollmächtigte und der Vertreter des Sultans bin? Ich lasse euch alle einsperren und allen die Bastonnade geben!"

Und zu mir gewendet, fuhr er fort:

„Warum machst du mich lächerlich vor meinen Leuten?"

„Warum machst du dich lächerlich vor mir? Ist es nicht lächerlich, zu sagen, daß ich ein halber Gefangener sei?"

„Deine Unschuld ist nur halb erwiesen!"

„So will ich sie dir ganz beweisen!"

„Tue es!"

„Gern und sogleich! Siehst du dieses Gewehr und dieses Messer? Ich werde jeden, der mich verhindert, abzureisen, niederschießen oder ihm die Klinge geben. Und hier ist der andere Beweis. Kannst du lesen?"

„Ja."

„So lies hier meinen Reisepaß, der das Siegel des Großherrn trägt!"

Ich gab ihm das Dokument hin. Als er das Siegel erblickte, drückte er es an Stirn, Mund und Brust und sagte:

„Effendi, du hast recht, du bist unschuldig. Du kannst reiten."

„Gut! Was wird mit diesem Toten geschehen?"

„Wir werden ihn in das Wasser werfen. Die Krebse mögen ihn fressen, weil er dich beleidigt hat."

„Das werdet ihr nicht tun. Ihr werdet seinen Tod seinen Anverwandten melden, damit sie kommen, um ihn zu begraben. Er soll auf ehrliche Weise zu seinen Ahnen versammelt werden. Wenn ich höre, daß ihr das Gegenteil tut, werde ich es dem Oberrichter von Rumili melden."

„Bist du sein Freund?"

„Was fragst du?" antwortete Halef an meiner Stelle.

„Der Rumili Kaseri askeri ist unser Freund und Verwandter. Meine Lieblingsfrau ist die Tochter seines Lieblingsweibs. Wehe euch, wenn ihr nicht gehorcht!"

Er ging, um Rih herbeizuholen. Der Kiaja aber verbeugte sich tief und sagte zu mir:

„Allah gebe der Lieblingsfrau deines Begleiters hundert Jahre und tausend Kinder, Enkel und Enkelskinder! Ich werde tun, was du mir befohlen hast!"

„Das erwarte ich. Auch wirst du das Pferd des Toten und alles, was er bei sich trägt, seinen Verwandten geben."

„Sie sollen alles erhalten, o Effendi!"

Ich war vom Gegenteil überzeugt. Doch ging mich das Weitere ja gar nichts an. Ich konnte froh sein, unbelästigt fortreiten zu dürfen, und bestieg den Rappen, den ich fast auf eine so schmähliche Weise verloren hätte.

Wieder war ich - unverschuldet - dem Gesetz der Blutrache verfallen, sicherlich. Es gab neue Feinde. Und das sollten wir bald bemerken. Vor allem mein Rih.

Meine Gefährten und ich waren wieder zusammengetroffen.

Wir ritten durch Barukin, am Nachmittag durch Dubnitza und kamen gegen Abend nach Nevrekup, das früher berühmt war wegen seiner Eisenminen. Am andern Tag ging es weiter. Wir befanden uns in einer berühmten Gegend, denn hier auf diesen Bergen war es, wo nach der griechischen Sage Orpheus durch die Macht seines Gesangs den Bäumen und Felsen Leben und Bewegung gab. Um die Mittagszeit erreichten wir endlich Menlik.

Es versteht sich von selbst, daß wir nicht dahin ritten, wo Manach el Barscha abgestiegen war. Wir suchten uns eine andere Herberge, fanden aber sämtliche Häuser schon besetzt.

Wir waren eben wieder von einer Herberge abgewiesen worden, da trat ein Mann zu uns heran und fragte:

„Ihr sucht wohl einen Ort, an dem ihr übernachten könnt?"

„Ja", antwortete ich. „Weißt du vielleicht einen?"

„Für euch, ja, für andere nicht."

„Warum nur für uns?"

„Weil ihr die Koptscha habt. Ihr seid also Brüder. Mein Herr wird euch bei sich aufnehmen."

„Wer ist dein Herr?“

„Er ist Fuhrmann und wohnt nicht weit von hier. Wenn ihr mir folgen wollt, will ich euch führen.“

„Führe uns! Ich werde dir dankbar sein.“

Er schritt voran, und wir folgten ihm.

„Den habe ich bereits gesehen“, bemerkte mir Halef halblaut.

„Wo?“

„Am Eingang der Stadt. Da stand er und schien auf irgend jemand zu warten.“

Jetzt erinnerte ich mich auch, an ihm vorübergeritten zu sein. Es fiel mir aber nicht weiters auf, das war jedenfalls nur ein Zufall gewesen. Später aber sah ich ein, daß er nur auf uns gewartet hatte.

Er führte uns an ein Haus, das einen so breiten und hohen Eingang hatte, daß wir gleich in den Hof reiten konnten. Dort standen zwei Ochsenwagen, jedenfalls das Eigentum des Fuhrherrn. Uns gegenüber, im hinteren Teil des Hofs, war ein Brettergebäude, das unser Führer uns als den Stall bezeichnete. Er sagte, daß wir unsere Pferde hineinführen sollten.

„Meinst du nicht, daß es für uns nötig ist, erst mit deinem Herrn zu sprechen?“

„Warum?“

„Noch wissen wir ja nicht, ob er überhaupt bereit ist, uns bei sich aufzunehmen.“

„Er nimmt euch auf. Er hat Platz, und Männer, die die Koptscha besitzen, sind ihm stets willkommen.“

„So ist er auch ein Bruder?“

„Ja. Da kommt er.“

Es kam ein kleiner, dicker Kerl in den Hof, der nicht den allerbesten Eindruck auf mich machte. Er schielte. Zwar bin ich keineswegs gegen Leute, die an diesem Naturfehler leiden, voreingenommen, aber der Mann hatte einen schleichenden, katzenartigen Gang und eckig gebogene Kinnbacken, und ich habe stets gefunden, daß solche Personen einen falschen Charakter besitzen.

„Wen bringst du da?“ fragte er den Knecht.

„Es sind Freunde, sie besitzen die Koptscha und fanden keinen Platz. Du erlaubst doch, daß sie hierbleiben?“

„Sie sind mir willkommen. Wie lang bleibt ihr hier?“

„Einige Tage vielleicht.“ antwortete ich. „Wir werden dich gern ebenso bezahlen, wie wir im Han zahlen müßten.“

„Sprich davon nicht. Meine Gäste haben nichts zu bezahlen. Schafft eure Pferde in den Stall und kommt dann herein zu mir. Ihr werdet finden, was ihr braucht.“

Er ging wieder fort. Es war mir, als ob er einen sehr befriedigten Blick mit dem Knecht gewechselt habe.

Der Stall war lang und hatte zwei Abteilungen. In der einen Abteilung standen mehrere Ochsen, die andere war leer und wurde uns angewiesen. Der Knecht stieg eine schmale Stiege empor und sagte:

„Ich werde euch Heu holen. Oder wünscht ihr ein anderes Futter?“

„Bringe, was du hast!“

Als er oben verschwunden war, blickte ich durch ein Astloch der hinteren Stallwand und sah einen ziemlich großen Hof. Dort stand ein langer, starker Mann in lauschender Stellung. Er schien nach uns herüber zu horchen. Da hustete der Knecht oben, und der Mann antwortete, indem er auch hustete. Dann verließ er den Hof.

Das fiel mir natürlich auf, doch ließ ich mir nichts merken, als der Knecht zurückkehrte. Wir versorgten unsere Tiere und begaben uns dann in die Stube, in der uns der Dicke erwartete. Er saß auf einem Polster vor einem Dreifuß, auf dem eine Platte mit Kaffeetassen stand. Er hieß uns abermals willkommen und klatschte in die Hände. Da erschien ein Knabe, der die Tassen füllte.

Das klappte so gut, als ob man uns erwartet hätte. Auch ein Gefäß mit Tabak stand da. Wir stopften unsere Pfeifen und erhielten glühende Kohlen zum Anbrennen.

„Du hast ein sehr gutes Pferd", sagte er. „Verkaufst du es?"

„Nein."

„Das ist schade! Ich hätte es sofort behalten."

„So bist du ein reicher Mann. Es vermag nicht jeder, ein solches Pferd zu bezahlen."

„Fuhrleute müssen Geld haben. Woher kommst du heute?"

„Von Nevrekup."

„Und wohin wirst du von hier reiten?"

„Nach Seres."

Es fiel mir nicht ein, ihm die Wahrheit zu sagen. Er machte ein Gesicht wie einer, der irgendeine Sache besser weiß, es aber nicht sagen will, und fragte:

„Welche Geschäfte machst du hier?"

„Ich möchte Getreide und Ähnliches kaufen. Gibt es hier einen, bei dem man so etwas bekommen kann, einen Fruchthändler?"

Es gelang ihm nicht, ein verschlagenes Lächeln zu unterdrücken. Er antwortete:

„Es gibt einen Mejwedschi hier. Er heißt Glawa und wird dich gut bedienen, denn er ist auch ein Bruder."

Da hatte ich also das Gespräch auf diesen Glawa gebracht, bei dem Manach el Barscha abgestiegen sein sollte.

„Wohnt er weit von hier?" erkundigte ich mich.

„In der anderen Straße. Ich kenne ihn gut. Ich war vor kaum einer Viertelstunde bei ihm."

„Ist er beschäftigt?"

„Ja. Heute wirst du nicht bei ihm ankommen."

„Er hat wohl viele Gäste bei sich?"

„Noch keinen, aber er erwartet Gäste. Deselim aus Ismilan, der Kaffeewirt und Waffenschmied, will auch kommen. Kennst du diesen Mann vielleicht?"

„Ja. Er ist auch ein Bruder."

„Wann hast du ihn kennengelernt?"

„Vor einigen Tagen. Auch bin ich in seinem Haus eingekehrt."

„Hast du auch seinen Bruder gesehen?"

Er gab sich den Anschein der Unbefangenheit, es war jedoch ganz so, als ob er mit diesen Fragen einen gewissen Zweck verfolgte. Er fragte mich nach meinen Personalien, und ich gab ihm die Auskunft, die mir geboten schien. Als er nach einiger Zeit bemerkte, daß ich jetzt ausgehen werde, um mir Menlik und den Jahrmarkt anzusehen, bot er mir so geflissentlich seine Begleitung an, daß ich ihn nicht zurückweisen konnte, obgleich ich viel lieber allein mit Halef gegangen wäre.

Es herrschte ein überaus reges Leben, aber zu vergleichen ist so ein Markt doch nicht mit einem deutschen Jahrmarkt. Der schweigsame Türke durchschreitet still die Budenreihen oder vielmehr die Reihen der Verkäuferstände, deren Inhaber ebenso wortlos bei ihren Waren sitzen und es sich gar nicht einfallen lassen, irgendeinen Käufer anzulocken. Und tritt einer heran, so geht die Sache so ruhig, fast heimlich ab, als gelte es, wichtige Geheimnisse einzutauschen.

Der Unterschied liegt ganz besonders in dem Mangel des weiblichen Elements. Man sieht fast nur Männer, und nur hie und da taucht eine ballonartige Hülle auf, aus deren Guckloch ein schwarzes Auge funkelt. Die Frauen der Nichtmohammedaner sind zwar nicht zu einer solchen Zurückhaltung verpflichtet, aber auch bei ihnen gilt es nicht für schicklich, sich dem Gedränge eines Marktes preiszugeben.

Karussells, Schau-, Spiel- und Würfelbuden gab es nicht. Der Würfel ist dem rechtgläubigen Moslem ein Greuel, da der Koran ihn verbietet. Leierkästen und Musikanten, die einen europäischen Markt beleben, durfte man hier nicht suchen. Doch ja, eins gab es, und zwar etwas, woran der Türke außerordentlich Geschmack findet, nämlich ein Zelt mit chinesischen Schattenspielen.

Man nennt sie Kara göz ojunu. Hier strömten die Menschen in Masse ein und aus: hinein mit dem Ausdruck größter Spannung im Gesicht, heraus mit lächelnden, hochbefriedigten Mienen.

„Habt ihr schon einmal ein Kara göz gesehen?" fragte uns der Fuhrmann.

„Nein."

„Wie ist das möglich? Es gibt nichts Schöneres als so ein Schattenspiel. Laß uns hineingehen!"

Es schien unmöglich zu sein, Platz zu bekommen, aber mit Hilfe der Ellbogen, die ich ganz rücksichtslos in Tätigkeit setzte, gelangten wir doch bis an die Grenze der Möglichkeit; dann aber standen wir, eingekeilt in eine Menschenmenge, die in lautloser Erwartung des ersehnten Genusses harrte.

Mir wurde bereits jetzt übel. Der Orientale schläft in seinen Kleidern, die er also äußerst selten ablegt. Von einem regelmäßigen Wechsel der Leibwäsche hat er gar keine Ahnung; darum ist es kein Wunder, daß seine Nähe nicht nur durch das Auge, sondern auch durch die Nase bemerklich ist. Und nun diese fürchterlich zusammengedrängten Menschen! Der Dichter des Inferno hat eine wunderbare Phantasie entwickelt, aber eine der entsetzlichsten Strafen hat er doch übersehen - eine arme Seele, zwischen Orientalen eingepreßt, um ein chinesisches Schattenspiel zu erwarten, unfähig, die Arme zu rühren und sich die Nase zuzuhalten. Ein Glück, daß ich damals vom Dasein des Komma-Bazillus und anderer ähnlicher Ungeheuer noch keine Ahnung hatte! Welch ein Weltmeer von Bazillen mußte uns hier umfluten!

Endlich gellte ein schriller Pfiff. Die Vorstellung begann. Was ich sah, war obszön im höchsten Grad und wurde mit einem schallenden Gelächter belohnt, während der Orientale das laute Lachen sonst für unanständig hält. Ich wollte sogleich gehen, aber ich konnte nicht; ich steckte so fest, daß ich kein Glied zu rühren vermochte, und so war ich gezwungen, auszuharren, bis ein zweiter Pfiff das Publikum belehrte, daß es für einen Viertelpiaster bereits mehr als zuviel gesehen hatte.

Jetzt setzte sich das Menschen-Gelee in Bewegung und löste sich langsam in einzelne Personen auf. Draußen angelangt, holte ich zunächst tief Atem. Seekrankheit ist das reine Amüsement gegen das, was ich nun glücklicherweise überstanden hatte.

„Gehen wir noch einmal hinein?" fragte der Fuhrmann.

Halef streckte ihm alle zehn Finger abwehrend entgegen, und ich gab gar keine Antwort.

Während unserer übrigen Wanderung machte ich die Beobachtung, daß der Fuhrmann ganz übermäßig besorgt war, uns nicht zu verlieren; auch suchte er es ängstlich zu vermeiden, daß sich zwischen mir und anderen ein Gespräch entspänne. Ich sprach einigemal zu uns Begegnenden, da aber war er sofort mit einer Unterbrechung da und versuchte, mich abzudrängen. Das machte ihn verdächtig. Ich begann zu ahnen, daß er irgendeine Absicht verfolgte.

„Kommen wir nicht am Haus des Mejwedschi Glawa vorüber?" fragte ich ihn.

„Nein. Warum?"

„Weil ich gern wissen möchte, wo er wohnt, da ich ihn doch morgen aufsuchen werde. Willst du es mir zeigen?"

„Ja."

„Ist der Mejwedschi ein Serbe?"

„Warum denkst du das?"

„Weil sein Name ein serbischer ist."

„Du hast es erraten. Folge mir!"

Nach einiger Zeit zeigte er mir ein Haus als dasjenige des Fruchthändlers, und ich merkte es mir. Es war um die Abenddämmerung, als wir heimkehrten. Dort hörten wir, der Knecht sei gestürzt und habe sich so beschädigt, daß man nach dem Arzt geschickt habe. Der Fuhrmann suchte den Knecht auf, und ich ging über den Hof in den Stall.

Als ich dort eintraf, sah ich die Pferde ohne Aufsicht. Osko und Omar waren auch fortgegangen. Rih drehte mir den Kopf zu, wieherte auf und schnaubte dann in einer Weise, wie ich es noch nie an ihm bemerkt hatte. Ich liebkoste seinen Kopf; er pflegte dann gewöhnlich seine Nase an meiner Achsel zu reiben und mich auf die Wange zu küssen – denn ein Pferd küßt auch –, jetzt aber unterließ er es. Er schnaubte fort und zeigte eine ganz ungewöhnliche Erregung. Ich betrachtete ihn. Es war bereits ziemlich dunkel in dem Stall, aber ich bemerkte doch, daß das Pferd nur auf dem rechten Hinterhuf stand. Ich hob den linken Huf empor und betastete ihn. Rih schnaubte und zuckte das Bein, als ob er Schmerzen empfände.

„Er lahmt", sagte Halef. „Das fehlt uns noch! Wo hat er sich Schaden getan?"

„Das werden wir gleich sehen. Nehmen wir ihn hinaus in den Hof, da ist es noch hell."

Der Rappe hinkte wirklich und zwar bedeutend, so daß mir die Sache sehr verwunderlich vorkam. Es war, bis ich aus dem Sattel stieg, nicht das geringste zu bemerken gewesen. Woher also plötzlich eine Verletzung? Ich strich mit der Hand an dem kranken Bein hinab; da gab es keine Schmerzen. Das Übel saß am Huf. Ich hob diesen empor und betrachtete ihn, konnte aber nicht das geringste entdecken. Ich begann, mit der Fingerspitze zu tasten, lange vergeblich. Endlich zuckte das Pferd zusammen, und ich hatte unter dem Haar eine kleine Erhöhung gefühlt. Ich schob die Haare beiseite und sah – den Kopf einer Stecknadel, die dem armen Tier am Hufrand in das Leben getrieben war.

„Hier, Halef, eine Nadel!"

„Allah! Wie ist das möglich? Wo hat er sich die eingetreten?"

„Eingetreten? An dieser Stelle ist von einem Eintreten gar keine Rede. Schau her!"

Er sah den Nadelkopf und hatte im selben Augenblick auch bereits die Peitsche aus dem Gürtel gerissen. Er wollte fort, aber ich hielt ihn zurück.

„Halt! Keine Dummheit!"

„Dummheit? Ist es etwa eine Dummheit, wenn ich den Menschen peitsche, der dieses Tier so quält und es zu Schanden machen will?"

„Warte nur noch! Zunächst muß die Nadel entfernt werden. Halte das Bein!"

Rih merkte, daß ich ihm Hilfe bringen wollte. Ich konnte mich nur des Messers bedienen, um die Nadel zu fassen. Der Rappe hatte sicherlich Schmerzen dabei, aber er hielt vollständig still. Als ich dann die Nadel herausgezogen hatte, sagte Halef, die Hand nach ihr ausstreckend:

„Gib sie mir! Ich werde den Bösewicht entdecken, der es getan hat, und ihm steche ich sie dann in – in... Sage mir Sihdi, wo es ihn am meisten schmerzen wird!"

„Ihm die Nadel irgendwo ins Fleisch zu stechen, das wäre keine Strafe. Führen wir das Pferd wieder in den Stall."

Rih trat wieder auf. Ich war nicht weniger zornig als Halef, aber die Sache wollte überlegt sein. Zu welchem Zweck hatte man das Tier lahm gemacht?

„Ich weiß es", sagte Halef.

„Nun, weshalb?"

„Um dich zum Verkauf des Rappen zu bewegen."

„Das wohl nicht. Zigeuner pflegen zuweilen dieses Mittel anzuwenden. Findet man die Nadel nicht, so hält man das Pferd für unheilbar und verschleudert es. Hier ist aber wohl eine andere Absicht vorhanden."

„Er hat dich doch gefragt, ob du den Rappen verkaufst!"

„Aber er muß aus meiner Antwort gemerkt haben, daß

mir dies nicht einfallen kann. Und wenn er wirklich geglaubt hat, mich durch einen so niederträchtigen Streich zum Verkauf zu bewegen, so hat er sich sehr geirrt. Ich kann mich eines Verdachts nicht erwehren, der zwar noch unbestimmt ist, jedenfalls aber ganz am Platz sein dürfte. Warum blieb mir dieser Fuhrmann so auffällig an der Seite? Warum suchte er jede Verständigung zwischen mir und anderen zu verhüten? Dabei muß ich an das Wimmern denken, das wir jetzt bei unserer Rückkehr hörten. Der Knecht soll verletzt sein, wie sein Herr sagte. Hm!“

„Hm!“ brummte auch Halef nachdenklich. „Sihdi, da fällt mir etwas ein!“

„Was denn?“

„Ich dachte darüber nach, aus welchem Grund man ein Pferd lähmt, wenn es nicht in der Absicht geschieht, den Besitzer zum Verkauf zu verleiten.“

„Hast du einen Grund gefunden?“

„Ja. Es gibt nur einen: Das Pferd soll nicht laufen können, man will den Reiter verhindern, schnell vorwärts zu kommen.“

„Ganz recht. Daran dachte ich auch. Und wenn einer gezwungen werden soll, langsam zu reiten, welche Absicht hat dann unbedingt der andere?“

„Ihn schneller einzuholen, oder ihn zu überholen.“

„Ja. Der Gedanke, daß man uns nach unserer Abreise verfolgen will, liegt sehr nahe.“

„Was aber kann dieser Fuhrmann dabei bezwecken? Wir haben ihm nichts getan. Er ist unser Gastfreund, er muß uns also schützen anstatt uns zu schaden.“

„Seine Gastfreundschaft war uns willkommen, da wir nirgends Platz fanden, aber sein Verhalten befremdet mich - es kommt mir jetzt aufdringlich vor. Wenn uns der Knecht wirklich an der Straße erwartet hat, so muß man von unserem Kommen unterrichtet gewesen sein. Eine solche Benachrichtigung könnte nur von Ismilan aus geschehen sein. Wir haben von dort aus Zeit verloren, und es ist also recht gut möglich, daß uns irgendein Bote zuvorgekommen ist. In diesem Fall..."

„Schau, Sihdi!" unterbrach mich Halef.

Wir hatten Rih in den Stall zurückgeführt, in dem wir uns noch befanden. Es war ziemlich dunkel darin. Auch draußen begann es zu dämmern, aber es war doch noch hell genug, um den ganzen Hof überblicken zu können. Vorn am Eingang stand eine alte Frau. Sie sah sich in einer Weise um, als ob sie irgend etwas Heimliches vorhabe, dann kam sie eilig über den Hof herüber und machte einen Schritt über die Stalltür.

„Esgar, bist du da?" fragte sie nun.

„Wer ist Esgar?" fragte ich.

„Der Knecht"

„Der ist nicht da."

„Nicht? Es ist hier dunkel. Wer bist du?"

„Ein Gast des Fuhrmanns."

Da trat sie weiter in den Stall herein und sagte hastig:

„Sprich, bist du ein Christ?"

„Ja."

„Kommst du von Ismilan?"

„Ja."

„Herr, fliehe! Verlaß dieses Haus und diese Stadt, aber sehr bald, noch heute abend!"

„Warum?"

„Es droht dir große Gefahr, dir und den Deinen."

„Von wem? Welche Gefahr meinst du?"

„Von Glawa, dem Fruchthändler. Aber worin diese Gefahr besteht, das weiß ich noch nicht. Sie wollen es erst besprechen. Ich soll deinem Wirt sagen, daß er in einer Stunde, wenn es ganz dunkel ist, hinüberkommen möge."

„Hinüber? Zu wem?"

„Zu Glawa, meinem Herrn."

„Du sagst, ‚hinüber'? Der Fruchthändler wohnt ja gar nicht in der Nähe!"

„Hat man dir seine Wohnung verschwiegen? Das ist ein Beweis, daß ich recht habe, dich zu warnen. Glawa wohnt doch hier nebenan. Sein Hof stößt an den Stall."

„Ah so! Hier hinter diesen Brettern ist euer Hof?"

„Ja. Fliehe! Ich habe keine Zeit. Ich habe mich zu dir geschlichen und dachte, einen von euch im Stall zu finden, aber erblicken darf mich hier niemand. Ich muß sogleich zu dem Fuhrmann."

Sie wollte sich entfernen. Ich ergriff sie am Arm und bat sie:

„Nur noch einen kleinen Augenblick! Daß wir uns in Gefahr befinden, haben wir bereits geahnt. Du machst diese Ahnung zur Gewißheit. Aus welchem Grund aber begibst du dich in Gefahr, uns zu warnen?"

„Ihr kommt vom Jahrmarkt. Ihr gingt am Haus vorüber. Sie sahen euch, und da nannte dich der eine einen Giaur, einen Christenhund. Ich aber bin auch eine Christin, und da sagte mir mein Herz, daß ich dich warnen müsse. Du hast meinen Glauben, du betest zur heiligen Jungfrau Marryam wie ich. Ich bin deine Schwester, ich darf meinen Bruder nicht in Gefahr umkommen lassen."

„Das wird dir der gute Gott vergelten. Aber sag: Wer ist dieser eine, von dem du sprichst?"

„Es sind ihrer zwei. Sie kamen heute am Vormittag von Ismilan. Ihre Namen kenne ich nicht. Den älteren nennen sie Bettler, aber das ist doch kein Name. Er hat ein böses Gesicht; ich glaube, ihn bereits einmal gesehen zu haben. Er muß einmal bei meinem früheren Herrn eingekehrt sein, droben in dem alten Turm bei Barukin."

Sie wandte sich zum Gehen, aber ihre letzten Worte veranlaßten mich, sie noch festzuhalten.

„Halt!" sagte ich. „Hast du dort mit deiner Herrin im Busch ein Mauerwerk gebaut, mit dem Bild des Gekreuzigten?"

„Ja. Woher weißt du das?"

„Ich komme von dort. Ich war der Gast deines vormaligen Herrn. Ich fand die Herrin vor dem Altar, wohin sie gegangen war, um dort zu sterben. Sie war tot."

„Tot? Mein Herr und Gott! Ist das wahr?"

„Ja. Hättest du Zeit, so könnte ich es dir erzählen. Dein Herr sprach von dir."

„Oh", sagte sie dringlich, „du mußt es mir erzählen. Ich darf keinen Augenblick länger hierbleiben, aber da es so ist, so wage ich alles. Mögen sie mich töten, wenn sie mich ertappen. Ich komme wieder, aber nicht hierher. Bleibst du noch länger hier im Stall?"

„Wünschst du es?"

„Ja. Ich werde an diese Bretterwand kommen, da können wir miteinander sprechen, du hier und ich draußen."

„Du kannst hereinkommen. Diese Bretter sind kein großes Hindernis. Ich kann leicht eins oder zwei entfernen, wenn ich nur die Nägel herausziehe."

„Das wird man später bemerken!"

„Nein, ich befestige sie wieder."

„Gut. Sag kein Wort, daß ich bei dir gewesen bin. Ich gehe jetzt, und wenn es so dunkel ist, daß man mich nicht sehen kann, so komme ich wieder."

Sie eilte davon.

„Hasa nassieb - das ist Gottes Schickung!" sagte Halef. Er hatte recht. Eben diese alte Dienerin, diese treue, wenn auch heimliche Christin, mußte sich da drüben bei dem Fruchthändler befinden! Der Mohammedaner kennt zwar das Wort Zufall, aber er bezeichnet damit etwas, was Andersgläubige für möglich halten, er niemals. Die Worte Taktir, Kismet, Kader[1], die das Entgegengesetzte bezeichnen, sind ihm heilig.

„Meinst du, daß es Saban ist, der Bettler, von dem sie sprach?" fragte der kleine Hadschi.

„Sehr wahrscheinlich."

„Aber du hast doch erzählt, daß der Schmied ihn mit sich genommen habe!"

[1] Schickung Gottes, Fügung des Schicksals

„Er muß ihm auf irgendeine Weise entkommen sein. Er ist an jenem Abend nicht unverletzt geblieben; es ist jedenfalls keine gewöhnliche Leistung von ihm, nach Menlik zu reiten."

„Wer mag der andere sein, Sihdi?"

„Mir ahnt, daß es unser Wirt aus Ismilan ist, der Bruder des Kawehdschi Deselim, der den Hals gebrochen hat. Der Bettler hat ihm alles erzählt; nun verfolgen sie uns, um sich zu rächen."

„Das soll ihnen schwer werden!" knurrte der Kleine.

„Vor allen Dingen müssen wir zu erfahren suchen, was sie gegen uns beschließen. Dabei wird uns hoffentlich die Dienerin unterstützen."

„Diese alte, gute Ranunkel! Ich werde sie beschenken. Was soll ich ihr geben, Sihdi? Meinst du vielleicht, einige von diesen Silberstücken, die sich in dem Beutel hier für mich befanden?"

„Geld wird allerdings das beste Geschenk sein, sie ist jedenfalls arm. Aber behalte das deinige, Halef. Ich werde es besorgen."

„Das wußte ich", kicherte er. „Ich habe nur Silber, du aber hast Gold. Ich mache das Geschenk aus deiner Tasche. Du bist ein nobler Mensch und bezahlst, was dein Freund und Beschützer anderen gibt. Aber schenke ihr nicht mehr als eines deiner Goldstücke. Unsere Reise ist noch weit, und wir können nicht wissen, welche Summe wir noch brauchen."

„Du bist heute ein sehr sparsamer Haushalter! Bedenke, daß dieses Weib unsere Retterin ist!"

„Das ist sie nicht. Sie hat uns gewarnt! Aber wir wußten schon vorher, daß wir uns in Gefahr befanden. Wir wären vorsichtig gewesen. Aber sag, Sihdi: Warum wollen wir abwarten, was sie gegen uns beschließen? Wir gehen jetzt hinein zu diesem verräterischen Fuhrmann; ich will ihm einigemal meine Fäuste auf die Nase legen, und dann suchen wir uns einen anderen Wirt."

„Das geht nicht. Wir müssen Manach el Barscha und Baruch el Amasat haben, die sich hier befinden. Sie dürfen gar nicht ahnen, daß wir das geringste wissen. Ich muß erfahren, weshalb sie eigentlich nach Menlik gekommen sind. Willst du deine Fäuste gebrauchen, so wirst du wohl später Gelegenheit dazu finden."

„Ja, du willst warten, bis sie dich hier als Mörder anzeigen! Dann wirst du gehängt, und ich stehe unter der Leiche und weine Milch und Spiritus. Ich bin zwar dein Beschützer, aber gar zuviel darfst du doch nicht von mir verlangen."

„Die große Gefahr, von der du sprichst, würde nur verschlimmert werden, wenn wir uns an dem Fuhrmann vergriffen. Übrigens ist es jetzt nicht Zeit zu unnützer Plauderei. Wir dürfen den Wirt nicht merken lassen, was wir wissen. Bleiben wir hier im Stall, so kann er leicht mißtrauisch werden. Und da ich hier mit der Dienerin zusammentreffen will, so muß ich wenigstens für kurze Zeit zu ihm gehen. Vorher aber laß uns einmal hier nach den Brettern sehen."

Der Moder hatte mir vorgearbeitet. Es bedurfte gar keiner Anstrengung, um einige Bretter locker zu machen; dann ging ich hinein in die Stube.

Der Fuhrmann stand da mit seiner Frau, die sich aber bei meinem Eintritt sofort entfernte. Beide hatten sich vermutlich von etwas sehr Ernstem unterhalten, das konnte ich aus ihren Mienen schließen.

„Hat Allah dir Sorgen gesandt?" fragte ich ihn. „Sie stehen in deinem Gesicht geschrieben."

„Ja, Herr, ich habe Sorgen", sagte er. „Mein Knecht liegt im Blut, das ihm aus Mund und Nase geflossen ist."

„Führe mich zu ihm!"

„Bist du ein Arzt? Es war bereits ein solcher hier; der Kranke aber hat so große Schmerzen, daß ich auch noch den Alchymisten kommen ließ. Er ist soeben fort."

„Welche Meinung hatte er von der Krankheit?"

„Er erkannte sie sofort, er ist viel klüger als der andere. Ihm sind alle Krankheiten und alle Heilungen und Arzneien offenbar. Er sagte, der Kranke habe ein Magengeschwür, das vom Genuß saurer Orangen abstamme. Das Geschwür ist bis unter die Haut gedrungen. Daß der Knecht gestürzt ist oder sich gestoßen hat, hat nur dazu beigetragen, diese innere Krankheit ruchbar zu machen. Er will ihm etwas Magenstärkendes schicken und dann später bei der Operation den Blutschwären aus dem Magen schneiden."

„Wird das gelingen?"

„Oh, er hat Messer, mit denen er den dicksten Knochen auseinanderbringt, und der Magen ist ja viel weicher."

„Ja, er scheint ein großer Arzt zu sein, aber laß mich trotzdem den Kranken einmal sehen!"

Er willigte ein. Der Patient lag stöhnend auf einer alten Decke; er hatte viel Blut verloren. Da er Beinkleid und Jacke auf dem bloßen Leib trug, so war sehr leicht zu der Verletzung zu gelangen. Er schrie laut auf, als ich sie berührte.

„Verstehst du dich auf Magengeschwüre?" fragte der Wirt.

„Ja, aber ein solches ist hier gar nicht vorhanden."

„Was denn? Woran leidet er?"

„Es ist eine sehr gefährliche Hufeisenkrankheit."

Er blickte mich sehr dumm an.

„Hufeisenkrankheit?" sagte er. „Von dieser Krankheit habe ich noch nichts gehört."

„Schau her! Hier diese Geschwulst sieht genau so aus, als ob sie von einem ausschlagenden Pferd verursacht worden sei. Die blutrünstige Stelle zeigt ganz die Form eines Pferdehufs. Diese Krankheit hat das Eigentümliche, daß sie die Rippen zerbricht, und sie überfällt nur solche Leute, die nicht gelernt haben, mit einer Stecknadel vorsichtig umzugehen."

Er wußte nicht so recht, wie er meine Erklärung nehmen sollte. Er half sich mit der Frage:

„Du meinst, daß Rippen zerbrochen sind?"

„Ja. Auch die Lunge ist verletzt, wie dieses Blut hier beweist. Dein Alchymist ist ein Dummkopf, der erste Arzt war klüger. Wenn du nicht den besten Doktor rufst, den es in Menlik gibt, so wird dieser Mann sterben müssen. Kommt er aber mit dem Leben davon, so mag er sich in Zukunft mehr vor fremden Pferden in acht nehmen."

„Er hat ja kein fremdes Pferd angerührt!"

„So hat dieses aber ihn berührt, und zwar so, daß er sich meinen guten Rat wohl merken wird."

„Weißt du ein Mittel, ihn zu heilen?"

„Ja, aber zu dieser Heilung gehört eine lange Zeit. Hol den Arzt und lege ihm, bis dieser kommt, sehr nasse Tücher auf die Brust; das ist das beste Mittel."

„Wir haben einen sehr klugen Militärarzt hier, aber er wird wegen des Jahrmarkts keine Zeit haben. Soll ich dem Kranken nicht einstweilen einen Rhabarbertrank eingeben und ihm ein Zugpflaster auflegen?"

„Trink du selbst den Rhabarbertrank und quirle vorher das Zugpflaster hinein. Beides kann dir nichts schaden, für ihn aber ist es zu stark."

„Du redest sehr bitter, Herr! Ich werde gleich selbst gehen, um den Militärarzt zu suchen."

„Wann kommst du wieder?"

„Das weiß ich nicht genau. Ich muß vorerst zu einem Freund gehen, der mich nicht gleich wieder von dannen lassen wird. Wenn ich wiederkomme, werden wir zu Abend essen. Oder hast du jetzt schon Hunger?"

„Nein. Deine Seele ist voll von Mildtätigkeit, aber ich kann bis zu deiner Rückkehr warten."

Er entfernte sich wirklich sogleich. Ich wußte nun, daß er zunächst zu dem Fruchthändler gehen würde. Das war mir lieb, da ich nun mit der Dienerin sprechen konnte, ohne befürchten zu müssen, von ihm gestört zu werden. Also der Knecht hatte Rih die Nadel eingestochen und war von ihm geschlagen worden. Ich hatte nicht nötig, den Menschen zu bestrafen. Er dauerte mich trotz meines Zorns über den boshaften Streich, zu dem er sich hergegeben hatte.

Dank der Warnung der alten Dienerin entkamen wir der Falle, die man uns in Menlik hatte bereiten wollen, und setzten unseren Ritt fort.

Von Petridasch führt ein Weg immer an der Strumnitza entlang nach Ostromdscha. Ich beabsichtigte, diesen Weg noch in der Nacht zu erreichen. Deshalb ritten wir gleich weiter, auf Derbend zu, das südwestlich von Lebnitza liegt.

Aber bald bemerkte ich, daß Rih im Gang behindert war. Sollte der Nadelstich von üblen Folgen sein? Wenn das edle Tier erkrankte, war ich gebunden. Ich mußte es schonen und ihm Umschläge machen. Darum war es mir lieb, als ich nach einiger Zeit seitwärts vom Weg einen hellen Feuerschein gewahrte. Wir hielten darauf zu. Mitten im freien Feld stand eine lange, niedrige Holzhütte, in der ich bald ein Sahan erkannte.

Vor einer dieser Hütten hielten wir also jetzt an. Der größere Teil diente als Schlacht- und Siederaum, der kleinere schien die Unterkunft der Schlächter zu sein. Die erste Abteilung hatte mehrere breite Türen, die offenstanden. Da brannten etliche Feuer, über denen riesige Kessel hingen. Dabei saßen die Fleischer - wilde, schmutzige, fett-triefende Gestalten. Die Feuer leuchteten weit hinaus ins Feld und ließen alle Gegenstände in verzerrter Gestalt erscheinen. Die Männer hörten uns kommen und traten unter die Türen. Wir grüßten, und ich fragte, ob wir hier einen Platz zum Ausruhen finden könnten.

Wir stiegen ab und erhielten für die Pferde geschroteten Mais. Für uns gab es Fleisch in Menge. Ich nahm zunächst den Hengst vor und bat um einen alten Lappen, den ich zum nassen Umschlag brauchte. Als ich ihn dem Rappen umlegte, fragte mich einer der Fleischer, ob das Pferd am Fuß krank sei.

„Ja", antwortete ich. „Es hat einen Stich oberhalb des Hufs erhalten."

„Da legst du nur Wasser auf? Das kühlt zwar, aber ich weiß ein besseres Mittel."

„Was denn?"

„Ich bin in der ganzen Gegend als Roßarzt bekannt. Ich kenne eine Salbe, die die Hitze nimmt und alle Wunden schnell heilt. Wenn du dieses Mittel versuchen willst, wirst du meine Kunst loben."

„Gut, wir wollen eine Probe machen."

Das war keineswegs voreilig gehandelt. Ich hatte gehört, daß in manchen dieser Sahane Kuren vorgenommen wurden, deren der unterrichtetste Arzt sich nicht zu schämen brauchte. Auch ich sollte mein Vertrauen nicht zu bereuen haben. Drei Tage lang trug Rih die Salbe am Fuß, und von einer Wirkung des Nadelstichs war keine Spur mehr.

Nachdem Rih nun wieder völlig gesund war, ritten wir nach Ostromdscha. Am Wegesrand bettelte uns Busra, der Krüppel, an, der - wie ich später erfuhr - eine Doppelrolle spielte: als Bettler und als ‚Heiliger', den die Leute den alten Mübarek nannten. Busra wirkte erbärmlich, und jedermann bemitleidete ihn. Mübarek setzte die Gegend in Ehrfurcht und Schrekken, denn bei jedem Schritt klapperten seine Knochen aneinander. Es waren aber nicht die Knochen! Es waren die Krücken des Bettlers Busra, die der Mübarek unter seinem Gewand verborgen hielt. Nun, ich entlarvte den Betrüger, der auch ein Vertrauter des Schut war und mit dem wir es noch zu tun bekommen sollten...

Überall wimmelte es nun von Schut-Anhängern. Auch die beiden Aladschy gehörten zu ihnen, die ihren

Namen von den scheckigen Pferden hatten, die sie ritten. Die Brüder hießen Bybar und Sandar und sollten uns eine Falle stellen, der wir aber entkamen. Zuvor hatte ich sie belauscht. Sie hatten von einem Mann namens Suef gesprochen, der uns, falls wir ihnen entkommen sollten – was in der Tat der Fall war! –, in eine weitere locken sollte.

Wir kehrten in einem Gasthof hinter den Wiesen der Sletowska ein. Gegen Mitternacht kam noch ein weiterer Gast, der Schneider Afrit, in dem ich aber sofort den von den Aladschys erwähnten Suef zu erkennen glaubte. Afrit-Suef bot sich uns als Führer und Begleiter nach Uskub, unserem nächsten Reiseziel, an, und wir gingen zum Schein auf sein Anerbieten ein.

Wir waren ja auf jede Tücke gefaßt, denn tags zuvor hatten uns, wie ich bereits erwähnte, der alte Mübarek, Bybar und Sandar, Manach el Barscha und Barud el Amasat – die von uns Verfolgten – in einem alten Gemäuer aufgelauert, in dem wir angeblich den Schut treffen sollten. Getroffen aber hatte ich wen anders: den böswilligen Schut-Vertrauten, den Fleischer Tschurak, mit einer Kugel, die ihn tötete. Während des Kampfes hatte ich eine Fußverletzung erlitten, die ich hernach im Gasthof mit nicht sehr großem Erfolg behandelte. Nun waren wir mit dem Schneider verabredet. Immer auf der Lauer. Mit meiner Fußverletzung hatte ich einigen Kummer, aber auf die Gefährten konnte ich mich ja, wie ich wußte, jederzeit verlassen.

Am Morgen erwachte ich erst, als Halef an die Tür klopfte. Ich tastete mich längs der Wand hin, um sie zu öffnen. Das helle Tageslicht fiel herein. Ich hatte verschlafen, im Haus aber war jedes Geräusch vermieden worden, um mich ja nicht zu stören.

Der Schneider mußte mit uns frühstücken, dann bezahlte ich die Zeche, und wir rüsteten uns zum Aufbruch.

Der Wirt war eine kleine Weile fortgewesen und hielt mir eine Abschiedsrede. An diese schloß er die Bemerkung:

„Ich war soeben drüben bei dem Fleischer, weil ich als Nachbar mein Beileid sagen mußte. Der Bruder des Toten war nicht zu sehen. Es hieß, er sei fortgeritten. Aber im Hof sah ich das beste Pferd des Fleischers stehen, gesattelt und gezäumt. Das gilt dir."

„Vielleicht hat er ein Geschäft."

„Glaube nur das nicht. Wenn er so verwundet ist, wie mein Wächter mir sagte, so kann ihn nur die Blutrache aus dem Haus treiben. Sei also auf der Hut!"

„Was für ein Pferd ist es?"

„Ein Brauner mit langer, breiter Blesse. Er ist das beste Pferd der ganzen Umgegend. Wenn der Mann beabsichtigt, dir zu folgen, so wird er nicht eher wieder umkehren, als bis du tot bist; denn nach den Gesetzen der Blutrache ist er ehrlos, wenn er dich entkommen läßt."

„Nun denn, ich sage dir Dank für deine Warnung. Leb wohl!"

Als wir jenseits der Brücke von Sletowska waren, sagte ich zu Halef:

„Reitet im Schritt weiter, ich habe etwas vergessen. Ich muß noch einmal zurück, aber ich komme bald nach."

Sie ritten fort. Mir aber fiel es gar nicht ein, noch einmal in das Dorf zurückzureiten; ich hatte eine ganz andere Absicht, von der ich aber den Schneider nichts wissen lassen wollte. Er war mir noch zu fremd, als daß ich ihn hätte ins Vertrauen ziehen mögen.

Der Bruder des Fleischers sann auf Rache, das war gewiß. Er hatte sein Pferd bereitstehen, um uns zu folgen. Beabsichtigte er das wirklich, so brach er bald nach uns auf. Ich brauchte also nur kurze Zeit zu warten, um zu sehen, ob wir ihn zu fürchten hätten. Über diese Brücke mußte er jedenfalls kommen.

Ich trieb mein Pferd zwischen die Büsche, die am Ufer standen und mich vollständig verdeckten, wenn ich mich ein wenig bückte. Da wartete ich.

Ich hatte mich nicht verrechnet. Kaum fünf Minuten später kam er im Trab herbei und über die Brücke. Er ritt den Braunen, hatte eine Flinte am Sattel hängen und einen Heiduckenczakan an der Seite. Sein Gesicht war durch ein Pflaster entstellt, das unter dem Fez hervor über Stirn, Nase und Wange lief.

Er hielt nicht die Richtung nach Warzy ein, sondern folgte dem Fluß bis zu dessen Vereinigung mit der Bregalnitza, dann noch ein Stück weiter und nahm hierauf die Richtung nach den steilen Abhängen zu, die das Plateau von Jerßely tragen. Ich war ihm vorsichtig gefolgt, mit meinem guten Fernrohr in der Hand. Der Rappe trug mich so weich und eben fort, daß ich den kleinen Punkt, den der Reiter bildete, stets fest im Glas hatte.

8. Das ‚Geheimnis'

Es ging über die Straße, die von Karaorman nach Warzy führt, und dann folgte ich ihm über eine ebene Wiesenfläche, die inselartig mit Büschen bestanden war. Hier konnte ich ihn nicht im Auge behalten, da die Strauch-Eilande sich zwischen uns schoben. Ich mußte seiner Fährte folgen, und die war deutlich genug. Linker Hand lagen steile Abhänge. Die Spur führte auf dieselben zu. Das Gras hörte auf, und es kam ein klarer Geröllboden zutage. Buschwerk aber gab es immerfort. Hier war die Fährte schwer zu erkennen, dennoch verlor ich sie nicht. Ich befand mich hart an dem steinigen Abhang, längs dem ich hingeritten war.

Da – ich riß den Rappen schnell zurück – hörte ich kurz und grad vor mir das Schnauben eines Pferdes. Eben hatte ich um einen Busch biegen wollen. Ich lugte vorsichtig um den Rand desselben und gewahrte den Braunen, der an den nächsten Strauch gebunden war. Der Sattel war leer.

Als ich mein Pferd einen Schritt weitertreten ließ, sah ich den Miriditen, der suchend und den Boden genau betrachtend langsam weiterging und dann hinter dem ersten Strauchwerk verschwand.

Wen oder was suchte er? Das hätte ich so gern gewußt, aber ich konnte ihn nicht belauschen, denn ich durfte ihm nicht zu Pferd folgen, weil er mich unbedingt bemerkt hätte, und zu Fuß ging es auch nicht, da ich nicht laufen konnte.

Aber eins war mir möglich, wenn mir die Zeit dazu blieb: sein Gewehr für mich schadlos zu machen. Es hing am Sattelknopf. Zwar hatte ich keine Zeit, die Kugel herauszuziehen, aber es gab eine andere Art und Weise, es zum Versagen zu bringen. Und überraschte er mich ja dabei, nun, so war ich ihm mehr als gewachsen, falls er nicht etwa hier Gefährten hatte, die er treffen wollte.

Ich schwang mich also aus dem Sattel und nahm den Stutzen in die Hand, teils um ihn als Stütze beim Gehen zu benutzen, teils auch um an ihm eine zuverlässige Waffe zu haben. Die wenigen Schritte zum Braunen hin konnte ich wagen. Als ich bei ihm stand, nahm ich die Flinte vom Sattel, schnappte den Hahn auf und nahm das Zündhütchen ab. Nun zog ich aus der Jacke eine Stecknadel - ich hatte stets einige darin stecken - und stieß sie möglichst tief und fest in das Zündloch. Indem ich sie nach links und rechts bog, brach ich sie ab. Das Löchelchen war vollständig verstopft und die Flinte nun so unbrauchbar wie eine vernagelte Kanone. Jetzt setzte ich das Zündhütchen wieder auf und ließ den Hahn herab. Nachdem ich die Flinte wieder so an den Sattel gehängt hatte, wie sie vorher hing, hinkte ich zu meinem Rappen zurück und stieg wieder auf.

Jetzt war ich ihm doch zu nahe. Ich kehrte um einen Busch weiter zurück und blieb hinter demselben halten. Nach einiger Zeit vernahm ich Hufschlag und menschliche Stimmen, die sich näherten.

„Die Zeit ist uns lang genug geworden", hörte ich sagen, und wenn ich mich nicht täuschte, so war es Barud el Amasat. „Wir wollen nicht noch einen ganzen Tag lang vergebens hinter ihnen herschleichen, sondern wir reiten voraus und erwarten sie. Inzwischen können wir ausruhen, bis sie kommen."

„Die Hunde brachen zu spät auf", antwortete ein anderer, dessen Stimme ich nicht kannte und der also sehr wahrscheinlich der Miridit war. „Auch mir ist die Zeit sehr lang geworden. Nun aber werde ich eilen."

„So sieh dich vor, daß es nicht abermals mißlingt, wie gestern abend."

„Das war etwas ganz anderes, heute entgeht er mir nicht. Ich habe den Lauf sogar mit gehacktem Blei geladen."

„Nimm dich in acht! Er ist kugelfest!"

„Gehacktes Blei ist ja keine Kugel!"

„Wahrlich, da kannst du recht haben. Auf diesen Gedanken hätten wir längst kommen sollen!"

„Übrigens glaube ich nicht an das Märchen."

„Oho!" hörte ich Manach el Barscha antworten. „Ich habe gestern abend sorgfältig geladen, mich an den Laden geschlichen und sogar mein Gewehr auf dem Fensterbrett aufgelegt. Dann zielte ich genau nach seinem Kopf, und als ich losdrückte, gab es einen furchtbaren Knall, und mein Gewehr riß mich über den Haufen. Daß ich ihn nicht getroffen habe, hast du ja selbst gesehen."

„Ja, ich stand unter der Haustür. Es ist freilich wunderbar. Ich konnte dich gegen die Lampe sehen, die in der Stube brannte. Ich konnte auch diesen Verdammten der Hölle sehen, nämlich seinen halben Kopf. Ich sah dich anlegen und zielen, den Lauf ganz genau auf seinen Kopf gerichtet. Dein Schuß krachte und blitzte auf, als ob du ein ganzes Pfund Pulver geladen hättest. Du stürztest zur Erde, dieser Mensch aber stand drüben - aufrecht und unversehrt - ich kann es heute noch nicht begreifen."

„Er ist eben kugelfest!"

„Nun, so will ich es einmal mit gehacktem Blei versuchen, und tut auch das ihm nichts, so greife ich zu meinem Heiduckenbeil. In der Führung desselben bin ich Meister, dieser Franke aber wird noch niemals eine solche Waffe in der Hand gehabt haben. Ich werde ihn nicht etwa von hinten töten, sondern ihn offen und frei überfallen."

„Wage nicht zuviel!"

„Pah! Ehe er Zeit hat, sich zu wehren, ist er tot!"

„Aber seine Leute."

„Die fürchte ich nicht."

„Sie werden sich sofort auf dich werfen."

„Dazu finden sie gar keine Zeit. Bedenkt, daß ich hier den Braunen reite! Übrigens werde ich einen mit Büschen besetzten Platz wählen, wo ich ihnen hinter den Sträuchern rasch aus den Augen bin."

„Vergißt du, daß sein Rappe deinem Braunen jedenfalls unendlich überlegen ist?"

„Was kann mir der Rappe schaden, wenn ich den Reiter getötet habe?"

„Ein anderer wird ihn besteigen und dich einholen, vielleicht der kleine Satan, der gewandt und flink wie ein Affe ist."

„Das wäre mir nur lieb. Dann könnte ich ihm eins für gestern geben."

„Nun, wir wünschen dir Glück! Du hast deinen Bruder zu rächen und also eine gerechte Sache, der Allah wohl den Sieg verleihen wird. Gelingt es dir dennoch nicht, nun, so kommst du uns nach. Du weißt, wo wir zu finden sind, und heute abend wird es beschlossen, wie wir diesen Burschen zu Leibe gehen. Jetzt scheiden wir, da wir nun wissen, daß sie aufgebrochen sind und nach Uskub reiten wollen."

„Ihr schlagt also wirklich nicht denselben Weg ein wie sie?"

„Nein, denn wir reiten über Engely, während sie über Jerßely gehen. Wir kommen eher an als sie."

„Nun, so kann ich doch noch eine Weile bei euch bleiben. Wenn ich also heute nicht komme, so ist's geglückt, und ihr bekommt auch diesen Effendi nie wieder zu sehen, denn er liegt irgendwo verscharrt. Vorwärts!"

Wieder hörte ich Pferdegetrappel, aber es entfernte sich.

Jetzt ließ ich auch meinen Rappen vorsichtig nach vorn. Ich erblickte die beiden Aladschy auf ihren Schekken, den Miriditen auf seinem Braunen, Manach el Barscha, Barud el Amasat und den Alten, den Mübarek, der in sehr hinfälliger Haltung im Sattel saß und den Arm in der Schlinge trug. Hätten sie gewußt, daß ich mich höchstens zehn Ellen weit hinter ihnen befand! Welch eine Szene hätte das gegeben! Mein Pferd brauchte nur einmal zu schnauben, so war ich verraten. Aber das kluge Tier wußte, was es zu bedeuten hatte, wenn ich ihm die Hand für einen Augenblick auf die Nüstern legte. Dann gab es gewiß keinen Laut von sich.

Jetzt konnte ich wieder zu meinen Gefährten stoßen, die Warzy nun längst hinter sich hatten. Ich lenkte nach rechts hinüber, so daß ich diesen Ort gar nicht berührte.

Ich kannte die Gegend ganz und gar nicht, und es gab auch von Warzy nach Jerßely keinen gut betretenen Weg, das hatte ich von dem Schneider erfahren. Aber ich fand doch die Fährte der Meinigen, ungefähr drei Kilometer westlich von dem ersten Dorf entfernt, und folgte ihr. Sie führte mich durch ein wildes, mit Steintrümmern besätes, schluchtenähnliches Tal empor zum Wald, in dessen weichem Boden sie sehr deutlich wurde, so daß ich meine Augen nicht mehr anzustrengen brauchte und schneller reiten konnte. Bald hatte ich die Gefährten eingeholt.

„Sihdi, eben wollte ich begehren, daß man auf dich warte", sagte Halef. „Was hattest du vergessen?"

Bevor ich antwortete, warf ich einen forschenden Blick auf den kleinen Schneider. Er schien nicht im mindesten neugierig auf meine Antwort zu sein.

„Ich wollte nach dem Miriditen, dem Bruder des Fleischers, sehen", sagte ich. „Du hast doch von dem Wirt gehört, daß diese Brüder Miriditen sind."

„Was geht uns dieser Miridit an?"

„Sehr viel. Er will mich unterwegs mit gehacktem Blei erschießen oder mit dem Heiduckenczakan töten."

„Das weißt du?"

„Er selbst hat es gesagt - zu unseren guten Freunden, die uns verschmachten lassen wollten."

Ich erzählte nun den Vorfall, sagte aber nicht, daß ich das Gewehr des Miriditen vernagelt hatte. Dabei hielt ich den Blick fest auf den Schneider gerichtet. Er machte ein ehrlich erstauntes Gesicht und sagte schließlich:

„Effendi, was sind das für Menschen? Kann es denn wirklich solche gottlosen Leute geben?"

„Wie du hörst."

„O Allah! Davon habe ich keine Ahnung gehabt. Was habt ihr ihnen denn getan?"

„Das wirst du gelegentlich erfahren, wenn du länger mit uns reitest, denn wir bleiben nicht in Uskub. Wir reiten nur durch die Stadt und dann schnell weiter nach Kakandelen und Prisrendi."

„Also nach meiner Heimat? Das freut mich sehr. Was euch gestern passiert ist, das habe ich heute früh von den Knechten erfahren. Nun seid ihr auch heute wieder mit dem Tod bedroht. Da möchte einem ja angst und bange werden!"

„Du kannst dich ja von uns trennen!"

„Das fällt mir gar nicht ein. Vielleicht liegt es nur an mir, daß ihr glücklich entkommt. Ich werde euch so führen, daß euch dieser Miridit gewiß nicht findet. Ich führe euch über Gebirgswiesen und offene Strecken. Später kommen wir dann hinab in die berühmte, fruchtbare Ebene Mustafa, die sich von Uskub nach Südost bis über Köprili hinaus erstreckt und in der die neue Eisenbahn gebaut wird. Da haben wir ganz offenes Land. Und wenn es euch recht ist, bleibe ich auch hinter Uskub noch euer Führer."

„Das ist uns ungemein lieb. Wie es scheint, bist du sehr weit herumgekommen?"

„Nur in dieser Gegend, die ich aber auch ganz genau kenne."

„Wir sind fremd und haben zuweilen von einem Mann sprechen hören, der der Schut genannt wird. Wer ist denn das?" fragte ich leichthin.

Der Zwerg zog die Brauen hoch empor und antwortete:

„Das ist ein berüchtigter Räuber." Er blickte sich scheu um und fügte hinzu:

„Es ist nicht gut, von ihm zu sprechen. Er hat überall seine Leute. Hinter dem nächsten Baum kann einer stehen."

„Hat er denn eine so zahlreiche Bande?"

„Der hat seine Verbindung überall, in jedem Dorf, in jeder Stadt. Der höchste Richter und der frommste Imam kann ein Mitglied dieser Bande sein."

„Ist ihm denn nicht beizukommen?"

„Nein. Das Gesetz vermag hier nichts. Ich bin kein Kundiger des Koran, der Sunna und ihrer Auslegungen, aber ich habe einmal gehört, unsere Gesetze seien so dunkel und vielseitig, daß sie selbst da, wo ihnen Nachdruck gegeben werden kann, mehr Schaden als Nutzen bringen. Der Richter kann ein solches Gesetz der verschiedenartigsten Deutung unterwerfen."

„Leider ist das nur allzu wahr."

„Wie soll es nun erst da sein, wo ihm kein Nachdruck gegeben werden kann, wo niemand sich um das Gesetz zu kümmern braucht, wie hier bei uns? Nimm einmal die Albanesen an, die Arnauti, Skipetaren, Miriditen und all die Völkerschaften und einzelnen Stämme, von denen jede dieser Sippen ihre eigenen Gesetze, Gebräuche und Rechte hat. Das ist das richtige Feld für einen Mann wie den Schut. Er lacht des Großherrn und seiner Beamten. Er verhöhnt die Richter, die Behörden, die Polizei und die Soldaten. Keiner von ihnen allen kann ihm das geringste anhaben. Hier lebt jedes Dorf in Gegnerschaft mit dem Nachbardorf. Jeder Ort hat mit dem andern irgendeinen Diebstahl, Raub oder gar eine Blutrache auszugleichen. Das ist ein ewiger Krieg, und da behält natürlich der gewalttätigste und größte Übeltäter die Oberhand. Aber, Effendi, ich habe nichts, gar nichts gesagt, ich bin ein armer Mann und will nicht noch unglücklicher werden, als ich schon bin."

„Meinst du, daß ich deine Worte verrate?"

„Nein, dazu bist du zu edel. Aber die Bäume haben Ohren, und die Luft hört alles."

„Anderswo könnte so etwas freilich gar nicht vorkommen."

„Gibt es an andern Orten, in andern Ländern nicht auch Räuber?"

„Ja, zuweilen, aber nur für kurze Zeit, fast nur für Tage, denn das Gesetz hat dort die nötige Macht, um sie schnell unschädlich zu machen."

„Oh, List geht oft noch über die Macht!"

„So wird die List mit List bekämpft. Bei uns ist kein Verbrecher so schlau, daß nicht irgendein Polizist noch viel schlauer wäre. Käme ein solcher hierher, so würde er sehr bald den Schut aufgestöbert haben."

„Pah! Der Schut würde den Mann wohl noch eher kennen, als dieser ihn. Wie dann?"

Es war, als ob der Schneider in seinen Ton eine gewisse Beziehung legen wolle. Es klang fast wie Hohn, oder hatte ich mich geirrt?

„Nun, dann würde der Geheimpolizist vielleicht verloren sein", erwiderte ich, „aber andere träten an seine Stelle."

„Sie würden ebenso verschwinden wie er. Wie die Dinge hier liegen, ist dem Schut gar nicht beizukommen. Es ist am besten, man spricht gar nicht von ihm, und auch wir wollen dieses Gespräch fallen lassen. So arm ich bin, muß ich doch Angst haben, wenn ich an ihn denke. Ich verdiene mir mein Geld nur paraweise und bringe nicht viel zusammen. Aber ich habe mir doch einige wenige Piaster sparen müssen für den Wundermann, der mich heilen soll. Wenn mich diese Räuber überfielen und mir die Frucht meiner Arbeit abnähmen, so könnte ich nicht einmal Medizin erhalten, um gesund zu werden."

„Ist dieser Wundermann berühmt?“

„Weit und breit.“

„So ist auch wohl dein Dörfchen weithin bekannt?“

„Gewiß, frage nur einmal danach.“

„Nun, ich habe allerdings bereits von Weicza sprechen hören. Es wurde dabei auch der Name eines berühmten Khan genannt, der sich dort in der Nähe befinden soll.“

„Wie heißt er?“

„Ich kann mich nicht genau besinnen. Ich glaube, es war das Wörtchen Kara dabei.“

Er sah mich scharf an. Es zuckte aus seinen Augen ein rascher, unbewachter Blick, ein versengender Blitz. Doch sofort nahm sein Blick die frühere Sanftmut an, und der Schneider meinte:

„Kara, kara, hm! Ich kann mich nicht besinnen. Wenn du das ganze Wort wüßtest, so käme ich vielleicht darauf.“

„Vielleicht fällt es mir noch ein. Kara - Kara... Halef, du hast den Namen auch gehört, fällt er dir nicht ein?“

„Karanorman?“ antwortete der Hadschi, der mich gar wohl verstand.

„Ja, ja, so war es. Karanorman-Khan! Kennst du ihn, Afrit?“

Es schien, als ob er sich besinnen müsse, bevor er antwortete:

„Ja, jetzt weiß ich, was du meinst. Es ist aber nicht etwa ein großer Khan, sondern nur eine Art Ruine. Es wohnt da kein Mensch. Erst war es eine große Karawanserei, vor Jahrhunderten. Dann wurde ein Karaul daraus, ein Wachtturm für die Grenzsoldaten, und nun liegt es in Trümmern. Was hat man denn von dem Ort gesagt?“

„Daß der Schut dortselbst sein Wesen treiben soll.“

Über sein sanftes Gesicht ging ein Zucken, als ob er eine plötzliche, gewaltige Bewegung niederkämpfen müsse. Dann sah er mir ebenso ruhig und mild wie vorher in das Gesicht und erwiderte:

„Ich glaube, daß man dir da etwas weisgemacht hat."

„Meinst du?"

„Ja, denn ich kenne den Ort sehr genau. Ich bin zu jeder Stunde des Tages und auch der Nacht dort gewesen und habe nie etwas gesehen, was darauf schließen ließe, daß diese Sage auf Wahrheit beruhe. Auch in der ganzen Gegend weiß man nichts. Ich behaupte sogar, daß der Schut grad dort viel weniger erwähnt wird als anderswo."

„Er wird sich wohl hüten, grad da, wo er wohnt, die Bevölkerung gegen sich aufzubringen."

„Das könnte sein. Ich sehe, Herr, du bist ein schlauer Kopf und gehst der Sache leicht auf den Grund. Das aber kann dein Verderben sein. Weißt du, daß ich dich nun in Verdacht habe, daß du den Schut suchst?"

„Ah! Wie kommst du auf diesen Gedanken?"

„Deine ganze Art und Weise führt darauf."

„Höre, ich beginne zu bemerken, daß dein Scharfsinn auch nicht ungeübt ist. Das kann ebenso leicht dein Verderben sein."

„Du scherzt. Ich bin ein armer Schneider; du aber hast, wie ich höre, schon seit Tagen die Anhänger des Schut verfolgt und verfolgst sie auch weiter. Ich muß dich für einen Polizisten halten, für einen von der listigen Art, von der du vorhin sprachst."

„Das bin ich nicht!"

„Es scheint aber so. Vielleicht suchst du den Schut in Karanorman-Khan. Du wirst aber nicht dahin kommen."

„Warum nicht?"

„Weil du vorher ermordet wirst. Der Schut weiß bereits ganz gewiß, was du vorhast. Du bist dem Tod verfallen."

„Wollen sehen!"

„Wenn du es siehst, ist Rettung unmöglich."

„Nun, ich wiederhole, daß ich kein Beamter und kein Polizist bin. Der Schut und seine Leute mögen mich in Ruhe lassen."

„Du sie also auch!“

Dieser vier Worte wurden in einem befehlenden Ton gesprochen. Seine Stimme bebte und klang wie heiser. Er war innerlich erregt. Dieser Zwerg, der sich Afrit, Riese, nannte, war nicht das, wofür er sich ausgab; jetzt wollte ich darauf schwören. Aber er besaß eine ungeheure Verstellungsgabe. Dieser kleine Sperber verstand es, das Gefieder einer Turteltaube anzulegen. Er war doch vielleicht jener Suef, der mich ‚liefern‘ sollte.

Aber das war mir wieder deshalb unwahrscheinlich, weil der Kiaja ihn gekannt hatte und auch seinen Namen dazu. Oder sollte er nur von den Mitgliedern der Verbrüderung ‚Suef‘ genannt werden? Reiste er als armer, ehrlicher Schneider herum, um für die Räuber Gelegenheiten auszuspähen? Ich mußte mich vor ihm außerordentlich in acht nehmen. Jetzt antwortete ich:

„Ich lasse sie in Ruhe. Ich habe mich nicht eher um die Aladschy und die andern bekümmert, als bis sie mir Veranlassung dazu gaben.“

„So tue, als hättest du keine Veranlassung erhalten!“

„Nein, mein Lieber, das tue ich nicht. Wer sich mir in den Weg stellt, den reite ich nieder, und wäre es der Schut selbst. Will er sich an mich wagen, so mag er es versuchen. Es wird sich zeigen, wer den kürzeren zieht.“

Er reckte den Kopf in die Höhe und streckte den Hals aus, als ob er ein Gelächter aufschlagen wollte. Ein höhnisches, ein sehr höhnisches sollte es werden, das sah ich seiner Miene an. Aber er beherrschte sich und sagte in warnendem Ton:

„Keine Behörde des Großsultans vermag etwas gegen ihn, selbst das Militär ist zu schwach. Und du, ein Einzelner und Fremder, willst ihm drohen?“

„Er ist ebenso ein Einzelner wie ich, er ist mir ebenso fremd wie ich ihm. Wenn ich mit ihm einmal zusammentreffe, so wird zwischen uns nur unsere persönliche Kraft, Gewandtheit und List entscheiden.“

„Ich sehe, daß du wirklich beabsichtigst, den Schut aufzusuchen."

„Nun, ich bin zu stolz, es zu leugnen."

„Aha! Und willst wohl gar mit ihm kämpfen?"

„Je nach den Umständen. Ich bin fremd, ich habe kein Interesse an den hiesigen Personen und Verhältnissen; ob ein Schut existiert oder nicht, ob es einen Räuber mehr oder weniger gibt, das ist mir ganz gleichgültig. Aber ich habe ein persönliches Verlangen an ihn zu stellen. Gehorcht er meinem Gebot, so..."

„Gewährt er deine Bitte, willst du wohl sagen, Herr?"

„Nein. Der Ehrliche steht über dem Spitzbuben und hat ihm zu befehlen. Also, gehorcht er meinem Gebot, so scheide ich von ihm, ohne ihm ein Haar zu krümmen. Tut er es aber nicht, so hat es einen Schut gegeben!"

Ich sah, daß seine kleine, schmale Brust schwer Atem holte. Der Mann war leichenblaß geworden. Er befand sich in einer sehr großen Aufregung, aber er beherrschte auch diese und sagte ruhig:

„Effendi, du tust, als ob du unverletzlich seist und tausend Schuts nicht zu fürchten hättest."

„Das ist auch der Fall", antwortete ich, indem ich mit der Hand auf das Knie schlug, daß es klatschte. „Wir sind nur vier Männer. Wir haben eine Abrechnung mit dem Schut zu halten. Er und seine Verbündeten müssen uns fürchten, nicht aber wir sie. Ich blase alle diese Kerle mit einem Hauch von meiner Hand herunter in den Staub."

Dabei blies ich über meine emporgehobene flache Hand. Es fiel mir gar nicht ein, zu bramarbasieren oder den Maulhelden zu spielen. Indem ich mich so ungeheuer in Kraft warf, verfolgte ich eine bestimmte psychologische Absicht. Ich wollte den Kleinen in Wut bringen, damit er seine Selbstbeherrschung verlöre und sich durchschauen ließe. Aber das Bürschlein zeigte sich mir überlegen. Er blinzelte mich lustig an und meinte:

„So blase immer zu, bis du selbst fortgeblasen bist. Ich

bin dein Freund. Du hast den armen Schneider freundlich aufgenommen und bewirtet. Dafür bin ich dir dankbar und möchte dich vor Üblem bewahren; daher warne ich dich. Du aber hörst nicht auf mich und bist also nicht zu retten. Du bist hier fremd, ich aber kenne das Land ganz anders als du. Ich habe versprochen, dich nach Kakandelen zu bringen, aber ich bin nun überzeugt, daß du diese Stadt nie in deinem Leben sehen wirst, denn dein Leben ist viel zu kurz zu dieser Reise."

„In zwei oder höchstens drei Tagen bin ich dort."

„Nein, sondern du bist in der Stadt der Toten!"

„Das weißt du so bestimmt? Fast klingt es, als ob du mit dem Schut ganz außerordentlich vertraut seist!"

„Das ist nicht dein Ernst. Ich sage nur so, weil ich aus ähnlichen Beispielen ersehen habe, daß der Schut nicht mit sich scherzen läßt."

„Oh, ich werde mit dem Schwager Deselims keinen Spaß machen!"

„Herr, wer hat dir das verraten?" rief er hastig.

Jetzt hatte ich ihn gefaßt - trotz seiner ungemeinen Schlauheit und großen Verstellungskunst. Er kannte Deselim und wußte, daß dieser der Schwager des Schut war; er hatte sich verraten. Aber ich ließ mir nichts merken, denn sobald er wußte, daß ich ihn durchschaute, konnte ich keinen Nutzen mehr aus ihm ziehen.

„Er selbst hat es mir gesagt", antwortete ich.

Es traf mich ein funkelnder Blick, der aber gedankenschnell an mir vorüberglitt. Das war ein Blick des Hasses gewesen. Er wußte, daß Deselim durch mich den Hals gebrochen hatte. Das hatte ich diesem Blick angemerkt. Dieser kleine, höfliche, untertänige Mensch war mein Todfeind.

„So war das sehr unvorsichtig von ihm", bemerkte er freundlich. „Aber weiß denn Deselim, was sein Schwager treibt - und das derselbe der Schut ist?"

Ah, er hatte seinen Fehler erkannt und versuchte nun,

denselben gutzumachen, indem er eine kindliche Unbefangenheit heuchelte.

„Natürlich weiß er es, sonst hätte er es mir nicht gesagt", erwiderte ich.

„Wie hast du es ihm denn entlockt?"

„Durch List."

„Bei Allah, du bist ein höchst gefährlicher Mensch! Wäre ich der Schut, so müßtest du augenblicklich sterben; da ich aber nur ein armer Schneider und ein ehrlicher Mensch bin, so freue ich mich, daß es auch kluge Leute gibt, die imstande sind, die Bösen zu überlisten. Aber wenn du das weißt, so ist es ein höchst gefährliches Geheimnis für dich. Der Schut muß dich ja töten lassen, um dasselbe für sich zu retten."

„Pah! Ich habe schon öfters getötet werden sollen in der letzten Woche. Erst gestern wieder zweimal, vorgestern auch und tags zuvor ebenso. Heute will mich der Miridit mit gehacktem Blei erschießen oder mit dem Beil erschlagen!"

„Wie konntest du nur wagen, ihm nachzureiten?"

„Ich bin noch ganz andern Burschen nachgeritten!"

„Wenn er sich umdrehte, warst du verloren!"

„Nein, er!"

„Denke das nicht! Er ist ein Miridit, ein Tapferer!"

„Und was ich bin, wirst du heute sehen. Als ich ihm folgte, hatte ich ihn stets vor mir. Konnte ich ihm da nicht in jedem mir beliebigen Augenblick eine Kugel geben? War er in meiner Gewalt oder ich in der seinigen?"

„Du hattest ihn diesmal in der Hand, wenn du nämlich ein guter Schütze bist; aber wenn ihr euch heute wiederseht, so bist du in seiner Gewalt."

„Das glaube ich nicht."

„O gewiß! Er lauert dir auf und wird auf dich schießen, wann und wo und wie es ihm beliebt, ohne daß du es ahnst. Du wirst ihn gar nicht sehen und eine Leiche sein."

„Und ich sage dir: Wenn er es wagt, sein Gewehr gegen mich zu erheben, so ist er verloren!"

„Herr, Allah ist mein Zeuge, daß dies doch vermessen ist!" rief er zornig.

„Es ist nicht Vermessenheit. Ich weiß, was ich sage!"

„Und ich sage dir: Selbst wenn seine Kugel dich aus irgendeinem Grund verfehlen sollte, so bist du doch seinem Czakan verfallen. Er ist Meister im Werfen desselben. Du aber, hast du einmal ein Heiduckenbeil geworfen?"

„Nein."

„So bist du verloren. Und wenn du ihm auch entgingest, so sind doch die andern da, denen du gestern entkommen bist. Sie können hier hinter jedem Busch stekken, um dich zu überfallen."

„Das ist unmöglich!"

„Warum?"

„Weil sie nach Engely geritten sind. Und wären sie hier, so gäbe es Spuren von ihnen; mein Pferd würde sie durch Schnauben verraten, und ich würde sie bereits von weitem erkennen, denn meine Augen sind seit langen Jahren den Wald gewohnt."

Er war jedenfalls höchst überzeugt, daß ich in einer Stunde nicht mehr leben würde, darum ärgerte es ihn, daß ich mich so geringschätzig über meine Feinde äußerte.

„Ich wiederhole es", sagte er, „dir ist nicht zu helfen. Du glaubst ja selbst der Wahrheit nicht, daß sie wahr ist!"

„Wenn sie erst verlangt, daß ich ihr glauben soll, so ist sie eben nicht wahr! Wollen abbrechen. Du wirst uns noch besser kennenlernen als bisher. Wenn ich es will, so geht das Gewehr des Miriditen gar nicht los, er mag sich noch so große Mühe geben."

„So könntest du wirklich zaubern?"

„Pah! Ich kann auch nicht mehr als andere Menschen, aber ich habe noch anderen Männern gegenübergestanden, als dieser Bruder des Fleischers ist, und ich weiß, wie ich mich gegen ihn zu wehren habe. Halef, wenn er mich anfällt, so überlaßt ihr ihn mir allein. Ihr sollt dabei gar nichts zu tun haben."

„Wie du willst, Sihdi", antwortete der Kleine gleichmütig.

Die Steilungen, die zu dem Plateau von Jerßely führen, sind mit Wald bestanden, das Plateau selbst aber trägt prächtige Weiden und Ackerfelder. Wir hatten den Baumgürtel hinter uns und ritten nun über einen weiten, ebenen Plan, der mit kurzem, dünnhalmigen Gras bestanden war. Zuweilen unterbrach ein Buschwerk die Fernsicht.

Da kamen wir auf eine Pferdespur, die von links herüberführte und dann ganz genau in unsere Richtung einbog. Ich hielt an und betrachtete sie, indem ich mich vom Sattel niederbeugte.

„Was suchst du hier?" fragte der Schneider.

„Ich will sehen, wer hier geritten ist", antwortete ich.

„Wie willst du das sehen?"

„Nach meiner Art und Weise, die du freilich nicht kennst. Ich sehe, daß der Miridit es war. Er ist vor ungefähr einer Viertelstunde hier vorübergekommen."

„Das kannst du doch unmöglich behaupten!"

„O doch! Die niedergetretenen Gräser verraten mir ganz genau die Zeit. Reiten wir weiter."

Jetzt hatte ich zweierlei zu beobachten, nämlich die Fährte und auch den Schneider. Ich bemerkte, daß sich eine gewisse Unruhe seiner bemächtigt hatte. Sein Blick wurde unstet und doch schärfer dabei. Er sah bald nach rechts und bald nach links, und es schien mir, als ob er ganz besonders nach den Büschen spähte, an denen wir vorüberkamen.

Hatte das einen bestimmten Grund? Jedenfalls! Darum beobachtete ich nun selbst auch die Sträucher schärfer, und da bemerkte ich bald, daß der Miridit unserm Führer geheime Weisungen erteilte. Bald links und bald rechts war ein Zweig geknickt und nach der Richtung gelegt, die wir einhalten sollten.

Sie hatten sich natürlich darüber verabredet und ganz gewiß geglaubt, einen ungeheuer klugen Gedanken gefaßt zu haben. Ich hätte nun meine Beobachtungen mir zu Nutzen machen können, ohne ein Wort darüber zu sprechen, aber dieser Schneider sollte nicht innerlich über uns lachen. Wie er selbst den Überfall voraussah, so wollte auch ich denselben voraussagen.

Darum hielt ich, als wir wieder an eines dieser Zeichen gelangten, an und sagte zu Halef:

„Hadschi, siehst du diesen umgebrochenen Zweig?“

„Ja, Herr.“

„Wer mag ihn umgebrochen haben?“

„Irgendein Wild.“

„Das könnte nur ein Hochwild gewesen sein, und dann müßten wir die Fährte desselben sehen.“

„Das Gras hat sich wohl wieder aufgerichtet, so daß sie nicht mehr zu sehen ist.“

„In diesem Fall wären viele Stunden vergangen, seit der Zweig umgebrochen wurde, und dann müßte die Bruchfläche verdorrt sein. Sie ist aber noch so frisch und feucht, daß höchstens eine Viertelstunde vergangen sein kann, seit sie entstanden ist.“

„Wer soll es denn getan haben, und was geht es uns an? Warum interessierst du dich so sehr für diesen Zweig?“

„Weil er mir eine ganze Geschichte erzählt.“

„Eine Geschichte? Sihdi, ich weiß, daß du die Fährten und Spuren zu lesen verstehst wie sonst keiner. Nun, diejenigen des Miriditen haben wir deutlich vor uns. Was aber haben wir mit diesem Zweig zu tun?“

Der Schneider hielt abseits und blickte mich mit einem ruhig sein sollenden Ausdruck an. Aber einer seiner Mundwinkel war leise geöffnet und ein wenig seitwärts gezogen, was dem Gesicht den allerdings nur schwer bemerkbaren Ausdruck heimlichen Hohns gab.

„Wenn du es nicht weißt, was dieser Zweig mir erzählt, so wird vielleicht unser Führer Afrit scharfsinniger sein als du", sagte ich.

Der Schneider machte sogleich ein sehr erstauntes Gesicht und antwortete:

„Herr, ich weiß nichts und ahne nichts, und auch du wirst nichts wissen. Was soll ein solcher Zweig erzählen?"

„Sehr viel."

„Ja, er predigt die Vergänglichkeit alles Irdischen. Noch gestern grünte er, und jetzt muß er welken und verdorren."

„Ja, und dabei soll er mir sagen, daß auch ich dem Tod geweiht bin."

„Wieso? Ich verstehe dich nicht."

„Nun, ich bin überzeugt, daß der Miridit ihn umgebrochen hat."

„Weshalb?"

„In einer ganz besonderen Absicht. Hast du nicht auch schon andere Zweige bemerkt, die umgebrochen waren?"

„Nein, Herr."

„Dieser hier wird der elfte sein, den ich bemerke."

„Das ist ein Zufall."

„Man kann im Gehen oder Reiten einmal ein Ästchen in Gedanken, im Spiel der Finger knicken, aber elf Zweige knicken, und zwar bald nach rechts und bald nach links, das kann nur in einer bestimmten Absicht geschehen."

„So möchte ich diese Absicht wissen."

„Du brauchst nur aufzupassen. Wir werden wahrscheinlich noch mehrere dieser Zeichen bemerken, und da wirst du sehen, daß sie alle nach einer Richtung geknickt sind."

„Natürlich, weil das betreffende Wild nach dieser Richtung gelaufen ist."

„Von einem Wild ist gar keine Rede. Die Knickungen der Zweige befinden sich nämlich genau so hoch wie die ausgestreckte Hand eines Reiters. So hoch kommt kein Reh und auch nicht das Geweih eines Hirsches. Und überdies führt die Fährte des Miriditen stets genau nach rechts oder links zu dem Busch, wo das Zeichen angebracht worden ist."

„Aber Herr, da du so scharfsinnig bist, so sage uns doch, was er damit beabsichtigt haben soll!"

„Kennst du vielleicht einen Mann, der Suef heißt?"

Dieser kleine Kerl, der sich so hartnäckig ein armes Schneiderlein nannte, mußte doch eine ungeheure Selbstbeherrschung besitzen, denn er zuckte mit keiner Miene. Wäre es nicht wie ein Schatten über das Licht der Augen, mit denen er mich anblickte, gegangen, so hätte ich leicht glauben können, daß ich mir irrte.

„Suef?" antwortete er. „Den Namen habe ich gehört, aber ich kenne keinen, der so heißt."

„Ich dachte, da du in dieser Gegend so bekannt bist, würdest du den Mann kennen, den ich meine."

„Ich kenne ihn nicht. Was soll er sein?"

„Ein Anhänger des Schut. Er soll uns heute dem Miriditen vor das Gewehr führen."

„Herr, was denkst du?"

Jetzt verriet sein Gesicht wenn nicht Schreck, doch eine deutliche Besorgnis, aber er konnte dieselbe ja ebensogut um meinet- wie um seinetwegen hegen.

Ich verwirrte Afrit-Suef sehr, dennoch ließ ich ihn im unklaren.

Wir ritten weiter auf der Fährte des Miriditen, die Suef durch abgeknickte Zweige als Weg in die Falle angedeutet hatte. Ich blieb hinter meinen Gefährten und unserem ‚Führer' zurück und erblickte alsbald den Miriditen, der seinerseits uns erspähte; ‚uns', das waren meine Gefährten - ohne mich. Der Miridit stieß einen Ruf des Ärgers aus, als er sah, daß ich nicht mit der Gruppe ritt.

„Ihr Hunde!“ knirschte der Mann.

„Du ärgerst dich? Wohl weil du den Gesuchten nicht siehst. Schau dich doch um!“

Der Miridit wandte sich im Sattel um und erblickte mich. Ich hielt etwa fünfzehn Schritte hinter ihm.

„Suchst du mich?“ fragte ich.

Da riß er sein Pferd gegen mich herum, nahm das Gewehr wieder auf und antwortete:

„Ja, dich will ich haben, du Scheitan! Bin ich dir bekannt?“

Ich machte keine Bewegung und bejahte nur.

„Du hast meinen Bruder ermordet! Du bist der Blutrache verfallen. Ich will dich nicht tückisch von hinten niederschießen, sondern, wie ein Mann, von vorn!“

„Schieß nicht, denn wir alle sind kugelfest!“

„Das will ich sehen! Fahre in die Dschehenna!“

Er drückte ab. Das Zündhütchen knallte, aber der Schuß ging nicht los.

„Siehst du?“ lachte ich. „Ich habe dich gewarnt. Nun aber bist du mein!“

Ich erhob den Bärentöter, wie um zu schießen. Da aber riß er den Heiduckenczakan aus dem Gurt und schrie wütend:

„Noch nicht! Trifft dich die Flinte nicht, so trifft dich das Beil!“

Er wirbelte die Axt um den Kopf und schleuderte sie nach meinem Kopf. Aus so geringer Entfernung mußte sie mir den Schädel spalten, wenn ich nur um ein Haarbreit falsch parierte.

Einen Augenblick lang, nur einen kleinen, halben Augenblick lang hörte ich ihr Sausen. Es war wie ein dumpfer und doch schriller Pfiff. Mit weitem Auge hatte ich die Armbewegung des Miriditen erfaßt. Ich blieb starr im Sattel halten, das Gewehr in beiden Händen. Dann ein blitzschneller Ruck empor mit dem Gewehr – die Axt traf den Lauf und flog davon. Sie hätte mich genau in die Stirn getroffen.

Der Miridit ließ den Zügel aus der Linken sinken, so betroffen war er. Er hatte nun keine andere Waffe als die Pistolen, und diese brauchte ich nicht zu fürchten.

„Siehst du, daß ich auch dein Beil verachte!" rief ich ihm zu. „Nun aber bist du meiner Rache verfallen. Paß auf!"

Ich legte das Gewehr auf ihn an. Das gab ihm die Bewegung wieder. Er ergriff den Zügel, riß sein Pferd empor und nach hinten und schoß davon, in die Ebene hinein, just so, wie ich es erwartet hatte.

Ich ritt zu Halef hin und gab ihm die Büchse, denn sie war mir nun hinderlich. Er nahm sie, rief aber dringend:

„Schnell, schnell! Er entkommt sonst!"

„Nur Geduld! Wir haben Zeit. Dieser gute, arme Schneider Afrit soll einmal einen Reiter sehen, mit dem es der Schut sicherlich nicht aufnehmen kann. Kommt mir im Galopp nach!"

Ein kurzer Pfiff, und mein Rih schoß davon.

Ich legte ihm die Zügel auf den Hals und stellte mich in den Bügeln auf, obgleich der kranke Fuß mir daran ziemlich hinderlich war.

Im Reiten legte ich den Lasso in Schlingen um den linken Ellbogen, schlang die äußere Schleife weit und nahm dann die Schlingen vom Ellbogen herab auf den linken Unterarm, so daß sie regelrecht ablaufen konnten. Die Schleife aber hielt ich in der Rechten.

Den Rappen lenkte ich weder mit dem Zügel noch durch Schenkeldruck. Das kluge Tier wußte, um was es sich handelte.

Der Miridit war erst in schnurgerader Richtung geflohen, eine Dummheit von ihm, denn da mußte ihn ja meine Kugel leicht treffen, da mir auf diese Weise das

Zielen sehr erleichtert wurde, wenn ich überhaupt ihn hätte erschießen wollen.

Da aber in dieser Richtung die offene Ebene am breitesten war, so lenkte er jetzt nach links, wo es wieder Büsche gab, die ihm Schutz und wohl auch Rettung gewähren mußten.

Rih schoß ganz ohne mein Zutun, wie ein guter Jagdhund, sofort auch nach links, um dem Braunen den Weg abzuschneiden. Dennoch erkannte ich, daß ich wohl zu lange bei Halef gezögert hatte. Der Braune war ein vortrefflicher Renner, wenn auch für fünfzig solcher Blessen mir mein Schwarzer nicht feil gewesen wäre. Gleichwohl war mir der Miridit gewiß, selbst wenn er die Büsche vor mir erreichte. Aber das brauchte ich ihm gar nicht zu erlauben. Es stand mir ja frei, das Geheimnis meines Rappen in Anwendung zu bringen.

Er tat bereits schon das seine. Er nahm mit drei eleganten Sprüngen so viel Raum hinter sich, wie der Braune mit vier angestrengten Sätzen. Aber der Vorsprung des letzteren war zu groß gewesen, ich konnte ihn nur mit Hilfe des Geheimnisses wieder einholen.

Wer noch nicht weiß, welche Bewandtnis es mit diesem Geheimnis hat, der darf erfahren, daß ein jeder Araber, der sich im Besitz eines echten Vollbluts befindet, diesem ein gewisses Zeichen lehrt, das der Reiter nur dann in Anwendung bringt, wenn das Pferd seine alleräußersten Kräfte anstrengen soll.

Der echte arabische Renner spielt selbst in schnellster Karriere nur mit seinen Kräften. Er vermag sich selbst zu übertreffen, wenn dieses Zeichen angewendet wird. Dies geschieht freilich nur ganz ausnahmsweise, in größter Gefahr, wenn nur allein die Schnelligkeit zu retten vermag.

Das sind dann wahre Todesritte. Das Pferd läuft nicht, sondern es fliegt. Man kann kaum die Beine sehen, so groß ist die Schnelligkeit. Jetzt, in diesem Augenblick, wendet der Reiter sein Geheimnis an, und wenige Sekunden später sind Roß und Mann als kleiner Punkt dem Auge des Zuschauers in weiter Ferne entschwunden.

Dieses Zeichen wird Geheimnis genannt, weil der Besitzer es nie verrät. Selbst seinem Weib, seinem Sohn und einzigen Erben, seinem besten Freund verrät er es nicht. Nur dem Käufer des Rosses teilt er es mit, und auf seinem Sterbebett sagt er es demjenigen, in dessen Besitz das Pferd übergehen wird. Sonst aber kann ihm keine Qual und auch nicht der Tod das Geheimnis entreißen. Er stirbt mit ihm.

Als ich Rih geschenkt bekam, wurde mir natürlich auch das heimliche Zeichen desselben mitgeteilt. Es bestand darin, ihm die Hand zwischen die Ohren zu legen und dabei seinen Namen ‚Rih' auszurufen. Ich war einige Male gezwungen gewesen, das Geheimnis in Anwendung zu bringen, und zwar mit fast unglaublichem Erfolg.

Jetzt befand ich mich nicht in einer so großen Gefahr, daß es gerechtfertigt gewesen wäre, das Geheimnis zu Hilfe zu nehmen, aber Halef sollte den Rappen als Geschenk bekommen. Derselbe gehörte mir also nur noch wenige Tage, und da war es verzeihlich, wenn ich wünschte, noch ein letztes Mal mit ihm ‚fliegen' zu können.

So legte ich ihm denn die Hand zwischen die kleinen Ohren.

„Rih!"

Er stutzte mitten im Sprung, dann ließ er einen Laut hören, wie eine kurzes, tiefes Husten, und nun ging es vorwärts! – Was helfen Worte! Es kann eben nicht geschildert werden. Ich saß auf keinem Pferd, sondern es war, als ob ich auf einem Pfeil durch die Luft schnellte. Ich erreichte den Punkt an den Gebüschen, auf den der Miridit zusprengte, viel, viel eher als er. Es lagen wohl an die vierzig Pferdelängen zwischen mir und ihm. Er riß also sein Pferd herum und jagte wieder in die Ebene hinein.

Ich folgte ihm, aber nicht mehr in dieser Überanstrengung meines Pferdes. Ich gab demselben durch ein beruhigendes, zärtliches Streicheln des glänzenden Halses zu verstehen, daß ich mit ihm zufrieden sei und daß es nun von dieser höchsten Eile ablassen könne. Es ließ auch nach, aber nur Sekunden dauerte es, so befand ich mich nur um zwei Längen hinter dem Mirditen.

„Halt an! Ich befehle es!" rief ich.

Er drehte sich nach mir um. Er hatte schon seine Pistolen bereit und schoß nach mir. Ich sah am Zielen, daß er mich nicht treffen würde, und schwang die Schleife des Lasso um den Kopf.

Der Miridit hatte schon vorher sein Pferd mit der Peitsche bearbeitet, um es übermäßig anzutreiben. Jetzt warf er fluchend die Pistolen weg, zog sein Messer und stach es dem Pferd in das Fleisch. Es stöhnte laut und machte einen Versuch, schneller zu laufen, aber vergebens.

Da warf ich die Schlinge. In dem Augenblick, als sie wie ein weiter Ring über dem Kopf des Reiters schwebte, hielt ich mein Pferd an und riß es zurück. Ein Ruck, ein Schrei – Rih stand, der Braune rannte weiter, und der Miridit lag am Boden, mit straff zugezogener Schlinge um die Arme und um den Leib. Er war aus dem Sattel gerissen und in weitem Bogen zur Erde geschleudert worden.

Ich sah, daß er sich nicht rührte, und beeilte mich keineswegs, abzusteigen. Er konnte ja nicht fort.

Als ich nun die wenigen Schritte zu ihm hin ritt, sah ich, daß er die Augen geschlossen hatte. Er war ohnmächtig. Ich blieb aber im Sattel und liebkoste mein Pferd zum Dank für seine Anstrengung. Der Rappe war für solche Zärtlichkeiten sehr empfindlich. Er bog den Hals zurück und leckte mit der Zunge nach mir, ohne mich jedoch zu erreichen. Als das nicht ging, versuchte er, mich wenigstens mit dem Schwanz treffen zu können.

Um ihm diese Freude zu machen, bog ich mich nach hinten und streckte die Hand aus, in die er mir den prächtigen Schweif wohl zehnmal warf und dabei vor Vergnügen laut aufwieherte.

Nach einiger Zeit kamen auch die Gefährten herbei. Dabei wunderte ich mich, mit welcher Leichtigkeit der alte, dürre Klepper des Schneiders galoppierte. Es schien, als ob es der alten Mähre nur Vergnügen mache, sich einmal tüchtig auszulaufen.

Und der kleine, hagere Kerl saß im Sattel wie nur einer! Ich glaube, der Klepper war ein ebenso großer Heuchler wie sein Herr.

„Ist er tot?“ fragte Halef, als sie herangekommen waren.

„Weiß nicht. Sieh einmal nach!“

Er sprang auf und untersuchte den Gefangenen.

„Herr, der Bursche schläft nur ein wenig. Hier hast du seinen Czakan.“

Halef reichte mir die herrliche Waffe, die er vorher aufgehoben hatte. Der gewundene Stil war mit geperlter Fischhaut überzogen, das Beil selbst war von feiner, alter und herrlich ziselierter Arbeit. Auf der einen Seite stand in arabischer Schrift: ‚Li ma' ak kelimet – ich habe ein Wort mit dir zu sprechen!‘ und auf der andern: ‚Awasi, chatrak – wohl bekomms, leb wohl!‘ Der Künstler, von dem diese Arbeit stammte, hatte einen etwas stacheligen Charakter gehabt.

„Nun, Halef“, fragte ich, „was sagst du zu unserem Rih?“

Der Hadschi holte tief Atem und antwortete mit glänzenden Augen und im begeistertem Ton:

„Was soll ich sagen, Sihdi! Du hast ihm das Geheimnis gesagt?“

„Ja.“

„Ich dachte es mir. Er flog erst wie ein Pfeil und dann wie ein Gedanke. Er sah von weitem aus, als ob er nur aus dem Leib bestehe, denn die Beine waren verschwunden. Noch bevor ich gedacht habe: da ist er, war er vorn bei den Büschen. Und schau ihn an, wie er dasteht! Siehst du einen Tropfen Schweiß an seinem ganzen Körper?"

„Nein."

„Oder einen Flocken Gischt vor seinem Maul?"

„Auch nicht."

„Oder siehst du ihn heftig Atem holen? Siehst du seine Lungen gehen oder gar seine Flanken schlagen?"

„Keine Spur davon."

„Ja, er steht so ruhig und vergnügt da, als ob er sich soeben erst vom Schlaf erhoben hätte. Es war ein herrlicher, ein prachtvoller Anblick. Selbst der Prophet hat kein solches Pferd gehabt. Schade, daß er ein Hengst und keine Stute ist! Das ist sein einziger, aber auch sein allereinziger Fehler. Ich werde ihm heute abend zur Belohnung einen großen Maiskuchen geben, mit Raki begossen, denn das ist sein Lieblingsessen; er ist ein Leckermaul."

Und sich an den Schneider wendend, fragte er:

„Nun, Afrit, du Riesengeschöpf, hast du auch Respekt vor diesem Pferd?"

„Es ist unvergleichlich. Ich habe noch nie ein solches gesehen", antwortete der Gefragte.

Er betrachtete den Hengst mit den Augen eines Kenners. Konnte ein armer Schneider solche Blicke, die Blicke eines Sachverständigen haben? Nein! Es lag eine nicht ganz zu verbergende Gier in diesen Blicken. Er trug Verlangen, den Hengst zu besitzen. Das sah man ihm an, so sehr er sich auch bestrebte, dies zu verheimlichen.

„Schön!" erwiderte Halef, von diesem Lob befriedigt, „Aber was sagst du zu seinem Herrn?"

„Er ist wert, ein solches Pferd zu besitzen. Er reitet gut."

„Gut? Mensch, was fällt dir ein! Auch du reitest gut, aber du bist im Vergleich zu ihm ein Frosch, der auf dem

Rücken eines Ochsen sitzt. Und wer hat dich gefragt, wie er reitet? Ich habe es ganz anders gemeint. Hat er nicht glänzend Wort gehalten?"

„Ja, das gebe ich freilich zu."

„Freilich? Du mußt es zugeben, du bist gezwungen dazu. Hat er es nicht bewiesen, daß der Miridit ein Knabe gegen ihn ist, ein Junge, der sich noch nicht einmal die Jacke zuknöpfen kann? Wie herrlich hat er ihn überlistet! Hast du geahnt, daß er ihn abermals beschleichen würde?"

„Nein."

„Ich habe es gleich gewußt. Dein Gehirn ist wie ein Kuchen, den die Hitze schwarz und trocken gebrannt hat, so daß er nun nicht zu genießen ist. Wie staunte der Miridit, als er ihn nicht bei uns sah, und wie erschrak er, als er ihn dann hinter sich erblickte! Wie sicher zielte er dann auf ihn! Und weißt du, warum sein Gewehr nicht losgegangen ist?"

„Weil es versagte."

„Nein, sondern weil wir kugelfest sind. Verstanden, du Schneider aller armen Schneider! Und dann der Wurf des Czakan! Hättest du es vermocht, das Beil zu parieren?"

„Bei meiner armen Seele, nein!"

„Bei deiner armen Seele wirst du überhaupt niemals etwas vermögen, denn deine Seele ist doch nur ein langes, unbehilfliches Ding wie ein Regenwurm, das sich vergeblich in dir windet, um einen klugen Gedanken zu fassen. Und nachher die Jagd! Hast du schon einmal gesehen, wie man mit einem Riemen einen Reiter vom Pferd reißt?"

„Niemals."

„Das glaube ich. Du hast überhaupt noch gar vieles, noch tausenderlei nicht gesehen, was wir verstehen und können. Was kann dein Schut gegen unseren Effendi ausrichten? Unsere List und Tapferkeit wird sein wie eine Schraube, die sich in seinen Leib hineinfrißt!"

„Meinen Schut? Sage das doch nicht!"

„Du verteidigst ihn ja!“

„Das ist mir nicht eingefallen!“

„Hast du nicht gesagt, daß er uns überlegen sei, daß er uns verderben werde?“

„Ich sagte das, um euch liebreich zu warnen.“

„So sage ich dir ebenso liebreich, daß du in Zukunft das Maul zu halten hast. Wir bedürfen keiner Warnung. Wir wissen selbst, was wir zu tun und zu lassen haben, denn wir kennen uns und auch unsere Feinde. Sie sind gegen uns wie dürre Grashalme gegen die Palmen, die ihre Häupter in den Wolken baden. Dieser Schut wird uns zu Füßen liegen wie der Miridit, der hier am Boden liegt. Und alle, die ihm dienen, werden wir verzehren, wie man Tabak aus der Dose in die Nase steckt.“

„Hadschi, was habe ich denn getan, daß du so streng und zornig zu mir redest?“

„Den Schut hast du über uns gesetzt! Ist das nicht genug? Du hast noch keinen berühmten Helden gesehen. Hier aber erblickst du Männer und Helden, die den Schut wie eine Fliege achten. Man fängt und zerdrückt sie mit der Hand!“

Um den kleinen Hadschi, der nun im Zuge war, nicht noch größer werden zu lassen, unterbrach ich ihn:

„Ich hörte, als ich hinter dem Miriditen hielt, einen Pfiff. Wer hat ihn ausgestoßen?“

„Hier der Schneider.“

„Warum?“

„Er sagte, es sei ein Hund durch die Büsche gelaufen.“

„Ja, Herr, ich sah ihn deutlich“, erklärte der Verräter angelegentlich.

„Was ging dich das Tier an?“

„Es hatte sich doch wohl verlaufen, und wir konnten es bis nach dem nächsten Dorf mitnehmen, wohin es wahrscheinlich gehört.“

„So! Der Miridit schien diesen Pfiff zu kennen.“

„Gewiß nicht.“

„Er sprang sofort vom Boden auf und stieg zu Pferd."

„Das war Zufall!"

„Natürlich! Aber es scheint, daß er mit dem ‚Suef' verabredet hatte, daß derselbe seine Annäherung durch einen Pfiff verkünden sollte. Das ist aber große Albernheit von den beiden, denn dadurch würden sie ja verraten haben, daß sie im Einverständnis handeln. Hoffentlich kommt mir der Bursche in die Hände, und da werde ich ihn auf diese Dummheit aufmerksam machen."

„Willst du nicht einmal nach dem Miriditen sehen? Er bewegt sich."

Der Genannte hatte, um in eine andere Lage zu kommen, eine Bewegung mit den Beinen gemacht. Ich sah, daß er die Augen geöffnet hatte und mich grimmig anstarrte.

„Nun", fragte ich ihn, „wie gefällt dir der Ausgang deines Abenteuers?"

„Sei verflucht!" antwortete er.

„Dein Mund trieft nicht von Segensworten, und doch habe ich es gut mit dir gemeint."

„Wie gut du es meinst, das weiß ich!"

„Was weißt du denn?"

„Daß du mich töten wirst."

„Du irrst. Hätte ich dich töten wollen, so wäre es mir heute schon öfters sehr leicht gewesen, es zu tun."

„So hast du noch Schlimmeres mit mir vor."

„Was denkst du da?"

„Oh, es gibt verschiedene Arten, einen Blutfeind unschädlich zu machen, ohne ihn gleich zu töten!"

„Man läßt ihn zum Beispiel verschmachten, wie ihr es mit uns im Sinn hattet."

„Der Scheitan hat euch herausgeholfen!"

„Nein, wenn dieser uns hätte unterstützen wollen, so wären wir lieber in der Höhle geblieben."

„Und doch habt ihr den Teufel, denn ihr seid alle kugelfest!"

„Meinst du, daß man dazu der Hilfe des Scheitan bedarf? Das kann man selbst tun ohne jede fremde Hilfe. Man muß nur klug genug sein und etwas gelernt haben. Wir fürchten allerdings deine Kugeln und auch dein gehacktes Blei nicht, das du heute so sorgfältig in den Lauf geladen hattest."

„Ah, du hast meine Flinte?"

„Nein, sie hing am Sattel, und dein Pferd ist mit ihr fort."

„Wie kannst du dann wissen, daß ich gehacktes Blei geladen habe?"

„Ich weiß stets alles, was ich wissen muß. Nun kannst du nicht heimreiten nach Sbiganzy, sondern du mußt zu deinen Verbündeten gehen, wie du es mit ihnen ausgemacht hast."

„Ich? – Wohin?"

„Das weißt du genau. Sind sie nicht über Engely dir voran?"

„Herr, wer hat dir das gesagt?"

„Mein Traum. Ich sah sie im Traum auf der Höhe jenseits Warzy deiner warten. Du kamst, stiegst vom Pferd und suchtest sie auf, um ihnen zu sagen, daß wir nun endlich so spät aufgebrochen seien. Dann seid ihr zusammen fortgeritten. Du aber hast dich bald von ihnen getrennt, um hierher zu reiten, wohin Suef uns dir in die Hände liefern sollte."

„Suef!" rief er erschrocken aus. Sein Blick suchte den Schneider und fand ihn. Ich tat, als ob ich den warnenden Wink nicht sähe, den ihm der Kleine gab. Dieser Wink schien den Miriditen zu beruhigen, denn er fragte:

„Wer ist Suef?"

„Dein Freund."

„Ich kenne keinen Suef."

„Nun, vielleicht erkennst du ihn, wenn ich ihn, wie ich hoffe, vor deinen Augen auspeitschen lasse. Du hast mit deinen Gefährten verabredet, daß ich tot wäre, wenn du nicht kämst, daß du aber heute abend zu ihnen stoßen würdest, wenn dein Überfall mißglücken sollte. Er ist mißglückt. Willst du fort?"

Er wußte nicht, was er von mir zu halten habe, doch sagte er in düsterem Ton:

„Woher du das alles weißt, das ahne ich nicht, aber ich brauche es auch nicht zu wissen. Mach es kurz und töte mich!"

„Warum sollte ich dich töten?"

„Weil ich dir nach dem Leben trachtete."

„Das ist für mich kein Grund, denn ich bin ein Christ und vergelte nicht Böses mit Bösem."

„So kennst du das Gesetz der Blutrache nicht?"

„Ich kenne es."

„So weißt du, daß ich Zeit meines Lebens trachten muß, dich zu töten?"

„Ich weiß es."

„Und dennoch mordest du mich jetzt nicht?"

„Nein. Ich habe mich gegen dich gewehrt, und du hast gar nichts tun können. Das ist genug. Wir Christen kennen die Blutrache nicht, darum ist bei uns der Mord ein todeswürdiges Verbrechen. Dich aber zwingt das Gesetz der Blutrache zum Mord, darum kann ich dir nicht zürnen, daß du dem Gesetz gehorchen willst."

Er blickte mich an wie im Traum. Er konnte meine Worte nicht begreifen.

„Aber", fuhr ich fort, „überlege dir, ob ich die Blutrache verdient habe. Ich war eingeschlossen - ich mußte mich befreien. Ich mußte schießen und wußte nicht, daß dein Bruder es war, der oben saß. Er selbst trug die Schuld, daß meine Kugel ihn traf. Er wußte, daß wir unsere Waffen bei uns hatten. Es war eine große Torheit von ihm, sich dort hinaufzusetzen."

„Herr, deine Worte enthalten viele Tropfen der Wahrheit!"

„Und warum wollte er mich bis zum Verschmachten

einsperren? Was hatte ich getan? Hatte ich ihn beleidigt, gekränkt, bestohlen oder beraubt? Nein! Ich kam, um mich nach dem Schut zu erkundigen. Es stand ihm frei, mir Auskunft zu geben oder nicht, und dann wäre ich in Frieden weitergezogen. Warum wurde er mein Feind?"

„Weil seine Freunde deine Feinde sind, und weil du den Schut verderben willst."

„Auch das will ich nicht."

„Du suchst ihn und hast seinen Schwager Deselim getötet. Du bist der Blutrache verfallen und wirst ihr erliegen."

„Ich habe Deselim nicht getötet. Er stahl mir mein Pferd, stürzte von demselben und brach sich den Hals. Bin ich der Mörder?"

„Hättest du ihn fliehen lassen! Du aber hast ihn gejagt und verfolgt."

„Ah, so verfalle ich also der Blutrache, weil ich mir mein Pferd nicht stehlen lassen wollte? Höre, ich habe Achtung für euch empfunden, denn ich glaubte, ihr wäret tapfere, offenherzige Männer. Nun aber sehe ich, daß ihr feige, hinterlistige Schufte seid. Ihr seid Diebe, elende Diebe, und wenn man euch dann euern Raub abjagt, so sagt ihr, wir seien der Blutrache verfallen. Das ist, um euch anzuspucken. Pfui Scheitanim! Jetzt ist mir euer Schut nur ein elender Bube, und alle, die ihm dienen, sind jämmerliche Halunken, auf die ich gar nicht achten werde. Da, mach dich auf und lauf davon! Ich fürchte dich nicht. Schieß nach mir, so oft du willst. Halef, löse ihm den Lasso von seinem Leib!"

„Sihdi!" rief der Kleine erschrocken. „Bist du toll?"

„Nein. Mach ihn los!"

„Das tue ich nicht!"

„Soll ich es etwa selbst tun? Er hat nicht hinterrücks nach mir geschossen, sondern er hat sich mir offen gegenübergestellt. Er hat mir auch, bevor er schoß, eine schöne Rede gehalten, während der ich ihn töten konnte, wenn es mir beliebt hätte. Ein Meuchelmörder ist er nicht, und so will ich ihn auch nicht als solchen behandeln. Mach den Lasso auf!"

Jetzt gehorchte Halef und band den Miriditen los. Dieser stand vom Boden auf. Wenn wir erwartet hatten, daß er nun schleunigst davoneilen würde, so waren wir im Irrtum gewesen. Er streckte und reckte seine dicht an den Leib gezogen gewesenen Arme und trat dann vor mich hin.

„Effendi", sagte er, „ich weiß nicht, was dein Verhalten bedeuten soll."

„Ich habe es ja gesagt!"

„Ich bin frei?"

„Und kannst gehen, wohin du willst."

„So verlangst du nichts, gar nichts von mir?"

„Nein."

„Auch kein Versprechen, dich zu schonen?"

„Fällt mir gar nicht ein!"

„Aber ich muß dich ja töten!"

„Versuche es immerhin!"

„Du selbst weißt ja, daß ich heute abend meinen Gefährten folgen soll."

„Ich weiß es und habe gar nichts dagegen, daß du es tust."

„Weißt du auch, wo sie auf mich warten?"

In seinem Gesicht machten sich die Zeichen eines innern Kampfes bemerklich. Stolz und Milde, Haß und Rührung stritten miteinander. Dann sagte er:

„Wirst du mich für einen Feigling halten, wenn ich die Freiheit von dir annehme?"

„Nein. Ich würde es auch tun und halte mich doch für einen mutigen Mann."

„Gut, so will ich mein Leben von dir annehmen. Es würde mich kein Mensch mehr anrühren, wenn ich es mir von dem Mörder meines Bruders schenken ließe, um auf meine Rache zu verzichten. Es bleibt die Blutrache zwischen uns, aber sie mag einstweilen schweigen. Ich sehe meinen Czakan hier liegen. Ich hebe ihn auf und gebe ihn dir, obgleich er eigentlich deine rechtmäßige Beute ist. Weißt du, was dies bedeutet?"

„Nein."

„Das ist das Zeichen, daß die Blutrache einstweilen schweigen soll. Sobald du mir die Axt zurückgibst, beginnt sie von neuem."

„Also solange ich sie behalte, schweigt der Kampf zwischen uns?"

„Ja. Willst du sie nehmen?"

„Ich nehme sie."

„Wohin ist mein Pferd gelaufen?"

„Da drüben an den Büschen weidet es."

„So gehe ich. Effendi, ich würde dir gerne meine Hand zum Abschied reichen, aber an der deinigen klebt das Blut meines Bruders. Ich darf dich nur anrühren, um dich zu töten. Leb wohl!"

„Leb wohl!"

Er schritt von dannen. Aus der Ferne wandte er sich noch einmal um und winkte uns zu, dann ging er zu seinem Pferd und ritt davon.

Den Czakan habe ich heute noch. Die Rache des Blutes schläft noch immer und wird wohl auch niemals aufwachen.

Afrit-Suef und der Miridit, sie hatten einander nicht verraten, und so führte uns der Schneider weiter durch die Gegend, innerlich sicherlich kochend vor Wut. Aber sein listig-böser Gesichtsausdruck ließ mich ahnen, daß er einen weiteren Anschlag auf unser Leben geplant hatte! Der Schut mußte doch wohl ahnen, daß wir nicht auf Taschenspielertricks hereinfielen. Er hatte eine Falle nach der anderen aufgebaut, und die mit dem Miriditen war bestimmt nicht die letzte.

Nun, im ‚Turm der alten Mutter', in Kilissely sollten wir im Verlauf unserer weiteren Reise vergiftet werden.

Wir überführten Wirt und Führer ihrer beabsichtigten Missetat und brachten die bösen Menschen mit Hilfe einer drastischen Prügelstrafe zur Vernunft, soweit man diese Fanatiker überhaupt mit irgendeiner Strafe dahin zu bringen vermag!

Auch Suef, den wir nun enttarnten, bekam seinen Teil ab, ebenso wie der Hausherr Murad Habulam.

Zu unserer ,Hinrichtung' durch Gift hatten sich auch unsere verfolgten Feinde - Manach el Barscha, Barud el Amasat, die beiden Aladschy und der alte, verletzte Mübarek - eingefunden. Gegen den Willen meiner Gefährten ließ ich sie laufen. Sie sollten uns ja durch ihre Flucht den Weg zum Schut zeigen. Im Hause Habulams entdeckte ich noch eine Geheimnachricht: „Sehr schnell Nachricht in Karanorman-Khan. Aber nach dem Jahrmarkt in Menelik!" Diese Mitteilung war in Geheimschrift abgefaßt. Das spöttische Gesicht Suefs zeigte mir, daß ich die Nachricht nicht richtig entziffert hatte. Also buchstabierte ich aufs neue:

„Ich verwandle das *o* in ein *i* und das *m* in ein *w* und reite also nach Karanirwan-Khan."

Ich sagte das langsam und mit besonderer Betonung. Da ich ihn dabei scharf anblickte, sah ich, daß er die Farbe wechselte und sich wie erschrocken mit der Hand an den Kopf fuhr.

„Scheitan - Teufel!" erklang es abermals leise von Suef her.

Auch dieser Ausruf bewies mir, daß ich auf der richtigen Spur war.

„Gibt es denn einen Ort, der diesen Namen führt?" fragte Habulam langsam und mit gepreßter Stimme.

„Nirwan ist ein persisches Wort; also sollte man diesen Ort eigentlich in der Nähe der persischen Grenze suchen. Aber weißt du, wo das ist?"

„Nein, Effendi."

„So kann ich dir auch nicht erklären, warum ich aus

der Zusammensetzung dieses Wortes vermute, daß der Ort den Namen von seinem Besitzer erhalten hat."

„Vielleicht verstehe ich es doch!"

„Schwerlich. Der Mann ist ein Nirwani, ein Mann aus der persischen Stadt Nirwan. Er hat schwarzes Barthaar gehabt und wurde darum Kara, der Schwarze, genannt. Sein hiesiger Name lautete also Karanirwan. Er baute ein Einkehrhaus, einen Khan, und es ist also sehr leicht zu begreifen, daß dieses Haus nach seinem Besitzer Karanirwan-Khan genannt wurde und noch heute so genannt wird."

„Scheitan – Teufel!" hauchte es abermals von Suef her.

Ich war also auf der richtigen Spur, und es hätte vielleicht der freigelassenen Gefangenen, worunter sich auch Suef befinden sollte, nicht bedurft, uns zum Schut zu führen – auch gegen ihren Willen.

Aber, was hätte ich anderes tun sollen, als die Gefangenen freizulassen? Meine Leserinnen und Leser mögen mir verzeihen, daß ich es nicht gestattete, den Verbrechern den Garaus zu machen. Wir sind nicht Richter auf Erden! Der Prügelstrafe hatte ich zugestimmt. Das schien mir zu genügen. Die verdiente Todesstrafe zu vollziehen, das Recht hat nur ein Höherer. Und die Gerichte? Auf meinen weiten Reisen durch den Orient habe ich immer und immer wieder erfahren müssen, daß ‚Gerechtigkeit' nur nach der Höhe der Bestechungssumme geübt wird, und alle unsere Gegner hatten ja zur rechten Zeit Freunde in der Nähe, die bereit waren, Richter zu bestechen. Zum Schluß waren immer wir die Dummen, und wir konnten von Glück sagen, daß nicht stets wir, die Ankläger, hinter Gitter kamen. Hinzu kommt, daß wir viel Zeit verloren hätten, wenn wir die Schuldigen zum Richter gebracht hätten. So war mein Entschluß der für uns beste, mögen auch noch so viele darüber murren und mir zürnen.

Wir setzten also unseren Ritt nach Rumelia und in

die Gegend von Jalicza oder Luma fort - irgendwo mußte der Schut ja zu finden sein!

Wir verfolgten unsere freigelassenen Feinde über die Ebene von Mustafa am linken Ufer des Wardar, an den Höhen des Schar Dagh vorbei nach Nordost über Berge und durch tiefe, geröllübersäte Schluchten. Wir hatten uns, da uns die Wege nicht bekannt und die Spuren der Verfolgten nicht immer aufspürbar waren, wieder einen Führer genommen, der, wie wir schnell in Erfahrung brachten, ein Freund unserer Feinde war. Mit ihm also kamen wir mit Sicherheit zum Ziel!

Wir ließen uns indes wieder einmal nichts anmerken, und der Mann hielt uns mit Sicherheit für absolut dumm und einfältig. Er führte uns zu Junaks Hütte, dem Haus eines Kohlenhändlers. In ihr fanden wir den schwerkranken Mübarek, den seine Freunde zurückgelassen hatten, weil er ihnen durch sein Wundfieber lästig geworden war. Der alte Verbrecher lag auf den Tod krank.

Nachts näherte sich ein Bär der Hütte. Tags zuvor hatte er das Pferd Junaks totgebissen, nun wollte er sein Mahl halten. Das gewaltige Raubtier drang, ehe ich es verhindern konnte, in das Haus ein. Zuvor aber hatten wir einen gräßlichen Schrei gehört, um den wir uns aber nicht kümmern konnten. Halef legte sein Gewehr auf den Bären an und verwundete ihn lebensgefährlich. Den Rest gab ich dem Tier mit meinem Messer. Draußen fanden wir den Mübarek. Er hatte sich aus seinem Versteck flüchten können und war vom Bären mit einem gewaltigen Prankenschlag getötet worden. Den Todesschrei des Verbrechers also hatten wir vernommen.

Ich belauschte anschließend ein Gespräch zwischen unserem Führer und Junak. Man wollte uns zu einem Köhler namens Scharka in eine Höhle locken, falls der nächste geplante Anschlag gegen uns am Teufelsfelsen abermals fehlschlagen sollte. Am Teufelsfelsen sollten uns unsere alten Feinde auflauern. Dieses wissend, überwanden wir die lauernden Verbrecher und brachten sie alle in unsere Gewalt. Alle? Nein, denn bei der Gefangennahme stieß Barud el Amasat den Manach el Barscha aus Versehen vom Felsen, an dessen Fuß er zerschmettert liegenblieb. Was nun mit den anderen tun? Wieder wollte ich nicht den Richter spielen. Wir ließen sie gefesselt zurück. Irgendwer, der des Weges kam, konnte sie ja befreien.

Wir ritten zu Scharka, dem Köhler. Ohne bemerkt zu werden, gelang es mir, den Köhler zu belauschen. In einem Gespräch mit einem Fremden hörte ich den Ortsnamen Rugova. Dorthin sollte mein Rih gebracht werden. Zum Schut! Der Köhler und sein Gesprächspartner rechneten also fest damit, daß wir am Teufelsfelsen den Tod gefunden hätten und daß die Verbündeten des Schut die Beute abliefern würden!

Ich hörte auch beim Lauschen, daß mein guter, alter, spleeniger Sir David in die Hände des Schut gefallen sei, der von ihm erst ein Lösegeld erpressen und ihn dann doch töten lassen wollte.

Vom Lauschen zu meinen Gefährten zurückgekehrt, vermißte ich Osko. Er sei zum Teufelsfelsen zurückgeritten, erfuhr ich.

Ich stieg in den Sattel und ritt zurück. Für Rih genügte das Wörtchen ‚kawahn – schnell‘! Kaum hatte ich es gesprochen, so flog er wie ein Pfeil dahin. In kaum einer Minute hatte ich die enge Schlucht erreicht. Der Rappe schoß zwischen den engen Felsen dahin wie ein Bolzen im Blasrohr. Noch eine Minute und noch eine – nach nur drei Minuten sah ich die Leiche Manach el Barschas liegen. Eben schnellte der Rappe über dieselbe weg und in die mehrfach erwähnte Krümmung der Schlucht hinein, da ertönte von oben ein so entsetzlicher Schrei, daß nicht nur ich zusammenzuckte, sondern auch das Pferd vor

Schreck gegen die Felsenwand prallte und sich mitten im Galopp so emporbäumte, daß es hintenüber geschlagen wäre, wenn ich nicht mein ganzes Gewicht nach vorn geworfen hätte. Ich riß es auf den Hinterhufen herum und schaute empor.

Was ich da erblickte, machte mir fast das Blut in den Adern erstarren. Ich war so weit über die Krümmung hinausgekommen, daß oben die Bastei grad vor meinen Augen lag. Ganz an der Kante derselben, genau an der Stelle, von welcher Manach el Barscha herabgestürzt war, sah ich zwei Männer miteinander ringen – Osko und Barud el Amasat. Letzterer war nicht mehr gefesselt, sondern konnte sich seiner Hände und Füße frei bedienen. Sie hielten einander eng umschlungen. Jeder trachtete danach, von der Felsenkante fortzukommen und seine Gegner über dieselbe hinabzuschleudern.

Osko behielt die Oberhand. Er schleuderte Barud el Amasat, den Entführer seiner Tochter Senitza, vom Felsen, wo er neben Manach el Barscha zerschmettert aufschlug.

Nunmehr ritten wir alle zusammen ganz offen zu Scharka, dem Köhler, der sein Entsetzen nicht verbergen konnte, uns lebend zu sehen. Er versuchte uns nun in seine ‚Schatzhöhle' zu locken, um uns darin zu verderben. Wir vereitelten aber diesen teuflischen Plan, weil wir ihn kannten. Die Übeltäter im Ungewissen lassend, taten wir, als ritten wir von dannen, kehrten aber unbemerkt zur Höhle zurück, denn ich hatte ja erfahren, daß Lindsay dorthin in Gefangenschaft gebracht werden sollte. Wir warteten also und befreiten den sehr überraschten Engländer. Seine Entführer erhielten die Prügelstrafe, und Sir David entschloß sich, mit uns weiterzureiten zum Schut, um ihn seinerseits für die Entführung und Gefangennahme zu bestrafen.

Wir waren also nach Rugova unterwegs.

Nun ritten wir noch langsamer und vorsichtiger als bisher. Ich ritt an der Spitze, und eben wollte ich mich umwenden, um die Gefährten aufzufordern, in Galopp zu fallen, als ein lauter Ruf erscholl. Ein Schuß krachte – die Kugel pfiff an mir vorüber, und zugleich erhielt ich einen Stein an den Kopf, daß ich fast die Besinnung verlor und mir alle Farben des Regenbogens vor den Augen funkelten. Der Stein hatte mich glücklicherweise nur gestreift. Das war mit der Schleuder geschehen. Wen ein solcher Wurf getroffen hat, der glaubt es sehr gern, daß David einst Goliath mit Stein und Schleuder tötete.

Aber zu solchen Betrachtungen gab es keine Zeit. Ein Stein hatte den Goldfuchs getroffen, und dieser ging in die Luft, so daß Lindsay alle seine Geschicklichkeit aufbieten mußte, um nicht herabzufallen.

„Fort!" schrie Halef. „Fort, hindurch!"

Er gab seinem Pferd einen Peitschenhieb und schoß davon. Osko und Omar folgten. Lindsay brachte sein Pferd nicht weiter. Es schlug mit allen vieren aus und bockte an derselben Stelle.

Ich aber hielt mitten auf dem Weg. Es war mir, als hätte ich tausend Glocken der verschiedensten Größe im Kopf gehabt, die alle läuteten. Ich konnte weder zu einem Gedanken noch zu einer vorwärtstreibenden Bewegung kommen. Da krachte wieder ein Schuß. Er kam von einem Felsenabsatz herab, auf dem der Schütze stand. Die Kugel schlug hart vor meinem Rappen auf dem Boden auf und spritzte Steintrümmer umher.

Ich sah den Schützen stehen, ungefähr neun oder zehn Mannshöhen über dem Weg. Er grinste mich höhnisch an und richtete die Pistole auf mich. Das gab mir einen Teil der Besinnung wieder. Rasch hob ich den Stutzen empor und schoß. Seine Pistole blitzte zu gleicher Zeit auf. Er traf abermals nicht, aber meine Kugel nahm ihn so sicher, daß er herabstürzte. In demselben Augenblick entfiel mir der Stutzen. Lindsays Goldfuchs war nun doch zu der Ansicht gekommen, daß es hier nicht ganz geheuer sei. Er nahm den Kopf noch einmal zwischen die Beine, warf den Hinterkörper empor und schoß davon, aber unglücklicherweise so hart an mir vorbei, daß der Reiter mit dem Kopf an mein noch erhobenes Gewehr stieß und es mir aus den Händen schleuderte. Zugleich erhielt ich einen Stoß in die linke Hüfte, daß ich mit den Händen auf den Hals des Pferdes flog – einen Ruck an meinem Gürtel, infolgedessen mein Rappe zur Seite prallte, da ich ihn fest zwischen die Schenkel genommen hatte, sonst wäre ich herabgerissen worden – dann noch ein gewaltiger Hieb gegen meinen Kopf, und der Lord flog davon.

Dieser unglückselige Englishman hatte mich fast ganz waffenlos gemacht, wo ich doch der Waffen so nötig bedurfte. Wie es gekommen war, hatte ich nicht gesehen, weil meine Augen noch fest auf den herabstürzenden Mann gerichtet waren. Ich erfuhr es erst später von Lindsay. Er hatte sein Gewehr in der Rechten und hielt es sehr fest, damit es ihm bei dem Widerstand seines Pferdes nicht entfallen sollte. Als der Goldfuchs dann mit ihm so eng an mir vorüberschoß, stieß er mir erstens mit dem Kopf den Stutzen aus den Händen und zweitens den Flintenlauf gegen die Hüfte, so daß dieser sich unter meinen Gürtel bohrte, diesen zerriß und sich dann in den Riemen verfing, mit dem der Bärentöter an meinem Sattelknopf hing; auch dieses Gewehr wurde herabgerissen. Zwar griff ich schnell zu, aber ich erwischte weder Büchse noch Gürtel, sondern nur den Czakan, der in dem Gürtel gesteckt hatte. Büchse, Stutzen, Gürtel und Schärpe mit dem Messer und den Revolvern lagen am Boden.

Ich wäre gern abgesprungen, um mich ihrer wieder zu bemächtigen, aber der Zusammenprall mit dem Goldfuchs hatte meinen sonst so verständigen Rappen wild gemacht. Er wieherte zornig und setzte hinter dem dahinstürmenden Missetäter her, so daß ich nur zu tun hatte, mich wieder zurechtzusetzen und wenigstens den Czakan festzuhalten.

Das war das erste Mal, daß es Rih unternahm, mit mir durchzugehen, und er tat es denn auch so nachdrücklich, daß ich an der Bucht wie im Flug vorüberschoß. Schüsse krachten - Menschen brüllten - ein Czakan wirbelte mir hart an der Nase vorüber. Ich nahm die Zügel hoch und warf mich nach hinten, um den Rappen zu bezwingen. Darüber konnte ich auf nichts anderes achten - ein Krach, ein Schrei - der Lord schlug einen Purzelbaum aus dem Sattel zur Erde herab - mein Rappe war mit ihm und dem Goldfuchs zusammengerannt. Heute bin ich fest überzeugt, daß dies in der Absicht des Rappen gelegen hatte. Er hatte nun seinerseits dem Fuchs einen Stoß versetzen wollen.

Sein Zweck war erreicht. Er wieherte abermals und gehorchte nun ganz willig dem Zügel. Mir aber war es nicht so wohl zumut wie ihm; mir schwindelte, es wollte mir schwarz vor den Augen werden. Hinter mir hörte ich Hufschlag und wild schreiende Stimmen. Vor mir rief Halefs Stimme:

„Der Lord, der Lord! Zurück, schnell zurück!"

Ich nahm mich mit Gewalt zusammen und sprang - nein, ich taumelte aus dem Sattel, um Lindsay beizuspringen, der ohne Bewegung auf der Erde lag. Aber das Heulen hinter uns lenkte meine Aufmerksamkeit von ihm ab. Die Aladschy kamen in gewaltigen Sätzen herangesprungen, gefolgt von sechs oder acht Kerlen, die ein Höllengebrüll ausstießen und im Laufen auf uns schossen - eine Albernheit von ihnen, denn sie trafen nicht. Hätten sie ihre Kugeln gespart, bis sie da waren, so wäre es mit uns vorbei gewesen.

In solchen Augenblicken hat man keine Zeit zur Angst, auch keine Zeit, auf das Brummen des Kopfes zu achten. Ich sah die heranstürmenden Feinde und die wieder zu uns zurückkehrenden Freunde. Halef war der Vorderste.

„Wo sind die Gewehre?" fragte er, indem er fast noch im Galoppieren aus dem Sattel sprang. „Sihdi, wo hast du sie?"

Natürlich hatte ich keine Zeit zur Erklärung, denn die Aladschy brauchten nur noch vier Sekunden, um uns zu erreichen.

Die Aladschy! Sie also hatten uns abermals aufgelauert. Irgendwie war es ihnen und sicherlich auch den anderen gelungen, sich ihrer Fesseln zu entledigen. Nun galt es Kampf Mann gegen Mann. Sandar zerschmetterte ich ein Knie, und Bybar trennte ich mit meinem Säbel die rechte Hand vom Arm. Beide waren nun kampfunfähig.

Osko und Omar schenkte ich die beiden Scheckpferde der besiegten Aladschy. Halef war mit mir unzufrieden, weil er nichts erhalten hatte. Sein Schmerz erging sich in sehr überschwenglichen Ausdrücken. Es war ihm Ernst damit, obgleich es mir heimlich Spaß bereitete. Ich besaß das beste Mittel, ihn sogleich aufzurichten und in die größte Wonne zu versetzen. Darum sagte ich:

„Du irrst. Ich habe dich nicht zurückgesetzt. Ich habe vielmehr die Absicht, deine Dienste noch ganz anders zu belohnen. Osko und Omar sollten dich beneiden."

„Wie können sie mich beneiden, wenn sie die Schekken besitzen?"

„Du sollst ein Pferd haben, das fünfzigmal mehr wert ist als die Schecken der Aladschy zusammen."

„Ich? Welches Pferd sollte das sein?"

„Das errätst du nicht?"

„Nein, Sihdi."

„So muß ich es dir sagen. Ich werde dir, wenn wir scheiden, meinen Rih schenken. Du sollst ihn zu Hanneh bringen, der Holdesten der Holden."

Das gab ihm einen solchen Ruck, daß er sein Pferd anhielt und mich offenen Mundes anstarrte.

„Sihdi", stieß er hervor, „hab Erbarmen mit mir! Wenn du sagst, daß Rih mein Eigentum sein soll, so machst du mich unglücklich!"

„Unglücklich? Warum?"

„Weil es nicht wahr sein kann. Kein Mensch verkauft ein solches Pferd!“

„Ich will es ja nicht verkaufen, sondern dir schenken!“

„Kein Mensch wird es verschenken!“

„Habe ich es nicht geschenkt erhalten?“

„Ja, als Lohn deiner großen Verdienste um den Stamm, der ohne dich vernichtet worden wäre, und als Zeichen der großen Freundschaft des Scheiks, der Sohn und Anführer dieses Stammes war.“

„So schenke ich es dir aus denselben Gründen. Habe ich dich nicht noch lieber, als der Scheik mich haben konnte? Bist du nicht mein bester Freund auf Erden? Hast du dir nicht große Verdienste um mich erworben? Lebte ich wirklich noch, wenn du nicht stets mein Freund und Beschützer gewesen wärst?“

Das ging ihm tief zu Herzen. Die Tränen traten ihm in die Augen, und er sagte wehmütig:

„Ja, ich bin dein Freund, und ich habe dich so lieb, so lieb, daß ich mein Leben tausendmal für dich hingeben würde, wenn das möglich wäre. Ich würde sogar vielleicht Hanneh verlassen, wenn es zu deinem Glück notwendig wäre. Aber doch spottest du meiner!“

„Denke das nicht! Hast du nicht bereits Hanneh vernachlässigt um meinetwillen? Hast du sie nicht verlassen, sie und dein kleines Söhnchen, um mir zu folgen durch jede Not und alle Gefahren? Und ich sollte deiner spotten!“

„Ja, denn du nennst mich deinen Beschützer!“

„Du nennst dich ja selbst oft so!“

„O Sihdi, du weißt gar wohl, wie das zu nehmen ist. Nicht ich bin dein Beschützer, sondern du bist der meinige. Oft hast du mir das Leben gerettet, indem du das deine wagtest. Und das ist die Wahrheit. Du weißt gar wohl, daß mein Mund zuweilen mehr sagt, als ich selbst glaube. Du nimmst es ruhig hin und lächelst im stillen über deinen kleinen Hadschi, der froh ist, wenn du deine

Hand nicht von ihm nimmst. Und nun sollte ich für meine Verdienste, welche ich gar nicht kenne und besitze, den Hengst bekommen? Das ist nicht möglich! Denke, wie stolz du auf ihn sein kannst, wenn du einreitest in das Land deiner Väter! Die Söhne deines Volkes werden staunen und dich beneiden; in allen Städten wird man reden und erzählen von diesem Pferd und von seinem Reiter, und in allen Dscherideler[1] wird dein Bildnis erscheinen, wie du auf dem Rappen sitzt, die Büchse am Sattel und den Czakan an der Seite!"

„Nein!" lachte ich. „Man wird weder davon sprechen noch davon schreiben. Nur wenige Menschen werden sich darum kümmern, ob ich überhaupt ein Pferd habe oder nicht. Die Verhältnisse meines Landes sind nicht diejenigen des deinigen. Bringe ich Rih mit nach Hause, so kostet er mich soviel Geld, wie ich gar nicht habe; davon hast du keinen Begriff. Ich müßte ihn verkaufen, sonst würde er mich aufzehren."

„Nein, nein, Sihdi, verkaufen darfst du ihn nicht! Wer versteht dort die Behandlung dieses Pferdes, das der König der Rappen ist!"

„So bist du also meiner Ansicht. Und selbst wenn ich ihn verkaufen wollte, so würde er beim reichsten Besitzer langsam dahinsiechen und sich nach dem freien Leben sehnen, das er gewohnt ist. Du beobachtest ihn nicht so, wie ich es tue. Er ist die Wüste gewohnt und den Sonnenbrand. Er braucht das Futter, das er nur dort haben kann. Er wird sich beim ärmsten Araber wohler fühlen als in meiner Heimat im herrlichsten Stall. Wer wird ihn dort behandeln wie ein Kind des Hauses? Wer wird ihm des Abends vor dem Schlafengehen die Suren des Koran in das Ohr sagen, so wie er es seit dem Tag seiner Geburt gehabt hat? Noch sind wir im Land des Großherrn, und doch ist er bereits krank. Sein Haar ist nicht mehr wie der Faden der Spinne, seine Augen sind hell,

[1] Zeitungen

aber nicht mehr voll Feuer. Suche nach den drei Locken zwischen den Ohren, am ersten Halswirbel und an der Wurzel des Schwanzes, die sichere Zeichen der drei Vortrefflichkeiten eines echten Blutes sind. Das Haar ist nicht mehr gelockt, es ist schlicht und straff geworden. Er würde vielleicht elend aussehen, aber er liebt mich, und dies erhält ihm die Munterkeit und Spannkraft. So wird er auch dich lieben, aber keinen andern. Er weiß, daß du sein Freund bist, und wird dir gehorchen, wie er mir gehorcht hat, wenn du des Abends die Sure nicht vergißt. Also um seinetwillen darf ich ihn nicht behalten. Ich muß ihn der Heimat zurückgeben aus Dankbarkeit für das, was er mir geleistet hat. Und wenn ich, indem ich das tue, zugleich dich glücklich mache, so ist das ein Grund mehr, ihn dir zu schenken. Sobald wir das Wasser der See erreichen, ist er dein Eigentum. Dann kannst du ohne Verdruß sehen, daß Osko und Omar die Schecken reiten, denn sie sind mit Rih nicht zu vergleichen."

„Ich kann es aber nicht glauben, Sihdi. Freilich, mein Schmerz wird groß sein, wenn ich mich nun bald von dir trennen muß, und das Tier zu besitzen, das du geritten hast, wäre mir ein Trost in diesem Leid, aber bedenke die Größe dieser Gabe! Als Besitzer des Rih wäre ich ein reicher, ein sehr reicher Mann und einer der Angesehensten des Stammes. Ich weiß, daß du keine Schätze besitzt, wie dürfte ich da ein solches Geschenk von dir annehmen!"

„Du darfst und du sollst. Sprechen wir nicht weiter davon!"

Er sah mir forschend in das Gesicht. Als er sah, daß es mir Ernst war, erglänzte das helle Entzücken in seinen noch feuchten Augen. Und doch sagte er zagend:

„Ja, Sihdi, sprechen wir nicht länger davon! Das ist eine so hochwichtige Angelegenheit, daß du sie dir reiflich überlegen mußt."

„Sie ist überlegt und längst beschlossen."

„So überdenke es noch einmal, noch ist die Trennungsstunde nicht gekommen. Aber eine große, große Bitte habe ich, Herr!"

„Welche denn?"

„Erlaube mir, von heute an dem Rih des Abends an deiner Stelle die Sure in das Ohr zu sagen. Er wird dann wissen, daß er mir gehören soll, und sich an diesen Gedanken gewöhnen. Der Schmerz der Trennung von dir wird ihm dadurch erleichtert werden."

„Ja, tue das! Ich werde von jetzt an auch darauf verzichten, ihm Futter und Wasser zu geben. Er ist dein Eigentum, und von diesem Augenblick an habe ich ihn nur von dir geliehen. Aber ich knüpfe eine Bedingung an diese Gabe, Halef."

„Sage sie! Ich werde sie erfüllen, wenn es mir möglich ist."

„Es ist dir möglich. Ich möchte nicht für immer von dir scheiden. Du weißt, daß ich nach meiner Ankunft in der Heimat fast immer bald von dannen gehe. Es ist möglich, daß ich wieder einmal in das Land komme, wo du mit Hanneh, der Unvergleichlichen, wohnst. In diesem Fall gehört Rih mir für so lange Zeit, als ich ihn dort brauche."

„Herr, ist's wahr? So wolltest du uns besuchen? Oh, welche Freude würde das geben auf den Weideplätzen und unter allen Zelten! Der ganze Stamm käme dir entgegen, um dir das Ahla wa sahla wa marhaba[1] zu singen, und du würdest auf dem Rih einreiten in das Duar[2] und ihn besitzen, solange es dir beliebt. Der Gedanke, dich wiederzusehen, wird mich beim Scheiden trösten und es mir erleichtern, die kostbare Gabe anzunehmen, die du mir machen willst. Ich werde den Rappen nicht als mein, sondern als dein Eigentum betrachten, das du mir anvertraut hast, es dir gut zu bewahren."

Natürlich war es ihm unmöglich, dieses Thema so schnell fallenzulassen. Er besprach dasselbe von allen möglichen Gesichtspunkten aus und redete sich in eine

[1] Willkommen [2] Zeltdorf

wirkliche Begeisterung hinein. Dann aber gab es nichts Notwendigeres für ihn, als den Gefährten die Größe seines Glückes mitzuteilen. Sie gönnten ihm dasselbe von ganzem Herzen. Nur der Lord, dem Halef mehr in Gesten als in Worten die betreffende Mitteilung gemacht hatte, kam herbei und sagte beinahe zornig:

„Hört, Master, ich erfahre soeben, daß Ihr den Rih weggeschenkt habt. Ist das wahr, oder habe ich die Armbewegungen und Ausrufe des Kleinen falsch verstanden?"

„Es ist wahr, Sir."

„So seid Ihr zehnmal verrückt!"

„Oh, ich bitte! Hält man es in Altengland für eine Verrücktheit, einen braven Mann glücklich zu machen?"

„Nein, aber man hält es für Wahnsinn, ein solches Prachttier einem Bedienten zu schenken."

„Halef ist nicht mein Domestik, sondern mein Freund, der mich weithin begleitet und deswegen seine Heimat verlassen hat."

„Das entschuldigt Euch nicht. Bin ich Euer Freund oder Euer Feind?"

„Ich denke, das erstere."

„Habe ich Euch begleitet oder nicht?"

„Ja, wir sind eine lange Zeit beisammen gewesen."

„Habe ich die Heimat verlassen oder nicht?"

„Seid Ihr meinetwegen aus Altengland fort?"

„Nein, aber ich wäre längst wieder dort. Das ist ganz dasselbe. Und habe ich Euch nicht etwa große Dienste erwiesen? Bin ich nicht, weil ich Euch retten wollte, in dieses verteufelte Gebirge gekommen und ausgeraubt und eingesperrt worden?"

„Letzteres geschah nur infolge Eurer Unvorsichtigkeit. Übrigens, wenn wir aufrichtig sein wollen, sinkt hier meine Waagschale tiefer als die Eurige. Daß Ihr uns retten wolltet, ist ganz schön und gut von Euch, und wir erkennen es mit aufrichtiger Dankbarkeit an; aber ich habe Euch bereits vorhin gesagt, daß sich unter Eurer Hand alles in das Gegenteil zu verwandeln pflegt. Nicht Ihr habt uns, sondern wir haben Euch gerettet. Soll ich Euch dafür den Rappen schenken?“

„Wer hat das verlangt! Es fällt mir nicht ein, eine Belohnung von Euch zu begehren, aber Ihr wißt, wie sehr ich mich nach dem Besitz dieses Pferdes sehne. Ich hätte es Euch abgekauft. Ich hätte Euch eine Anweisung gegeben, ein Blankett, welches Ihr mit der von Euch gewünschten Summe ausfüllen könntet, ohne daß ich hingeschaut hätte, sie wäre Euch ausgezahlt worden. Rih hätte einen Stall erhalten, in dem ein Fürst wohnen könnte, und wäre aus marmorner Krippe mit dem aromatischen Heu aus Wales, dem besten Hafer aus Schottland und dem saftigsten Klee aus Irland gefüttert worden!“

„Und wäre dabei zugrunde gegangen. Rih will in der Wüste wohnen und ihre Kräuter fressen. Einige Bla Halefa[1] sind die größte Delikatesse für ihn. Nein, Sir, Ihr seid ein reicher Mann, ein Millionär, und habt die Mittel, alle Eure Wünsche erfüllt zu sehen. Halef aber ist ein armer Kerl, der nichts wünschen darf, weil er weiß, daß er nichts bekommen kann. Dieses Geschenk geht ihm über alle Freuden und Wonnen, welche Mohammed den Gläubigen bereits hier auf Erden verheißt. Er soll es haben. Ich habe es gesagt und kann nicht zurück.“

Halef also hatte ich glücklich gemacht und Sir David unglücklich. Der letztere aber würde, wie ich ihn kannte, schnell über seinen Schmerz hinwegkommen. Und für Rih war gesorgt! Hätte ich ihm einen besseren Platz besorgen können als auf den Weiden der Haddedihn?

Ich war mit mir und meinem Entschluß mehr als zufrieden. Und Rih sicherlich auch.

Noch aber war keine Zeit, über mein ‚Erbe‘ nachzudenken, denn noch bedrohte uns der Schut, noch hatten wir ihn nicht entlarvt und überführt, noch also

[1] geringste Sorte getrockneter Datteln, Pferdefutter

mußte mich mein Rih dem Höhepunkt unserer Reise entgegentragen – nach Rugova!

Als wir endlich im Ort angekommen waren, standen die Leute herum und betrachteten uns voller Neugier, als wir zum Gasthof Kolamis, unseres Wirtes, ritten.

9. Über den Abgrund

Auf einen unter ihnen paßte das Wort ‚neugierig' freilich nicht. Nicht Neugierde, sondern etwas ganz anderes, was ich lieber Entsetzen nennen möchte, war auf seinem Gesicht zu lesen.

Er trug die Tracht der mohammedanischen Skipetaren: kurze, glänzende Stiefel, schneeweiße Fustanella, rote, mit Gold verbrämte Jacke, auf deren Brustteilen silberne Patronenbehälter befestigt waren, einen blauen Gürtel, aus dem die Griffe zweier Pistolen und eines krummgebogenen Handschars hervorsahen, und auf dem Kopf einen roten Fez mit goldener Quaste. Dieser Kleidung nach war er ein sehr wohlhabender Mann.

Sein hageres Gesicht mit außerordentlich kühn geschnittenen Zügen hatte eine intensiv gelbe Farbe – ‚schutt' nennt das der Serbe; ein dichter schwarzer Bart hing ihm in zwei Spitzen fast bis auf die Brust herab, und tiefschwarz war auch die Farbe seiner Augen, die weit offen und groß auf uns gerichtet waren.

Er hatte den Mund geöffnet, so daß seine weißen Zähne zwischen dem Bart hervorschimmerten, und seine Rechte hielt den Griff des Handschars umfaßt; dabei war sein Körper weit nach vorn gebeugt. Es hatte ganz das Aussehen, als ob er mit der Klinge sich uns entgegenstürzen wollte. Ich hatte ihn noch nie gesehen, aber ihn erblicken und erkennen, das war eins. Ich raunte dem Wirt zu:

„Das ist der Schut, der Gelbe, nicht?"

„Ja", antwortete er. „Wie unwillkommen, daß er uns gleich sehen muß!"

„Mir ist es aber ganz willkommen, denn dadurch wird sich die Angelegenheit beschleunigen. Er erkennt mich an meinem Rappen, er erkennt den Goldfuchs und die Pferde der Aladschy. Er weiß also jetzt nicht nur, daß wir entkommen sind, sondern, daß sich auch der Köhler und die Aladschy in unseren Händen befunden haben. Er ist überzeugt, daß unser Kommen ihm gilt, und da er blind sein müßte, um den Engländer nicht zu erkennen, den er im Schacht gefangengehalten hat, so kann er sich sagen, daß wir es zunächst auf diesen Schacht abgesehen haben werden. Paß auf! Der Tanz wird gleich beginnen."

Wir beide ritten voran. Osko und Omar folgten uns. Halef war mit dem Lord ein wenig zurückgeblieben, und der Engländer hatte, da er sich mit dem Hadschi im Gespräch befand, nicht auf die Gruppe der Männer geachtet. Jetzt aber bemerkte er sie. Er hielt sein Pferd an und fixierte den Perser.

Wir konnten den Vorgang gut beobachten, weil wir mittlerweile vor der Tür des Khans angekommen und von den Pferden gestiegen waren. Nicht mehr als zwölf Schritte von uns entfernt standen die Männer. Ich sah, daß der Schut die Lippe an den Zähnen wetzte. Auf seinem Gesicht lag der Ausdruck des Grimms und zugleich der Angst.

Da gab Lindsay seinem Pferd die Sporen, schoß herbei und parierte den Fuchs so nahe an dem Schut, daß er diesen fast umgerissen hätte. Dann begann er, eine Rede loszulassen, die alles enthielt, was er an englischen Kraftwörtern gesammelt hatte. Sie strömten ihm so schnell vom Mund, daß die einzelnen Ausdrücke gar nicht verstanden werden konnten. Dazu gestikulierte er mit Armen und Beinen vom Pferd herab, als wäre er von einem bösen Geist besessen.

„Was will dieser Mann?" fragte einer aus der Gruppe.

„Das ist der Stareschin", erklärte mir der Wirt.

„Ich weiß es nicht, ich verstehe ihn nicht", antwortete

der Schut dem Frager. „Aber ich kenne ihn und wundere mich sehr, ihn wieder hier zu sehen.“

„Ist es nicht der Inglis, der mit seinem Dolmetscher und seinen Dienern bei dir wohnte?“

„Ja. Ich habe dir noch gar nicht gesagt, daß er mir diesen Goldfuchs gestohlen hat und mit demselben verschwunden ist. Du wirst die Güte haben, ihn zu arretieren.“

„Sogleich! Wir wollen diesen fremden Giaurs das Pferdestehlen verleiden.“

Er trat zu Lindsay heran und erklärte diesem, daß er arretiert sei. Der Lord verstand ihn aber nicht; er fuhr fort zu schreien und zu gestikulieren und stieß, als der Stareschin ihm am Bein faßte, denselben kräftig mit dem Fuß von sich ab.

„Allah!“ rief der Beamte. „Das hat noch niemand gewagt! Herbei, ihr Männer! Nehmt ihn vom Pferd und schafft ihn fort!“

Die Männer gehorchten und traten zu dem Lord heran. Aber als sie nach ihm fassen wollten, ergriff er sein Gewehr, legte auf sie an und schrie in einem englisch-türkischen Wortgemisch:

„Away! I atmak! I atmak!“

Er hatte sich gemerkt, daß schießen ‚atmak‘ heißt. Die Angreifenden traten eiligst zurück, und der Stareschin sagte:

„Der Mensch ist toll. Er versteht uns nicht. Wenn wir doch den Dolmetscher hier hätten, um ihm begreiflich machen zu können, daß Widerstand ihm nichts nützt und seine Lage nur verschlimmert!“

Da trat ich zu ihm hin und sagte:

„Verzeih, Stareschin, daß ich dich in der Ausführung deines Amtes störe. Wenn du eines Dolmetschers bedarfst, so kann ich dir dienen.“

„So sag diesem Pferdedieb, daß er mir in das Gefängnis folgen muß.“

„Pferdedieb? Du irrst dich sehr. Dieser Effendi ist kein Pferdedieb."

„Er ist einer, denn mein Freund Nirwan hat es gesagt."

„Und ich sage, daß dieser Inglis in seinem Land eine Stellung hat, die wenigstens ebenso hoch ist wie hier die eines Pascha mit drei Roßschweifen. Ein solcher Mann stiehlt nicht. Er hat in seinem Stall daheim mehr Pferde, als hier in Rugova vorhanden sind."

Ich sprach zwar in bestimmtem, aber doch sehr höflichem Ton. Das schien in dem Stareschin die Ansicht zu erwecken, daß ich eine sehr hohe Achtung für sein Amt und seine Person hege und er mir infolgedessen imponieren könne. Also schnauzte er mich an:

„Schweig! Hier gilt nur das, was ich sage! Dieser Inglis hat hier ein Pferd gestohlen und ist ein Dieb, wofür ich ihn bestrafen lassen werde. Sag ihm das!"

„Das kann ich nicht sagen."

„Warum nicht?"

„Weil es eine Beleidigung sein würde, die er mir nicht verzeihen könnte. Ich will seine Freundschaft nicht verlieren."

„Also bist du der Freund eines Pferdediebs? Schäm dich!"

Er spuckte vor mir aus.

„Unterlaß das, Stareschin!" warnte ich ihn. „Ich spreche in Höflichkeit mit dir, und du läßt mich dafür den Speichel deines Mundes sehen! Wenn das noch einmal geschieht, so bediene ich mich einer anderen Sprache, die deinem Verhalten angemessen ist."

Das war in bedeutend schärferer Tonart gesagt. Der Schut hatte mich vom Kopf bis zu den Füßen gemustert. Jetzt hustete er und machte eine Handbewegung, die den Zweck hatte, den Zorn des Stareschin gegen mich zu entflammen. Es gelang ihm, denn das Oberhaupt der Stadt antwortete mir:

„Welche Sprache wolltest du denn führen? Es ist

gegen mich nur diejenige der Höflichkeit möglich, jede andere würde ich auf das allerstrengste bestrafen. Ich habe vor dir ausgespuckt, weil du einen Dieb deinen Freund nanntest. Und dazu habe ich ein so gutes Recht, daß ich gleich noch einmal ausspucke. Sieh, das gilt dir wieder!"

Er spitzte den Mund, und ich trat rasch einen Schritt vor, holte aus und gab ihm eine so herzhafte Ohrfeige, daß er zu Boden taumelte. Dann zog ich den Revolver. Meine Begleiter griffen sofort zu ihren Waffen. Auch der Schut zog seine Pistole.

„Weg mit der Waffe!" herrschte ich ihn an. „Was geht dich diese Ohrfeige an?"

Er gehorchte unwillkürlich. So wie ich hatte ihn wohl noch niemand angeschrien.

Der Stareschin erhob sich. Er hatte ein Messer im Gürtel stecken. Ich glaubte, er werden es ziehen, um Rache zu nehmen für meinen Schlag. Aber Großsprecher sind ja gewöhnlich, wenn es ernst wird, feige Menschen. Der Mann hatte keinen Mut und wendete sich an den Schut.

„Willst du es dulden, daß ich mißhandelt werde, wenn ich mich deiner Angelegenheit annehme? Ich hoffe, daß du diese Beleidigung, die eigentlich nur dir gilt, augenblicklich rächen wirst!"

Der Blick des Persers wanderte einige Male zwischen dem Stareschin und mir hin und her. Dieser gewalttätige und gewissenlose Mensch besaß jedenfalls einen hohen persönlichen Mut, aber das Erscheinen der Leute, die er tot oder wenigstens unschädlich gemacht wähnte und die nun plötzlich unversehrt vor ihm standen, lähmte seine Tatkraft. Dazu kam unsere selbstbewußte Haltung. Wir hatten die Waffen in den Händen, und es war uns wohl anzusehen, daß dies nicht geschah, um nur zu scherzen. Es kostete ihn sichtlich eine Anstrengung, dem Ortsvorsteher zu antworten:

„Diese Ohrfeige hat dir gegolten und nicht mir. Du bist

es, der sie erhalten hat, und wirst wissen, was du zu tun hast. Ich bin aber bereit, den Befehlen, die du erteilen wirst, Nachdruck geben zu helfen."

Er legte die Hand wieder an den Griff der Pistole.

„Weg mit der Hand!" rief ich ihm zu. „Du bist nicht Polizist. Von dir dulde ich keine Drohung. Habe ich diesem Stareschin gezeigt, wie ich Unhöflichkeiten beantworte, so werde ich wohl auch wissen, den Drohungen eine Privatmanns, der gar nichts zu befehlen hat, zu begegnen. Eine Pistole ist eine lebensgefährliche Waffe. Droht man mir mit derselben, so habe ich das Recht der Notwehr. Sobald du sie ziehst, wirst du meine Kugel im Kopf haben. Das beachte wohl; ich scherze nicht!"

Er nahm die Hand vom Gürtel, rief mir aber zornig zu: „Du scheinst nicht zu wissen, mit wem du redest! Du hast den Gebieter dieses Orts geschlagen. Ihr droht uns mit euren Gewehren und werdet das selbstverständlich büßen müssen. Sämtliche Bewohner von Rugova werden herbeieilen, euch gefangenzunehmen. Im Lande des Großherrn ist es nicht Sitte, daß Pferdediebe gerechte Männer mit dem Tod bedrohen!"

„Was du sagst, ist lächerlich. Ich werde euch sogleich beweisen, daß ich weiß, mit wem ich rede. Die Leute von Rugova habe ich nicht zu fürchten, da ich gekommen bin, sie von einem Teufel zu befreien, der in ihrer Mitte und weithin im Land sein Wesen treibt. Wenn uns ein Räuber und Mörder Pferdediebe nennt, so lachen wir darüber, aber dieses Lachen wird ihm sehr gefährlich werden!"

„Seid ihr es nicht?" fragte er. „Dieser Engländer reitet meinen Fuchs, und diese beiden Begleiter von dir sitzen auf Schecken, die ihnen nicht gehören, sie haben dieselben gestohlen."

„Woher weißt du, daß sie ihnen nicht gehören?"

„Weil diese Pferde das Eigentum zweier meiner Freunde sind."

„Dieses Geständnis ist eine große Unvorsichtigkeit von dir. Wir haben die Schecken allerdings nicht gekauft, sondern sie den Aladschy abgenommen. Wenn du zugibst, daß diese berüchtigten Räuber deine Freunde sind, so hast du dir selbst dein Urteil gesprochen. Sag mir einmal", fuhr ich fort, indem ich mich an den Stareschin wendete, „ob du weißt, daß die Aladschy Schecken reiten?"

„Was gehen mich die Aladschy an?" antwortete er. „Ich habe es jetzt nicht mit ihnen, sondern mit euch zu tun."

„Das ist mir lieb, denn ich wünsche sehr, daß du dich ein wenig mit uns beschäftigst. Freilich muß dies in einer anderen Weise geschehen, als es in deiner Absicht zu liegen scheint."

„Oho! Hast du hier zu befehlen? Hast du hier Ohrfeigen auszuteilen? Ich werde die Leute von Rugova versammeln, um euch gefangennehmen zu lassen. Jetzt sogleich werde ich den Befehl dazu geben!"

Er wollte fort.

„Halt! Noch einen Augenblick!" gebot ich ihm. „Du hast noch gar nicht gefragt, wer wir sind. Ich werde es dir sagen. Wir..."

„Das ist gar nicht notwendig!" unterbrach mich der Schut. „Du bist ein Giaur aus Germanistan, den wir bald kleinmütig machen werden."

„Und du bist ein Schiit aus Persien, der Hassan und Hossein verehrt. Nenne dich also ja nicht einen Rechtgläubigen und bringe das Wort Giaur nicht noch einmal, sonst bekommst du eine Ohrfeige wie der Stareschin!"

„Bietest du mir eine solche Beleidigung?" brauste er auf.

„Ja, ich biete dir überhaupt noch weit mehr. Woher weißt du, daß ich ein Fremder aus Germanistan bin? Du hast dich durch dieses Wort verraten. Deine Rolle als Schut ist in diesem Augenblick ausgespielt!"

„Schut?“ fragte er erbleichend.

„Schut?“ riefen auch die andern.

„Ja, dieser Schiit Nirwan ist der Schut. Ich werde es euch beweisen. Hier, Stareschin, hast du meine Legitimationen. Sie sind vom Großherrn und vom Großwesir ausgestellt, und ich hoffe, daß du ihnen die gebührende Ehrerbietung erweist. Tätest du das Gegenteil, so würde ich es unverzüglich dem Wali in Prisrendi und auch dem Wessir nach Stambul melden. Wisch deine schmutzigen Hände ab und hüte dich, meine Pässe zu beflecken!“

Ich öffnete die Dokumente und hielt sie ihm entgegen.

Als er die großherrlichen Siegel erblickte, wischte er wirklich die Hände an seinen Hosen hin und her, griff dann an Stirn und Brust, verbeugte sich, nahm sie entgegen und legte sie unter einer abermaligen Verneigung an die Stirn, um sie zu lesen.

„Master“, sagte der Engländer, „ihr könntet ihm auch meinen Paß zeigen, aber der Perser hat ihn mir mit den andern Sachen abgenommen.“

„Wenn er nicht vernichtet ist, werdet Ihr ihn wiederbekommen. Übrigens genügt es, wenn er nur meine Papiere liest. Ihr seid mein Freund, und ich legitimiere Euch.“

Die Leute waren aus den umliegenden Häusern getreten und hielten die neugierigen Blicke auf uns gerichtet. Einige liefen fort, in die enge Gasse hinein, die auf den Brückenkopf mündete, um andere zu holen, und es hatte sich schnell ein Publikum gebildet, das uns im Halbkreis umstand.

Das schien dem Schut willkommen zu sein. Er fühlte sich jetzt sicherer als vorher, da er glaubte, sich auf den Beistand dieses Volkes verlassen zu können. Sein Gesicht nahm einen trotzigen Ausdruck an, und seine schon an sich hohe Gestalt richtete sich noch höher auf. Man sah es ihm an, daß er ebenso gewandt wie kräftig war. Im Ringkampf war er jedenfalls mehr zu fürchten als einer der Aladschy, die nur über ihre rohe, ungeschulte Körperkraft zu verfügen gehabt hatten.

Ich nahm mir vor, es nicht auf einen solchen Ringkampf ankommen zu lassen, sondern ihn gegebenenfalls mit einer Kugel so zu verwunden, daß er unfähig zur Verteidigung würde.

Endlich hatte der Stareschin die Papiere gelesen. Er drückte sie wieder an die Stirn und auch an die Brust, faltete sie zusammen und machte Miene, sie einzustecken.

„Halt!“ sagte ich. „Diese Dokumente sind mein Eigentum, nicht aber das deinige.“

„Aber du willst hierbleiben?“ fragte er. „So werde ich sie behalten, bis euer Prozeß beendet ist.“

„Nein, das wirst du nicht. Wie kannst du, ein einfacher Kiaja, es wagen, die Papiere eines Mannes, der so hoch über dir steht, an dich zu nehmen! Schon die bloße Absicht dazu ist eine Beleidigung für mich. Und was fällt dir ein, von einem Prozeß zu sprechen! Du weißt jetzt, mit wem du sprichst, und ich werde dir sagen, was ich von dir fordere. Ich will dir entgegenkommen und diese Legitimation nicht zu mir selbst nehmen. Da ich bei dem Khandschy Kolami wohnen werde, so mag er sie in Verwahrung nehmen. Gib sie ihm also! Er wird sie ohne meine ganz ausdrückliche Bewilligung nicht aus den Händen geben.“

Er gehorchte, wenn auch widerstrebend. Dann fuhr ich mit erhobener Stimme, so daß alle Umstehenden es hören konnten, fort:

„Und nun will ich mich ernstlich dagegen verwahren, daß einer von uns ein Pferdedieb genannt werde. Wir sind ehrliche Leute und kommen vielmehr zu dem Zweck, euch von dem größten Dieb dieses Landes zu befreien. Dieser Goldfuchs hat nicht dem Perser gehört, sondern einem Skipetaren, nämlich dem Barjactar Stojko Wites aus Slokuczie, der mit seinem Sohn nach Batera reiten wollte, um ihn dort zu vermählen. Sie kamen in das

Teufelstal zum Köhler Scharka, der ein Untergebener des Schut ist und den Barjactar überfiel und beraubte. Er selbst blieb leben, aber sein Sohn wurde ermordet und verbrannt. Ich kann euch die Knochenreste zeigen. Dieser Panzer, den mein Begleiter einstweilen angelegt hat, dieses Schwert und dieser Dolch sind Teile des Raubs. Der Barjactar wurde zu Kara Nirwan geschleppt, um erst später ermordet zu werden, wenn es gelungen sein würde, ihm noch ein bedeutendes Lösegeld abzupressen."

„Lüge, Lüge und tausendfache Lüge!" schrie der Perser. „Dieses Pferd gehörte mir, und von einem Barjactar weiß ich nicht das geringste!"

„Die Lüge ist auf deiner Seite. Du hast den Barjactar im Schacht stecken, wo du auch diesen Inglis gefangenhieltest. Du hast diesen Inglis zu dem Köhler schaffen lassen, um ihm ein Lösegeld abzuzwingen und ihn dann zu töten. Es ist uns gelungen, ihn zu befreien, und nun kehrt er zurück, um dich anzuklagen."

„Allah, Allah! Das soll ich hören und dulden! Ich soll ein Räuber und Mörder sein! Frag die Leute, die deine Lügen hören! Sie werden dir sagen, wer ich bin. Und wenn du fortfährst, mich in einer so frechen Weise zu beschuldigen, so werden sie das nicht dulden, sondern mich beschützen. Nicht wahr, das werdet ihr, ihr Männer und Einwohner von Rugova? Könnt ihr ruhig zusehen, daß ein Fremdling, ein Christ, es wagt, mich, der ich der Wohltäter so vieler bin, in dieser Weise zu beschuldigen und anzuklagen?"

„Nein, nein!" riefen mehrere Stimmen. „Fort, weg mit diesem Giaur! Er soll kein Wort mehr sagen dürfen!"

Ich ahnte, was nun kommen werde. Ich dachte mir, daß später große Eile notwendig sei, und darum gebot ich Halef leise, einstweilen die Pferde anzubringen. Dann wendete ich mich an die Leute:

„Ist es Schimpf, ein Christ zu sein? Wohnen nicht grade hier in Rugova Bekenner des Islam und der Bibel friedlich beisammen? Sehe ich nicht hier Leute stehen, die den Rosenkranz umhängen haben, die also Christen sind? An diese Leute wende ich mich, wenn Kara Nirwan sich auf die Mohammedaner stützt. Was ich ihm vorgeworfen habe, ist alles wahr; ich werde es beweisen. Und nun hört noch das Letzte, das Ärgste! Der Perser ist der Schut, verstanden - der Schut! Auch das kann ich euch beweisen, wenn ihr es ruhig anhören wollt."

Da donnerte mich der Pferdehändler an:

„Schweig! Sonst schieße ich dich nieder wie einen Hund, den man nur durch die Kugel von seiner Räude befreien kann!"

Ich hätte ihn am liebsten niedergeschlagen, aber die Stimmung war, wie ich deutlich sah, gegen mich. Darum übersah ich es, daß er nach seinem Gürtel griff, und antwortete ihm:

„Verteidige dich nicht durch Worte, sondern durch die Tat! Führe uns in den Schacht hinab und beweise uns, daß Stojko nicht unten steckt!"

„Ich kenne keinen Schacht!"

„So kenne ich ihn und werde diese Leute hinabführen!"

Ein höhnisches Zucken ging über sein Gesicht, und ich wußte auch, weshalb. Ich hütete mich wohl, von dem Stollen zu sprechen, durch den ich eindringen wollte; er sollte denken, daß der Eingang zu demselben von dem Lord vergessen worden sei. Ich wollte den Glauben in ihm erwecken, daß wir nach dem Karaul wollten, um durch den Schacht einzudringen. Darum fuhr ich fort:

„Und nicht nur diesen einen Gefangenen hat er in dem Schacht unter dem Karaul verborgen, sondern noch einen zweiten, einen Kaufmann aus Skutari, dessen Geld er genommen hat und dessen übriges Vermögen er auch noch haben will. Ihr werdet auch diesen Mann unten finden. Er und Stojko werden euch erzählen, was mit ihnen geschehen ist, und dann werdet ihr glauben, daß Kara Nirwan der Schut ist. Ich fordere euch und den Stareschin hiermit auf, ihn gefangenzunehmen und nach dem Turm zu schaffen. Dort muß er euch den Eingang des Schachts zeigen."

„Ich, ein Gefangener!" rief der Schut. „Ich will denjenigen sehen, der mich angreift. Ich kenne keinen Schacht. Ich bin bereit, freiwillig mitzugehen. Sucht euch den Schacht; ich kann ihn euch nicht zeigen, weil ich ihn selbst nicht weiß. Findet ihr ihn, so steigt hinab! Bewährt sich dann die Aussage dieses Fremden, so werde ich mich ohne Weigerung und Widerstand binden lassen, damit man mich nach Prisrendi schaffe. Stellt es sich aber heraus, daß er gelogen hat, so werde ich die strengste Bestrafung verlangen."

„Gut, ich gehe getrost darauf ein", erwiderte ich.

„Auf, nach dem Karaul!" ertönte es von allen Seiten. „Der Perser soll der Schut sein! Wehe diesem Fremden, wenn er lügt!"

„Ich lüge nicht. Wir geben uns ganz in eure Hände. Wir werden sogar alle unsere Waffen ablegen, damit ihr überzeugt seid, daß wir friedliche Leute sind und es ehrlich meinen. Gebt eure Flinten, Messer und Pistolen her, und geht mit diesen braven Leuten nach dem Turm. Ich werde sie hier im Khan aufbewahren und euch dann mit Kolami nachkommen."

Diese Aufforderung war an meine Gefährten gerichtet. Halef hatte die Pferde in den Hof bringen helfen; er war wieder da und sagte, als ich ihm seine Waffen abforderte:

„Aber, Sihdi, da können wir uns ja nicht wehren!"

Ich durfte es ihm nicht sagen, aus welchem Grund ich die Waffen ablegen ließ. Sie sollten unbewaffnet sein, um keine Unvorsichtigkeit begehen zu können. Der hitzköpfige Hadschi war imstande, durch eine Gewalttätigkeit sich und die Gefährten in Gefahr zu bringen.

„Ihr braucht euch nicht zu wehren", antwortete ich ihm. „Man wird euch nichts zuleide tun. Seid nur still und vorsichtig!"

„Und du kommst nach?“

„Nein. Ich sagte nur so, um den Schut zu täuschen. Er wird eine Strecke mit euch gehen und dann sicher verschwinden. Hierauf steigt er in den Schacht ein, um die beiden Gefangenen zu verstecken. Vielleicht tötet er sie. Indessen fahre ich mit dem Wirt nach dem Stollen und treffe unten mit dem Schut zusammen.“

„Du allein? Das ist zu gefährlich. Ich will mit dir gehen.“

„Nein, das würde auffallen. Hütet euch übrigens, in den Schacht einzusteigen, wenn ihr ihn finden solltet. Man weiß nicht, in welcher Weise der Schut dafür sorgt, daß ihr ihm nicht hinabfolgen könnt. Seid freundlich gegen die Leute, damit ihr sie nicht gegen euch aufbringt, und tut ja nichts, bevor ich wieder bei euch bin.“

Es hatte sich eine ziemliche Menschenmenge angesammelt, und es war vorauszusehen, daß die Zahl noch anwachsen werde. Als der Wirt und ich die Waffen der Gefährten ergriffen hatten, wurden diese mit dem Schut in die Mitte genommen, und der Zug setzte sich in Bewegung.

Nun traf ich mit dem Wirt die nötigen Vorkehrungen, ging dann voran an die Brücke und stieg in den Kahn. Er kam sehr bald mit zwei Knechten nach. Diese führten die Ruder, er setzte sich auf den Bugsitz, und ich steuerte.

Obgleich wir nach der linken Seite wollten, steuerte ich doch nach dem rechten Ufer hinüber, weil wir dort nicht so starke Strömung hatten. Als wir sodann der betreffenden Stelle gegenüber angekommen waren, legte ich nach links um.

Jetzt hatten die Knechte alle ihre Kräfte anzustrengen, um nicht durch die reißende Flut abgetrieben zu werden. Ich mußte weit, weit über das Ziel aufwärts halten. Die Ruder bogen sich, sie drohten zu zerbrechen; doch war meine größte Sorge, ob auch wirklich der Eingang des Stollens dort unter dem grünen Vorhang sein werde.

Wir befanden uns ein Stück oberhalb desselben. Jetzt ließ ich den Kahn abfallen und hielt grad auf das Loch zu. Befand sich keines dort und gab es nur Felsen, so mußte der Kahn zerschellen, mit so reißender Schnelligkeit wurden wir nach der Stelle getrieben.

„Die Ruder herein! Bückt euch!" rief ich den dreien zu.

Sie gehorchten augenblicklich. Ich selbst blieb aufrecht sitzen, da ich das Steuer hätte loslassen müssen. Jetzt waren wir nahe; noch zwei Bootslängen, noch eine – ich schloß die Augen, damit sie nicht von den Zweigen verletzt würden – ein Schlag ins Gesicht wie von einem weichen Rutenbesen – ich öffnete die Augen – tiefe Dunkelheit um mich – ein Aufstoß vorn, der Kiel des Kahns knirschte – wir befanden uns in dem Stollen.

„Allah sei Dank!" seufzte der Wirt tief auf. „Mir war ein wenig bang."

„Mir auch", antwortete ich. „Wären wir hier auf Felsen getroffen, so hätten wir ein gefährliches Bad erhalten. Wer nicht ganz ausgezeichnet schwimmt, würde hier verloren sein. Fühlt einmal an die Wand, ob ein Pflock da ist. Es soll sich einer hier befinden, um den Kahn anzuhängen."

Der Pflock war wirklich vorhanden. Wir befestigten das Fahrzeug daran und zündeten die mitgebrachten Laternen an. Ihr Licht reichte hin, den Gang zu erleuchten, da derselbe niedrig und schmal war. Die Knechte steckten die auf Vorrat mitgebrachten Talgkerzen zu sich.

Ich nahm die eine der Laternen in die Linke und den Revolver in die Rechte und schritt voran. Wir konnten, da wir Licht bei uns hatten, von weitem gesehen werden, und es war ja immerhin möglich, daß sich einer der Knechte des Schut zur Bewachung der beiden Gefangenen hier unten befand.

Der Stollen war hoch genug, daß ich aufrecht gehen konnte. Seine Sohle war mit einem Pfad einzelner Bretter belegt. Wozu? Das konnte ich jetzt noch nicht begreifen. Wir gingen sehr langsam, weil ich zu unserer Sicherheit Schritt um Schritt untersuchen mußte. Vielleicht eine Viertelstunde war seit unserer Einfahrt verflossen, als wir uns von einer Luftschicht umgeben fühlten, die um mehrere Grad kälter als die bisherige war.

„Wir nähern uns wahrscheinlich dem Spalt, von dem der Alim gesprochen hat", bemerkte ich. „Jetzt müssen wir doppelt vorsichtig sein."

Nach nur wenigen Schritten gähnte uns eine breite Spalte an, die quer über den Stollen schnitt. Ihre Tiefe war nicht zu erkennen und ihre Höhe ebensowenig. Bretter führten hinüber, eins vor das andere gelegt, nur anderthalb Fuß breit.

„Das ist der Ort, an dem das Verderben wartet", meinte der Khandschy. „Herr, untersuche den Steg genau!"

„Gebt die Stricke her!"

Wir knoteten die vier Stricke, die sie mitgebracht hatten, einzeln zusammen, nahmen sie dann doppelt und banden das eine Ende mir, unter den Armen hindurch, um die Brust fest, während das andere Ende von den dreien gehalten wurde. Mich niederbückend, so daß die Laterne den Boden beschien, schritt ich nun, denselben genau untersuchend, vorwärts.

So breit, wie der Spalt war, gab es natürlich keinen festen Boden. Es waren drei starke Balken hinübergelegt, je einer zur rechten und linken Seite und der dritte in der Mitte. Auf dem mittleren Balken lag das Brett. Zwischen diesem und den beiden Seitenbalken blieb ein mehr als fußbreiter leerer Raum, aus dem die kalte grausige Tiefe gähnte.

Warum das? Warum lagen die Balken nicht eng beisammen? So fragte ich mich. In dieser Konstruktion des gefährlichen Steges mußte die Hinterlist liegen, der der Unberufene zum Opfer fallen sollte.

Nach sechs oder acht Schritten, während deren ich mich über dem Abgrund befand, erreichte ich eine Stelle, die meine Aufmerksamkeit erregte. Die drei Längsbalken waren hier nämlich durch einen Querbalken verbunden. Als ich denselben genau untersuchte, sah ich, daß er eine Achse bildete, die sich in den an den beiden Seitenbalken dazu angebrachten Löchern bewegte. Nun war mir die Konstruktion klar. Wer einmal einen Zimmerplatz besucht hat und dort Kinder auf einem Balken, der quer auf einem andern lag, schaukeln sah, der kann sich leicht die Einrichtung dieses gefährlichen Steges erklären. Jetzt wußte ich auch, weshalb die beiden Seitenbalken da lagen, deren Zweck ich vorher nicht eingesehen hatte. Sie verbanden die beiden Ufer der Spalte miteinander. In ihrer Mitte trugen sie einen Querbalken, der eine bewegliche Achse bildete, auf welcher der Mittelbalken mit dem Brett lag. Dieser Mittelbalken lag nach dem Eingang des Stollens hin fest auf der Kante der Spalte auf, an seinem anderen Ende aber jedenfalls nicht. Infolgedessen konnte man bis zur Mitte des Steges, bis zu der Achse, sicher gehen. Sobald man aber weiterschritt, neigte sich der vorwärts liegende Teil der Brücke nach dem Abgrund hinab, während der rückwärts liegende Teil emporstieg; dann mußten alle, die sich auf dem Steg befanden, in die grauenhafte Tiefe stürzen und dort jedenfalls zerschellen.

Daß dieses auch mir geschehen würde, darauf hatte der Alim gerechnet.

Ich wendete mich um und teilte den dreien dieses Ergebnis meiner Untersuchung mit.

„So können wir also gar nicht hinüber?“ fragte der Khandschy.

„O doch, denn der Schut betritt diesen Stollen ja auch. Es muß also eine Vorrichtung geben, mittels derer dieser gefährliche Waagebalken an seinen beiden Enden befestigt werden kann, und wenn nicht an beiden, so doch wenigstens an dem drüben liegenden Ende. Wollen einmal nachschauen!"

Ich kehrte zurück, und wir forschten nach. Ja, dieser Mittelbalken lag lose auf der Steinkante auf. Wir hoben sein Ende empor, und die andere Hälfte senkte sich hinab. Wir suchten vergebens nach einem Loch, Pflock oder Riegel, mittels dessen der Balken hier hüben an den Boden befestigt werden konnte.

„So muß ich freilich hinüber", erklärte ich.

„Um Allahs willen! Du stürzt ja!" rief der Khandschy.

„Nein. Ihr drückt hier den Balken so kräftig nieder, daß er nicht emporschnellen kann; dann kann er sich drüben nicht senken. Drei Männer von eurer Stärke werden mich doch halten können. Übrigens hänge ich an dem Strick. Kniet nieder und legt die Hände fest auf den Balken auf. Ich gehe jetzt."

Es war mir nicht ganz wohl zumute, als ich nun abermals auf dem schmalen Brett über den Abgrund schritt, aber ich kam wohlbehalten drüben an. Dort sah ich auch sofort beim Licht der Laterne, auf welche Weise der Steg befestigt war. Das Ende des Balkens lag in der Luft – es erreichte die Kante der Spalte nicht; aber es waren zwei eiserne Ringe in demselben angebracht, und hüben und drüben hing je eine Kette mit einem Haken an der Wand des Stollens herab. Hakte man die Ketten in die Balkenringe, so wurde der Steg festgehalten und konnte nicht sinken.

„Nun, hast du es gefunden?" fragte der Khandschy herüber.

„Ja. Ich mache den Balken fest. Ihr könnt ohne Gefahr herüberkommen."

Durch kräftiges Zerren an den Ketten überzeugte ich mich, daß dieselben zuverlässig seien, und hakte sie dann ein. Die drei kamen herüber, sahen sich die einfache Vorrichtung an, und dann schritten wir weiter.

Es versteht sich ganz von selbst, daß dies alles sehr

langsam gegangen war, da von unserer Sorgfalt unser Leben abhing. Nun aber schritten wir desto schneller vorwärts. Meine Uhr sagte mir, daß, seit wir den Kahn verlassen hatten, weit über eine halbe Stunde verronnen war.

Der stets aufwärts führende Stollen bot keine Schwierigkeiten mehr dar. Nach ungefähr drei Minuten gelangten wir in den bewußten runden, großen Raum. Der Fels hatte aufgehört. Wir sahen rund um uns Mauern. Fünf Türen befanden sich da, vier sehr niedrige und eine hohe, schmale. Letztere hatte keinen Riegel, konnte also von uns nur durch Aufsprengen geöffnet werden. Die übrigen Türen waren mit vielen Riegeln versehen.

„Hinter diesen niedrigen Türen befinden sich die Gefangenen“, sagte ich, schob einen der Riegel zurück und öffnete. Wir sahen ein ungefähr sieben Fuß tiefes, vier oder fünf Fuß breites und ebenso hohes Loch, in dem ohne jedwede Unterlage ein Mensch lag, und zwar, wie es der Engländer beschrieben hatte, mit den Füßen in eisernen Ringen steckend.

„Wer bist du?“ fragte ich.

Ein Fluch war die Antwort.

„Sag, wer du bist! Wir kommen, dich zu retten.“

„Lüg nicht!“ klang es mir rauh entgegen.

„Es ist die Wahrheit. Wir sind Feinde des Schut und wollen dich...“

Ich kam nicht weiter. Zwei Rufe ertönten, einer aus dem Mund eines der Knechte und einer aus dem Mund des - Schut.

Ich hatte mich vor das Loch gekniet und hielt die Laterne in dasselbe. Der Khandschy kauerte neben mir, und die Knechte standen gebückt hinter uns, um auch hineinzusehen. Indessen war die vorhin erwähnte, schmale Tür aufgegangen und der Perser eingetreten. Der Knecht hatte ihn gesehen. Beide stießen die Schreie aus.

Ich drehte mich nach dem Knecht um:

„Was gibt's?"

Die Tür des Lochs stand nämlich so von der Mauer ab, daß ich den Schut nicht sehen konnte.

„Dort, da – da ist er!" antwortete der Gefragte, auf den Perser deutend.

Ich sprang auf und sah über die Tür hinweg.

„Drauf!" rief ich, als ich ihn erkannte.

Der Verbrecher war im höchsten Grad erschrocken, uns hier zu sehen, und stand ganz starr. In der Hand hielt er einen Meißel oder etwas Ähnliches. Mein Ruf gab ihm die Beweglichkeit zurück.

„O Hassan, o Hossein!" schrie er, indem er den Meißel nach meinem Kopf schleuderte. „Ihr sollt mich nicht haben, ihr Hunde!"

Ich mußte mich blitzschnell hinter die Tür bücken, um nicht getroffen zu werden. Als ich wieder emporfuhr, sah ich ihn in dem Stollen verschwinden. Er wollte auf demselben Weg entspringen, der uns hereingeführt hatte. Da wir hier waren, so mußte ein Kahn vorhanden sein, mit Hilfe dessen er entkommen konnte, so sagte er sich. Er war durch den Schacht von oben herabgekommen, durfte aber nicht durch denselben zurückkehren, weil inzwischen die Leute da oben angekommen waren, von denen er sich auf irgendeine Weise entfernt hatte. Sie hätten ihn sehen müssen, und das Mundloch des Schachts wäre entdeckt gewesen.

„Er entspringt! Ihm nach!" rief ich, ließ die Laterne stehen und sprang in den Stollen hinein.

„Nimm die Laterne mit!" schrie der Khandschy hinter mir her.

Ich hütete mich wohl, dies zu tun, denn ich hatte das Licht nicht ohne Absicht zurückgelassen. Ich hatte gesehen, daß der Schut auch jetzt die Pistolen im Gürtel trug. Die Laterne in meiner Hand hätte ihm ein sicheres Zielen ermöglichst. Er brauchte nur ganz ruhig stehenzubleiben und die Waffen auf mich zu richten, so mußte er mich treffen. Darum folgte ich ihm im Finstern.

Das war freilich keine leichte Sache. Ich streckte die Hände aus, um mit den Seitenwänden Fühlung zu nehmen, und rannte so, hüben und drüben anstreifend, so schnell wie möglich vorwärts. Von Zeit zu Zeit blieb ich einen Augenblick stehen, um auf seine Schritte zu lauschen. Aber das war vergeblich, denn der Khandschy kam mit den Knechten hinter mir her, und der Lärm, den sie verursachten, übertönte den Fußschlag des Schut.

Übrigens war die Verfolgung gefährlich, obgleich ich keine Laterne trug. Er brauchte mich nicht zu sehen. Er durfte nur stehenbleiben und die Pistole ziehen. Das Geräusch meiner Schritte genügte, mich ihm zu überliefern. Ich an seiner Stelle hätte dieses Verfahren gewiß befolgt. Zwei geladene Doppelpistolen, also vier Kugeln und außerdem noch das Messer reichten hin, uns unschädlich zu machen. Ich rechnete aber auf seine Angst und darauf, daß er denken würde, selbst dann nicht entkommen zu können, wenn es ihm auch gelänge, einen oder zwei von uns zu töten.

So ging es in möglichster Eile vorwärts. Ich hatte mich doch verrechnet, als ich glaubte, das Entsetzen werde ihn unaufhaltsam vorwärtstreiben. Er war doch stehengeblieben, denn plötzlich krachte vor mir ein Schuß, zehnfach stark in diesem engen, niedrigen Gang. Beim Blitz des Pulvers sah ich, daß der Schütze sich kaum zwanzig Schritte vor mir befand. Die Kugel traf nicht. Ich hörte sie an die Wand schlagen, blieb stehen, zog den Revolver und drückte zwei-, dreimal ab.

Ich horchte. Einige Augenblicke später hörte ich sein höhnisches Gelächter. Er rannte weiter, ich ihm nach. Er schoß noch einmal; da stand er an dem über den Abgrund führenden Steg, wie ich beim Blitzen des Schusses sah. Langsamer folgte ich ihm und erreichte den Rand des Spaltes. Hier überzeugte ich mich mit den Händen, daß die Ketten noch eingehakt waren, und folgte ihm auf dem über den Abgrund führenden Brett.

Jetzt war der bedenkliche Augenblick gekommen. Wenn er drüben stehenblieb und mich, bevor ich den festen Boden erreichte, angriff, so war ich verloren. Um ihn davon abzuhalten, gab ich, auf der Mitte des Steges stehenbleibend, die noch übrigen drei Schüsse des Revolvers ab. Ein abermaliges Gelächter belehrte mich, daß ich ihn nicht getroffen hatte. Aber ich hörte auch dem Schall an, daß der Lachende nicht an dem Abgrund stand, sondern weitereilte.

Natürlich zögerte ich nicht, ihm zu folgen. Drüben über der Spalte angekommen, warf ich einen Blick zurück. Ich sah den Schein der Laterne. Der Khandschy war nicht weit hinter mir. Weiter und weiter ging's. Ich keuchte vor Anstrengung und glitt auf den feuchten, schlüpfrigen Brettern oft aus. Und wieder krachte vor mir ein Schuß, den ich aus dem noch gefüllten andern Revolver erwiderte. In der Besorgnis, daß der Verbrecher doch noch stehenbleiben und mich endlich wirklich treffen könne, feuerte ich nach und nach, immer vorwärtseilend, alle sechs Schüsse des zweiten Revolvers ab. Dann griff ich zum Messer – nein, in den leeren Gürtel, denn es war nicht vorhanden. Hatte ich es mit einem Revolver herausgerissen, oder war es mir entfallen, als ich vor dem Gefängnisloch kniete? Das konnte ich jetzt nicht wissen.

Mir war so zumute, als ob die Hetzjagd bereits eine volle Stunde gedauert habe. Da wurde es dämmerig vor mir, ich hatte den Eingang des Stollens erreicht.

Kam man von draußen, aus dem hellen Tag herein, schien es hier völlig dunkel zu sein. Hatte man sich aber eine Weile in der Finsternis befunden, so erfaßte das Auge die wenigen, durch den Pflanzenvorhang dringenden Strahlen und konnte die im Innern des Stollens befindlichen Gegenstände wenigstens ihren Umrissen nach erkennen. Ich hielt an.

Vor mir lag der Kahn. Soeben hatte der Schut denselben vom Pflock gelöst und sprang hinein. Er hörte, daß ich nahe war, und schrie mir zu:

„Hund, leb wohl! Nur du hast dieses Loch gewußt und sonst niemand. Kein Mensch wird es entdecken und euch hier suchen. Freßt euch einander vor Hunger auf!"

Ich dachte in diesem verblüffenden Augenblick nicht daran, daß es im schlimmsten Fall möglich wäre, uns durch Schwimmen zu retten; ich glaubte seinen Worten. Der Kahn durfte also nicht fort. Ich holte aus und sprang hinein.

Der Schut stand aufrecht drin, mit beiden Händen an die Felswand gelehnt, um auf diese Weise den Kahn gegen das hereinpressende Wasser hinauszustoßen. Die Ruder konnten wegen der Enge des Stollens erst draußen eingelegt werden. Der Kahn schwankte unter der Wucht meines Sprungs. Ich verlor das Gleichgewicht, fiel nieder, und er auf mich.

„Bist du da?" zischte er mir in das Gesicht. „Willkommen! Du bist mein!"

Er faßte mich mit der einen Hand bei der Gurgel, und ich packte seine beiden Arme. Mit der Linken fühlte ich, daß er mit der rechten Hand in den Gürtel griff. Schnell fuhr ich mit der Hand an seinem Arm nieder bis zum Handgelenk und preßte dieses so fest zusammen, daß er einen Schmerzensschrei ausstieß und die Waffe - ich weiß nicht, ob Messer oder Pistole - fallen ließ. Dann zog ich das Knie empor und stemmte ihn von mir ab. Im nächsten Augenblick hatte ich mich aufgerichtet, er sich aber auch. Wir standen nur einen Schritt auseinander. Wie durch einen dichten Nebel sah ich seine Hände aus dem Gürtel kommen und sich gegen mich richten; ich schlug sie mit den Fäusten auseinander - ein Schuß krachte. Oder waren es zwei? Ich weiß es nicht. Er aber brüllte:

„Nun denn, dann anders! Mich bekommt ihr nicht!"

Er sprang in das Wasser - er hatte die Laterne des Khandschy erblickt, der sich uns näherte.

Der Mensch war wirklich tollkühn! In diesen Strudel zu springen, dazu gehörte mehr als gewöhnliche Beherztheit.

Ich versuchte, den Kahn fortzuschieben, aber die Strömung drang mit solcher Kraft herein, daß ich merkte, es gehöre eine geraume Zeit dazu, das Fahrzeug hinauszubringen. Indessen war der Schut fort, tot oder gerettet. Daß er es gewagt hatte, ins Wasser zu springen, ließ erraten, daß er ein guter Schwimmer sei. Die reißende Strömung mußte ihn schnell davontragen. Entkam er, so konnte er der Familie Galingrés, die wir warnen wollten, entgegenreiten, sich mit Hamd el Amasat vereinigen und...

Ich dachte nicht weiter. Seit er ins Wasser gesprungen, waren noch kaum zwei Sekunden vergangen; so warf ich denn Jacke und Weste ab, saß auf die Ruderbank nieder, riß mir die hohen schweren Stiefel förmlich von den Beinen und rief in den Stollen zurück:

„Ich schwimme. Schnell in das Boot, und dann mir nach!"

„Um Allahs willen, nein! Es ist dein Tod!" antwortete der Khandschy.

Aber schon war ich im Wasser. Ich sprang nicht hinein, sondern ich ließ mich leise hinab, denn bei den Strudeln, die es hier gab, war es geraten, auf der Oberfläche zu bleiben. Hauptsache ist da ein kräftiges Ausstreichen, nicht auf voller Brust, sondern halb auf der Seite liegend, so daß man mit dem abwärts gerichteten Arm nach unten schlägt und also durch den Gegendruck oben gehalten wird.

Kaum war ich mit dem Kopf durch den Pflanzenvorhang gekommen, so wollten mich die Strudel packen. Ich wurde an den Felsen gedrängt und kämpfte eine ganze Weile, um nur oben und auf derselben Stelle bleiben zu können. Dann schoß eine Welle heran, brach sich am Felsen - das war der richtige Augenblick; ich überließ mich ihr, half durch energisches Stoßen nach und schoß stromab davon, so schnell, daß ich unwillkürlich die Augen schloß.

Als ich wieder aufblickte, befand ich mich zwischen zwei Strömungen, die sich eine Strecke von mir vorwärts trafen und einen gefährlichen Wirbel bildeten. Es war auf der Mitte des Flusses. Vor diesem Wirbel mußte ich mich hüten. Ich wendete sofort, hatte aber lange und angstvoll zu arbeiten, bevor es mir gelang, die eine Strömung zu durchkreuzen und in ruhiges, sicheres Wasser zu kommen.

Jetzt erst konnte ich mich um den Schut bekümmern. Durch das sogenannte Wassertreten gab ich mir eine aufrechte Haltung und sah mich um. Da - grad aus dem Wirbel, den ich so ängstlich gemieden hatte, tauchte er empor; er schoß fast bis zur Hälfte des Leibes aus dem Wasser, tat einen wahren Delphinsprung und überwand den Strudel. Dann hielt er nach dem Ufer herüber, in dessen Nähe ich mich befand.

Ich konnte nicht anders, ich mußte ihn bewundern. Er war ein viel, viel besserer Schwimmer als ich. Es war ihm gar nicht eingefallen, einen Wirbel zu vermeiden. Er wußte, daß dieser ihn zwar fassen, aber auch wieder ausstoßen würde. Jetzt befand er sich abwärts von mir und schwamm nach dem Ufer zu, ohne sich umzusehen, darum bemerkte er mich nicht.

Es verstand sich ganz von selbst, daß ich ihm folgte. Hände und Füße unter der Oberfläche haltend, so daß ich kein Geräusch verursachte, hielt ich mich hinter ihm. Im Schnellschwimmen war ich ihm wohl überlegen, denn ich war ihm bald so nahe, daß ich fast seinen Fuß ergreifen konnte. Aber auch das Ufer war schon da. Jetzt mußte der Schrecken mein Verbündeter sein. Er hatte keine Waffen mehr und ich auch nicht. Es stand mir also das bevor, was ich hatte vermeiden wollen - ein Ringkampf.

Das hier drüben platte Ufer war mit angespülten Kieseln bedeckt und lief nach und nach seicht aus. Als der Schut Grund fühlte, nahm er denselben schnell unter die Füße und watete hinaus, triefend von Wasser. Er hatte es dabei so eilig, daß er sich auch jetzt nicht umsah und das Wasser mit lautem Spritzen vor sich herschob. Darum hörte er gar nicht, daß hinter ihm noch einer kam. Da ich wohlweislich Schritt mit ihm hielt, so hielt er meine Schritte für die seinigen. Dabei raffte ich am Rand des Wassers einen faustgroßen, runden Kiesel auf, um mich desselben als Waffe zu bedienen.

Jetzt stand er am Land, streckte die Arme empor, stieß einen frohlockenden Ruf aus und drehte sich halb um und blickte nach dem Eingang des Stollens. Dort kam eben der Kahn herausgeschossen, so lange hatten die drei Männer gebraucht, um den gewaltigen Wasserdruck zu überwinden.

„Ihr Hunde! Euch bekomme ich noch!" rief er und wandte sich dann wieder nach dem Land, um davonzueilen. Ich war zwei Schritte seitwärts getreten und stand nun grad vor ihm.

„Und ich bekomme dich!" antwortete ich ihm.

Mein Anblick brachte eine noch größere Wirkung hervor, als ich erwartet hatte. Er brach vor Schrecken beinahe zusammen und erhielt, bevor er sich ermannen konnte, mit dem Stein einen Schlag an den Kopf, daß er niedersank.

Aber dieser Mann war ein übermächtiger Gegner; war die Betäubung nur eine augenblickliche, so konnte der Ausgang doch noch ein schlimmer für mich werden. Darum riß ich ihm, sobald er gestürzt war, die Schärpe vom Leib und band ihm die Arme bei den Ellbogen auf dem Rücken zusammen.

Kaum war das geschehen, so erholte er sich. Noch geschlossenen Auges machte er eine Bewegung, aufzuspringen; sie gelang natürlich nicht. Dann riß er die Augen auf, starrte mich an, blieb dann bewegungslos liegen, zog aber ganz plötzlich die Füße an sich, gab sich mit dem Oberkörper einen Schwung aufwärts und nach vorn, kam wirklich empor und zum Stehen und stemmte die Hände in die Seiten, um die Schärpe zu zersprengen. Zum Glück hielt sie fest.

Das war außerordentlich schnell geschehen, aber ebenso schnell hatte ich meinen Gürtel abgenommen und schlug ihm mit dem Bein die Füße nach hinten, so daß er nach vorn wieder niederstürzte. Sofort saß ich ihm auf den Knien und band ihm auch die Füße zusammen. Er konnte sich gar nicht dagegen wehren, weil er ja die Arme auf dem Rücken hatte.

„So!" sagte ich, indem ich keuchend aufstand. „Jetzt wissen wir, wer den andern hat. Da drüben im Stollen werden sich die Leute nicht auffressen, und du wirst den guten Bewohnern von Rugova erklären, wie es dir möglich gewesen ist, so schnell in einen Schacht zu kommen, den du gar nicht kennst."

„Teufel!" zischte er. „Hundertfacher Teufel!"

Dann schloß er die Augen und blieb ruhig liegen.

Die Strömung hatte den Kahn ergriffen und trug ihn pfeilschnell abwärts. Die darin Sitzenden sahen mich und hielten auf mich zu.

„Herr, wir hielten dich für verloren!" rief der Khandschy schon von weitem. „Allah sei Dank, daß er dich gerettet hat! Wer liegt bei dir?"

„Der Schut."

„O Himmel! So hast du ihn?"

„Ja."

„Dann schnell! Auf, auf, legt euch in die Ruder!"

Die Knechte strichen so aus, daß das Boot mit halbem Körper auf das Ufer schoß. Die drei sprangen heraus und eilten herbei.

„Er ist's, ja, er ist's!" jubelte der Khandschy. „Welch

ein Schwimmer mußt du sein, Herr! Wie gelang es dir denn, ihn zu überwinden?"

„Das kann ich dir nachher sagen. Jetzt schafft ihn in den Kahn, mit dem der Transport viel schneller geht, als wenn wir den Mann am Ufer hin und über die Brücke tragen. Wir müssen nun schnell hinaufsenden nach dem Karaul, damit die Leute erfahren, daß ich sie nicht belogen habe. Da ich ihnen nicht gefolgt bin, sind sie imstande, sich an meinen Begleitern zu vergreifen."

Sie führten diese Weisung aus, und nach einigen Minuten landeten wir an der Brücke. Einer der Knechte lief zu dem Karaul hinauf. Der Khandschy brachte mit den andern Knechten den Schut in das Haus. Ich nahm Jacke, Weste und Stiefel in die Hände und lief in türkischen Strümpfen hinterdrein. Den Fez abzulegen, daran hatte ich gar nicht gedacht, er war mir fest sitzen geblieben. Ich mußte nun die nassen Kleider ausziehen. Eine Hose zu borgen war eine sehr heikle Sache, wenn ich an die zoologische Entdeckung dachte, die der Lord in seinem Fez gemacht hatte. Zum Glück besaß der Wirt einen neuen Schalwar, den er noch nicht getragen hatte, und diesen zog ich an. Kaum war ich angekleidet, so erschien Halef nebst dem Engländer. Der Lord machte Schritte wie Peter mit den Siebenmeilenstiefeln, und Halef sprang neben ihm einher wie ein kleines Pony neben einem hochbeinigen Reitkamel.

„Ist's wahr? Habt ihr ihn, Master?" rief Lindsay, die Tür aufreißend.

„Da liegt er. Seht ihn euch an!"

Der angenommenen Rolle treu, hielt der Schut die Augen geschlossen.

„Naß! Wohl ein Kampf im Wasser?" forschte Lindsay.

„Beinahe."

„War er im Schacht?"

„Ja."

„Well! So kann er nicht mehr leugnen!"

„O Sihdi, du hast andere Hosen an?“ fragte Halef. „Das muß entsetzlich gewesen sein, dort an der gefährlichen Stelle! Ich bin begierig, alles zu erfahren.“

Aber zum Erzählen war jetzt keine Zeit, denn nun trafen auch die andern ein. Die andern? Nein, das ganze Dorf kam gelaufen und wollte sehen und hören. Wir stellten uns an die Türe und ließen nur den Stareschin ein und die Köj pederleri[1]. Der ausübende Polizist war auch dabei, ein Kerl - dick wie Falstaff und mit einem blechernen Schlauch bewaffnet, der vermutlich ein Blasinstrument vorstellen sollte.

Als diese Leute den Liebling der Umgegend gebunden und ganz durchnäßt auf dem Boden liegen sahen, zeigten sie sich höchst aufgebracht darüber; der Stareschin rief zornig:

„Wie könnt ihr es wagen, ihn ohne meine Erlaubnis wie einen Gefangenen zu behandeln?“

„Stimm deinen Ton ein wenig herab!“ erwiderte ich ihm kühl. „Und sag mir zunächst, wie es dem Perser möglich gewesen ist, sich von euch zu entfernen.“

„Ich habe es ihm erlaubt.“

„Warum und wozu gabst du ihm diese Erlaubnis?“

„Er wollte seine Knechte holen, die helfen sollten, den Schacht zu suchen.“

„Sie sollten vielmehr helfen, euch das Finden desselben unmöglich zu machen.“

„Wir haben vergeblich auf dich gewartet. Daß du nicht kamst, ist ein Beweis deines bösen Gewissens, und ich befehle, den Perser augenblicklich loszubinden!“

Dieser Befehl war an den dicken Polizisten gerichtet, der sich auch anschickte, denselben auszuführen. Da aber nahm ihn Halef beim Arm und sagte:

„Freundchen, greif diesen Mann nicht an! Wer ihn ohne Erlaubnis dieses Emirs berührt, dem gebe ich hier diese Peitsche!“

[1] Väter des Dorfes

„Was sagst du?“ schrie der Stareschin. „Hier hat kein anderer zu befehlen als ich allein, und ich sage, daß Kara Nirwan losgebunden wird!“

„Du irrst!“ entgegnete ich. „Jetzt bin ich es, der zu befehlen hat. Und wenn du mir widerstrebst, so lasse ich dich gleichfalls binden und nach Prisrendi schaffen. Du bist der kleinste der Beamten des Großherrn und hast, wenn höhere sich hier befinden, gar nichts zu befehlen, sondern nur zu gehorchen. Ich sage dir, daß der Wali gar nichts dagegen hat, wenn ich dir die Bastonnade zuerkenne. Ich werde mich aber herablassen, dir zu erzählen, weshalb wir nach Rugova gekommen sind, und du wirst mich anhören und nur dann sprechen, wenn ich es dir erlaube. Ich sehe, daß die Ehrwürdigen des Dorfes begierig sind, es zu erfahren.“

Da aber meinte Halef:

„Nein, Effendi! Wie könnte ein vornehmer Mann wie du seinen Mund anstrengen, um einem niedrigen Kiaja zu erklären, warum etwas geschehen ist oder geschehen soll! Ich bin deine rechte Hand und deine Zunge und werde diesen Vätern der Ortschaft die Augen öffnen über denjenigen, den sie bei sich gehabt haben, ohne zu ahnen, daß er in der Dschehennah geboren wurde und zur Dschehennah fahren wird.“

Und nun begann er in seiner Weise den Bericht, der, je länger, desto mehr das Erstaunen der Zuhörerschaft erweckte. Als er dann unser Zusammentreffen mit Kolami erwähnte, fiel dieser ein:

„Jetzt bitte ich dich, mich fortfahren zu lassen, da du nicht weißt, was in dem Stollen sich ereignet hat.“

Nun sprach der Wirt von seinem längst gehegten Verdacht und brachte viele in der Umgebung geschehene Ereignisse mit demselben in Verbindung. Er machte das so gut, daß die Zuhörer sich wundern mußten, daß sie nicht auch so wie er gedacht hatten. Und als er endlich unser Eindringen in den Stollen und die Gefangennahme des Persers erzählte, konnte er vor Ausrufungen, die ihn unterbrachen, kaum zu Ende kommen.

Nur der Stareschin hatte wortlos bis zum Ende zugehört. Dann sagte er:

„Das beweist noch gar nichts! Der Perser wird den Schacht gesucht und zufälligerweise schnell gefunden haben. Er ist hinabgestiegen und auf euch getroffen. Da ihr ihm feindlich entgegentratet, hat er fliehen müssen, um sich vor euch zu retten. Also ist das, was ihr als seine Schuld auslegt, die eurige, und ich muß meinen Befehl..."

„Schweig!" donnerte Halef ihn an. „Hat der Effendi dir jetzt erlaubt, zu sprechen? Es scheint mir ganz so, als ob du des Persers Spießgeselle seist."

Da trat ein Greis auf mich zu. Er verneigte sich höflich und sagte:

„Effendi, erzürne dich nicht über den Stareschin. Er ist einer der Geringsten des Orts und hat das Amt nur erhalten, weil kein anderer es mochte, denn es ist viel Störung dabei. Die Zahl meiner Jahre ist die höchste im Dorf, und alle diese Männer werden es bestätigen, daß ich auch der wohlhabendste bin. Ich wollte nicht Kiaja sein, aber jetzt, wo es sich um eine hochwichtige Angelegenheit handelt, werde ich die Stimme des Dorfs in meinen Mund nehmen und dir sagen, daß ich euch meinen Glauben und mein Vertrauen schenke. Ich werde jetzt hinausgehen, um der draußenstehenden Menge zu erzählen, was wir vernommen haben. Dann werden wir einige Männer wählen, die du in den Stollen führst, um die Gefangenen zu befreien. Diese werden deine Aussagen bestätigen, und dann soll der Schut den Händen des Wali überliefert werden. Man hat Jahre hindurch getrachtet, ihn zu fangen. Nun er endlich entdeckt ist, dürfen wir ihm nicht deshalb beistehen, weil er ein Einwohner unseres Orts ist, sondern wir müssen die Schande, die er über uns bringt, damit abwaschen, daß wir uns mit Abscheu von ihm wenden."

Das war ein richtiges Wort zu rechter Zeit. Er ging hinaus. Wir hörten lange seine Stimme schallen, dann aber brach ein Lärm los, der mich zu der Befürchtung brachte, daß er gegen uns gerichtet sei. Aber ich hatte mich geirrt.

Als er dann zurückkehrte, wurden diejenigen gewählt, die mitgehen sollten. Es gab im ganzen fünf Kähne, die alle benutzt werden sollten.

Der Schut also war gefangen. Sir David, der Wirt und sein Gesinde versprachen, den Schut zu bewachen.

Wir anderen fuhren zum Karaul und befreiten die Gefangenen: den französischen, reichen Getreidehändler Galingré und Stojko, den Skipetarenfürst.

Der gefangene Schut war nunmehr aller Verbrechen überführt, aber während wir nach unserer Rückkehr im Haus des gefangenen Bandenführers nach dem Versteck alles Geraubten suchten, wurden wir von Anhängern des Schut überfallen und er selbst befreit.

Eben waren die Fliehenden durch die Hintertür verschwunden, Lindsay und Galingré mit ihnen. Halef sah sie nicht mehr, sondern mich allein.

„Wir wurden überfallen“, antwortete ich hastig. „Der Schut ist wieder frei. Ich treib ihn dir in die Hände. Such dir hier schleunigst das beste Pferd aus und reite ihn nieder, wenn ich ihn dir zujage. Schnell, schnell! Ich darf mich nicht aufhalten, sonst kommt der Kampf zum Stehen, und das könnte sehr schlimm für uns werden.“

Ich lief fort, durch die hintere Tür hinaus und auf die lang zwischen den beiden Mauern sich hinziehende Düngerstelle. Ich hatte richtig vermutet. Die Fliehenden machten Miene, sich zur Wehr zu setzen.

„Immer drauf, Sir!“ rief ich dem Lord englisch zu. „Wir dürfen sie nicht zum Stehen kommen lassen.“

Da erhob er seine Stimme und seine beiden Arme und sprang mitten unter die Feinde hinein. Dann kam ich dazu. Galingré hielt sich wie ein Held. Sie wandten sich wieder um und eilten davon, wir hinter ihnen her, am nächsten Stall vorüber, der Nr. 5 hatte, dann an Nr. 6 vorbei - der Schut und die vordersten waren nicht zu sehen gewesen.

Als wir um die Ecke des sechsten Stalles bogen und nun an die zweite Seite des Hofvierecks kamen, an dem das zweite Vorratshaus stand, sah ich hart am Giebel desselben eine offene Pforte. Sie war nicht zwanzig Schritte von uns entfernt, und die Fliehenden rannten auf dieselbe zu.

Sollte der Schut bereits da hinaus sein? Dann war guter Rat teuer. Ich tat einige Sprünge, die mich mitten in die Flüchtigen hineinbrachten, stieß sie auseinander, schnellte auf die Pforte zu und durch dieselbe hinaus. Ja, es war so! Da links rannten sie über das Feld, und rechts jagte der Schut auf einem Pferd von dannen. Das Pferd war ein Rappe. Trotz des Zorns, der mich erfüllte, und trotz der Aufregung, in der ich mich befand, hing mein Auge bewundernd an dem Tier - breite, feste Sehnen, hohe, schlanke Gliedmaßen, stark ausgebildete Hinterhand, tiefe Brust, dünner Leib, waagerecht getragener Hals, sehr kleiner Kopf - alle Wetter, das war ein englisches Vollblut! Wie kam ein solches Tier hierher nach Rugova?

Ich war voll Bewunderung über die Eleganz und Schnelligkeit, mit der es dahinflog, und dachte kaum an den Reiter - an den Reiter, ah! Er durfte nicht fort. Ich riß den Stutzen an die Wange, um scharf zu zielen. Würde ich ihn noch treffen? Er war für die Kugel des Stutzens bereits zu weit.

Da blitzte etwas vor meinen Augen empor. Es war ein Messer, mit dem einer der an mir vorübereilenden Feinde ausholte, um mich niederzustechen. Ich hatte nur noch Zeit, zur Seite zu springen; er aber erhielt anstelle des Schut meine Kugel, und zwar in die rechte Schulter.

„Zurück auf den Hof!" rief ich dem Engländer zu. Er und Galingré sprangen mir, ohne auf die Feinde noch zu achten, nach, zur Pforte wieder hinein, zwischen dem Vorratshaus und dem ungesattelten Pferd.

„Der Schut entflieht, auf einem Rappen, nach dem Dorf zu", antwortete ich atemlos. „Eile ihm nach, daß er nicht etwa am Konak absteigt und unsern Rih stiehlt. Suche zu erfahren, welche Richtung er von Rugova aus eingeschlagen hat! Jedenfalls reitet er gegen Skutari hin, um Hamd el Amasat zu erreichen und der Frau Galingré ihr Geld abzunehmen, denn hier darf er sich nicht mehr sehen lassen."

„Allah ist groß, und ihr seid dumm gewesen", meinte der Kleine. „Wie weit soll ich dem Halunken folgen?"

„Nur so weit, bis du genau weißt, welchen Weg er eingeschlagen hat. Dann kehrst du um. Das übrige ist dann meine Sache. Laß dich aber nicht zu Übereilungen verleiten!"

Er drängte sein Pferd zur Seite und jagte auf das Tor zu und schrie schon von weitem: „Mach auf!"

Ranko sah an meinem Winken, daß auch ich dasselbe verlangte, und riß den Riegel zurück und das Tor auf. Im nächsten Augenblick brauste der Hadschi hinaus - nicht mitten unter die draußen stehenden Leute hinein, wie ich geglaubt hatte, denn sie standen nicht mehr da.

Ich war ihm nachgesprungen. Als ich am Tor ankam, sah ich, daß die Leute nach dem Dorf rannten. Sie hatten den Schut hinter der Mauer hervorkommen sehen, wußten also, daß er frei war, und eilten hinter ihm her. Ich selbst konnte ihn nicht mehr sehen, da ihn die Buschreihen verdeckten, die die Felder abgrenzten. Aber Halef verschwand auch schon hinter diesen Sträuchern.

„Effendi", fragte Osko, „ist der Schut entkommen?"

„Ja! Aber wir erwischen ihn wieder. Kommt herein! Wir dürfen uns nicht lange hier aufhalten. Das, was wir noch zu tun haben, muß schnell geschehen."

Die ‚Väter des Dorfes' waren nicht mitgelaufen. Ich erzählte ihnen den Vorfall, und sie sagten nichts dazu. Es schien ihnen sehr lieb zu sein, daß der Schut entkommen war. Selbst der ehrwürdige Alte atmete wie erleichtert auf und fragte:

„Herr, was wirst du nun tun?"

„Den Schut fangen", antwortete ich.

„Und dabei stehst du so ruhig? Wer einen andern fangen will, der muß doch eilen!"

„Ich eile bereits, nur nicht in der Weise, in der du es meinst."

„Er muß dir doch entkommen, da sein Vorsprung schon ein so großer ist."

„Hab keine Sorge! Ich hole ihn noch ein."

„Und dann bringst du ihn hierher zurück?"

„Nein, dazu habe ich keine Zeit."

„Aber du mußt doch als Ankläger oder Zeuge gegen ihn auftreten!"

„Dazu sind andere da. Das kann ich überhaupt euch überlassen. Ihr wißt, daß der Perser der Schut ist. Er hat es in eurer Gegenwart eingestanden. Nun ist es an euch, ihn bei seiner Rückkehr zu bestrafen. Und wenn ihr es nicht tut, wird Stojko es an eurer Stelle tun."

„Ja, das werde ich ganz gewiß", sagte der Genannte. „Sobald er sich hier wieder sehen läßt, gehört er mir."

„So lange warte ich nicht", sagte sein Neffe. „Der Effendi will ihn fangen, und wir begleiten ihn."

„Darüber sprechen wir noch", antwortete ich. „Jetzt folgt mir einmal nach dem Jazlyk."

Wir begaben uns dahin. Dort ließ ich den Schrank von dem eisernen Haken nehmen, an dem derselbe hing. Wirklich, dahinter war eine Vertiefung in der Mauer, die nicht ganz die Größe des Schranks hatte. Dort fand sich alles vor, was dem Engländer und Galingré abgenommen worden war, aber auch weiter gar nichts. Frühere Raubfrüchte hatten bereits einen andern Ort erhalten. Ich war mit diesem Ergebnis auch zufrieden. Der Lord schmunzelte vergnügt, als er sogar seinen Hut erblickte, und

Galingré jubelte, als er sein Geld wieder in den Händen hielt.

Dann machten wir einen Rundgang durch die sechs Ställe. Da waren Pferde von allen Sorten und Farben und Preisen. Die besten Pferde aber standen in dem Stall, der an das Kontor stieß. Einen prächtigen Braunen hatte ich gesehen, als ich mit dem Schut eingetreten war. Halef hatte ganz denselben Geschmack wie ich, denn er hatte sich diesen Braunen trotz der großen Eile, in der dies geschehen mußte, ausgesucht. Ein fast ebenso wertvolles Pferd suchte ich für Galingré aus, und auch eins für den Engländer. Es galt, uns möglichst gut beritten zu machen. Für die gemietete Dienerschaft des Lords war nicht zu sorgen, da dieselbe das Weite gesucht hatte.

Dann zog sich Stojko auch mehrere ausgezeichnete Tiere in den Hof. Der Kiaja wollte das freilich nicht dulden, aber der Skipetar fuhr ihn an:

„Schweig! Können alle diese Pferde mir den Tod meines Sohnes ungeschehen machen? Ich weiß sehr wohl, daß ihr euch in das Eigentum des Schut teilen werdet, wenn er nicht zurückkehrt. Und da sollen wenigstens auch diejenigen etwas erhalten, die durch ihn geschädigt worden sind. Übrigens seid ihr imstande, wenn er zurückkehren sollte und wir nicht mehr da sind, ihn grad so aufzunehmen, als ob gar nichts vorgefallen sei. Ich kenne euch, werde aber dafür sorgen, daß es ihm nicht so wohl werden kann.“

Die andern Gegner waren ebenso verschwunden wie der Schut. Sogar die im Kontor Verwundeten waren fort. Und jetzt wußte ich's: der Buchstabe Dall bedeutete ‚vier'.

Der Geldschrank sollte verschlossen bleiben, bis von Prisrendi ein Beamter angekommen sei. Ein Bote war freilich noch nicht dahin abgesandt worden. Ich gebot dem Kiaja, dies schleunigst zu tun und überhaupt dafür zu sorgen, daß die Verwaltung des Kara-Nirwan-Khans in treue

Hände kam. Dann stiegen wir zu Pferd und ritten nach Rugova zurück, ohne uns darum zu kümmern, ob die ‚Väter des Ortes' uns folgten oder nicht.

Im Konak wartete Halef bereits auf uns mit der Meldung, daß er noch zur rechten Zeit gekommen sei, um die Wegnahme Rihs durch den Schut zu verhindern.

„Er war mir weit voran", erzählte der Hadschi, „da er einen bedeutenden Vorsprung hatte, und ich konnte in dem abschüssigen und holprigen Hohlweg mein Pferd nicht recht zwischen die Hände nehmen, da ich kein richtiges Zügelwerk, sondern nur die Halfter hatte. Ich wußte also nicht, wo er war, ritt aber, als ich hier anlangte, in den Hof. Und siehe, da hielt er, und die Knechte waren eben damit beschäftigt, ihm den Rappen aus dem Stall zu ziehen."

„Wie kamen sie dazu, das zu tun?"

„Er hatte zu ihnen gesagt, seine Unschuld habe sich herausgestellt und er sei beauftragt, dir dein Pferd zu holen. Die Leute von Rugova haben einen so heillosen Respekt vor ihm, daß man es nicht wagt, ihm zu widersprechen."

„War er denn bewaffnet? Soviel ich weiß, hat er bei seiner Befreiung keine Zeit gehabt, sich mit Waffen zu versehen."

„Ich habe nichts dergleichen bemerkt. Natürlich erhob ich Einspruch und gebot, Rih sofort wieder in den Stall zurückzubringen."

„Und dann?"

„Nun, dann machte er sich schleunigst davon."

„Wohin?"

„Hier über die Brücke hinüber. Aber er ritt nicht den gebahnten Weg, der immer dem Ufer des Flusses folgt, sondern querfeldein, nach dem Wald drüben im Westen. Es ging immer im Galopp, und ich folgte ihm, bis er zwischen den Bäumen verschwunden war."

Nachdem ich dem Hadschi zu seiner tiefsten Zerknirschung erklärt hatte, daß er nebst Osko und Omar versäumt hätte, hinter die Ställe zu sehen, wo die Leute des Schut versteckt waren, versammelten wir uns in der Wirtsstube, und ich hob an:

„Die Zeit drängt. Der Schut ist entflohen, und wir müssen ihn wiederhaben. Er hat hier alles verlassen müssen, um einstweilen nur sich zu retten. In diesem Augenblick ist er ein armer Mann, er hat kein Geld. Um solches zu bekommen, reitet er Hamd el Amasat entgegen, der die Familie Galingré bringt. Diesen Leuten soll alles, was sie bei sich führen, abgenommen werden. Wenn das gelingt, so hat der Schut wieder Geld und kann später, wenn wir von hier fort sind, möglicherweise hierher zurückkehren und alles leugnen. Ich und meine Gefährten sind dann nicht mehr da, und die übrigen Zeugen kann er auf irgendeine Weise unschädlich machen. Ich halte es unter den hiesigen Verhältnissen gar nicht für unmöglich, daß es ihm gelingt, seine Unschuld glaubhaft zu machen."

„Um Gottes willen!" rief Galingré. „Meine Frau, meine Tochter und mein Schwiegersohn befinden sich in größter Gefahr. Herr, säumen Sie nicht. Wir müssen sogleich aufbrechen, sogleich!"

„Haben Sie Geduld!" mahnte ich. „Wir dürfen uns nicht überstürzen. Vor allem müssen wir wissen, wohin der Weg führt, den er eingeschlagen hat."

„Das kann ich dir sagen", antwortete Ranko, der Neffe Stojkos. „Ich weiß, welche Absicht er hat. Die Verwandten dieses Herrn kommen von Skutari. Die Straße von dorther geht über Skala, Gori, Pacha, Spassa und endlich Rugova. Von Pacha aus wendet sie sich nordwärts nach Spassa und von dort aus wieder nach Südost gen Rugova. Sie bildet also einen bedeutenden Winkel, der einen großen Umweg bedingt. Der Schut weiß das. Er reitet gar nicht nach Spassa, sondern direkt westwärts nach Pacha. Der Weg dorthin ist zwar nicht befahren und ist sehr schlecht, aber man vermeidet, wenn man ihn benutzt, den ungeheuren Bogen und kommt anstatt in sieben Stunden in der halben Zeit in Pacha an. Er hat die Absicht, uns sehr weit voranzukommen."

„Sollte er annehmen, daß wir ihm folgen? Jedenfalls. Nun, wir können ja denselben Weg einschlagen. Hoffentlich finden wir hier einen Mann, der das Amt des Führers übernehmen kann."

„Wir brauchen keinen Führer. Ich selbst kenne diesen Weg sehr genau. Vor allen Dingen gilt es, den Schut zu bekommen. Wir reiten alle mit dir. Dann kehren wir hierher zurück und werden mit dem Köhler und seinen Genossen Abrechnung halten."

Ich hatte meinen unvergleichlichen Rih, Osko und Omar ritten die Schecken der Aladschy, Ranko bekam den Goldfuchs, für Halef, den Engländer und Galingré wurden die drei besten vom Kara-Nirwan-Khan mitgebrachten Pferde ausgesucht. Die anderen Tiere, auch jenes, das Halef bisher geritten hatte, erhielten die Skipetaren mit Ausnahme eines einzigen, das mit einem Packsattel uns begleiten sollte, um die Speise- und Futtervorräte zu tragen, die wir mitnehmen mußten, da wir wohl keine Zeit fanden, die Tiere weiden zu lassen. Diese Vorräte kauften wir von dem Wirt, dem es sehr leid tat, daß wir sein Haus so bald wieder verließen. Er zeigte sich höchst dankbar gesinnt dafür, daß wir ihn von einem so übermächtigen Konkurrenten befreit hatten.

Kurze Zeit später brachen auch wir auf. Die Sonne hatte den größten Teil ihres Nachmittagsbogens zurückgelegt, als wir Rugova verließen. Seine Bewohner blickten uns nach; wir aber sahen nicht nach ihnen zurück, denn wir hatten durchaus nicht unsere Herzen zurückgelassen. Aber als wir im sausenden Galopp über die ebene Brache dahinflogen, schaute ich noch einmal nach der Felsenhöhe zurück, auf der der Karaul gestanden hatte. Er war nicht mehr da. Vielleicht erzählt man noch in später Zeit von ihm, von dem Schacht und von den fremden

Männern, wegen deren der ehrwürdige Turm verschwinden mußte.

Wir waren sieben Reiter und besaßen Pferde, wie sie in der weiten, weiten Umgegend wohl nicht gleich abermals zusammengebracht werden konnten, und darum erschien es mir gar nicht als zweifelhaft, daß wir den Schut einholen würden. Von Rugova bis zum Wald hätte ein Fußgänger sicher drei gute Viertelstunden gebraucht. Wir erreichten ihn bereits nach fünf Minuten.

Das eigentliche Gebirge lag hinter uns. Im Südwesten ragten die Höhen des Fandigebirges empor. Wir hatten nur dessen nördlichen Ausläufer zu überwinden, und zwar eine Hochebene, die sich zwischen Rugova und Pacha bis an den Drin und dessen Nebenfluß Joska erstreckte und dort die senkrechten, stellenweise über tausend Fuß hohen Ufer dieser beiden Wasserläufe bildete.

Sobald wir unter den Bäumen angelangt waren, ging es steil an, wohl drei Viertelstunden lang. Als wir uns dann aber oben auf der Ebene befanden, hörte der Wald auf, und es gab eine weite Planfläche, auf der duftige Gräser und staudenartige Gewächse wuchsen. Hier in den hohen Pflanzen war die Fährte des Schut so deutlich zu sehen, daß sie wie eine dunkle Linie vor uns hinlief. Wir ließen die Pferde wieder ausgreifen. Es war ihnen eine Lust, über die Fläche dahinzufliegen. Durch den Wald herauf hatten wir einzeln reiten müssen. Jetzt erlaubte es das Terrain, daß sich einer zum andern gesellte. Neben mir ritt Halef. Sein Brauner war ein prächtiges Tier und hielt ohne Anstrengung Schritt mit meinem Rih. Ich blickte zurück und gab Galingré einen Wink, herbeizukommen. Wir nahmen ihn in die Mitte.

„Hast du mir etwas zu sagen, Effendi?“ fragte er mich.

„Ja, ich möchte gern wissen, wie es diesem sogenannten Hamd en Nassr gelungen ist, sich in dein Geschäft einzuschleichen.“

„Er wurde mir von Stambul aus dringend empfohlen und hat sich auch stets sehr brauchbar und treu erwiesen."

„Aus Berechnung natürlich. Ist dein Geschäft wirklich verkauft?"

„Ja, und ein neues wird in Uskub dafür angekauft. Dieses ist aber noch nicht bezahlt. Meine Frau wird das Geld und die Wechsel bei sich haben."

„Welch eine Unvorsichtigkeit von einer Frau, ein solches Vermögen von Skutari nach Uskub schleppen zu wollen!"

„Du darfst nicht vergessen, daß dies gegen meinen Willen und nur auf Veranlassung Hamd en Nassrs geschieht!"

„Das ist richtig. Darf ich vielleicht erfahren, aus welcher Stadt Frankreichs du eigentlich stammst?"

„Aus Marseille. Die regen Beziehungen, in denen mein Haus zu der Levante stand, veranlaßten mich später, nach der Türkei zu gehen. Wir hatten eine Filiale in Algier, die mein Bruder eines drohenden Verlustes wegen persönlich besuchen mußte. Er war der Chef des Marseiller Hauses. Die Ausgleichung der Differenz war nur unter Mitwirkung seines Sohns möglich, und er ließ denselben nachkommen. Nach einiger Zeit erhielt ich die Schrekkensnachricht, daß mein Bruder in Blidah ermordet worden sei."

„Von wem?"

„Des Mordes verdächtig war ein armenischer Händler, der aber vergeblich verfolgt wurde. Paul, so hieß mein Neffe, brach selbst auf, um diesen Menschen aufzusuchen, ist aber nie zurückgekehrt."

„Was wurde aus dem Geschäft in Marseille?"

„Mein Bruder hatte damals eine verheiratete Tochter, wie jetzt ich; auf deren Mann ging das Geschäft über."

„Und du hast nie wieder von deinem Neffen Paul und von dem Mörder deines Bruders gehört?"

„Nein. Wir haben Briefe über Briefe geschrieben, der Schwiegersohn meines Bruders ist selbst nach Algerien, nach Blidah gereist, aber alle Mühen sind vergeblich gewesen."

„Was würdest du tun, wenn du den Mörder träfst und er dich nun um eine Stelle in deinem Kontor bäte?"

„So würde er eine Stelle bekommen, aber in der Hölle. Doch, warum fragst du mich so eigentümlich?"

„Weil ich dir etwas zeigen will."

Ich nahm meine Brieftasche heraus und zog jene drei Zeitungspapiere hervor, die ich damals mit Halef an der Leiche in der Sahara gefunden hatte, und reichte sie ihm.

„Zeitungsblätter, sehr alte?" fragte er. „Woher hast du sie?"

„Es ist ein Blatt der ‚Vigie algérienne', des ‚L'Independent' und der ‚Mahouna'. Das erstere Blatt erscheint in Algier, das zweite in Konstantine und das dritte in Guelma. Lies nur die Artikel, die ich angestrichen habe."

Diese Blätter enthielten, wie bereits früher erwähnt, den fast gleichlautenden Bericht über die Ermordung des französischen Kaufmanns Galingré in Blidah. Er las sie durch, und sein Gesicht wurde bleich.

„Effendi", rief er aus, indem er die Hände mit den Blättern auf den Sattel sinken ließ, „woher hast du diese Zeitungen?"

„Sag mir vorher, ob dein Neffe Paul unverheiratet war."

„Er war erst vor kurzer Zeit verheiratet, und die junge Frau hat sich über sein Verschwinden zu Tode gegrämt."

„Wie war ihr Mädchenname? Fing er mit den beiden Buchstaben E. P. an?"

„Ja, Herr, ja. Sie hieß Emilie Poullet. Aber woher kennst du die Anfangsbuchstaben ihres Namens?"

„Sie ist gewiß nicht so alt gewesen, wie es nach der Jahreszahl erscheint, die sich hier im Innern des Ringes befindet."

Ich zog den Ring, den ich damals an der Hand des Toten gefunden hatte, von meinem kleinen Finger, an dem ich ihn von jenem Tage an bisher getragen hatte, und reichte ihm denselben hin. Er sah die eingegrabene Schrift ‚E. P. 15. juillet 1830' und sagte fast atemlos:

„Der Trauring meines Neffen Paul, meines verschwundenen Neffen! Ich weiß es ganz genau."

„Aber wie stimmt das mit der Jahreszahl 1830?"

„Dieser Ring ist der Trauring der Mutter seiner Braut gewesen, deren Mädchenname Emilie Palangeur war. Da die Buchstaben stimmten, hat die Tochter sich des Ringes ihrer verstorbenen Mutter bedient, aus Pietät natürlich, nicht aus Sparsamkeit. Aber, Effendi, sag mir um aller Welt willen, wie dieser Ring in deine Hände kommt!"

„Auf die einfachste Weise: Ich habe ihn gefunden, und zwar in der Wüste Sahara, unter schaurigen Umständen. Dein Bruder wurde von dem armenischen Händler ermordet. Paul, dein Neffe, entdeckte die Spur des Missetäters und folgte ihm in die Wüste. Er traf mit ihm zusammen und wurde von ihm getötet und ausgeraubt. Kurze Zeit später kam ich zur betreffenden Stelle und fand die Leiche. An der Hand derselben steckte dieser Ring, den ich zu mir nahm, und unweit davon lagen diese Zeitungsblätter. Den Ring hatte der Mörder nicht gesehen, sonst hätte er ihn an sich genommen; das Papier aber hatte er als wertlos weggeworfen."

„Mein Gott, mein Gott! Endlich erhalte ich Klarheit, aber welche! Bist du denn dem Mörder nicht nachgefolgt?"

„Ja, und ich traf ihn auf dem Schott, wo wir über die grausige Salzhaut des Sees ritten. Da erschoß er auch unsern Führer, den Vater Omars, der jetzt mit uns reitet, um seinen Vater an dem Mörder zu rächen. Und dann trafen wir ihn noch einmal; es gelang ihm aber, uns zu entkommen, was ihm jetzt nicht wieder gelingen wird."

„Jetzt, jetzt? Ist er denn hier?"

„Natürlich! Es ist jener Hamd en Nassr, eigentlich Hamd el Amasat."

„O Himmel! Ist das möglich? Hamd el Amasat ist der Mörder meines Bruders und dessen Sohnes?"

„Ja, Halef war dabei und hat alles gesehen. Er mag es dir erzählen."

Darauf hatte der Hadschi gewartet. Er erzählte gar so gern. Darum drängte ich mein Pferd vorwärts zu Ranko und ließ die beiden allein. Bald hörte ich Halefs laute, pathetische Stimme erschallen.

Mittlerweile waren wir immer im Galopp über die Hochebene hinweggefegt und gelangten zwischen bewaldete Höhen, wo wir wieder langsamer reiten mußten. Als ich mich umschaute, sah ich Halef, Galingré und Omar beisammen, die das unheilvolle Thema besprachen. Ich hielt mich voran, denn ich hatte keine Lust, an ihren Racheplänen teilzunehmen.

Es begann zu dämmern, als der Wald sich wieder abwärts senkte, und es war dunkel, als wir in das steile Tal der Joska ritten und die Lichter von Pacha vor uns sahen.

Das erste Haus war kein Haus. Es wäre sogar eine Überschwenglichkeit gewesen, es eine Hütte zu nennen.

Von den merkwürdigen Bewohnern der Hütte erfuhren wir, daß Kara Nirwan davon gesprochen habe, nach Gori zu reiten oder nicht ganz bis dorthin, sondern nur bis zu einem Khan, der Newera-Khan heißen sollte und dessen Wirt Dragojlo genannt wurde.

Wir saßen auf.

Jetzt hatten wir finstere Nacht vor uns. Ich kannte die anderen Pferde noch nicht genau, aber auf Rih konnte ich mich verlassen. Er wich sicher nicht vom Weg ab, wenn ich ihm die Zügel ließ. Darum setzte ich mich an die Spitze unseres Trupps, legte die Zügel auf den Sattelknopf und ließ meinen Schwarzen laufen.

Es ging bergan, dann eben fort und dann wieder bergab, immer wieder durch Gebüsch oder Wald. Hätte der Schut hier auf uns gelauert, so hätte er einige von uns aus dem Sattel schießen können. Ich dachte daran und strengte Augen und Ohren an, glücklicherweise ohne Grund.

Nach mehr als zwei Stunden erreichten wir das erste Dorf. Es war doch jedenfalls besser, einen Führer zu haben. Ranko hatte zwar behauptet, die Gegend zu kennen, aber, wie ich vermutete, mehr aus dem Grund, überhaupt mitreiten zu dürfen. Überdies war es so finster, und der Mond ging erst später auf. Wenn wir uns verirrten, konnte der Schut seinen Zweck erreichen, bevor wir den rechten Weg fanden. Ich fragte also einen uns begegnenden Menschen, ob wir einen Führer haben könnten, gegen gute Bezahlung natürlich. Der Mann bot sich uns selbst an. Er sagte, daß er uns für zehn Piaster bis zum Newera-Khan führen werde, falls wir so lange Zeit hätten, zu warten, bis er sein Pferd geholt habe. Wir sagten zu, und es währte nur einige Minuten, bis er sich wieder bei uns einstellte.

Freilich mußten wir vorsichtig sein, denn wir kannten den Menschen nicht. Er konnte vom Schut beauftragt sein, den Dorfweg auf und ab zu patrouillieren, um uns zu erwarten und falsch zu führen. Darum nahmen wir ihn in die Mitte, und ich versprach ihm zwanzig Piaster, wenn er ehrlich sei, und eine Kugel in den Kopf, falls er uns täusche.

Wieder durch Wald und Gebüsch reitend, gelangten wir nach fast drei Stunden in das zweite Dorf. Erst hinter diesem gab es Feld, dann wieder Wald. Zuweilen hörten wir zur linken Hand Wasser rauschen. Das war ein Nebenfluß des vereinigten Drin. Den Namen habe ich vergessen.

Nun kam der Mond herauf, und wir konnten ziemlich gut sehen. Wir befanden uns in einer wilden Gebirgslandschaft. Felsenwände und Zacken überall, drohende Baumriesen, feuchte Luft und hohles Rauschen der Wipfel, deren Schatten der Mond uns in den phantastischsten Gestalten über den Weg warf.

Und was war das für ein Weg! Da sollten Wagen fahren können! Unsere Pferde stolperten jeden Augenblick über große Steine oder traten in jähe Löcher hinein. So ging es weiter und immer weiter, bis es kälter wurde und der Morgenwind sich aus seinem Bett erhob. Wir erfuhren von dem Führer, daß wir uns mitten in den Kerubibergen, einer sehr berüchtigten Gegend, befanden. In einer Stunde sollte der Newera-Khan zu erreichen sein.

Auf meine Frage, warum die dortige Gegend den Namen Newera, Verräter, trage, erhielt ich die Auskunft, daß sich in dem ebenen Gestein oft sehr lange und sehr tiefe Risse zeigten. Ein Reiter dürfe dort sein Pferd ja nicht in Galopp fallen lassen, weil das Tier nicht schnell genug anzuhalten vermöge, wenn sich plötzlich vor seinen Hufen ein solcher Spalt öffne. Viele Menschen seien dadurch ums Leben gekommen. Überdies gehe die Sage, daß es in jener Gegend Leute gebe, die ihre Opfer in solche Schlünde zu stürzen pflegten. Das war keine beruhigende Mitteilung.

Nach einer halben Stunde begann der Morgen zu grauen. Ich überlegte mir, daß unser Führer uns in Newera-Khan vielleicht nur hinderlich sein könne, und bot ihm dreißig Piaster anstatt der versprochenen zwanzig, falls er gleich umkehre. Er war einverstanden und ritt schnell davon, als er das Geld empfangen hatte. Es mochte ihm in unserer Gesellschaft nicht allzu wohl gewesen sein. Wir hatten fast gar nicht gesprochen und ihn mit sehr merklichem Mißtrauen behandelt.

Plötzlich hörte der Wald auf. Weit, weithin Ebene, die nur aus hartem Felsen zu bestehen schien, der mit schlüpfrigem Moos bekleidet war. Ein Baum war gar nicht, ein Busch oder Strauch nur selten zu sehen. In der

Ferne lag ein dunkler Punkt. Durch das Fernrohr erkannte ich ihn als einen Gebäude-Komplex. Das war jedenfalls der gesuchte Khan.

Unser Weg erschien als dunkle Linie, die durch das Grün des Feldmooses gezogen war. Dann gelangten wir an eine Stelle, wo eine Spur nach links abzweigte. Ich stieg ab und untersuchte sie. Es war da ein von mehreren Reitern begleiteter Wagen gefahren. Die Flechten, die von den Hufen und Rädern niedergedrückt worden waren, lagen noch fest am Boden. Sie hatten noch nicht Zeit gefunden, sich wieder aufzurichten. Der Wagen konnte erst vor wenigen Minuten da gefahren sein. Aber zu sehen war er nicht, denn grad die Richtung, die er eingeschlagen hatte, wurde uns durch eine dünne Reihe von Büschen verdeckt. Es stieg eine Angst in mir auf, von der ich mir aber nichts merken ließ. Ich sprang in den Sattel und jagte dem Khan zu, gefolgt von meinen Begleitern, die sich mein Benehmen nicht erklären konnten. Als wir bei demselben anlangten, sahen wir, daß er aus mehreren Gebäuden bestand, deren Aussehen keineswegs einladend war. Vor der Tür des Wohnhauses standen zwei schwere, beladene und mit Planen überdeckte Ochsenwagen. Ein dritter Wagen hatte auch dagestanden, war aber jetzt fort.

„Halef geht mit hinein", sagte ich. „Die andern bleiben da. Seht nach, ob eure Sattelgurte fest angezogen sind. Vielleicht gibt es einen Gewaltritt."

„Sollten das die Wagen sein, mit denen meine Frau fährt?" fragte Galingré höchst besorgt.

Ich antwortete ihm nicht und trat mit Halef durch die offene Tür. Da dieselbe nicht verriegelt war, mußten die Bewohner bereits wach sein. In der Stube saßen zwei kräftige Kerle an einem Tisch beim Schnaps. An einem andern Tisch befand sich eine ganze Familie vor einer vollen Suppenschüssel. Die Familie bestand aus einem langen, starken Mann, zwei Burschen, einer Frau und vermutlich einer Magd. Der Mann stand aufrecht, als wir eintraten, es schien, als sei er vor Schreck vom Sitz aufgefahren, als er uns draußen gesehen hatte. Ich wendete mich in barschem Ton an ihn:

„Dieses Haus ist der Newera-Khan?“

„Ja“, antwortete er.

„Wem gehören die beiden Wagen, die draußen stehen?“

„Leuten aus Skutari.“

„Wie heißen sie?“

„Ich habe es mir nicht gemerkt. Es ist ein fremder Name.“

„Ist Hamd en Nassr bei ihnen?“

ich sah es ihm an, daß er mit Nein antworten wollte, aber ich warf ihm einen Blick zu, vor dem er erschrak. Darum ließ er ein zögerndes Ja hören.

„Wo ist er jetzt?“

„Fort.“

„Wohin?“

„Nach Pacha und weiter.“

„Allein?“

„Nein. Die Fremden sind mit ihm gefahren.“

„Wie viele waren es?“

„Ein Mann, eine alte und eine junge Frau und der Fuhrmann.“

„Wie lange sind sie fort?“

„Noch keine Viertelstunde. Dort sitzen die Fuhrleute für die beiden übrigen Wagen, die nachfolgen sollen.“

Er deutete auf die beiden erwähnten Männer.

„Hattest du noch andere Gäste?“

„Nein.“

„Keinen aus Rugova?“

„Nein.“

„Du lügst, Mann! Kara Nirwan ist dagewesen und mit Hamd en Nassr und dem Wagen fortgeritten. Er ist erst in der Nacht angekommen!“

Ich sah, welche Angst er empfand. Er war wohl mit dem Schut einverstanden und antwortete verlegen.

„Ich kenne keinen Kara Nirwan. Ein Reiter kam allerdings vor zwei Stunden, aber nicht aus Rugova, sondern aus der entgegengesetzten Richtung, nämlich aus Alessio. Er hatte es sehr eilig, und da die Fremden denselben Weg nahmen wie er, so schloß er sich ihnen an."

„Richtig! Er hatte es so eilig und ist doch mit einem Ochsenwagen geritten! Da kommt er freilich schnell vorwärts. Dieser Wagen ist aber nicht nach Pacha gefahren; wir kommen von dort und hätten ihm begegnen müssen. Ich kenne dich; ich weiß auch, was hier vorgehen soll. Wir werden wiederkommen und weiter mit dir sprechen. Nimm dich in acht! Wir werden dafür sorgen, daß diese Leute nicht in einer Spalte der Newerafelsen verunglücken."

Und mich an die Fuhrleute wendend, fügte ich hinzu:

„Wir gehören zu der Familie, deren Sachen ihr fahrt. Ihr verlaßt diesen Khan nicht eher, als bis wir zurückgekehrt sind. Ich lasse unser Packpferd draußen stehen; führt es in den Stall, und gebt ihm Futter und Wasser!"

Die beiden Kerle erhoben sich schweigend, um diesem Befehl nachzukommen. Ich ging mit Halef wieder hinaus und stieg in den Sattel.

„Wir reiten zurück. Es ist eine Teufelei los. Man will Galingrés Familie in eine Felsenspalte stürzen", meldete ich.

Galingré schrie erschrocken auf; ich hörte es kaum, denn mein Pferd befand sich bereits im Galopp und fiel im nächsten Augenblick in Karriere. Die andern brausten hinter mir drein.

Ranko trieb seinen Goldfuchs an meine Seite und fragte:

„Ist der Schut dabei?"

„Ja."

„Allah sei Dank! So haben wir ihn!"

Weiter wurde kein Wort gesprochen. Wir erreichten die Stelle, an der ich die Wagenspur untersucht hatte, und lenkten in dieselbe ein. Die Pferde schienen zu merken, daß man die größte Schnelligkeit von ihnen forderte. Wir brauchten sie gar nicht anzutreiben. Die beiden Schecken der Aladschy flogen nur so hin - sie machten ihrer Berühmtheit alle Ehre. Auch die andern Rosse taten ihre Schuldigkeit wie spielend. Nach meinem Rih aber war doch der Goldfuchs das beste Tier, das bemerkte ich jetzt.

„Sihdi", rief Omar hinter mir, „sag mir nur das eine, ob ich Hamd el Amasat zu sehen bekomme!"

„Ja, er ist da!"

„So möge sich die Hölle öffnen, denn ich werde ihr eine Speise geben!"

Jetzt brausten wir durch die erwähnte Buschreihe hindurch. Ein freier, weiter Blick öffnete sich uns. Weit, weit vor uns, fast ganz am Horizont sah ich einen weißen Punkt, nicht größer als eine Muschelschale. Das mußte der Wagen sein - die weiße Plane leuchtete.

„Schneller, schneller!" rief ich. „Wir müssen ihnen möglichst nahe kommen, bevor sie uns bemerken."

Ich hatte meinen Rappen bisher weder mit den Sporen noch anderswie angetrieben. Jetzt rief ich ihm nur das altgewohnte „Kawahm" zu, und da war es, als ob er bisher nur im Schritt gelaufen sei. Er flog.

„Maschallah! Welch ein Pferd!" rief Ranko.

Er war der einzige, dem es gelang, an meiner Seite zu bleiben, aber er mußte die Peitsche gebrauchen. Ich saß so ruhig im Sattel wie auf einem Stuhl; ich hätte dabei schreiben können, so gleichmäßig schoß Rih dahin.

Der weiße Punkt wurde größer. Ich zog mein Fernrohr aus und blickte hindurch. Der Wagen bewegte sich vorwärts. Drei Reiter begleiteten ihn. Gott sei Dank! Wir kamen nicht zu spät. Wollte der Schut sein Vorhaben ausführen, so mußte er den Wagen halten lassen. Daß dieser sich noch in Bewegung befand, war ein Beweis, daß den Leuten noch nichts geschehen war. Die drei Reiter waren jedenfalls der Perser Hamd el Amasat und der Schwiegersohn Galingrés. Die beiden Frauen saßen im Wagen.

Schon war es mir möglich, den englischen Rappen des Schut mit bloßem Auge zu erkennen. Da aber drehte er sich um und sah uns kommen. Wir waren wohl noch eine viertel Wegstunde von ihnen entfernt. Ich sah, daß er sein Pferd anhielt. Hamd el Amasat tat dasselbe. Einige Sekunden lang blickten sie nach uns her; dann aber galoppierten sie, den Wagen im Stich lassend, von dannen, aber nicht miteinander in einer und derselben Richtung. Sie wollten uns teilen. Der Schut ritt geradeaus, der andere jagte nach links hin davon.

Ich hatte befürchtet, daß sie bei unserm Anblick aus Wut den Schwiegersohn und die Frauen erschießen würden. Daß sie es nicht taten, war ein großes Glück.

Indem ich jetzt zurückblickte, sah ich die andern weit hinter mir; aber meine Stimme konnte sie doch erreichen. Nach links hinüberdeutend, rief ich ihnen zu:

„Nehmt den da drüben! Es ist Hamd el Amasat. Den Schut nehmen wir beide!“

„Schneller, schneller, Ranko!“ forderte ich dann den Skipetaren auf.

Er gab seinem Goldfuchs die Sporen und schlug mit der Peitsche auf ihn ein. Dies und wohl noch mehr der Ehrgeiz trieb den Fuchs zur Anstrengung aller seiner Kräfte, er schoß meinem Hengst voraus. Dieser hatte es aber kaum gesehen, so tat er, nicht von mir angetrieben, einige Sätze und überholte den Fuchs. Rih duldete kein Pferd vor sich.

Jetzt erreichten wir den Wagen. Der Schwiegersohn hielt denselben, er wußte nicht, woran er war. Er konnte sich nicht erklären, weshalb er von seinen beiden Begleitern so plötzlich verlassen worden war.

„Das waren Mörder!“ rief ich ihm zu, indem wir an ihm vorüberschossen.

Was diese Worte für einen Eindruck auf ihn machten, konnte ich nicht sehen, denn kaum hatte ich sie ausgesprochen, so waren wir schon weit über ihn hinaus. Mich abermals umdrehend, sah ich, daß die Gefährten mich verstanden hatten und Hamd el Amasat folgten, die beiden Schecken allen voraus.

Nur Galingré hatte die ursprüngliche Richtung beibehalten, was ihm freilich nicht zu verübeln war. Ihm lag vor allen Dingen daran, sich zu überzeugen, wie sich die Glieder seiner Familie befanden. Übrigens brauchten wir ihn gar nicht.

Bis jetzt hatte der Schut seinen Vorsprung beibehalten; wir waren ihm nicht näher gekommen, obgleich Ranko seinen Goldfuchs antrieb.

„Effendi, wir bekommen ihn nicht!“ rief er mir zu, „sein Engländer ist uns überlegen.“

„Oho! Paß einmal auf! Du kennst meinen Schwarzen noch nicht.“

Ich erhob mich in den Bügeln. Weiter tat ich nichts, denn das ‚Geheimnis‘ in Anwendung zu bringen, dazu gab es noch keine Veranlassung. Aber diese einzige Bewegung genügte, Rih merkte, daß ich ihm die Last erleichtern wollte. Das beleidigte sein Selbstgefühl, und er griff noch weiter, viel weiter aus.

Es war, als ob der Boden hinter uns nur so verschwände. Wer da kein sehr guter Reiter war, dem konnte schwindlig werden. Der Hengst schoß nicht etwa in bemerkbaren Absätzen oder Intervallen vorwärts, nein, man fühlte gar nicht, daß er die Beine bewegte. Sein Leib beschrieb eine schnurgerade Linie, die kaum einen halben Zoll breit auf und nieder schwankte. Und doch war dies noch nicht das Höchste, was er leisten konnte.

Ranko blieb weiter hinter mir zurück, und ich sah, daß ich jeden Augenblick dem Schut näher kam. Erst war er über einen halben Kilometer vor mir gewesen, jetzt war es nur noch die Hälfte davon, dann zweihundert Meter - hundertfünfzig - hundert Meter. Er sah sich nach mir um und stieß einen Schrei des Schreckens aus. Er begann, sein Pferd mit Kolbenstößen anzufeuern. Es tat alles, was es leisten konnte, das brave Tier. Den Kopf waagerecht vorstreckend, schoß es in sichtbaren Sprüngen weiter. Der Schaum troff ihm vom Maul, und die Haut begann, schweißig zu glänzen. Das war kein gutes Zeichen für den Schut. Sein Rappe war dem meinen bei weitem nicht gewachsen. Bei Rih war keine Spur von Schaum oder Schweiß zu bemerken. Ich hätte noch eine Viertelstunde in dieser Weise mit ihm jagen können, ohne daß er zu schwitzen oder zu schäumen begonnen hätte. Aber freilich war ich gewöhnt, auf sein Wohlbefinden noch mehr zu sehen als auf das meinige.

Jetzt ging ich mit mir zu Rate, was ich tun sollte. Schießen? Das war das Schnellste und Sicherste. Mein Bärentöter trug ja weit über den Schut hinaus, und bei dem ruhigen Gang meines Pferdes hatte ich ein so sicheres Zielen, daß es mir ein leichtes gewesen wäre, den Perser aus dem Sattel zu holen. Aber ich wollte ihn nicht töten. Oder sollte ich seinem Pferd eine Kugel geben? Dann mußte er aus dem Sattel fliegen und war mir verfallen. Das schöne, brave Tier tat mir leid. Nein, es gab ja ein sehr gutes Mittel, ihn mir zu holen, ohne ihn oder sein Pferd zu töten! Ich hatte ja den Lasso bei mir. Ich wand denselben los.

Eben als ich damit beschäftigt war, hörte ich ihn einen schrillen Schrei ausstoßen. Er nahm sein Pferd hoch, und es tat einen weiten Satz. Es hatte eine jener Spalten überwunden, von denen mir der Führer erzählt hatte. Einige Sekunden später schoß mein Rih über dieselbe hinweg. Sie war höchstens vier Ellen breit.

Jetzt sah sich der Schut wieder nach mir um. Ich war ihm wieder näher gekommen. Da legte er, nach mir zurück gewendet, die Flinte auf mich an. Hatte er wirklich gelernt, wie die Beduinen im Sattel nach rückwärts zu schießen? Ich durfte seinen Schuß nicht abwarten. Im Nu waren die Hähne meines Bärentöters gespannt, und die beiden Schüsse krachten schnell nacheinander los. Ich hatte das Gewehr nicht etwa angelegt, um nach dem Schut zu zielen; nein, ich wollte nur sein Pferd erschrekken und erreichte meine Absicht ausgezeichnet, denn der Engländer fuhr zusammen, tat einen Seitensprung und schoß dann in unregelmäßigen Sätzen wieder vorwärts. Der Schut hatte sich im Abdrücken befunden. Sein Schuß ging los, traf mich aber nicht.

Nun warf ich den Riemen der Büchse über die Schulter und wickelte mir den Lasso um den Ellbogen und Vorderarm, um laufende Schlingen zu erhalten. Ich hatte mich zu beeilen, denn vorn tauchte ein dunkler Waldstreifen auf. Gelang es dem Schut, diesen zu erreichen, so war er gerettet.

Er hatte Mühe gehabt, sich im Sattel zu halten, als sein Pferd zur Seite sprang, und war nun bestrebt, festen Sitz zu bekommen. Jetzt galt es. Ich mußte das ‚Geheimnis' anwenden. Darum legte ich meinem Rappen die Hand zwischen die Ohren und rief seinen Namen „Rih!" Einen Augenblick lang war es, als ob der Hengst starr in der Luft hängen bliebe, dann ließ er ein lauters Wiehern hören und... Nun, es ist eben nicht zu beschreiben, welche rapide Schnelligkeit ein solches Pferd bei Anwendung des Geheimnisses entwickelt. Ein anderer als ich, der ich mein Tier gewöhnt war, hätte die Augen schließen müssen, um nicht ganz aus dem Sattel zu taumeln.

Sechzig Meter hatte ich den Schut vor mir gehabt, es wurden fünfzig, vierzig, dreißig, jetzt zwanzig Meter. Er hörte den Hufschlag meines Pferdes so nahe hinter sich, drehte sich um und schrie entsetzt:

„Allah seni dschehenneme hükm etsin ej köpek – Allah verdamme dich in die Hölle, du Hund!"

Er zog seine Pistole und feuerte sie auf mich ab, doch ohne zu treffen. Dann schlug er den Schaft desselben dem Pferd auf den Kopf, daß es mit Anstrengung seiner letzten Kräfte wie rasend dahinflog. Vergeblich! Ich war fünfzehn Meter hinter ihm, nun nur noch zehn, jetzt sechs.

„Paß auf, Schut, jetzt hol ich dich!“ rief ich ihm zu. „Kein Mensch und kein Teufel kann dich retten!“

Er antwortete mit einem überlauten Schrei, der fast ein Gebrüll zu nennen war. Ich glaubte, dies habe er vor Wut getan, und schwang die Schlingen des Lasso um den Kopf. Aber da sah ich, daß er sein Pferd zur Seite reißen wollte. Es gelang ihm nicht. Das Tier befand sich einmal im Schuß und war durch die Schläge auf den Kopf wie toll geworden. Ein zweiter Schrei, wie ihn ein Mensch nur in der höchsten Not, im größten Entsetzen auszustoßen vermag! Was war das? Das war nicht Wut, sondern Todesangst!

Ich nahm mein Pferd ein wenig rückwärts, um neben dem Schut, der grad vor mir war, hinwegsehen zu können. Gott im Himmel! Ein langer, langer und breiter dunkler Streifen zog sich quer über unsere Richtung, nicht mehr als dreißig Meter von uns entfernt – ein Spalt, ein entsetzlicher, breiter Spalt, dessen jenseitige Kante wohl zwei Ellen höher war als die diesseitige!

Vielleicht wäre es mir gelungen, mein Pferd noch abzulenken, aber bei der unsagbaren Schnelligkeit, mit der es dahinflog, war das Gelingen doch zweifelhaft. Grad drauf los! Das war die beste Chance.

Ich ließ die Arme mit dem Lasso sinken, nahm den Kopf des Rappen hoch, legte ihm die linke Hand abermals zwischen die Ohren und schrie, nein, ich brüllte:

„Rih, Rihti, Rihti et taijib, natt, natt, natt – Rih, mein Rih, mein guter Rih, springen, springen, springen!“

Ich war überzeugt, daß das Pferd diese in der Sprache seines Heimatlandes gesprochenen Worte verstand.

Wenigstens wußte es, daß ‚natt' springen bedeute, es war darauf abgerichtet. Es öffnete das Maul, ließ einen tiefen, grunzenden Ton hören, von dem ich wußte, daß er ein Ausdruck der Begeisterung sei, knirschte in den Stahl des Gebisses und flog in weitem, sehnenkräftigem Bogen an dem Schut vorüber und auf die Spalte zu.

Der Schut und ich, wir hatten keine Zeit, aufeinander zu achten. Jeder hatte mit sich und seinem Pferd zu tun. Aber er brüllte mir, als ich an ihm vorbeischoß, einen Fluch zu. Nun war der Spalt da. Straff die Zügel, legte ich mich weit nach vorn nieder.

„Rih, hallak, 'ali, 'ali – Rih, jetzt, hoch, hoch!" rief ich.

Mein Auge war in starrer Angst nach der gegenüberliegenden Felskante gerichtet. Wie breit der Spalt war, das sah ich nicht; ich fixierte nur den gegenüberliegenden Punkt, den ich erreichen wollte, und der über einen Meter höher lag, als der, an dem ich mich hüben befand.

Das brave, unvergleichliche Tier setzte an und schoß hoch empor. Einen halben Augenblick lang befand ich mich über der grauenhaften Tiefe. Ich ließ die Zügel schießen und warf mich nach hinten, so gefährlich und unsinnig dies auch erscheinen mag. Ich mußte das tun, um das Vorderteil des Pferdes zu entlasten und nicht abgeworfen zu werden. Hätte ich mich nicht nach hinten geworfen, so wäre ich verloren gewesen, denn trotz der Unvergleichlichkeit des Rappen und trotz der Kraft, mit der er sich über den Abgrund schnellte, gelang der Sprung nicht vollständig. Rih faßte nur mit den Vorderhufen das Gestein.

„ 'ali, 'ali!" schrie ich abermals und warf mich nach vorn, dem Pferd den Lasso, den ich noch in der einen Hand hielt, nach hinten unter den Bauch und zwischen die Beine schlagend. Dadurch wurde die Hinterhand entlastet. Rih hatte noch nie einen Schlag von mir erhalten. Als er den Lassohieb an dem empfindlichsten Teil seines Körpers fühlte, warf er die Hinterhufe hoch an den

Bauch herauf, krümmte sich zusammen, daß der Sattelgurt zerplatzte, und – faßte nun auch hinten Fuß. Ein gewaltiger Sprung – ich stürzte mit dem Sattel herab, und das Pferd schoß noch eine Strecke vorwärts, um dann stehenzubleiben. Das alles hatte natürlich nur ein, zwei Sekunden gedauert. Ich raffte mich auf und blickte zurück. Da setzte eben der Rappe des Schut an. Er erreichte die diesseitige Kante nicht einmal. Ein Schrei, ein bluterstarrender Schrei, und Roß und Reiter stürzten in die Tiefe.

Mein ganzer Körper war wie Eis. Ich trat an den Spalt heran. Himmel! Er war wenigstens fünf Meter breit! So schätzte ich ihn, doch ist es bekanntlich nicht leicht, die Breite eines Wassers oder eines tiefen Risses genau abzuschätzen. Man irrt da sehr leicht. Und seine Tiefe war so bedeutend, daß ich den Grund gar nicht sehen konnte. Es lag eine dichte, schwarze Finsternis da unten.

Das war ein gerechtes Gericht! Er hatte genau denselben Tod gefunden, den er andern bereiten wollte. Denn tot war er – er und sein Pferd. Es war gar keine Möglichkeit, daß beide lebendig in dieser Tiefe angekommen sein konnten. Dennoch lauschte ich einige Zeit und rief auch hinab, aber es war keine Antwort, kein Laut zu hören.

Nun ging ich zu Rih. Er war umgekehrt und dorthin gelaufen, wo der Sattel lag. Ich legte ihm die Arme um den Hals und drückte sein Köpfchen an mich. Er rieb das Maul an meiner Schulter und leckte mir dann die Hand und die Wange. Es war, als ob er sehr genau wisse, daß wir einander das Leben gerettet hatten.

Nun bekümmerte ich mich um meine Genossen. Ranko kam auf seinem Goldfuchs herbeigejagt. Er sah die Spalte nicht, und ich rief und winkte ihm zu, langsam zu reiten.

Zur rechten Hand von mir, der ich mich jetzt nach der Gegend, aus der ich gekommen war, umgedreht hatte, jagten die andern noch immer hinter Hamd el Amasat her. Er befolgte, indem er nicht eine und dieselbe Richtung einhielt, eine Taktik, die den Zweck hatte, die größere Schnelligkeit ihrer Pferde auszugleichen. Sie ließen sich täuschen und folgten ihm im Zickzack. Nur einer war klüger als die andern, nämlich der listige Hadschi. Er hatte die Taktik des Gegners begriffen und war bemüht, derselben zu begegnen.

Hamd el Amasat war nämlich erst nach Osten geritten, wo er den dort liegenden Wald zu erreichen trachtete. Da er aber bald bemerkte, daß sein Pferd es mit denen seiner Gegner nicht aufzunehmen vermochte, so schlug er Zickzacklinien ein, auf denen sie ihm folgten, allen voran Omar, dem es darum zu tun war, den Mörder seines Vaters zuerst zu erwischen. Halef aber dachte nicht daran, sich irreleiten zu lassen. Er ritt immer scharf ostwärts und hielt dann sein Pferd an, um den Gegner zu erwarten. Dieser bemerkte es. Er sah, daß er da nicht hindurchkommen könne, und wendete sich nun südwärts in derselben Richtung, die der Schut vorher eingeschlagen hatte. Dabei benutzte er sehr schlau und geschickt die wenigen einzelnen Büsche, die es da gab, als Deckung. Das war der einzige Vorteil, den er vor seinen Verfolgern voraus hatte. Aber auf diese Weise mußte er den gefährlichen Spalt erreichen, den er allerdings noch nicht gesehen hatte. Er stand jedenfalls eine bedeutende Angst aus, was ihm sehr zu gönnen war. Was ihn eigentlich erwartete, das wußte er freilich nicht. Bis jetzt glaubte er nur, er werde wegen seines Verhaltens gegen Galingré und dessen Familie verfolgt.

Da, wo der Wagen bei unserm Vorüberkommen gehalten hatte, stand er noch; Galingré und sein Schwiegersohn waren bei demselben. Ranko war jetzt an den Spalt gekommen, blickte schaudernd hinab und rief:

„Der ist tot, zerschmettert, Effendi! Allah, wie war es dir möglich, da hinüberzukommen!"

„Davon später! Bleib da, wo du jetzt bist, damit Hamd el Amasat nicht hier vorüberkann. Ich werde ihm entgegenreiten."

„Du kannst ja nicht. Dein Gurt ist geplatzt."

„Ich habe einen Bedel kolani[1] in der Satteltasche. In zwei Minuten ist der Schaden geheilt."

„Aber du kannst nicht herüber zu Hamd el Amasat!"

„Vielleicht finde ich eine schmalere Stelle des Risses, und wenn nicht, so wird meine Kugel hinübergehen."

So ein Notgurt ist sehr praktisch; er besteht aus einem kurzen Gurtstück, dessen Enden mit je einer sehr fest greifenden Schnalle versehen sind. Man schnallt ihn über die zerrissene Stelle des Sattelgurtes, und dieser ist dann so brauchbar wie vorher.

In kurzer Zeit hatte ich wieder gesattelt und stieg auf, um am diesseitigen Rand der Spalte ostwärts zu reiten, während Ranko an der anderen Seite halten blieb. Er ließ hier im Westen Hamd el Amasat nicht durch. Im Osten glänzte Halefs Kettenpanzer. Von Norden her wurde der Feind von den andern gejagt, und nun befand ich mich im Süden, um ihn zu empfangen. Er war eingeschlossen. Übrigens hätte ihm auch schon die Spalte das Entkommen nach Süden verwehrt.

Eben jetzt sah ich, daß er anhielt und sein Gewehr auf Omar richtete. Dieser trieb sein Pferd zu einem Seitensprung an und wurde infolgedessen nicht getroffen. Dann aber jagte er auf Hamd el Amasat zu, die Flinte hoch erhoben, um ihn niederzuschlagen. Er wollte ihn lebendig, ihn nur betäuben. Hamd el Amasat floh nicht, er blieb halten. Aber als sein Gegner nahe genug war, zog er schnell seine Pistole und feuerte sie auf ihn ab. Das Pferd bäumte und überschlug sich. Hamd el Amasat jagte weiter, der Spalte zu.

Als er sie erblickte, stutzte er und wendete sich nach Westen, wo ich hielt. Ich ritt ihm entgegen und gelangte

[1] Notgurt, Ersatzgurt

an eine Stelle, an der die Spalte nur drei Meter breit war. Das war zu überwinden, zumal mein Ufer höher lag als das andersseitige. Ich trieb mein Pferd eine Strecke zurück, um genügenden Anlauf zu haben.

Jetzt kam er. Er sah, daß ich keine Waffe in der Hand hatte und daß der Riß sich zwischen ihm und mir befand. Freilich - er hätte es nicht wagen dürfen, ihn zu überspringen.

„Komm herüber!" höhnte er. „Dir gebe ich mich gefangen!"

„Sogleich!" antwortete ich.

Ein Zuruf an Rih - er flog auf den Riß zu und in einem weiten, eleganten Sprung hinüber. Hamd el Amasat schrie vor Entsetzen auf und jagte fort, auf Ranko zu, ich hinter ihm her.

Jetzt war der Lasso gut. Ich legte die Schlinge und warf, riß mein Pferd herum - ein Ruck, und Hamd el Amasat flog aus dem Sattel. Im nächsten Augenblick stand ich bei ihm.

Der Wurf war gut gelungen. Die Schlinge hatte sich ihm fest um die Arme gelegt, so daß er dieselben nicht bewegen konnte. Ich kniete nieder und legte ihm den Riemen noch mehrere Male um den Leib.

Der Sturz vom Pferd hatte ihn halb betäubt. Er starrte mich mit großen Augen an, sagte aber nichts. Da kam Omar gejagt und sprang aus dem Sattel.

„Wie?" rief ich ihm erfreut zu. „Ich sah dich stürzen und dachte, du seist getroffen!"

„Der Kerl hat schlecht geschossen", antwortete er. „Die Kugel hat mir den Zügel zerrissen, darum kam mein Pferd zu Fall. Endlich, endlich haben wir ihn! Und nun soll..."

„Still!" bat ich. „Überlaß es zunächst mir, mit ihm zu sprechen."

„Gut! Aber er gehört mir!"

Ich antwortete ihm nicht, denn jetzt kam Ranko; bald

darauf stellten sich auch die anderen ein, Halef als der letzte, der zu weit entfernt gewesen war.

Zunächst wurde natürlich der Tod des Schut besprochen und mein Sprung über den Riß. Die Gefährten suchten die betreffende Stelle auf und konnten sich nicht genug wundern, daß es mir gelungen war, hinüberzukommen. Rih erntete Lorbeeren und wurde von allen liebkost, wobei er freudig wieherte.

Der Schut wurde nur mit kurzen Worten erwähnt. Es war das beste, uns nicht weiter mit ihm zu beschäftigen. Was Hamd el Amasat betraf, so bat ich, ihm jetzt noch nicht zu sagen, wer wir seien. Er sollte erst nach unserer Ankunft im Newera-Khan gerichtet werden. Er war wieder bei voller Besinnung und wurde auf sein Pferd gebunden. Osko und Halef nahmen ihn zwischen sich, um ihn nach dem Khan zu bringen. Omar bot sich dazu an, aber ich sagte ihm aufrichtig, daß ich ihm nicht ganz traue. Wenn er den Gefangenen begleitete, so stand zu befürchten, daß er, ohne unsere Einwilligung, seine Rache sättigen würde.

Während diese drei in schräger Richtung direkt nach dem Khan ritten, kehrten wir andern zu dem Wagen zurück. Dieser hatte zu entfernt gestanden, als daß Galingré und die Seinen den Verlauf unserer Hetzjagd genau hätten verfolgen können. Die beiden Frauen und der Schwiegersohn hatten nicht geahnt, mit welch einem gefährlichen Individuum sie es zu tun hatten. Mit dem größten Vertrauen waren sie allen seinen Anweisungen gefolgt, von denen sie natürlich überzeugt gewesen waren, daß sie von Galingré selbst ausgegangen seien. Sie glaubten, daß der letztere sich bereits in Uskub befinde und seinen Untergebenen Hamd el Amasat mit vollständiger Vollmacht ausgestattet habe. Als dieser vorhin so plötzlich die Flucht ergriff, hatten sie nicht gewußt, was sie über dieses Verhalten denken sollten. Erst dann, als Galingré zu ihrem freudigen Schreck bei ihnen erschienen war, hatten sie erfahren, in welcher Gefahr sie sich befunden hatten, denn er hatte ihnen natürlich alles erzählt, wenn auch nicht so ausführlich, wie dies später geschehen konnte.

Wir wurden den Damen vorgestellt. Sie waren aus dem Wagen gestiegen, um uns zu empfangen. Es sollte an ein Erzählen gehen, ich aber bat, dies für später aufzuheben. Nur wollte ich wissen, ob der Wirt des Newera-Khan im Einverständnis mit dem Schut gestanden habe.

„Gewiß!" antwortete der Schwiegersohn. „Die drei sprachen heimlich zusammen, und dann riet der Wirt uns sehr angelegentlich, jetzt gleich aufzubrechen und die beiden andern Wagen nachkommen zu lassen."

„War denn für euch ein Grund vorhanden, nicht zu warten, bis die andern Wagen auch mitfahren konnten?"

„Nun, meine Frau fühlte sich unwohl. Die Fahrt hierher hatte sie angegriffen, und eine Besserung war auch dann nicht zu erwarten, wenn wir in dem schmutzigen Khan eine Ruhepause von einem Tag gemacht hätten. Da sagte derjenige, den ihr den Schut nennt, daß er auf dem nächsten Dorf eine verheiratete Schwester habe, die unsere Frauen sehr gern willkommen heißen würde. Er stellte uns das so vorteilhaft vor, daß wir endlich geneigt wurden, seinem Rat zu folgen und uns von ihm zu dieser Schwester bringen zu lassen. Die andern Wagen mit den Effekten konnten gemächlich nachkommen, da wir einen ganzen Tag dort verweilen wollten."

„Ah so! Er wollte euch töten und sich dann auch des Gepäcks bemächtigen. Aber wie konntet ihr so unvorsichtig sein, ihm auch dann noch zu folgen, als er so auffälligerweise vom Weg ablenkte?"

„Uns war dies gar nicht auffällig, denn er sagte, daß wir in dieser Richtung viel eher ankommen würden. Über diese Ebene zu fahren, sei überhaupt viel bequemer als die Benutzung des Fahrwegs, der sich im allerschlechtesten Zustand befinde."

„Nun, er hätte euch an die erste Spalte kommen lassen, wo der Wagen nicht weiter konnte. Dort wärt ihr erschossen, ausgeraubt und in den tiefen Riß geworfen worden."

„Mein Gott, wer hätte das gedacht!" rief die ältere Dame. „Wir schenkten Amasat unser ganzes Vertrauen, und auch dieser Schut gab sich ganz so, daß wir ihn für den besten und gefälligsten Menschen halten mußten. Welch eine Gnade Gottes, daß ihr gekommen seid, grad noch im letzten Augenblick, um uns zu retten!"

„Ja, wir haben diesen Männern viel, sehr viel zu verdanken!" stimmte ihr Mann bei.

Im Newera-Khan brachte ich den gefangenen Hamd el Amasat, den Mörder, zu einem umfassenden Geständnis.

Omar Ben Sadek bat mich, Hamd el Amasat loszubinden. In einem Duell - Mann gegen Mann - wollte er den Mörder seines Vaters erwürgen, jedoch nicht ohne dem Verbrecher eine ehrenhafte Chance zu geben, sein Leben zu retten.

Ich verließ den Raum.

War Hamd el Amasat nun tot? Da ging die Tür auf, und Omar kam heraus.

„Ist's zu Ende?" fragte ich schaudernd.

Er hatte das Messer und die Pistolen wieder im Gurt stecken. Der Kampf mußte also vorbei sein.

„Ja", antwortete er. „Die Rache ist vollendet, und die Seele meines Vaters wird befriedigt auf mich niederblikken. Ich darf nun meinen Bart scheren und in die Moschee zum Gebet gehen, denn das Gelübde, das ich auf dem Schott tat, ist nun erfüllt."

„So schafft die Leiche fort! Ich mag sie nicht sehen."

„Diese Leiche brauchen wir nicht fortzuschaffen. Sie wird gehen, wohin es ihr beliebt."

„Wie? Er ist nicht tot? Er lebt noch?"

„Ja, Sihdi. Ich dachte an dich und daran, daß du die Tötung eines Menschen verabscheust. Ich habe Hamd el

Amasat nur geblendet. Als er dann hilflos vor mir stand, konnte ich es nicht über mich gewinnen, ihn zu töten. Er mag sein dunkles Leben langsam zu Grabe schleppen. Er hat das Licht seiner Augen verloren und wird nun keinem Menschen mehr schaden können. Und jetzt ist ihm noch eine Zeit gegeben, sich seiner Taten zu erinnern und sie zu bereuen. Habe ich recht gehandelt?"

Was sollte ich antworten? Ich erinnerte mich daran, daß hochstehende christliche Rechtslehrer die Forderung stellten, die Verbrecher zu blenden, weil man sie dadurch, ohne sie zu töten, für die menschliche Gesellschaft unschädlich machte. Ich nickte stumm.

Der Schut und seine bösesten Helfer und Helfershelfer waren nun bestraft. Fast alle waren tot. Von den beiden Aladschy hörte man nie mehr etwas, und auch Hamd el Amasat blieb verschwunden. Hat er seinem Leben im Dunkeln selbst ein Ende bereitet?

Galingré beschenkte Omar, Osko und auch meinen Halef reichlich.

Sir David schlug mir, Halef und Omar vor, mit einem Schiff nach Jaffa zu fahren, natürlich unter Mitnahme unserer Pferde. Ich, meinte er, müsse ihn später nach Jerusalem begleiten. Das sei sein letztes Reiseziel, bevor er dann nach London reisen wolle, um im Travellers-Club von allen seinen Abenteuern berichten zu können. Die versprochenen Ausgrabungen indes müsse er wohl den Club-Mitgliedern schuldig bleiben...

Halef konnte die Reise zu seinen Haddedihn kaum erwarten. Wie stolz war er, ihnen meinen Rih bald als seinen vorstellen zu können!

Der Lord schickte also sofort einen Eilboten nach Antivari, um dem Kapitän seinen neuen Reiseplan mitzuteilen, und ich hatte nichts Eiligeres zu tun, als zu einem Barbier zu gehen und mich dann mit einem neuen Anzug und frischer Wäsche zu versorgen. Daß wir alle ein sehr gründliches Bad nehmen mußten, verstand sich ganz von selbst. Dann spielten wir die Herren und ließen uns auf dem Skutarisee, von dem aus die Stadt einen wunderschönen Anblick bietet, spazierenfahren. Als wir nach Hause kamen, wartete ein Polizeibeamter, bei dem sich drei rotgekleidete Khawassen befanden, auf uns; der Wirt hatte uns angemeldet. Als der Mann meine Pässe sah, zog er sich unter den ehrerbietigsten Verbeugungen zurück, wozu wohl das reiche Bakschisch, das der Lord ihm gab, das meiste beigetragen hatte.

Skutari trägt, obgleich es am Adriatischen Meer liegt, einen durchaus orientalischen Charakter. Es liegt teils in einer fruchtbaren Ebene, teils auf einer Hügelgruppe, die diese Ebene begrenzt und auf ihrem höchsten Punkt ein verfallenes Kastell trägt. Diese Stadt besteht eigentlich aus mehreren Dörfern, die miteinander verbunden und deren Häuser fast ausschließlich aus Holz gebaut sind.

Osko blieb einen Tag lang da, dann verabschiedete er sich von uns, um hinauf nach Allia und von da über Plavnicza nach Rieka zu reiten, wo er früher gewohnt hatte. Eine Fahrt über den See hätte ihn viel schneller hingebracht. Aber er glaubte, seinen Schecken, auf den er sehr stolz war, nicht den trügerischen Wellen anvertrauen zu dürfen.

Die Trennung wurde ihm und uns schwer. Er versprach, bei seiner Rückkehr nach Edreneh und Stambul seine Verwandten von uns zu grüßen und sie zu veranlassen, einmal an mich zu schreiben. Wir gaben ihm eine Strecke weit das Geleit.

Der von dem Lord nach Antivari gesandte Bote kam erst am zweiten Tag zurück, denn man hat bis zwölf Stunden zu reiten, um von der einen Stadt zu der andern zu gelangen. Er meldete, daß der Kapitän an der Riva von Antivari liege, zu jeder Stunde bereit, uns aufzunehmen. Da uns nichts hier in Skutari hielt, brachen wir am nächsten Morgen sehr zeitig auf.

Wir fühlten uns bald sehr froh, so gute Pferde zu besitzen, denn der Weg ist ein ungemein schlechter. Trinkbares Wasser für uns und die Pferde war nur an einer einzigen Stelle zu bekommen, die wir um die Mittagszeit erreichten. Sie lag hoch oben auf dem Gebirgsrücken, der sich zwischen den beiden Städten bis an das Meer hinzieht.

Der jenseitige Abfall des Berges war so steil, daß wir aus dem Sattel steigen mußten, um die Pferde zu schonen. Von da aus blitzte uns aus der Tiefe das Meer entgegen, das uns auf seinem dienstbereiten, oft aber auch widerstrebenden Rücken davontragen sollte. Erst eine Stunde vor der Stadt wurde das Terrain so eben, daß wir wieder reiten konnten.

Die Stadt Antivari, die mit der Festung auf einem niedrigen Ausläufer des Gebirges liegt, wurde von uns nicht berührt, da wir gleich an die Riva wollten. Dort waren vier Häuser an den Strand gebaut, ein Kontumaz-Gebäude, das Agenturhaus des österreichischenLloyd, ein Zollhaus und ein Wirtshaus. In letzterem kehrten wir ein. Es war fünf Uhr nachmittags, als wir da anlangten.

Die folgende Nacht blieben wir im Wirtshaus, am andern Morgen schifften wir uns mit den Pferden ein, und dann entschwand die Küste des Skipetarenlandes sehr bald unseren Blicken.

Es ist noch zu erwähnen, daß der Lord den Hadschi und Omar auch sehr reich beschenkte und daß ich meinen ‚Freund und Beschützer' bat, mir einmal zu schreiben. Zwei Monate nach meiner Heimkehr langte dann auch sein Schreiben bei mir an.

Und dieser hochinteressante Schreibebrief lautete, ins Deutsche übersetzt, wörtlich:

„Mein lieber Sihdi!

Gnade und Gruß Gottes! Wir sind angekommen, ich und Omar. Freude und Glück überall! Geld! Panzer! Ruhm, Ehre, Wonne! Kara Ben Nemsi sei Segen, Liebe,

Andenken, Gebet! Hanneh, die Liebenswürdige, die Tochter Amschas, der Tochter Maleks des Ateïbeh, ist gesund, schön und entzückend. Kara Ben Hadschi Halef, mein Sohn, ist ein Held. Vierzig getrocknete Datteln verschlingt er in einem Atem; o Gott, o Himmel! Omar Ben Sadek wird heiraten Sahama, die Tochter von Hadschi Schukar esch Schamain Ben Mudal Hakuram Ibn Saduk Wesilegh esch Schammar, ein reiches und schönes Mädchen. Allah schenke dir sehr gutes Wetter und schöne Witterung! Rih, der Hengst, grüßt sehr ergebenst und höflich. Omar Ben Sadek hat ein gutes Zelt und eine liebenswürdige Schwiegermutter. Heirate auch bald! Allah beschütze dich! Sei stets zufrieden und murre nicht! Ich liebe dich! Vergiß das Siegel; ich habe weder ein Petschaft noch Siegellack! Sei immer tugendhaft und meide die Sünde und das Verbrechen! Komme im Frühjahr! Sei immer mäßig, bescheiden, zuvorkommend und fliehe die Betrunkenheit!

Voller Hochachtung, Ehrerbietung, Demut und Anbetung, Dein ehrlicher und treuer Freund, Beschützer und Familienvater

Hadschi Halef Omar Ben Hadschi Abul Abbas Ibn Hadschi Dawud al Gossarah.“

10. Der letzte Ritt

Mit den im vorigen Kapitel geschilderten Ereignissen um den Tod des Schut war meine abenteuerliche Reise zum Ende gekommen. Hunderte von Zuschriften aber verlangten nach einer Fortsetzung, da meine Leser meinten, ich hätte doch einmal bei meinem Freund und Beschützer nach dem Rechten sehen müssen. Auch dürfte mich das Wohlergehen meines Rappen doch weiterhin interessiert haben!

Recht haben sie, meine Leser!

Wenn man daheim am Schreibtisch sitzt und seine Erlebnisse vor einer großen Leserschaft ausbreitet, dann kommen sie mir natürlich alle in den Sinn, mit denen ich so viel erlebte.

Nun wissen meine Leser, daß meine Reisen mich nicht nur in den Orient führten. Zwischendurch war ich immer mal ‚drüben' bei meinen roten Freunden und den Bleichgesichtern, die auch stets wieder nach einem Wiedersehen mit Old Shatterhand verlangten.

Wäre ich ein Krösus - nichts wäre mir lieber, als ständig durch die Welt reisen zu können. Dazu aber bedarf es des nötigen ‚Kleingelds', das ich mir durch meine Bücher und Zeitschriftenberichte in der Heimat verdienen muß. Das versteht sicherlich nur derjenige, der seinen Lebensunterhalt selbst mühsam bestreiten muß, derjenige also, der nicht durch Erbschaft oder Vermögen so unabhängig ist vom schnöden Mammon, daß er sich leisten kann, was sein Herz verlangt.

Ich habe mich immer gescheut, unverdientes Geld von anderen Leuten anzunehmen, und so mag das die

Erklärung dafür sein, daß ich mich nicht zum Beispiel durch Sir David zum reichen Mann machen ließ. Ihm wäre das eine Freude und ein leichtes gewesen. Mich hätte es nicht glücklich gemacht. Am Ende wäre ich vielleicht so faul und nichtsnutzig geworden, daß ich keine einzige Zeile mehr hätte schreiben wollen – sehr zum Leidwesen meiner Leser, hoffe ich.

Nachdem ich also meine Erlebnisse an langen Tagen und in nicht minder langen Nächten aufgeschrieben und Verleger gefunden hatte, konnte ich, nachdem das oft angemahnte Honorar bei mir eingetroffen war, meine nächste Reise planen. Und die, das dürfte jene interessieren, die sich besonders um das Wohlergehen Rihs sorgen, führte mich natürlich zu den Weideplätzen der Haddedihn, zu meinem Halef, zu seiner Hanneh, zu ihrem Sohn Kara Ben Halef und zu meinem Rappen Rih. Das jedenfalls hatte ich mir vorgenommen.

Ich befand mich also wieder einmal in Damaskus und hatte die Absicht von da aus über Aleppo, Diarbekr, Erzerum und die russische Grenze zu gehen, um nach Tiflis zu gelangen. Wie sich von selbst versteht, wohnte ich in Damaskus nicht in einem Gasthaus, sondern ich war auf der ‚geraden Straße' bei Jakub Afarah abgestiegen und mit großer Freude aufgenommen worden. Damals hatte ich nicht Zeit gefunden, die Umgebung von Damaskus eingehend kennenzulernen, und so bestrebte ich mich denn jetzt, dieses Versäumnis nachzuholen. Ich machte täglich einen Ausflug und war bald so weit herumgekommen, daß ich nur noch den im Norden der Stadt gelegenen Dschebel Kassium zu besuchen hatte. Dieser Berg ist darum merkwürdig, weil dort nach der morgenländischen Erzählung Kain seinen Bruder Abel erschlagen haben soll.

Ich unternahm diesen Spazierritt ganz allein, um den Anblick der prächtigen Stadt ungestört auf mich wirken zu lassen. Es war noch sehr früh am Tage, und so durfte ich hoffen, nicht belästigt zu werden. Aber als ich auf der Höhe ankam, sah ich, daß ich heute nicht der erste Besucher auf derselben war. Ich erblickte einen jungen Hammar[1], der im Gras neben seinem Tier lag, und als ich um einige Olivenbüsche bog, sah ich auch den Mann, den der Esel heraufgetragen hatte. Er wendete mir den Rükken zu, seiner Kleidung nach mußte er ein Europäer sein, da unmöglich ein Eingeborener in so einem Anzug stekken konnte.

Ein hoher, grauer Zylinderhut saß auf einem langen, schmalen Kopf, der in Beziehung auf den Haarwuchs noch öder als die Sahara war. Der dürre, bloße Hals ragte aus einem sehr breiten, umgelegten und tadellos geplätteten Hemdkragen hervor; dann kam ein graukarierter Rock, eine graukarierte Hose, und auch die Gamaschen waren graukariert. Ich sah ihn, wie gesagt, von hinten, konnte aber darauf schwören, daß er auch einen graukarierten Schlips und eine graukarierte Weste trug. Unter dem Schlips gab es dann ein langes, dünnes Kinn, einen breiten, dünnlippigen Mund und höher hinauf eine Nase, die einmal mit einer riesigen Aleppobeule behaftet gewesen war. Das wußte ich ganz genau, denn ich kannte diesen Mann, der so in sich versunken war, daß er mein Kommen gar nicht gehört hatte.

Ich stieg aus dem Sattel, schlich mich zu ihm hin, legte ihm von hintenher beide Hände auf die Augen und sagte mit verstellter Stimme:

„Mr. David Lindsay, who is there - wer ist da?“

Er schrak ein wenig zusammen und nannte dann einige englische Namen, jedenfalls von ihm bekannten Personen, die sich gegenwärtig in Damaskus befanden. Darauf rief ich mit meiner wirklichen Stimme:

„Falsch geraten, Sir! Wollen sehen, ob ihr mich nun erkennt.“

[1] Eselstreiber

Da antwortete er augenblicklich:

„All devils! Wenn das nicht dieser armselige Kara Ben Nemsi ist, der seinen Rapphengst verschenkt hat, anstatt ihn an mich zu verkaufen, so will ich auf der Stelle gleich selbst ein Rappe sein!"

Er machte sich von meinen Händen frei und drehte sich nach mir um. Seine Augen richteten sich groß auf mich, sein Mund zog sich von einem Ohrläppchen zum andern, und seine bekannte lange Nase geriet in eine unbeschreibliche Bewegung.

„Richtig, richtig, ganz richtig!" stieß er dann hervor. „Er ist's, er ist's wirklich, dieser Mensch, der keinen Pfennig von mir angenommen hat, obgleich ich ihm so viel zu verdanken habe! Kommt an mein Herz, Sir! Ich muß Euch an meinen Busen drücken!"

Er schlang die langen Arme wie ein Polyp um mich, quetschte mich fünf-, sechsmals an seine vordere Seite und legte dann - have care! - seinen sich fürchterlich zuspitzenden Mund auf den meinigen, was er nur dadurch fertigbrachte, daß er seine Nase eine sehr resolute Seitenschwenkung machen ließ. Dann schob er mich wieder von sich ab und fragte mit frohleuchtenden Augen:

„Mann, Mensch, Kerl, Herzensfreund, wie kommt denn Ihr grad jetzt in diese Gegend und auf diesen Berg herauf? Ich bin ganz außer mir vor Freude und Erstaunen. Habt Ihr etwa doch meinen Brief bekommen?"

„Welchen Brief, Sir?"

„Von Triest aus. Forderte Euch auf, dorthin zu kommen und mit mir nach Kairo zu fahren."

„Habe keinen Brief erhalten. War gar nicht daheim."

„Also Zufall? Der reine Zufall? Seit wann treibt Ihr Euch denn hier herum?"

„Seit schon elf Tagen."

„Bei mir sind's nur erst vier. Morgen geht's wieder fort. Wo wollt Ihr denn von hier hin?"

„Nach dem Kaukasus."
„Kaukasus? Weshalb?"
„Sprachstudien."
„Unsinn! Ihr schwatzt genug in fremden Zungen. Was habt Ihr davon, Euch mit den Tscherkessen herumzubalgen. Geht mit mir! Soll Euch kein Geld kosten."
„Wohin?"
„Zu den Haddedihn."
„Was?" fragte ich, nun meinerseits erstaunt. „Ihr wollt zu den Haddedihn?"
„Yes", nickte er, und seine Nase nickte auf ihre eigene Rechnung gar dreimal. „Warum nicht? Habt Ihr etwas dagegen?"
„Nicht das geringste. Aber wie kommt Ihr auf diesen Gedanken? Wollt Ihr etwa wieder nach ‚Fliegenden Stieren' graben?"
„Haltet den Mund! Braucht mich nicht zu foppen, Sir; bin von diesem Gedanken längst zurückgekommen. Aber Ihr wißt, daß ich Mitglied von Traveller-Club, London, Near-Street 47, bin. Habe mich da anheischig gemacht, eine Reise von achttausend Meilen zu machen, ganz egal, wohin. Überlegte mir die Sache. Dachte an unsere früheren Ritte und entschloß mich, die bekannten Orte aufzusuchen und dann von Bagdad nach Indien und China zu gehen. Wollt Ihr mit?"
„Danke! Habe nicht so lange Zeit."
„Dann wenigstens mit zu den Haddedihn. Wollte mir hier einige Führer nehmen; habe sie sogar engagiert; können aber dableiben, wenn Ihr mitgeht."

Der Gedanke, die Haddedihn und namentlich Halef zu besuchen, war mir höchst sympathisch, aber ich hatte nun einmal anders über meine Zeit verfügt und machte Einwendungen.

Er hörte dieselben jedoch gar nicht an, schüttelte den Kopf, wedelte mit den Armen, so daß ich mich durch einige Schritte rückwärts in Sicherheit bringen mußte, und ließ eine solche Flut von Einwendungen über mich los, daß ich schließlich bat:

„Nehmt Eure Stimmwerkzeuge in acht, Sir! Vielleicht habt Ihr sie später auch noch einmal nötig.“

„Pshaw! Ich werde so lange reden, bis Ihr sagt, daß Ihr mitmachen wollt.“

„Wenn das der Fall ist, so muß ich mich nun freilich mehr über Euch erbarmen als Ihr selbst. Ich reite mit. Doch sage ich Euch, daß ich nicht mehr als einen Monat für Euch haben kann.“

„Schön, schön, herrlich, prächtig, Sir! Wenn Ihr nur erst einen Monat sagt, so bin ich ganz zufrieden, denn ich weiß, daß bei Euch sehr leicht ein ganzes Jahr daraus wird.“

Er umarmte mich wieder und versuchte, einen zweiten Kuß an den Mann zu bringen, dem ich aber durch eine schlaue Kopfbewegung entging, so daß die drohend zugespitzten Lippen laut auseinanderplatzten. Darauf erkundigte ich mich, wo er in Damaskus wohnte.

„Beim englischen Konsul, der ein entfernter Verwandter von mir ist“, antwortete er. „Und Ihr?“

„Bei Jakub Afarah natürlich. Ich habe dadurch große Freude angerichtet. Warum habt ihr ihn nicht besucht?“

„Woher wißt Ihr, daß ich nicht bei ihm gewesen bin?“

„Weil er es mir gesagt hätte.“

„Well. Dachte, daß er mich gleich dortbehalten würde, und Ihr wißt ja, daß ich gern mein eigner Herr bin. Ein Gast ist immer ein gebundener Mann. Doch da ich Euch gefunden habe, will ich Euch zu ihm begleiten. Ich möchte gern das famose Klavier sehen, auf dem Ihr damals bei ihm ein Konzert gegeben habt.“

Kain und Abels Erinnerungsstätte erregte jetzt weniger unsere Aufmerksamkeit; wir ritten bald nach der Stadt zurück. Das war wieder einmal so ein unerwartetes Zusammentreffen, wie ich sie so oft erlebt hatte! Die Folge davon war anstatt der geplanten Reise nach Norden ein Ausflug zu den lieben Haddedihn vom Stamme der Schammar. Zwei Tage später waren wir schon unterwegs, ganz allein, denn Führer konnten uns nur lästig fallen. Was die Vorbereitungen zu diesem Ritt betrifft, so kosteten sie mich keinen Pfennig. Lindsay kaufte drei gute Kamele, eins davon zum Tragen der Vorräte, die wir mitnahmen. Auch für Geschenke hatte er in höchst anständiger Weise gesorgt. Leider war es mir nicht ganz möglich gewesen, ihn zu bestimmen, seinen schauderhaften graukarierten Anzug abzulegen. Auf alle meine darauf bezüglichen Vorstellungen gab er immer nur die eine Antwort:

„Laßt mich mit Euren fremden Kleidern in Ruh! Habe einmal in einem kurdischen Anzug gesteckt, einmal und nicht wieder! Bin mir vorgekommen wie ein Löwe in der Eselshaut!"

„Wirklich? Sonderbar!"

„Was, sonderbar?"

„Diese Umkehrung. Die bekannte Fabel spricht doch wohl von einem Esel in der Löwenhaut."

„Sir! Soll das eine Anzüglichkeit bedeuten?"

„Nein, nur eine Richtigstellung."

„Well, sollte Euch auch nicht gut bekommen! Hoffe, Euch beweisen zu können, daß ich keiner fremden Haut bedarf, um den nötigen Mut zu zeigen, wenn sich eine Veranlassung dazu ergeben sollte. Könnt Euch darauf verlassen!"

Dieser Bemerkung bedurfte es gar nicht, er hatte ja mehr als zur Genüge bewiesen, daß er Mut besaß, nur hatte er leider die Eigentümlichkeit, alles am verkehrten Ende anzufassen. Das Bild vom Esel in der Löwenhaut war von mir berichtigt worden, weil ich wissen wollte, ob ich noch in der früher zwischen uns gebräuchlichen Weise mit ihm verkehren könne.

Wir benutzen ganz genau denselben Weg, den ich damals von den Weideplätzen der Haddedihn nach

Damaskus eingeschlagen hatte, und gingen also in der Gegend von Deïr auf Kellekflößen über den Euphrat. Wir hatten bisher nichts erlebt, was besondere Erwähnung verdiente; in Deïr erfuhren wir, daß wir von jetzt an vorsichtig sein müßten, weil die Abu-Ferhan-Araber, deren Herden jetzt hier und am Ghabur weideten, sich mit den Haddedihn entzweit hatten und uns, die wir mit den letzteren befreundet waren, jedenfalls feindlich behandeln würden. Wir hielten uns also lieber südlich und gingen bei Abu Seraï über den Ghabur. Dort liegen die Ruinen des alten Circesium oder Karchemisch, wo 605 v. Chr. Nebukadnezar den ägyptischen König Necho besiegte. Einen Tag später hatten wir das Gebiet der Abu-Ferhan hinter uns, ohne einem von ihnen begegnet zu sein, und durften darauf rechnen, morgen oder spätestens übermorgen die Haddedihn zu sehen.

Am nächsten Abend machten wir auf der weiten Ebene, die jetzt einer blumigen Wiese glich, halt. Lindsay hätte gern ein Feuer angebrannt, doch gab ich das nicht zu. Wir lagerten also im Dunkeln. Gegen Mitternacht hörte ich den schnellen Hufschlag von Pferden, konnte aber die Reiter nicht sehen. Dem Schall nach zu urteilen, ritten sie ostwärts, also in der Richtung, in welcher wir die Haddedihn suchten. Hätten wir ein Feuer gemacht, so wären wir von diesen Leuten bemerkt und aufgesucht worden. Als der Tag graute, brachen wir auf. Nachdem wir vielleicht eine Stunde lang geritten waren, erblickten wir zwei Reitertrupps, die aus Osten kamen; der erste von ihnen, der aus sechs bis acht Personen bestand, hielt sich nördlich, mußte also für uns schnell wieder verschwinden; der zweite zählte nur zwei Personen, die grad auf uns zukamen. Ich glaubte annehmen zu dürfen, daß diese beiden Trupps zusammengehörten und sich erst vor wenigen Minuten getrennt hatten.

Zunächst konnten wir etwas Deutliches nicht sehen, weil die Leute noch zu fern von uns waren; doch kamen die beiden uns rasch näher, und da erkannten wir, daß der eine auf einem Schimmel und der andere auf einem Schwarzen saß. Sie sahen uns natürlich ebenso wie wir sie, veränderten aber ihre Richtung nicht, schwangen die Arme, wie um uns ein Zeichen zu geben, und ließen frohe Ausrufe hören, die aus der Ferne wie „Negah, negah, nefad!" klangen. Wenn ich nicht falsch hörte, so hieß dies soviel wie: „Es ist gelungen, gelungen!" Sie schienen uns für ihresgleichen zu halten.

Dann aber mußten sie die graukarierte Gestalt des Englishman deutlicher sehen, sie stutzten, kamen aber doch dann auf uns zu. Jetzt waren sie ungefähr noch zweihundert Pferdelängen von uns entfernt, da konnte ich einen Ausruf des Erstaunens nicht unterdrücken, ich erkannte die beiden Pferde. Bei dem Engländer war dasselbe der Fall, denn er sagte zu gleicher Zeit:

„Alle Donner, das ist ja unser Rih! Sind diese Leute Haddedihn?"

„Nein, Pferdediebe", antwortete ich leise. „Macht sie mir nicht scheu! Jedenfalls sind es Abu-Ferhans, dieselben, die gestern abend an uns vorüberritten. Sie haben die beiden besten Pferde der Haddedihn gestohlen. Haltet an und steigt ab, Sir! Die Pferde müssen wir haben. Bleibt hier halten, bis ich wiederkomme!"

Wir ließen unsere Kamele niederknien und stiegen ab. Den Bärentöter und den Stutzen ließ ich im Sattel hängen und ging den beiden Reitern mit leeren Händen entgegen. Sie waren auch halten geblieben. Ein Blick rückwärts sagte mir, daß Lindsay sein Gewehr in der Hand hielt. Als ich noch ungefähr sechzig Schritte von ihnen entfernt war, rief mir derjenige, der auf dem Rapphengst saß, zu:

„Halt, bleib stehen! Wer bist du?"

„Ich bin der Besitzer des Rappen, auf dem du sitzt", antwortete ich. „Steig ab!"

„Allah verbrenne dich", antwortete er. „Bist du bei Sinnen? Das Pferd ist mein!"

„Das wird sich gleich zeigen."

Ich warf meinen Burnus ab, so daß der Rappe meine Gestalt deutlicher sehen konnte, und rief ihm zu:

„Rih, Rih taijjibi, ta'al, ta'al lahaun – Rih, mein lieber Rih, komm her zu mir!"

Das herrliche Pferd hatte mich sehr lange nicht gesehen, es erkannte mich jedoch sogleich; ein gewaltiger Satz, mit allen Vieren in die Luft, ein zweiter dann zur Seite, und der Reiter lag im Gras; schon im nächsten Augenblick stand der Rappe, hell aufwiehernd, bei mir. Früher pflegte er mich dadurch zu liebkosen, daß er seinen Kopf an mir rieb oder mich leckte. Jetzt aber war das treue Tier so entzückt, daß ihm das nicht genügte, es nahm meine Schulter in das Maul und ließ dabei einen schnaubenden Freudenlaut hören, der so deutlich wie mit menschlichen Worten sagte: „O du lieber, lieber Herr, ich könnte vor Wonne sterben, daß ich dich wiederhabe."

Aber es gab keine Zeit zu Zärtlichkeiten. Der Abgeworfene kam schon herbeigesprungen, er hatte sein Messer in der Hand. Und der andere trieb sein Pferd auch auf mich zu. Ein rascher Sprung, und ich saß im Sattel. Den Revolver ziehend, hielt ich ihn dem ersten entgegen und gebot:

„Bleib stehen, sonst schieße ich!"

Er gehorchte.

„Herab vom Pferd!" befahl ich nun dem zweiten. „Sonst schieße ich dich herunter!"

Er hielt den Schimmel an, da er nicht näher zu kommen wagte, rief mir aber zornig entgegen:

„Hund, was hast du uns zu befehlen! Diese Pferde gehören uns, und ich..."

„Schweig!" unterbrach ich ihn. „Ich bin Hadschi Kara Ben Nemsi Emir, der Freund der Haddedihn, und dieser Rappe ist mein Pferd."

„Kara Ben Nemsi!" schrie er auf. „Der Fremdling mit den Zauberflinten!"

Einen Augenblick starrte er mich wie ratlos an, aber nur einen einzigen Augenblick, dann schoß er auf dem Schimmel fort, schnell wie ein Gedanke über die Ebene dahin.

„Sir, nehmt den Kerl hier fest!" rief ich dem Engländer zu, dann flog ich hinter dem Reiter her.

Kein anderer als ich hätte ihn einzuholen vermocht. Das Pferd, auf dem er saß, war das schnellste Roß der Haddedihn, jene junge Schimmelstute, von der Mohammed Emin zu mir gesagt hatte: „Diese Stute geht nur mit meinem Leben von mir." Er hatte mit ihr den wilden Esel des Sundschar müde gejagt, bis er zusammenbrach. Selbst mein Rih hätte sie nicht einholen können, wenn der rechtmäßige Herr auf ihr gesessen hätte. Dieser Pferdedieb aber kannte ihr Geheimnis nicht und konnte sie also nicht zur Entfaltung ihrer größten Schnelligkeit bringen. Ich aber kannte dasjenige meines Hengstes und war darum des Erfolges sicher.

Ich legte dem Rappen die Hand zwischen die Ohren und rief dreimal „Rih!" Er wieherte laut auf und griff so aus, daß mir hätte schwindlig werden mögen. Schon nach einer halben Minute sah ich, daß ich Raum gewann. Der Dieb blickte hinter sich und bemerkte es auch. Er schlug auf sein Pferd ein, um es anzutreiben, doch war die edle Stute eine solche Behandlung nicht gewöhnt; sie widersetzte sich, das brachte mich ihr rasch näher. Der Kerl gab sich alle Mühe und strengte seine ganze Reitkunst an, er gewann die Herrschaft wieder über das Pferd und flog weiter.

Er war ein vorzüglicher Reiter. Es läßt sich denken, daß, wenn ein Stamm die besten Pferde eines andern Stammes stehlen will, nur die besten Reiter dazu verwendet werden. Diese nehmen, um nicht gehindert zu sein, keine langen Waffen, sondern nur das Messer mit. Dafür aber bekommen sie Begleiter, die sie zu beschützen, zu verteidigen haben. Das war der andere Reitertrupp gewesen, der die nördliche Richtung eingeschlagen hatte, um die Verfolgung von den eigentlichen Dieben ab und auf sie zu lenken.

Aber die Geschicklichkeit dieses Mannes half ihm nichts, ich kam ihm näher und immer näher. Nun verlegte er sich auf Finten und wich von der geraden Richtung bald nach rechts, bald nach links, wie ein Fuchs, der die Meute hinter sich hat, doch vergeblich. Ich kam an seine Seite.

„Halt an!" gebot ich ihm.

Er schwang sein Messer, stieß ein grimmiges Lachen aus und gehorchte nicht. Ich wäre gern von meinem Pferd aus auf das seinige, um hinter ihn zu kommen, hinübergesprungen, aber das hätte der zarten Stute schaden können. Darum rief ich ihm zu, mich an seiner Seite haltend und den Revolver auf ihn richtend:

„Nochmals, halt an, sonst schieße ich!"

Er lachte wieder. Da zielte ich auf seine Hand, die das Messer hielt und drückte zweimal ab. Die Kugeln saßen. Er stieß einen Schrei aus und ließ das Messer fallen, er war nun waffenlos. Da drängte ich den Rappen hart an den Schimmel, erhob mich in den Bügeln und schlug ihm die Faust gegen den Kopf. Er taumelte und ließ die Zügel aus der Linken fallen. Sofort ergriff ich sie, Pferd und Reiter waren mein. Wir hielten an, nachdem die Tiere noch eine kleine Strecke fortgeschossen waren.

Er war nicht ganz betäubt, wankte aber im Sattel hin und her. Das Blut lief ihm von der rechten Hand.

„Halt dich fest, es geht zurück!" gebot ich ihm. „Wenn du eine Bewegung der Flucht oder des Widerstandes machst, schieße ich dich vollends zuschanden!"

Er sah trotz der Wut, die ihn beherrschte, ein, daß er sich fügen müsse, und ergab sich in sein Schicksal.

Die Verfolgung hatte wohl kaum fünf Minuten gedauert, und doch waren wir weit, sehr weit von dem Engländer fortgekommen. Es verging im Trab über eine Viertelstunde, ehe ich ihn wiedersah. Er saß bei den Kamelen und hatte den andern Dieb neben sich sitzen.

„Gut, daß Ihr kommt", rief er mir entgegen. „Ist ein verteufelt langweiliger Kerl. Wollte mich mit ihm unterhalten, versteht aber kein Wort Englisch."

„Es ist auch wohl kaum nötig, daß ein Lord von Altengland sich mit einem Pferdedieb unterhält", lachte ich. „Wie habt Ihr ihn bekommen?"

„Mit den Händen, mit denen man alles fassen kann, was sich greifen läßt. Wollte fortlaufen, der Halunke; habe auch zwei Beine, Well!"

„Aber er hatte doch ein Messer!"

„Ich auch!"

„Hat er sich damit zur Wehr gesetzt?"

„Freilich. Habe ihm aber einen Klaps auf die Nase gegeben, daß sie bald aussehen wird wie damals die meinige, als sie die Aleppobeule hatte. Der da hat wohl auch einen Klaps erhalten?"

Er deutete dabei auf den Dieb, den ich brachte. Der seinige hielt die Nase in beiden Händen.

„Ja", antwortete ich. „Jetzt reiten wir die Pferde, und diese beiden Gentlemen mögen sich auf unsere Kamele setzen."

„Wohin geht's nun jetzt?"

„Gar nicht weit. Nur bis dahin, wo die Spitzbuben sich geteilt haben."

„Geteilt? - Wieso?"

„Ist sehr einfach, Sir. Die Haddedihn haben den Diebstahl natürlich sobald es Tag wurde, bemerkt und sich augenblicklich auf die Verfolgung gemacht. Um sie irrezuleiten, sind die Diebe auseinandergegangen, die einen nach Norden und diese beiden hier mit den erbeuteten Pferden westwärts. Wir reiten bis zu dieser Scheidestelle und werden da die Haddedihn bald kommen sehen."

„Well! Werden Augen machen, wenn sie ihre Pferde so bald wiederbekommen, und nun gar von wem!"

Die beiden Abu-Ferhan – denn sie gehörten diesem Stamm wirklich an – mußten auf die Kamele steigen, dann ritten wir weiter, bis ihre Fährte mit derjenigen ihrer Genossen zusammenstieß. Dort stiegen wir wieder ab und setzten uns in das Gras. Die Pferde und Kamele begannen sofort zu weiden. Lindsay rieb sich vor Vergnügen die Hände und sagte:

„Bin doch begierig auf die Gesichter, die wir sehen werden. Wird ein Hauptspaß werden. Nicht?"

„Ja, eine tüchtige Überraschung. Halef wird einer der ersten sein, und Amad el Ghandur ist natürlich auch dabei."

Hierbei muß ich bemerken, daß, als ich mit Halef von der Todeskarawane zu den Haddedihn zurückkehrte, Amad el Ghandur noch nicht wieder bei seinem Stamm angekommen war. Wir hielten ihn für verloren. Später aber langte er doch glücklich an. Er hatte den Tod seines Vaters an den Bebbeh-Kurden gerächt, jedoch mehr Zeit dazu gebraucht, als von ihm und auch von mir angenommen worden war.

Er bekleidete jetzt als Nachfolger Mohammed Emins die Stelle eines Scheiks der Haddedihn.

„Und Omar Ben Sadek mit seiner Schecke", fügte Lindsay hinzu. „Freue mich darauf wie ein Schneesieber auf die Gurkenzeit. Ist doch etwas anderes, wenn man mit Euch reist, Sir. Man erlebt etwas."

„Macht mich nicht so stolz, Mylord! Andere Leute haben auch ihre Erlebnisse."

„Aber was für welche! Den Mylord laßt nur weg. Für Euch heiße ich Lindsay, David Lindsay, so wie es früher gewesen ist. Verstanden!"

Die beiden Gefangenen sagten kein Wort; der eine starrte zur Erde nieder, und der andere betastete unaufhörlich seine Nase, die an Farbenreichtum und Ausdehnung sichtlich zunah. Der Lord mußte ihm einen nicht gewöhnlichen Hieb auf dieselbe gegeben haben.

Da, als wir ungefähr eine Viertelstunde lang gesessen hatten, sahen wir eine ganze Menge Reiter am östlichen Horizont auftauchen.

„Sie kommen, sie kommen!“ lachte Lindsay am ganzen Gesicht. „Ich könnte ihnen gleich tausend Pfund Sterling schenken, so freue ich mich!“

Ja, sie kamen; sie näherten sich schnell, indem sie auf der Spur der Pferdediebe ritten. Sie sahen uns und hielten an, um uns zu betrachten. Sie bemerkten nebst unsern Kamelen einen Schimmel und einen Rappen. Diese Färbung der Pferde stimmte. Konnten es die ihren sein? Nein, denn dann wären wir die Diebe gewesen und hätten uns nicht hierhergesetzt und sie so ruhig herankommen lassen.

„Sir“, fragte der Engländer, „wer ist der hohe, bärtige Mann, der an ihrer Spitze hält?“

„Das ist Amad el Ghandur. Er trägt den Bart ebenso lang wie früher sein Vater, nur daß der seine schwarz ist und derjenige von Mohammed Emin weiß wie Silber war.“

„Und der Alte neben ihm?“

„Ist Scheik Malek von den Ateïbeh, der Großvater von Hanneh, der Herrlichsten unter den Herrlichen.“

„Und der kleine Kerl seitwärts von diesem?“

„Unser Hadschi Halef Omar.“

„Well! Ihr habt bessere Augen als ich. Hält dort nicht einer auf einem scheckigen Pferd?“

„Ja. Das ist Omar Ben Sadek auf seinem Aladschypferd. Sie haben uns noch nicht erkannt, jetzt aber kommen sie.“

„Well! Werde mich ihnen gleich in Lebensgröße zeigen.“

Er stand auf, streckte seine lange Gestalt womöglich noch länger und schritt ihnen entgegen. Sie stutzten wieder. Die sonderbare, graukarierte Figur frappierte sie. Da aber stieß der kleine Hadschi einen lauten Freudenruf aus, trieb sein Pferd vorwärts und rief dabei, sein Arabisch und Türkisch mit den wenigen deutschen und englischen Brocken, die er sich gemerkt hatte, bereichernd:

„Maschallah, Wunder Gottes! That's Lord David Lindsay, ich erkenne ihn!"

Er kam hergeritten, der Lord ging ihm entgegen. Als sie sich trafen, sprang Halef vom Pferd und fragte:

„You hier bei uns! Allah 'l Allah! Habt Ihr von meinem guten Sihdi gehört? Wie geht es ihm? Hat er ein Weib genommen oder noch nicht? Was...?"

Die Frage blieb ihm im Munde stecken, ich hatte ihm den Rücken halb zugekehrt, stand aber jetzt auf und schritt auf ihn zu. Er bewegte zunächst kein Glied, dann breitete er die Arme aus, als ob er mich schon von weitem umfangen wolle, konnte aber nicht von der Stelle, sondern sank auf die Knie nieder und bewegte die Lippen. Man sah, daß er sprechen wollte, er brachte aber kein Wort hervor, dabei rannen ihm dicke Tränen aus den Augen und über das Gesicht herab.

Ich war tief gerührt von dieser außerordentlichen Gemütsbewegung, hob ihn empor und zog ihn an meine Brust. Da schlang er die Arme um mich, drückte sein Gesicht an mich und weinte und schluchzte zum Herzbrechen.

Nun wurden auch die andern lebendig. Sie erkannten uns, sie erkannten auch den Hengst und die Schimmelstute; im nächsten Augenblick wogte es um uns von Reitern, die von den Pferden sprangen, von Rufen und Fragen. Alle Hände streckten sich nach uns aus; ich konnte keine einzige drücken, denn ich hatte vollauf mit meinem Halef zu tun, der sich endlich so weit beruhigte, daß er sprechen konnte, aber auch erst nur die Worte:

„Ya Sihdi, hajaji, na' imi, nuri esch schems, ya Allah, ya Allah – o Sihdi, mein Leben, mein Glück, mein Sonnenlicht – o Gott, o Gott!"

Dabei streichelte er mir mit beiden Händen das Gesicht und küßte den Saum meines Burnus. Für ihn war es in diesem Augenblick ganz gleichgültig, ob die beiden kostbaren Pferde gerettet waren oder nicht. Er hatte mich, das war ihm genug.

Um so größer aber war der Jubel der andern darüber, daß die Tiere sich in Sicherheit befanden. Auch ich hatte Tränen in den Augen über Halefs tiefes Ergriffensein, und dennoch konnte ich nicht anders, ich mußte lächeln über die Art und Weise, in welcher der graukarierte Lord die Haddedihn begrüßte. Er suchte seinen ganzen arabischen und türkischen Wortvorrat zusammen, um ihnen zu sagen, wie sehr er sich über das Wiedersehen freue; er verfügte da über zwanzig oder höchstens dreißig Ausdrücke, und man kann sich denken, welch ein Unsinn dabei zustande kam.

Omar Ben Sadek hatte lange gewartet, um auch an mich zu kommen. Jetzt nahm er Halef einfach bei den Schultern, zog ihn von mir weg und sagte:

„Glaubst du denn, den Sihdi ganz allein für dich behalten zu können? Hier ist auch noch jemand, der ihn begrüßen will!"

Er drückte, ich mochte wehren, so sehr ich wollte, seine Lippen auf meine Hände und ließ nicht eher von mir ab, als bis Amad el Ghandur ihn zur Seite drängte, meine Rechte ergriff und zu mir sagte:

„Allah sei Dank, der dich wieder zu uns führt, Emir! Es wird große Freude sein in unserem Lager und viel Wonne unter unsern Zelten. Unsere Krieger werden euch mit dem La'b el Barud, dem Spiel des Pulvers, empfangen, und aus dem Mund der Frauen und Mädchen wird dein Lobgesang erschallen. Du sollst bei uns willkommen sein, wie noch nie jemand bewillkommnet worden ist, denn du bist der beste unserer Freunde, und schon dein bloßes Nahen hat uns Heil gebracht. Du hast die zwei edelsten Pferde unsers Stammes gerettet. Willst du uns sagen, wie dir dies gelungen ist?"

Erst durch diese Frage des Scheiks wurde Halef veranlaßt, seine Augen von mir auf den Rappen zu wenden.

„Ja", rief er aus, „noch hat mein Sihdi, der berühmte Hadschi Kara Ben Nemsi, seinen Fuß nicht zu uns gesetzt, so kommt von ihm uns schon das Glück entgegen. O Sihdi, man hatte mir deinen Rih gestohlen, das Pferd meiner Seele, den Rappen meines Herzens. Welche Schande wäre über mich gekommen, wenn du die Räuber nicht besiegt hättest! Wie hast du es angefangen, sie und die gestohlenen Rosse auf euern langsamen Kamelen einzuholen?"

„Das sollst du gleich erfahren, wenn ich vorher auch diesen kleinen Ben Arab begrüßt habe, von dem ich wohl errate, wer er ist."

Ein etwa achtjähriger Knabe saß auf einem vielleicht dreijährigen Rapphengst; er war nicht abgestiegen und hielt seine großen, dunklen Augen mit einem ganz eigenen Ausdruck auf mich gerichtet. Ich reichte ihm die Hand und sagte:

„Wir haben uns seit drei Jahren nicht gesehen. Du bist Kara Ben Hadschi Halef, der Sohn meines Namens?"

„Ich bin es", antwortete er, auf sein junges Pferd deutend. „Und dieser Rapphengst ist Assil Ben Rih, der Sohn dessen, den du meinem Vater geschenkt hast."

„Wie? Rih hat einen Sohn?" fragte ich verwundert.

„Einen Sohn und eine Tochter", antwortete Halef. „Durfte so ein Pferd ohne Nachkommen bleiben? Nein. Seine Nachkommen aber sollten ebenso schwarz werden wie er selbst ist, darum erkundigte ich mich nach der besten schwarzen Stute, die aufzufinden war. Dieses berühmte Pferd wohnte in der arabischen Wüste auf der El Hamad-Ebene, ich habe große Gefahren zu überwinden gehabt, ehe ich ihren glücklichen Besitzer begrüßen konnte. Diesem gefiel unser Rih, und er ging mit mir einen Vertrag ein. Rih sollte uns einen Sohn und eine Tochter geben; die Tochter sollte ihm, dem Besitzer der

Stute, der Sohn aber mir, dem Besitzer des Hengstes, gehören. So ist es auch geschehen. Rih hat unsere Hoffnungen erfüllt und uns das gegeben, was wir von ihm wünschten; die Tochter ist zwei Jahre, der Sohn aber drei Jahre alt; hier siehst du ihn, o Sihdi. Er ist fast edler noch als Rih und trägt schon meinen Knaben, den Sohn der Lieblichsten unter den Schönsten. Sie beide sind Tag und Nacht beisammen, und wir haben ihm schon ein Geheimnis gelehrt, das ich dir mitteilen werde, denn er ist ja dein Eigentum, wie auch Rih selbst dir gehört."

„Nein, es gehört mir keiner von beiden", antwortete ich. „Sie sind dein Eigentum."

„Nein, das deinige!" behauptete er. „Du hast mir Rih, den Herrlichen, anvertraut, weil er nur hier bei uns leben und gedeihen kann. Ich habe ihn gepflegt mit den Reichtümern, die ich nur durch dich erhalten habe, und ihn während deiner Abwesenheit reiten dürfen; dadurch bin ich überreich belohnt für die Mühen, die ich auf ihn verwendet habe. Es sind dies auch gar keine Mühen gewesen, sondern Vorzüge und Wonnen, die ich genossen habe. Du bist zu uns zurückgekehrt und wirst ihn wieder reiten. Ich hoffe nicht, daß du mir diese Bitte abschlagen wirst. Denn wenn dein Recht veraltet wäre, so hast du es dir dadurch aufs neue erworben, daß du das Pferd aus der Hand dieser Diebe gerettet hast. Sag also ja, Sihdi, nimm ihn hin; du wirst mir eine große Freude damit bereiten, denn ich kann und mag meinen geliebte Sihdi nicht anders sehen als auf dem Rücken des Pferdes, das ihn in so großen Gefahren und zu so großen Taten getragen hat."

Es versteht sich ganz von selbst, daß ich ihm diesen Wunsch erfüllen mußte, selbst wenn es nicht meine Absicht gewesen wäre, dies zu tun. Ich nahm Rih also wieder von ihm an, doch, wie ich ihm ausdrücklich bemerkte, nur für die kurze Dauer meiner jetzigen Anwesenheit.

Dann erzählte ich, wie wir uns der beiden Abu-Ferhan-Araber bemächtigt hatten. Sie wurden auf die Kamele gebunden, um mitgenommen zu werden. Der Raub so edler Pferde wird mit dem Tod bestraft, doch aus Freude über unsern Besuch versprachen mir Amad el Ghandur, Hadschi Halef und der alte Malek, daß die Ahndung eine weniger schwere sein solle.

Jetzt brachen wir nach dem Weideplatz der Haddedihn auf. Ein Bote wurde vorausgeschickt, um die dort Befindlichen über unser Kommen zu unterrichten.

Wir hatten gegen drei Stunden zu reiten. Nach Verlauf dieser Zeit sahen wir eine große Wolke von Reitern, die uns entgegengaloppiert kam. Sie stürmten mit großem Geschrei herbei, umringten uns und drangen von allen Seiten auf uns ein, so daß es den Anschein hatte, als ob sie uns niederrennen wollten. Sie jagten durcheinander, schrien Heil und Willkommen, rühmten meine Taten und schossen dabei im Jagen ihre Flinten ab, wobei außerordentlich viel Pulver verschwendet wurde. Aus diesem letzteren Grunde wird so ein Empfang, so eine Fantasia, La'b el Barud, Pulverspiel, genannt.

Es dauerte ohne Unterbrechung fort, bis wir die Zelte des Lagers erblickten. Von dorther tönte uns der Willkommensgesang der Frauen und Mädchen entgegen. Sie hatten sich am Eingang des Zeltdorfs aufgestellt. An ihrer Spitze standen diejenigen Frauen, mit denen ich früher in Berührung gekommen war, voran die einstige Gebieterin des Scheiks Mohammed Emin mit ihren beiden Nebenfrauen, die ich bei meiner ersten Ankunft mit dem ‚heiligen' Wasser des Zem-Zem aus Mekka besprengt hatte. Die ehemalige Gebieterin war damals noch jung gewesen, aber unter dem Kummer über den Tod des Scheiks rasch gealtert. Lippen und Augenbrauen waren nicht mehr gefärbt, kein Schönheitspflästerchen lag auf Stirn und Wangen, und auch die großen, goldenen Ringe fehlten, die ihr von der Nase und den Ohren herabgehangen hatten. Ihr Nacken, ihre Knöchel, Arm- und Handgelenke waren frei von Silberringen, Korallenstücken, Perlen, bunten Steinen und assyrischen Zylindern, die sie früher geschmückt hatten. Neben ihr stand Amscha, die Heldin, noch immer so ernst und stolz, wie ich sie in der Steppe von Dschidda getroffen hatte, und zu ihrer Rechten Hanneh, Halefs Weib, die ‚Lieblichste der Frauen, die Sonne unter den Sternen des weiblichen Geschlechts'. Sie dünkte mir noch ebenso jung und schön zu sein wie damals, als wir sie meinem braven Halef vermählten; ihre dunklen Augen waren mit sichtlicher Zuneigung und Ehrerbietung auf mich gerichtet.

Als wir unter Sang und Klang in die breite Zeltstraße eingeritten waren, blieben wir halten und stiegen ab und wurden in das größte, beste Zelt geführt, das schnell für uns zubereitet worden war, nachdem der Bote unsere Ankunft gemeldet hatte. Hier stand Wasser zu unserer Reinigung. Während wir uns wuschen, meinte der Lord:

„Was man gleich tun kann, soll man nicht aufschieben, Sir. Wann wollt Ihr Eure Geschenke verteilen?"

„Meine Geschenke? – Ich habe keine."

„Unsinn! Habt sie ja gesehen und mit eingekauft."

„Aber nicht bezahlt, sie gehören Euch."

„Möchte wissen! Sie gehören denen, für die sie bestimmt sind. Gebt sie ihnen!"

„Das zu tun, ist Eure Sache."

„Macht keine solchen Einwände! Wie kann ich, David Lindsay, diese arabischen Ladies beschenken!"

„Wenn Ihr nicht dürftet, wäre es mir auch verboten."

„Pshaw! Was Ihr tut, das hat Schick. So etwas steht Euch besser an als mir. Möchte doch wissen, was ich dazu sagen sollte, wie ich mich dabei ausdrücken würde! Will doch lieber einen Löwen jagen als einer Lady ein Geschenk überreichen! Wenn Ihr mir das nicht abnehmen wollt, so werfe ich die dummen Sachen weg!"

Es waren keine dummen Sachen, sondern im Gegenteil recht nützliche, schöne und meist auch kostspielige Gegenstände. Ich entschied:

„Nun wohl, so will ich es für Euch tun, Sir, aber mit fremden Federn schmücke ich mich nicht, ich werde also Euren Namen nennen."

„Nennt, wen Ihr wollt, meinetwegen den König von Portugal oder auch den Kaiser von Lappland und Kaffaria, wenn nur jeder und jede bekommt, was er oder sie bekommen soll. Mich aber laßt damit in Ruhe."

Bald drang ein prächtiger Bratengeruch in unser Zelt. Ich ließ Halef kommen und übergab ihm die Geschenke zum Verteilen. Er selbst erhielt zwei schöne Revolver und ein großes, seidenes Turbantuch und war ganz entzückt darüber. Für Hanneh, die Prächtigste unter den Herrlichen, waren ein rotseidenes Gewand, ein Fingerring, zwei Ohrenreife, eine Halskette und ein aus Gold- und Silbermünzen bestehender Haarschmuck bestimmt. Wir sahen später, daß ihr Entzücken darüber ein außerordentliches war.

Andere Frauen erhielten auch Geschenke, und ebenso wurden diejenigen Männer bedacht, die früher mit uns in nähere Berührung gekommen waren.

Das Festmahl wurde im Freien gehalten. Es bestand meist aus denselben Gerichten, die von früher her bekannt sind, da ich sie damals beschrieben habe. Nach dem Essen bat uns Amad el Ghandur, mit in sein Zelt zu kommen, wo er uns eine Bitte vorzutragen habe. Es versammelten sich dort die Ältesten des Dorfes. Malek und Halef waren auch dabei. Daß mein Hadschi mit hinzugezogen wurde, freute mich außerordentlich, denn ich ersah hieraus, daß er es verstanden hatte, sich in den Stamm einzuleben und die Achtung desselben zu erwerben.

„Emir", begann der Scheik, „Ihr seid grad in einem wichtigen Augenblicke zu uns gekommen. Kannst du dich noch erinnern, an welchem Tag mein Vater, der

Scheik Mohammed Emin der Haddedihn vom Stamme der Schammar, gestorben ist?"

„Sehr genau. Es war am zwölften Tag des Monats Haziran."

„So ist es. Es sind darüber acht Jahre vergangen, und noch ist niemand an seinem Grab gewesen, um die Gebete der Freundschaft und Verwandtschaft zu verrichten. Das läßt mich nicht länger ruhen. Ich will hinauf in die Berge, meine Pflicht zu tun, und der Stamm hat beschlossen, daß eine Anzahl tapferer Krieger mich begleiten solle, damit die Andacht in der Weise geschehe, wie es eines so berühmten Scheiks würdig ist. Wir wollten heut schon aufbrechen, ich mit zwanzig Mann, nachmittags um die Zeit des Asr, darum feierten wir gestern abend den Abschied bis in die Nacht hinein. Unsere Wächter waren davon ermüdet, und so konnte es den Hunden der Abu-Ferhan glücken, unsere zwei besten Pferde zu stehlen. Nun seid ihr gekommen; die Gastfreundschaft gebietet uns, bei euch zu bleiben, und doch wollten wir am Todestag des Scheiks an seinem Grab sein. Wir bitten dich, uns einen Rat zu geben, welcher von diesen beiden Pflichten wir folgen sollen."

„Derjenigen, der ihr vor unserem Kommen folgen wolltet", antwortete ich kurzentschlossen.

„Du sagst, wir sollen hinauf in die Berge ziehen? Dann habt ihr nur gewöhnliche Krieger hier, die euch nichts bieten können."

„Du irrst. Wir werden die Besten eures Stammes bei uns haben, nämlich euch."

„Uns? – Wieso?"

„Das fragst du noch, Scheik? Ist nicht Mohammed Emin mein Freund und Bruder gewesen? Haben wir nicht nebeneinander gegen die Feinde der Haddedihn gekämpft? Sind wir nicht miteinander geritten wochenlang und haben Freude und Leid, Gefahren und Entbehrungen miteinander geteilt? Bin ich nicht an demselben

Tag verwundet worden, an dem Allah ihn zu sich rief? Habe ich ihn nicht mitbestattet und über seinem Grab die Sure der Auferstehung gesprochen? Habe ich also nicht ein Recht, mit euch zu ziehen? Ist es nicht meine Pflicht, mit euch den Freund zu besuchen, der mich mit Liebe überschüttete und mir so teuer war."

„Emir, du willst mit, wirklich mit?" rief da Amad el Ghandur freudig aus.

„Ja. Hoffentlich erlaubt ihr es mir!"

„O Allah, welche Frage! Ob wir dir es erlauben! Wir wagten nur nicht, dich darum zu bitten, da du für uns schon soviel getan hast. Nun können wir sicher sein, daß wir alle Fährlichkeiten überwinden werden."

„Sind deren jetzt ungewöhnliche vorhanden?"

„Nicht mehr als sonst."

„Welchen Weg wollt ihr einschlagen?"

„Denjenigen, der dir recht ist. Wir werden uns nach deinem Willen richten. Wir hatten beschlossen, nicht direkt nach der Grabstätte zu reiten. Meine Krieger wollten unsern damaligen Weg kennenlernen, um die Stätten zu betreten, an denen er in seinen letzten Tagen weilte; das glaubten sie, ihm schuldig zu sein, und ich war einverstanden, weil ich dasselbe Bedürfnis fühlte. Darum wollten wir hinüber nach dem Zagrosgebirge, zunächst zum Tschimarwald, an dem wir Heider Mirlam trafen. Das war die erste Stufe hinauf zu dem hohen Grabmal meines Vaters Mohammed Emin."

„Ich bin einverstanden, denn auch ich möchte die Orte einmal wiedersehen, die wir damals berührten. Aber wie steht es mit den Bebbeh-Kurden? Sie waren unsere Feinde; du hast den Tod deines Vaters an ihnen gerächt, darum ist jeder Haddedihn, den sie in ihre Gewalt bekommen können, ihrer Blutrache verfallen. Wir werden uns vor ihnen hüten müssen."

„Ja, das werden wir. Aber bedenke, daß wir ihnen in der jetzigen Jahreszeit leicht ausweichen können und von den anderen Kurdenstämmen, durch deren Gebiet wir kommen, nichts zu fürchten haben. Wir werden zudem zwanzig tapfere Männer sein, und da du mit deinen Gewehren bei uns bist, so ist es grad so gut, als ob wir hundert wären."

Da erhob sich mein kleiner Hadschi Halef Omar von seinem Sitz, versuchte, die dreizehn Haare seines dünnen Schnurrbarts martialisch in die Luft zu wirbeln, räusperte sich, was er stets tat, wenn er im Begriff stand, eine seiner großen, berühmten Reden zu halten, und sprach:

„Hört, ihr Männer, ihr Tapferen, ihr Unüberwindlichen, ich will zu euch reden! Es war am zwölften Tag des Monats Haziran, den mein lieber und berühmter Effendi Kara Ben Nemsi Emir aber Juni nennt, an dem Mohammed Emin, der große Scheik der Haddedihn, im Kampf gegen die Bebbeh-Kurden gefallen ist. Sein Ruhm erklingt in allen Ländern der Erde, denn wir haben siegreich an seiner Seite gestritten, wobei mein guter Sihdi einen Lanzenstich und ich einen Schuß in den rechten Oberschenkel erhielt. Wir haben beschlossen, diesen Todestag feierlich zu begehen, indem wir zum Grab des Scheiks reiten und an demselben unsere Andacht verrichten. Wir wollen dabei keineswegs Blut vergießen, denn der Tod Mohammed Emins ist schon gerächt worden, und ich habe von meinem Sihdi gelernt, meine Gnade und Barmherzigkeit über meine Feinde walten zu lassen. Unser Ritt soll ein Ritt der Andacht und des Friedens sein. Darum bitte ich euch, denselben so einzurichten, daß wir jede Begegnung mit Leuten, die uns nicht freundlich gesinnt sind, vermeiden und den großen Hadschi Kara Ben Nemsi unsern Führer sein lassen. Er wird uns so leiten, daß jeder Kampf vermieden wird. Indem ich dies sage, glaube ich nicht, von einem von euch für feig gehalten zu werden. Ich wäre bereit, sofort auf Tod und Leben mit ihm zu kämpfen!"

Er setzte sich wieder nieder, und ich antwortete:

„Es kann keinem von uns einfallen, den braven

Hadschi Halef Omar, der seine Tapferkeit so oft erwiesen hat, für mutlos zu halten. Er hat mir aus der Seele gesprochen, unser Ritt soll ein friedlicher sein. Die große Ehre aber, euer Anführer zu sein, darf ich nicht für mich beanspruchen; ein jeder von euch ist ein ebenso tapferer, erfahrener und umsichtiger Krieger, und Amad el Ghandur ist euer Scheik, ich jedoch bin euer Gast und stelle mich ihm gern unter."

Darauf gingen die Haddedihn aber nicht ein, alle widersprachen mir, und Amad el Ghandur machte die entscheidende Bemerkung:

„Sihdi, du hörst, daß keiner von uns auf diesen deinen Vorschlag eingehen will. Du bist damals unser Führer gewesen und sollst es auch jetzt wieder sein."

„Ich bin aber doch fremd in diesem Land, und du kennst es viel besser als ich."

„Nein, du bist hier nicht fremd, und dein Verstand findet sogar die Wege aller Gegenden, in denen du noch nie gewesen bist; wir haben das so oft gesehen und erfahren. Rede uns also nicht darein, du sollst uns wieder führen."

Damit war dieser Punkt abgemacht, denn ich widersprach nicht mehr, weil ich dachte, daß es allerdings besser sei, wenn die leicht erregbaren Beduinen mir und nicht ihren eigenen Eingebungen zu folgen hatten.

Die andern, weniger wichtigen Punkte waren bald auch besprochen, und wir kamen zu dem Entschluß, übermorgen früh aufzubrechen. Freilich wollten die Haddedihn die Reise viel lieber zur Zeit des Asr, des Nachmittagsgebets, antreten, weil dies die Stunde ist, in der alle strenggläubigen Mohammedaner ihre Reisen zu beginnen pflegen, doch stimmten sie mir endlich bei, nachdem ich ihnen bewiesen hatte, daß wir nicht in der Lage waren, einen Dreivierteltag zu versäumen. Wir hatten uns im Gegenteil sehr zu sputen, wenn wir am Todestag Mohammeds an seinem Grab eintreffen wollten.

Omar Ben Sadek befand sich auch unter denen, die für

diesen Ritt bestimmt waren; er hätte sich auf keinen Fall davon abhalten lassen und war geradezu begeistert darüber, wieder einmal einen solchen Zug mit mir unternehmen zu können. Es braucht wohl kaum erwähnt zu werden, daß er und sein Weib Sahama auch sehr reichlich beschenkt worden waren. Halef bat mich, in dieser Nacht an meiner Seite schlafen zu können; ich gewährte es dem treuen Kerlchen gern, obgleich ich voraussah, daß von Schlaf nicht sehr die Rede sein werde. Es kam auch so, wie ich gedacht hatte: Ich mußte ihm erzählen, und auch er hatte mir so viel Neues und Interessantes zu berichten, daß wir erst gegen Morgen die Augen schlossen und schon nach einer Stunde durch das erwachende Lagerleben wieder aufgeweckt wurden.

Es gab zum Frühstück einen Kaffee, mit dem wir zufrieden sein konnten, und duftende Kebab, kleine, über dem Feuer geröstete Fleischstücke, die sehr gut schmeckten. Dann führte Halef mich in sein Zelt, denn Hanneh, die ‚Lieblichste der Frauen und Töchter', sehnte sich, mich bei sich zu sehen. Sie bereitete uns ein zweites, sehr delikates Frühstück, und der Hadschi war unendlich glücklich, als er sah, mit welcher Achtung und Höflichkeit ich seine ‚Schönste unter den Schönen' behandelte. Nach dem Mahl fragte er mich:

„Sihdi, du hast gestern Kara Ben Halef, meinen Sohn, auf seinem Pferd sitzen sehen. Wie reitet er?"

„Sehr gut", antwortete ich, ihn erwartungsvoll anblikkend, denn ich kannte ihn und hatte schon längst bemerkt, daß er etwas Wichtiges auf dem Herzen hatte. Meine Antwort war nicht bloß aus Rücksicht für seinen Vaterstolz gegeben, ich fuhr vielmehr der Wahrheit gemäß fort: „Ich habe noch nie einen Knaben dieses Alters sein Pferd so regieren sehen. Er reitet wirklich wie ein Erwachsener."

Seine und Hannehs Augen leuchteten vor Entzücken, er rief aus:

„Wie stolz du mich mit deinen Worten machst, o Sihdi! Ich selbst bin sein Lehrer gewesen, darum tut dies Wort aus deinem Mund mir zehnfach wohl. Nun sollst du ihn aber auch schießen sehen. Willst du die Güte haben, mit mir hinauszugehen?"

Er führte mich vor das Lager, wo Kara Ben Hadschi Halef Omar schon auf uns wartete; er war mit einem Doppelgewehr, zwei Pistolen und einem Revolver ausgerüstet. Ein Pfahl steckte in der Erde. Auf diesen deutend, sagte Halef:

„Sihdi, wie oft hast du, wenn du dich in Not und Gefahr befandest, auf so einen Pfahl geschossen, um deinen Feinden zu zeigen, wie unfehlbar deine Kugeln sind und daß sie verloren sein würden, wenn sie es wagten, dich anzugreifen. Ich habe mich später auf dieselbe Weise geübt und dann auch meinem Sohn Unterricht gegeben. Er mag dir zeigen, was er gelernt hat. Erlaubst du es?"

Ich hatte selbstverständlich nichts dagegen einzuwenden.

Der Knabe schoß aus äußerster Tragweite seiner Waffen und tat keinen einzigen Fehlschuß. Jede Kugel saß, so wie es Halef von mir gesehen hatte, einen Zoll von der vorigen entfernt in der Zeltstange.

„Nun, Sihdi, genügt dir diese Probe?" fragte mich sein Vater.

„Natürlich", antwortete ich. „Er wird ein Krieger wie sein Vater werden, und ich bin stolz darauf, daß er meinen Namen Kara trägt."

„Er soll ein Held werden, wie du bist, o Emir. Folge mir wieder in mein Zelt zurück, denn ich und Hanneh, die beste unter den Frauen und Müttern, haben dir eine Bitte vorzutragen."

Ich ahnte, welcher Wunsch dies war, und hatte mich in meiner Vermutung nicht getäuscht, denn als wir wieder im Zelt beisammensaßen, sagte er:

„Mein Sohn soll seinen ersten Zug nicht unter einer gewöhnlichen Führung machen, ich wäre außerordentlich glücklich, ihn unter deiner Leitung zu sehen. Soll ich da warten, bis du später einmal wiederkommst? Kann man überhaupt wissen, ob Allah gewillt ist, uns noch einmal mit deiner Gegenwart zu erfreuen? Jetzt aber bist du hier und wirst uns nach dem Grab des Scheiks führen. Soll ich da nicht diese Gelegenheit ergreifen, meinen Nachfolger im Schatten deiner Vortrefflichkeit reiten zu sehen? Erlaube mir also, ihn mitzunehmen, o Sihdi, meine Dankbarkeit wird ohne Grenzen sein!"

„Er ist zu jung, mein lieber Halef", warf ich ein.

„Darf man die Jugend oder das Alter nach Zahlen messen? Es gibt junge Menschen, die wie alte handeln, und wiederum sieht man oft alte Leute, die nicht klüger als unerfahrene Kinder sind."

„Das ist richtig. Ich sehe, daß dein Kara Ben Halef weit über seine Jahre vorgeschritten ist, aber sein Körper ist wohl noch nicht widerstandsfähig genug, um einen solchen schnellen, weiten und anstrengenden Ritt, wie wir ihn vorhaben, aushalten zu können."

„Denke das ja nicht, o Sihdi! Er ist abgehärtet wie ein Alter. Ich habe ihn in diesem Jahr mit in Basra gehabt, gewiß ein weiter Ritt, viel, viel weiter als derjenige, den wir jetzt vorhaben, und er war bei der Rückkehr so munter und frisch, wie er beim Aufbruch gewesen war. Ich sage dir, er hält es aus, er hält es aus, vielleicht besser als ein Krieger von dreißig oder vierzig Jahren. Es würde mich sehr schmerzen, wenn du mir meinen Wunsch nicht erfüllen wolltest."

„Vom Erfüllen oder Nichterfüllen meinerseits kann keine Rede sein. Du bist der Vater und hast also allein zu bestimmen, was dein Sohn zu tun oder zu lassen hat. Es kommt also nur auf dich an, ob du ihn mitnehmen willst oder nicht."

„Das sagst du, Sihdi, aber die Haddedihn werden

anders denken. Ich vermute, daß sie sich weigern werden, einen Knaben mitzunehmen."

„Das kann ich ihnen, aufrichtig gesagt, gar nicht verdenken, obwohl sie den beabsichtigten Ritt viel leichter nehmen als ich."

„Leichter? So hältst du ihn für schwieriger als sie?"

„Nicht allein das, sondern auch für gefährlicher."

„Gefährlich? Weshalb?"

„Ihr habt mir die Führung übergeben und, wie ich nur zu dir allein sage, ganz wohl daran getan, denn ich bin als Abendländer viel bedenklicher als sie. Ich habe mir angewöhnt, alles vorher zu überlegen, und halte es für leicht möglich, daß wir einen Zusammenstoß mit den Bebbeh haben werden."

„Wir können aber doch leicht die Gegend vermeiden, in der sie sich jetzt befinden!"

„Nein, das können wir wahrscheinlich nicht, denn es ist leicht denkbar, daß sie sich grad dort befinden, wohin wir jetzt wollen."

„Am Grab Mohammed Emins etwa? Was könnten sie dort wollen?"

„Dasselbe, was wir beabsichtigen."

„Ich verstehe dich nicht, Sihdi. Sie können doch nicht auf den Gedanken kommen, am Grab des Scheiks, der ihr Feind und Gegner war, zu beten!"

„Das wird ihnen freilich nicht einfallen, aber es gibt ein anderes Grab dort, das sie grad am selben Tag anziehen kann. Denk an ihren Scheik Gasahl Gaboya!"

„Den ich erschossen habe?"

„Ja. Er hat mit Mohammed Emin denselben Todestag. Kannst du mich nun begreifen?"

„Allah 'l Allah, daran habe ich gar nicht gedacht! Aber da fällt mir ein, daß es gar kein Grab gibt, an dem sie beten könnten, denn wir haben damals ihre Toten, also auch die Leiche ihres Scheiks, ins Wasser geworfen."

„Was ich nicht zugegeben hätte, wenn ich nicht

betäubt gewesen wäre“, fiel ich ein. „Man muß die Toten ehren, das ist damals nicht geschehen, und darum wird die Stimmung der Bebbeh seitdem eine doppelt feindliche geworden sein. Dazu kommt, daß Amad el Ghandur nachher den Tod seines Vaters an ihnen gerächt hat.“

„Du meinst also, daß sie an das Wasser kommen werden, um zu beten?“

„Ich meine, daß ihr Kommen möglich ist, weiter nichts; aber wenn sie kommen, so brauchen sie sich nicht an das Wasser zu stellen, davon bin ich überzeugt. Sie sind auf alle Fälle, als wir fort waren, zurückgekehrt, um zu sehen, was mit ihren gefallenen Kriegern geschehen ist. Sie haben die Leichen aus dem Wasser gezogen und in die Erde begraben; es gibt also eine Stätte, an der sie sich zur Andacht versammeln können. Unsere Haddedihn sind nicht umsichtig genug, daran zu denken. Ich habe also guten Grund, unsern Ritt für nicht ungefährlich zu halten. Es kann leicht zu einem Zusammenstoß mit ihnen kommen. Nimmst du deinen Sohn mit, so weißt du nun, welcher Gefahr du ihn aussetzt.“

„Sihdi, das ist aber doch kein Grund, ihn hierzulassen! Soll er sich vor einer Gefahr fürchten, der sein Vater kaltblütig entgegengeht? Er wird nun erst recht wünschen, bei mir sein zu dürfen. Ist er vielleicht besser als ich? Bin ich so wertlos gegen ihn, daß ich, der Vater, mich erschießen lassen muß, während er, der Sohn, hier bei den alten Weibern zurückbleibt, um seinen edlen Leib zu pflegen und seine zarte Haut mit wohlriechenden Salben einzureiben? Wie kann ein Held aus ihm werden, wenn er es schon jetzt verschmäht, den Glanz seines Mutes zu zeigen und den Schimmer seiner Tapferkeit zu pflegen? Soll ich mir ein solches Ding bauen lassen, was ihr im Abendland einen Choristan el Kezaz[1] nennt, und meinen Sohn hineinsperren, damit kein Stäubchen auf ihn fallen und er seine Feigheit durch die Glasscheiben bewundern lassen kann?“

[1] Glasschrank

Der kleine Hadschi war in Aufregung geraten. Er sprach noch weiter und brachte alles mögliche vor, um mich zu überzeugen, daß es ganz unumgänglich notwendig sei, den Knaben grad jetzt an diesem Zug teilnehmen zu lassen. Ich freute mich über den Eifer dieses wackeren Menschen, seinem Sohn Gelegenheit zu geben, schon jetzt zu zeigen, daß aus ihm ein würdiges Ebenbild seines Vaters zu erwarten sei; ich war gleich beim ersten Wort, das er gesprochen hatte, nicht abgeneigt gewesen, auf seinen Wunsch einzugehen, und ließ jetzt nur noch die letzte Einwendung hören:

„Deine Gründe sind mir leicht begreiflich, lieber Halef, aber was sagt Hanneh, die Mutter des Knaben, dazu? Sie hat das Recht, ihre Meinung auch hören zu lassen."

„Ja, das hat sie, und sie soll dir sofort sagen, was sie denkt. Hanneh, du Liebling aller Lieblinge, erkläre unserm Sihdi, was dein Wunsch und Wille ist!"

Sie hatte bei uns gesessen, ohne bis jetzt ein Wort zu sprechen, war aber unserem Gespräch mit größter Teilnahme gefolgt, jetzt ließ sie sich in bescheidenem Ton vernehmen:

„Sihdi, du magst bestimmen, was du willst, so füge ich mich deinem Wunsch, denn ein Weib hat sich dem Rat der Männer zu unterwerfen. Aber da du befiehlst, daß ich dir meine Meinung sage, so sollst du sie hören. Du weißt, wie sehr ich Hadschi Halef Omar, meinen Herrn und Gebieter, liebe; dennoch habe ich ihn gern mit dir ziehen lassen, obwohl ich wußte, welche Gefahren auf euch warteten und daß er sein Leben wohl oft zu wagen haben werde. Ich habe im stillen um ihn gebangt und für ihn gebetet, aber ich bin stolz darauf gewesen, daß er ein treues und mutiges Herz besitzt. Er hat alle Fährlichkeiten glücklich überstanden und ist zu mir als ein Mann zurückgekehrt, der mehr erlebte und erfuhr als alle andern Männer und Krieger dieser Gegend. Jetzt sitzt er im Rat der Alten, die gern seine Stimme hören und ihr wohl immer folgen. Das erfüllt mein Herz mit großer Wonne, denn ich besitze einen Gemahl, mit dem sich kein anderer vergleichen darf. Wir vom Stamm der Ateïbeh waren die Verachtetsten unter den Verachteten, als du uns kennenlerntest; jetzt ist das ganz anders geworden, denn der Name Hadschi Halef Omar ist mit reichem Ruhm bekannt, soweit die Fluten des Euphrat und des Tigris fließen. Es kommen die Krieger fremder, weit entfernter Stämme, um meinen Gemahl zu sehen und ihn kennenzulernen; werde da nicht auch ich von den Strahlen seiner Berühmtheit beleuchtet? Ebenso stolz möchte ich auch auf meinen Sohn sein dürfen, und ich weiß, daß nur du es bist, der ihn so schnell zum Ruhm führen kann, wie der Name seines Vaters durch dich auf alle Lippen und Zungen gebracht worden ist. Ich liebe ihn mehr als mich selbst, aber grad darum ist es mein höchster Wunsch, daß er seines Vaters würdig werden möge. Ich weiß ihn in deinem Schutz so sicher, als ob er sich hier in diesem Zelt befinde. Du kannst ihm ein Beispiel und Vorbild für sein ganzes ferneres Leben geben, aber nur dadurch, daß er es vor sich hat und sieht, dadurch, daß er sich in deiner Nähe befindet. Darum habe ich denselben Wunsch, den Hadschi Halef Omar ausgesprochen hat: Erfüll unsere Bitte und nimm ihn mit! Er wird dann von dieser Erinnerung zehren, wie man aus einem Brunnen trinkt, der unaufhörlich Wasser gibt!"

Da schlang Halef seine Arme um sie, küßte sie auf Stirn, Mund und Wangen und rief aus:

„Das habe ich gewußt, daß du so sprechen würdest, du Verständigste unter den Verständigen, du Weib des Tapfern und du Mutter des zukünftigen Helden! Hast du es gehört, Sihdi? Sie will es auch, daß Kara Ben Hadschi Halef Omar mit uns geht. Sei nicht dagegen, sondern stimme bei!"

Er streckte mir seine Hand entgegen, ich schlug ein und antwortete:

„Euer Wunsch sei erfüllt, er soll mit uns reiten."
„Auch wenn die andern dagegen sind?"
„Auch dann, denn ich hoffe, daß die Haddedihn meine Fürsprache berücksichtigen werden."
„Oh, das tun sie sicher und gewiß, Sihdi. Du darfst von ihnen verlangen, was du willst, sie tun es, wenn es überhaupt nur möglich ist."
Er strahlte förmlich vor Entzücken, und auch Hanneh war hocherfreut darüber, daß ich meine Zusage gegeben hatte. Halef eilte fort, um seinem Sohn das Resultat dieser Unterredung mitzuteilen.
Was ich erwartet hatte, geschah dann später: Als die Haddedihn vernahmen, daß der Hadschi seinen Knaben mitnehmen wollte, waren sie einstimmig dagegen. Ich machte nicht viel Worte, um ihre Einwilligung zu erlangen, sondern sagte nur, daß es auch mein Wunsch sei, meinen ‚Patensohn', der meinen Namen trage, bei mir zu haben, da ließen sie jeden Einwand fallen.
Am nächsten Morgen wurde schon frühzeitig zum Aufbruch gerüstet. Es waren ohne mich und den Knaben zwanzig Reiter, alle nach Kräften auf das beste bewaffnet. Mehrere Packpferde mußten die Speisevorräte tragen, die wir mitnahmen, um nicht unterwegs auf die zeitraubende Jagd angewiesen zu sein. Amad el Ghandur ritt die Schimmelstute, ich meinen Rih und der Knabe den ‚Sohn' meines Rappen, Omar Ben Sadek saß auf dem Schecken des Aladschy, Halef hatte das nächstdem beste Pferd des Stammes geliehen bekommen, und auch die andern waren so gut beritten, daß wir in Beziehung auf die Schnelligkeit unserer Reise ganz ohne Sorge sein konnten.
Wir wollten, wie bereits erwähnt, zunächst nach dem Zagrosgebirge, das wir ohne Unfall nach Verlauf einer Woche erreichten. Wir fanden den Tschimarwald, an dessen Rand wir damals lagerten, als wir mit dem Turkoman vom Stamm der Bejat zusammentrafen, und blieben

die Nacht an derselben Stelle. Da wir beschlossen hatten, genau den damaligen Weg zu verfolgen, um die Orte, die wir zu jener Zeit berührt hatten, wiederzusehen, so ritten wir am nächsten Tag nach dem Bach in der Nähe jener Rundung, in der wir von den Bebbeh-Kurden unter Anführung ihres Scheiks Gasahl Gaboya überfallen worden waren. Hier blieben wir auch eine Nacht, und es versteht sich ganz von selbst, daß jede Erinnerung aufgefrischt und alles, was wir hier erlebt hatten, bis auf das einzelnste durchgesprochen wurde.

Unserem Programm gemäß gelangten wir gegen Abend des nächsten Tages an die kleine Hütte, in der wir Allo, den bärenhaften Köhler, gefunden hatten. Sie war unbewohnt und ganz verfallen. Am darauffolgenden Mittag erreichten wir den Berozieh-Fluß, in dessen Wasser wir wie damals badeten. Einen Tag später ging es über die Höhe von Banna und dann in den nach Süden führenden Paß hinein. Vierundzwanzig Stunden darauf kamen wir in das schmale Tal mit dem wiesenähnlichen Streifen in der Mitte, wo die Bebbeh uns zum zweiten Mal überfallen hatten, hierauf in das krumme Seitental, in dem wir mit dem Bruder des Scheiks Gasahl Gaboya übernachtet hatten. Nachher gelangten wir an den Lagerplatz, wo sich die beiden Haddedihn gegen mich erhoben hatten. Da blieb Amad el Ghandur halten und sagte zu mir:

„Emir, mein Vater lebte wohl heute noch, wenn wir uns nicht hier gegen deinen Willen empört und nachher infolgedessen den Scheik Gasahl Gaboya freigelassen hätten. Wir sind damals große Toren gewesen."

Ich zog es vor, nicht zu antworten, denn meine Antwort hätte nur ein Vorwurf sein können, der vollständig überflüssig war.

Auch an das Haus von Mahmud Khansur, dem Scheik der Dschiaf-Kurden, kamen wir wieder und stiegen bei demselben ab. Zu unserer Freude lebte der Hausmeister Gibrail Mamrahsch mit seinem Weib noch. Sie erkannten uns wieder und luden uns ein, bei ihnen zu übernachten. Wir erfüllten ihnen diesen Wunsch sehr gern, denn wir hatten Zeit dazu und wußten, daß wir ihnen wirklich willkommen waren.

Bis jetzt hatten wir fast gar nichts erlebt. Ich war mit Halef und seinem Sohn stets vorangeritten, um die Gegend zu erkunden, und die Haddedihn hatten nur in bedeutender Entfernung folgen dürfen. Auf diese Weise war jede gefährliche Begegnung vermieden worden, aber auch jedes Zusammentreffen mit jemand, bei dem wir uns nach dem jetzigen Stand der Dinge hätten erkundigen können. Dies konnte nun bei Gibrail Mamrahsch nachgeholt werden.

Halef hatte seinem Sohn unterwegs jeden in unserer Erinnerung lebenden Platz gezeigt und ihm - vielleicht zum hundertsten Mal - erzählt, was an demselben geschehen war. Das geschah natürlich stets in seiner bilderreichen Weise, die mir auch jetzt viel Spaß bereitete. Seiner Schilderung nach war er wenigstens ein halber, ich aber viel mehr als ein ganzer Gott.

Ich hatte den kleinen Kara Ben Halef gleich vom ersten Tag unseres Rittes an in die Schule genommen. Er kam fast nie von meiner Seite und zeigte sich außerordentlich aufmerksam und gelehrig. Ich lehrte ihn, auf die Stimmen der Wildnis zu achten, und bei jeder Spur, auf die wir trafen, zeigte ich ihm, nach welchen Regeln sie gelesen werden müsse, um richtig verstanden zu werden; dabei bekam ich schon nach Verlauf der ersten Woche die Überzeugung, daß er sich zu einem recht tüchtigen Beduinen entwickeln werde. Ich gewann ihn lieb und sah, daß er mir seine Zuneigung auch geschenkt hatte. Omar Ben Sadek hatte sich dieselbe auch errungen und wurde von ihm nicht anders als Amm[1] genannt.

Als wir zum ersten Mal bei Mamrahsch eingekehrt waren, hatten wir von ihm erfahren, daß sich nicht viele

[1] Onkel väterlicherseits

Dschiaf-Kurden, zu denen er gehörte, in der Nähe befanden, vielmehr war der Stamm der Bilba aus Persien herüber in die Nähe gezogen. So stand es auch noch am heutigen Tag.

„Und die Bebbeh?“ fragte ich ihn. „Wo haben die jetzt ihre Weideplätze?“

„Zwischen Persien und dem Zagrosgebirge“, antwortete er.

„Also ziemlich weit von hier. Sind vielleicht in letzter Zeit welche hier in der Umgegend gewesen?“

„Bei mir nicht, aber eine Tagreise von hier pflegt jährlich ein Trupp von ihnen Rast zu machen.“

„Ach, wirklich? Mit solcher Regelmäßigkeit?“

„Ja. Jährlich einmal, ich glaube, um die jetzige Zeit lagern sie dort.“

„Wie groß ist ihre Anzahl?“

„Immer zehn oder zwölf Mann.“

„Was tun sie dort?“

„Sie scheinen ein Id el Amwat[1] zu feiern.“

„So? Gibt es Gräber dort?“

„Ja, mehrere, sie liegen am Ufer des Djalahflusses. Die Hügel bestehen aus Erde, droben aber auf der Felsenhöhe gibt es ein einzelnes Grab, das aus Steinen errichtet ist.“

„Kennst du es?“

„Ja, ich bin einmal oben gewesen.“

„Ist es gut erhalten?“

„Sehr gut. Es sind nur einige Steine entfernt worden, so daß man in das Innere blicken kann. Da sieht man den Toten sitzen, der nicht verwest, sondern vertrocknet ist wie eine Mumija[2] in Ägypten. Er hat einen sehr langen silbergrauen Bart.“

„Hast du eine Ahnung, wer er gewesen sein mag?“

„Genau weiß ich es nicht, denn als ich im vorigen Jahr oben war, war sein Gesicht so eingetrocknet, daß die

[1] Totenfest [2] Mumie

eigentlichen Züge nicht mehr vorhanden waren, aber ich glaubte, es sei der Scheik, der ehrwürdige Greis, der damals mit euch bei mir gewesen ist."

„Das hast du ganz richtig erraten. Es ist Mohammed Emin, der Scheik der Haddedihn. Dieser Krieger hier ist Amad el Ghandur, sein Sohn und Nachfolger. Wir sind gekommen, ihm die ‚Ehren der Verstorbenen' zu erweisen. Ist sein Grab hier in der Gegend bekannt geworden?"

„Ja. Es pilgern viele Gläubige hinauf zur Höhe. Ich hörte erzählen, der Tote habe mit den Bebbeh-Kurden gekämpft und so viele von ihnen getötet, wie unten am Wasser in den Gräbern liegen, sei dann aber durch die Überzahl überwunden worden."

„Auch dies ist in der Hauptsache richtig. Da wundert es mich aber, daß diese Kurden bei ihren jährlichen Besuchen sich nicht an diesem Toten und seinem Grab vergriffen haben."

„Was denkst du, Herr! Sie sind zwar Diebe und Räuber, aber auch gläubige Moslemim, und kein wahrer Gläubiger schändet ein Grab, selbst wenn es das eines seiner ärgsten Feinde wäre. Der Prophet hat dies streng verboten, es steht im Koran geschrieben."

„Nicht da steht es geschrieben, und nicht Mohammed hat es verboten, sondern Samakhschari, der Erklärer, hat gesagt, daß derjenige, der das Grab eines Gläubigen schändet, am jüngsten Tag das seinige nicht verlassen dürfe und also nicht in den Himmel kommen könne."

„Seid Ihr dabeigewesen, Herr, als er getötet wurde?"

„Ja."

„Darf ich erfahren, wie es geschehen ist? Ich möchte es sehr gern wissen, weil er doch mein Gast gewesen ist."

Diese Gelegenheit, sein Erzählertalent leuchten zu lassen, ließ sich Halef natürlich nicht entgehen. Er ergriff sofort das Wort, um zu berichten, was am Todestag Mohammed Emins geschehen war.

Diese braven Leute taten wieder alles, um uns den Aufenthalt bei sich so angenehm wie möglich zu machen, und wurden darum, als wir sie am andern Morgen verließen, abermals reichlich beschenkt.

Gegen Mittag erreichten wir den berühmten Schamianweg, der Sulimania mit Kirmenschah verbindet, und gingen über den Garranfluß. Am folgenden Morgen kamen wir in die Nähe des Djalah, an dessen Ufer Mohammed Emin damals gefallen war. Da sich meine Vermutung, daß die Bebbeh die Gräber der Ihrigen besuchten, bewahrheitet hatte, so galt es nun, außerordentlich vorsichtig zu sein. Sie konnten schon hier sein, weil heute der elfte Haziran und morgen also der Jahrestag jenes siegreichen und für uns doch so unglücklichen Kampfes war.

Da ich Halefs Knaben nicht der Gefahr aussetzen wollte, ritt ich jetzt allein voran. Die andern mußten mir einzeln und in gewissen Abständen folgen. So sehr ich meine Augen anstrengte, ich konnte keine Spur eines menschlichen Wesens entdecken. Wir erreichten ganz ungefährdet die Stelle, an der wir damals Mittagsrast gemacht hatten. Wie damals hatten wir auf der einen Seite den Fluß, auf der andern die mit Ahorn-, Kornelbäumen, Platanen und Kastanien bestandene sanfte Anhöhe, und vor uns erhob sich jener Felsenrücken, dessen zerklüftete Krone der Ruine einer alten Ritterburg sehr ähnlich war.

Die Gefährten wollten nun gleich nach der Stelle reiten, an der der Kampf stattgefunden hatte, ich gab dies aber nicht zu, da ich vorher rekognoszieren wollte. Sie mußten also zurückbleiben, ich aber stieg vom Pferd und schlich mich in der betreffenden Richtung weiter. Als ich den Platz erreichte, war auch da nicht die geringste Spur zu sehen, aber die Höhe des Grases, das hier stand, machte mich bedenklich. Darum sagte ich, als ich zu meinen Begleitern zurückgekehrt war:

„Ich halte es für geraten, den Platz des Kampfes nicht aufzusuchen. Das Gras wächst dort so hoch und dicht, daß es, wenn wir es niedertreten, sich vor zwei oder drei Tagen nicht wieder aufrichten kann; es ist da vollständig unmöglich, unsere Spuren zu verwischen."

„Meinst du wegen der Bebbeh-Kurden?" fragte Amad el Ghandur. „Die sind doch nicht zu fürchten!"

„Nicht? Haben sie uns damals nicht den größten Schaden getan?"

„Damals waren es wohl vierzig Mann, jetzt zählen sie nur zehn oder zwölf."

„Weißt du, daß auch heuer nur so wenige kommen werden? Ist es denn unmöglich, daß ihr Trupp in diesem Jahr ein bedeutenderer sein kann?"

„Das würde nichts schaden, denn wir sind vorbereitet, was wir damals nicht waren."

„Wir haben aber doch beschlossen, jeden Kampf zu vermeiden!"

„Das haben wir, ja, aber es ist doch nicht nötig, uns vor diesen Hunden zu fürchten. Du bist zu ängstlich, Emir. Wir wissen ja gar nicht, ob sie heuer auch kommen werden. Sind wir hierhergekommen, um uns nicht an die Hauptstelle zu wagen? Ich muß den Ort sehen, an dem das Blut meines Vaters geflossen ist. Ich würde hinreiten, und wenn tausend Kurden sich dort befänden. Vorwärts!"

Es war bisher so ruhig gewesen, nun aber wirkte die Nähe des unglücklichen Platzes auf ihn ein, die schreckliche Erinnerung erregte ihn. Ich konnte nicht allein zurückbleiben, rief ihm aber zu:

„Ihr habt damals den Tod deines Vaters selbst verschuldet; wenn ihr jetzt wieder so unvorsichtig seid, bitte ich euch, die Verantwortung dessen, was darauf folgen kann, nicht auf mich zu wälzen."

„Hab keine Sorge", rief er mir zurück, „es wird nichts geschehen. Und wenn etwas geschähe, so werden wir die Schuld dir nicht geben."

Wir ritten auf dem Wiesenrand am Fluß hin, bogen um die Krümmung des Höhenzugs und waren an Ort und Stelle. Rechts von uns befand sich der Felsen, an dem ich die kämpfenden Perser erblickt hatte. Vor uns gab es die Stelle zu sehen, an der Amad el Ghandur die Feinde mit dem Kolben von sich abgewehrt hatte, den toten Vater zu seinen Füßen liegend. Links davon war Gasahl Gaboya von meinem Halef niedergeschossen worden, und seitwärts von dieser Stelle war ich mit dem Pferd niedergebrochen. Näher am Wasser sahen wir die Gräber der Kurden liegen. Es war ihnen anzusehen, daß sie von Zeit zu Zeit - also wohl immer am Jahrestag - ausgebessert und aufgeschüttet worden waren.

Amad el Ghandur stieg vom Pferd und kniete auf die Erde nieder, die das Blut seines Vaters getrunken hatte; die andern folgten, außer mir und Lindsay, seinem Beispiel, sie beteten. Dann, als sie sich wieder erhoben hatten, erklärte der Scheik ihnen an Ort und Stelle den Verlauf des Kampfes. Das benutzte der Lord, zu mir die Bemerkung zu machen:

„War ein schrecklich dummer Tag, damals. Habe zwei Finger eingebüßt, also, da ich bloß zehn hatte, grad zwanzig Prozent. Ist das nicht ein wenig viel, Sir?"

„Gewiß", nickte ich. „Aber das war wohl noch nicht alles. Hattet Ihr nicht auch noch eine Blessur, so da in der Nähe des Verstandes?"

„Yes. Hatte etliche Haare und ein Stück Knochen eingebüßt, ungefähr da, wo man im Kopf ein bißchen Vernunft zu haben pflegt."

„Da ging wohl auch ein Stück von dieser Vernunft mit flöten?"

„Glaube es nicht, Sir, obgleich ich viel leichter als Ihr einen solchen Verlust ertragen könnte; habe davon grad soviel Überfluß, wie Euch davon fehlt. Well!"

Er wendete sich lachend von mir ab.

Ich hatte mich im stillen darüber gewundert, daß

Halef sich die Gelegenheit entgehen ließ, den Haddedihn den Verlauf des Kampfes zu erklären, und dies vielmehr dem Scheik überließ. Er war mit seinem Sohn an die Gräber der Kurden getreten, stand mit gefalteten Händen da und bewegte die Lippen im Gebet.

„Du betest?" fragte ich ihn, mich erstaunt stellend.

„Ja, Sihdi, ich und Kara Ben Halef, mein Sohn, haben auch hier gebetet."

„An den Gräbern eurer Feinde?!"

„Nein, denn die Toten sind unsere Feinde nicht mehr; der Christ kennt überhaupt keine Feinde, er haßt keinen Menschen, sondern er liebt sie alle, alle; das hast du mich ja selbst gelehrt."

„Was hast du gebetet? Die Fatiha?"

„Nein. Wer diese betet, ist ein Mohammedaner, und kein solcher betet am Grab seines Feindes. Ich und mein Sohn haben als Christen hier gestanden und das heilige Abuna[1] gebetet, das ich von dir gelernt habe. Hanneh, die Perle unter den Frauen und Müttern, pflegt es auch mit uns zu beten. Wunderst du dich etwa darüber?"

„Nein, denn ich weiß, daß das Wort Gottes wie ein kleines Samenkorn ist, das, in die Erde gelegt, sich zu einem Baum entwickelt, der mächtig und zugleich lieblich anzuschauen ist und immer neue Früchte und Samen entwickelt. Du hast ein solches Korn von mir empfangen, es wächst in dir und wird Früchte bringen. Gib die Samen davon weiter, mein guter Halef! Dann wirst du Gott wohlgefallen und viele, viele glückliche Menschen machen."

„Oh, das weiß ich, Effendi, ich bin ja selbst so sehr glücklich geworden. Weißt du noch, was für Mühe ich mir gegeben habe, dich zum Islam zu bekehren? Ich habe da manch ein Wort gesprochen, das wie der zweite Kopf eines Kamels war, das doch nur einen haben kann. Du hast dazu gelächelt und bist, wenn ich dann zornig wur-

[1] Vaterunser

de, immer gut und freundlich geblieben. Diese deine Güte hat mich besiegt. Ein einziges warmes Wort von dir hat mehr gewirkt, als alle meine langen Reden wirken konnten. Der Islam ist die Soka[1], die nur auf dürrem Boden wächst, das Christentum aber die Nachla[2], die hoch in die Lüfte ragt und viele Früchte bringt. Der Islam gleicht der Wüste, in der es nur hier und da einen Brunnen gibt, der schlechtes Wasser hat, das Christentum aber einem schönen Land mit mächtigen Bergen, auf deren Höhen Glocken erklingen, und schönen Tälern, in denen Ströme fließen, welche Wälder und Felder und Gärten nähren und an deren Ufern Städte und Dörfer stehen, deren Bewohner gute und folgsame Kinder ihres himmlischen Vaters sind. Daß ich dieses weiß, habe ich dir zu danken; es sollen es aber auch von mir noch viele, sehr viele erfahren."

Jetzt gingen wir, die Pferde an den Zügeln führend, nach dem Ort, an dem wir nach dem Kampf mit den Persern gelagert hatten. Ich dachte an das ‚Haus', das mich und Halef mit allen möglichen Delikatessen versehen hatte, und dabei war es mir, als ob jener süße, orientalische Duft mich heute wieder umwehe. Welch ein schreckliches Ende hatten diese guten Menschen dann da unten auf dem Weg der Todeskarawane gefunden!

Dann stiegen wir hinauf zur Felsenhöhe. Da standen noch die Reste der Hütte des Soran-Kurden; er war nicht zu ihr zurückgekehrt, weil er dann Amad el Ghandurs Begleiter gewesen war und die Rache der Bebbeh zu fürchten hatte. Unweit davon erhob sich auf der Felsenhöhe das Grabmal des Scheiks. Es war, wie sein Sohn damals zu mir gesagt hatte:

„Die Sonne begrüßt den Ort früh, wenn sie kommt, und abends, wenn sie geht." Es war noch in gutem Zustand, aber an der Westsüdwestseite waren, wie Mamrahsch gesagt hatte, mehrere Steine herausgenommen

[1] Distel [2] Palme

worden. Amad el Ghandur trat hinzu und blickte hinein. Er fuhr zurück und schrie:

„Maschallah, mein Vater! Sollte seine Seele noch nicht von ihm gewichen sein?“

Als dann ich in die Öffnung sah, konnte ich diesen Ausruf recht wohl begreifen. Da saß der Scheik noch grad so, wie wir ihn hineingesetzt hatten, mit weit über der Brust herabwallendem Bart und gefalteten Händen. Sein Gesicht war tief eingefallen, aber recht wohl zu erkennen. Welchem Umstand oder welchen chemischen Einflüssen diese Erhaltung der Leiche zuzuschreiben war, daß weiß ich nicht, aber der Anblick war von einer außerordentlichen, unbeschreiblichen Wirkung; ich mußte noch nach Monaten immer an ihn denken, und noch heute ist es mir, als ob ich die Mumie des edlen Greises noch vor mir in den Steinen sitzen sähe.

Die Haddedihn kamen einer nach dem andern herbei, um die Überreste ihres einstigen tapferen Anführers zu betrachten. Es geschah das wortlos und mit einer Andacht, die leicht erklärlich war. Als der letzte von ihnen vom Grab zurückgetreten war, griff Amad el Ghandur in die Tasche, zog einen kleinen Stein aus derselben und sagte:

„Effendi Kara Ben Nemsi Emir und Hadschi Halef Omar, ihr wart dabei, als mein Vater Mohammed Emin, der Scheik der Haddedihn, in dieser Gruft bestattet wurde; ihr habt gesehen, daß ich mit meinem Dolch diesen Stein vom Grabmal schlug und zu mir steckte, und werdet gewußt haben, was dies zu bedeuten hatte. Jetzt bringe ich ihn zurück und gebe ihn dem Toten. Die Mörder sind gefallen, der Tod meines Vaters ist gerächt; ihre Seelen mögen im glühendsten Feuer der Dschehenna brennen, die seinige aber mag wandeln unter den Palmen des siebten Himmels und von dem Quell des Paradieses trinken in alle Ewigkeit!“

Das war die Thar, die Blutrache: Auge gegen Auge,

Zahn gegen Zahn, Blut gegen Blut! Es überlief mich kalt. Was konnte ich jetzt aber sagen? Jedes Wort wäre nicht nur vergeblich gewesen, sondern hätte mir sogar direkt schaden können. Man soll nichts sagen oder tun, von dem man vorher überzeugt ist, daß es vergeblich sein wird; es könnte nur Schaden, nicht aber Nutzen bringen. Diese Gefühle und Gedanken hegte nicht ich allein, denn als Amad el Ghandur nun das Steinstück in das Innere des Grabes fallen ließ, warf Halef mir einen Blick zu, dem ich es ansah, daß der Hadschi gleichen Sinnes und gleicher Meinung mit mir war. Auch er, der früher so ausgesprochene Mohammedaner, der mich zum Islam bekehren wollte, dachte jetzt so wie ich:

„Liebet eure Feinde; segnet die, welche euch fluchen, und tut denen wohl, die euch beleidigen und verfolgen; dann seid ihr gute Kinder des himmlischen Vaters!"

Da die eigentliche Feier erst morgen am Todestag stattfinden sollte, konnten wir uns hier ausruhen und mußten uns zunächst nach einem passenden Lagerplatz umsehen. Ich wollte von der Höhe herabsteigen, um einen solchen zu suchen, Amad el Ghandur aber sagte:

„Effendi, das ist nicht notwendig. Ich werde nirgends bleiben als hier am Grab meines Vaters."

„Warum?"

„So kannst du fragen? - Das siehst du nicht ein? Ich gehöre hierher zu ihm."

„Nicht jetzt, denke an die Unsicherheit der Gegend und an die Bebbeh-Kurden, die kommen können."

„Ich habe nicht an sie, sondern an den Toten zu denken. Ich bin gekommen, ihn zu besuchen, und nun ich bei ihm bin, werde ich nicht eher von ihm gehen, als bis wir diese Gegend verlassen."

„Das würde die größte Unvorsichtigkeit sein. Wie das Terrain hier beschaffen ist, wären wir, wenn sie kommen, ganz in ihre Hände gegeben."

„Ja, wenn sie kommen! Und selbst dann wäre es nicht

so schlimm, wie du meinst. Wir haben erfahren, in welch geringer Anzahl sie zu kommen pflegen, wir aber sind zwanzig erfahrene und tapfere Krieger. Was hätten wir zu fürchten?"

„Tapfere, ja, aber auch erfahrene? Was nützt die Erfahrung, wenn man nicht nach derselben handelt! Und ist es nicht möglich, daß sie heuer zahlreicher kommen als bisher? Und selbst wenn es ihrer so wenige wären, habe ich gesagt, daß uns das Terrain sehr ungünstig ist."

„Es ist uns im Gegenteil günstig. Wir befinden uns hier oben, und sie würden von unten kommen, der Obere aber ist stets der Stärkere."

„In diesem Fall nicht. Sieh dir doch die Lage dieses Orts an! Der Fels fällt nach Süd, West und Nord so steil ab, daß man nach diesen Richtungen nicht hinunter kann; wenigstens gehört ein guter Kletterer dazu, in die Tiefe hinabzukommen, mit den Pferden aber ist es geradezu eine Unmöglichkeit..."

„Wir wollen ja gar nicht da hinab", fiel er mir in die Rede.

„Laß mich ausreden, so wirst du einsehen, daß die Möglichkeit gar wohl vorhanden ist, daß wir noch einen Fluchtausweg von hier suchen müssen."

„Fliehen? Vor diesen Hunden? Nie!" rief er aus.

„Nie, nie, nie!" stimmten ihm seine Haddedihn eifrig bei.

„Laßt doch meinen Effendi reden!" warnte Halef. „Er ist klüger als wir alle, und ich habe viele, viele Male die Erfahrung gemacht, daß derjenige, der nicht auf ihn hört, es später zu bereuen hatte."

Ich warf dem Kleinen einen anerkennenden Blick zu und fuhr fort:

„Der Auf- und Abstieg kann nur auf der Ostseite des Berges geschehen, und da treten an einer Stelle, die ihr ja kennt, weil wir sie vorhin passiert haben, die Felsen so eng zusammen, daß nur zwei Reiter nebeneinander Platz haben. Das ist eine Pforte, die uns gefährlich werden kann."

„Wieso?" fragte der Scheik.

„Wenn die Kurden sie besetzen, können wir nicht von hier fort."

„Und wenn wir sie besetzen, können sie nicht herauf!" meinte er in überlegenem Ton.

„Das klingt sehr schön, ist es aber nicht. Ob wir oder sie diese Enge besetzen und ob wir sie nicht herauf oder sie uns nicht hinunter lassen, das bleibt sich sehr gleich; wir können eben nicht fort."

„So verjagen wir sie!"

„Das würde ja eben den Kampf geben, den wir vermeiden wollen."

„Nun, dann bleiben wir hier oben, bis ihnen die Zeit so lang wird, daß sie sich fortmachen!"

„Wird ihnen gar nicht einfallen, dies zu tun. Erstens werden sie bleiben, weil sie sich rächen wollen, und zweitens treibt sie die Not nicht fort, wie sie uns forttreiben würde."

„Uns? – Welche Not?"

„Der Hunger. Wasser gibt es freilich, aber was sollen wir essen? Gibt es ein Wild hier oben auf der kahlen Felsenplatte? Nein. Und unser Proviant ist dermaßen zusammengeschwunden, daß ich nachher noch fortgehen muß, um irgendein Fleisch zu schießen."

„Du malst das so schlimm aus, weil es deine Gewohnheit ist, an alles mögliche Üble, was kommen kann, vorher zu denken. Ich sehe nicht so schwarz wie du, denn ich habe zwanzig tapfere Krieger bei mir, die, falls wir angegriffen werden, diese Höhe wie eine Festung verteidigen werden. Und was den Proviant betrifft, so werde ich diese Männer jetzt alle auf die Jagd senden. Wir haben damals sehr reichlich Wild gefunden, und es wird wohl jetzt auch nicht weniger davon vorhanden sein."

„Ich bitte dich, dies nicht zu tun."

„Warum?“

„Weil es eine große Unvorsichtigkeit sein würde. Wir dürfen hier so wenig Spuren wie möglich machen; wenn aber zwanzig Männer nach allen Richtungen hier herum- und auseinanderlaufen, so müssen die Kurden, wenn sie kommen, sofort auf uns aufmerksam werden.“

„Sie werden uns ohnedies bemerken. Du bist, wie ich schon wiederholt gesagt habe, viel zu ängstlich.“

„Hier ist es besser, ängstlich als vertrauensselig zu sein. Ich bitte dich wirklich dringend, heute nicht hier zu bleiben! Wir müssen uns einen Lagerplatz suchen, wo wir verborgen sind und den Zugang zu dieser Höhe beobachten können.“

„Bestürme mich nicht mit dieser Bitte, ich kann sie dir nicht erfüllen. Ich gehöre zu meinem Vater. Wenn ihr nicht hier oben bleiben wollt, so geht, wohin ihr wollt!“

„Wir bleiben, wir bleiben!“ riefen die Haddedihn einmütig.

„Hörst du es?“ fragte Amad el Ghandur. „Sie bleiben bei mir, du aber hast deinen Willen und kannst dir einen anderen Lagerplatz suchen. Halef und sein Sohn werden sich wahrscheinlich zu dir halten.“

„Davon bin ich überzeugt, denn der Hadschi weiß, daß meine Ansicht eine wohlbegründete ist. Aber was könnte es nützen, wenn wir uns von euch trennten? Wir brächten uns in Sicherheit, während ihr euch in Gefahr befändet, das würde uns als Feigheit ausgelegt werden können, und um dies zu vermeiden, werden wir bleiben. Aber wenn dann eintrifft, was ich dir vorausgesagt habe, so wirf die Schuld ja nicht auf uns.“

Ich nahm meinen Henrystutzen, um mich zum Jagen zu entfernen. Als der Lord dies sah, fragte er:

„Wohin, Sir?“

„Fleisch schießen.“

„Well, gehe auch mit.“

„Es wäre mir lieber, wenn Ihr hierbliebt.“

„Aus welch einem Grund?"

„Weil so wenig wie möglich Spuren verursacht werden dürfen."

„Auf eine mehr kommt es doch wohl nicht an. Was macht Ihr übrigens für ein Gesicht. Ihr ärgert Euch wohl über die Haddedihn?"

„Ja."

„Warum? Habe bemerkt, daß Ihr Euch mit dem Scheik strittet, konnte das Gerede aber nicht verstehen."

„Ich bin darüber unwillig, daß sie hier oben bleiben wollen, während ich es unten im dichten Wald für sicherer für uns halte."

„Wohl wegen der Bebbeh-Kurden?"

„Ja."

„Laßt Euch das nicht anfechten! Ob wir hier oben oder dort unten mit ihren Köpfen zusammenrennen, das ist ja ganz egal."

„Nicht ganz, Mylord. Übrigens ist es ausgemacht worden, daß wir uns vor Feindseligkeiten möglichst hüten wollen."

„Well, habe nichts dagegen gehabt. Aber wenn diese Kurden einmal kommen und mit uns anbinden wollen, so habe ich auch noch eine Rechnung mit ihnen auszugleichen. Diese Gentlemen haben mich um zwei Finger gebracht und außerdem um eine Ecke von meinem Kopf. Ich will keineswegs ein Bluträcher sein, aber es klingt doch auch nicht übel, wenn man sagen kann: Auge um Auge, Zahn um Zahn, Finger um Finger, Ecke um Ecke. Wenn sie uns in Ruhe lassen, werde ich ihnen nichts tun, halten sie es aber für gut, sich mit mir zu boxen, so sollen sie Hiebe bekommen, daß die Schwarten fliegen! Also, ich darf jetzt mit Euch gehen?"

„Meinetwegen. Da Ihr Euch mit den Beduinen doch nicht recht unterhalten könnt, würde Euch hier die Zeit zu lang werden."

„Und wer geht noch mit?"

„Halef natürlich."

„Und sein Boy?"

„Wahrscheinlich, denn den läßt sein Vater doch nicht zurück."

„Well, hat sehr recht. Der Junge ist ein ganz tüchtiger Kerl und will von Euch lernen. Nehmt ihn also immer mit!"

11. Im Felsengrab

Der kleine Kara Ben Halef freute sich allerdings sehr, als er hörte, daß er uns mit seinem Vater begleiten dürfe. Wir vier stiegen den Berg hinab, nachdem ich Amad el Ghandur gebeten hatte, ja seine Leute nicht auf die Jagd gehen zu lassen.

Ich traute ihm aber nicht so recht, denn seit er sich am Grab seines Vaters befand, schien er nicht nur abermals auf Rache zu sinnen, sondern auch gegen mich steifsinnig geworden zu sein.

Als wir unten im Tal angekommen waren, drangen wir in den Wald ein, der den erwähnten Höhenzug bedeckte. Dort hatte ich damals auch gejagt. Ich hatte mich für diese Richtung entschieden, weil die Kurden, wenn sie je nahten, aus einer andern kommen mußten.

Wir hatten Glück. Halef war ein guter Jäger geworden, der Lord verstand sich auch auf das edle Weidwerk, und der kleine Kara Ben Halef machte seine Sache so gut, daß ich ihn öfters beloben konnte. Nach Verlauf von vier Stunden stiegen wir, mit reicher Beute beladen, wieder zur Felsenhöhe empor.

Oben angekommen, sah ich, daß ein Feuer brannte, über dem ein frischer Braten schmorte.

„Also ist doch jemand von euch fort gewesen?“ fragte ich Amad el Ghandur. „Ich hatte doch gebeten, dies zu unterlassen!“

„Sollen wir hier sitzen und faulenzen, während ihr euch plagt?“ antwortete er. „Du erlaubst diesem Knaben, Wild zu holen, und den erwachsenen Kriegern soll es nicht gestattet sein!“

„Der Knabe befand sich bei mir, da war ich sicher, daß er keinen Fehler beging."

„Die vier Männer, die ich fortschickte, haben auch keinen begangen."

„Das ist fraglich. Es wäre jedenfalls besser gewesen, wenn sie den Gang unterlassen hätten."

„Nein! Es ist im Gegenteil grad sehr vorteilhaft für uns, daß sie ihn unternommen haben, denn sie haben eine sehr wichtige Botschaft mit zurückgebracht."

„Ah? Welche?"

„Daß die Bebbeh-Kurden heuer nicht hierherkommen. Du siehst also, daß deine große Ängstlichkeit gar keinen Grund hatte!"

Er lächelte mich dabei ein wenig von oben herab an. Mir schien die Sache nicht ganz geheuer zu sein, darum antwortete ich:

„Von Ängstlichkeit kann keine Rede sein. Ich bin vorsichtig, aber Angst habe ich nicht. Du gebrauchst den Ausdruck ‚Botschaft'. Zu einer Botschaft gehören aber zwei, einer, der sie gibt, und einer, der sie weiterträgt. Von wem haben deine Leute diese Botschaft erhalten?"

„Von zwei Soran-Kurden."

„Ah! Wo haben sie diese getroffen?"

„Unten am Wasser, wo der Kampfplatz war."

„Kull Scheitanim – alle Teufel!" brauste ich da auf, ganz gegen meine Gewohnheit, da ich mich sonst in jeder Lage bestrebe, gelassen zu sein. „Wer hat ihnen denn erlaubt, grad diesen Platz wieder aufzusuchen?"

„Ich!" antwortete er, indem er einen festen, beinahe herausfordernden Blick in mein Gesicht bohrte.

„So, du! Ich war aber doch schon einmal und überhaupt dagegen, diesen Ort zu besuchen. Ihr habt es doch getan, und so sollte dieser zweite Besuch wenigstens aus Achtung gegen mich vermieden werden!"

„Ich streite mich nicht mir dir. Wenn du etwas erfahren willst, so frag hier Battar, er wird dir Auskunft geben."

Er wendete sich von mir ab. Ich antwortete ihm:

„Es ist keineswegs meine Absicht, mich mit dir zu streiten. Aber blick dieses Grab an, in dem dein Vater ruht; es sollte dir und euch allen eine Warnung sein. Mohammed Emin ist nur darum hier begraben, weil ihr euch damals nicht mehr nach meinen Vorschlägen richten wolltet. Ihr hattet mich freiwillig zu eurem Anführer erkoren, und solange ihr euch nach mir richtet, wurden alle Gefahren glücklich überwunden. Ich bin ein Christ und als solcher stets gegen das unnötige Töten eines Menschen gewesen; ihr aber lechztet damals nach Blut und empörtet euch gegen meine wohlgemeinten Ratschläge. Das rächte sich an euch, denn ihr mußtet es mit dem Blut des Scheiks Mohammed Emin bezahlen."

Ich hielt inne. Niemand sagte ein Wort, darum fuhr ich fort:

„Jetzt habt ihr mich wieder zu eurem Anführer gewählt, ganz gegen meinen Willen, denn ich schlug Amad el Ghandur als solchen vor. Ihr seid mir gefolgt, wie ich euch führte, und es ist alles gut gegangen. Nun raucht euch plötzlich das Blut des toten Scheiks um die Köpfe, es benebelt euren Verstand und macht euch widerspenstig gegen mich. Bedenkt wohl, was ihr tut! Ich bin mit euch ausgezogen, um alle Not und Gefahr mit euch zu teilen, ich werde euch auf keinen Fall verlassen; aber wenn ich sehe, daß ihr meinen Willen nicht mehr achtet und Dummheiten begeht, die unser Leben kosten können, so kann ich nicht länger euer Anführer sein."

Amad el Ghandur kehrte mir den Rücken zu und sagte nichts, Battar aber, der Haddedihn, an den er mich gewiesen hatte, fuhr zornig auf:

„Dummheiten, Effendi? Wärst du es nicht, der dieses Wort sagt, so würde ich hier mit meinem Dolch antworten! Ein Krieger der Haddedihn vom Stamme der Schammar begeht keine Dummheiten!"

„Du irrst", antwortete ich ihm ruhig. „Ich könnte euch

eine ganze Reihe von großen Fehlern, ja von Dummheiten herzählen, die von berühmten Haddedihn begangen worden sind. Wer seine Fehler nicht erkennen will, wird niemals klüger werden, und unternimmt er es gar, sie zu verteidigen, so ist es noch schlimmer mit ihm bestellt. Ich halte es für meine Pflicht, euch die Wahrheit zu sagen, wollt ihr sie nicht hören, so kann ich euch nicht helfen. Jetzt möchte ich wissen, wie ihr mit diesen sogenannten Soran-Kurden zusammengetroffen seid und was ihr mit ihnen gesprochen habt."

Amad el Ghandur rührte sich noch immer nicht, seine Leute blickten finster vor sich nieder, und Battar, an den ich mich mit meinen letzten Worten gewendet hatte, antwortete nicht. Das Herz begann mir weh zu tun, ich hatte das sichere Gefühl, daß die Starrsucht dieser Leute üble Folgen haben werde. Jedenfalls hatten sie sich während meiner Abwesenheit dahin besprochen, bei einer Begegnung mit den Bebbeh-Kurden meinen menschenfreundlichen Ratschlägen nicht zu gehorchen. Ich mußte meine Aufforderung noch einmal an Battar richten, ehe er sich herbeiließ, mir Auskunft zu erteilen:

„Wir stiegen in das Tal hinab, um am Fluß nach wildem Geflügel zu suchen, da kamen die Soran-Kurden."

„Saht ihr sie eher oder sie euch?"

„Wir sie."

„Wie verhielten sie sich, als sie euch dann erblickten?"

„Sie stutzten und hielten ihre Pferde an. Wir gingen auf sie zu und winkten ihnen, daß wir friedlich gesinnt seien. Da ließen sie uns bis zu sich herankommen."

„Wie waren sie bewaffnet?"

„Mit Gewehren, Messern und Pistolen."

„Was hatten sie für Pferde?"

„Sehr gute. Sie begrüßten uns sehr freundlich und fragten uns, wer wir seien."

„Antwortetet ihr ihnen darauf?"

„Nicht sogleich. Wir verlangten zuvor zu wissen, zu

welchem Stamm sie gehörten. Da erfuhren wir, daß sie Soran-Kurden seien."

„Habt ihr euch nach dem Lagerplatz ihres Stamms erkundigt?"

„Ja, sie weiden ihre Herden am Bela-Druz-Kanal."

„So weit im Süden von hier? Und sie kamen von Norden? Wo waren sie gewesen?"

„Das fragten wir nicht."

„Wo wollten sie hin?"

„Zu ihrem Stamm. Nun erst, als wir dies wußten, sagten wir ihnen, daß wir Haddedihn seien."

„Sagtet ihr ihnen auch noch mehr?"

„Ja, denn die Soran-Kurden sind die Feinde der Bebbeh. Wir brauchten uns also nicht zu scheuen. Sie freuten sich sehr, als sie hörten, weshalb wir uns hier befinden, denn sie hatten von dem Ruhm Mohammed Emins gehört. Ja, sie waren ganz entzückt, als wir ihnen sagten, daß ein Stammesgenosse von ihnen damals hier der Führer Amad el Ghandurs gewesen sei und ihn auf seinem Rachezug begleitet habe."

„Da habt ihr ihnen wohl erzählt, was damals hier alles geschehen ist?"

„Natürlich! Sie fühlten solche Teilnahme dafür, als ob sie selbst zu unserem Stamm gehörten."

„Und habt ihr ihnen auch gesagt, wer jetzt hier ist?"

„Ja. Sie fragten uns danach. Wir sprachen von dir, von Hadschi Halef Omar und seinem Sohn Kara Ben Halef, von Amad el Ghandur, von dem Inglis, der damals auch dabeigewesen und verwundet worden ist. Sie waren so freundlich zu uns, daß sie sich sogar nach deinem berühmten Rih erkundigten, ob du wieder auf ihm reitest."

„Da habt ihr ihnen natürlich auch die gewünschte Auskunft erteilt?"

„Ja. Sie freuten sich sehr über unsere edlen Pferde, über den jungen Hengst von Kara Ben Halef und über die Stute Amad el Ghandurs."

„Und dann? Sprich weiter!“
„Und dann? Nun, dann ritten sie fort.“
„Wohin?“
„Zurück.“
„Zurück? Also nach Norden, woher sie gekommen waren?“
„Ja.“
„Ich denke aber doch, daß sie südwärts zu ihrem Stamm wollten?“
„Freilich wohl, Emir, aber der eine bemerkte, während wir miteinander sprachen, daß er seinen Dolch aus dem Gürtel verloren hatte. Das war ein altes, kostbares Erbstück, welches er unmöglich aufgeben konnte. Sie mußten also zurück, um den Dolch zu suchen.“
„Aber von den Bebbeh habt ihr doch auch gesprochen. Was habt ihr da erfahren?“
„Wir sagten, daß wir auf die Ankunft der Bebbeh gerüstet seien, weil wir erfahren hätten, daß diese alljährlich hierhergekommen sind. Da sagten uns die Sorans, daß die Bebbeh heuer nicht kommen könnten.“
„Was für einen Grund gaben sie an?“
„Die Bebbeh liegen grad jetzt mit den Piran-Kurden vom Bulbastamm im Streit; es kann täglich ein Zusammenstoß stattfinden, und so wirst du begreifen, Effendi, daß sie keine Zeit haben, hierherzukommen.“
„Schön! Was habt ihr noch mit ihnen gesprochen?“
„Weiter nichts. Was wir dir erzählt haben, ist alles. Nun gibst du wohl zu, daß deine Sorge umsonst gewesen ist und daß Amad el Ghandur, unser Scheik, recht gehabt hat?“
Diese Frage wurde im Ton großer Befriedigung ausgesprochen, und nun machte Amad el Ghandur endlich auch eine Bewegung, er drehte sich langsam um und warf mir einen stolzen, triumphierenden Blick zu. Ich tat, als ob ich dies nicht bemerkt hätte, und antwortete:
„Ich sehe ein, daß Amad el Ghandur sehr unrecht gehabt hat.“

Da fuhr Amad halb empor und rief mir zornig zu:

„Unrecht? Wenn du nach dem, was du jetzt gehört hast, dieses Wort aussprichst, so ist dir der Verstand abhanden gekommen, und ich sehe ein, daß es besser ist, dir das Kommando abzunehmen. Denn wenn wir uns weiter nach dir richten, können wir leicht dem Verderben entgegenreiten."

„Ich bitte dich, dich nicht aufzuregen, sondern ruhig zu bleiben! Selbst wenn ich den Verstand verloren hätte, reichte doch der kleine Rest, der mir davon übriggeblieben sein würde, aus, einzusehen, daß ihr mit aller Gewalt ein böses Verhängnis auf euch herabbeschwören wollt. Wenn ihr so weiter..."

„Schweig!" fuhr er mich an, indem er vollends aufsprang. „Du, nur du würdest dieses böse Verhängnis sein, wenn wir weiter auf dich hören wollten. Du magst tun, was dir beliebt, und gehen, wohin du willst; wir folgen dir nicht, wir brauchen keinen andern Lagerplatz. Die Bebbeh kommen nicht. Ich gehöre an das Grab meines Vaters, ich bleibe hier!"

Ich wollte auch aufbrausen, beherrschte mich aber und sagte in ruhigem Ton:

„So laß dir doch wenigstens meine Gründe sagen, weshalb ich..."

„Nichts, nichts mag ich hören", wehrte er ab, indem er mich abermals unterbrach. „Du hast uns vorgeworfen, daß unser damaliges Verhalten den Tod meines Vaters verschuldet habe. Es ist aber ganz anders: Hättest du uns erlaubt, auf die Bebbeh zu schießen und ihren Scheik Gasahl Gaboya zu töten, so hätten sie nicht mehr gelebt und uns nicht verfolgen können. Du also bist schuld, du allein, ganz allein! Ich klage dich an des Todes meines Vaters und mag nichts mehr von dir wissen. Ich gebiete dir, dich von uns zu trennen!"

Er streckte den Arm befehlend aus, seine Augen blitzten, er war das lebendig gewordene Bild des rücksichtslosesten, keiner Überlegung mehr fähigen Zorns. Ich kann nicht etwa bloß sagen, daß er mir leid tat, denn das, was ich jetzt empfand, war viel, viel mehr. Seine Leute hatten sich auch von ihren Plätzen erhoben, sie waren zu ihm getreten, um mir damit anzudeuten, daß sie ganz seiner Meinung seien. Nur Halef, sein Sohn, Omar Ben Sadek und der Engländer befanden sich bei mir. Sollte ich auf die schwere Anschuldigung Amad el Ghandurs antworten oder nicht? Noch war ich mit mir nicht darüber einig geworden, da sprangen Halef und Omar auf; der erstere trat einige Schritte vor, räusperte sich, wie es so seine Angewohnheit war, und rief:

„Allah 'l Allah! Welche Wunder geschehen am heutigen Tag! Die Undankbarkeit kleidet sich in das Gewand des Stolzes, und das Verdienst wird mit dem Auswurf der Kamele und Schafe beworfen! Mein Effendi ist der Weiseste der Weisen und der Tapferste der Tapferen. Er hat für diejenigen, die ihn begleiteten, stets wie ein Vater und eine Mutter gesorgt, für sie gewacht und alle Gefahren auf sich genommen. Ich, Hadschi Halef Omar, will hier nicht aufzählen, was er auch für euch getan hat; ihr seid ihm Dank schuldig jetzt und in alle Ewigkeit. Aber anstatt ihm diesen zu zollen, werft ihr ihm eine Anklage entgegen, die ich augenblicklich rächen würde, wenn ich nicht einer der Eurigen geworden wäre. Nicht er hat den Verstand verloren, sondern euch ist er abhanden gekommen. Mein Effendi weiß stets, was er sagt. Er sieht jetzt eine große Gefahr voraus, eine Gefahr, in der ihr untergehen werdet, wenn ihr nicht auf ihn hört. Eure Köpfe sind bis heute frei gewesen von falschen Gedanken. Aber seit ihr dieses Grab erblickt habt, sind die Teufel der Blutrache über euch gekommen, haben euer Herz betört und eure Augen blind gemacht. Es ist, als ob euch ein böses Sachuna[1] überfallen habe, in dem ihr tolles Zeug redet und wie unvernünftige Geschöpfe handelt. Ich bitte

[1] Fieber

euch, den Effendi anzuhören! Ihr werdet ihm gewiß und sicher recht geben!“

„Nein, wir mögen nichts mehr von ihm hören!“ rief Amad el Ghandur, indem er beide Hände abwehrend ausstreckte. „Er hat dein Herz betört, und du bist seines Glaubens geworden, darum redest du für ihn. Wir brauchen weder ihn noch dich. Die Blutrache ist ein heiliges Gebot, du aber bist ein von Allah Abtrünniger. Bleib bei deinem Effendi, wir haben nichts mehr mit euch zu tun!“

Da avancierte Halef noch einen Schritt und antwortete:

„Ja, ich bin abgefallen von der Lehre, die Blut und Rache gebietet, und ein Sohn der Liebe geworden, die selbst den Unwürdigen umfängt. Darum will ich euch das, was ihr jetzt redet und tut, nicht entgelten lassen, sondern weiter über euch wachen, damit ihr nicht in eurem Irrtum untergeht. Hier stehe ich, ich halte zu meinem Effendi, dem ich treu sein werde, solange ich lebe, denn ich bin Hadschi Halef Omar, der von euren grausamen und blutigen Gesetzen nichts mehr wissen mag!“

Da stellte sich Omar an seine Seite und sagte:

„Und ich bin Omar Ben Sadek, auf dessen Namen nie ein Makel lastete. Ihr habt unsern Emir Kara Ben Nemsi Effendi beleidigt, ich halte zu ihm, die Folgen aber werden über euch kommen!“

Und nun geschah etwas, was ich nicht erwartet hatte. Nämlich Halefs kleiner Sohn trat an die andere Seite seines Vaters und rief mit seiner jugendlichen hellen Stimme:

„Und ich bin Kara Ben Halef und halte auch zu dem Effendi, dessen Namen ich trage. Er ist größer, als ihr alle seid!“

„Ruah ya mesach – geh, du Zwerg“, lachte Amad grimmig, „um so kleiner bist dann du! Wer unter dem Schutz eines solchen Knaben steht, kann wahrlich stolz auf seine Tapferkeit und Klugheit sein!“

„Ja, stolz bin ich allerdings“, antwortete ich, „doch

nicht auf diese beiden Eigenschaften, sondern darauf, daß dieser Knabe, dessen ich mich erst seit einigen Tagen angenommen habe, trotzdem schon einen schärferen Blick besitzt als ihr, die ihr euch erwachsene und erfahrene Krieger nennt. Du hast mich von dir gewiesen, wohlan, ich trenne mich von euch, doch nur auf wenige Schritte, denn ich weiß, daß ihr meiner Hilfe bedürfen werdet. Du hast vorhin in deiner Halsstarrigkeit das Wort gesagt: ‚Ich gehöre an das Grab meines Vaters, ich bleibe hier!' Sieh zu, daß es nicht in der Weise in Erfüllung geht, daß du für immer hier zu bleiben hast!"

Ich wendete mich ab und führte meinen Rih von den andern Pferden fort, das war das Zeichen der ausgesprochenen Trennung. Halef, sein Sohn und Omar holten ihre Pferde auch. Da stand der Engländer, der bisher, am Boden sitzend, stumm zugehört hatte, auch auf, brachte sein Pferd herbeigeführt und fragte mich:

„Hört einmal, wertester Sir Kara Ben Nemsi, was ist denn hier für ein Teufel los? Habt Ihr Euch von den Haddedihn getrennt?"

„Ja."

„Warum?"

„Weil sie mich als Anführer abgesetzt haben. Die vier nämlich, die vorhin auf der Jagd gewesen sind, haben zwei Bebbeh-Kurden getroffen, die sie aber für Soran-Kurden halten. Ich riet, ein anderes Lager zu beziehen, sie bleiben aber hier."

„All Devils! Da kann es etwas setzen, nicht? Wollt Ihr mir wohl sagen, was..."

„Jetzt nicht", fiel ich ihm in die Rede, „später. Ich muß sogleich fort, den beiden Bebbeh nach, ich nehme Halef und seinen Sohn mit..."

„Was, diese? Warum nicht mich?" unterbrach er mich.

„Weil ich einen sichern Mann hier bei den kostbaren Pferden haben muß, und Ihr seid doch der sicherste", antwortete ich.

„Well, schön, ich bleibe", erklärte er sehr befriedigt, obwohl ich ihn nur deshalb nicht mitnahm, weil ich dachte, daß er da Dummheiten machen würde.

Einige Minuten später stieg ich mit Halef und seinem Sohn wieder von der Höhe ins Tal hinab. Bis wir hinunterkamen, fiel mir nichts auf, weil der Weg meist felsig war; unten aber fiel mein Auge auf die Spuren, die die vier Haddedihn, welche jagen gewesen waren, gemacht hatten. Ich sah ihre hingehende und zurückkehrende Fährte. Daneben aber gab es noch die Eindrücke zweier Menschen, die nicht in den Felsenpfad, sondern seitwärts von demselben einbogen und da zur Höhe führten.

„Kannst du dir denken, wer hier gegangen ist?" fragte ich Halef.

„Nein, Effendi", antwortete er. „Da du mir deine Meinung noch nicht mitgeteilt hast, weiß ich noch nicht, von welchem Gedanken ich auszugehen habe."

„Von dem Gedanken, daß die beiden Kurden, die sich für Sorans ausgegeben haben, Bebbehs gewesen sind."

„Maschallah! Das denkst du?"

„Ja."

„Aus welchem Grund?"

„Es gibt mehrere Gründe. Zunächst gibt es keinen Stamm der Soran mehr."

„Das ist richtig, Sihdi. Dieser Stamm ist ja von den Bebbeh vernichtet worden, so daß nur einzelne Männer übrigblieben, die sich noch heut verbergen müssen. Daran dachte ich gar nicht."

„Wie kann also ein Stamm der Soran unten am alten Kanal Bela-Druz seine Herden weiden!"

„Dort hat es überhaupt niemals Kurden, sondern stets nur arabische Stämme gegeben. Die vier Haddedihnjäger sind schmählich belogen worden."

„Und so dumm gewesen, die Lügen zu glauben. Die zwei Kurden waren die Kundschafter, die Quartiermacher der Bebbeh, die heut wie alle Jahre kommen und, um sicher zu gehen, zwei Krieger vorausgesandt haben. Diese Späher haben es unsern vier Jägern natürlich sofort an den Stammeskennzeichen angesehen, daß sie Haddedihn sind, und sich infolgedessen für Sorans ausgegeben; sie haben sie ausgefragt, alles erfahren und sich dann die Lüge von dem verlorenen Dolch ausgesonnen, um unauffällig wieder zurückkehren zu können. Dann haben sie an einem passenden Ort ihre Pferde versteckt und sind hierher zurückgekehrt, um sich nach oben zu schleichen und uns zu sehen. Ihre Fährte führt hier hinauf, aber nicht wieder herab; ich will doch nicht denken, daß sie noch oben sind! Bleibt hier stehen, ich muß Gewißheit haben."

Ich schlich mich an Büschen und Felsen vorüber wieder hinauf. Es war sehr schwer, auf dem harten Boden die Spur zu verfolgen es gelang mir aber doch. Da sah ich, daß sie uns beobachtet und vielleicht auch unsere Verhandlungen gehört und verstanden hatten, da von uns so laut und erregt gesprochen worden war. Dann führte ihre Fährte seitwärts wieder in die Tiefe, da gab es Gras, sie war also deutlich zu sehen. Ich schätzte sie kaum eine Viertelstunde alt und rief Halef und seinen Sohn herbei, um sie ihnen zu erklären. Wie stolz war der wackere Hadschi darauf, daß seinem Kara die große Ehre widerfuhr, auf dem jetzigen, gefährlichen Gang mitgenommen zu werden!

Wir folgten nun zusammen der Spur. Sie strich quer durch die andern Stapfen nach dem Begräbnisplatz am Wasser hin und führte dann nach Norden, sich erst immer nahe ans Ufer haltend. Natürlich fiel sie von nun an mit derjenigen Spur zusammen, die die beiden Bebbeh gemacht hatten, ehe sie die vier Haddedihn trafen. Wir hatten also alte, herwärts kommende und neue, wieder zurückführende Eindrücke vor uns.

Es dauerte nicht lange, so kamen wir an ein Gebüsch, wo die Bebbeh ihre beiden Pferde versteckt gehabt hatten. Sie hatten diese natürlich hervorgeholt und wieder bestiegen. Sie waren, wie wir sahen, von hier an Galopp geritten, um den Ihrigen die wichtige Nachricht möglichst bald zu bringen. Ich erklärte im Weiterschreiten meinem kleinen Schüler alles, was ihm noch nicht verständlich war, und hatte dabei meine helle Freude über sein gutes, scharfes Fassungsvermögen.

Vom Versteck der Pferde aus waren wir wohl eine gute halbe Stunde lang dem Lauf des Flusses gefolgt, jede Deckung sorgfältig für uns benutzend; da kam der Wald von der Höhe herabgestiegen und bildete einen am Fluß liegenden grasigen Platz, der an den drei andern Seiten von Bäumen umgeben war.

„Hier müssen wir uns verstecken", sagte ich.

„Warum grad hier?" fragte Halef.

„Weil die Bebbeh hier ihr Nachtlager aufschlagen werden."

„Effendi, bist du allwissend?"

„Nein, aber ich ziehe aus den gegebenen Umständen meine Folgerungen. Es ist nicht mehr als eine Stunde bis zum Untergang der Sonne, dann müssen die Kurden lagern."

„Werden sie nicht vielleicht weiterreiten bis in die Nähe des Felsengrabs?"

„Nein, denn es ist da noch dunkel, der Mond geht erst später auf. Vielleicht benutzen sie seinen Schein, um sich uns dann zu nähern. Jedenfalls aber bleiben sie vorerst hier."

„Warum nicht weiter oben, so daß wir, um sie zu sehen, noch weiter zu gehen hätten?"

„Siehst du denn nicht, daß die beiden Kundschafter hier abgestiegen sind? Die vielen Stapfen sagen dir, daß sie den Platz und auch den angrenzenden Waldessaum durchsucht haben. Welch ein anderer Grund könnte hierzu vorhanden sein, als daß sie die Ihren bis hierher führen wollen?"

„Du hast recht, wie immer, Effendi. Was werden wir nun tun? Sie belauschen, um zu hören, was sie reden werden?“

„Das möchte ich allerdings sehr gern. Wollen sehen, ob sich die Möglichkeit dazu bietet. Wir verstecken uns im Wald, bis sie kommen.“

Wir drangen links in den Forst ein, bis es da ein Buschwerk gab, das uns, als wir hineingekrochen waren, vollständig verbarg.

Ich war außerordentlich gespannt darauf, ob die Kurden wirklich da, wo ich es vermutete, anhalten würden. Halef teilte diese Neugierde, und sein Sohn natürlich auch.

Da wir nichts weiter tun konnten als warten, unterhielten wir uns leise miteinander, und ganz selbstverständlich war das Verhalten der Haddedihn und ihres Scheiks der Gegenstand unseres Gesprächs. Der kleine Hadschi ärgerte sich gewaltig und erging sich in den kräftigsten Ausdrücken über diese unvorsichtigen Menschen. Noch mehr aber, weit mehr, bedrückte ihn der Gedanke, daß ich so sehr gekränkt worden war. Ich mochte ihm wieder und immer wieder versichern, daß ich jetzt weder Ärger noch Kränkung fühlte, sondern nur die Verpflichtung, über die Leute zu wachen, deren Augen blind und taub geworden waren, er glaubte es nicht und gab sich alle Mühe, mich zu beruhigen, zu trösten und seiner Treue und Anhänglichkeit zu versichern. Es war unendlich rührend, wie er eng neben mir lag und sich wie ein Hund an mich schmiegte, meine Hand in seinen beiden hielt und sich bemühte, seiner leisen Stimme den zärtlichsten Ausdruck zu geben. Ich brauchte weder Trost noch Beruhigung, denn ich grämte mich nicht und fühlte auch keine Erregung mehr; aber diese treue, hingebende Liebe ließ mich die Befürchtungen, die ich hegte, weniger schwer empfinden.

Ich hatte jene unbestimmte Ahnung von dem unaufhaltbaren Nahen eines traurigen Ereignisses, die mich noch nie betrogen hat, sondern stets in Erfüllung gegangen ist; daher die letzten Worte, die ich Amad el Ghandur zugerufen hatte. Für mich fürchtete ich nichts, sondern es war etwas in mir, das mir sagte, daß er es sei, der sich zu hüten habe. Ich nahm mir vor, alles zu tun und selbst mein Leben zu wagen, um das Drohende von ihm abzuwenden.

Der Abend senkte sich nieder, und es wurde dunkel um uns, da hörten wir Pferdegetrappel, die Kurden kamen. Der Hufschlag ging nicht weiter, ich hatte mich also nicht getäuscht, sie hielten auf dem von mir vorher bestimmten Platz an.

„Sihdi, du hast richtig vermutet, sie steigen von den Pferden. Wollen wir hin?"

„Du nicht und auch Kara Ben Halef nicht. Ihr würdet euch unnötig in Gefahr begeben, da ihr die kurdische Sprache nicht versteht. Ich gehe allein."

„Gut, aber wenn du nicht bald wiederkommst, folge ich nach!"

„Keine Unvorsichtigkeit, Halef! Ich will sie belauschen und muß also so lange warten, bis sie von dem reden, was ich hören will. Darüber können Stunden vergehen."

„Ich werde dir gehorchen, aber wehe ihnen, wenn sie dich erwischen! Ich steche und schieße sie alle nieder, alle!"

Ich hatte mir die Art und Weise, in der ich mein Vorhaben ausführen wollte, schon zurechtgelegt. Das Frühlingswasser hatte nämlich vom Berg herab und durch den Wald ein Rinnsal, einen ziemlich tiefen, natürlichen Graben gerissen, in welchem es dem Fluß zugeführt wurde. Dieser Graben war jetzt trocken und ging quer über den Platz, auf dem die Bebbeh angehalten hatten. Ich kroch aus dem Gebüsch hervor in diese Rinne hinab und schob mich langsam in derselben weiter. Die Kurden sprachen nicht laut, da ja die Haddedihn zufälligerweise in der

Nähe sein konnten; aber als ich eine genügende Strecke vorwärtsgekommen war, hörte ich eine Stimme fragen:

„Brennen wir ein Feuer an?"

„Nein", antwortete eine andere. „Erst muß ein Lauscher weiter abwärts gehen, um nachzuforschen, ob wir hier sicher sind."

„Wir sind es, denn die Haddedihn lagern oben am Grab und werden sich in dieser Dunkelheit nicht so weit von demselben entfernen."

„Ja, die Haddedihn, das sind dumme Molche, die sich nicht aus ihren Höhlen wagen. Aber dieser fremde Teufel ist überall da, wo er nicht hingehört, und mit ihm der kleine Hund mit dem dünnen Bart, der Gasahl Gaboya, meinen Vater, erschossen hat. Dieser Zwerg soll gemartert werden, daß sein Schmerzgeheul weit über die Berge und durch die Täler erklingt!"

Er nannte einen seiner Leute beim Namen und schickte ihn fort, die Gegend abwärts zu erkunden. Es war mir natürlich sehr lieb, daß es jetzt noch dunkel bleiben sollte, das konnte mir nur nützlich sein. Ich kroch also weiter und immer weiter, bis ich die Waldbäume hinter mir hatte und mich im Graben am Rand des Grasplatzes befand. Die Pferde waren nach dem Wasser gelaufen, links vom Graben hatten sich die Kurden niedergesetzt, um auf die Rückkehr des Kundschafters zu warten. Sie konnten jetzt lauter sprechen, denn falls Haddedihn in der Nähe gewesen wären, hätte er sie wahrscheinlich entdeckt und es gemeldet.

Aus dem, was ich bis jetzt gehört hatte, war zu schließen, daß diese Kurden von dem Sohn Gasahl Gaboyas, den Halef damals erschossen hatte, angeführt wurden. Wehe uns, wenn wir in die Hände dieses Bluträchers fielen!

Im Verlauf des nun folgenden Gesprächs hörte ich, daß er Ahmed Azad hieß, er wurde von den andern so genannt. Mein an die Dunkelheit gewöhntes Auge zählte jetzt elf Personen. Wenn ihrer nicht mehr waren, brauchten wir uns allerdings nicht zu fürchten.

„Ein Glück“, sagte Ahmed Azad, „daß ich auf den Gedanken kam, zwei Späher vorauszusenden! Hätte ich das nicht getan, so wären wir den Haddedihn wahrscheinlich in die Hände geritten.“

„Wann greifen wir sie an?“ fragte einer.

„Das kommt darauf an, ob unser Bote schnell genug gewesen ist. Am liebsten noch in der Nacht, weil sie uns da nicht sehen können und wir sie so überraschen, daß sie lebendig in unsere Hände fallen. Also köstliche Pferde haben sie?“

„Ja. Zunächst der Rapphengst des Fremden, welcher sich Kara Ben Nemsi nennt und zwei Zaubergewehre besitzt, mit denen man unendliche Male schießen kann, ohne laden zu müssen. Sodann ist noch ein junger Rapphengst da, den der Knabe des kleinen Kerls mit den wenigen Barthaaren reitet. Und endlich ist noch eine kostbare Schimmelstute vorhanden, die dem Scheik Amad el Ghandur gehört. Auch eine Schecke soll es geben, die ausgezeichnet ist.“

„Hast du diese Pferde alle gesehen, als du oben warst?“

„Alle, nur die Schecke nicht.“

„Glaubst du, daß sie besser sind als meine schwarze Perserstute?“

„Nein. Deine Stute sucht ihresgleichen. Ihr Stammbaum reicht ja hinauf bis in den Stall von Nadir-Schah.“

„Dennoch müssen wir diese Pferde bekommen. Niemand darf auf sie schießen, außer er befindet sich in Todesgefahr. Das wird aber bei keinem der Fall sein, denn wir werden so schnell über diese räudigen Hunde her sein, daß sie gar keine Zeit finden, um sich zu beißen.“

Leider kehrte jetzt der Kundschafter zurück und meldete, daß er nichts Verdächtiges bemerkt habe. Darauf erklärte Ahmed Azad:

„So brennt ein Feuer an, damit ihr essen könnt! Dann, wenn der Mond gekommen ist, reiten wir weiter und lagern uns in der Nähe des Felsenberges, auf dem die Haddedihn sich befinden."

Der Kundschafter fragte:

„Dann muß ich wohl vor dem Angriff hinauf, um zu sehen, ob sie schlafen und ein Feuer brennen haben?"

„Natürlich müssen wir das vorher wissen. Du gehst voran, um es mir zu berichten."

Jetzt suchten die Kurden die umstehenden Bäume und Sträucher nach dürren Ästen ab; das Feuer mußte mich verraten, darum hielt ich es für geraten, mich schnell zurückzuziehen. Ich hatte das Glück, die Gefährten zu erreichen, ohne von den Bebbeh bemerkt worden zu sein, und schlich mit ihnen fort. Erst gingen wir leise und langsam, um kein Geräusch hören zu lassen, als wir aber die Hörweite hinter uns hatten, brauchten wir uns nicht mehr so in acht zu nehmen.

Halef war neugierig auf das, was ich erfahren hatte. Ich sagte es ihm. Er fragte dann:

„Glaubst du, daß sie schon während der Nacht angreifen werden?"

„Ich denke es. Nur machen mich die Worte des Anführers irre, daß es darauf ankomme, ob der Bote schnell genug gewesen ist. Was für ein Bote mag gemeint sein?"

„Wer weiß es!"

„Es wäre aber wohl sehr nötig, es zu wissen. In einer Lage wie der unsrigen kann man nicht umsichtig genug sein. Ich zählte elf Personen, mit dem Kundschafter zwölf. Ob der Anführer einen Boten fortgeschickt hat, noch mehr Leute zu holen?"

„Dann müßten doch noch mehr Bebbeh in der Nähe sein!"

„Warum nicht? Wenn dies der Fall wäre, bekämen wir gewiß einen sehr harten Stand."

„Ich fürchte mich nicht, Sihdi!"

„Das weiß ich, lieber Halef, aber mir liegt das Vorgefühl in den Gliedern, daß es auch dieses Mal hier kein gutes Ende nehmen werde."

„Mach dir doch keine solchen Sorgen! Wie oft sind wir in noch viel größerer Gefahr gewesen und stets gut daraus hervorgegangen. So wird es auch heut und morgen werden. Was gedenkst du zu tun? Werden wir den Überfall abwarten oder die Bebbeh lieber selbst angreifen?"

„Darüber kann ich nicht bestimmen. Du weißt ja, daß Amad el Ghandur jetzt das Kommando führt."

„Allah sei es geklagt! Hoffentlich aber ist er inzwischen zur Einsicht gekommen!"

„Das bezweifle ich. Ich kenne das Fieber der Blutrache. Wer ihm einmal verfällt, dem ist nicht zu helfen, bis es seinen natürlichen Lauf genommen und entweder den einen oder andern in den Tod gebracht hat. Du wirst sehen, daß er jetzt noch grad so denkt wie vorhin, als wir ihn verließen."

Wir hatten inzwischen das untere Tal erreicht und stiegen nun zum Grabmal empor. Bereits von weitem, als wir durch die schon erwähnte Felsenenge gelangt waren, leuchtete uns der Schein eines riesigen Feuers entgegen.

„Welch ein Fehler, solche Flammen lodern zu lassen!" entfuhr es mir, obgleich ich mir vorgenommen hatte, jetzt nichts zu tun, als ruhig zuzuwarten.

„Werde ihnen gleich meine Meinung sagen", meinte Halef. Das stets flinke Kerlchen sprang die Höhe vollends empor und rief den um das Feuer sitzenden und schmausenden Haddedihn zu:

„Allah akbar, Gott ist groß, aber eure Unvorsichtigkeit ist doch noch größer! Was fällt euch ein, ein solches Feuer anzubrennen?"

„Was geht es dich an?" antwortete Amad el Ghandur.

„Sehr viel. Mein Leben kann davon abhängen."

„An deinem Leben ist nicht viel gelegen!"

„So? Wenn du nicht im Rächerwahn sprächst, würde

ich dir anders antworten, als ich es jetzt tue. Die Bebbeh sind da, um uns zu überfallen, und ihr brennt für sie ein Feuer an, damit ihre Kugeln uns ja recht sicher treffen mögen!“

„Die Bebbeh? Das lügst du!“

„Wahre deine Zunge! Ich bin Hadschi Halef Omar und habe noch nie gelogen. Die zwei Kundschafter der Bebbeh haben euch weisgemacht, daß sie Soran-Kurden seien, und von euch alles erfahren, was sie wissen wollten. Nun sind sie zurückgekehrt, um den Bluträcher Ahmed Azad, den Sohn Gasahl Gaboyas, herbeizuholen. Er hält gar nicht weit von hier und will uns überfallen.“

Das brachte die Haddedihn denn doch aus ihrer Fassung. Sie forderten Halef auf, alles zu erzählen, er antwortete:

„Eigentlich seid ihr keines Wortes wert. Ihr habt euch von meinem Effendi losgesagt, und so sollten wir eigentlich fortreiten und uns nicht weiter um euch bekümmern; aber ich weiß, was ich meiner Bekehrung zur wahren Liebe schuldig bin, und werde euch also eure Bitte erfüllen. Der Emir Kara Ben Nemsi, ich, der Hadschi Halef Omar, und mein Sohn Kara Ben Halef, wir sind am Lager der Bebbeh gewesen und haben ihre Gespräche belauscht. Hätten wir das nicht getan, so würdet ihr heute nacht abgeschlachtet wie Schafe, die keinen Hirten und Beschützer haben.“

Er erzählte nun das, was wir getan, gesehen und gehört hatten, in seiner farbenreichen Weise und schloß die besten Ermahnungen daran. Schon glaubte ich, daß diese seine Vorstellungen nicht ohne Erfolg sein würden, da fuhr ihn Amad el Ghandur an:

„Schweig! Wir brauchen deine Ermahnungen nicht. Wir wissen selbst, was wir zu tun haben. Also zwölf Bebbeh habt ihr gezählt?“

„Ja. Wenn du uns nachzählen willst, so gehe hin zu ihnen!“

„Und da machst du solchen Lärm! Zwölf gegen zwanzig!"

„Aber es können leicht noch mehr kommen, denn Ahmed Azad hat von einem Boten gesprochen."

„Sie mögen kommen, wir fürchten sie nicht. Was schreist du da über unser großes Feuer! Grad dieses ist für einen solchen Überfall gut. Wir setzen uns in den Schatten, da können die Bebbeh uns nicht sehen, wir aber erblicken sie, sobald sie kommen, und geben ihnen unsere Kugeln."

„Aber unser Ritt sollte doch ein friedlicher sein!"

„Schweig! Die Kurden kommen, sich an uns zu rächen, wir müssen uns wehren. Aber selbst wenn wir dies nicht müßten, würden wir es doch tun. Diese Hunde sind nicht wert, daß sie unter Allahs Himmel wandeln, sie müssen von der Erde vertilgt werden!"

„Gut, ich werde schweigen, ihr aber werdet weinen und heulen über das, was daraus erfolgen wird!"

Er wendete sich ab und ging dahin, wo Omar Ben Sadek und der Lord saßen. Ich hatte mir vorgenommen, nichts zu sagen, konnte es aber doch nicht übers Herz bringen. Es war ja doch möglich, Blutvergießen zu verhüten. Die Haddedihn konnten hier oben und die Bebbeh unten an ihren Gräbern beten und die gegenseitige Rache für später aufheben. Darum machte ich noch einen Versuch, zum Frieden zu reden:

„Amad el Ghandur, ich war dein Freund, dein Bruder und Gefährte und will es auch jetzt noch sein. Hast du nicht heut diesen Stein in dieses offene Grabmal geworfen und dabei behauptet, daß dein Vater gerächt sei? Warum trachtest du von neuem nach Blut?"

„Die Rache war nicht tot", murrte er, „sie hat nur geschlafen und ist wieder aufgewacht."

„Nein, so ist es nicht; sie schläft noch jetzt, sie will nicht erwachen, aber du willst sie aufwecken. Wer einen Brand entfacht, soll vorsichtig sein und es sich vorher bedenken, denn er kann sich leicht selbst verbrennen."

„Meinst du, daß ich deine guten Lehren brauche?"

„Ja, das meine ich. Grad jetzt solltest du ein offenes Ohr für sie haben. Ich mag mich nicht rühmen und will mir auch das, was ich getan habe, nicht bezahlen lassen, aber heut, wo so vieler Leben, auch das deinige, von dir abhängt, muß ich dich an den Kerker von Amadijah erinnern, in dem du verschmachtet wärst, wenn ich dich nicht herausgeholt hätte. Wäre Mohammed, dein Vater, noch am Leben, der damals mit uns war, er würde dir raten, auf meine Worte zu hören."

„Nein", fuhr er da auf, „das würde er nicht, denn dein Rat und deine Worte haben ihn damals in das Verderben geführt. Du bist nicht unseres Glaubens, du gehörst nicht zu uns. Wenn ein gläubiger Moslem einem Christen folgt, ist es stets zu seinem Schaden. Ich will Rache, ich will Blut, und ich werde meinen Willen haben."

„Und ich will Liebe und Versöhnung. Wir werden sehen, wessen Wille bessere Früchte bringt!"

Ich sah ein, daß all mein Bemühen hier vergeblich war, und ging zu den Gefährten, bei denen ich mich niedersetzte. Wir befanden uns im tiefen Schatten, und auch die Haddedihn suchten jetzt dunkle Stellen auf, um mit ihren Kugeln die angreifenden Kurden zu empfangen.

Der Lord hatte nur wenig von dem, was gesprochen worden war, verstanden, ich mußte ihn aufklären. Als dies geschehen war, meinte er:

„Harte Köpfe, diese Kerls! Meint Ihr, daß die Bebbeh auch solche Köpfe haben?"

„Ja."

„Dann kommt es zum Zusammenstoß?"

„Sehr wahrscheinlich, aber ich werde doch versuchen, ihn zu verhindern."

„Wie wollt Ihr das anfangen?"

„Zunächst kann ich nichts anderes tun, als Ahmed Azad wissen lassen, daß wir von dem geplanten Überfall unterrichtet sind. Dann wird er ihn wahrscheinlich, wenigstens für die Nacht, unterlassen."

„Und ihn dann aber am Tag ausführen?"

„Darauf muß ich es ankommen lassen. Vielleicht kommt mir bis dahin ein rettender Gedanke."

„Wie aber soll dieser Kurde erfahren, daß sein Anschlag uns verraten worden ist?"

„Durch den Späher, den er heraufschicken will, um zu erfahren, ob wir schlafen und ein Feuer brennen haben."

„Dem wollt Ihr es sagen? Wie wollt Ihr das anfangen, Master Sihdi und Effendi?"

„Ich nehme ihn fest."

„Ach, oh, festnehmen!"

Ich sah trotz der Dunkelheit, daß der Mund des Lords vor Entzücken sich in ein offenes Trapezoid verwandelte und daß seine Nase in selige Bewegung geriet. Er ergriff meine Hand und fuhr fort:

„Hört einmal, Ihr großer, vortrefflicher und berühmter Kara Ben Nemsi, wollt Ihr dieses Festnehmen des Kurden nicht mir überlassen? Habe während dieses ganzen langen Ritts nichts tun können, gar nichts, und hätte doch so gern mit einem Regenwurm gekämpft, oder wenigstens einen Lindwurm totgetreten. Jetzt gibt es die schönste Gelegenheit, meine acht Finger, die mir übriggeblieben sind, um den Hals eines Bebbeh-Kurden zu legen. Erlaubt mir das, Sir! Ich zahle Euch gern hundert oder auch noch mehr Pfund Sterling dafür!"

„Könnt es ohne Zahlung haben, Mylord. Ich will es Euch erlauben, doch unter der Bedingung, daß ich dabei bin und daß Ihr Euch nach meinen Vorschriften richtet!"

„Well, zugestanden, yes! Bebbeh-Kurde, Finger, Hals, Vorschriften, vortrefflich, unvergleichlich! Nun geht doch endlich einmal das ordentliche, solide Leben wieder an!"

Er rief das so laut aus, daß ich ihn ersuchen mußte, ruhig zu sein. Nach einiger Zeit ging der Mond auf, und ich nahm an, daß die Kurden nun ihr Lager auf dem Wiesenplatz verlassen würden. Ich stieg also, natürlich ohne den Haddedihn von meinem Vorhaben Mitteilung zu machen, mit dem Engländer die kurze Strecke nach der Felsenenge hinab, wo wir uns verbergen wollten.

Da sie an ihrer oberen Seite von dem Feuer der Haddedihn beleuchtet wurde, so durchschritten wir sie und legten uns an ihrer untern, unbeleuchteten Seite hinter einem Gebüsch nebeneinander auf den Boden nieder. Wir konnten annehmen, daß uns der Späher hier, wo es dunkel war, nicht sehen werde.

„Ob er aber auch kommen wird?“ fragte der Lord, der ganz erpicht darauf war, den Bebbeh in seine Hände zu bekommen.

„Jedenfalls“, antwortete ich. „Ahmed Azad, sein Scheik, hat es gesagt. Doch seid jetzt still, damit wir ihn nicht nur sehen, sondern schon vorher sein Kommen hören.“

Nun lagen wir wohl eine Viertelstunde lang. Von unten herauf erklang jenes monotone und doch so vielsagende Rauschen des Waldes, jene ergreifende Predigt von der Allmacht des Unendlichen, des Ewigen. Da hörte ich ein dumpfes Geräusch in der Tiefe.

„Horcht!“ flüsterte ich dem Lord zu.

„Höre nichts“, antwortete er.

„Aber ich höre es deutlich. Es sind die Schritte der Pferde auf dem Wiesengrund unten. Sie kommen.“

„Well! Müßt Ihr lange Ohren haben, Sir! Ich glaube, die Lappen davon hängen bis dort hinunter, wo die Kerle sich befinden. Ihr seid ein Unikum und gehört in ein Panoptikum!“

„Danke, Mylord! Nun aber aufpassen, denn es wird gar nicht lange dauern, so kommt der Späher heraufgestiegen.“

Es vergingen vielleicht fünf Minuten, so vernahm ich das Geräusch eines rollenden Steins, der aus seiner Lage gestoßen worden war.

„Er naht", raunte ich dem Lord zu. „Nehmt ihn beim Hals, aber gleich so fest, daß er keinen Laut von sich geben kann!"

„Und dann?"

„Ist meine Sache."

Jetzt hörten wir leise Schritte, und einige Augenblicke später sahen wir ihn auch. Der Mond beleuchtete ihn hell, während wir im Schatten der Felsenenge lagen. Er war wohl der beste Späher der Kurden und dennoch ein schlechter Kundschafter; ich an seiner Stelle hätte die dunklen Stellen hinter den Büschen gesucht und wäre gekrochen, während er aufrecht gegangen kam.

Seine Schritte waren langsam und bedächtig, ganz in der Nähe blieb er stehen, um zu horchen. Da er nichts Verdächtiges sah und hörte, ging er weiter, um in die Enge einzudringen, er mußte an uns vorüber. Da gab ich dem Lord einen Stoß, er richtete seine lange Gestalt auf, der Kurde sah dieselbe so plötzlich neben sich in die Höhe ragen und wich erschrocken einen Schritt zurück. Ehe er sich fassen und einen Schrei ausstoßen konnte, lagen ihm die Hände des Engländers am Hals.

„Hab ihn!" meinte Lindsay. „Was nun?"

„Herlegen."

Ich hob dem Bebbeh die beiden Füße aus, und der Lord ließ ihn nieder; er machte keine einzige Bewegung der Gegenwehr. Ich zog mein Messer, setzte ihm die Spitze desselben recht fühlbar auf die Brust, bat Lindsay, ihm den Hals freizugeben, und bedrohte ihn:

„Sprichst du ein lautes Wort, so ersteche ich dich, hingegen wird dir gar nichts geschehen, wenn du gehorchst!"

Er röchelte eine kurze Weile und holte dann tief Atem, zu reden aber oder gar zu schreien wagte er nicht.

„Du siehst, daß du nicht immer Glück beim Spähen hast", fuhr ich fort. „Einmal ist es dir gelungen, als du heut mit einem Gefährten zum ersten Mal hier warst;

jetzt aber ist's um dich geschehen, wenn du dich nicht so verhältst, wie ich es dir befehle. Beantworte meine Fragen, doch so leise, daß nur wir es hören können! Ahmed Azad lagert mit euch da unten im Tal?"

Er sagte nichts, sondern er besann sich wohl, wie er sich in seiner Lage am besten zu verhalten habe. Ich wiederholte meine Frage und ließ ihn das Messer stärker fühlen.

„Chodih, stich nicht!" bat er da schnell. „Ja, wir sind da unten."

„Wie viele Männer?"

„Zwölf."

„Nicht mehr?"

„Nein."

„Aber es werden noch mehr kommen?"

„Nein."

„Ihr habt ja einen Boten fortgeschickt. Wozu ist das geschehen?"

„Katera Chodeh - um Gottes willen!" stieß er hervor. „Das weißt du?"

„Ja."

„Wer bist du, o Herr?"

„Ich denke, du kennst mich, sieh mich an!" antwortete ich, indem ich aus dem Schatten in den hellen Mondschein trat.

„Der fremde Emir mit den Zauberflinten!" sagte er im Ton des Schreckens.

„Ja, der bin ich. Beantworte meine Frage!"

Er folgte dieser Aufforderung erst nach einer Weile des Überlegens:

„Wie du es wissen kannst, das ist mir unerklärlich, aber es ist wahr: Wir haben einen Boten fortgesandt, er ist zu Gibrail Mamrahsch gegangen."

„Ah, zum Haus des Scheiks der Dschiaf-Kurden? Das liegt fast anderthalb Tagesreisen von hier. Was soll er dort?"

„Ja, es ist freilich weit bis dahin, aber doch der nächste Ort, an dem wir Fleisch und Mehl bekommen können. Wir sind hierhergekommen, um unsere Andacht zu verrichten, da können wir nicht fort, um Wild zu schießen. Darum wollen wir uns bei Gibrail Mamrahsch Proviant kaufen."

„Bei ihm? Hm! Er gehört zu den Dschiaf-Kurden, deren Feinde ihr seid."

„Jetzt nicht mehr, Chodih."

„Mag sein! Ich glaube dir nicht. Nimm dich in acht! Ihr wollt uns überfallen, ich weiß es genau. Du siehst aber, daß wir diesen Zugang zur Höhe besetzt halten. Wer sich nähert, der wird erschossen."

„Chodih, wir wollten euch nichts tun!"

„Schweig! Ich weiß es besser, ich weiß überhaupt alles. Aber auch wir sind nur der Andacht und nicht des Kampfes wegen gekommen, darum will ich gegen dich und überhaupt gegen euch anders handeln, als ich eigentlich sollte. Warum wollen wir uns gegenseitig bekämpfen, da der Rache Genüge getan worden ist? Warum soll aus dem gottgefälligen Gebet ein gottloses Schlachten und Morden werden? Steh auf, ich gebe dich frei! Steig hinab zu Ahmed Azad, eurem Anführer, und bring ihm meine Botschaft! Ich biete ihm Frieden. Beide Teile mögen an den Gräbern für ihre Toten beten und dann diese Stätte verlassen, wann und wie es ihnen beliebt."

„Nein, das darf nicht geschehen!" rief es da neben mir. Amad el Ghandur trat aus der Felsenenge hervor, in der er gesteckt hatte, und fuhr in drohendem Ton fort:

„Wie kannst du, ohne mich zu fragen, über uns bestimmen! Ich sah euch beide fortgehen, ihr kehrtet nicht zurück, da dachte ich mir gleich, daß ihr etwas beabsichtigt, was gegen meinen Willen ist, und bin euch nach. Ich kam in diese Enge, hörte eure Stimmen und blieb stehen. Ich habe alles vernommen, sage dir aber, daß du kein

Recht hast, den Frieden zu bieten. Ich würde mich überhaupt schämen, diese Kurdenhunde um Frieden zu bitten! Weißt du das?"

„Ich habe den Frieden angeboten, ich ihnen, sie aber nicht um denselben angebettelt. Weißt du das? Du hast dich von mir getrennt und magst es halten, wie es dir beliebt, ich werde auch tun, was ich will."

„Gut, tue das! Aber dieser Kurde hier ist unser Gefangener, den wirst du mir übergeben!"

„Nein, das werde ich nicht. Ich habe noch nie mein Wort gebrochen, und so wird es auch jetzt bei dem bleiben, was ich gesagt habe. Er ist frei."

„Er ist nicht frei!" rief Amad el Ghandur, indem er den Bebbeh beim Arm ergriff. „Er gehört mir, und ich schwöre dir bei Allah, daß ich..."

„Halt, schwör nicht!" unterbrach ich ihn. „Du würdest deinen Schwur nicht halten können."

„Ich halte ihn und sage dir, daß ich meinem Willen selbst mit der Waffe Nachdruck geben werde!"

„Auch mir gegenüber?"

„Gegen jeden, der mir widerstrebt!"

„Gut! Ganz so, wie du willst! Wenn Freundschaft, Dankbarkeit, Vorsicht und Überlegung nichts mehr gelten, so mag das Messer zwischen uns entscheiden. Es wird heut grad so sein wie damals mit Gasahl Gaboya, und du wirst deinen Starrsinn zu bezahlen haben: Ich habe gesagt, daß dieser Kurde frei sein soll, und mein Wort darf nicht zuschanden werden. Tu die Hand von ihm!"

„Nein!" knirschte er.

„Tu sie weg, sonst schlage ich dich nieder mit dieser meiner Faust! Du kennst den Hieb!"

„Schlag her! Wage es!" drohte er mir, indem er, ohne den Kurden loszulassen, sein Messer gegen mich zückte.

Ich holte zu dem mir so geläufigen Fausthieb aus, ließ aber den Arm rasch wieder sinken, denn da krachte ganz in unserer Nähe hinter einem Busch hervor ein Schuß und noch einer, Amad el Ghandur drehte sich, den Kurden loslassend, halb um seine eigene Achse und taumelte dann gegen den Felsen. Der Kurde entfloh, hinter dem Busch aber kamen zwei Gestalten hervorgesprungen, die mit umgekehrten Gewehren auf mich und den Engländer eindrangen, um uns mit den Kolben niederzuschlagen.

Was man in solchen Augenblicken tut, geschieht viel, viel schneller, als man es zu erzählen vermag. Ich wartete den Hieb, der mir gelten sollte, gar nicht erst ab, sondern sprang dem ersten Angreifer entgegen, warf mich einen Schritt weit auf die Seite und stieß ihm mit aller mir zu Gebote stehenden Kraft die Faust in die Achselhöhle des hoch erhobenen linken Arms. Er ließ das Gewehr fallen, stieß einen Schrei aus und flog fünf, sechs Schritte weit fort, um dort wie ein Sack niederzustürzen.

Indessen war der zweite an den Lord gekommen und hatte zugeschlagen, aber nicht getroffen, weil der Engländer dem Hieb ausgewichen war. Ich tat einen raschen Sprung hinzu und riß den Kurden nieder und hielt ihn fest, bis ihm der Lord das Messer und die Pistole aus dem Gürtel genommen hatte. Der Mond beschien sein Gesicht, und ich erkannte den mir damals wohlgesinnten Bruder des Scheik Gasahl Gaboya. Er war mir, wie man sich erinnern wird, zur Dankbarkeit verpflichtet gewesen, weil ich ihn den Haddedihn gegenüber beschützt und aus der Gefangenschaft entlassen hatte, ohne mich wäre er erschossen worden.

Der andere Angreifer, den ich fortgeschleudert hatte, raffte sich auf und eilte davon. Ich hielt ihn nicht zurück, obgleich der Engländer mir zurief:

„Dort läuft der Halunke hin. Haltet ihn fest, Sir Kara!"

„Laßt ihn laufen!" antwortete ich, „wir haben hier einen besseren und wertvolleren Mann."

„Wen, den? Ah by god, das ist ja jener famose Scheiksbruder, den wir damals partout ermorden sollten!"

„Ja. Schnell hinein in die Enge mit ihm! Es könnten noch mehrere Kurden heraufgekommen sein! Ich nehme ihn. Nehmt Ihr Amad el Ghandur!"

„Ich brauche niemand, ich kann allein gehen", antwortete dieser. „Du bist schuld daran, Effendi, das werde ich dir nie vergessen. Du hast mich schlagen wollen, nun bin ich verwundet. Es ist aus zwischen uns beiden, aus für immer!"

Er taumelte in die Enge hinein. Wir beide folgten ihm. Als wir sie passiert hatten, stießen wir auf Halef und seinen Sohn, die herbeigeeilt waren.

„Sihdi, wir hörten Schüsse. Was ist geschehen?" rief der Hadschi.

„Ein Angriff von zwei Kurden", antwortete ich. „Vielleicht kommen noch mehr. Steck dich mit Kara Ben Halef in die Enge, und paßt auf. Ihr schießt auf jeden Feind, der sich dir nähert!"

Die beiden verschwanden zwischen den Felsen. Auch die Haddedihn hatten die Schüsse gehört. Sie scharten sich am Feuer um ihren verwundeten Scheik und ließen laute Drohungen hören. Ich achtete nicht auf sie, denn ich hatte mit dem Bebbeh zu reden. Wir hielten ihn jetzt nicht mehr fest. Er lehnte am Felsen, blickte finster vor sich nieder und sagte:

„Jetzt bin ich zum zweiten Mal in deine Hand geraten, o Emir."

„Ja, und das ist mir nicht lieb. Du hast mir damals selbst gesagt, daß ich dir das Leben und die Ehre gerettet habe; ich bin dein Freund und Bruder geworden, und dennoch hast du vorhin auf mich geschossen!"

„Auf dich? Du irrst. Wir hatten einen Späher heraufgesandt, er blieb uns zu lange aus. Da schlich ich mich mit noch einem herauf. Ich sah euch und hörte deine friedliche Rede, ich sah ferner, daß dein eigener Freund das Messer gegen dich zückte, da schossen wir auf ihn."

„So weißt du also, daß ich euch nicht bekämpfen will?"

„Ja."

„Gut! Du bist noch heut wie damals mein Bruder. Ich gebe dich frei. Du kannst gehen."

„Wirklich, Emir, wirklich?" fragte er, indem er mich ungläubig anstarrte.

„Ja."

„Aber - aber - aber das tut - das tut doch kein Mensch!"

„Ein Moslem allerdings nicht, aber du wirst noch wissen, daß ich ein Christ bin. Geh in Gottes Namen zu den Deinen. Draußen liegen eure Waffen, heb sie auf und nimm sie mit! Sag Ahmed Azad, daß ich den Frieden will! Ich werde morgen am Vormittag hinunter in euer Lager kommen und mit ihm verhandeln."

„Das - das willst du wagen?!"

„Es ist kein Wagnis, ich weiß genau, was ich tue. Ich fürchte mich nicht vor euch, obgleich ihr uns an Zahl weit überlegen seid."

„Das weißt du auch?"

„Ja. Euer Späher hat mich belogen. Er sagte, der Bote sei zu Gibrail Mamrahsch gegangen, um Proviant zu kaufen; das konnte er einem andern weismachen, aber nicht mir! Der Bote hat noch mehr Krieger von euch herbeigeholt."

„Ja, so ist es, Emir. Wir befinden uns auf einem Kriegszug gegen die Kurden von Rummok und Piran. Ahmed Azad wich vom Weg ab, um die Gräber hier zu besuchen, und sandte uns den Boten, rasch nachzukommen, da die Haddedihn sich auch hier befinden. Unsere Krieger wollen sich rächen."

„Wie stark sind sie?"

„Hundertzwanzig. Ihr werdet verloren sein, denn ihr habt einen schlechten Platz hier oben."

„Ja, der Platz ist schlecht, aber desto besser sind unsere Waffen, wie du weißt. Und auch darauf kommt es nicht allein an, sondern ebenso auf den Mann, der sie trägt, auf seinen Kopf und auf die Gedanken, die sich in demselben befinden. Ich wiederhole dir, daß ich mich vor euch gar nicht fürchte. Geh hinab und sag das den Deinen! Es ist auch für sie besser, wenn sie so tun, als ob wir uns gar nicht hier befänden. Es könnte sonst aus ihrem Kriegszug sehr leicht eine Niederlage werden."

Da griff er meine Hand und versicherte mir:

„Herr, ich habe noch keinen Menschen gekannt, der so denkt, redet und handelt wie du. Wäre ich nicht ein Bebbeh-Kurde, so wollte ich, ich wäre ein Christ und wohnte in deinem Land. Sind dort alle Leute so wie du?"

„Nicht alle. Es gibt überall Gute und Böse, ein Christ aber wird nie nach dem Blut seines Nächsten dürsten, auch nach demjenigen seines ärgsten Feindes nicht. Ein wahrer Christ weiß, daß die Liebe allmächtig ist und endlich allen Haß überwindet. Also geh, ich komme morgen vormittag hinab. Aber sag den Bebbeh, daß wir uns während der Nacht hier verteidigen und jeden niederschießen werden, der es wagen sollte, sich bis morgen uns zu nähern!"

„Ich werde es sagen, Emir, und es mag kommen, wie es will, so wirst du sehen, daß ich mich als Freund zu dir verhalte."

„Auch gegen meine Gefährten?"

„Nein, denn das sind die Feinde meines Stammes. Ihnen gegenüber bin ich zu nichts verpflichtet. Leb wohl! Und wenn wir uns morgen wiedersehen, so wünsche ich, daß ich dir so dienen kann, wie du mild und freundlich gegen mich gewesen bist!"

Er ging, und ich gab Halef und seinem Sohn die Weisung, ihn ungehindert durchzulassen. Der Lord hatte natürlich kein Wort von unserer kurdischen Unterhaltung verstanden. Darum fragte er jetzt:

„Ihr laßt ihn fort, Sir? War es nicht besser, ihn festzuhalten? Wir hätten in ihm eine Geisel gehabt."

„Das durfte ich nicht, weil ich damals Freund- und Bruderschaft mit ihm geschlossen habe. Ihr könnt Euch darauf verlassen, daß er jetzt weit mehr für uns wirken wird, als er uns als Geisel hätte nützen können."

„Well, ganz wie Ihr wollt. Aber ich hatte den andern Kerl so schön bei der Gurgel, und nun ist auch der auf und davon. Ihr seid ein ganz eigentümliches Menschenkind."

Er hätte wohl gern weitergesprochen, wurde aber unterbrochen, denn eben jetzt kam Amad el Ghandur rasch und in drohender Haltung auf mich zugeschritten. Sein Burnus war voller Blut, der Schuß hatte ihn an der Schulter verletzt.

„Ich sehe den Kurden nicht!" rief er mich zornig an, indem seine Augen grimmig funkelten.

„Ich auch nicht", antwortete ich gelassen.

„Wo ist er?"

„Fort."

„Wohin?"

„Hinunter in sein Lager."

„Wer hat ihn fortgelassen?"

„Ich."

„Effendi, soll ich dich niederschlagen? Dieser Hund hat auf mich geschossen, und du läßt ihn fort! Ich frage abermals, ob ich dich niederschlagen soll?"

„Weißt du nicht mehr, daß ich damals sein Bruder geworden bin? Er hat mir nichts getan, also habe ich ihn freigegeben."

„Aber mich hat er töten wollen! Siehst du hier das Blut an meinem Gewand? Es schreit nach Rache!"

„Daran bist du allein schuld. Er wollte nichts gegen uns unternehmen, aber als er sah, daß du das Messer gegen mich, der ich sein Freund bin, erhobst, schoß er auf dich."

„So hattest du ihn mir zu übergeben!"

„Er befand sich in meinen Händen, nicht in den deinigen. Ich konnte tun, was mir beliebte. Wenn du ihn haben willst, so hol dir ihn!"

„Wagst du wirklich, in dieser Weise mit mir zu reden! Ich frage dich zum dritten Mal, ob ich dich niederschlagen soll?"

„Und ich antworte zum dritten Mal nicht auf diese Frage. Du selbst hast gesagt, daß wir nichts mehr miteinander zu schaffen haben, also laß mich in Ruh!"

Meine Gelassenheit imponierte ihm, aber es kostete ihn dennoch gewaltige Anstrengung, seinen Grimm zu bemeistern. Die Haddedihn waren auch herbeigekommen, sie standen hinter ihm. Hätte er sie aufgefordert, mich zu pakken, so weiß ich wirklich nicht, ob sie ihm gehorsam gewesen wären oder nicht. Ihr Sinn war eben auch auf Kampf und Rache gerichtet. Ich ging vorwärts, an Amad el Ghandur vorbei und mitten zwischen ihnen hindurch. Sie wagten doch nicht, mich zu hindern. Da drehte ich mich noch einmal zum Scheik zurück und sagte:

„Übrigens sprach dieser Kurde davon, daß wir verloren sind, weil wir hier einen schlechten Platz haben. Seine Truppe besteht nicht mehr aus zwölf, sondern aus hundertzwanzig Kriegern. Sieh zu, wie du mit ihnen auskommst!"

„Hundertzwanzig? Das ist Lüge!"

Ich tat, als hätte ich diese Beleidigung nicht gehört, und ging zu meinem Pferd, wo ich mich niederlegte. Später löste ich Halef und seinen Sohn ab und blieb bis zum Morgen wachend in der Felsenenge liegen.

Das war keine gute Nacht. Es schien geradezu ein Teufel in die Haddedihn gefahren zu sein. Wie hatten sie sich über mein Kommen gefreut! Welche Achtung und Zuneigung hatten sie mir erwiesen! Und nun waren sie mir so plötzlich beinahe feindlich gesinnt. Das war der Rausch der Rache. Wer es nicht selbst erfahren hat, der kann es gar nicht glauben, welchen Einfluß sie auf einen halbwilden Menschen besitzt. Kommt es doch auch in unsern zivilisierten Ländern gar nicht selten vor, daß ein Mann seine Ehre, sein ganzes Lebensglück von sich wirft um einer Rache willen, die nicht nur unchristlich, sondern zuweilen geradezu lächerlich ist. Wenn das Christen tun, wie soll man da über einen Beduinen, Indianer, Hottentotten oder Australneger richten!

Dies waren die Gedanken, die mich während der Nacht beschäftigten. Als es Tag geworden war, ging ich zu meinem Rih, um ihn zu füttern. Er leckte mir die Wangen und die Hände und war außerordentlich zärtlich, weil ich während der Nacht nicht bei ihm gewesen war. Er hatte sich nach mir gesehnt. Ich hatte ein Säckchen mit Datteln für ihn mitgenommen, ihm bisher aber nur wenige davon gegeben, weil wir stets Gras gefunden hatten. Hier oben gab es aber nur ein sehr spärliches Grün, und da ich ahnte, daß es heut zum Kampf kommen und vielleicht für mich einen Grund geben werde, mich auf die Schnelligkeit und Ausdauer meines Pferdes zu verlassen, gab ich ihm alle diese Datteln zu fressen. Er war noch nie so zärtlich mit mir gewesen, rieb seinen schönen Kopf immerfort an mir und suchte mich auch von hinten mit dem Schwanz zu erreichen. Das kluge Tier wußte, daß es nicht laut werden durfte, es wollte gern vor Liebe wiehern, das merkte ich ihm an; da es sich dies aber nicht getraute, so gab es wiederholt einen Ton von sich, der zwischen Wiehern und Schnauben lag. Er war mit dem Drucksen und Glucksen einer Henne zu vergleichen, die ihre Küken unter ihre Flügel lockt. Wenn es nicht für lächerlich gehalten werden könnte, möchte ich fast sagen, Rih ahnte, was ihm bevorstand, wollte mir zum letzten Mal seine Liebe zeigen und Abschied von mir nehmen. Ich schäme mich nicht, zu gestehen, daß mir, indem ich heut dieses schreibe, einige sehr unmännliche Tropfen aus den Augen rinnen.

Auch Amad el Ghandur hatte nicht geschlafen. Er lehnte mit dem Rücken am Grabmal seines Vaters und verfolgte meine Bewegungen mit düstern Blicken. Seine Verwundung war jedenfalls nicht leicht, und in seinen Augen flackerte es, als ob das Fieber bereits im Anzug sei. Ich ging trotz allem, was gestern zwischen uns vorgekommen war, zu ihm hin, um mich zu erkundigen und ihm meine Hilfe anzubieten, er aber wendete sich hastig ab und sagte:

„Pack dich fort! Es soll mich nie wieder ein Christ berühren!“

Nun beorderte ich Halef wieder als Wache in die Felsenenge, hing den Stutzen über und stieg den Berg hinab, um zu den Kurden zu gehen Das Wagnis war zu groß, als daß ich einen andern hätte daran teilnehmen lassen mögen.

Ich huschte von Strauch zu Strauch, um nicht gesehen zu werden, denn ich wollte ganz plötzlich unter die Bebbeh treten. Da sah ich einen von ihnen an einem Baum lehnen, er blickte bergaufwärts, als ob er von dorther jemand erwarte. Es war Gahsal Gaboyas Bruder. Er wußte, daß ich kommen wollte. Harrte er auf mich? Hatte er mir etwas mitzuteilen? Ich trat hinter den Büschen hervor. Als er mich erblickte, kam er rasch auf mich zu und sagte:

„Emir, du bist mein Bruder, darum muß ich dich retten. Trenne dich schnell von den Haddedihn, sonst bist du mit ihnen verloren.“

„Warum?“

„Ihr werdet in spätestens einer Viertelstunde angegriffen werden.“

„Ihr könnt ja nicht durch die Felsenenge, die wir verteidigen werden.“

„Oh, wir kommen nicht von dieser Seite.“

„Ah, so wollt ihr jenseits emporsteigen?“

„Ja. Wir haben gleich nach Tagesanbruch gesucht und eine Stelle entdeckt, an der wir hinaufkönnen. Kein Beduine, der Bewohner der Ebene ist, könnte da empor, wir Kurden aber hausen in den Bergen und sind gute Kletterer."

„Wir werden euch auch da empfangen!"

„Das weiß ich, nachdem ich es dir gesagt habe. Du siehst, wie dankbar ich dir bin, denn ich verrate meine eigenen Genossen. Aber es wird euch doch nichts helfen, denn ihr werdet von zwei Seiten angegriffen, auch von der Felsenenge aus."

„Hm! Wo lagert ihr? Noch immer grad unter uns im Grund?"

„Nein, wir sind rückwärts gegangen, halb um den Felsenberg herum. Mehr darf ich dir nicht sagen. Ich habe meine Pflicht gegen dich getan. Nun handle, wie du willst. Chodeh te bahveze - Gott erhalte dich!"

Er wendete sich um und eilte fort. Ich stieg rasch den Berg hinan und rief, oben angekommen, den gestrigen Streit und auch das heutige Verhalten Amad el Ghandurs vergessend:

„Auf, zu den Waffen, ihr Männer! Die Bebbeh werden uns angreifen, da an dem Felsendurchgang und auch von dort her, wo sie heraufgestiegen kommen."

Da sprang Amad el Ghandur auf und fragte:

„Wo sind sie jetzt?"

„Sie haben sich nördlich halb um den Berg gezogen. Der Bruder von Gashal Gaboya hat es mir gesagt, darum will ich, daß ihm nichts geschehe. Schießt nicht auf ihn. Schont überhaupt den Feind so viel wie möglich. Schießt sie in die Beine! Ich werde mit dem Stutzen mich an..."

„Schweig!" fuhr mich Amad el Ghandur an. „Was hast du uns zu befehlen! Jetzt bin ich der Gebieter, und was ich sage, das geschieht. Wir werden uns hüten, zu warten, bis sie von beiden Seiten auf uns kommen. Wir überrumpeln sie. Wir greifen sie an. Nehmt die Waffen und die Pferde, ihr tapferen Krieger der Haddedihn! Wir führen die Pferde hinab bis dahin, wo wir aufsteigen können, dann reiten wir mitten unter die Hunde hinein und..."

„Um Gottes willen, nur das nicht!" fiel ich ihm in die Rede. „Ihr müßt..."

„Schweig!" schrie er mich abermals an. „Meinst du, daß ich nichts vom Krieg verstehe? Wir brauchen deinen Rat und deine Hilfe nicht. Bleib hier zurück, und erstick an deiner Klugheit und an deiner berühmten Feindesliebe. Und wenn dein Halef vergißt, daß er ein Haddedihn geworden ist und nicht zu dir, sondern zu uns gehört, so mag er mit seinem Knaben auch zurückbleiben und uns niemals wieder vor die Augen kommen. Wir brauchen keine Feiglinge bei uns!"

„Feigling? Ich?" rief Halef. „Das hat mir noch niemand gesagt! Ich werde dir zeigen, ob ich feig bin, ich reite mit!"

Er warf sein Gewehr über und ging zu seinem Pferd, sein Sohn tat dasselbe. Es war ein Augenblick größter Aufregung, ich sah, daß alle meine Vorstellungen vergeblich sein würden, und schwieg. Der Lord fragte mich nach dem Grund des Tumults, und ich gab ihm Auskunft.

„Machen wir mit?" erkundigte er sich.

„Hierbleiben können wir nicht."

„Well, so sollen die Bebbeh einen gewissen David Lindsay kennenlernen!"

„Nicht so, Mylord! Es fällt mir nicht ein, mit diesen toll gewordenen Menschen geradezu ins Verderben zu rennen. Ich möchte sie gern zurückhalten, doch Ihr seht, daß sie nicht auf mich hören. Wir reiten hinter ihnen her und werden dann ja sehen, was zu tun ist. Gott gebe einen bessern Ausgang, als ich ahne!"

Die Haddedihn drängten sich durch die Enge. Halef uns sein Sohn waren die letzten.

„Sihdi", rief er mir zu, „bist du mir böse? Soll Hanneh, die beste unter den Frauen, hören, daß ich ein Feigling bin?"

„Nein. Du mußt leider mit, deine Ehre gebietet es dir. Aber laß Kara Ben Halef bei mir zurück!"

„Nein, Effendi. Er soll ebensowenig wie ich feig genannt werden. Hadschi Halef Omar läßt seinen Namen nicht schänden. Wenn wir sterben sollten, so grüße meine Hanneh, die Rose unter den Blumen, und sage ihr, daß wir nicht vor dem Tod gezittert haben. Tröste die Gute, und lebe auch du wohl, mein lieber, lieber Herr!"

Er eilte fort. Omar Ben Sadek war bei uns geblieben.

„Nun, und du?" fragte ich ihn.

„Ich halte zu dir, denn ich bin nicht verrückt", antwortete er. „Mögen sie mich für feig halten, mein Stolz hört nicht auf solche Leute!"

„Du hast recht. Übrigens wirst du wohl Gelegenheit finden, auch zu zeigen, daß du Mut besitzt. Kommt, wir wollen fort!"

Wir nahmen unsere Pferde bei den Zügeln und gingen. Als wir die Enge hinter uns hatten, war von den Haddedihn schon nichts mehr zu sehen, sie konnten nicht schnell genug ins Unglück gelangen. Unten im Tal angekommen, stiegen wir auf und ritten ihren Spuren nach. Wir sahen, wo die Bebbeh gelagert hatten. Die Hufstapfen ihrer Pferde führten von da aus nach Norden um den Berg herum, dessen westlicher Fuß in eine Ebene überging, deren Breite wohl über eine englische Meile betrug.

Eben bogen wir, dem Tal folgend, nach Westen ein, da hörten wir Schüsse und ein wildes Geschrei. Der Kampf hatte begonnen. Wir ritten rascher. Das Schießen dauerte fort.

„All devils!" rief der Lord, dessen sich das Kampffieber zu bemächtigen schien. „Die Kurden schlachten unsere Haddedihn bis auf den letzten Mann ab, wenn wir nicht schneller machen. Vorwärts, vorwärts!"

Er gab seinem Pferd die Sporen und flog im Galopp davon. Omar und ich folgten ebenso rasch hinterher. Jetzt hatte das Schießen aufgehört, aber das Schreien war stärker geworden. Da öffnete sich das Tal nach der genannten Ebene, und wir sahen den Kampfplatz vor uns liegen. Hier hatten die Bebbeh gelagert, der Überfall war, wie ich vorausgesehen hatte, vollständig mißlungen. Wir sahen Tote und Verwundete liegen; diejenigen Haddedihn, die davongekommen waren, flohen draußen über die Ebene; sie wurden von den Bebbeh verfolgt, natürlich waren diese ebenso zu Pferd. Links sah ich Amad el Ghandur auf seinem Schimmel dahinstürmen, fünf Kurden waren hinter ihm her. Der vorderste von diesen ritt eine prächtige persische Rappstute. Das war der Scheik Ahmed Azad. Grad vor uns floh der kleine Kara Ben Halef, verfolgt von einem Kurden, der auf einem persischen Fuchs saß; auch dieses Pferd war hochedel, wie ich auf den ersten Blick sah. Hart hinter diesem ritt Halef, um seinen Sohn zu schützen, doch war sein Pferd nicht schnell genug, den Fuchs einzuholen. Auf die übrigen Reiter achtete ich nicht, denn ich sah, daß Kara Ben Halef verloren war, wenn der kräftigere Kurde ihn einholte; ich mußte ihm zu Hilfe kommen.

„Dem Knaben nach!" rief ich den Gefährten zu. „Rih, Rih, kawahm, kawahm - schnell, schnell!"

Wir flogen an dem Kampfplatz vorüber. Die wenigen Kurden, die dort mit den Verwundeten beschäftigt waren, wollten auf uns schießen, hatten aber keine Kugeln in den Läufen. Ich sauste, ohne nach Omar und Lindsay zurückzublicken, an schreienden Kurden vorbei, die sich auf der Verfolgung befanden, achtete aber gar nicht auf sie, denn ich hatte nur den Knaben im Auge, dem der Perserfuchs immer näher kam.

Grad vor uns wurde die Ebene von einem bewaldeten Berg begrenzt, an dessen Fuß sich links ein breites Tal öffnete. In diesem verschwand jetzt Amad el Ghandur, Ahmed Azad war hart hinter ihm. Dorthin lenkte Kara Ben Halef auch, gefolgt von dem Kurden und dann von seinem Vater. Ich kam dem letzteren schnell näher. Er hörte mich kommen, drehte sich im Sattel um und rief, als er mich sah, mir zu:

„Sihdi, rette meinen Sohn! Mein Pferd ist nicht schnell genug!“

„Hat er das Geheimnis schon angewendet?“

„Nein.“

„Dann ist ja alles gut. Folge mir, und bekümmere dich um weiter nichts!“

Bei diesen Worten schoß ich an ihm vorüber. Es war, wie wenn ein Eilzug an einem langsamen Güterzug vorübersaust. Jetzt war das Tal erreicht. Jede Sekunde brachte mich dem Fuchs näher, bald war ich nur noch wenige Pferdelängen hinter ihm. Der Reiter drehte sich um, sah mich und schrie mir hohnlachend zu:

„Bist du es, Giaur! Hol mich ein, wenn du kannst! Ich bin Nizar Hared, Gasahl Gaboyas zweiter Sohn!“

Er zog eine Pistole aus seinem Gürtel und schoß auf mich, traf aber nicht. Da griff er hinter sich nach dem Schwanz seines Pferdes und rief diesem zu:

„Chadu bend, Chadu bend, ez andscha, ez andscha!“

Das war persisch und heißt zu deutsch: „Sieger, Sieger, von dannen, von dannen!“

Er wendete also das Geheimnis seines Pferdes an. Als der verfolgte Knabe dies hörte, lachte er jubelnd zurück. Ich sah, daß er seinem jungen Rappen die Hand zwischen die Ohren legte, was er dazu sagte, hörte ich nicht, aber ich sah den Erfolg. Der Rappe war ein ebenbürtiger Sohn meines Rih: Das Geheimnis vernehmend, schoß er mit doppelter Schnelligkeit davon, der Fuchs aber fast ebenso schnell hinter ihm her. Als der Kurde sah, daß er wahrscheinlich nach und nach zurückbleiben werde, nahm er sein Gewehr vom Rücken, um es im Reiten zu laden. Er wollte auf Kara Ben Halef schießen. Da rief ich „Rih, Rih“ und legte meinem Pferd die Hand auch zwischen die Ohren. Der Rappe schnaubte tief und schoß dann so reißend schnell vorwärts, daß ich binnen einer Minute mich an der Seite der Kurden befand. Ein Kolbenhieb mit dem Bärentöter warf ihn vom Pferd, er blieb wie leblos liegen. Ich rief den Knaben, und er hielt an. Hinter mir sah ich Omar Ben Sadek auf seinem Schecken, dann kamen Halef und der Engländer.

„Kommt mir schnell nach", gebot ich Kara Ben Halef, „und bringt diesen Kurden und sein Pferd mit! Ich muß noch hinter Amad el Ghandur her."

Nach diesen Worten sprengte ich weiter, natürlich wieder mit Anwendung des Geheimnisses. Es war mir, offengestanden, unerklärlich, daß der sonst so tapfere Amad el Ghandur vor Ahmed Azad floh, ohne ihm standzuhalten, sah aber dann später, daß ihm sein Gewehr aus der Hand geschlagen worden war; dazu war ihm der Gürtel zersprungen und mit dem Messer und den Pistolen herabgefallen, er hatte also keine einzige Waffe in der Hand, um sich zu verteidigen, und konnte sich nur durch die Schnelligkeit seines Pferdes retten.

Leider sollte ihm diese Absicht mißlingen. Der gestrige Blutverlust hatte ihn geschwächt, dazu kam die gegenwärtige Aufregung, und wahrscheinlich war auch das Wundfieber im Anzug. Vor seinem Verfolger herschießend, mußte er um eine scharfe Krümmung des Tales biegen. Da sah er ein langes, hohes Felsenstück quer in seinem Weg liegen. Er hatte keine Zeit mehr, auszuweichen, er mußte darüber hinweg. Es fehlte ihm die Kraft, dem Pferd die notwendige Hilfe zu geben; es blieb mit den Hinterbeinen hängen und stürzte jenseits des Felsens mit ihm nieder, glücklicherweise so, daß er nicht in den Bügeln blieb, sondern abgeworfen wurde.

Ahmed Azad kam zwei Sekunden hinter ihm um die Ecke nach; er beherrschte sein Pferd so gut, daß es ihm gelang, dem Felsen auszuweichen und hinter demselben anzuhalten. Er sprang aus dem Sattel, um sich auf den am Boden liegenden, halb betäubten Haddedihn zu werfen. In diesem Augenblick hatte auch ich die Krümmung erreicht. Um dieselbe lenkend, sah ich die beiden. Der Bebbeh zückte soeben sein Messer nach der Brust Amad el Ghandurs.

„Halt, stich nicht, es ist dein Tod!" rief ich ihm zu und nahm meinen Rih vorn fest, um über das Felsenstück zu setzen und den Bebbeh niederzureiten. Er warf das Messer weg, riß sein Gewehr, das noch geladen war, vom Rücken und schrie mir entgegen:

„Komm heran, Hund! Du bist mein!"

Es war mir unmöglich, anzuhalten, denn eben setzte Rih zum Sprung an. Ich sah die Mündung des Gewehrs auf mich gerichtet, der Schuß krachte, grad als mein Rappe hoch empor und über den Felsen flog. Da der Bebbeh im vorhergehenden Augenblick tiefer gezielt hatte, als ich mich infolge des Sprungs im jetzigen Moment befand, traf die Kugel nicht mich, sondern mein Pferd. Ich hatte das Gefühl, als säße ich auf einem Stuhl, gegen dessen Beine ein Schlag geführt wird, zog schnell beide Füße aus den Bügeln und wurde in einem weiten Bogen aus dem Sattel geschleudert, während Rih sich überschlug und jenseits des Felsens liegenblieb.

Ich war außer mir, raffte mich auf und sprang, ohne auf den Kurden zu achten, zu meinem Pferd hin. Die Kugel war ihm in die Brust gedrungen, es war unrettbar verloren. Da bemächtigte sich meiner ein Grimm, wie ich ihn noch nie gefühlt hatte; er riß mich förmlich vom Pferd weg und nach dem Bebbeh hin, doch schon zu spät, denn er sprang soeben wieder auf sein Pferd. Er hatte gesehen, daß ich unverletzt geblieben war, und die Angst vor mir und meinen überlegenen Waffen trieb ihn weiter.

„Der Teufel hat dich abermals beschützt, wohne bei ihm in der Hölle!" schrie er mir noch zu, dann sauste er fort.

Die Wut, die in mir kochte, wollte mich verführen, ihn vom Pferd zu schießen, doch hörte ich glücklicherweise selbst in diesem Augenblick auf die Stimme der Überlegung. Tötete ich den Scheik der Kurden, so forderte ich die Blutrache noch mehr heraus, bekam ich ihn aber lebendig in die Hand, so konnte er mir als Geisel von größtem Vorteil sein. Ich mußte ihn also fangen. Aber wie? Rih konnte wohl keinen Schritt mehr tun, doch da stand ja Amad el Ghandurs Schimmelstute. Er lag noch am Boden, versuchte, sich aufzurichten, und stöhnte schmerzvoll:

„O Emir, ich muß etwas gebrochen haben, und dein herrlicher Rih ist tot. Räche uns an diesem Ahmed Azad!"

„Leih mir dazu deinen Schimmel", antwortete ich, indem ich diesen aber schon bestieg. „Und verrate mir sein Geheimnis, ich sage es keinem Menschen wieder, schnell, schnell!"

Was Amad el Ghandur sonst nie getan hätte, jetzt tat er es, er antwortete:

„Streich ihm mit einem Finger dreimal quer über den Rücken des Halses und sag dazu jedesmal das Wort ‚Adschal'[1]."

Er sprach noch weiter, ich hörte es aber nicht, denn ich flog schon fort, hinter Ahmed Azad her, der nun aus einem Verfolger ein Flüchtling geworden war. Ich war noch nicht weit gekommen, so sah ich ihn vor mir. Weil Amad el Ghandur gestürzt und mein Pferd erschossen worden war, glaubte der Kurde, er könne nicht verfolgt werden, und ritt in langsamem Trab, während ich galoppierte. Er sah sich nicht um und hörte mich auch nicht, weil der Boden hier weich war. Um ihn vollständig zu überrumpeln, wendete ich das Geheimnis an. Der Schimmel gehorchte und griff auf wahrhaft wunderbare Weise aus, so daß ich, als der Bebbeh endlich den Hufschlag hinter sich hörte, kaum zwanzig Pferdesprünge von ihm entfernt war. Er sah sich um und stieß einen Ruf des Entsetzens aus. Sein Schreck war so groß, daß er für einige Sekunden gar nicht daran dachte, seinen Perserrappen anzuspornen, und das war für mich genug. Ich ergriff den Bärentöter und schlug ihn im Vorübersausen mit dem

[1] Eile

Kolben desselben vom Pferd herunter. Als es mir gelungen war, den Schimmel zu zügeln, wendete ich um und kehrte zu Ahmed Azad zurück. Sein Pferd war bei ihm stehengeblieben. Er lag an der Erde und versuchte eben, sich aufzurichten, aus seinem Mund strömte mir eine wahre Flut von Flüchen und Verwünschungen entgegen.

„Schweig, wenn dir dein Leben lieb ist!“ gebot ich ihm. „Du hast mir mein Pferd erschossen. Weißt du, was das für dich bedeutet? Ein solches Pferd ist das Leben von hundert Kurden wert. Du bist mein Gefangener. Weigerst du dich etwa, mir zu gehorchen, so trifft dich mein Messer augenblicklich. Her mit den Händen, damit ich sie dir auf den Rücken binde!“

Trotz meiner Drohung widersetzte er sich, und ich hatte, da ich sein Leben schonen und ihn auch nicht verwunden wollte, Mühe, ihn zu bezwingen. Als er endlich mit gebundenen Händen und Füßen am Boden lag, sah ich Halef, seinen Sohn und Omar Ben Sadek in Karriere dahergestürmt kommen. Der erstere ritt Nizar Hareds Perserfuchs. Sie hielten bei uns an und stiegen von den Pferden. Halef ergriff meine beiden Hände und sagte:

„O Sihdi, Allah hat eine große Traurigkeit auf unsere Herzen geworfen. Rih ist tot, in seine herrliche Brust geschossen! Meine Seele will in einem Meer von Herzeleid ertrinken, aber mein Auge kann keinen einzigen Tropfen des Schmerzes finden, denn der Verlust, der uns betroffen hat, ist allzugroß. Wer ist der Hund, dessen Kugel diesen Jammer verschuldet hat? Etwa Ahmed Azad, der hier am Boden liegt, von deiner Hand gefällt? Sag es mir, damit ich ihn zwischen meinen Händen hier zermalmen und zerreißen kann!“

„Laß mich jetzt, Halef“, bat ich ihn. „Die Kugel sollte mich treffen, Rih ist für mich gestorben. Als er stürzte, mußte ich schnell weiter, und erst jetzt finde ich Zeit, daran zu denken, daß wir ihn verloren haben.“

Es war so, wie ich sagte: Die volle Erkenntnis des Verlusts trat erst in diesem Augenblick an mich heran. Ich ging seitwärts, setzte mich nieder und legte das Gesicht in beide Hände. Halefs Knabe weinte laut, sein Vater setzte sich zu mir und legte den Arm um mich, Omar entfernte sich einige Schritte, um die Strecke, die wir durchschritten hatten, übersehen zu können, und drohte in grimmigem Ton:

„Bleib ruhig sitzen, Effendi! Ich werde darüber wachen, daß ihr sicher seid. Wehe dem Kurden, der etwa kommt, sich an euch zu wagen! Meine Kugel sendet ihn in die tiefste Tiefe der Dschehenna hinab!"

Nach einiger Zeit kamen Amad el Ghandur und der Lord, sie brachten den gefangenen Nizar Hared geführt. Der erstere wagte es nicht, zu sprechen, denn er fühlte, daß er an allem schuld war. Lindsay aber erging sich in den sonderbarsten Ausrufungen über den Tod des Rappen. Er weinte dabei, er wollte das nicht sehen lassen, und infolgedessen gab es in seinem Gesicht ein geradezu unbeschreibliches Mienenspiel.

Eben wollte ich von meinem Platz aufstehen und sagen, daß wir zu Rih zurückkehren müßten, dessen Leiche ich den Kurden auf keinen Fall überlassen wollte, da schrie Omar laut auf:

„Maschallah, schuf, schuf, Effendi, bjidschi, bjidschi – Wunder Gottes, sieh, sieh, Effendi, er kommt, er kommt!"

„Wer, wer?" fragte ich.

„Dein Rih!"

Rih? War er nicht tot? War die Wunde nicht lebensgefährlich? Hatte ich mich getäuscht? Mit zwei, drei Sprüngen stand ich bei Omar, wo ich rückwärts blicken konnte. Ja, er kam, der Rappe, in langsamem Trab, wankend und strauchelnd; die Liebe zu mir hatte ihn noch einmal auf- und mir nachgetrieben. Es war ein Anblick zum Herzbrechen. Wir sprangen ihm entgegen, aus seiner Brust floß ein fingerstarker Blutstrahl. Ich war der erste bei ihm und schlang ihm beide Arme um den Hals. Er schnaubte mich freudig an und leckte mir die Wange und den Hals, dann brach er langsam erst hinten und dann vorn zusammen. Nach einer vergeblichen Anstrengung, sich wieder aufzuraffen, hob er den schönen, kleinen Kopf, sah mit brechenden Augen zu mir und wieherte leise, leise und ersterbend, wie ich noch nie ein Pferd habe wiehern hören. Ich warf mich neben ihn nieder und bettete seinen Kopf an meine Brust, während Halef das rinnende Blut zu stillen suchte. Wir alle weinten, weinten so, als ob ein lieber, lieber Mensch im Sterben liege. Des Rappen Maul lag in meiner Hand, er leckte sie fort und fort, immer leiser und langsamer, bis er die Zunge nicht mehr bewegen konnte, dann noch ein letztes, verhauchendes Schnauben, ein krampfhaftes Zucken – Rih war tot!

Ich nahm das Keffije[1], das ich unter dem Turban trug, hielt es an die Wunde und fing das letzte aus derselben fließende Blut auf. Dieses Tuch ist heute noch ein Andenken, das ich um keinen Preis aus der Hand geben würde. Dann reichte ich Halef meinen Stutzen hin und sagte:

„Hier, Hadschi, hast du dieses Gewehr. Du allein weißt außer mir, wie es gehandhabt wird. Ich will noch eine Weile bei dem Pferd bleiben. Wenn die Kurden kommen, laß keinen heran, gib jedem eine Kugel! Du weißt, ich strebe nicht nach Blut, aber dasjenige unseres Rih ist geflossen, nun ist es mir gleich, wer noch das seinige hergeben muß."

„Ja, Effendi, bleib ruhig sitzen!" antwortete er. „Es soll dir keiner dieser Hunde zu nahe kommen. Meine Augen fließen über von den Tränen des Schmerzes, aber sie werden dennoch so scharf sein, daß jede Kugel trifft, die ich versende!"

Ich bitte, nicht allzu streng mit meiner damaligen Stimmung ins Gericht zu gehen. Ein Tier liebzuhaben, ja innig liebzuhaben, ist wohl keine Schwäche, zumal wenn es

[1] Kopftuch

ein so edles ist, wie mein Rih gewesen war. Er hatte mit mir gehungert und gedürstet, mich durch so viele Gefahren getragen und mir so oft das Leben gerettet, auch jetzt wieder, da er an der Kugel, die mir gegolten hatte, gestorben war. Mit Menschen, mit Freunden kann man sich entzweien, sich über sie ärgern oder betrüben; Rih hatte mir nicht ein einziges Mal Veranlassung zur Unzufriedenheit, zu einer Strafe, einem Schlag gegeben; er hatte jedes meiner Worte, jeden Wink verstanden und fast möchte ich sagen, mit freudigem Gehorsam ausgeführt; er war geradezu ein Teil von mir selbst geworden, den ich nun für immer verloren hatte. Ist es da ein Wunder, daß mir sein Tod so zu Herzen ging, daß ich wie ein Kind weinte und eine lange Zeit bei ihm saß, ohne mich um das, was um mich her vorging, zu bekümmern?

Inzwischen hatten sich diejenigen Haddedihn, die den Bebbeh entkommen waren, bei uns eingestellt, es fehlten zwölf Mann. Wie wir dann erfuhren, waren sechs davon tot und die andern gefangen, die Bebbeh aber hatten viel schwerere Verluste gehabt.

Dann kamen die Verfolger angeritten. Als Halef ihnen einige Kugeln entgegenschickte, blieben sie halten. Diese Schüsse weckten mich aus meinem Trübsinn auf. Ich erhob mich, nahm Halef den Stutzen aus der Hand und ging den Kurden entgegen. Ich kam bis auf hundert Schritte an sie heran, ohne daß sie wagten, auf mich zu schießen.

„Steigt ab, und bleibt da, wo ihr seid!" rief ich ihnen zu. „Wir haben Ahmed Azad und Nizar Hared gefangen und werden sie augenblicklich töten, wenn ihr euch nicht friedlich verhaltet. Wir werden mit ihnen verhandeln und sie freigeben, wenn sie bereit sind, Frieden mit uns zu schließen."

Ohne mich weiter um sie zu kümmern, kehrte ich wieder zu den Gefährten zurück und sagte zu Halef, so daß die beiden Gefangenen es hörten:

„Ich habe keine Lust viel zu sprechen, denn Rih ist tot. Das erfordert das Leben dessen, der ihn erschossen hat. Verhandle du mit den beiden Kurden. Ich fordere die gefangenen Haddedihn zurück und auch die Toten, damit wir sie begraben können. Ich verlange ferner, daß die Bebbeh sofort diese Gegend verlassen und erst einen halben Tagesritt von hier anhalten. Und endlich müssen mir für meinen getöteten Rappen die beiden Perserpferde übergeben werden. Ich gebe den Söhnen Gasahl Gaboyas eine volle Viertelstunde Zeit, sind sie da noch nicht auf meine Bedingungen eingegangen, so werden sie hier an dieser Steineiche aufgehängt. Diesmal ist es mein voller Ernst, Halef!"

„Ja, Sihdi, Rih muß entweder ersetzt oder gerächt werden", antwortete er. „Ich schwöre dir zu, daß ich keine Minute über eine Viertelstunde warten werde."

Ich setzte mich wieder bei dem Rappen nieder, ohne auf das, was die Gefangenen sagten, zu achten. Dann sah ich, daß trotz meines Verbots einer der Kurden sich von den andern trennte, um zu uns zu kommen, es war der Bruder Gasahl Gaboyas, mein Freund. Ich ließ ihn herbei. Er nahm an den Verhandlungen teil, und seinen Vorstellungen war es zu danken, daß meine Bedingungen angenommen wurden, obgleich der Verzicht auf Rache und der Verlust ihrer edlen Pferde die beiden Brüdern außerordentlich schwer ankam. Gasahl Gaboyas Bruder versprach, die Kurden als ihr einstweiliger Anführer fortzuführen. Ahmed Azad und Nizar Hared sollten bis zu unserem Aufbruch als Geiseln bei uns bleiben.

Nach kurzer Zeit zogen die Bebbeh ab, und nach abermals einer Weile kamen die von ihnen freigelassenen Haddedihn zu uns. Die Toten mußten einstweilen auf dem Kampfplatz liegenbleiben.

Wir hatten während unseres Flucht- und Verfolgungsritts einen Kreis beschrieben, so daß wir uns jetzt an der Südseite der Felsenhöhe befanden. Ich verlangte, daß Rih hinaufgeschafft und neben Mohammed Emin begraben werde. Keiner widersprach mir, vielmehr legten alle Hand an, den schwierigen Transport auszuführen. Dann wurden auch die sechs gefallenen Haddedihn geholt, um ebenfalls da oben der Erde übergeben zu werden.

Rih wurde mit Hilfe von Holzstützen aufrecht gestellt und, gesattelt und gezäumt, wie er war, mit Steinen umgeben, wie wir es einst mit Mohammed Emin getan hatten. Seine starren, einst so feurigen und verständigen, treuen Augen taten mir bitter weh, ich drückte ihm die Lider zu. Als sich das Felsengrab über ihn geschlossen hatte, mochte ich nichts mehr von der Umgebung sehen, ich bestieg die schwarze Perserstute Ahmed Azads und ritt hinter den Kurden her, um zu erforschen, ob sie Wort halten würden.

Soll ich extra erwähnen, daß der Tod Rihs auch Halef zu Herzen ging? Der Hadschi befand sich in einem Zustand größter Aufregung. Bald schluchzte er zum Erbarmen, bald fuhr er über Amad el Ghandur und die Haddedihn mit Vorwürfen her, gegen die sie sich nicht zu verteidigen vermochten; er ist, grad so wie ich, noch lange Zeit innerlich krank gewesen.

Die Bebbeh handelten dieses Mal ehrlich, sie waren wirklich fort, dennoch kehrte ich erst gegen Abend nach der Felsenhöhe zurück. Ich wollte allein sein und mochte nicht an den da oben stattfindenden mohammedanischen Trauerszenen teilnehmen. Als ich ankam, hörte ich, daß Amad el Ghandur wiederholt nach mir verlangt hatte. Er lag im Fieber. Ich untersuchte ihn, die Wunde war bös, aber nicht lebensgefährlich, die Kugel war hinten wieder herausgegangen. Ich legte einen bessern Verband an und sorgte für immerwährende Kühlung.

Die Nacht war eine traurige. Ich konnte nicht schlafen, Halef und Omar auch nicht, der Lord erging sich in den ehrenrührigsten Redensarten gegen die Haddedihn und ihren Anführer. Gut, daß sie ihn nicht verstanden!

Dazwischen schrie Amad el Ghandur im Fieber auf, mich gegen Ahmed Azad zu Hilfe rufend. Ich war froh, als es Morgen wurde.

Hier konnten wir nicht bleiben, aber wegen des verwundeten Scheiks auch nicht nach den Weideplätzen der Haddedihn zurückreiten. Ich schlug also vor, zu Gibrail Mamrahsch zurückzukehren, in dessen Haus Amad el Ghandur die nötige Ruhe und Pflege finden konnte. Man war einverstanden, denn ich wurde in stiller Reue wieder als Führer anerkannt. Wir bauten aus Ästen, Zweigen und Laub für den Verwundeten eine Bahre, die von zwei Pferden getragen wurde. Beim allgemeinen Aufbruch blieb ich mit Halef und seinem Sohn noch einige Minuten bei Rihs Grab zurück.

„Sihdi, mir ist so weh, so traurig", meinte der Hadschi. „Ich werde wohl nie wieder lachen können. Mein Herz ist ganz mit Tränen angefüllt, fast so - wenn es keine Sünde ist, es zu sagen - als ob mir Hanneh, die schönste der Frauen, gestorben wäre!"

Ich drückte ihm die Hand, sagte aber nichts, dann ritten wir den andern nach. Um Mittag gaben wir die beiden gefangenen Kurden frei, und am andern Tag langten wir bei Gibrail Mamrahsch an, der uns sein Haus mit Freuden zur Verfügung stellte.

Der zweitägige Ritt hatte dem Verwundeten sehr geschadet. Er raste förmlich und schrie immer nur nach mir. Glücklicherweise hatte seine Meinung, daß er beim Sturz vom Pferd etwas gebrochen habe, auf Irrtum beruht. Ich durfte fast keinen Augenblick von seinem Lager weichen. Als ihm dann nach Tagen zum ersten Mal die Besinnung wiederkehrte und er mich erkannte, reichte er mir seine Hand und sagte mit matter Stimme:

„Allah sei Dank, daß du bei mir bist, Effendi! Ich habe mit vielen Feinden gekämpft, und du hast mich errettet."

Ich sagte nichts, er versank in Nachdenken und fuhr dann fort:

„Ich habe zu dir gesagt, daß mich nie wieder ein Christ berühren solle. Verzeih mir! Deine Hand tut wohl wie die Hand eines Propheten. Ich wollte Blut, du wolltest Liebe; es hat mich mein eigenes Blut und dich deinen Rih gekostet, du aber sollst Liebe über Liebe ernten von mir und meinem ganzen Stamm!"

Darauf schlief er wieder ein.

Erst nach vier Wochen war seine Genesung so weit vorgeschritten, daß wir aufbrechen und in kurzen, langsamen Tagesmärschen heimkehren konnten.

Unser Empfang war kein freudiger. Amad el Ghandur wurde mit Vorwürfen überhäuft. Er nahm sich das so zu Herzen, daß er seine Würde als Scheik freiwillig niederlegte; sie wurde einstimmig Malek, dem einstigen Scheik der Ateïbeh, dem Großvater Hannehs, zuerkannt. Nach dessen Tod wird mein Hadschi Halef Omar Scheik der Haddedihn sein. Ich schenkte ihm die beiden Perserpferde, worüber er ganz glücklich war.

Nach drei Tagen brach der Engländer auf. Omar Ben Sadek wollte ihn mit einer Truppe Haddedihn nach Bagdad bringen. Er verabschiedete sich von mir mit den Worten:

„Möchte gar zu gern noch länger bei Euch bleiben, aber es geht nicht, denn Ihr wollt nach Damaskus zurück, und ich muß die Tour abreisen, die ich mir vorgeschrieben habe. Ihr seid mein bester Freund, aber doch ein erzdummer Kerl! Denn hättet Ihr mir damals Euren Rih verkauft, so wäre er jetzt nicht erschossen worden. Well! Hoffe aber, daß wir uns bald wiedersehen. Wünsche, daß Ihr stets gesund bleibt und Euch jetzt bei dem Ritt nach Damaskus eine ebenso schöne Aleppobeule holt, wie ich damals hatte. Yes!"

Am nächsten Tag ritt auch ich fort. Die Krieger der Haddedihn gaben mir einen halben Tag lang das Ehrengeleit. Halef und sein Sohn aber ritten noch weiter mit und trennten sich erst jenseits der Dschesireh von mir.

„Sihdi, mein lieber, lieber Sihdi, mit dir geht mein halbes Leben fort; die andere Hälfte gehört Hanneh, meinem Weib, und Kara Ben Halef, meinem Sohn", sagte der Hadschi, indem er sich die Augen trocknete. „Gott sei bei dir - allezeit, und - ich - ich kann - nicht weiter - nicht - nicht weitersprechen!"

Laut schluchzend wendete er sein Pferd und ritt im Galopp davon. Ich reichte seinem Sohn die Hand und sagte, auch mit Tränen im Auge:

„Bleib fromm und brav, und werde ein Mann wie dein Vater! Vielleicht sehen wir uns einmal wieder. Und solltest du einmal hinauf nach Kurdistan kommen, so steig auf die Felsenhöhe und grüß meinen Rih von mir!"

Seine Lippen bebten vor Wehmut und Rührung; er wollte antworten, konnte aber nicht, legte stumm beteuernd beide Hände auf das Herz und ritt dann seinem Vater nach...

Rih bestimmt sein Leben

Nachwort

Mir gegenüber sitzt Carl-Heinz Dömken – er, der die Geschichten von Rih, dem herrlichen, unvergleichlichen Araberhengst, aus den ersten sechs Bänden der Gesammelten Werke Karl Mays zusammentrug und sie zu einer einzigen – und einzigartigen – Pferdestory, zu dem vorliegenden Buch verschmolz. Einfühlsam schaffte er es, die vielen Episoden aus dem Handlungsgefüge herauszulösen, ohne daß sie an Substanz verloren. Das kann wohl nur jemand, der etwas von Dramaturgie versteht wie Carl-Heinz Dömken, einst Schauspieler und Regieassistent, der zudem Ahnung hat vom Schreiben wie der

Journalist und Verfasser mehrerer Bücher - Pferdebücher! - und der, von Geburt an ein Pferdefreund, ein Pferdeliebhaber, ein Pferdenarr, sich tief hineinlebte in ein Pferdewesen namens Rih, das es in Wirklichkeit nie gegeben hat, sondern das nur lebte in der Erfindung seines geistigen Vaters Karl May.

Nie gelebt? Es hat eben doch gelebt, vielmehr es lebt noch immer, wie unsterbliche Gestalten der Literatur nun einmal fortleben. Rih, den Wunderhengst, gibt es heute sogar real existierend und in rappenschwarzer vierbeiniger Wirklichkeit. Wo? Auf einem einsamen Pferdehof am östlichen Rand der Lüneburger Heide, dort wo sie an das Wendland grenzt (eine Gegend, in die auch Karl May einmal seinen Fuß setzte), fern und entlegen, zwischen Wäldern, Weiden und Moor.

Das Haus ist ein altes Bauernhaus. Der Hausherr hat sich daraus ein Refugium seiner Knabenträume geschaffen. Tritt der Besucher ein, so weht ihm eine Atmosphäre entgegen, gemischt aus Abenteuer, Zirkus, Zoo, Museum und Raritätenkabinett. Es sind unzählige Exponate, kleine und große Erinnerungsstücke, gesammelt in einem buntbewegten Leben von einem, der im Alter sich sein Kindsein bewahrt hat, in Treue zu sich selbst.

Man könnte meinen, bei einem Großwildjäger eingekehrt zu sein: Löwenfell und Büffelhaut, über die Rückwand des Zimmers gespannt. Galerien von Gehörnen und Geweihen. Eine Ehrfurcht gebietende Elkschaufel und der Kopf eines Nashorns. Waffen aus fernen Zeiten und Zonen, vom Speer des Massaikriegers bis zum Tomahawk eines Sioux, von den langläufigen Araberflinten bis zur Winchester, zum „Henrystutzen“ und zur „Silberbüchse“. Wandregale, auf denen in Zinn gegossene Heerscharen aufmarschieren. Prominente aus Vergangenheit und Gegenwart. Eine Tier- und Völkerschau en miniature. Und alle diese Schätze dem schwelgenden Auge effektvoll dargeboten. Bücher, die Wände hoch. Wo dazwischen ein freies Feld ausgespart blieb: Gemälde, Stiche, Zeichnungen, Plastiken. Darunter auch Arbeiten von eigener Hand modelliert, gezeichnet, in Öl und Aquarell gemalt. Der Künstler mit den vielseitigen Talenten ist ein Tierfreund, der nicht nur schöne Pferde liebt. Das nimmt der Besucher spätestens wahr beim Betreten des Raums, dessen hinteren Teil eine Glaswand abtrennt. Sie gibt den Blick frei auf eine dschungelhafte Voliere, in der possierliche Totenkopfäffchen umherspringen und artistische Kunststücke zeigen. „Man braucht ein Bühnenbild", sagt Carl-Heinz Dömken.

Wir haben Platz genommen unter dem mächtigen, zottigen Bisonfell. Zur einen Seite, lässig über einen Hocker geworfen, ein prächtiger, silberbeschlagener Sattel aus der mexikanischen Sonora, zur anderen, auf einem Wandbord, eine überlebensgroße Büste Winnetous mit dem bekannten hochgesteckten Haarschopf, dem männlich-ernsten Gesicht, um den Hals eine Kette mit den Krallen des Grizzlybären.

Die Pferde. - Schon als Kind war der 1929 in Hannover geborene Carl-Heinz Dömken „pferdeverrückt". Überall, wo Pferde standen, wollte er hinaufgehoben werden. Das erste Buch, das er sich wünschte, hieß „Der schwarze Mustang". Verfasser: Karl May. Zwei Rapphengste kamen darin vor, Old Shatterhands Hatatitla und der Iltschi Winnetous. Von Karl May fasziniert, verschlang er bald ein Buch nach dem anderen. Dabei trat Rih in sein Leben. „Mit Rih fing alles bei mir an..." Der Wunsch, ein Pferd wie Rih zu besitzen, mag noch als gewöhnlich durchgehen bei einem Jungen. Was wünscht man sich nicht alles in dem Alter. Aber ein brennendes Verlangen wurde daraus, das ihn noch im Mannesalter festhielt. „Rih", sagt er und erhebt sich unvermittelt. „Draußen steht er. Karl May hat ihn nicht gehabt. Ich hab ihn."

Der Hengst Rih, sechs Jahre alt, steht auf dem Hof, schwarzglänzend und aufregend schön, die weiten

Nüstern, die lange Mähne, der fast den Boden streifende Schweif. Ganz wie sein literarischer Ahnherr, von dem dieses Buch erzählt.

Als wir die Stallboxen abschreiten, aus denen es schnaubt und stampft und Schweifhaare die Holztür peitschen, frage ich, warum denn Karl May sich nie ein Pferd wie Rih gehalten habe, wo doch im Garten hinter der Villa „Shatterhand" ausreichend Platz gewesen wäre. Gewiß habe May auch davon geträumt, räumt Dömken ein. Seinen Sir David Lindsay läßt er von einer Marmorkrippe sprechen, die Rih haben sollte, wenn er ihn nach England mitnehmen dürfte. Und am Stammtisch drüben in Gartow, im Wendland, so sei überliefert, habe Karl May sich gerühmt, daheim in Radebeul einen fürstlichen Stall zu besitzen, mit Rih darin, der sein Futter aus einer marmornen Krippe erhielte.

Wie nun Carl-Heinz Dömken zu Rih kam, das ist eine Geschichte, die Karl May geschrieben haben könnte. Der junge Journalist, auch Zeichner für Zeitungen, entdeckte 1959 in einem Reitstall einen Hengst, der, war er auch „nur" ein englischer Vollblüter und kein Araber, aussah wie Rih. Er stürzte sich in Schulden, um seinen „Assil Ben Rih", wie er ihn taufte, zu bekommen. Doch sein Übermut wurde dem jungen Hengst früh zum Verhängnis. 1960 verunglückte er tödlich. „Er starb fast wie Mays Rih..."

1964 wurde in Deutschland das erste arabische Rapphengstfohlen geboren, im Gestüt Achental. Dömken, inzwischen selbst Züchter, mußte es haben. Er bekam seinen ersten „echten" Rih! Dieser Rih starb 1984.

Ein Pferd sterben zu sehen, geht dem Pferdehalter, dessen Kamerad das Tier war, nahe. Wir haben vorn auf den Seiten gelesen, wie Rih starb. Utta Danella hat dieses zu Herzen gehende Kapitel aus Mays Feder ihrer Sammlung bedeutender Pferdegeschichten einverleibt.

Es kam noch einmal ein Rih zur Welt. Das geschah ausgerechnet an einem 25. Februar, am Geburtstag Karl

Mays. Und zwar 1991. Ein Jahr später – und es wäre sogar Mays 150. Geburtstag gewesen. Rih kommt nun unter den Sattel und wird, wie sein großes Vorbild, das „Geheimnis“ kennenlernen: Legt man ihm die Hand zwischen die Ohren und ruft dreimal seinen Namen, so wird er davonfliegen wie der Wind!

Zusammen mit Ehefrau Constanze (sie lernten sich beim Theater kennen) hat Carl-Heinz Dömken ein namhaftes Vollblutarabergestüt aufgebaut. Über hundert Fohlen kamen hier zur Welt, fünfzehn Zuchtpferde sind fester Bestand.

Aber die Geschichte mit Rih ist noch nicht zu Ende. Zu Rih im Stall gesellt sich nun ein Rih im legendären grüngoldenen Einband im Bücherregal. Ein Karl-May-Band besonderer Art. Damit erfüllt sich ein weiterer Traum Carl-Heinz Dömkens.

Erich Heinemann

Beachten Sie bitte die folgenden Seiten

KARL-MAY-ATLAS

von Hans-Henning Gerlach

Der Karl-May-Atlas ist die ideale Ergänzung zu den Gesammelten Werken, ein unentbehrliches Hilfsmittel, um die Reisewege von Karl Mays Helden durch alle Länder und Erdteile zu verfolgen. Sämtliche wichtigen Schauplätze sind rasch auffindbar und werden auf rund 360 übersichtlichen und gleichzeitig detailreichen mehrfarbigen Karten vorgestellt. Das große Register erleichtert den schnellen Zugriff auf gesuchte Handlungsorte. Stadtpläne und viele historische Abbildungen bereichern den Atlas, der in der Art der Gesammelten Werke in grünem Ganzleinen mit Goldprägung und farbigem Titelbild ausgestattet ist.
Der interessierte Leser findet nicht nur eine Fülle von Materialien zu Karl Mays Reiseerzählungen, sondern auch weiterführende wissenswerte Informationen über die Geschichte der Indianer, die Lebensräume und Reservate der verschiedenen Stämme sowie über das Osmanische Reich, dessen einstigen Ausdehnungsbereich und historischen Werdegang.
Nicht zuletzt sind auch alle Stationen von Karl Mays Leben ausführlich dokumentiert: Angefangen von der Heimat im sächsischen Erzgebirge, über alle Orte, an denen sein Leben entscheidende Wendungen nahm, bis zu den eigenen Reisen des Schriftstellers nach Nordamerika und in den Orient.
Neben dem Karl-May-Freund wird auch jeder allgemein an Geschichte und Geographie Interessierte sowie der Liebhaber edler, schöner Bücher von diesem Prachtband im ungewöhnlichen und eleganten Format (17 x 17,5 cm) begeistert sein.

KARL MAY
GESAMMELTE WERKE

1 Durch die Wüste
2 Durchs wilde Kurdistan
3 Von Bagdad nach Stambul
4 In den Schluchten des Balkan
5 Durch das Land der Skipetaren
6 Der Schut
7 Winnetou I
8 Winnetou II
9 Winnetou III
10 Sand des Verderbens
11 Am Stillen Ozean
12 Am Rio de la Plata
13 In den Kordilleren
14 Old Surehand I
15 Old Surehand II
16 Menschenjäger
17 Der Mahdi
18 Im Sudan
19 Kapitän Kaiman
20 Die Felsenburg
21 Krüger Bei
22 Satan und Ischariot
23 Auf fremden Pfaden
24 Weihnacht
25 Am Jenseits
26 Der Löwe der Blutrache
27 Bei den Trümmern von Babylon
28 Im Reiche des silbernen Löwen
29 Das versteinerte Gebet
30 Und Friede auf Erden
31 Ardistan
32 Der Mir von Dschinnistan
33 Winnetous Erben
34 „ICH"
35 Unter Geiern
36 Der Schatz im Silbersee
37 Der Ölprinz
38 Halbblut
39 Das Vermächtnis des Inka
40 Der blaurote Methusalem
41 Die Sklavenkarawane
42 Der alte Dessauer
43 Aus dunklem Tann
44 Der Waldschwarze
45 Zepter und Hammer
46 Die Juweleninsel
47 Professor Vitzliputzli
48 Das Zauberwasser
49 Lichte Höhen
50 In Mekka
51 Schloß Rodriganda
52 Die Pyramide des Sonnengottes
53 Benito Juarez
54 Trapper Geierschnabel
55 Der sterbende Kaiser
56 Der Weg nach Waterloo
57 Das Geheimnis des Marabut
58 Der Spion von Ortry
59 Die Herren von Greifenklau
60 Allah il Allah!
61 Der Derwisch
62 Im Tal des Todes
63 Zobeljäger und Kosak
64 Das Buschgespenst
65 Der Fremde aus Indien
66 Der Peitschenmüller
67 Der Silberbauer
68 Der Wurzelsepp
69 Ritter und Rebellen
70 Der Waldläufer
71 Old Firehand
72 Schacht und Hütte
73 Der Habicht
74 Der Verlorene Sohn
75 Sklaven der Schande
76 Der Eremit
77 Die Kinder des Herzogs
78 Das Rätsel von Miramare
79 Old Shatterhand in der Heimat
80 (in Vorbereitung)

Sonderbände: Mein Hengst Rih
Karl-May-Atlas

– Die Reihe wird fortgesetzt –

KARL-MAY-VERLAG
BAMBERG · RADEBEUL